泉州文庫

選堂題

（清）戴鳳儀 著
戴天璣 點校

松村詩文集（上）

泉州文庫整理出版委員會
商務印書館

前　言

泉州建制一千三百多年，爲中國歷史文化名城和古代海外交通的重要港口。“比屋弦誦，人文爲閩最”，素稱海濱鄒魯、文獻之邦。代有經邦緯國、出類拔萃之才，歐陽詹、曾公亮、蘇頌、蔡清、王慎中、俞大猷、李贄、鄭成功、李光地等一大批傑出人物留下了大量具有歷史、文學、藝術、哲學、軍事、經濟價值的文化遺産。據不完全統計，見載於史籍的著作家有一千四百二十六人，著作多達三千七百三十九種，其中唐五代二十九人三十二種，宋代二百人三百九十一種，元代二十一人四十種，明代五百三十六人一千五百八十五種，清代六百四十人一千六百九十一種；收入《四庫全書》一百一十五家一百六十四種，《四庫全書存目叢書》五十六家七十四種，《續修四庫全書》十四家十七種。二〇〇八年國務院頒布第一批國家珍貴古籍名録，屬泉人著述、出版者十三種。

遺憾的是，雖然泉州典籍贍富，每一時代都有一批重要著作相繼問世，但歷經歲月淘汰、劫難摧殘，加上庋藏環境不良，遺存至今十無二三，多成珍籍孤本。這些文化遺産，是歷史的見證，是泉州人民同時也是中華民族的寶貴文化財富，亟待搶救保護，古爲今用。

對泉州地方文獻的搜集與整理，最早有南宋嘉定年間的《清源文集》十卷，明萬曆二十五年《清源文獻》十八卷繼出，入清則有《清源文獻纂續合編》三十六卷問世。這些文獻彙編，或已佚失，或存本極少。二十世紀四十年代，泉州成立“晋江文獻整理委員會”，準備整理出版歷代泉人著作，因經費短缺未果。八十年代，地方文史界發起研究“泉州學”，再次計劃編輯地方文獻叢書，可惜後來也因爲各種條件的限制，其事遂寢。但是這兩次努力，爲地方文獻叢書的整理出版做了準備，留下了珍貴的文獻資料和書目彙編。

二〇〇五年三月，中共泉州市委、泉州市政府決定將地方文獻叢書出版工作列爲國民經濟和社會發展第十一個五年規劃的一項文化工程。翌年，正式成立"泉州地方典籍《泉州文庫》整理出版委員會"，着手對分散庋藏於全國各大圖書館及民間的古籍進行調查搜集，整理出《泉州文庫備考書目》二百六十七家六百一十四種，以後又陸續檢索出遺漏書目近百家一百八十餘種。經過省内外專家學者多次論證，最後篩選出一百五十部二百五十餘種著作，組成一套有一定規模、自成體系、比較完整，可以概括泉人著作風貌、反映泉州千餘年文化發展脉絡的地方文獻叢書，取名《泉州文庫》，二〇一一年起陸續出版發行。

整理出版《泉州文庫》的宗旨是：遵循國家的文化方針政策，保護和利用珍貴文獻典籍，以期繼承發揚中華民族優秀文化傳統，增進民族團結，維護國家統一，提高民族自信心和凝聚力，加强社會主義核心價值體系建設，增强文化軟實力，爲泉州的物質文明和精神文明建設服務。

《泉州文庫》始唐迄清，原著點校，收録標準着眼於學術性、科學性、文學性、地域性、原創性、權威性，具有全國重要影響和著名歷史人物的代表作優先。所録著作涵蓋泉州各縣（市、區），包括金門縣及歷史上泉州府屬同安縣，曾在泉州任職、寄寓、活動過的非泉籍人氏的作品，則取其内容與泉州密切相關的專門著作。文庫採用繁體字横排印刷，内容涉及政治、經濟、歷史、地理、哲學、宗教、軍事、語言文字、文化教育、文學藝術、科學技術等領域，其中不乏孤稀珍罕舊槧秘笈，堪稱温陵文獻之幟志。

值此《泉州文庫》出版之際，謹向各支持單位、個人和參加點校的專家學者表示誠摯的感謝！由於涉及的學科和内容至爲廣泛，工作底本每有蛀蝕脱漏，加之書成衆手，雖經反復校勘，但限於水平，不足或錯誤之處還是難免，敬請讀者批評指教。

泉州地方典籍《泉州文庫》整理出版委員會

二〇一一年三月

整理凡例

一、《泉州文庫》（以下簡稱“文庫”）收録對象爲有關泉州的專門著作和泉州籍人士（包括長期寓居泉州的著名人物）著作，地域範圍爲泉州一府七縣，即晋江（包括現在的晋江市、石獅市、鯉城區、豐澤區、洛江區）、南安、惠安（包括泉港區）、同安（包括金門縣）、安溪、永春、德化。成書下限爲一九四九年九月以前（個别選題酌情下延）。選題内容以文學藝術、歷史、地理、哲學、政治、軍事、科技、語言教育等文化典籍爲主，以發掘珍本、孤本爲重點，有全國性影響、學術價值高、富有原創性著作優先，兼及零散資料匯總。

二、每種著作盡量收集不同版本進行比較，選擇其中年代較早、内容完整、校刻最精的版本爲工作底本，并與有關史籍、筆記、文集、叢書參校，文字擇善而從。

三、尊重原著，作者原有注釋與説明文字概予保留。後來增加者，則視其價值取捨。

四、凡底本訛誤衍漏，增字以[　]表示，正字以（　）表示，難辨或無法補正的缺脱文字以□表示，明顯錯字徑直改正，均不作校記。

五、凡底本與其他版本文字差異，各有所長，取捨兩難，或原文脱訛嚴重致點讀困難，或史實明顯錯誤者，正文仍從底本，而於篇末校勘記中説明。

六、凡人名、地名、官名脱誤者，均予改正，訛誤而又查不到出處之人名、地名、官名及少數民族部落名同異譯者，依原文不予改動。

七、少數民族名稱凡帶有侮辱性的字樣，除舊史中習見的泛稱以外，均加引號以示區别，并於校記中説明。

八、標點符號執行一九九六年實施的國家《標點符號用法》。文庫點校循新版二十四史及《清史稿》例，一般不使用破折號和省略號。

九、原文不分段者,按文意自然分段。

十、凡異體字、俗體字、通假字,如非人名、地名,改動又無關文旨者,一般改爲通用字;異體字已經約定俗成、容易辨認者不改。個别著作爲保持原本文字語言風貌,其通假字則不校改。

十一、避諱字、缺筆字盡量改正。早期因避諱所産生的詞彙成爲習慣者不改正。

十二、古籍行文中涉及國家、朝廷、皇帝、上司、宗族等所用抬頭格式均予取消。

十三、文庫一般一册收録一種著作,篇幅小的著作由兩種或若干種組成一册,篇幅大的著作則分成兩册或若干册。

十四、文庫採用横排、繁體字印刷出版。每册前置前言、凡例。每種著作仿《四庫全書》提要之例,由編者撰寫《校點後記》,簡略介紹作者生平、著作内容及評價、版本情況,説明其他需要説明的問題。

泉州地方典籍《泉州文庫》整理出版委員會辦公室

二〇〇七年二月五日

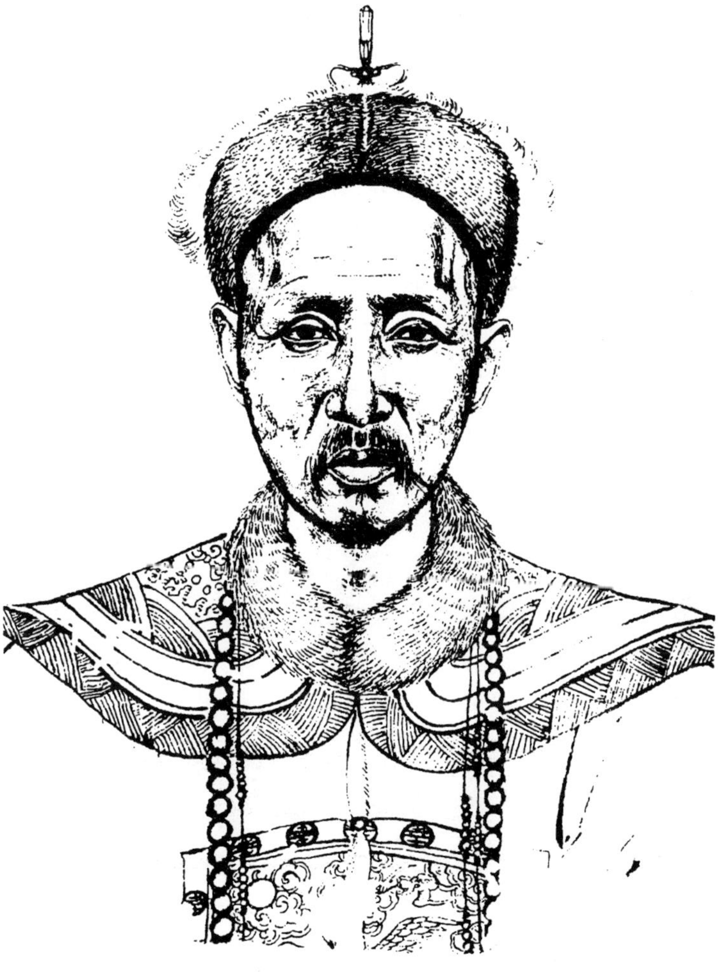

敬齋公遺像

敬齋同年大人玉照小引

其言訥然，其氣藹然。其步趨懍先民訓，其學問得性理宗，其著述擬大方家，其調攝受養生訣。聲色不足動其心，勢利不足勞其形。想其襟期，惟結契於名山風雨中，而以古人爲友朋。噫！如我同年，其斯爲君子人與？君子人也。

歲在重光赤奮若，時逢溽暑，揮汗拈毫，爰綴俚言以贊。

聯趨弟黄爾漚。

内史敬齋賢咸像贊并序

敬齋，吾宗之傑也。幼而聰慧，稍長便以聖賢爲志，規行矩步，罔越範圍，尤篤於内行。事親晨夕不離側，婉容愉色，悉出至誠；遇親忿怒必引罪跪膝前，多方勸解，俟霽顔而後起；其竭力承歡，固不僅既禫比御不入已也。處兄弟備極友愛，雖遭家不造，而至情感化，卒毫無間言，門以内怡怡如也。孝弟爲仁之本，所以讀書養氣，志在聖賢，即歌鸞曦、賦鹿鳴，亦視爲固有。惟以珥筆絲綸，褒封三代，榮及先人爲稍慰。其創建書院，崇祀先賢，拮据多年，不辭況瘁，無非景行之心所充積而出也。著有《四書闡義》、《松村文集》、《語類》、《詩草》、《聯集》等書，多發前賢未竟之旨，所志豈不偉哉！因爲贊曰：

夙昔自命，與古爲徒；抗心曾閔，誦法程朱。敦本養志，容婉色愉；因心篤慶，名教匡扶。經畬學舍，恢廓宏圖；斯文柱礎，後進楷模。簪毫鳳閣，皇路馳驅；留心國是，未宏遠謨。退居名山，好學不渝；著作日富，道味彌腴。薪傳遥接，爲世大儒。

八十五叟宗叔搏南捷鯤敬題。

目　　録

松村文集

松村文集序

文以載道，人苟非行道而有得於心，雖著書充棟汗牛，究屬月露風雲，於身世終無所裨。吾同學友戴敬齋中翰，素性樸誠，於倫紀間情極肫摯；而且勵志聖賢，潛心古訓，理必求精，文必求確。其解經釋傳，必不屑爲前人箋註所囿，亦絕無自作聰明穿鑿附會之弊。故其所著《四書闡義》、《松村語類》及編纂《詩山書院志》、《郭山廟志》等書，無非本諸躬行心得，并能補前賢所未發明之旨，既經當代名公鉅卿爲之序與跋已，予不復贅。最後出其《文集》十六卷，約數百萬言示予，囑予作序。予細讀一遍，不覺欷歔太息！恨藐躬爲升斗所累，數十年勞勞山海，舊學盡就荒蕪。而敬齋獨能自脱於禄利之外，枕葄經籍，俯仰古今。舉凡天地之大，民物之繁，世變之迭出，悉納諸懷抱，胸中大有權衡。故其辨性道之危微，論治道之得失，皆能折衷至正，不激不隨。而其中之最有益於世道人心者，莫如朱、陸異同一論，上戴尚書鴻慈二書。何則？古今論朱、陸者，名作如林，多未免語涉模棱。敬齋獨能搜取前後之附和象山者，一一嚴加辨駁，以彼之矛，攻彼之盾，使世之欲援墨入儒者，無可置喙，則聖道之源流不混矣。

歷讀方今上論，恒以遵祖制、洽輿情爲要務。而若輩廢科舉之疏，易髮服之請，顯然説我皇上違祖制、拂輿情。盍思我朝列祖聖訓，莫不慎重鄉、會兩試，以爲舉賢薦能之階乎？莫不嚴薙髮、正服色，以爲天下臣民之表乎？夫科舉所得，雖未必盡屬賢才，而賢才之由科舉而得者，古來不乏其人。即我朝以科舉所得之賢才，起而歟歷中外，擔荷斯文者，亦不可枚舉。至閭閻之重視科舉者，非止士人，即如農工商賈，雖不讀書，亦莫不望其子若弟博得科名，以爲門閭光耀。故一人能擢巍科、登鼎甲，其宗族鄰里莫不欽重之。而且父詔其子，兄勉其弟，欣欣向學，此人心所以固結不解也。制藝易爲策論，此文質遞嬗之常，固宜隨時變改，而科舉則有必不可廢者。敬齋書中語極痛切，是亦忠愛之忱，逼於不能自已者也。將來興復有機，此書不啻蒙泉剥果矣。至若易服剪辮，今幸聖上能察其説之非，罷黜不行，嚴垂懲戒，安知非敬齋一書所默爲感動而維持補救乎？

其餘諸作，類能補典禮之闕，發潛德之光，何莫非道之所散見者哉！蓋文爲道之一端，文之大者，莫如六經，降而爲序、記、論、義、經解、説、辨、傳、贊、箴、銘，以迄書、啓、碑、志等文，亦道之支流餘裔。儒者無不能言，要必其人之深造於道者，其言乃能親切有味。至於體裁之確合，筆氣之雄邁，詞旨之風雅，此固敬齋得自閲歷之深，江山之助，而加爐火之功、涵養之粹者爾。彼世之誇多鬥靡，而無與於道者，覽斯文當亦廢然返與！

光緒三十二年歲次丙午十月既望，愚友弟黄懋和拜序。

目　録

松村文集卷一上

自著年譜(一)

自著年譜序

光緒庚寅年十二月，館課既暇，長子紹箕稟曰："先正皆有年譜，以垂後鑒。大人盍追思曩事，俾小子按年編之。"余曰："古來如武侯、魏國，未四十而展許多經猷；伊川、考亭，未四十而徹許多書理；子瞻、子厚，未四十而成許多文章。今余年四十一矣，而事功學問，無一如人，而欲書諸年譜，毋乃愧甚！"

箕曰："駝負百鈞，蟻負一粒，各盡其力，各充其量。此吕新吾先生語也。大人雖不獲展所爲，而生平行事，不昧所天，何不可一一紀之？"余沉思良久，乃悚然奮然曰："今汝年譜之請，滋余愧，益滋余勵矣。夫余雖不敢昧天，而究無補於天。無補而欲誇大其詞，粉飾其事，以自欺欺天，不特獲罪於天，且恐將來因循度日，而終無以對天。今欲編諸譜，計惟著實叙去，俾篇中雜多純少，年年省覽，動魄驚心，益加警策，則無補於今，或有補於後，是亦昔賢投豆之意也。而爾曹聰明不在人先，年力不在人後，亦當立定脚跟，早思實踐，無如余之僅收桑榆可也。"

箕聞之，怦然動曰："信如大人言，則是書可作監史觀矣，小子亦當以圭臬奉矣。而此後因年進德，逐年紀事，瑟僩赫諠之神，躍躍紙上，亦足垂型後進矣。大人幸矣，小子獲益多矣。願大人諾小子之請。"余乃即半生事實，命箕執筆書之，而叙其緣起如此。

松村居士戴敬齋甫撰。受業劉尊光謹書。

此予年譜初稿也，一時草創，恐體例有未合處，辭旨有未煉處，祈後來高明之士爲予訂正，去其繁冗，歸於平實，衷諸正當，毋貽後譏，是予之幸也。

敬齋識。

年　譜

清道光三十年　庚戌

九月二十三日辰時，予生於南安詩山大庭鄉福山之舊宅。此宅爲前祖姑丈鄉賢宫庶陳遷鶴生宫詹陳萬策之處。

鳳儀乳名琴棋，字金儀，號敬齋。先世居河南固始縣戴家巷石壁潭。相傳爲唐相國胄公後。自唐季始祖九郎公入閩，居詩山之麓。嗣是登科第、歷顯官，代有傳人。至廿四世祖庠生映衮號篤公，啓宇福山。篤公生隆齡號亦齋；亦齋生國學生華昌號倣周，爲天旌節孝鄭太安人遺腹子；倣周生國學生祖貽號燕堂；燕堂生修職郎以忠號仁齋，［仁齋］公碩德懿範，表正鄉閭，世以陳太丘比之；仁齋生書絅號樸素；樸素生例貢生定國號勤齋，即予父也。父娶母吴氏，爲吴裕東女。後以儀官内閣，贈三代爲奉政大夫，母與大母、曾大母贈宜人。母初生二子，俱殤，養長兄鳳洲、次兄鳳鳴。及予生，父年三十四，母年三十一。見予秀嶷可愛，即以課予讀書法古爲志。

予生前一夕，鷄鳴時，母夢巨鳥如鳳集於堂，鳴如琴聲，醒而胎動，至日初出生予。手紋有印有文筆，背正中有大黑痣一，腹有大紅痣一，有小紅痣七，狀如七星伴月。

咸豐元年　辛亥，二歲

咸豐二年　壬子，三歲

咸豐三年　癸丑，四歲

時劉林侯府閩到家，見予異於群兒，以女妻予。

咸豐四年　甲寅，五歲

咸豐五年　乙卯，六歲

咸豐六年　丙辰,七歲

咸豐七年　丁巳,八歲

咸豐八年　戊午,九歲

始入小學,受業於功叔國學生家修之門。讀書質不甚敏,然每以非常人自命焉。

咸豐九年　己未,十歲

是年父構樓成。後予名“詩畫樓”。

咸豐十年　庚申,十一歲

兩年俱從族叔廩生懷萱學,叔課程嚴謹。

予於諸經頗熟章句。叔嘗試對云“一葉落而天下秋”,予應聲曰“群英起則海内春”。叔異之。

咸豐十一年　辛酉,十二歲

從廩生李鵬上學。

始教予作文法。

同治元年　壬戌,十三歲

仍從叔懷萱學。

始作開講,學作詩。堂兄訓導養元,見予詩文有靈機,告友曰:“他子雖已成篇,不如此子之進境較易也。”

同治二年　癸亥,十四歲

仍從叔懷萱學。

學規雖嚴,然有放縱不羈之性。

同治三年　甲子,十五歲

是年,父就樓後構書軒成,後予名樂道軒。

仍請叔懷萱教於軒中,嚴加檢束。初,好看小説,父命看善書,心性稍斂。是冬成文章。

同治四年　乙丑,十六歲

請族叔茂才拔峰教於軒中。

初，予性放蕩，親恐予讀書不成，憂之。客歲，雖漸循規矩，然猶未知父母何恩，名教何重。及是年學識有進，觀先正格言，輒翻然悟，悚然驚，奮然立志曰：“予自此將行孝弟忠義事，將爲正大君子人。”而此身如换骨一般，無復放蕩氣矣。父悦，謂母曰：“舉動異昔，讀書其有成乎！”

嘗讀文昌帝君《孝經》，吟二七絶以自省。嘗作《囊螢》、《芒帚》諸詩，前輩閲之，以爲非凡才也。後予每思少時好此不馴，若無細覽格言，醒悟勇改，則予終爲浪蕩子，何以爲士？願天下子弟，知識初開，勿觀小説淫書，將名言至論，日陳於前，則天下多成人矣。

同治五年　丙寅，十七歲

是年，叔拔峰設教遠方，予僅寄閲文章，又無良友觀摩，學無甚進。是年治《孝經》，吟一五絶以見志。

同治六年　丁卯，十八歲

復請叔拔峰教於軒。

是年學頗自奮，然念頭好高，每以上承歐、朱，下繼藩侯自命。爲文鴻篇大章，少實際，諸友謂之狂士。

春來治《詩經》，有悟孔子删《詩》之功，吟一五絶以抒意。

同治七年　戊辰，十九歲

仍從叔拔峰學。

叔故出難題，遏抑備至，予頗有學養工夫。夏來叔染病，予供藥餌，侍起居，極誠。

春來治《書經》，悟出所以始《唐虞》終《秦誓》之意，因吟一五絶云。

十二月，娶宜人侯氏。

同治八年　己巳，二十歲

遭房親難。

正月，房親結黨，尋間欺凌，一年迄無寧日，疏廣所謂：富者衆之怨也。父憂鬱累月,予亦心緒如麻。秋七月,父復染病,予侍湯藥,扶起居,無暇讀書。雖以文章求教於族叔濟川茂才,以經學受教於堂兄希灝,而學無甚進境。冬,父病愈。爲善益力,乃充錢爲拾字之費,充田爲祭聖之費,充租爲守廟之費。此我族前所未有之義舉也。予亦奮志力學。

夏四月,治《易經》,悟出伏羲所以造始,孔子所以明三聖之理。因吟一五絶云。

十一月,長子紹箕生於族兄光清家,許予承繼。父喜曰:"此子不凡,可繼書香矣。"乳名瑶闕。

同治九年　庚午,二十一歲

春,父命從學於廩生侯秀嵒師諱采封之門。

師教予頗費精神。三月,父復遭房親欺侮,予益自奮,必欲速取功名以慰吾親。然用心太苦,爲文慘淡經營,不利場屋。秋九月,鬱成血症,親恐甚,予用功亦不輟。

是年治《春秋經》,悟出左氏、公羊、穀梁氏尚未盡合經意。復吟一五絶云。

同治十年　辛未,二十二歲

受業於李縝卿師諱希曾。

是年,父命在本軒讀書養病,而以文章求教於明經李縝卿師。予日日静養,從容體認書理文法,大有進境。師每稱爲偉器。予病亦漸次痊愈。

春三月,房親黨首將死,深悔欺凌之非,黨惡亦繼亡。此殆天地祖宗之不容,乃速其死耶!然則,人之欺人,只自取禍,而受欺者益以磨折而成,究亦何損?予登科後,每以此訓子侄,誓不許恃勢欺人。願與有勢力者共省之。

是春治《禮記》,悟出首句便合聖賢心法。至壬申秋,參看《周禮》、《儀禮》,三《禮》大意始略解云。

同治十一年　壬申,二十三歲

受業於陳懷堂先生諱仁士之門。

是春,父命之桐城,從孝廉懷堂師學。時同研十餘人,皆有俊才,師獨取予文行弁多士。

夏四月，聞父病，予速歸侍疾，每夜與父同寢。父痊，促就館，乃往。然思親無一日忘，作《父母在，不遠游》文以見志。林橙圃師稱爲至性纏綿。

冬十月歸，見父母就衰，心如芒刺，曰："學問可俟異日，親年不爲我留。"予决日侍親側，不復外從。自此，晨問安，夜温清，奉饌必求珍味，奉藥必親自煎，溺器、唾壶必親自滌然後安。先意承志，實有一段至誠。惜仲兄吃鴉游蕩，父憂且泣者屢矣。予百計彌縫，恐父煩怒。怒時必跪以求，俟親顔霽然後起。復婉轉勸兄改過以安親心。

十二月，予憂親來日無多，齋戒七日，具疏求天，願减己算以益親算。

同治十二年　癸酉，二十四歲

予在本軒學，寢食必侍親側，仍以文章求教於懷堂師。

春正月，予思欲延親年，必修德格天。自此終日危坐，先閱格言，次讀經文，警省奮發，如帝天監臨，不敢自欺。日之所爲，夜必書之，偶有過失，若撻於市。而心地澂然，文思大進。嘗夜吟以自警云。

夏四月，父欲爲予值(置)妾，不果。

初，父見妻多年不孕，欲爲予值(置)妾。予力却曰："凡人未富貴而享富貴之福者，必終不富貴。兒功名未成，何敢當此?"父韙之。厥後，予血症多年，乃嘆曰："使早值(置)妾，則性命難保矣。少年人尚其戒諸!"

夏六月，父有心疾，誠禱即瘳。

初，父因煩怒積成心疾，予百計求醫，多方勸慰，疾猶未痊。乃齋戒祈天，備極逼切，疏甫上而父即日瘳。此殆天之鑒予誠歟!

秋七月，父命予[應]鄉試，不果。

初，父欲命予捐監應鄉試，予以"功名有定，不必太急"慰之。至明年入學，見有冒越者，俱破巨費，乃嘆"不急功名"之妥也。因撰二語以自勖曰："富貴功名天位置，綱常節義我維持。"

秋八月，父有寒疾，予祈禱上天，願以身代，父翼日瘳。

父染風寒,似瘧非瘧。予不晉省,得以侍疾。醫師謂疾難愈,予憂甚。齋戒祈天,願以身代,父翼日亦瘳。予念天眷如此,修省益切,而事親亦不敢片刻離。嘗作祈天詩以見志。

同治十三年　甲戌,二十五歲

補諸生。

正月縣試,予思親逼切,欲歸不與覆試,研友侯光訓勸止,乃得膺上取。三月府試,章太尊諱倬標,取結前列。時獨寓館中,有婦挑之,予正色不動。五月院試,學憲馮展雲諱譽驥師,取入南安學,補弟子員。表兄黄仲鴻贈聯云:“以品行爲讀書之本;知功名由養氣而來。”是年隨處修省,小善必爲;事親處兄,胥以誠意動之。

冬來閱《性理》、《近思録》諸書,悟得聖賢教人,皆要步步踏實地,即欲用身體力行功夫。

光緒元年　乙亥,二十六歲

春,從陳懷堂師學於得樂軒。冬,自體認聖賢之學。

正月,父以身無恙,促予從學。乃與研友侯光訓議請懷堂師於劉林得樂軒,學應試大文。然身雖在館,心未嘗一日忘親。秋來見親多煩慮,即在家奉慰,亦少就館矣。冬來静坐本軒,體認聖賢要旨,深嘆時師教人,只攻文藝,而於聖賢實踐之功,概置不論,殊不是。自此每日功程:清晨奉侍後,即静坐誦朱子《敬齋箴》,并看《性理》、《近思録》諸書;次讀經,次讀文,次讀唐詩、試帖。而事事以敬爲主,因自號敬齋云。

四月,次子生於族兄光聰家,許予承繼,乳名瑶章。

是冬,仲兄往吕宋。

是年,凡學養有心得,即便劄記,名曰《語録》,後改爲《松村語類》。

光緒二年　丙子,二十七歲

在本軒課子侄。

是年,予自用功,并教子侄。時懷堂師仍在得樂軒,予以文章求教。雖奉親、處家、力行、教學，諸務甚煩，然時以敬將，心體惺惺，文思甚進。嘗於静坐時，味四子書，至“誠意”、“素位”、“坦蕩”、“仁實”、“深造”諸章旨，及想像宋儒光霽冰月諸襟度，樂道之心油然而生，因顔其軒曰“樂道”。

十一月，仲兄［自吕宋］歸。予自愧不能感格吾兄，以安吾親，益思所以化之。

時，朝廷有舉孝廉方正之詔，金蘇等勸予應舉，予吟詩以謝之。

光緒三年 丁丑，二十八歲

仍在本軒課子侄。秋，謁林橙圃師，聞古文之學。

正月，父染下消症，予多方求醫，日奉湯藥必親自煎嘗而後進。五月，消愈，元氣漸損矣。

是年，豐州書院請林橙圃諱學洲師主講。師閲予時文、史論、詩賦，擊節取之，俱置超等。告研友曰：“戴生才可遠到，可囑他來見。”予入見，師誘掖備至。予於古文諸法，頗有心得，皆師教也。師評取予史論、詩賦，悉刊於《豐州小課》，刊有《九日山即景》、《登天柱峰》、《詩山懷歐陽四門》諸作。

十一月，丁母吴太宜人憂。

初，母無甚病，予方謂事父之日無多，事母之日尚長。不謂傷寒三日，百藥罔治，遂至大故。予躃踴哀呼，既痛母死，復懼父憂。百計圖維，心血俱裂。葬事畢，染血症三年。

光緒四年 戊寅，二十九歲

五月，丁父勤齋公憂。

是春，予在家奉親養病，稍輟舉業。晨誦文昌帝君《孝經》，以祈親安；日看醫書，以知父病。每見父容憔悴，知其不久，涕泪輒流。告弟鳳書曰：“人子此時，當事事竭誠，毋使後日有纖毫之悔。”三月，父稍安，方望誠可回天。至五月，父復病，予延醫奉侍，無敢稍之離，而血症不使父知。延至廿九日，父元氣脱盡，如葛洪睡矣。予痛益深，嘗於苫次書聯云：“罪戾極天，不數月嚴慈俱逝；悲哀無地，願終身思慕如生。”初，父恐增予病，遺命速葬，遂以卒三日葬。附身附棺諸事,雖盡心力,而點主諸禮未盡,至今猶隱憾焉。

予居父母喪,雖血疾難愈,而百日内,每晨必奠;朔望必薦茶薦新;年節必備物盡敬。忌祭,先期必齋戒,值日必盡哀,祭品、祭器必豐潔,祭服必純素,臨祭必戰兢悚惶,如親在上在旁。此終身行之,不敢偶異者也。外如禮天地、祭祖宗、祭先聖,亦齋戒盡誠,如祭親然。非敢謂是,蓋必如此心乃安也。

冬十二月,金蘇見予撰聯皆有遠大之志,曰:“雖血症必無危矣。”

光緒五年　己卯,三十歲

在詩畫樓養病。

是樓與樂道軒相連,父寢在焉。初,予夜必隨父同寢樓下;父歿,乃與鳳書同寢。自此,節飲食,絶嗜欲,斂心氣,常思父母遺體不敢毀傷。每日静坐,細閱聖賢格言,餘或看勸世詩文,或看名人詩集,務在寬舒以養體。是年,本軒請黄則慎茂才教子侄。予日吟詩寫興以消憂。

三月,築承志堂。

初,父將歿,以不得建大厦爲憾。至是,承其志而築之,因以名堂。凡經畫勞瘁諸事,皆鳳書獨任之。予每謂吾親既歿,兄弟乃吾親遺體,宜加親愛。雖於仲兄間有煩言,然就與之親,兄亦終順;於弟則友愛備至,勸勉以誠,弟遂立志承家做人,少年能建大業。

十二月,[以]予三旬敬祝天地。

時研友李邦雋明經、邦光茂才,贈聯云:“遵先聖格言,學邃品端,知君有以自立;作後生模範,倫敦紀飭,愧我難爲同心。”

光緒六年　庚辰,三十一歲

仍在詩畫樓養病。

前二年守身謹密,是春血疾漸愈矣。

三月,省視親墳。

時哀吟二律,有“墳塋省罷泪如絲,痛與爹娘永别離”、“何日焚黄膺誥命,先人地下有榮施”之句。

八月，服闋。

予自丁艱，不入内寢。既禫，猶不入比御，復理舉業。

冬十一月，遷居承志堂。作《記》以識先人遺訓；作《勸孝十四咏》以訓後生。

光緒七年　辛巳，三十二歲

在本軒課讀。

是年，教紹箕、雲程等，課程認真。而日自主敬存養，究心時藝，做了許多工夫。

五月，與諸兄弟析爨。

初，兄弟議分産，旁人料其必有争端，蓋謂仲兄曾私賣公田也。予發起一念，以爲兄弟重，錢財輕，如得維持無間，予少分數百金，亦所甘心。乃吟絶句四章以示弟侄，并勸其勿究私款。果始終分析，毫無間言。

光緒八年　壬午，三十三歲

肄業鰲峰書院。

正月到福省，入鰲峰，受巡撫郭遠堂師課，從學博黄厚甫師學。予留心時藝，行事亦甚警省，友人以“篤學敦品”稱。

夏五月，毫光現於承志堂。

秋八月，在鰲峰應鄉試，登鄭孝胥榜。

初，予寓鰲峰之西偏。應試前數日，有巨鳥飛入西偏之宿舍，研友曰：“此是祥瑞。”予戲謂之曰：“百鳥朝鳳，瑞應必在藐躬。”揭曉後，外府在院中式者，果僅予一名。正主考，宗室侍郎寶竹坡師名庭；大主考，編修朱元叔師諱善祥；同考試官，郭師諱春瀛。《四書》題：“大學之道”一章，“夫子循循然”一節，“故君子有不戰”二句。中式第九十七名。

予登賢書後，思親不得見，輒流涕。嘗撰聯云：“成名親不見，廢讀《蓼莪》，何貴此身衣錦？追贈典非虛，新沾雨露，待看後日焚黄。”時有友人艷羡新貴，乃作《科名論》以破之，友人嘆服。

十一月,豎石旗於三世祖號"獅子戲毬"的墓。

初,祖墳百餘年不敢祭掃,蓋懼强姓之計較也。予謂:"祖宗生我何爲?縱因此而勞心力、壞功名,亦所弗恤!"遂往豎旗并祭掃;强姓來較,以理相諭,卒獲事諧。

光緒九年　癸未,三十四歲

春,赴公車,會試禮部。

正月由福州駛輪船,二月杪到京。覽山川風景之勝,見京師宫闕之壯。并謁崇綺、董恂、徐桐、寶、朱諸公,與士大夫游,大增眼界,亦豁文思。乃嘆蘇子由謂求天下奇聞壯觀者,信不誣也。

三月落第,五月歸。予益究心詩文,弟亦解丹青,日聚樓下吟詩繪畫,因名曰"詩畫樓"。

冬來,見長兒紹箕舉止誠篤,文機清遒,留意雕琢,大費精神。

是年,予在京時,四弟鳳書爲予養第三子瑶璠。予歸,不愜意,漸且教督,以冀成人。

光緒十年　甲申,三十五歲

設教樂道軒,遠方來學者衆。

時,從學生徒,皆究心時藝,以進取功名爲急。課以詩文,固專意窮搜;教以存養修省工夫,則不甚著力。予以評文之煩,益以世故之多,而返躬實踐之功,不無少疏。乃嘆爲文之果能害道也,世故之消磨壯志也。有志正學者,當以爲鑒。

光緒十一年　乙酉,三十六歲

仍在樂道軒設教。

時,遠方慕予學規嚴整,來學益衆。雖皆沉潛經史,然以文章爲急。予復爲課文應世,忙度一年。

冬十一月,修方伯贊娥公祠。

公裔式微,構屋無資,予倡捐百餘金,經畫寢室,俾得蕆功。

光緒十二年 丙戌，三十七歲

春，設教桐城，突蒙一難。

時，予以家居世故甚多，良友甚少，意欲設教桐城，冀廣觀摩。乃假館於世表陳超功舊舍。甫開館，忽有天外飛來之事。初，晉江李育才被流民遁去千銀，率衆追至吾邑文廟外，打死流民一命。武生傅會等，私索不遂，以污穢學宫控於府。李姓請善人張澤肅、舉人李春雲等出爲調停。適予督紹箕縣試，亦在桐城，[乃]請予共爲周旋，事未就而予歸家矣。後李春雲等調處清楚，約以千餘金修理文廟，而傅會等以私賄未得，再爲呈控。李姓求公親入禀以止之。李春雲以予素無玷行，可以服人，令李姓揑予禀首，而予不知也。禀入，府尊斥責傅會，議杖、議毆。適予到城開館。一日，傅會入見，予告以李姓妄揑，予實不知，當爲調停以諧其事。會唯唯去。適琉瑭吾宗一武紳，欲從中取利，陰告會曰："吾素知敬齋小心畏事，汝陰使丁衆入館迫脅，吾從後促他共迫李姓，私事必諧。"會依計而行，遣衆蜂擁入館。詎意陳姓見之，已與他鬥矣。鬥時，武紳果在門外。時，陳姓以門庭被辱，促予控府。蔓延甚久。予責李姓以妄揑之罪，罰他數百金；復思分外之財，不敢私爲己有，悉以行諸義舉。

予平時志在敦篤倫紀、讀書實踐而已，於世情機械都不甚曉。初，武紳以微言動予，予不曉其意，故有陰詭之計。後予復惱平時以正人自居，處世欠圓，易觸人忌。且數年來溺於世故，尚少修省，或者天之欲警予乎！因此，深自痛懲，益奮志於立德、立言、立功之事。

六月，歸自桐城。

九月，跋《定性書》。并出張子《西銘》、二程子《好學論定性書》、朱子《上寧宗劄子》諸篇，以示生徒。

冬十一月，修母墳完固。

初，母葬於詩山下池埔崙。至此啓視，壙内生紫藤，因爲《志銘》，鳩工勒石以封固之。

十二月，予與諸紳呈請重修南邑文廟，即於翼年興工。

光緒十三年　丁亥,三十八歲

謝絶世故,仍在樂道軒養晦。

時,後生求教吾門者多,予志在用會試功夫,僅收黄應麟、黄瓊宴、侯世忠、陳馨遠四人,與紹箕同學。予日以主敬爲功,以讀書、作文爲事。其文取法大家,詞旨亦頗静細。

春三月,排鄉鄰難。

時,石古林謝姓炮斃霞田田盾之妻。謝小姓,盾弱房,鄉中人將先鯨吞謝姓,後蠶食田盾。予憐之,亟勸收成。公親林瑞璜、侯光訓等以二千金處息,兩邊皆謂:銀必交予兄弟手而後安。於是,銀交合祥典。予爲勸鄉耆勿多妄取,甚費精神。事畢,盾叔喜,以兩百金送予兄弟,予曰:"祖、父未嘗取此分外財,予何敢以此玷家風?"弟亦不取。此事可以對天!仁仲茂才曰:"今之紳士,錢不入手,猶欲用心横取,况兩千金在君囊中而不取分文,誠難能也!"

秋七月,堂兄金蘇上舍訃至,詩以哭之。

時,金蘇卒於臺灣。予哭曰:"卅年總角交,而今難再;則其子之成敗,責在藐躬。"乃命其長子敏谷來學,訓斥過於己子。敏谷學有進境,惜往臺灣早亡。

冬十一月院試,應麟、瓊宴、馨遠、紹箕俱補弟子員。世忠次年亦入泮。師名聞遠近。

光緒十四年　戊子,三十九歲

復屏世故,養晦本軒。

時辭却生徒,只令瓊宴、敏谷與紹箕同學;而自一意存養,究心文章,以爲會試計。

夏六月,倡修格頭大路。

秋九月,南邑文廟鳩資孔急,予與張澤肅募捐。

時文廟捐貲,惟詩山最多,予心甚慰。偶成一律以紀之。

冬十一月,遷父骸於四鼎湖,作《志銘》以封固其墓。

初,父葬於興善山,堪輿家曰不吉。予每思父骸未安,泪輒涔涔下,費盡心力欲求吉地，而終難得。殆予薄德之咎耶？是年乃遷於此，爲《志銘》勒石以固之，尚未滿意耳。

是年，妻以多年不孕，憂甚，乃養四子瑶階。

光緒十五年　己丑，四十歲

春，公車北上會試，蒙薦不售。

三月試畢，黄蓮初等許爲决售之文，同考官王蘭篪師名濂，擊節取之，薦於總裁，不果售。

五月，歸至鷺門，娶妾林氏。

時因未有血脉，買妾，取名毓麟。予咏詩云："一囊冰雪滿襟塵，歸到鷺門偶買春。萬里看花成鐵漢，一時題葉豈情人？只因謝樹生庭少，欲乞鄭蘭入夢頻。天上若憐求種意，也應送我玉麒麟。"歸家後，閉門謝事，益加奮勵。

秋九月，到縣籌豐州[書院]膏火。

時，邑侯李笑山諱春輝請予到署曰："張澤肅謂閣下敦品篤學，久欲晤面。今豐州書院開課無資，將與閣下籌之。"予謂："此事不可因循，亦非一人能辦，宜速請諸紳共理。弟當任其役。"李令如言行之，遂共募捐數千金。是冬延師開課，豐州[書院]復興。李令自此與予唱和詩章；辭篆後，猶以詩柬相慰問云。

光緒十六年　庚寅，四十一歲

來學甚衆，予命生徒與紹箕同學。

二月，又北上會試。

時由鷺門舟至上海，忽遇解元鄭補弁，因與同船。補弁在船中感寒沉重，予奉藥保護，如兄弟然。至京復病，予保護如初。此事可對朋友得住。

三月會試，蒙薦不售。

試畢，諸友見予文，嘉之。有世侄金華章景仁述予文於國師孫子受先生之前，先生稱爲能手。同考官唐椿森暉庭師，閲予三場文字，逾格評取。惜薦復不售。

四月出京，保護守府莊國陞歸鄉。

國陞,同鄉人,時抱孫軍門節到京,以鄉親禮謁予。其人心亂目眩,常聞有鬼在門外罵他,自言將殺將斬。論者謂:孫軍門在臺灣開仗,死難者不旌其功,將功報與親戚,諸鬼含冤,故於抱節時顯露耳。予憐之,邀友人黄重光一路保護。到泉,國陞甚感恩焉。

五月到家,益志於扶正學、行義舉。

予歸後,深嘆前數年不專用聖賢實踐工夫,凡所欲行義舉,一切姑置,只爲究心時藝,私冀登進士,請封誥,以榮先人於地下。今此志不償矣,則平日所欲踐之事,亟宜勇行,方不錯過了一生。

夏六月,出施棺捨藥告白。

此舉不甚費錢。

秋九月,總董詩山書院事。

同治間,諸紳衿就山頭東嶽廟後築祠以祀朱文公、歐陽公,先子曾捐佐之。工輟,共擬爲詩山書院,但規模粗具而窄狹,且缺香資膏火。先子志欲充田爲香資,特無同志耳。予登科後,思成先子之志,欲就此祠擴爲詩山書院,奈始而紛煩世故,繼而奮志功名,故遲遲至此始倡捐數百金,幸詩山人皆踴躍就捐,事賴以成。

初,予欲興[詩山]書院,金丹深以難於捐貲爲慮。予曰:"此先人志也,予鬱蓄數年矣,若因循不爲,則此事無日可成。吾惟盡吾心力,如有不敷,緩緩積累,總期必成。"何幸倡一出而人皆慫恿助成。可知人之欲善,誰不如我?特無有以倡之,則端倪莫闢耳。願有志行義者,勿因循了事。

冬十月,定先祖廟三祭禮。

前十餘年,栗脚廟圮,先子與諸紳耆重新之。工竣,將定祭期,予曰:"冬祭始祖,春祭先祖,此程、朱遺訓也。吾宗始祖廟既祭以冬至,樂天公廟宜祭以春分。"衆韙之,祭期定。而廣坡公、象坡公二廟,未行大祭禮。是冬,予見二廟俱圮,宜行修葺,鳩衆共議:易忌祭而用大祭,定祭期於春分、夏至,既可籌貲以修廟,且與孟詵二分二至之祭禮吻合。僉曰:"可。"卜之祖考亦叶。明年,將以先祖三廟統行大祭禮。爰設簿正,録祭田、祭品、祭禮、祭文,以垂後鑒。

十一月,長孫天根生。

十二月,定始祖廟焚香守廟之規。

先子二十年前充租於始祖廟,以爲守廟焚香之費,而費猶未足。至此,乃與弟議,湊成兩百金買田,并定年年一人守廟,每晨焚香掃地,每夜焚香燃燈,如有公事入廟,則守廟者供其役。此亦敬祖敦宗之一要也。

是月,著《年譜》并《序》。

館課既暇,紹箕請編《年譜》,因就半生事實,令草其大略如此。

光緒十七年　辛卯,四十二歲

正月,辦詩山書院捐務,迄無停日。

二月,立樂道軒課規。

時諸生來學,爲立學規。令其以《小學》、《近思録》及聖賢經史格言,與時文分配用功。然諸生猶多趨時文一路去。甚矣,踐履之難也!

四月,議修福山祖廟。

初,仁齋公易堡爲廟,建一進,以官事輟工。予每謀建成此廟,諸親以無資相諉。予乃出數十金爲之倡,并將舊欠公銀者,順便勾清,以爲建廟之費,且弭諸親之争。不敷,又將予公田底抽出數十金,以爲有公田底者倡。費盡精神,而議乃成。

夏五月,遍處勸捐詩山書院,并籌通禀。

時,吕令元恩嘉予精勤辦公,捐俸百金相佽。議通禀各大憲云。

秋七月,修築福山祖廟。

時予命弟鳳書司其役。先築下進,次修上進。至十二月,土木黝堊工竣。予次其主牌,衷其祭禮,盡敬祖之微忱。

八月,妾生五郎瑶京。

九月,閲鄉闈墨,嘆世變。

時闈墨出,予見其文有機鋒粗莽之氣,謂諸生曰:“文章關乎氣運。今文有動機,恐天下自此不静矣。"

冬十月,定詩山書院買田規條。

買田召佃,流弊甚多。予悉心酌定買田規條,冀其無弊。自此遍處鳩資,遍處買連底之田。至十二月,買三千餘金的書田。

是冬,書院、祖廟,兩任其勞。予與弟及兒,焦思竭慮,日無閒晷。

光緒十八年　壬辰,四十三歲

春,北上會試,堂備,額滿見遺。

正月,由厦搭輪抵津,天寒地凍,一路艱辛,遲至二月晦始到京。三月試畢,業師唐椿森閲予文,許其決售。四月榜發,覽遺卷,同考官傅臚彭述號向青師擊節取之,總裁霍穆歡亦純取,竟以額滿見遺,僅堂備而已。予作詩,有"三薦虚名深惱我,四門嗣響屬何人?"之句。然好義重道之心益切。

五月杪回泉州,黄霽川先生來訪予寓,談道論文甚契。

霽川先生退居林下,主講崇正書院、清源書院時,早聞予品學。至是相訪,閲予卷稿,曰:"爐火純青之詣而不見售,可惜!"由是言及道學源流、國家政務及我輩當行諸義舉,相契甚深。

六月,購地建詩山書院東軒。

此地多小田、厠池,且有劣衿頑民從旁阻撓,予與兒輩勞盡心力,地始買清。七月興工,有余姓舊墳,聽劣衿暗唆出阻,勢極凶狠。予先向馮侯彬蔚文卿陳情,懇其出示嚴諭;次集諸紳,曉以情理。事遂諧。邪不敵正,信已!自此馮侯與予契如膠漆。

八月,排蓬島生員郭章難。

初,章被累命案,冤甚難解,官將臨鄉,章兄跪[求]救。予乃陳情於馮侯,極力勸解兩造,事遂息。郭章感恩,以女妻[予]養子瑶璠。

是月,息鄉鄰争鬥,自損其業。

中秋日,堂侄谷悻在福林口蓋屋,與楓樹林姓鬥狠兩日,遂各控官。予在蓬島,聞訊奔歸,爲之息鬥止官。公親酌移[悻屋址]數十步,適是弟鳳書田。此田爲先父勤齋公夙籌之地,鳳書重其利,欲[將田]盡歸悻。予思:先人爲此費盡精神,蓋屋不成,實有隱憾。今何忍盡棄先業?因極力理諭,心瘁唇焦。後乃互相換地,就悻之屋左自建一宅,名紫薇堂,將以祀先人云。

十月,書院東軒成。遂就舊築上、中兩進,加以磚石瓦木,區以間舍,環以欄杆,施朱加漆,焕然一新。至年杪蕆功。

是月,建床榻、椅桌諸器,以爲開課用;製籩豆、簠簋諸器,以爲大祭用。

十二月,與馮侯請舉人陳君翼謀主講詩山,并定章通詳。

陳君爲故給諫頌南先生令孫,予慕其家學,因請主講。是月,予訂《書院章程》廿八條,幾費焦思,欲求久遠無弊之法,復酌之馮侯,商之霽川師,然後通詳存案。幸各大憲均許可。

是月,予與紹箕學琴養性。

初,永春陳韻蘭明經贈予古琴,并示紹箕琴譜。予自知性直而行急,恐有不合於世,故欲藉絲桐以養性爾。

光緒十九年 癸巳,四十四歲

正月,詩山書院開課。

時,予料理院事甚忙。臨期,馮侯親詣書院,與紳董師生行釋奠(菜)禮,環欄觀者以千計。禮畢,考甄别,經評騭者九百餘卷,士風爲之一振。予與馮侯等賦詩紀盛。

二月,建紫薇堂。

初,予殫盡心力,乃與悻换地。是月起蓋,將建大點金,以爲崇祀勤齋公計。楓樹林姓見予所蓋比悻較爲得地,因妒生恨,乘夜毁墻。予請官嚴辦,林懼,聽予起蓋。秋來屋成,適予將起階紫薇省,因以名其堂云。

四月,議捐内閣中書。

初,朝廷有礮捐之舉,馮侯請予襄辦捐務。予勸諸殷户,皆踴躍就捐。馮侯益引重之,勸予援捐例以請獎。至九月,奉諭旨,准以内閣中書,分部行走。予將於明年會試,到閣供職,以爲請封誥計。

五月,馮侯將辭篆,重到詩山書院視學。

時,予祖餞馮侯,即席賦詩,意甚殷勤。予言:“泉南鬥風之烈,皆由命案不控實犯,只控殷户;殺人者不必償命,故强梁之輩,敢於横行。”馮侯曰:“此等事官長亦不得認真律辦,惟有仗鄉紳調處而已。紳士能爲息事,亦是大陰德。”言罷,相與嘆息久之。

是月,調息吕、黄命案。

予與馮侯慨言命案後十餘日,忽有前街黄姓,銃斃吕姓一命,黄姓向予求救。予爲止官勸和,費盡精神。復爲填(墊)四十金,事乃息。益嘆馮侯之言,若爲之兆也。

七月,始輯《詩山書院志》。

予初無作志意。及書院告成,予方稍慰。而衆以爲此時雖興,恐將來不免有侵漁紛更之弊。予懼,始有纂志意。

八月,復調息吕、黄命案。

時坊前黄姓,斃吕姓一命。黄姓屢次求救,予懼耗神廢學,不欲干與。黄姓托同年黄蓮初攀予調停,予乃出爲勸解,命四弟金丹終其事。

九月,又調息蘇、吴命案。

時古宅吴姓斃蓬島蘇姓一命。孝廉吴君拱震,以予負重望,請予調處,事亦終諧。三案不待官辦,皆以予言息事,然予志終不以調停爲能事,惟嘆世風之不知何日轉耳。

是月,辦詩山書院鳩資購田事,并設藏書所。

既望,祭先賢畢。令紹箕暨諸同志,鳩捐貲,買書田,爲核實勒碑計。并設藏書所,購求書籍以藏之。

十月,撰《詩山書院碑記》,并撰《溯源記》。

是月,寄顔於温陵,作《小照序銘》。

昔朱子四十四歲癸巳寫照,予適逢是年寫照,因爲銘并序,以寓愧勵之意。

是月,與宋侯論便民事。

時京畿水灾，捐賑甚急，宋侯尊爵請予協辦捐務。予以屢次官捐，民不堪命，委員私索尤慘；請宋侯勿用委差，惟仗正宗紳士以勸捐，較爲便民。

十二月，[詩山]書院買田、請師諸事辦清。并理晉京事務。

光緒二十年　甲午，四十五歲

赴禮部會試，入内閣供職。

正月，孫天水生。

上元節後，起程晉京，一路稽遲，至二月杪到京。

三月會試畢。蒙王大臣驗看，赴鴻臚寺謝恩。

四月初三入内閣。初八謁見額、張、福、徐、麟五中堂於朝，并入直中書省，辦漢票籤事。覃恩錫二代五品封典。

予登科後，以先人不得見爲憾。急欲請誥焚黄，故有入閣之舉。至是得誥贈二代爲奉政大夫，初心稍慰。

中旬榜發，仍下第。

初，予意若春闈不中，必留京供職。因第二次在朝房，朝珠偶斷，乃求籤詩於正陽門關帝，蒙示南歸方吉，由是告假回籍。至六月，日本逼犯京師，時勢瀕危，仕於京者，不得告假，多遭憂恐，乃嘆聖神之相予良厚也。

五月，歸至泉州，與張太尊名僖論時政。

張號芸舫，與予同年。予論時政得失，張甚引重焉。

六月專攻古文，著有《古文劄記》一本。

時研究《史記》、《漢書》、《西漢文選》，唐、宋八大家諸書。喟然嘆曰："當以馬、班、董、賈、韓、柳、歐、蘇之筆，運周、張、程、朱之理，庶幾載道之文，凡有所得，即便劄記。"後彙成一本，捃入《松村語類》。

九月，[詩山書院]祭先賢，行頒胙禮。

前祭朱子未有頒胙。至是，作《頒胙説并章程》，俾與祭諸生曉然於受福同福之義。

十一月，議重建小宗。

小宗爲誥贈布政使廣坡公所建,時易爲大點金,以便後人修葺。

光緒二十一年　乙未,四十六歲

築松村精舍。

正月,因倭寇逼近京畿,不敢晉京。是月,就承志堂左築松村精舍。暇時復輯《詩山書院志》,至夏間,八本成;尚留田圖二本未繪。

三月,詩山書院勒碑成。

四月,到[南邑]聖廟議建節孝祠,并爲捐數百金,以佽其成。

五月,主講[安溪]崇文書院。

初,予建詩山書院時,有安溪廩生吴宗岱來從學,予以就地興學勸。吴歸,與諸紳議,就該處朝真庵廓爲崇文書院。至是,請予爲山長。開課時,即講敬静合一之功夫,深辨陸、王之非道。嗣是,每月課,認真評改,安邑士氣爲之一振。

九月,六兒瑶庭生。

十一月,赴南邑文廟行慶成禮,并定節孝祠章程。

其章程務要采訪節烈,不使遺漏,籌畫烝嘗,可使永久。

是月,哭黄霽川先生於喪次。

時,予謂諸紳曰:"六先生亮節碩學,將來必祀鄉賢,方可振作士大夫之氣。"

十二月,松村精舍成,行釋菜禮,作記。

光緒二十二年　丙申,四十七歲

正月,募印《歐陽行周公文集》,并序。

時,詩山罕見《行周公文集》,予訪公之裔孫廖崇文,得其舊版。爰鳩貲修版,印有四百部。并爲《叙》以志其宗仰云。

二月,上蔡邑侯《請修南安縣志書》。

時,予愴念《南安縣志》二百餘年不修,亟上邑令蔡軒書,勉其倡議修輯。不報。

三月,邑令蔡軒、廣文郭績昌,請予排解蓬島洪、郭事。

四月，同安溪縣令李綺青赴崇文書院開課。

時，應課生徒有數百人，予賦詩二律紀盛。翼日，率諸生游清水巖，觸景感時，亦賦二律。

五月，胞侄捷陞卒。

捷侄性恂厚，血疾年餘，予出參茸以療之，顧視備至。不治，哀甚！

是月，定先考、妣祭禮。

時因先人受朝廷誥命，禮宜三獻。謹遵典禮以祭。

七月，長兄嫂林氏卒，予亦染瘧疾。

予雖染瘧，志不稍懈。時令四弟辦理小宗事。

九月，刊印《楊忠愍公遺集》，并作序贊。

時，廩生柯啓與予議刊《椒山集》，予慕公忠烈，爲作序、贊，并編次以廣其傳。

十月，辦小宗升主等事，行慶成禮。

十一月，作《續敬齋箴》，以明聖賢心法。

予素服膺朱子《敬齋箴》，至此，悟得聖聖賢賢皆以敬爲主，乃續作一箴，以明列聖心傳。黄厚甫師云："此箴大有關於道學，學者所宜服膺。"

是月，舉詩山書院值董，升歷代節婦主祏於[南邑]節孝祠。

時，[南邑]節孝祠工峻，諸董事無意升主，予到城邀王海門辦此事，升主之期始定。

十二月，詩山書院作量田議，始命紹箕遍繪田圖。

是月，解彭口陳、李冤，作《募金息事啓》。

彭口陳、李兩姓，結冤五年，斃命、焚屋無數。予屢次勸解，至是息事。尚缺經費，予作一啓，以勸同志，事遂諧。

是年，專看古文、性理諸書，留心著述。每念國家積弱，時事日非，輒愴於心，恨無以振之。至勢利一途，絶無動念，時以安處、善樂、循理爲心。

光緒二十三年　丁酉，四十八歲

正月,纂《郭山廟志》。

時因[詩山]書院量田未完,無可成書,故先纂《郭山廟志》。

三月,鄭太尊請予到署,理洪、郭事。

太尊名秉成,號鉞卿,忠厚人也。因蓬島事難斷結,請予調停。予承太尊命,不得不往;調理外事,實非素志。

四月,天大雷電以風,民屋多壞,予深自省。

五月,始開福鼎山樂邱。

時,堪輿家顔鵬受,永春人,爲予相此吉地。鵬受,予甚厚遇之。

七月,募修陳敬榕、屺園二先生祠,爲記以永其傳。

八月,《郭山廟志》八卷成。

自正月採摭,日無停晷。闢盡仙佛虚誕之説,專以忠孝正神作主,却合郭聖王心事。鄭太尊、吴殿撰見而嘉之,各撰序以梓行於世。

十月,鄭太尊、吴教授復請予理洪、郭事。

予與吴省齋、李石鶴調理此事,頗煩心力。雖義不可辭,然每以世事害道爲戒。

十一月,與禮部正郎黄謀烈議補郭太王、太妃墓龍。

河源格爲墓龍之過峽,忽然大崩,必傷龍脉。予愴然於心,亟謀諸好義者。適黄佑翁有舊存公款,囑予爲修墓之資。遂鳩工修固之。

光緒二十四年　戊戌,四十九歲

正月如京師。

三月初一到京,入内閣供職。

時直中書省。有句云:"帝許菲才充内史,臣從禁地識天顔。投筆雖懷千里志,駑駘何以濟時艱?"

初八,見崑筱峰、翁叔平、徐蔭軒三中堂於朝;與蔭軒師論臺灣苦况。

時,蔭軒師問臺民如何?予歷對以日本賦重,臺民難堪之情形。賦詩一章。

是月,會試榜發,仍落第。

時,旅順、大連灣等處,俱入於夷,聞之傷心,恨不能爲國宣力。感成一律,有“成名有數休悲恨,報國無才愧聖明”之句。

是月,見泉永義冢荒頽,惻然於心,邀衆修之。

閏三月,時朝政紛紛,康有爲等謀變舊章,予意欲上疏,不果。

疏意謂:“今日國家之弱,在舊章不整,不在新法之行。倘文武官軍能確守祖宗成法,事事認真,各盡心力,國勢便可振興,不必沾沾以西法爲尚也。”方欲求堂長代奏,而諸友以皇上專意西學,深信康有爲,非可力争,共勸止之,事遂寢。

是月,皇上駐蹕頤和園,蒙派領事,因歸期太逼,入閣告假,不與焉。

時,慈禧太后久住頤和園,皇上每月詣園問安,各衙門皆派領事以扈蹕。予因同行友促歸,不得與領事。賦詩以志感懷。

遂於是月出京。

予感憤時事,隱隱有遠害之意,遂決意出京。至六七月間,内閣中書林旭,果與康有爲等因謀逆正法,同寅被參者甚多。

四月到上海。

予見風俗奢侈,蠻夷猖獗,愀然於心。遂遍游名勝,觸景賦詩,聊以消遣。

五月到家,喜長男紹箕考列優等補廩。

時紹箕蒙戴學憲鴻慈取列一等第二名補廩。

九月,侯岳母褚孺人卒於家。喪葬如儀。

岳母就養予家十餘年,予與宜人素厚待之。至是易簀吾家,如儀葬之。

十月,嫡配侯宜人卒。

宜人少受岳母鍾愛,十七歲歸予,吾母恐其難理中饋。乃自入門以來,拮据營辦,備極勤勞。予侍奉二親,不敢失節,皆宜人有以助養之;予咯血三年,得獲痊安,皆宜人有以調護之;予一載鰲峰,五次京都,無内顧憂,亦無非宜人有以相之也。卒之時,附身附棺俱從厚備。以予官内閣,例得封爲宜人。

十一月,葬侯宜人於烏鴉坑。在高蓋山。

臨葬之期,親友、生徒雲集松村,吊奠有數百人。予爲備葬具,悉依典禮。凡俗用鼓吹繁華之類,一切屏去不用,蓋欲世人知禮之不可苟也。

光緒二十五年　己亥,五十歲

正月,定福山祖廟祭禮。

初,諸親以"祭費不敷,難行大祭"諉之。予謂:"先祖廟三祭既定,况福山一廟,尤爲近祖,予既備員鳳閣,何可不如儀致祭?"乃充田一段,以增祭費。定春祭以正月十八篤公忌日,冬祭以立冬日。

是月,疫氣遍發,妾林氏、男瑶京、侄家駒,相繼歿。

二月,疫氣再發,媳婦郭氏、長孫天根復卒。

時,詩山人以疫死者不可勝計。雖是氣數使然,然予益加猛省,自繩自糾,不敢諉諸天數。

是月調息本族命案。

時,族叔迴文蓋屋,迫傷大宗,族人出爲阻"傷"。予因家難甫平,無心維持,遂至決裂。及斃命後,予尤不得不維持。焦心勞神,幸鄭太尊、蔡邑侯皆有照應。至四月,事息。

五月,上翁邑侯書。翁名天祜,廣東人。

時上書千餘言,歷陳税契、舊糧、轎班、原差之擾累。蓋因翁侯爲人忠厚,留心時政,故攄我積憤,以冀其轉移也。

五月初四,到錢塘送吴殿撰魯晉京。

時相與傾談天下事,深有江河日下之慨。

六月,娶繼室謝宜人,詩以箴之。

續緣之時,予恐難於和睦,作七排律二首,有"翟茀褕衣縱大觀,詩人容易做人難。鸞膠我續徽弦韻,燕處卿爲屋漏官。夜聽鷄聲休性懶,晨趨鴻案貴容端。郝鍾禮法千秋重,祥覽衣裳一樣看"之句。

七月,到泉城,與刑部黄爾漚、王登瀛等,上《節略十二條》於翁邑侯,以求甦民困。

是月，輯《松村語類》。

暇時，將平日所識有關身心世道之言，彙成數百條，分爲兩本，名曰：《松村語類》。輯至九月竣而序之。

八月，排族人難。

時，戴泉𡸣下埔一命，官將臨鄉，予爲極力維持。至十一月事息。

九月，次男生孫天偉。

十月，泉州科試峻，謁本家學憲於考棚。

學憲名鴻慈，號少懷。謁見時，少翁意甚殷勤，相與談古今事宜。勸予出山，以副蒼生之望；及觀予不欲出，復言將爲薦漳州丹霞主講。予復以遠辭，只言著述諸書將寄學署就正，求弁數言，以傳於世。

十一月，送少翁起駕。遂游清源、紫帽、雙陽、蓮花、九日諸山，賦詩撰聯，以攄襟抱。

是月，解鄰鄉難。

時，鳳坡梁姓因税契鬧事，翁侯怒，將親臨，梁姓跪求救。予爲極力勸解，至霽顔息事而後已。歸後，深咎俗事紛煩，恐滋過失，决然有謝絶世故［以遂］研究性理之志。

是月，襄辦南邑團練；并督練一族"被陣"。

十二月，作《告天表》以酬天地神祇。酬畢，行宣制、改題、焚黄禮，并竪墓道於格頭。

自春來感疫，祈禱天地神祇，即有酬謝天恩之意。且二代誥軸既賁，亦宜行宣制、焚黄禮。故諏吉於是月，二禮并舉，以表敬天地，揚祖、父之微忱云。

松村文集卷一下

自著年譜(二)

昔程伊川年逾五十,不求仕進。司馬温公薦曰:程某力學好古,安貧守節,言必忠信,動遵禮度,真儒者之高風。宋哲宗遂以伊川程頤爲崇政殿説書。

昔朱紫陽年四十四,梁克家奏乞褒朱某。宋孝宗曰:朱某安貧守道,廉退可嘉。遂有主管台州崇道觀之命。

今敬齋行義,實於程子力學好古之言,朱子安貧守道之語,有合焉。

光緒二十六年 庚子,五十一歲

正月初二日,七兒瑶珠生。謝宜人於除夕犯七,元旦動胎,至初一夜丑時生。懷胎僅七個月,幾危而復安。

是月續輯《詩山書院志》。

二月,鳩衆議馬頭一帶至詩口入書院,以成詩山全局。

道光初,鄉前輩盟祭朱子,劉林以下皆不與祭。及書院成,僉云:自大演至詩口,宜盡入書院,方成詩山全局。歲貢生陳君宗垚,欲出勸捐,爲書院公貲,予不敢自主,鳩衆公議。僉曰:可。議乃定。

三月,到馬頭侯、雷、陳、黄諸鄉勸捐。時,陳君請予到處勸捐,共募有一千餘金。

六月,與譚邑侯子俊議團練、修志。時,天津爲教堂起釁,中外大戰。凡府縣皆募貲團練。予與諸紳請團練、修志合辦,譚侯許之。

七月,長兒紹箕生孫天祚。

是月諸夷陷北京，皇輿播遷。時諸夷入京蹂躪，皇上幸陝西。予憂國之心，形於辭色。因吟七絶四章，以志感懷。

八月，《詩山書院志》十卷成。

自正月杪纂修，日夜不輟。修到得意處，胸襟快然，益嘆世味苦而道味甘也。十卷中尚有田圖諸類未完，亟郵寄到省，求學憲戴少翁撰序。時予偶成一律，有"山川得我應生色，學校何人共主持。寄語詩村諸秀士，勿將覆醬負心期"之句。

閏八月，營樂邱於福鼎山。

十五日，禱雨於柯布村仙井。自七月杪不雨，民甚苦。予十五日齋戒詣仙井，禱雨於通濟龍王。禱畢，到詩山書院，頃刻間即興雲致雨，淋漓累日。予賦詩志喜，并作《記》以永其傳。

是月，募捐團練、修志公貲。時與刑部王登瀛勸捐詩、陶一帶殷户，予一毫無私，頗懌衆心。

九月，詩山書院鳩馬頭等處公貲。時刁生葉景淵等招集群小，擠排毀謗，不許馬頭一帶入書院，意欲破詩都全局也。予堅持公義，日日令兒輩到馬頭各鄉，鳩貲買田。至年杪，共買書院田一千餘元。

是月作《興善院碑記》。

十月，作《資福院碑記》。《記》中力辨是院非行周先生所構，見院構自先生之祖父，益知先生之產自詩山也。

十一月，作《正學篇書後》。時讀《陳紫峰先生文集》，深贊《正學篇》爲探微詣極之作，宜置卷首，以見正學之傳，不當列在卷末。乃作《書後》以識所見。

是月，族中爲六分山與中房張姓爭訟。予初甚不欲鬧出事來，及訟後，恐失大體，又不忍不維持。深嘆俗冗之累人不少也。

十二月，立望柱於祭冬山先妣吴太宜人之墓。

是月始纂《四書闡義》。予於四書中，凡有所獨見，而不背於孔、孟、思、曾正旨者，間綴數十條，匯著成帙。

光緒二十七年　辛丑,五十二歲

正月初一日,作黄太史霽川師聯句。霽川師歿後,予深惜陳太史爲作《墓志》,將其有關道學處,不爲威惕不爲利疚處,均説不透,恐將來無以闡幽。且慨然於世風日下,不躋先生於鄉賢之列,無以振作士大夫之氣。爰綴數句,以志感懷。

是月,吴省齋等來調停吾族與張姓事,予煞費心神,以期事之得諧。

二月中旬,與王少尉詣仙井禱雨。時彌月不雨,邑令譚彦先憂之。予以仙井之靈告,譚亟命王捕衙名廷俊,與予賫牒禱之,竟日未雨,翼早,予再具疏吁求,辭甚逼切。禱畢,大雨淋漓者數日。

三月,到郡開修南安縣志局。

開局時,諸紳議論紛紛,有不用人采訪者,有纂輯各欲取修金者。予謂:非到處采訪,無以詳其底本。至纂志欲各取修金,恐將來經費不敷,必至半途而廢,不如各任其役,勿取修金,較可望其成也。僉從予言,而修志之局乃定。

四月到安溪。時予謁郭太王太妃墓,見其墓式墓龍修葺頗固,喜甚。由便道抵崇善里,肄業生各執禮物來見,盛稱予之實心育才,爲晚近所罕覯。

是月,夏氣薰蒸,鼠疫死者不計其數,吾鄉亦死數百人。予歸静養,家獲平安。曾印《鼠疫彙編》百本,以廣傳布,如方服者,多獲安痊。

五月,作《曾王父仁齋公事略》,作《黄太史霽川師像贊》。

六月,予有疔患。時予患顴疔,風毒甚多,兩眼皆紅,幾危而後安。

七月,再染血疾。時予因家務日窘,次兒有過,大加煩怒,嘔血甚多。紹箕力勸予吃鴉片以止血疾,漸至成癮,予甚悔之。

是月,天祚幼殤。

八月,辦修志采訪。時詩山彭溪一帶山川文獻,予皆細心訪之,不以抱病而稍疏。

是月,新築龍潭陂。是陂爲闔族水利所關,自仁齋公築後,陂基不固,爲大水所壞。予增廣二十餘丈,以寬其水勢。計募金二千餘,需石六萬斤,予與紹箕悉心籌晝，備極焦勞，迄年底無曠功。

九月，爲詩山除學蠧。

十五日祭朱子時，刁生葉景淵，與子藻鴻，不許馬頭一帶與祭朱子，百計擠排，詩山人皆不平。予懼院事日壞，具公稟於譚侯。譚侯出示：將景淵父子革出書院外，不許干與院事。後藻鴻將告示毀碎，譚侯立刻要取藻鴻學份，詳請斥革，一并究辦。予思君子不爲已甚，謂譚侯曰："論罪當革功名，但鄙意不忍辦到盡頭，請漸寬之，以俟其悔過。"譚侯深嫰爲"寬厚長者"之言。

十月，到縣辦修志事。時諸紳虚延歲月，無實心辦事。且所收捐金皆各挽在身上，少有坦白歸公局者。予甚憂之，乃將捐金賬目一切歸公，欲以激諸同事。時邑中人謂，修志之成，專望於予，予益自愧焉。

是月，長婦吕氏卒。

十一月，在郡議祀黄霽川師。

時崇正書院成，已祀鹿太尊矣。予謂：崇正之基，始於霽川師，宜立主祏以祀。諸紳以爲然，議遂定。

此事惜予歸後，諸紳泛泛相視，竟寢厥事。

十二月，予體稍恙。時予辦築龍潭陂事，鳩貲鳩工，心力煩勞；兼以福鼎山與張姓事再翻覆，欲收不得，欲破不得，幾費焦思；又詩山書院諸事，宜加料理。心煩力倦，脾胃受病，飲食不下。幾服藥而後愈。

光緒二十八年　壬寅，五十三歲

正月，再娶泉州府城陳氏爲長繼媳。

是月，與孫參軍禱雨獲驗。時春雨不降，民難播種，萬太尊本敦令經廳孫爾壽與予到仙井禱雨，牒甫焚，雨遂降，淋漓累日。

二月，與安溪縣令陸錦燧詣崇德書院開課。

書院在長坑墟上。予與陸公到院開課，爲立課規十二則，以勖多士；并爲訂書院章程，通詳大憲；作《書院碑記》以垂後鑒。暇則集多士，講明聖賢旨歸，以及古文家法。遂留心纂《四書闡義》。

三月,到湖頭榕村,拜李文貞公。

予由崇德歸至湖頭,見山川勝概,瞻先哲儀型,賦詩八章;并撰賢良祠聯,以志景行。大有“低徊留連,不忍去之”的意。

是月,築龍潭陂慶成,費三千兩百金。

是月杪,復詣仙井、龍山廟禱雨。予歸家後,見赤日如焦,百苗盡槁,憂心如焚。遂作《禱雨疏》兩篇,求通濟龍王、廣澤尊王。疏焚而翼日大雨。咸以爲予之誠心所格云。

四月,闔郡大疫。

是月,疫氣大發,無家無之。予惟戒家人清心淡味。仍然究心經史,評改崇德課卷,不少輟。

五月,族人與張姓争訟六分山。

此案始,譚本縣欲親臨,予幾經維持,至是月堂訊,將張姓管押。予意欲收成,而張姓逞刁,予焦心屢矣。

六月,龍潭陂崩。是月大水,陂崩十分之三,予復焦心於此。蓋當慶成時,不敷三百餘金,皆予先墊。至是復崩,甚難籌畫。

是月,作《四美橋碑記》。是橋在安溪建口,築一萬一千八白金。予嘉其盛舉,爲作碑記。

七月,再鳩工補築龍潭陂。

是月,予爲諸事焦勞,身體日瘦,食不下咽。

八月,議修龍山宫,并新築崇孝祠。

先是,予見龍山宫陊塌,與禮部黄公謀烈議修,[黄公]捐有千餘金。至是,有洋客林雲龍在新嘉坡捐六千餘金,請予商定章程。而山頭社衆議紛紛。予幾費調停,乃將龍山宫歸林雲龍修葺;將黄禮部捐款并山頭社捐款,就宫左新建崇孝祠,以祀太王太妃。

九月,與捕廳張友寶詣仙井、龍山宫禱雨。

秋來,闔郡巨旱。予承萬本府札,與捕廳禱雨三日,始仙井,後龍山宫。備極誠心，而甘霖立沛。

是月，族人與張姓覆訊。先是張姓管押，百計求勝。適新任黃雲龍代理，受張重賄，拗斷。予與辯論，幾費精神。

十月，到修志局催修志事。時諸董事皆無心辦事，虛糜捐貲，予甚憂之。

十一月，辦省控事。先是本縣黃雲龍拗斷，闔族不服。予亦以祖山被占，勢所必争。因辦省控事，幾費心神。

十二月，纂《四書闡義》自《大學》至上《論》下《論》成。予自秋來脾胃虛寒，飲食日減，兼以諸事煩心，顏容漸瘦。然纂輯《闡義》每至更深不輟。間有一二得意處，則心中快然勝於服藥。至除夕而三本稿成。

是月爲四兒瑶階完婚，娶侯長書表弟女。

光緒二十九年　癸卯，五十四歲

正月，晉省。并赴會試，不果。

初，南安縣黃雲龍拗斷公山，與予有隙。兼以戴梧楊等用日本照會以嚇雲龍，予實不知，而雲龍因此益憾於予。十二月底[黃]通詳大憲，誹予甚重，全案俱抑戴揚張。予懼大憲批回後闔族或遭其虐，即於正月初六起程到福州，托友翻起全案，由府秉公訊斷。予方喜此案既翻，可以信心到河南試。不意躬染風寒二次，兼以河南路程萬分艱苦，侯君培光等力勸勿往。正遲疑時，忽聞劉林侯姓與黃埔梁姓，在本鄉留安宫，因迎春鬧事，族人幫鬥，致傷命案，累及戴姓。弟鳳書、男瑶章，俱被冒控重名。雲龍乘此案欲與予爲難。鳳書、紹箕托友排解，亟飛函通知[予]。二月間，予坐輪到厦，復接鳳書信，始知被雲龍索重款而去。予歸家，方欲力争此案，而鳳書及被控諸人决不欲翻，予無奈停止。

三月，調息祖山事。

初，張姓托福州經管鄭伯榕等求息此案，鳳書以梁、侯被累之事，乃是族人幫鬥，致累我家，後族人全不相體恤。今公事宜看破收成，方不再受族人之累。公親亦極力勸收。予集各房長議收，皆無異議。後戴東梅以公事一收，則己無生路，從旁蠱惑好事之人。此事再决裂，公田變賣二千餘金，至今尚不能息事。

祖宗有靈,能無恫乎！能無譴乎！

四月,閉門著書。

初,詩山人以雲龍與予有隙,謗誹日至。族人被東梅蠱惑,亦肆讒言。予全不以爲意。惟再纂《四書闡義》數十章,彙《松村文集》十餘部。外事一毫不與。

閏五月,黄雲龍撤任。初,雲龍行伍出身,抵任後肆虐無度。南安二十九都戴規矩住屋二座,無故妄焚,闔邑皆爲不平。規矩造門求伸[冤],予正月晉省,即帶規矩控於大憲。是月,大憲撤雲龍任,調省察看。委員倪宏仁助雲龍爲虐,亦革職。

八月,到修志局。

先是,修志一節,諸紳皆無實心辦事,誹語日至,闔邑皆望予出爲整頓。不料予到局鳩諸紳士,用一月之功,未能一氣和團。惟督司賬者分類彙稿,俾可纂輯而已。

是月,作《洪經略傳》。經略歸誠我朝,世以二臣目之。予觀其奏對、筆記,言皆王道,無雜霸氣。乃爲作傳論,比以管仲,實是持平之語,可爲經略昭雪。

九月,染瘧疾。予祭朱子後,感冒風寒,發瘧十餘次。至十二月,身體尚十分羸弱。然著述之功不懈。發瘧後,猶作古文六七篇。

九月初五日,八兒瑶瑾生。

十月,爲曾祖父仁齋公請奉政大夫封典。

仁齋公多陰德,予每謂藐躬皆食公之報,而不得請封,深爲自歉。至是覃恩,朝廷宏開捐例,得從捐貲請誥,予乃籌貲以請封焉。

十一月,與戴尚書論戴聖當復從祀廟廷書。

漢戴聖以註《禮》之功,唐貞觀時從祀孔廷。至明嘉靖始黜。予每以六經箋註諸家,皆得從祀,獨聖被黜,爲吾宗一大憾事。至是,貽書鴻慈,囑其乘機陳奏,以闡前幽。

十二月,與邑主于公仲瀛議稅契。

先是,南安稅契滋弊日多,民甚苦之。至是,于公到詩山書院,各鄉皆求予與議按分領稅，予歷言流弊甚詳。

光緒三十年 甲辰，五十五歲

正月，仍掌教崇德書院。

癸卯春，予辭館，令其別請。後所請之師，多不留心教導，諸紳董乃復請予主講。

二月，爲詩山呈請分領稅契。

稅契流毒南安甚深，予鳩詩山人自行領稅。呈入，幾經曲折，乃得分領。詩山人皆謂：此舉每年省得三四千金，且免被騷擾。夫以詩山一隅，領稅比勒稅尚省數千金，可知稅契之毒民甚矣。予意猶欲合一邑而籌善後之策。

三月，如永春，游魁星岩、環翠亭諸勝。

予往游永春諸名勝，時若陳佩韋、顔良謨、顔應辰、應豐諸君子，皆携酒榼以陪宴。後生多來稟請從學。予到處均有題咏，名曰《桃源游草》。

四月，作《朱陸異同論》。

予每謂，朱、陸乃正學、異學所關，不得不辨。時因生徒所作，不合本旨，乃極力辨析，使禪陸不得相混，頗有關於道學。

五月，作朱子名訓書後十餘篇。

時疫氣流行，舉鄉喪失甚多。予惟清心寡欲，閉户著書，并學書十數萬字以自遣。

六月，胞四弟鳳書卒。

時，四弟爲哭子之故，憂鬱成疾。予勸慰顧復備至。卒後，爲理喪葬，撰志銘。慘痛之思久而難已。

七月，訂稅契章程。稅契雖分領，初無序次，至是定章程，俾詩山人共守焉。

八月，作《朱子升配議》。

予每謂，朱子將來必躋四配之列。再四思維，朱子惟“集聖”二字足以賅之，因作此議。

是月，開福鼎山樂邱，内有石棺椁、五色土，甚佳。

九月,與戴尚書論變洋制之非書。

時,張之洞制軍奏改洋式一摺,凡官民概行剪髮,變改洋服,將於明年元旦施行。海内聞電,皆有激變之意。予憂國之心,逼切難解,乃作書千餘言以貽少翁,懇其邀各部長官協奏。後聞此摺由部奏停止[變制],少翁答書言亦懇切。

十月,作《〈御覽戴氏表叙〉書後》,作《琉瑭族譜序》。

此《表叙》乃戴至德上唐太宗書也。書經御覽,載戴氏源流甚詳。予得是篇,珍如拱璧。因上溯元鳥發祥,下逮石壁分支,爲作《書後》,俾吾宗一脉,數千年如在一堂云。適琉瑭本家修譜,來求序,因并爲弁言,囑其合刊焉。

十一月,重修侯宜人墳。墳在高蓋山,是時啓探,頗吉,因重修焉。

十二月,由泉州西抵安溪,謁黄厚甫師。

黄厚甫師時爲安溪縣訓導,予在泉州聞師母訃,徑由浮橋過西溪,抵安溪縣内,謁師,慰藉備至;爲籌詩山主講,以佽其費。復至上地胡生廷機孝廉、延清户部處,一路均有題咏。

是年,次兒瑶章,因不經營生理,致虧本二千餘金,予籌畫頗煩。然於錢財一著,終不介懷,淡然有素位而行之意焉。

光緒三十一年　乙巳,五十六歲

正月初一日,寫勸世書。

元旦書一聯云:"半生以古人爲鏡,一室收天下之春。"并寫勸孝、勸善諸書以勸世。計一月有百餘幅。

二月,開學於松村精舍。

時有晉、南、安、永諸生來從學,予爲講修身踐行事,課文亦頗精詳。

是月迎黄厚甫師掌教詩山。師閲予所著書,謂非深於經史、性理者不能。嘗謂及門曰:"吾於南安得一理學學生矣。"

三月,詣豐州書院、崇德書院開課。

三月初,予開豐州課,時譚侯暨諸紳請予升師席。予賦詩紀事,勖勵甚深。

三月十五到安溪開崇德課。予講賢聖相傳經義及古文法,評改甚多,雖六七十歲生員,亦執經受業,士氣歡動。暇則游名山勝地,詩酒爲娱,得詩約三十首,名《清溪游草》。而豐州卷,亦帶至崇德評改。

四月杪,自崇德歸松村。

時予日日評改館課,兼以豐州、崇德,課卷甚多。計豐州一期有三百六七十卷,崇德一期有百餘卷。予皆斟酌評改,不敢以多而生倦。

五月,抵豐州,暫駐泉州。

時豐州肄業生皆踴躍就考,晉江生童與考者亦多,嘗宴於陳氏家,在座紳衿交口稱贊:"戴山長如此認真,實爲在城諸老先生所未有。"予爲講明書旨,皆嘆服,咸望再來,以便親炙。

六月,泉郡水灾。

時洪水爲灾,爲數百年來所未有。予慮民間田屋虧傷,出補救水旱策問,以思防患於後來。

七、八月,日以評文著書爲事。

是月,縣、府兩試,松村生徒取前列者六人。

九月,與戴尚書論廢科舉之非書。

八月杪,武臣袁世凱奏停科舉以廣學堂一摺,上諭遽廢科舉。適府試時,士情汹汹,皆有激而生變之意,予深憂之。乃草一書二千六百餘言,痛陳時政之失,官方(風)之壞,以爲朝廷不於此整頓,僅欲廢科舉以速學堂之興,恐從此生出别樣禍端,囑戴尚書據情陳奏。後少翁覆書云:"科舉難復。是在有學堂責任者,認真整頓,并當爲中年以上之人謀出路。"予得書,始有整頓詩山學堂之意。

十一月,到豐州,與譚侯商辦學堂、稅契兩事。

時,譚侯專人請予到縣,商量豐州、詩山學堂捐事。予偕諸紳向譚侯商稅契,硬定每年四萬兩,不用稅差,就豐州設局,聽各都領稅攤繳,甚爲便民。

十二月,爲曾王父焚黄、竪匾、竪墓道。

前癸卯冬,爲曾王父仁齋公請封,至是,擇日宣制改題,行焚黄禮。并將三代誥軸恭録一匾,懸於祠堂。并竪墓道於格外街左。

是年,爲瑶章生理虧空,家用甚窘。然予無戚戚之意,怡然有隨遇而安之樂。予學養至此,凡臨事處境皆有純任自然之意。雖家計常窘,絶無分外之想,可對天地。予向時作文,多結構經營;至近來,頗有行放自然之妙。朱子云:"向來枉費推移力,此日中流自在行。"自問頗得此境候。

光緒三十二年　丙午,五十七歲

正月,始辦詩山學堂事。

客臘,與陳太尊名景墀議改詩山書院爲學堂。適特旨有"捐一萬兩即選知縣"之例,陳公囑予勸友就捐,予勸洪君錫疇捐充詩山[學堂]。初二日,到府、縣陳情。中旬,即到華美,與錫疇之父叔議:捐現銀三千兩,以增建[學堂]後進;田産七千兩,以爲每年經費。立銀單、田券并禀繳縣。詎意豐州諸紳聞知,遂與本縣譚子俊謀分此款。月杪予到縣,吴拱震、王登瀛等十餘紳,百計恫喝,决欲强分過半;兼以譚公亦欲分一半與豐州,予在縣堂力争,堅持不與,大忤譚公之意。予謂:"豐州地廣,無此款猶可别籌;詩山地狹,無此款則難成學堂。予不得不持以正,非過激也。"遂向陳太尊力陳爲難情形。太尊諒予誠,亦許此款專歸詩山矣。

二月,與豐州互控。

初,豐州因分款不遂,控縣、控府,譚公雖阿附衆紳,而陳太尊力駁其非,諸紳遂憤憤控到學務處。兼以錫疇爲拱震之徒,震與譚公强逼疇换禀"充作南安公學堂"。彼意以爲如此逼脅,可以遂其意矣。予慨然曰:"此事當殫力以争。"遂命生徒晉省,向學務處訴明,百計斡旋。後大憲知其情真,批歸詩山。

三月,請譚公到詩山開學。

自正月杪命小兒紹箕等修理舊舍,興築後進新基,及牀、桌、器物,次第興作。予任總辦監督之事甚繁。至此初八日,請譚公及教習晉江黄鶴、社壇葉滋璇等開學,生徒有八十一名。因學堂難容,在舍只四十餘人。咸謂:學堂之興,甲於泉州云。

四月，到郡禀請通詳。是月，陳太尊晉省，詩以送之。

時，譚公因主意不遂，將錫疇事延擱不詳。予請陳太尊催縣詳文，并囑譚令須説充入詩山。譚逼於府尊意，不得不辦。予復擬詩山學堂章程及課程表，楷書十通，請太尊通詳各大憲。是月，陳太尊卸篆，予作詩四章，端書於絹，并製匾傘兩色以送行。太尊悦甚，遂成莫逆交焉。

閏四月，[予]兼理教習事。

黄鶴應聘時，以跑事漁利爲心，不以認真教徒爲意，予不知而誤用之。至月杪，[黄]托故回泉，予認真代辦功課，改文章，備極勞鬱。延至八月，黄始來學堂。

五月，焦心學堂事。

時，本縣再换樂秀。豐州諸紳將錫疇所换"充作南安公學堂"一禀，持與樂公説法。樂公意在面質錫疇，然後分四成與豐州。予與紹箕等日夜圖維，或貽書省垣，或斡旋府署。兼以黄鶴不來，代辦教務，心力俱瘁。卒至六月，樂公病故，張太尊承陳太尊之囑，極力批駁，豐州諸紳始不得售其奸。

六月，次兒瑶章再生孫天倪。

七月，辦國民捐事。

初，皇上因拳匪擊洋人，乘輿播遷，約賠四百餘兆。至是無款可還，乃設國民捐。張太尊名瀓，請予襄辦捐務。予慨然曰："我輩受朝廷厚恩，若不殫力勸捐，以還洋債，何以盡臣民之義務？"於是先自倡捐；繼鼓舞學徒、戚友，計捐四百餘金解省。

八月，到縣議豐州捐事；陳詩山糧害。到郡查中學堂課程。

時張本縣名斯鈺抵任，請予議豐州學堂捐事。予曰："弟非重詩山而輕豐州。特以事有難易，不可因易者而壞難者之成局耳。今詩山既辦有規模，豐州弟亦當襄辦，不敢異視。"爲籌勸辦機宜，張公喜甚。

南安自設糧局以來，記書、糧勇，虧民甚多，詩山尤甚。七月即閉局下鄉，索民酒肉花紅。予命紳耆出控，衙門皆袒護記書。予到縣與張公痛陳流害，張即聽詩山人自收自繳,并管押記書,糧害以息。

時學堂初開,其課程尚未盡妥。予到中學堂,悉心查訪,頗勞精神。歸後,養病十餘日。

九月,訂岳廟祭事,息陳林訟事。

詩山書院向未有祭岳帝。予謂:東岳乃仁聖之帝,理當就朱子生日,一體與祭。作祝文以永其事。

是月,張本縣到[詩山]學堂,予率學生迎接以禮。張公甚歡,遂請予辦溪東林姓下宅陳姓事。是事爲争六分山,訟鬥三年,致斃命尚不能息。予到鄉開陳利害,事因以諧。張公請觀予所著書,予持《松村語類》、《四書闡義》二書求教,張公深美予性品學問與伊相同,遂爲作序一篇。

廿三日生日,自序。時生徒、戚友欲爲予祝壽,予作序以見志。翼日,乃聽後輩行禮。

是月,紹箕生孫天眷。

十月,焦心學堂事。

黄鶴爲教習,不來則予代理教務,煩鬱甚多;來則悠忽過日,不上課齋。予爲焦心憤氣者久之,深嘆世風之壞如此!予因此體日瘦,病日增,調養到年底始平復。

是月,張邑侯卸篆晉省,詩以送之。

是時,作詩十韻送張本縣晉省,語頗敦摯。張臨行猶依依相戀云。

十一月,特旨命洪錫疇以知縣用。

先是提學使姚公,見詩山與豐州争款,遂起漁人得利之意。向制軍崇公議提詩山三成入學務處,故將奏摺延擱不行。兼以錫疇失禮於陳太尊,陳亦不爲出力,故遲遲未奏。予至九月杪,始知大憲提撥之意。乃上書陳太尊,將詩山爲難情形,托其向大憲求情。太尊回書曰:"此款既不分於豐州,豈得提於學務?特無閣下來信,弟亦不向院上去問。今既承雅囑,已向崇、姚二公極力求其免提,二公亦次第許我矣。"遂於十月初五出奏,至十一月得旨,著照所請,特用知縣。詩山充款,至此始定。予議奉陳太尊禄位於東軒。

十二月,仍興築詩山[學堂]後進。是年不取總辦堂長修金。

前因奏摺延閣,洪君充款不出,後進無力完工。至此得旨,予催工匠築完,以便造册詳覆,心力爲之憔悴。除日回思,一年爲學堂諸事勞心,尚作古文十餘篇,詩二十餘首,《四書闡義》五十餘條,評改生徒論策二百餘篇,曾無一日之閑。因吟成七絶四首,有"半育英才半著書,經年心力瘁何如"之句。

予近來家用甚窘,詩山學堂總辦堂長,例可得修金三四百員。予所以不取修金者,蓋以學務初興,必先自持廉潔,方可爲諸董倡。且以諸兒視錢太輕,必使用度極難極窘,方足激其志氣,勵其勤儉。故決意不取。

光緒三十三年　丁未,五十八歲

正月,見風俗日下,元旦後書名訓百餘幅以勸世。

是月,作《大庭名勝十二咏》。

是月,仍鳩工築詩山[學堂]後進。

二月,詩山學堂開學,崇祀孔子牌位。

三月,到郡宴戴太尊名培基,詩以贈之。

戴太尊,廣東大埔人。到任後,請予到署,宗誼殷勤。時詩山學費甚窘,予請太尊出諭勸捐。時宴於泉郡文山學堂,即席賦詩二律以贈之。

是月,四兒瑶階往荷蘭西,予作詩以勉其行。

四月,四兒瑶階生孫天挺。

是月,予到詩山各鄉勸捐,有三人欲以私費動之,予正色對曰:"辦公須出以正,豈可干以私耶?"此事可對天神!

五月,詩山紳董爲興築事,控及葉姓。

初,葉白在社壇洋蓋屋,適詩山[學堂]有院田在其上,諸紳董謀與并蓋。甫起手,而葉白趕打學堂丁役,激成不得不蓋之勢,因控於官。控後,犯子葉藻鴻百計唆使,必欲破事而後快。幸葉白懇求教習葉福鈞出爲調停,約以二千餘元求地并罰款。韶甫與二三同事意在私取多金,予告以"須滴滴歸公,不可私取”。韶甫因此生心。予欲立單以定厥事,而韶甫故意延緩,不立單爲據。蓋恐單一立,則私無從取也。嗣後,屢次延宕,至十月,轉商以“地仍歸公,僅交罰款一千元”,而韶甫等又暗瞞數百金。此事自始至終,惟予一毫無私,可對天地,而因此生出匿名揭帖一事。甚矣,予之冤也!

六月,宴邑侯額公、廉捕劉公於松村,即席賦詩。

時縣憲額勒登武與捕廳劉慕曾到詩山,予宴於松村。額令商及捐事,懇以豐州、詩山合捐,予諒其誠,許之。

是月,黄厚甫先生七旬大慶,予文以壽之。

七月,作《詩山學堂訓語》十則。時因學生染晚近氣習,多不循規,予嘆息屢矣。因作《訓語》以砭諸生。

是月宫下黄姓蓋屋,逼近祖伯誠齋公墓,教諭黄捷標求情,屢次難諧,終成巨禍。予一出而事諧。

八月杪,劉硯生到詩山與予勸捐。

時予與劉捕廳勸捐,至重陽日猶焦心是事。有“學務填胸心如醉,幾忘今日是重陽”之句。

九月,立陳雪楞太尊禄位於詩山學堂之左。

陳太尊有功於詩山,其生辰恰值重陽,予爲立禄位於東軒,并設斝以祝之。

十月,予作《詩山學堂善後章程》。

時因教員、管理員辦事半不認真,大抵私利重而學務看輕。予煩怒頻生,心血大耗。兼以學徒佻健,放蕩難羈,將有卸辦之意。因作《善後章程》,請各鄉紳耆領辦,并籌善後之策,而無人敢擔此任。甚矣,辦公之難也!

十一月,予到郡,將黄鸝、葉藻鴻事,申詳提學憲、府縣憲,并請卸辦堂長之任。蒙批擄辦奸人、頑徒,并温語慰留,不許卸仜。

十二月,額邑侯到詩山視學。

是月,葉白事結局,罰一千元,皆歸公用。予一毫無私,而韶甫等仍私瞞數百金。甚矣,直道之難如此!

光緒三十四年　戊申，五十九歲

正月初，書勸孝等書百餘幅以醒世。

是月，予見學堂管理員、教習，半不認真，到郡將再卸辦堂長。適孽徒葉藻鴻與黄鸝謀害，仍造揑數事控府，復先托人到縣播弄。李太尊輕聽奸言，批“另選教員”，予遂請卸辦。後詩山諸紳陳宗垚等，呈予再任堂長，李太尊始知其誣。

初，三孽徒入中學堂，其監督甚袒護之。予詳請提學，並催額本縣嚴辦，額公乃詳文到府，李太尊立將三孽徒革出中學堂，並批追學費。

是月，予催額本縣嚴辦葉藻鴻，而吴增等向額極力求情。額公乃囑劉捕聽出爲調停，約藻鴻到學堂請罪，並罰式仟。予見額公優柔不能嚴辦，額公乃詳文到府，李太尊立將三孽徒革出中學堂，並批追學費。

是月，予催額本縣嚴辦葉藻鴻，而吴增等向額極力求請。額公乃囑劉捕廳出爲調停，藻鴻到學堂請罪，並罰式仟。予見額公優柔不能嚴辦，乃許息事。

三月，始到詩山學堂開學。

初，聞有一二藉學堂生事圖利者，多至此知其弊，悉屏絶之，學規益嚴。

四月，剔清學堂賬目，珍藏一箱，以垂久遠。

初，因葉藻鴻四處謗毁，衆人遂疑學費有不清者。予聞之，立命紹箕將兩年支應，算清賬目，一毫無私，惟多開餘費爲可惜耳。自此益加節省，并訂每年賬目，到年終[結算後]珍藏箱内，俾後人年年核之。永以爲例。

五月，孽徒吕廷秀與林教習烟鎮争訟，予持以公平。

初，林教習挈眷來詩山。其妻與廷秀之嫂來往，廷秀誣以不韙事，予爲持以公平。事已息而復反，烟鎮因此無心教育，課程漸鬆。甚矣！學堂事之難辦也。

七月，益留心著述。

自學堂開下學期[功課]，予以功程稍暇，專心著作。著至九月杪，增《松村語類》兩本，及《四書闡義》。至愜心處則精神日健，體氣日充，不知其樂之何自來也。

八月，作《募建坡美、潭美二橋啓》。

時楊君光儀、葉君祖路與予議建此二橋。予以二橋爲泉永孔道之衝，每大水多溺人,不可無石橋以永之。乃作啓以勸好義諸君子。計捐有數千金,將於明年經始。

十月,移葬先室侯宜人,與楓樹林姓争訟。

先室侯宜人葬高蓋山烏鴉坑,初探頗吉,再探則骸骨黑濕近半。適石頭碎有斷底田,予親視,該田糞庭一片荒坡,全無鄰近舊墳。十五日,乃移葬於此。不意林姓藉言有祖[墳]在其中,突來攻毁,欲出命案。適予在學堂,紹箕在[泉州]城,諸叔侄以予等不在家,不敢與鬥。此其中有天相焉。予聞知,催官彈壓。林姓又毁先室墳,予控府縣。蒙管太尊批,仰南安縣會營親臨勘辦。林姓懼,托副衛林高飛等卑辭求處,約以賠款、罰款數百金,[并備]酒筵燈彩等物,起事者責板服罪;至侯宜人墳,約聽公親挨移。予乃許之。不謂高飛反覆無常,墳地不照約挨移。予乃控他騙處,高飛又懼,管太尊批:再會營移護;復托教諭黄捷標相勸,約以出貲别給風水以葬先室。予又許之,蓋欲完鄉鄰之誼,不欲辦到盡頭也。不意高飛復僥公背約,至年底事猶未清。

十一月初一,哭德宗皇帝、慈禧皇太后於泉州明倫堂;復就詩山學堂設壇,率諸生行國喪禮。

先十月,光緒皇上與皇太后連日賓天。予在泉城聞喪,深悼國祚之衰,與管太尊在明倫堂哭之。歸至詩山,復率諸生行禮盡哀,撰聯五章,大有憫時憂國之意。

十二月,辦洪錫疇充款,再購斷底田以爲永遠計。

是月改名希朱。時新君初立,“儀”字有犯御名,因取半生誦法紫陽之意,易名希朱,蓋欲希踪朱子也。

宣統元年　己酉,六十歲

正月,逢紀元,仍多書聯幅,以勸世人善孝,以望國家中興。

是月,予謁額公,陳出林姓蠻横。額公乃出票拘林悦到縣,管押四個月。林姓勢窮求息,乃許息事。

二月,小兒紹箕逢新主覃恩,詔充作恩貢。

三月,葉君福鈞到詩山與諸紳議舉紹箕爲孝廉方正。

初，新皇下詔舉孝廉科。葉君福鈞與詩山諸紳議舉紹箕，予謝不敢當。葉君等固請，并撰公禀。予不敢重違其意，乃達於黄厚甫師，師毅然自許爲禀首。

四月，蒙王季樵左侍郎保薦博學鴻詞科。

初，戊申冬，先皇以閣臣張之洞奏，諭令天下舉鴻博。至是，王公錫藩號季樵，首薦福建人才六名：首林紓、次吴曾祺、次嚴復、次愚名、次張琴、次林傳甲。將於十月召試。泉州只徵愚一名。予無意功名久矣，至是始有應徵意。遂改斷烟瘾，日夜磨勵，擬七八月晉京，不意八月張相疾篤，停試。

五月，著《地球辨》。時各學堂理科教科書皆主西學説，以地球爲一日轉一回，一年轉一周。予遍閲先聖書，皆無此説，乃作《地球辨》以駁之。

六月，鳩衆興築潭美橋。

七月，撰《大學淺解》、《中庸約解》并《序》，以示學者。

是月初六，長兒紹箕生孫天寵。

八月，捐金贖諳贈布政司右參政廣坡公祀田。初，族人與張姓争［六分］山，横將廣坡公祀田及始祖廟祀田變賣。予愧先業之墜，乃倡捐貲先贖廣坡公祀田二段，并勸族中富者募贖始祖廟祀田。

九月，作詩山孔子、朱子樂章各四闋。

時，詩山［學堂］興辦音樂，予作孔子樂章，推想將來孔教能遍全球，朱子祀典能升五配。觀者以爲知言。

十月，命長兒紹箕游歷斐利濱。

時，予打算明年春將與箕入都，而詩山學堂所墊二千餘金，必籌充補，方可息肩。乃命箕到小吕宋，勸捐報功祠，并參觀該地學務，以爲將來興起各處學堂之計。

十一月，詩山學堂報畢業，以爲諸生優獎廩、增、附計。

十二月，詩山［學堂］年考嚴肅，予作諸生畢業樂歌四闋。

予司詩山學校四年，辛苦萬狀，受盡風波，耗盡心血。而風氣未開，相助者少。至是年，考行修業，式其訓辭演説諸禮節，觀者始動聽。至所演樂歌，尤足興起人愛國心。

是月，重修承志堂，增建松村敞樓。時紹箕出洋，予爲學務、家務，備極焦心。而暇時仍留心撰著不稍息。

是月，尤溪拔貢馬傳經來訪，予撰南溪書院聯，托鋟板以懸於堂。

馬君，朱子故鄉人也。訪予於詩山學堂，爲言南溪、文山諸勝。予撰句云"天意闢斯文，後庚繼明，前庚益顯，鯫生亦庚戌嫡派，躬承欲挽狂瀾爲東障；地靈鍾上哲，文山啓端，詩山瓣香，末學瞻山斗淵源，首溯每思徒步謁南溪。"一則明其私淑之意；一則攄出近來異教争鳴，日以詆異端、明正學爲己任也。

宣統二年　庚戌，六十一歲

正月，作《敞樓記》。予見國事日非，大有觸景閔時之意，因於此《記》發之。

是月，協辦大學士、軍機大臣、尚書戴少懷鴻慈薨，予以文祭之。

初，攝政王聽政，予蒙徵鴻博，大有望治之心。及張相之洞、孫相家鼐相繼薨，鴻博停試，予每惄焉心傷。至是，復聞少懷薨，愈嘆國家元氣斲喪。新進紛更，恐多破綻，憂國閔友，一并揮淚。乃作祭文千言，以抒哀思。

少懷薨後，朝廷賜恤甚優，謚文誠，祀賢良祠，亦吾宗之光也。

二月，紹箕歸自斐利濱。

予命箕往南洋，爲籌捐學費計。不謂洋商多吝，只捐三千元，可慨也。

三月，諸子祝予六旬，并紹箕恩貢竪旗匾。

初二日祝壽，時彭向青師爲延建邵道，贈聯云："聲名貫耳公卿重，著作等身歲月長。"管太尊、額邑侯及親友贈祝甚多。

四月，提學姚委額邑侯與予在詩山學堂試驗畢業。

五月，安葬先室侯宜人於池埔崙。

初，侯宜人遷葬石頭碎，與林姓争訟。至是，就先母塋左卜葬，甚吉。姑媳同厝一山，真是幸事。

六月，多書大字，以備石刻。時，凡天柱峰、潭美橋、望高石、小石壁潭諸名勝，皆有墨迹。

七月,命紹箕晉京考法官。

時籌備立憲事件甚亟,首在明法律。紹箕以直隸州判與考法官。二場俱洞悉無遺,草榜列第十九名。漳、泉、永三屬惟箕入選,同鄉京官咸謂決中的矣。不意尾場口述錯一條,被黜。諸友皆爲不平。

八月,集各房長在大宗,議恢復祀田、重新族譜二事。

九月,著修譜義例、目録。

我族自唐末開基,人文蕃盛,爲南安望族。獨族譜簡陋,方伯公欲更正之,因疾不果。予每以此爲憾。至是,盡翻舊譜,一以蘇老泉爲法。予嘗謂,蘇氏《五世提綱》實法《史記・世表》、《年表》,宗《戴記・帝系篇》、《大傳》等書。然則譜本吾宗家法也,何可不起而宗之乎? 爰著《義例》、《目録》以爲基礎。

十月,鳩資復大宗祀田。

初,我族爲争六分山,主事者不聽予言,致蕩盡大宗祀田。予每冬至輒黯然神傷。乃與士暉等激勸族中殷富,籌捐一千六百餘元,作《恢復記》以動之。是月遂各踴躍出貲,贖盡舊鬻祀田,復新購數畝,以爲永遠充牣計。是我族一大幸事也。

十一月,紹箕歸自京師。封固先室侯宜人墓,并竪石望柱。

是月,提學姚發詩山畢業榜。十三生徒均獲獎勵,孫世潢、侄孫世英居首。

時發榜以世潢爲最優等第一名,以世英爲優等第一名。最優獎廪生、優等獎增生、中等獎附生,詩山[學堂]邀獎甚厚。兼以劉尊光、葉廷璧畢業師範選科,咨獎舉人。泉州自開辦學堂以來,惟詩山得人最盛云。

予每念天地深恩,錫我三世科名,時刻不敢忘恩。雖家計日窮,費用日窘,每謂予薄福人,須如此方消受得過,誓不取分外之財,安貧樂道之心可對天地。

宣統三年 辛亥,六十二歲

正月,書孝、忠以勸世。

是月組織修譜事,并增改義例,七易稿而後成。

二月,開譜局。

予遍借李文貞、官石溪諸名家譜參觀,以期盡善。開局撰《告祖文》,具有戰兢任事之意。首序言、義例、目録、圖像以開端;一本原以溯祖也;二誥命以尊王也;三世次以提綱也;四世紀以詳目也;五列傳以考獻也;六祀事以崇祀也;七藝文以徵文也;八雜志以紀雜事也。務期合於史志體裁而後已。

是年予專意纂譜,而詩山堂長盡委紹箕代辦。

三月,詩山學堂教習與學生啓釁。

點校者按:《年譜》至此中輟,辛亥未竟,壬子、癸丑、甲寅三年闕記。歲乙卯,敬齋公又續筆,綴編至丁巳年。翌年八月,公卒。以此,戊午年又闕。點校者從敬齋公有關詩文手稿中,搜輯補綴辛亥至甲寅三年多失載之譜文,月序難稽者,則按年敘之。敬請讀者鑒諒。

續辛亥

感慨詩山學堂事,作《鳳山寺禪房一夢》詩六首,有"鱣堂培育許多時,荊棘叢生悔已遲","學蔀重重撥不空,有心提醒恐無功","學帳焦心五六年,而今決意脱羈韉"之句。

歲七月,予方忙於譜事,適有永福工匠,許以六百金築龍潭陂。予喜其價廉而功勤,又喜曩時之陂石纍纍,續而修之,可以事半而功倍,亟命侄孫輩始終視其事。十月工竣,適刊譜告成,爰操毫而記於譜中,以爲後鑒。

是年秋,宗再侄施澤通譯士。省親假滿,將赴斐利濱,入辭松村,作《送譯士施澤賢再侄如斐利濱序》,以壯其行。

辛亥八月革命,予專意總纂族譜,乃將詩山校長事命箕兒主之。

時革軍興。予見學堂生徒變成無君無師,早知清之氣運將盡,然不料其速敗至此也。作《感時》詩六首,有"日閃華旗新氣象,雲開漢族舊江山","古今名號使人興,復漢爲名足動情","不識革軍諸俠烈,可能從此慶昇平"之句。

亞冬,游南安雪峰寺,作《游雪峰寺》詩,并撰《重建雪峰寺碑記》。

冬,詩山學堂將撤館,箕兒因洋教席催逼束金,兼以校費缺空,焦思難解,於十二月初九咯血太多,積勞成疾。

是年，總纂《詩山戴氏族譜》成，賦詩六首。

壬子年　六十三歲

正月，時遵西曆，且指新曆爲陽，舊曆爲陰，未知有合於古帝王造曆之意否？因賦《聞頒新曆有感》詩一首，并撰《“春王正月”解》。

是月，山頭街“妝閣”游行，作《觀山頭街妝閣有感》詩二首，有“瞥眼山頭街，新妝壓古今。繁華群肆地，熱鬧萬人心……可憐三日鬧，銷盡幾千金”之句。

六月六日，第九子瑶璹生。

是年，福州王肅立來訪，即席賦詩。

是年，往郡城南門外錢頭，造殿撰吴肅堂宅；到郡城，造比部黄仲訓宅，與黄仲訓、李船璣等賦詩唱和。

是年，南安知事陳貞珪到詩山，時值大旱，予邀禱雨，遂相與禱於廣澤尊王。精誠所至，大雨累日，賦詩孅之。

是年，聞小學校定章不讀四書六經，慨然有感；又聞大成殿春丁缺祭，秋丁禮用三揖，樂用風琴，黯然傷之，囅然笑之，感成一章，七古。詣道南學堂，有感世變，賦詩四首，有“文靖聲名外域知，變夷豈肯變於夷？不圖西史東文册，隊我執中學聖基”之句。

是年，愴懷世變，擬度安南，賦詩四首，有“我不覓神仙，希踪在聖賢，居夷浮海志，尼父創於前”，“願隨山谷去，時黄君仲訓邀游安南。文化及安南”之句。後不果行。

癸丑年　六十四歲

暮春之初，予抵安溪縣署，知事胡月川，與其兄孝廉濟川，請刊《松村詩草》，予以意淺言質却之，濟川固請，乃諾。歸命箕兒等按年編次。

在安溪，遍游名勝，賦詩吟咏，成《清溪游草》。

是年，咏黄鶴樓。友人從革軍，過三江、抵兩湖，歸述黄鶴樓狀概，且言崔顥一詩爲古今絶調。予不獲躬履其地，而聞此勝景佳章，有觸于懷，不禁發爲吟咏云。

又咏岳陽樓。友人又言,岳陽樓跨洞庭之上,天下傳爲奇觀,兼以范文正一記、杜子美諸詩踔絶古今,洵琅琅可誦也。予素有希文之志、子美之懷,今國家鼎革,身處暮年,無可酬吾志、慰吾懷矣。聞此,不勝憮然,感成一首。

又咏姑蘇臺。友人又言,姑蘇臺爲吴王夫差宴歌地,唐李白詩已以荒臺慨之,宜今之頽垣鞠草,令人興嗟也。予謂,樂極生悲,盛極轉衰,古今同慨,吴王特其顯者耳。願有國家者以憂勤自持,勿以逸樂致敗,庶不爲吴王之續乎！因成俚句,正告滔滔。

又咏鳳凰臺。友人又言,鳳凰臺爲金陵名勝,李太白詩尤膾炙人口,今呈迹於保寧寺,游覽者猶艷傳之。予謂,斯臺乃宋元嘉中鳳凰集於是山,因築臺山椒,以紀其勝。地氣鍾此數百年矣,設或轉鍾于南,則鳳凰來游之盛,或得於吾身見之乎？不勝翹望,爰寫於詩以俟之。

是年,賦詩送六兒瑶庭如荷蘭西,在澗子低。

是年,同洪韞岩孝廉登天柱峰;又與柯偁于茂才、黄永勉茂才、門下李珀生等雅咏唱和。

是年杪冬,諸生聞政府所用皆舊時科舉中人,相與請曰:"文明世界可以出而仕矣。先生胡弗籌所以出山之策,俾諸生有所倚賴!"予以老耄無能辭之。諸生猶殷殷勸駕,予乃吟詩却之。

甲寅年　六十五歲

正月元旦,與長兒紹箕、長孫世潢共叙天倫,飲酒賦詩,作《元旦飲酒感懷》詩一首,有"醉後不知天地老,醒來始覺世間春。豕韋已剪前時蘖,麟筆待傳此日薪。世有興王將重道,文宣化及五洲民"之句。

春,蒔茶于始祖廟旁。予每勸族人就青山一帶蒔茶,惜少熱心者。乃就祠堂左右購園數畝,蒔烏龍諸名種數千,以提倡之。

春,遍植蔭樹於始祖廟後山及溪漘。形家謂,吾鄉地氣融聚,惟始祖廟後山宜植蔭樹,水口趨下宜植樹木以障之,方爲盡善。

春,到詩口、縣城、郡城,沿途感懷賦詩。在郡城,訪篤齋主人。篤齋乃黄君仲訓之宅。清明夜,在篤齋與黃君仲訓、吴君桂生、潘君蔭蓀、賴君孫芑、李君船璣、黃君則正暢飲聯句。是夜,與諸友聯吟,有感時局,再成七律一首,有"豺狼當道何時息,燕雀栖堂且放寬。回憶黃河清數日,予壬辰入都,聞黃河清三日,此後或得見昇平。從今或得慶安瀾"之句。

在郡城,游承天寺,訪雲果、本瑩諸上人;游廣孝寺,訪方伯贊嬐公誕處。又訪南安知事柏子珍柏名麟書,安徽人。不遇。

時有清舊臣復仕民國者,聞之有感,賦詩一首。

五月廿八日,長兒紹箕得咯血症卒。暮年痛失家督,作《哭冢兒》詩,五古六十五韻。以寄哀思。

七月,《松村詩草》成,作《六十五歲編詩成》八首。

是年,作《題錦坂》、《題桂溪》、《題鵬溪》詩各一首。松村咏古松、咏盆松、咏檜、咏梅、咏蘭、咏白茶花、咏十八學士茶花、咏月桂、咏刺桐花、咏紫薇花等。

乙卯年　六十六歲

正月元旦後,書文昌勸孝文數十幅以勸世。

是月,馬叔文邑長請予到縣署,聘爲《南安縣志》總纂。馬邑長見面輒以碩學通儒相許。予乃作《修志總論》一篇、《修南安縣志義例二十條》以相質證。

二月,飭印《詩山戴氏譜》八項九卷。

二月杪到縣,議開志局。

三月初,開志局於南安聖廟右之學署。是月,作《修志稟文》、《祭文》、《序文》、《小引》并聖廟各祠聯文三十對。予一片熱心,日夜手不停披,而身體益健。襄纂者吴君拱漢。

四月初七,第十兒瑶譜生。

時予在志局,馬叔文聞予生此兒,到局喜賀。予作詩五首以紀其事。是時,《族譜》全部刊印初成,因乳名曰瑶譜,而擬大名曰紹宗。予意以纂譜四年,至此蕆功,或者祖宗相予,故年老猶得生此兒乎!

五月,日夜在志局纂修,已成十餘本。

是月,福建巡按使許静仁先生名世英,巡到南安,暫駐豐州中學校。時予到豐州見許巡按,賫志書以求序。巡按見予道貌睟然,深引重之。巡按著《閩海巡記》一書云:"與戴紳敬齋講道論學,頗覺歡暢。此老前清舉人,昔官内閣。生平淡於仕途,極重孝道。現經馬叔文知事延聘主修《南安縣志》。《南安志》已二百餘年未修矣,今戴紳肯出而擔任,可謂知所先務。戴紳挽予爲序文,予許之。"時南安紳士多接見,而巡按獨記予一人,可謂另眼相待矣。

是月,予歸理箕兒小祥,祭先考忌辰,各如儀。

六月,纂《松村聯集》十本成。

七月,四兒瑶階在蘇鹿,生孫天瑞。

是月,土匪陳宗儀擾害詩山,予深慮之。

八月,馬叔文邑長卸篆,予詩以送之。

初,土匪擾千金廟一帶,予求簽於南安學宫之土地神,擲得"火中跳出馬,四脚却無傷"之句,果於八月初三,馬邑長督篆往剿,反爲土匪所圍,幸得脱身而走,適應神言。及馬邑長方欲舉兵再剿,忽報謫官之事,遂於月杪卸篆。僉曰:"設馬公仍在任,則匪早平矣。"予送詩甚爲惋惜。

是月丁祭堂廟,予前三日齋戒、滌掃,設位陳器,臨祭備極誠敬。

九月,予歸祭詩山朱子祠,盡誠。祭畢,到縣,與宋縣長伯墉名城,專議靖匪之方。

是月,歲貢生陳友宗垚慘死於匪,予作輓聯以哀之。初,陳友性激烈,凡事多有過舉,予每規戒之。至是,土匪猖獗,陳友果以激烈取禍。予聞之,泪涔涔者累日。輓以聯曰:"生本剛腸,仲舉因激昂賈禍;死難瞑目,良霄豈頃刻忘仇!"蓋傷心語也。自此,匪言日至,予潛避泉城者匝月,而纂志之功,仍日夜不輟。

十月,在泉城,日與諸友講明正學。

時[予]寓於陳伯鸞家,學者聞之,多來就正。有七十餘歲貢生王君式咨名受福,一見予面即贊不絶口,曰:"先生睟面盎背,是真有理學氣度,若我則耽於禪學矣。”子曰:“何用禪學?”王君曰:“禪學與理學不甚異。”予曰:“請與君言主静功夫。禪學言静,乃是棄書絶慮,兀然無爲,遁入虚空一路去。吾儒言静,則含有敬的意在裏許。《大學》曰:‘定而後能静。’朱子訓:‘心不妄動。不妄則静,而敬在其中矣。’《太極圖説》曰:‘定之以仁義中正而主静。’其所以能之人極者,是廓然大公,澄然無欲的境界,非如禪家之兀然無爲也。張子終日正襟危坐,雖是静處一室,而常存敬畏之心,非如禪家之遁入空虚也。程子曰:‘性静者可以爲學。’又曰:‘静然後見萬物自然皆有春意。’是於静坐中,體會聖賢道理,確有心得,非如禪家之棄書絶慮也。大抵正學與異學之分,差之毫厘,謬以千里,何得云‘無甚異’?”言畢,王君嘆服。且謂:“泉州昔稱海濱鄒魯,今則士大夫家競尚權利,求如先生之留心正學者,實不可多得矣。”相與嘆惜久之。

是月,主祭觀察黄丈佑堂名謀烈,并聯以輓之。黄丈少時以孝聞,凡親溺器,躬自爲滌。自登第至爲禮部郎,皆恂恂然有聖賢規模,時政尤多匡贊。退居林下,留心撰著。凡泉郡義舉,靡不多爲。予修郭聖王父母塋及籌建龍山宫,黄丈皆出千金以佽成。鼎革後,閉門不出,有黄宗羲風節。是時易簀,予深嘆泉郡不復有是人矣。輓以聯曰:“山谷善娱親,高第、高壽、高官,皆從一心篤慶;梨洲完晚節,立言、立功、立德,更宜百世流馨。”蓋孅其身朽而名有足不朽者存也。時赴吊者以千計,請予主祭,予不勝有榮哀之感焉。

是月,予以匪患未靖,與宋縣長議辦警察、辦清鄉及籌備洋炮軍器,極爲焦心。

十一月,予歸祭始祖、祭先妣,畢。適宋縣長到詩山籌警察費,予與定就[詩山]學校後進暫作警察局,而詩山地方稍靖。

是月,母舅吴孝榜年九十卒,予親視斂葬,爲題主主祭,以盡厥禮。

月杪仍到修志局。晉江縣知事董伯因名榮光來見。先是董知事自省來晉江,許巡按告之曰:“泉州有戴先生,品學兼優。且其所學純是程朱正學,足爲士林表式。君其亟見之。”至是到局,相與縱譚周、程、張、朱之書,且問朱子晚年定論如何,予一一答之。遂相與謁聖廟各祠,頗有求道之意。

十二月,予計一年所纂《縣志》,已成二十六本。

是月中旬後歸家,適七男瑶柱自蘇朗歸。

予計數年來所欠舊債,悉鬻田以還之,不肯負人一債,蓋欲以清貧自安也。而樂道著書之心,仍昕夕無間矣。

丙辰年　六十七歲

正月,元旦後仍書《孝經》聖訓以勸世,有時書大字以刻石。

是月,總統袁世凱謀成帝制,取名"洪憲"。予率書一聯云:"洪爲三水一共,或將白水應真人;憲寓一王四心,何似素王皆悦服?"蓋以王莽"貨泉",企圖以"真主"自命也;又以袁陰自謀篡,必有離心人也,後果驗。

是月,爲七兒瑶柱行冠婚禮,開樽請客。

是月廿日到修志局,仍日夜纂輯。

三月,革命軍謀攻泉州,詩山亦不靖。

自袁稱帝後,不服者衆,雲貴湖廣尤烈。起事者名爲"二次革命"。時有外洋革命[黨人]與本地人聯合將攻泉州。董晉江先發制人,泉州以靖。而革命軍仍在安南永等處活動。

四月,北京取消"洪憲"。

是月,革命軍聲勢益壯。[志局]因局費不支,吴斗船議停辦修志事。予恐停辦,則事不成,賒米扯銀,以支局費,纂修仍不輟。

五月,袁世凱薨,黎元洪繼總統任,大局稍定,而地方仍不靖。

是月,予在志局。至五月杪歸,理先父祭事、長男大祥。

六月,予在松村避暑,時革軍四起。

是月,撰《八都朱元帥碑記》。

七月初,革軍攻詩山學堂,只戕傷警察局,而於校中器物,不敢妄取。

是月杪,予仍到修志局。

八月初二至初五,北軍、鹽軍與革軍大戰於劉林、山頭一帶。詩山人被鹽兵妄殺者十一人,劫奪者十數萬金,兵甚於匪,爲詩山數百年來所未有之奇禍。予在志局，憂心如焚，幸吾家鄉不遭其禍。予每感激天地神祇庇護之恩。

中秋夜，乘舟與吴省齋、鄭雪汀等四十餘士游黄龍江、笋江，載酒吟詩，頗覺歡暢。

是月杪，宋縣長到吾鄉辦案。予亦歸鄉。

九月，予到詩山學校祭朱子，見校中被革兵戕傷，輒泪下，惜無法可禁止耳。

是月，予有喉病，幸不久痊安。

是月，宋伯墉縣長卸篆，因事勾留，請予排解，予復到［修志］局。

是月廿三日，予生辰。吴元甫、吴桂生、鄭雪汀、潘蔭蓀、清詒、李雅宣等來祝壽，觴咏甚歡。

十月，予修志已纂三十八本。志局自八、九、十，三個月官無費可支。初意猶欲墊費强持，俟纂完然後已。至此月杪，費竭難持，始沿途勸捐歸家。

十一月，予在詩山一帶勸捐修志事，計捐有一千餘金。

是月，司令馬步雲，營長李德盛與耶穌教徒招安土匪。惜舊匪已撫，新匪復熾，仍爲民害，予太息久之。

十二月，作《孔教非他教比論》。

自黎總統繼任，民權益張而異教益横，甚至天主、耶穌諸教，争爲國教，顯然欲樹其幟於孔教上。於是，北京、上海公立一維持孔教會，與之争辯。時以書啓來告，予乃揮灑千餘言，大旨謂：孔教爲治道所關，歷舉漢以來由他教則亂，由孔教則治之成案以剖决之。且言：孔教晦於一時，必明於萬古，將來五大洲皆奉素王爲宗矣。論成，郵寄到上海、天津，質諸大君子，僉曰：此篇可當作金石矣。

是月總計，筆之所揮，得詩百首，得文二十餘篇。蓋修志餘閑所撰也。其作詩多在舟上、轎上，大抵觸景成詩，不待勉强思索也。

丁巳年　六十八歲

正月初，仍書丹條以勸世。

二月，到修志局辦纂修事。

三月,理纂志事。歸。

四月廿日,乘舟將到志局,有黄龍見,作《黄龍四見記》。詳見《記》中。

五月,在局纂五十本志成。歸。

六月,辦恢復歐陽古地事,侯姓欲以六百金賂予,不受。

案,《歐陽文集》曰:“高蓋山旁有小山,芹山,歐陽廬在焉。”後人號其舊址爲“仙人獻掌”。《詩山志》曰:“宋時廬廢,朱子造其舊址,書‘歐陽古地’四字鎸石。”潘世特《碑記》:“公所産之里,在芹山之麓,舊鎸有‘歐陽古地’石碑。十餘年前爲鄰居人埋去。”李峥嶸《志稿》曰:“仙人獻掌宅被土棍侯葛、侯曹吞占蓋屋,横將‘歐陽古地’石碑擊滅。經道光十一年諸紳士呈究在案。”則侯姓滅碑,鐵據昭然矣。乙卯纂《志》,僉請馬、宋二縣長核辦,以匪患不果。至此六年,請鄭縣長恩隆嚴辦。侯瓊書欲賂予六百金,予不受。

八月,呈首王登瀛,與侯瓊書謀退呈,取他八百金。

是月,予專心修補校對志稿,全志完竣。用鐵箱珍藏,面交鄭縣長。[鄭]親賫到省。經省長轉交《通志》局長陳衍鑒定,稱爲“善本”。

九月初四,第十一兒瑶志生。初,予以夷風日熾,聖道日熄,禱於南安孔廟,願聖人命生一子,將來能扶持孔道。果於是月生,岐嶷異常。是月,予染病,歸家後即痊愈。

十月,土匪迫處詩山,予命孫世潢,聯絡十餘鄉團練。匪不敢侵,吾鄉賴以安全。

十一月,追匪於石水硃坂内。匪見“被陣”圓密,洋銃不能入,畏我如虎,遁走遠去。又擄二匪嚴鞫。嗣是,詩淘一帶,争效抗匪,民氣大振,皆予命練鄉團之力也。

十二月,到仙景考高等畢業,吟詩五章。

是月,德匪屢來社壇、山頭一帶,民情洶洶,然皆出練勇追趕。吾鄉匪不敢侵,較爲安静。雖家用困乏,予仍堅持練鄉團,以安吾鄉。

松村文集卷二

四書闡義

四書闡義序 丙午

天之所以照臨者，以有日月也；地之所以流行者，以有江河也；人之所以是經是程者，以有《四書》、六經也。而《四書》尤爲群經之粹。斯固與日月經天，江河行地，同垂宇宙於不敝者也。然當世變日亟，民溺龐雜之教，士習富强之書，往往視《四書》爲具文，謂不若新奇之足尚，而四子之精義微言，遂略焉弗講。噫，是何異日月之有晦時，江河之有塞時耶？日月晦必有以明之，江河塞必有以清之，而後天地之元氣復。《四書》略焉弗講，吾道將有漸晦漸塞之機，必有以闡之，而後聖賢之本意顯，此規聖模賢者，所以亟欲闡繹以延吾道也。

《四書》爲孔、曾、思、孟之道學所繫，即堯舜以來相傳之道統所關，非所謂垂憲萬世者歟！然稽漢、晉、隋、唐以來，訓詁詞章之儒，既不能適於道；而異端之教，功利之徒，瞀惑人心，又顯然與吾道爲敵。宋興，真儒輩出，如周、程、張、邵諸賢，雖續千載不傳之緒，而游定夫以佛旨解《論語》，吕居仁以佛旨釋《大學》，張子韶以佛旨解《中庸》，陸象山又以《四書》之言，創爲陽儒陰釋之學，此所謂倍其師説而淫於佛老者也。使無以撥而明之，廓而清之，則孔子之道，其晦矣塞矣乎！自朱子折衷集註以匯諸儒之大成，吾道遂炳如日月，沛如江河，而毫無蔀障。朱子誠孔子功臣哉！

朱子而後，如真之《大學衍義》，金之《論語考證》，趙之《中庸纂疏》，蔡之《孟子集疏》，以及《蒙》、《存》、《淺》、《達》諸書，均足發明朱子之本義而不失其常。突至王陽明倡説“良知”，陰以賊道之語纂入《四書》之中，啓後生横議狂言而莫知所止，且斥朱子爲洪水猛獸，天下猶不識其非，此所謂嘉、隆以降四海陸沉者也。使不亟遏其烈焰，挽其狂瀾，則朱子承孔子之道，不更晦矣塞矣乎？幸我朝昌明正學，若陸稼書、張儀封、李安溪扶翼《四書》，皆拳拳以考亭爲宗主，吾道遂如日月復明，江河重清，而絶無混淆，稼書諸先生誠朱子功臣哉！

自時厥後，承學之士，衡文之師，兢兢奉《四書》本旨以黼黻文章，越百餘稔而罔改其常。迨至海禁大開，鼓簧夷教，艷上帝真宗之説者，既薄《四書》爲無奇；又值國事多艱，皇上鋭意於廢科興學，讀欽定《章程》，非不孜孜以修身講經爲本，無如風氣所趨，士多舍本逐末，功利之念重，道義之念輕，格致之新學興，誠正之實功廢，而《四書》遂等於具文。朱子嘗曰："海内學術之弊，不過江西、永康兩説，若不極力争辯，道無由明。"今夷教喧豗，甚於江西之儒釋相混；新書競盛，甚於永康之義利雙行。倘非有人焉，顯爲明辨而隱爲扶持，則聖聖賢賢之道，不幾漸晦漸塞矣乎？儀自知謏學謭材，不足闡《四書》之本意，而讀書觀變，憮然有感於懷，故於詩山學堂，範以先賢名訓，使後生先識正學之權輿；又闡繹《四書》，竊附臆説，使天下知重聖賢之宗旨，吾道庶有裨萬一歟！

嗚呼，時有剥復，道無古今。我朝經術湛深，超越前古。兹雖《四書》之講義稍疏，不過如日月偶晦，江河偶塞耳。國家養士數百年，將來必有魁儒碩彦如稼書、儀封、安溪其人者，出而宗紫陽正義，以羽翼《四書》，俾吾道如日月之再中，江河之底定也。儀姑爲此《闡義》以俟之。

光緒丙午年立秋前，南安戴鳳儀謹書於詩山之松村精舍。

大　學

大學中庸總説

《大學》本《禮記》第四十二篇，《中庸》本《禮記》第三十一篇。《大學》是對《小學》看，《中庸》是對異端看。《大學》乃孔子傳教之書，所以總《小學》之大成也。《中庸》乃子思懼異端之害道而作，所以闡正學之宗旨也。

《大學》總旨，不外《中庸》"明善"、"誠身"，以誠爲人道的意。而明新而傳,溯其源於“天之明命”,推其效於“其命維新”。至終篇重言“峻命不易”,“命不於常”,則人道也,而天道寓之矣。《中庸》總旨,不外《大學》“明明德”推到“至善”的地位。而“妻子好合”二節,“凡爲天下國家”四節,却并“新民”内之“齊治平”,都説到“至善”的景象。至終篇復就“明德”、“謹獨”之事,馴致“篤恭而天下平”,則“明德”也而“新民”賅之矣。此《學》、《庸》所以相表裏也;此《學》、《庸》所以總《小學》之大成,闡正學之宗旨,而萬世學者莫之或外也。

《大學》是括出“學”的源流,《中庸》是括出“道”的源流,學者所以復其性也。《大學》首章,言心不言性,故朱子於序中補之,“道”者心之所宰也。《中庸》首章,言性不言心,故朱子亦於序中補之,所以見二書之合一也。

大學總説

小學者,大學之階梯也;大學者,小學之堂室也。皆聖學之所以成始成終也。朱子云:“方其幼也,不習之於小學,則無以收其放心,養其德性,以爲大學之基本;及其長也,不進之於大學,則無以察夫義理,措諸功業,而收小學之成功。”此《大學》一書所以作也。

聖經渾括綱目之理,《十傳》闡明綱目之事。聖經萬事畢該,要其本不外“修吾之身,以明吾之德”而已。“明明德”者,吾身所以自成;“新民”者,吾身所以兼成。“至善”則明新之標準;“知得”則明新之層級。“明”之目有格致誠正修,吾身所以自成之體也;“新”之目有齊治平,吾身所以兼成之用也。聖經正言以管其本,反言以决其本;推暨雖有萬殊,握要只此一本。此所以爲《大學》之道也。《十傳》,探“明德”之原於天明命,扼“新民”之要於公好惡,透誠意之關於慎獨,挈修“齊治平”之領於忠信;而吃緊在藏身之恕,仍不離夫子“忠恕”一言。此皆曾子補聖經所未及,其有功於後學甚大也。聖經渾括,以理賅事,如天之無所不包;《十傳》闡明,以事證理,如日月之無所不徹。其斯謂垂憲萬世者歟!

子程子

既稱程子,又加“子”字,即《公羊傳》“子沈子”之例也。朱子謂己道學淵源，出自程子。故加一“子”字以尊之。《中庸章句序》稱子思爲“子思子”。國初，李安溪、陸稼書稱朱子爲“子朱子”，即此意也。

大學之道在至止於至善　一節

《大學》，大人之學也，即内聖外王之學也。欲學大人之學，必有下文之綱領條目，乃可循序致功。“道”字即綱領條目之總名也。“之”字則含蓋綱領條目之神氣也。“在”字即古人爲學之次第也。“明德”，人之所得乎天者也。“明”之資有高下，則明之之功有難易。生知安行者，以踐形盡性爲“明”；學困利勉者，以明善復初爲“明”。明之爲功雖殊，明之成候則一也。故《大學》必以明之立其體。“新民”，己之推以及人者也。己與民同此德，則己與民宜同此新。道以德，齊以禮，使民革而新之；漸以仁，摩以義，使民廓而新之。不忍聽民之安於庸愚，即欲民之共勉爲聖賢也。故《大學》必以新之達其用。“止至善”則人己體用之所畢貫者也。明新之事，非可以得半自安，必該全體方可謂至善；非可以小成自足，必極大用方可底至善。德不造於美大聖神，猶未足謂之“明”；治不躋於唐虞三代，猶未足謂之“新”也。故《大學》必以“止至善”竟其功。學至此，則大人之學成，即内聖外王之道備矣。此所以爲《大學》之綱領也。此節事有三端，理實一貫。分言之，則曰“明”、曰“新”、曰“至善”；合言之，則不外“明德”。所以下文單接“古之欲明明德於天下”。

知止而後有定　一節

“知止”二字，乃《大學》第一階級也。凡學必先知後行，入大學而不深知“至善”之所在，恐人各以意爲學，或遁於隱怪而不知，或廢於半途而不力，而“明新”功夫，終莫由臻於“至善”。《大學》揭出“知止”二字，使人確知“明德”、“新民”全體大用之所在，則志有定向，不至入於歧趨，非如坐禪入定之定矣。志既定則心不妄動，不妄動自有“敬”的意在裏許，非如冥然静坐之静矣。心既静則身自安止，非如陽明所謂“將心與汝安”之“安”矣。王陽明有句云：“同來問我安心法，還解將心與汝安。”身既安則事至物來，自能揆度，豈如禪家之屏思絶慮，塊然無所爲哉！心能慮事，則天君有主，自能得“明新”極止之地，豈如象山弟子，如傅子淵輩。卒至猖狂醉駡,而無所歸宿哉! 由知而得,此中之定、静、安、慮,本相因而至,無事勉强,然到"知止"得"止"的候,則《大學》之基址已固,故下節緊接"近道"字。

知止而後有定

李安溪以"明德"、"新民"、"止善"爲綱,以"志有定向"爲領,此論最確。蓋爲人根蒂,先在立志,志有定向,然後去窮理實踐,方不走他路。此"定"字是確知"向乎至善"之地,非如禪家"入定"之説也。

定而後能静

聖賢説"静"字,皆有"敬"的意。夫學而後能静,朱子訓"心不妄動"。"不妄動"即含一敬的意在裏許,非如禪家之空寂無爲也。後世陸象山、王陽明創爲陽儒陰釋之學,蓋將"静"字誤作無事爲静,致棄書廢學,屏思絶慮,實與聖賢"窮理實踐"之功大相反,由不體認《大學》"不妄動"之旨也。

周子主静,是以"無欲"爲静。佛家主静,是以"無事"爲静。"無欲"即"不妄動"意也;"無事"即"棄書絶慮"意也。陸、王所以墮入禪學者,皆坐此病。

《大學》首章,言"静"不言"敬","不妄動"即敬意也,下文"誠正"之根也。《中庸》首章,"戒慎"、"恐懼",敬也;不睹聞,即静中境也,下文"未發"之候也。總以見聖賢功夫,静中有敬,敬中有静。

物有本末至知所先後則近道矣　一節

明德新民,有形體可見者,皆物也;知止得止,有次序可循者,皆事也。德明而後民新,所謂本末也;知止而後得止,所謂終始也。確知本末始終之先後,斯可以近道。故《大學》於綱領之後,歸結一個"知"字,醒人無限。《中庸》末章,以"知遠"、"知風"、"知微"結之;《論語》末章,以"不知命"、"不知禮"、"不知言"結之,皆示人以聖賢功夫,必從"知"入也。玩"則"、"矣"二字,語氣直捷,見出"能知則於道不遠"意。

古之欲明明德於天下　二節

條目乃括聖功王道之全,其必先如此而後如彼者,明乎序不可紊,功不可闕也。二節只是一意，只是就知所先後推擴而暢言之。而後一節，正解所以不可不先之故，非有順逆之分也。講家以逆推功夫，順推效驗，分貼二節，未免支離。

古之欲明明德　一節

此節講家説太糾纏，殊失本文現成語氣，只好稍貼講便明。如云：古大人何以欲明我之明德於天下？蓋大人以天下爲量者也。然欲推於天下，天下遠而國近，必先治其所近，使明德達於國焉。欲治其國，國疏而家親，必先齊其所親，使明德達於家焉。欲齊其家，家人而身己，必先修其在己，使明德備於身焉。欲修其身，身外而心内，必先正其在内，使明德全於心焉。欲正其心，心之體静，而意之發動，必先謹其所動，使明德實於意焉。欲誠其意，意之發易昏，而知之歷便明，必先致其所明，使明德見於知焉。至於致知，良知本禀其所固然，窮理乃徹其所以然，則惟在隨物而格之，物物而格之，使明德之理畢具焉。貼講固是講家所有，然必直捷了當，方無糾纏之病。

物格而後知至　一節

此二節理無順逆之分，然上節稍虚，此節較實；上節略就用功時言，此節略就成功時言；上節致知格物，是合下用功，此節物格知至，是即便成功。物、知是一理，如象山之頓悟，荆公之執拗，非無所知，而格物未至，便有錯認之弊，故必物格而後知無不至。知、意是兩事，如荀息之忠，尾生之信，意非不誠，而道理未明，不免有誤用之害，故必知至而後意可得誠。意、心不是兩物，意是心之發動處，意能誠則克治精，心體方能純清，如顔子之既克而後復也，故必意誠而後心可得正。身、心要分内外，心能正則神足以宰形，如文王之小心翼翼，乃有雍宫肅廟之度也，故必心正而後身可得修。身、家要分主從，身爲家之主，身能修則德明，而表率有自，如文王之亦臨亦保，乃能刑于式化也，故必身修而後家可得齊。家、國是兩事，家爲國之準，家能齊則新民之事，即家已具，如文王有雎麟之意，乃可行周官之法也，故必家齊而後國可得治。國與天下亦是兩事，國能治則準情酌理，而治天下之事，即國已具，如湯武有舊國之新命，而天下之基已立也，故必國治而後天下可得平。至此而格致、誠意、修齊、治平之功成矣。蓋用功稍居其先，成功自必略處其後也。

自天子以至於庶人　一節

總言之，格致誠正，皆修身的功夫；齊治平，皆從修身推出，即所謂明德爲新民之本也。自天子至庶人，此“庶人”不必指爲農工商賈，正是大學中之俊士、秀士，有可學大人之學者。此時之“庶人”，正可望爲將來之大人也。玩朱子《大學·序》謂：與凡民之俊秀，皆入大學。可知此“庶人”是民中之俊秀，非農工商賈也。“以至”字，須含諸侯、卿大夫在内。“皆”字，須見出無論尊卑上下，皆學《大學》，即皆本修身也。“修身爲本”一句，是全部《大學》之樞紐也。

其本亂至未之有也　一節

此節，本末、厚薄雖對説，然重在“本亂”句。厚薄，只是推開説，仍須繳到“修身爲本”意。新民，以修身爲本，以齊治平爲末。身不修則本亂，而能使齊治平之末就理者，必不然。推至於家、國、天下，遞有差等，如孝慈友弟，是家之當厚者，設使厚者薄之，而能使治平之事從厚者，則斷未之有。“也”字有唤醒語氣，見出家、國、天下，皆新民事，尚不可無序，况修身爲齊治平之本，何可不知所先務乎？繳到重本，方合《大學》全篇結局。

康誥曰克明德　一章

明明德之學，大人之學也，稽諸古大人而皆然矣。周時，有大人之學者莫如文。道已見而若未見，無畔援，無欣羡，明德獨見其緝熙矣，故武王取其言以誥康叔。商時，得大人之學者莫如湯。道無形而若有形，曰陟降，曰昭格，明命時懸諸心目矣，故伊尹奉其訓以告太甲。唐虞時，開大人之學者莫如堯。道可名而莫能名，曰巍巍，曰安安，明德益徵其高大矣，故史臣形容其峻以贊《帝典》。

分觀之，則於《康誥》見明之之功，於《太甲》推明之之源，於《帝典》極明之之量，詣以性反而各呈。合勘之，則文之明在敬止，湯之明在聖敬，堯之明在欽始，功以精一而同貫。先聖後聖，“皆自明也”。“皆”字與聖經“在”字相應，見三聖之明，同歸一致也。“自”字乃“皆”字之由，見凡德之明，責在己不在人也。“也”字有唤醒後人意，曾子欲後人取法前人，故歷舉帝王之學，而以唤醒之意結之。

太甲曰顧諟天之明命

此節須活看。"明命"本無形無象,緣何目能顧之?蓋心常主敬,則精神凝聚,天真自見。天真既見,則明命雖在天上,常如有物之在我目前。無形之形,嚴於形矣;無象之象,尊於象矣。湯能如此奉若天命,聖敬所以日躋也;太甲能遵師保之訓,率乃祖攸行,允德所以克終也。

《大學》與《中庸》本相表裏。《大學》始言"明德",《中庸》始言"天命",似乎源頭之稍異。不知命者德之源也,明德者明命之顯爲呈也,明命者明德之隱爲寓也。一而二,二而一也。故曾子之傳《大學》,既引《康誥》以釋"明德",復引《太甲》以言"明命"。

湯之盤銘　全章

新民之事,大人之事也,效古大人而可造其極矣。爲王天下之大人者惟湯,觀其銘盤,致意於日新者,毫無間斷。心既奮發於幾先,力必接續於其繼;力既日續於其繼,神必重整於其終。則自新之功密矣。爲君天下之大人者惟武,觀其誥康叔,致意於新民者,備極鼓舞。農桑學校,課其作之程;勞來輔翼,神其作之法。則新民之功至矣。爲師天下之大人者惟文,觀周公述其德以戒成王,極言周邦雖舊,至文而命始新。文非有覬覦天命,而愛民即所以承天。文未嘗統一天下,而民歸即徵其天與!則新民之效著矣。由自新、新民而分究之,則格致誠正,迄齊治平,各一極也;由自新、新民而合貫之,則人己内外,本末始終,同一極也。是故君子必"止於至善"之極地,無所不用其力,乃可全己德、會民心,而欽若天命也。"無所不"三字所包甚廣,必無一事一物不"止於至善"方得,其責備君子之意甚深。

詩云周雖舊邦　一節

《詩》辭重在"新命"。曾子引《詩》意,重在"新民"。須補出文王以雎麟之意,行周官之法,以亦臨亦保之心,致讓路讓畔之化,實能自新以新民,故能新受天命。"新命"句須活看,文王未嘗膺天命而有天下,但德至者民歸,民歸便是天與。故溯周家受命之原,必自文王始。曾子引此,見出"新命"爲"新民"之極效,即是"新"之"至善"處。所以,下文緊接"無所不用其極"。

詩云邦畿千里　全章

"止至善"之誼,大人之極誼也。徵諸古大人而可得明新極善之所在矣。爲大人所宅中而處者,莫如邦畿。誦《玄鳥》之詩,民以"邦畿千里"爲首善之地而止之。知凡物各有"至善"之地,則"邦畿"可爲"至善"之喻矣。

爲時中之大人者莫如孔子。觀其讀《緡蠻》之詩,至"黄鳥止於邱隅",嘗曰:"鳥於欲止時,尚知止於最善之地,況人爲物靈,何可不鑒諸鳥而止於至善乎?"則子言可爲"止至善"之鑒矣。

爲立極之大人者莫如文王。誦《大雅·文王》之詩,繪其敬之神曰"穆穆",美其敬之純曰"緝熙",文王以一敬而安所止如此。夫文王何事不徵"至善"?如爲君臣父子,以及交國人,仁敬孝慈信,皆"止於至善",則文王可爲"止至善"之鵠矣。

爲耄年進德之大人者莫如武公。咏《淇澳》之詩,瞻猗猗之菉竹,懷有斐之君子,如治骨角者之既切復磋,如治玉石者之既琢復磨。由是存於中而瑟僴,著於外而赫喧。《詩》美武公之德器斐然而終不可諠如此。夫《詩》言雖美武公,而實與"明德"之"至善"相吻合。如所謂"切磋"者,即致知以明理之事,道學也;所謂"琢磨"者,即力行以遏欲之事,自修也。"敬"之所以徹始終也,求"止"之功也。所謂"瑟僴"者,則嚴如帝天,懼如大敵,恂慄也;所謂"赫喧"者,則望之可畏,近之可象,威儀也。"敬"之所以貫内外也,得"止"之驗也。所謂君子"終不可諠"者,蓋君子由學修之功,造恂慄、威儀之地。向賦於天,德極其明;兹備於身,德極其盛。自能合人心之同然,起人愛敬,民其何能忘也!則《衛詩》可爲"明德""止至善"之證矣。

爲創制顯揚之大人者莫如文武。觀《周頌·烈文》之詩,曰"前王不忘"。知前王早有及人之澤,故使人不忘如此!夫文武之使人不忘,實極"新民"之"至善"而無遺。如君子之守法憲章,無非前王之制作,賢其賢也;如君子之嗣守欽若，無非前王之創垂，親其親也。如小人之安享太平，無非前王之保乂，樂其樂也；如小人之俯仰事畜，無非前王之制産，利其利也。君子、小人之確依其“舊”，實由前王之善用其“新”，蓋當日事事經營“至善”，能使天下後世無一物不得其所，此所以没世不忘也。則前王可爲“新民”“止至善”之的矣。

總之，以“邦畿”虚擬“至善”，以“緡蠻”虚擬“止至善”，以“穆穆”實發“止至善”，雖不言“明新”，而“明新”已寓其中。以“淇澳”實證“明德”之得所止，而“新民”已發其端。以“烈文”實證“新民”之得所止，而“明德”益著其效。斯所以爲極善之詣歟。第四節“民之……也”字，有自然契合的神氣，第五節“此以……也”字，有不盡嘆想的神氣。朱子謂“兩節咏嘆淫佚”，其味深長，誠善會斯旨哉！

詩云緡蠻黄鳥　一節

緡蠻，鳥聲也。“緡”有綿續不絶的意，“蠻”有混濁不清的意。“邱隅”是邱之一角高岑處，樹木蓊蔚，人不及見，舉世之矰繳雖可危，高岑之幽處甚可安，此正鳥之“止於至善”處。《詩》辭不重，重在子言。“不如鳥”句須活看，聖人無决絶人的語氣，是借鳥之知止，提醒人當如鳥之止於極善之地，非直斥人之不如鳥也。“可以……而不……乎”字，有無限激勵之神，須曲曲摹出，方合聖人“止至善”的心腸。

詩云穆穆文王　二節

聖賢皆從實地用功夫，如文王仁敬孝慈信，其功雖極“至善”，其事不外彝倫。非若異端之棄而君臣，棄而父子，棄而交道，而遁入虚無也。武公“切磋琢磨”，即“敬”所以徹始徹終的功夫；“瑟僩赫喧”，即“敬”所以誠中形外的效驗。層層踏實用功，自有德輝流露，非若異端之“冥然坐悟”，侈語《楞嚴》，妄希“玄妙”，而終無以造“至善”實地也。後世高材之士，墮入禪學者甚多，皆馳心高妙，而不從《大學》體認實地功夫，故有此病。

詩云穆穆　一節

此“穆穆”講家皆指德容，愚以爲須就“敬”之見於一身神氣者言，方與“敬止"一貫。"穆穆"見"敬"之斂而彌深,凝而彌遠也。"緝熙"是能繼續心體之光明,心體日常惺惺,益見其"敬"之純也。純則心無不"敬",於事自安"所止"也。"仁敬孝慈信",即"止善"之極詣也。此五件須深看,方合文王的身分,方見"止善"的極詣。如:爲君之"仁",懷保惠鮮猶小也,須説深宫時抱如傷,婦女亦懷王室,方是"止仁"。爲臣之"敬",三分服事猶淺也,須説獻洛西以善歸君,囚羑里以明聖載王,方是"止敬"。爲子之"孝",問安視膳猶末也,須説丕猷丕緒,無忘無倦,善承王季的德音,即推到承后稷、公劉、太王,亦是"孝"中"極善"之事也。爲父之"慈",九齡夢錫猶末也,須説顯謨啓佑,子孫皆化,善開武王等的統緒,即推到開成王、康王、穆王,亦是"慈"中"極善"之事也。交國人之"信",赬魚敷化猶顯也,須説靈臺勞而不怨,虞芮格於無形,皆從實心實政相感孚,方是"止信"妙用也。

詩云於戲前王　一節

詩人不曰後人不忘前王,而曰"前王不忘",須順説前王德業之盛,入人甚深,故使人不忘。然前王所以使人不忘者,以其賢、親、樂、利也;後來君子小人所以不忘者,則在賢之、親之、樂之、利之也。

其"賢"不得泛説前王之嘉言懿行,須説到演易陳謨,受書訪範,極師道之善,方是"賢"。君子得聞而知,若成康之守法,孔子之憲章,即賢其賢也。

其"親"不得泛説前王之時庸展親,須説到篤厚本支,創業垂統,極父道之善,方是"親"。君子承其遺澤,若魯衛之兢爽,晉鄭之相依,即親其親也。

其"樂"不得泛指前王之化行俗美,須説到菁莪喻於無言,羊酒歡於有象,極教民之善,方是"樂"。小人存其遺俗,若吹豳之風,里黨猶敦其好;子衿之咏,學校猶嗣其音。即樂其樂也。

其"利"不得泛指前王之制田教樹,須説到五土辨物宜,九職任世業,方是"利"。小人循其成法,若畝依東南,至春秋猶不敢開阡陌;征仍十一,雖强暴猶不敢廢舊章。即利其利也。

夫前王遠矣,而其所留貽,猶可使後之君子小人有所依賴以爲安,是誠極

“新民”之“至善”矣。宜其没世猶有美人之思，西歸之懷，而久而不忘也。

毋自欺也

此“自欺”是格致後事，物理既明，善惡自知。但念慮幾微，稍有未誠，便是“自欺”，非不自知其不誠也。“毋”字，是誠意者自已心上禁止，不待人窺而後自警也。如此看，方與“閑居”節有針對。

小人閑居

“閑居”不必泥定一人獨處。即所處皆衆小人，無一君子，亦是“閑居”。對下見君子看。

故君子必慎其獨也

此句上文已説過，而又覆言之。須知上節“慎獨”，是君子直下擔當，不待觸於事物而自慎。此節“慎獨”，是君子一有所觸，愈恐流爲小人，故益加警省。

身有所忿懥至有所憂患則不得其正

此節重在“有所”二字，須與程子《定性書》參看。“忿懥”、“恐懼”、“好樂”、“憂患”，人心所不能無。但大公順應，則心無所著而得其正；自私用智，則心有所著而不得其正。所謂處心不可著，著則偏是也。二句見《困學記》。《定性書》曰：“内外兩忘，則澄然無事，尚何應物之爲累哉！”正此節對病之藥也。

其儀不忒

不曰其德其行，而曰“其儀”，蓋德行藴於内，爲人所難見；威儀發於外，爲天下所觀瞻。其實威儀從德行來，須以德行作威儀之本。

中　庸

中庸第一章

《中庸》首章，爲全書之綱，與《太極圖説》相表裏。天命謂性，即無極二五妙合而凝之性也。率性謂道，即仁義中正之道也。修道謂教，即聖人立極之教也。平時戒懼，臨時慎獨，即君子所以修之之功也。喜怒哀樂，即五性感動之謂也。未發已發，即動極而静，静極復動之理也。致中致和，即聖人定之以中正而主静立人極之意也。位育之初,即與天地合其德、四時合其序之意也。《圖説》顯而微,《中庸》微而顯,一而二,二而一也。

天命之謂性　一節

子思子憂道學失傳,或爲異端所雜,故作《中庸》。"性"曰"天命",見非矯揉造作之"性";"道"曰"率性",見非幽深玄渺之"道";"教"曰"修道",見非虛無名法之"教"。此所以澄吾道之源頭也。分言之,則曰"性"、曰"道"、曰"教";合言之,則不外一"道"。蓋"性"者"道"之所從來,"教"者"道"之所成就也。猶《大學》首節,分言之,則曰"明德"、曰"新民"、曰"至善";合言之,則不外"明德"。故《大學》以下,單接"明明德於天下",《中庸》以下,單接"道之不可離"。

率性之謂道

此句非是"性一物,道又一物也"。"率"字只是就"性"中所固有者,自然行將去,便是"道"。玩"之謂"字,有自然而然,不待强爲意。

道也者不可須臾　三句

此三句是總冒語。"也者"字,有無限唱嘆意;兩"也"字,有無限點醒意。聖賢之"道",皆切於人倫日用之事,無物不有,非若異端之絶物也;無時不然,非若異端之坐忘也。物物時時皆有"道"在,所以"不可須臾離也"。"可離"句,是反言以醒之,見出可離則是外物,非吾"道"也。下文"戒懼"、"慎獨",正是"須臾不離道"處。

是故君子戒慎乎　二句

不睹、不聞,静中之境也。戒慎、恐懼,静中之敬也。孝子敬親,故視於無形,聽於無聲。君子敬道,故戒慎所不睹,恐懼所不聞。境雖無睹聞,而吾心惺惺,常若有睹有聞之可見,朱子所謂"常存敬畏"也。講家將"不睹聞"説到虛虛寂寂,未免近禪家語氣,切戒!須知此不睹聞,即是下文喜怒哀樂"未發"的景象,萬事未露端倪,此心常自警省,所謂防於未然也。

此二句可與《論語》"出門"、"使民"二句互看。"出門"、"使民",動時之敬也,“出門”、“使民”能敬,則未“出門”、“使民”能敬可知矣。不睹、不聞,静時之敬也,不睹、不聞能敬,則當有睹有聞能敬可知矣。先儒所謂動静胥敬,而静常爲主也。

莫見乎隱　一節

已獨見,而人不及見之處,便是“隱”。人雖不見,而吾心惺然不昧,便是“莫見乎隱”。己一念之動,其事甚細,便是“微”。事雖甚微,而吾心顯然難欺,便是“莫顯乎微”。故君子必於此加謹焉。蓋平時“戒懼”,猶必臨時“慎獨”,方不至有“須臾離道”之弊。

不睹聞與隱微,是須臾之頃;“戒懼”、“慎獨”,是“須臾不離道”之功。

喜怒哀樂之未發　一節

此推原所以不可離之故,以見“道”之體用,寓於一静一動之性情也。上文“不睹”、“不聞”之“戒懼”,静存也;“莫見”、“莫顯”之“慎獨”,動察也。此節“喜怒哀樂之未發”,則自然之静也,所以含其不偏不倚之性也,故謂之“中”;“發皆中節”,則自然之動也,所以抒其無乖無戾之情也,故謂之“和”。“中”則静而無静,天性渾全,“道”之體也,“天下之大本也”;“和”則動而無動,至情融洽,“道”之用也,“天下之達道也”。玩“也者”字,“也”字,具有無限指點意。

朱子晚年,始悟延平先生令“尋喜怒哀樂未發氣象”,“尋”字有病。曰:未發之前,不可尋覓;既發之後,不容安排。可知未發、已發,皆是自然之動静,無事勉强也。

致中和　一節

“中和”爲性情之德,人皆有之,惟聖人能致之,聖人合天地萬物爲一體者也。天地所以定位,以有自然之造化也。萬物所以咸育,以有自然之發生也。我能奉“天命之性”,常“戒懼”於静而無静之時,至於愈約愈純,則極其“中”,與自然之造化同體,而天地賴以裁成矣,“位”矣。我能本“率性之道”,常“慎獨”於動而無動之地,至於愈精愈熟,則極其“和”,與自然之發生同用,而萬物賴以曲成矣,“育”矣。夫至以吾之“中”,贊天地之“中”,以吾之“和”,養萬物之“和”，則吾“性”盡，吾“道”全，而修道之“教”，亦於是乎在，此“道”所以終不可離也。

玩兩“焉”字，語氣極自在，有“確有其理，確有其事”之意。朱子云：“位育兼窮達，堯舜地平天成，萬世永賴，是位育實事；孔子明道立教，綱常不墜，是位育實理。”此論甚篤。

《西銘》“乾父坤母，物與民胞”，是位育的註脚。總之，《中庸》首章大意，與《太極圖説》相近；《西銘》一書，即“太極下二圈”之意也。

人莫不飲食鮮能知味也

此以飲食喻“道”也。飲食是日用當然之事，飲食自能“知味”，是良知良能之事。然人每不察，是以或過濃過淡，或不得其醬，或五辛不能調和，鮮能領適中之味。况天下有精於飲食者，其不味之味，有至味存焉。使不饜飫之，咀嚼之，何能確知其至味之所存，而求所以得中哉？彼賢知之過，愚不肖之不及，鑒諸飲食而可恍然悟矣。

回之爲人也

此句不可泛看“爲人”字，須説：回之人，即天性明健之人。回之所以“爲人”，即“率性”“修道”之“爲”。此句體認得著實，下文能擇能守，自一氣貫通。

擇乎中庸

回是天性睿知，真知“中庸”之所在，故能“擇”。

得一善則拳　二句

“一善”不可泥看，此時“得一善”，異時又“得一善”，則“一善”即“千萬善”之權輿也。“一善”能持守“弗失”，千萬善自能“弗失”。“拳拳服膺”，即首章“戒慎”、“恐懼”，常存敬畏之意。惟能常存此敬，故能主善弗失，則以首章作來脈可也。

中庸不可能也

聖人日以“中庸之道”望天下。曰“不可能”，正望人致力於“中庸”，以求其能也。勿看抹煞爲是。

子路問强　一章

此章“强”字即“勇”字，可以輔“知”、“仁”之用者也。“中庸”以“子路之强”，與“舜之知”，“回之仁”，同證三達德，則子路須看得高。“中庸”所以“不可能”，匪獨似知非知，似仁非仁者不可能，即似强非强者，亦不可能。則“强”字須看得真。據《家語》，子路初見夫子，已受“不强不達”之訓，是“强”固子路所素知也，而必復問之，何也？想平時受聖教薰陶，融以怡愢，文以禮樂，氣質漸歸變化，學問漸臻正大，知徒强不足恃，欲進求夫强之真，故發此問。夫子因其有志真强，故先詰以“南”、“北”，使之知氣質之强，而有以辨夫强之似也。轉叩以“而强”，使之知德義之强，而有以得夫强之真也。上兩“與”字，有藉以發凡意，下一“與”字，有使之自勘意。“寬柔”、“金革”二節，正實發“南北强”。南是强之不及處，北是强之過處。“君子居之”，此“君子”不必看重，曰：此亦是君子之事耳。“强者居之”，此“强者”未是真强，曰：此亦是强者之事耳。二節平看，不必爲判低昂。“故君子”一節，正實發真强處。“不流”、“不倚”，便無南北强有過不及之病。“有道”、“無道”、“不變”，正“中庸”能擇能守的工夫。“强哉矯”句，有無限贊嘆的神氣。夫子因子路有志真强，故極言贊嘆，勉其必逮，以成德義之勇也。

子曰素隱　一章

此章是裁抑賢知之過不及，以歸於“中庸”。依乎“中庸”，便不爲隱怪。遁世不悔，則不至廢於半廢。此等境界，直是聖人地位。故曰：“惟聖者能之。”

子曰素隱行怪　一節

此節講家泛作排異端説，直與《孟子》“息邪”、“距詖”無異，殊不合“中庸”語氣。須覷定下文“依乎中庸”，看出是：賢知之過，則聖人“弗爲”，自有斬釘截鐵氣象。玩“矣”字，何等斬絶！須味。

夫婦之愚可以與知焉

夫婦乃生人之始，萬化之源，故言：費隱之道，必始於夫婦。“愚”字非“愚蠢”之謂，只循其不雕不琢之天，便是“愚”。許鍾斗所謂：愚其人，非愚其心也。而陰陽之理，生生之機，於此可識其端倪。故曰:“可以與知。”

夫婦之不肖可以能行焉

“不肖”亦非“不才”之謂，只是本質渾渾，未有踐形惟肖之功。蓋“不肖”者其迹，非“不肖”者其心也。而妙合之道，化醇之理，實能自然行將去，無事强爲。故曰:“可以能行。”

素富貴至而不自得焉　一節

此節須認真“素”字，即安之若素之“素”也。“素富貴”，則無驕無淫，雖富貴不見爲富貴，自能行兼善天下之“道”。“素貧賤”，則不諂不屈，雖貧賤不見爲貧賤，自能行獨善其身之“道”。“素夷狄”則不畏遼闊，視夷狄若中國，自能行忠信篤敬之“道”。“素患難”，則不憚艱險，視患難若坦夷，自能行文明柔順之“道”。“自得”是不失在己之“素”，非别求自適也。“入”字須活看，蓋行乎富貴、貧賤、夷狄、患難若此，則凡有類於富貴、貧賤、夷狄、患難者，皆可隨其所“入”而“自得”焉。

妻子好合如鼓瑟琴

此二句須跟上“夫婦愚、不肖”説，方有意趣。見得“好合”之道，正夫婦所“能知”、“能行”者，“如鼓瑟琴”，則其相和相應，氣協於中，聲聞於外，卑邇有高遠之意在。如此説，方與章旨融貫。

無憂者其惟文王乎

此句承上大舜來，見舜之父頑子不肖，以注下作述。論舜之位名禄壽，固集千古生人之福;論舜之始終前後，實叢千古生人之憂。益見古今無憂者，惟文王一人而已。文王無憂，在遇不在心。論其心，則羑里幽囚，事君可憂也;炮烙重刑，視民可憂也。日昃不遑，皆憂之時也;望道未見，皆憂之事也。何嘗無憂哉?蓋文王所憂者在人爲，所無憂者在天爲，天爲則莫之爲而爲，無憂所以難與!

修身也　九句

此節須體會字義，不可抹殺。身曰修，則不敢慢矣。賢曰尊，則不敢卑視矣。親曰親，則不敢稍疏矣。大臣曰敬，則視大臣如師保矣。群臣曰體，則視群臣如吾體矣。庶民曰子,則視庶民如吾子矣。百工曰來,則不敢聽其去留,而有招來之道矣。遠人曰柔,則不敢剛悍相將,而有柔待之意矣。諸侯曰懷,則不敢隔膜相視,而有同懷之心矣。字字認真,便與下節融貫。

詩曰衣錦尚絅　全章

《中庸》以此終篇,即所謂始言"天命",終言"明德"也。然"天命"即"明德"之隱爲寓,"明德"即"天命"之顯爲呈,理本一貫。此章曰"不言"、"不動"、"不顯",即首章"不睹"、"不聞"、"隱微"意也。曰"内省",即"慎獨"意也。曰"敬信",即"戒懼"意也。曰喜怒不用,即"中和"氣象也。曰"篤恭而天下平",即"致中和"而"位育"氣象也。是首尾本自相應也。《中庸》自首章至"至誠"章,叙盡人合天之功,愈説到精深廣大上,所謂放之則彌六合也。此章叙入德、成德之功,不外充"尚絅"之心,以至其極,愈説得向裏來,所謂卷之則退藏於密也。八引《詩》,只發明立心爲己的功用,只暢言所以"明德"的極效,高之不入於"隱怪",卑之不流於功利,平淡無奇,自無聲色臭味之可言。此所以爲"中庸之道",而非異端雜學所得託也;此所以見入聖之功,仍不外自"明德"入手也。

詩曰衣錦尚絅惡其文之著也

此三句須深看"惡其文"句,見得"錦"有"文"而斂之。"惡其著",正愛其"文"也;斂其"著"之形,即完其"文"之體也。如此方與"不厭"、"而文"、"而理"等句相貫。

君子之所不可及至見乎

此句不可泛泛看去,須從爲己中探出謹幾消息,方與下文"不顯"、"篤恭"脈脈關注。

松村文集卷三

四書闡義

論　　語

論語總説

《論語》是聖賢緊要之書。欲讀聖賢緊要之書,須究聖賢緊要之義,"時習"、"務本"是也。"時習"爲入道之門,"務本"爲積德之基,先從事於此,則萬事由此徹,萬善由此推,希賢希聖之功由此企。學者安可不三復是書,以領其指歸之所在哉!

讀書觀實字的意義,尤要會虚字的神氣。大抵聖有聖氣象,賢有賢氣象。如《魯論》起手數章,"學而"章"不亦"、"乎"三字,可以見夫子從容自得,有安安氣象;"孝弟"章"也者","其"、"與"等字,可以見有子低徊唱嘆,有亹亹氣象;"三省"章"而不"、"乎"三字,可以見曾子無限兢惕,有勉勉氣象;"賢賢"章"雖曰"、"吾必"、"矣"五字,可以見子夏謹守本務,有偏重氣象。即此數虚字,而大聖大賢與諸賢所造境界,已流露於言表。學者以類推之,則知讀書貴會聖賢神氣,不可泥死句下矣。

子曰學而時習　一章

此夫子以身教者也。時習之學,即夫子下學上達之功也;時習而説,即夫子忘食忘憂之詣也;朋來遠方,即三千七十之從游,得以慰其傳道立教之樂也;不知不愠,即尼溪書社之見阻,絶糧畏匡之見阨,沮溺、接輿輩之見譏,皆是也。而夫子所自信者,惟在不怨、不尤數語;所契心者,惟在顔子不容何病,不容然後見君子數言。《魯論》以此開章明義,雖爲垂教萬世計,而夫子全身已活現矣。玩三“不亦……乎”字，而時聖安安之象，已流露於言表，非諸賢所及也。學者當善領之。

子曰學而時習之　一節

《魯論》一書，爲萬世道學之正統；“時習”一語，爲《魯論》言學之大綱。其旨與《説命》略同。《説命》始言學，必務“時敏”；《魯論》首言學，必務“時習”。而“習”較“敏”更加綿密，蓋“敏”猶有間斷，“習”則無間斷，無間斷則學有心得。非夫子從忘食忘憂體認出來，不能爲是言也。

有子曰其爲人也孝弟　二章

兩章須從“誠”、“僞”看。“其爲人也孝弟”，雖婉言柔色於父母之前，如老萊子斑衣戲舞，而人不以“巧令”目之者，諒其“誠”也。其爲人也“巧令”，雖講孝論弟於辭貌之間，如晉文仁親爲寶，而人不以孝子悌弟稱之者，知其“僞”也。惟“誠”則内行敦懇，一“孝弟”可“立爲仁之本務”；惟“僞”則外貌逢迎，一“巧令”已“失爲仁之本心”。記者連類而誌，蓋欲人曉然於“誠”、“僞”之分，而深自戒勉也。

先儒疑“巧言”章即有子述夫子之言，謂當在上章末連爲一章。此説亦是有子有慨世變，故既自言以提醒之，復述子言以發明之。總不外“孝弟爲仁之本務”，“巧令失仁之本心”二義。

有子曰其爲人也孝弟　一章

有子見夫春秋時之“犯上”、“作亂”，皆由於不孝、不弟，故發此言。使人知端本於“孝弟”，則萬禍可默消，萬善可馴致矣。《魯論》次以此章，其教人最爲親切，學者當以此爲入德之基。

春秋時，如商臣無父，子帶無兄，齊無知蔑禮忘分，衛州吁凌長間親，種種犯亂，筆不勝書，皆從不孝、不弟來也。

孝弟也者其爲仁之本與

人禀天地之大德以生，仁愛具於性。凡孝親弟長，皆根性而生，則“孝弟”乃“仁”之實用處。有子勉人“務本”，獨以“孝弟”爲“仁”之本，何哉？蓋以賦稟之性言,“孝弟”早根於“仁”,則“仁”爲“孝弟”之本。以推行之理言,“仁政”肇端於“孝弟”,則“孝弟”爲“仁”之本,先輩所謂生於仁而還以生乎仁者也。譬如穀種,先萌秧芽,而後禾穗茂。穀雖爲秧之本,秧又爲禾之本。仁具於性,猶穀種也。孝弟早根於仁,猶秧本於穀也。行仁肇端於孝弟,猶禾本於秧也。立愛自親,立敬自長,猶秧芽之始萌也。安老懷少,胞民與物,猶禾穗之極茂也。有子慨世人失其本心,欲勉其返本於“孝弟”,以實其仁,故不就賦稟處發端,但就推行處暢言。使人知“孝弟”爲百行原,萬善皆從此做起,庶世變可挽,人心可維也。玩“也者”字,“其……與”字,極唱嘆之神,有諄諄勉人意。

子曰巧言令色　一章

此“巧令”不是庸常的人。蓋春秋士大夫尚虚文而少誠實,應事接物每好爲巧妙之言、柔善之色,以俯仰世故,瞻徇人情。在彼以爲善於涉世,而不知世態日工,心德即日漓矣。夫子不曰“不仁”,而曰“鮮仁”,亦見其人雖非盡絶天良,而仁心已漸失於不知矣。玩“鮮矣”語氣,有慨嘆意,有點醒意。

曾子曰吾日三省　一章

此章可與“學而”章參看,夫子言“習”、言“朋”、言“人”;曾子“三省”,亦致謹於斯。蓋曾子之學,即夫子之學,特分安勉耳。

曾子“省身”,即“誠意”章“戒欺”、“慎獨”的工夫。平時體會夫子“誠正”之旨確有心得,故致省於此三者。“吾”即“獨”字意,“省”即“慎”字意,“不忠”、“不信”、“不習”,即“欺”字意。“而不”、“乎”三字,無限警省,即“其嚴乎”之意也。

子曰道千乘之國敬事而信　二章

兩章括出王道、聖功的根源。敬以行政,王道之基也。蒙以養正,聖功之始也。

子曰君子不重則不威學則不固

此節須以“敬”字作主腦,“敬身”爲“自重”之本,有“莊敬日强”之功,自有“莊重不佻”之度。能“敬”則“不輕”,“不輕”則“不威”、“不固”諸病自去。

《魯論》於“弟子賢賢”章而次以“不重”，朱子《小學》於“立教明倫”後而次以“敬身”，皆是示學者喫緊工夫。

主忠信

“五常”不言“忠”，“四端”不言“信”。夫子獨提“忠信”爲學者主宰，以見能“忠信”，則“五常”、“四端”之理畢貫也。此示學者先入爲主之方，與程子主敬之“主”，同是一意。

子曰吾十有五而志於學　一章

孔子，聖人也。何處見聖人功夫？此章雖未明言是聖人功夫，而已繪出做聖人次第。十五志學，是作聖人之始基也；三十而立，則確立於聖人之地而不搖矣；四十不惑，則燭見聖人之道而不疑矣；五十知命，則盡性知命，確知做聖人的源頭，而有達天之學矣；六十耳順，則心與聲化，不思而得矣；七十不逾矩，則心與矩合，不勉而中矣。從容中道，是聖人之極詣也。夫子却是舉以示學者循序致精之道，而聖人功夫已在其中矣。程子《好學論》曰“學以至聖人之道”，殆於此有默會歟！

吾十有五而志於學

此“學”字不是尋常記誦之“學”，蓋將“學”以至聖人之道也。須見出孔子少時，便以聖人爲志，即便以聖人爲學。“志”與“學”一齊趲上去，何等堅勇！後來能造聖人極地，皆從“志學”時基之也。《朱子學訓》作“大學之道”，亦是一串事。

六十而耳順

此“耳順”，實是“心順”也。天下不無逆事，吾心所歷不無逆境，古今道理不無曲折繁難，有所違逆，豈易遽順？孔子到六十時，聲入心通，即心與聲化，雖逆亦順。蓋來無所迎，去無所戀，胸膈間空空蕩蕩，有萬籟俱空之象；日用時灑灑落落，有活潑不滯之機；天君泰然，則五官百骸都是道理流行。不獨於“耳”見“道”，特於“耳”見“道之倪”爾。朱註“不思而得”，却是此句註脚。

孟懿子問孝　四章

此夫子本《孝經》以爲教也。曰“無違”，即“居養喪祭備致其誠”之意也；

曰“憂疾”，即“身體髮膚不敢毀傷”之意也；曰“不敬”，曰“色難”，即“因嚴以教敬”、“因親以教愛”之意也。

懿子、武伯，卿大夫也。使第認“非法”、“不道”等語爲卿大夫之孝，而於“居養喪祭”未備其事，“身體髮膚”有所毀傷，其孝仍未盡，則以“無違”、“謹疾”補卿大夫孝道之闕可也。

子游、子夏，士也。使第認“資於事父”等語爲士之孝，而於奉養所在，不“因嚴以教敬”、“因親以教愛”，其孝仍未備，則以“敬養”、“愉色”賅士人孝道之全可也。

夫子行在《孝經》，其分示私門、及門，總不外發《孝經》之微旨。

此以禮範孟孫、游、夏也。世禄之家，鮮克由禮，恐逾分易，而保身或難，閑以禮法，則分不逾而身可守；文學之士，即稱知禮，恐虚文重而誠意或忘，繩以禮意，則敬益至而愛益深。夫子以禮維孝之心，於此可見。

至於犬馬皆能有養不敬何以别乎

常解以養犬馬比養親，語意不倫，聖人應不出此。惟以犬馬之養人，比人子之養親；人子若徒以力養親，而不以心，則與犬馬之以力事人何别？如此説較圓。

色　難

説是“色”，實是“心”。非色之難，色而根心生之爲難。蓋孝子有一段精誠懇摯，藴於胸中，發而爲色，自然愉婉，非有一毫强飾於外，故爲難。若徒外飾，何難之有？“循陔”詩曰“色思其柔”，即根心之色也。

子貢曰貧而無諂　一章

此章將“無諂”、“無驕”一問，看得有著落，下文自貫通一氣。子貢之問，早知學問無盡，不敢以“驕”、“諂”之“無”而自足。故一聞“可也，未若”之訓，遂悟出“切磋”、“琢磨”之功。夫子以“告往知來”許之，亦許其能因“所已盡”，而知其“所未盡”也。

子曰攻乎異端斯害也已

夫子之時，異端未横行於天下，而夫子已逆知若輩之别開一徑，其新奇足炫庸愚，其幽深足動賢知，世必有攻之者。既有攻之，必大害於世道人心而不可遏，故嚴斥之，俾人知防之於早也。玩“也已”字，有無限感慨，無限警醒意。

子曰由誨女知之乎　一章

此章須看得深細。子路忠信明决，必不至强其所不知以爲知，致有自欺之弊。特恐自恃爲無欺，而於精粗疑似之間，不細爲剖析，則易滋不知之弊，即莫受日知之益，而欺已伏矣。故夫子呼而告之，欲使自勘其微也。

子張學干禄　一章

子張爲學，有急於求“禄”之心。夫子使約其心於言行中，正欲其潛心學問，以俟“禄”之自至也。

“干”字勿看壞，只是於爲學時，有急於見用意，非學爲干禄之術。

貧與賤至不以其道得之不去也

此節若從君子心中看出“貧賤”之不當得，便有怨尤之念在，何能“不去”？何以成爲君子？須從旁觀説出，謂：不當得而得者，旁觀之論則然耳，君子安之若素，何嘗見爲“不以其道得之”乎？如此説，自能“不去”，自合君子身分。

君子懷刑

此“刑”字，不是尋常刑罰，乃是不刑之“刑”，君子益自危之。以君子平日“戒欺”、“慎獨”，何至犯“刑”？然身雖超乎法外，心實麗於法中。“懷”之者，乃幽獨中自繩自糾真精神，非待獲戾而後惕惕也。

子曰君子喻於義小人喻於利

陸象山此章講義，謂學者於此當辨其志。人之所“喻”由所“習”，所“習”由所“志”。“志”乎義，則“習”在義，“喻”亦在義矣；“志”乎利，則“習”在利，“喻”亦在利矣。張敬夫謂：學者潛心聖賢，莫先於義、利之辨，蓋聖學“無所爲”而然也。凡“有所爲”而然者，皆人欲而非天理，非必名位、貨殖而後爲利也。斯須之頃，意之所向，一涉於“有所爲”，雖淺深不同，而其徇己自私則一而已，如孟子所謂“内交”、“要譽”之類皆是也。陸先生爲義、利探出根源，張先生將義、利勘入細微。二説可謂不刊之論，學者當嚴而辨之。

子謂子賤君子哉　二章

此見聖門多材德之英。子賤備“君子”之德，是聖門之有成德者；子貢抱“瑚璉”之才，是聖門之有達材者。然德必有所由成，材必有所由達，則夫子善誘之功也。

子曰道不行至無所取材

夫子欲裁成勇士，故於“道不行”時，發“浮海”之嘆以導之。“歸與”一嘆，以“不知裁”論“狂簡”；“從我”一言，以“無所裁”策“兼人”。皆因憂道之心，亟爲傳道之計。曰“好勇過我”，則果於任事，便能果於任道。曰“無所取裁”，正望其“有所取裁”。夫子蓋欲曲爲“裁”成，以使仲氏之進於大道也。

道之窮達繫於天，聖人所不能强於天也。道之經權準乎人，聖人所深期於吾黨也。故因行道無期，遂決計於傳道。此章可與“在陳”章互看，聖人無與世决絶之心，不得因其“浮海”一嘆，遂謂聖人甘置理亂而不知也。聖人有無行不與之道，正因其“從我”一“喜”，而欲化“裁”仲氏，使進於道也。

子貢曰我不欲人之加　一章

此章，講家説是子貢故爲矜詡，固不是；即説子貢“不知是仁”而無意言之，亦非。子貢問仁屢矣，聞夫子言仁之事詳矣，豈不知“不欲”、“無加”是“安仁”地位耶？子貢學通一貫，聖道早能領悟，豈大公道理不能見得到耶？恐平日從能近取譬用功夫，忽悟得萬物一體的光景，故以是質。但一時見得到，行未得到，夫子恐其偶然見“及”而忘實踐功夫，故言仁道極廣大、極自然，非爾今日所能遽“及”。正欲其從此用功以求必“及”也。下截須認真，子貢方言其“欲”，夫子遂策其“及”，分明是就仁上勉他求進。講家謂：“賜不能及，夫子要他退一步用功，便是阻他求進了。”許鍾斗先生謂：“夫子此言，是推子貢進一層，不是挽子貢退一步。”誠篤論也。

吾黨與“性道”得“聞”之語類誌之，亦非無意。

季康子問仲由可使從政　二章

此見諸賢能以才、節顯於世也。由、求、賜，才堪“從政”，閔子，節能却

"使",均是聖門之傑。然才只展於一時,節獨標於萬古。有三子之才者又當勵閔子之節,方爲兼全之士。

子曰賢哉回也　四章

此四章須提高回也。貫合三子,回能心超境外,心入道中,夫子賢之,無待呼而告之。若求與游、夏,或慕道未深,每自退而弗進;或見道未廓,必去僞以存誠;或行道有期,宜取人以成己。夫子皆呼之曰"女",蓋欲以回樂道之心,啓三子入道之路焉。

子謂子夏曰女爲　一章

此"小人儒"不可看壞,正"言必信,行必果",硜硜之小人也。子夏篤信謹守,而規模狹隘,夫子恐其局於硜硜之"信"、"果",而不能廓天地萬物一體之量,故呼而告之。正欲勉其大成,而不使安於小就也。

子在齊聞韶　一章

此章須按"切齊"講,"斯"字指齊國説,曰"不圖《韶樂》之至於齊也"。

黄厚甫師嘗告儀曰:魯備六代之樂,孔子魯人,其於《韶》也,應研之熟而契之深。故論樂則謂《韶》盡美又盡善,告顔子則曰樂必"韶舞",是孔子固早知《韶樂》之精妙,足以超前軼後矣。豈必"在齊聞聲","三月忘味",始知《韶樂》之至於斯之美乎?蓋孔子非嘆美《韶樂》,乃嘆喟《韶樂》之至於齊國也。《韶》不聞於陳而聞於齊,孔子早知陳必昌於齊,而默爲嘆喟也。

此説雖與朱註偶異,而説得有關於齊、陳時勢,亦自可存。

子在齊聞韶　二章

此聖人以"讓"化"争"之意也。齊隱兆君臣之"争",聞《韶樂》而贊其"揖讓"之美善,所以化其"争"於未然也。衛顯啓父子之"争",論夷、齊而原其"交讓"之心迹,直欲弭其"争"於已然也。

子貢曰諾

子貢之"諾",非不知"以孫禰祖,以子拒父"之非;但以輿論皆爲衛君,冉有是因輿論而發此問,子貢若遽以己意斷之,則無以堅冉有之信,且無以服國人之心。於是姑應之曰“諾”。蓋心明知其非,而言不得以徑直出之,故姑且應之,以待後斷也。

亡而爲有　一節

“爲有”、“爲盈”、“爲泰”,只是暫時假飾。欲冒爲“善人”、“君子”、“聖人”的意,究之暫而難久,欲假終不得假。夫子曰“難乎有恒”,正慨此等人之本質已澆,雖暫時假飾,終無以爲入德之基。

犯而不校

此“不校”,非如不報無道者之出於“柔弱”也,非如禽獸何難者之指爲“妄人”也,直是物我無間境界。柔弱是“不能校”,妄人是“不足校”,此是忘其“校”之心,渾乎“校”之迹,故難及。然人但知“不校”難及,不知一“犯”字,亦足徵其非常人所及。蓋顔子不遷怒,不貳過,平時持躬接物,必不獲咎於人。我既無“不是”處,人突以“不是”加我,方是“犯”。若常人受人“不是”之加,只是自取,不可云“犯”。吾儒未學其“不校”,須先凛然於一“犯”字。

曾子曰可以托六尺　二章

此曾子以事業、學業望人也。“托孤寄命”,“大節不奪”,事業何偉也！“任仁之重”,“死而後已”,學業何高也！然事業必根於學業,斯“可托”、“可寄”、“不可奪”,有真才節。學業必可見諸事業,斯“宏”以“任重”、“毅”以“致遠”,有真力量。此日之真君子,向時之真名士也。

子曰興於詩　二章

此見聖功、王道之同體而異用也。聖功盡人可學,王道非盡人能喻。可學則《詩》、《禮》、《樂》俱在,由“興”而“立”而“成”,必致力於此,而後聖功全其體。不能喻則“不使之知”,但“使之由”,必酌乎“可不可”之間,而後王道全其用。

求善賈而沽諸

此“求”字不可看低。夫子之“求”,異乎人之“求”,子貢早已知之。特欲其變通盡妙,以爲世用,非欲其挾策以干時也。

子曰吾未見好德如好色　章

此即“誠意”章“如好好色”之意也。平時從“戒欺”、“慎獨”用功，到盡誠無僞時，自能如之，非有一毫勉强也。故夫子云“未見”。聖人語無決絶，凡云“未見”，皆深望其“得見”，如“未見剛”，“未見内自訟”等章，皆有遥望意，非絶望也。

必有寢衣長一身有半

錢茶山、管韞山兩先生俱謂：此説不必作謹齋説。“長一身有半”，謂寢衣之長，視一身而有其半，非以“半覆足”之謂也。“寢衣”，猶今人之短襖也。此論最確。

厩　焚　全章

厩焚，魯之灾也。當遇灾時，則人命爲重，物命次之。聖人民胞物與，豈專重人而輕馬？“退朝”時之倉皇問及人者，先重人命也。曰“不問馬”者，非不問及也，未暇問及也。此與孟子“仁民而愛物”同意，學者勿泥視焉可。

色斯舉矣至三嗅而作

夫子爲時中之聖，隨在有因時之妙。《魯論》首言“時習”，欲立學者鑒諸鳥之數飛而務“時敏”也。《鄉黨》終言“時哉”，欲知道者鑒諸鳥之“嗅作”而合時宜也。蓋“三嗅而作”，即“色斯舉”之一證，而“翔集”寓焉。此節言“鳥之飛止得時”，以醒“人之去就不可失時”，意深哉！

開章曰“時習”，是屬“知”一邊説；後篇曰“時哉”，是屬“行”一邊説。句句説“鳥”，却句句是説“人”，學者勿僅作鳥之飲啄得時觀可也。

子曰先進於禮樂　一章

此夫子以轉移世變爲己任也。先王創制顯庸，“禮樂”本自得中。自後世競尚風華，日工潤色，遂覺上世衣冠，不宜於時用。故時論有“野人”、“君子”之目，而弗自知其過中，此世變之每下愈况，不可不亟爲轉移者也。夫子斷然以“從先進”自任者，蓋深慨夫衆論浮沉，既不知返，而當途又無主持世道之人，故直下擔當，自決所從，非俟得位、得道，始“從先進”也。“如”字，只是承上作一轉語,就現時作“用”説,非“假如”之謂。“用”字,即對上文兩“於”字,有就“禮樂”之中“擇所用”的意。“則”字,有不恤“野人”之嫌,決欲自裁其得中的意。

“禮樂”乃吾身日日當用而不可須臾離者,豈必待得位始決所“從”哉！時解都就見用時説,非夫子以“從先進”自任的語氣。

子曰從我於陳蔡　一章

此見聖賢備道於身,雖一時之困,實萬世之亨也。孔子,道之宗也。陳、蔡之厄,道大莫容也。昔時諸賢之從,以道相從也;今時皆不及門之思,以道追思也。記者見與難之人,皆傳道之賢,因實指其人,并指其所以賢。以爲道之得於心而見諸事者,曰德行,則顔淵、閔、冉其選也;道之本於心而宣諸口者,曰言語,則宰我、子貢其選也;道之裕於身而施諸政者,曰政事,則冉、季其選也;道之積於中而華諸外者,曰文學,則游、夏其選也。四科十哲之追隨,雖舜五臣,武十亂,未足方其粹詣,媲其多才。則陳、蔡一從,勝於虞、周諸佐矣。所謂遇彌窮,道彌光也。迄今素王宫殿與天地參,而議配享於孔庭者仍不外此十哲。附驥之賢,榮於從龍之彦多矣。豈非一時之困,萬世之亨哉！於戲,時有顯晦,道無古今。讀“從我於陳蔡”一章,而慕道者可以興矣。

前章“禮樂從先進”,見得一時之定論,萬世之定程也。此章難後思十哲,見得一時之大困,萬世之大亨也。

子曰回也非助我　二章

記者於德行顔淵、閔子騫而外,連類誌此二章,見顔、閔所以爲德行首者,一則能悦聖道,一則能盡孝道也。聖道非可以語言罄,必心直契夫精微,乃可希聖。孝道非可以尋常論,必變能誠以感格,乃可全孝。曰“非助我者”,則非以言相發明矣,曰“於吾言無所不悦”,則能以心相印合矣。此顔子所以爲復聖也。曰“孝哉閔子騫”,則嘉其非尋常之孝矣。曰“人不間於其父母昆弟之言”,則知其遇變能感化於内,乃無間言於外矣。此閔子所以與舜俱稱至孝也。

閔子侍側　五章

五章以首章爲綱,下四章爲目。四子侍側,聖門之彦,實天下之英也。以

“誾誾”發爲訐謨，曰“仍舊貫……何必改作？”則見其婉而多風也。以“行行”發爲聲音，曰“由之瑟，奚爲於丘之門？”則見其剛而近厲也。以“侃侃”而評論人材，曰“師與商也孰賢？”子貢則善於方人也。以“侃侃”而作宰私門，曰“聚斂而附益”，冉有則急於從政也。子嘉閔子之“昌言”，則有樂之又樂焉；表子路之“升堂”，則有不樂而樂焉；示子貢以“過猶不及”，則有樂其善悟者焉；警冉有以“鳴鼓而攻”，則有始樂而終不樂者焉。四子雖詣有淺深，品有高下，要皆正氣挺立，卓然爲天下之英。不得以一二未純，爲諸賢病。夫子樂得而教育之，以其才皆可有成也。

魯人爲長府　二章

此見聖人之愛人以德也。愛“魯人”，故聞閔子“仍舊貫”之言則韙之。愛“門人”，故聞子路“鼓瑟”之聲則懲之。一揚一抑，均是愛人之心所發而出。

季氏富於周公

周公非以“富”名，而曰“富於周公”，以周公固魯所始封者也。季氏固魯之臣，而削魯以“自富”者也。周公自夾輔周室，只期引君於道，非爲富計。使當日稍思自富，則必任用心計之臣，持籌握算，富必倍於季氏。乃周公不圖自富。而季氏世席公卿，竟不能忠輔公室，以紹美周公，而徒以“其富過於周公”。季肥而魯瘠矣，季其能寬首惡之律哉！

而求也爲之聚斂而附益之

求之“聚斂”，非如獻子所謂“聚斂之臣”也。在求不過忠於所事，勤於其職，初非有心於剥民也。而不知私家肥斯民自瘠焉。蓋不仕季則已，仕季則事季氏之事，爲急賦税，亦職之所不容已也。下文夫子以“非徒”責之，以其不能明出仕之大義，致陷於黨惡病民之過而不自知也。

非吾徒也

子以“非吾徒”責之，正望其深自痛改，後來或可無愧爲吾徒也，非絶之也，勿泥朱註。

小子鳴鼓而攻之可也

“鳴鼓”即撞鐘之意，蓋欲使之警覺也。冉求自以爲忠於所事，而不知其陷於黨惡病民之過。子以此警覺之，欲使之自知其過，或者返黨惡爲格非，返病民爲愛民，是吾魯之福也，是吾門之幸也！玩"可也"語氣，責備中有遥望意。

儀按：孔子在陳，季桓子將死，顧謂康子曰："我死，必召仲尼。"後康子爲公之魚所阻，不召仲尼。於是，使使召冉求。孔子聞之，冀將大用，是夫子正欲冉求仕季。"鳴鼓之攻"，非責其仕季，乃責其不能引導季氏爲忠君愛民，反將順其攘君剥民，大失所望也。惟失所望，故責之嚴。惟責之嚴，故望其改之勇。冉求氣質柔弱，未能拔出於黨羽之外，力持以公益之義。夫子以"非徒"責之，又使門人警覺之，正望其去"益私"之見，而爲"毁家"之謀，識"强公"之義，而爲安魯之策也。魯安而季氏亦安，此何如萬全也。豈真絶望於求哉！

子在回何敢死

相失之後，何以知夫子之必在？以天之未喪斯文卜之也。死繫於天，何以直任其不敢死？以己之不輕於死信之也。蓋夫子爲斯文所維繫，回以夫子爲依歸，夫子既得脱禍，回自不敢輕生也。聖賢之相喻於微如此。

季子然問仲由冉求 二章

君子之仕也，行其"道"也。君子之所以出仕也，恃有"學"也。不以"大臣"許由、求，重"道"也。以使子羔責子路，重"學"也。總以見"道"、"學"兩字，爲筮仕者所不可忽。

點爾何如至吾與點也

此節講家説太高曠，轉似曾點爲羲皇上人，"忘世"而非"用世"者也。不知此章大旨，重在酬知。夫子問，諸賢答，皆爲"用世"計。點獨能見其大而無外，不似兵農禮樂之量狹；小而無間，不似兵農禮樂之迹粗。"莫春"自古今也，"童"、"冠"皆民物也。"沂水舞雩"，皆過化同流之地也；"風浴咏歸"，即斯人吾與之懷，樂人之樂之事也。無思無爲的道理，却做有事有爲的功業。近取即是，無事遠求。從容以爲，無事迫促。天地萬物，在我胸襟，實無一毫欠缺。一有知己，舉而措之，裕如也。夫子與之，亦與其可藏可行，不損不加，足以酬知己，非與其高曠也。邵子云："士君子得志則使天地萬物之皆春，不得志則收天下春於一室。”正與“莫春”一段同一襟懷。

顔淵問仁　二章

二章大旨，不外“乾坤”二義。顔子資質剛明，有“乾健”之象，夫子告以“克復”，欲其法“乾道”之不息也。仲弓資質温粹，有“坤順”之象，夫以告以“敬恕”，欲其法“坤道”之永貞也。

顔淵問仁　三章

太上貴“德”，其次在“功”，其次在“言”。顔子天資明健，則德易渾全，“問仁”而子告以“克復”，欲使純其心以全其德也。仲弓天資鎮重，則功可馴致，“問仁”而子告以“敬恕”，欲使操其心以致其功也。司馬牛天資躁急，則言難忍默，“問仁”而子告以“爲難”，欲使懾其心以忍其言也。融以一心，而“德”、“功”與“言”胥貫焉。

司馬牛問仁　三章

此是治司馬牛之心病。“問仁”，病在有躁心，“訒言”而課諸“爲難”，則躁者静矣。“問君子”，病在有歉心，“無憂懼”而原諸“内省”，則歉者快矣。“亡兄弟”，病在有危心，“順命”而復持以“恭敬”，則危者安矣。三章俱勘出司馬牛病原，而因病下藥，所以治其心疾也。

柴也愚參也魯師也辟由也喭

此夫子就四子成德後，追憶其本質之偏，以見學可變化氣質也。如柴也執親喪而不見齒，遭衛難而不輕死，已能明乎道，而不終“愚”矣。然其始固“愚”也。如參也聞《孝經》而得道之要，傳《大學》而得道之宗，已一貫乎道，而不終“魯”矣。然其始固“魯”也。如師也聞忠信、篤敬而能書諸紳，聞慎言、慎行而能寡尤悔，已篤信乎道，而不終“辟”矣。然其始固“辟”也。如由也爲士而進以怡偲，成人而文以禮樂，已造乎正大高明之道，而不終“喭”矣。然其始固“喭”也。四子之本質如此，則凡天下之有類於柴、參、師、由者，當善變化氣質，慎勿以“愚”、“魯”、“辟”、“喭”自安也。此夫子舉四子爲標準，欲學者鑒於四子，而知“學以愈愚”也，“勤以愈魯”也，“誠實以化辟”也，“涵養以去喭”也，非徒指四子之偏性，使知自勵也。

柴也愚

此“愚”字不可淺看，須知渾渾噩噩是天地之真氣，“愚”即其真氣也。不識不知是赤子之初心，“愚”即其初心也。由真氣而澄明之，則“愚”者可漸知天地之造化矣。由初心而擴充之，則“愚”者可馴致大人之品詣矣。柴雖“愚”，亦何損其爲“愚”也。

“參也魯”句，程、朱諸儒釋之甚詳。不贅。

師也辟

朱註“辟”，訓“習於容止，少誠實也”。愚謂：“辟”當以本質言，非以“習”言，即“堂堂乎張”氣象，亦純是本質如此，非“習”爲飾貌矜情也。至“信道不篤，焉能爲有”等語，張已確知學貴誠實矣，想晚年必能從實地用工夫，而不徒“美其容止”也。“辟”字亦不可淺看，須知威儀定命，制外亦可養中。顔子“克復”，何嘗不在“視、聽、言、動”用工夫。使師能運以誠實，則誠中形外，可由“辟”而進於温威恭安之度矣。師雖“辟”，亦何損其爲“辟”也。

由也喭

“喭”，王肅、王弼俱訓“剛强”，謂“呿喭失容”也。朱子訓“粗俗”，則據“野哉”、“率爾”而爲言也。實則本質“剛猛”，見於外自“粗俗”也，異而同也。惟“粗猛”則禮容易失，亦惟“粗猛”則進德甚鋭。觀於“聞過則喜”，“承謦則恐”，“有聞未行”，“惟恐有聞”，可知其進德之鋭。此所以能“升堂入室”而希蹤聖域也。由雖“喭”，亦何損其爲“喭”也。

子貢問友 一章

此章括盡千古“全交”之道，盡其心以告，善其説以導，友分盡矣，友心仍未安也。“不可”則止，是暫且停止，待其悔悟，然後更端以諫，不欲彰吾友拒友之名，且欲盡我躬繼諫之責，非即絶意於友也。曰“毋自辱”，非恐一己之辱，正恐一辱之後，友情扞格，不得再盡吾忠告善道之心，蓋始終不忘友如此。

朋友爲五倫之一，凡五倫中有不合處，皆賴友以匡救維持，關係匪輕。後世交道日薄，往往精誠未至，其始徑直以道，而失之太過；其繼隔膜以終，又失之不及。此“全交”所以難也。夫子示萬世交道，如此委曲詳盡，有朋友之責者，當以此章爲金鑒。

子曰必也正名乎

正名，舊有“廢輒立隤”之説，固非；即主“廢輒立郢”之説，亦未洽。蓋聵得罪於親，不可爲子，即不可爲君。欲立以君衛，名固難正。公子郢先君所命，以之君衛，名可正矣，而勢有所難行。當時國人皆謂：聵得罪於父，而輒嫡孫當立，未聞有向郢者。即欲請諸天王，告諸方伯，而共主久已無權，晉人久已助聵；舉凡齊、魯諸國，亦不聞以立郢爲言。且聵不有於母，奚有於弟？輒不讓其父，豈讓叔父？此勢之所不得行者也。考夫子適衛時，輒君衛已十二年，豈得遽易其位？且衛君方待子爲政，子甫爲政而即廢君，於情實有未便。又況輒之不正在拒父，非在爲君；使無拒父之事，則立孫之説，古有明文，何可厚非！夫子而仕於衛，必婉其商酌，妙其權衡，動以父子之至情，曉以利害之大勢，使輒感罔極深恩，而行出涕郊迎之禮；使聵悟從前過舉，而興返國避位之思。然後尊輒仍君衛國，無易位之嫌；尊聵以父衛君，有國養之義。輒得以子之道事其親，聵不以父之尊妨其位，骨肉完全，恩義兼盡，此名之至正者也。夫子不曰“正位”，而曰“正名”，可知是欲正其君臣、父子之名，非欲正其君衛之位。學者勿泥視焉可。

樊遲請學稼　一章

樊遲，聖門之賢者也。嘗爲邑宰，有教民之責。“請學稼圃”，蓋以農桑之事，先王所重，吾儒有志斯民，此亦必學之事耳。如孟子諄諄言及“農時不違”，“墻下樹桑”之意也，非欲躬役稼圃也。夫子恐其局於稼圃，而不知志乎其大，故以“小人”醒之；亦謂“稼圃”乃草野一人之事，無關天下國家之大，非以遲爲卑陋之“小人”也。“禮”、“義”、“信”，正是大人之學，有關乎天下國家之大。“不必稼圃”，而自有勝於“稼圃”萬萬者，此夫子之以大化小也。講家以“治生”訓“請學稼圃”，未免將遲看是“謀生求利”的人。以“識見淺狹”、“志趣卑陋”訓“小人”字，未免看壞樊遲身分。

小人哉樊須也

此"小人哉"三字須一讀,粘上"稼圃"看,勿粘下"樊須"身上看。謂"稼圃乃草野一人之事哉!樊須其知之也"。玩"也"字有無限喚醒意,蓋恐樊須不喻,而重言之使喻也。朱子以"細民"訓"小人",甚確,特講家看差耳。

上好禮　一節

樊遲以"稼圃"爲問,夫子忽説出"上之好","民之應",辭意似乎唐突。宜看出樊遲嘗爲邑宰,有教民之責,其"請學"是有志斯民之事。夫子恐其局於小而忘其大,故直言在位之大人,所以教民者,在"禮、義、信"之"好",而民自無不"敬"、"服"、"用情"。"四方之民"二句,只極言"敬"、"服"、"用情"之效,見出自有民爲之耕稼,而何用耕稼哉!玩"焉用"字,何等煞力!何等指點!學者須味之。

言"稼"則"圃"在其中,聖言甚渾括,不必疑爲漏一"圃"字也。

子夏爲莒父宰問政子曰無欲速至大事不成

子夏平時篤信謹守,規模狹隘,宰於莒父,未必有寬洪大度之爲,故夫子因其病而藥之。"謹守"便有"欲速"氣象,"狹隘"便有"見小"氣象。大凡爲政,有宜遲,亦有宜速者;有以大爲貴,亦有以小爲貴者。非政專重夫遲者、大者,而忌夫速者、小者。病在"欲"字、"見"字。"欲速"則有不必速而亦速者,"見小"則必規規於"小利",不能廓有容之大度。故其弊必至於"不達",必至於"大事不成"。

古豈無奏功神速者?豈無克勤小物者?曾不聞以"速"與"小"爲病。無他,有因時之妙用,無"欲"與"見"之意存也。

宗族稱孝　二句

此兩句須承上"行己",坐實"其次"。見得孝弟爲"行己"之始,雖才未足膺使命,而能以此見稱於宗族鄉黨,則大本已立,亦不失其爲次。

勿欺也

子路,忠信士也,何至有"欺"?但恐自恃其忠,自恃其信,而任意行之,或不免有過激過矜之舉,便是“欺”。“欺”字須看得深細,方合仲氏身分。“勿”字與《大學》“毋自欺”之“毋”字,同是一貫道理。必平時有“慎獨”功夫,到事君時方能“無欺”。則以“毋自欺”一句作此句源頭,可也。

子路宿於石門　一章

夫子周流列國,實是“知不可爲而爲”,晨門一言説盡,實是夫子知己。與儀封人一樣卓識,非荷蕢、沮、溺者比。故夫子於荷蕢丈人、沮、溺輩,皆有言相辯,歷示以濟世苦衷;獨於晨門不贊一辭。殆以晨門爲知心人,有可相喻於無言者乎!

原壤夷俟　二章

此夫子以“禮”範老少,即老安少懷之心所流露也。原壤自放於禮法之外,老者失其道矣。子以“叩脛”警之,俾知無禮則危,有禮則安,是即安老之微意也。童子未游於禮教之中,少者失其道矣。子以“將命”抑之,俾知幼而習禮,長而有禮,是即懷少之隱衷也。

原壤夷俟　一章

此夫子以“禮”防故人,即以“禮”範天下後世也。“夷俟”之風,即晉人放浪形骸之漸。夫子見壤如此蹲踞,恐天下後世聞而效之,以爲“禮”豈爲我輩設?而皆自放於禮法之外,則先世揖讓之風,自此壞矣。是亦風俗人心之所關也。故以自幼至老,無一善狀,責其既往;復“以杖叩脛”,醒其將來。所以使故人知無禮之可危,即欲使天下後世知越禮之難安也。

闕黨童子　一章

此章與“原壤”連類而記,良非無意。壤之老而“夷俟”,皆從“幼不遜弟”來。則欲督老成之行,必先重蒙養之功;欲重蒙養之功,必使習應對進退之禮。夫子以“禮”範“闕黨童子”,所以有“將命”之使也。“居位”、“并行”,欲速進成人之列,則幼無揖遜,長必驕蹇,安保至老無“夷俟”之狀乎?夫子抑而裁之,使循隅坐隨行之禮,所以造就天下之成人,而望其自幼至老有善狀之可稱也。或人疑之,亦未知夫子裁成之微意矣。

子曰志士仁人　一章

此章須體認"有"、"無"二字,非"志士仁人"必皆"殺身",而"不殺身"者即"害仁"也。可生則生,微子之去,何嘗"害仁"? 不必死而死,子路赴難,亦未"成仁"! "志士仁人",惟度之以理,問之於心而已。理當死而心强欲求生,雖終不得生,亦是"害仁"。"志士"則慷慨赴死,"仁人"則雍容就死,忠誠所發,實無有一毫計較利害之私也。夫子曰"無求生","有殺身",蓋以平時之禔躬砥行,事事不苟,而信其決無如彼,而斷斷乎有如此者。"成仁"二字,亦是尚論者看他如此;在其人,不過求其"理之是、心之安"而已,非自謂欲以一死"成仁"也。

子曰躬自厚而薄責於人則遠怨矣

此章可與"仲弓問仁"章參看。"敬"以持己,則檢束嚴,便能"自厚";"恕"以及物,則待衆寬,便能"薄責"。"遠怨"之驗,即在邦在家"無怨"之意也。

子曰不曰如之何　二章

此二章就"事業"上説:"處事"宜密不宜疏,不籌度其"如何",則疏於"事"矣;"課業"宜勤不宜荒,日縱肆於"群居",則荒其"業"矣。夫子兩警之,無非以慎事、勵業望人也。

子張問曰與師言之道與

"道與"一問,不是疑其"非道",正知其必出於"道"。顓孫氏才高意廣,平日視道太高,至是存心體察,見夫子言"階"、言"席"、言"某在",無一非"道",即無一非"教",故質之以堅其信。"與"字是贊嘆辭,不是疑辭。

子之武城　二章

聖賢志在"行道",不必擇地、擇人,自有推行之妙用。播"弦歌"於"武城","道"不擇地而施也;望"東周"於"公山","道"不擇人而與也。

子之往也如之何

"如之何"三字,是商酌語,不是詰辨語。子路愛師情切,恐其往有未當,故懇爲商量斟酌。若認作詰辨,便不合仲氏口氣。

小子何莫學夫詩　二章

此聖人重《詩》學也。詔“小子”以學《詩》之益,見《詩》之正而葩也;詔“小子”以學《詩》之要,見《詩》之簡而賅也。求《詩》之益,雖舉其“全詩”,然非泛泛求之也,必擇其要焉;揭《詩》之要,莫切於“二南”,至爲之而無“面墻”之弊,則益在其中矣。如此體認,兩章自然融貫。

子夏曰大德不逾　一章

子夏謹守狹隘,平時正拘拘於“小德”,而不敢有所出入者。至晚年進德,始悟聖人“從心”、“不逾”、“達權通變”之妙,乃發此言。此由守而幾於化之候也。玩“可也”二字,有頓悟意,有擺脱意。

曾子曰堂堂乎張　一章

此章不可看壞“堂堂”,亦須看深“仁”字。“堂堂”者,規模高大,儀容盛美,固非狹隘、齷齪者比;然於仁道精深處,尚未著實爲之。曾子以朋友誠篤之意,而策其“并至”之功。其曰“難與并”,非真絶意於張,正望張之知其“難”而返躬實踐,從此互相觀益,則可“與并爲仁”矣。

子貢賢於仲尼

叔孫是欲“毁仲尼”,故借子貢以抑之,非盡欲推尊子貢也。須謂“尊子貢正所以抑仲尼”,方合本旨。

子曰不知命無以爲君子　一章

《魯論》初、終垂訓,皆示人以“修身”之要。其初,示以“不愠”,勖以“本立”,斥以“巧言”,欲學者知“行道”之貴真;其終,醒以“知命”,詔以“知禮”,喻以“知言”,欲學者知“明道”之貴確。“明道”即“知”字,聖賢學問,皆從“知”入。《大學》以“知所先後”,示“近道”之規模;《中庸》以“知遠”、“知風”,示“入德”之要領。其於“命意”所終深致意者,皆以此爲“修身”第一階級故也。

孟　子

孟子見梁惠王　全章

“梁王”首章,《孟子》七篇之綱也。堯、舜、禹、湯、文、武、周、孔相承之道,無過以“仁義”爲“人性”之綱。孟子學其道於一身,欲行其道於天下,故見惠王。惜戰國時皆以“富强”爲利,不以“仁義”爲利。惠王優禮孟子,所由“以利吾國”相期歟!“亦將……乎”語氣是信辭,非疑辭。惠王熟聞説士言“利”之習,意孟子亦一樣人,故信其必有也。孟子遏絶“利”念,提起“仁義”,所謂抑小就而進以大道也。“何必”字,是斬截語氣,見出“利”必不可爲也。“而已矣”是專指語氣,見出舍“仁義”無以爲治也。“王曰何以利”一節,是推窮其“利”之害,以見“利”之適以不利也。“未有仁”一節,是決言“仁義”之效,以見“仁義”未嘗不利也。“王亦曰”一節,是反覆重言,欲惠王返躬自勘,以見“仁義”之果可行,求“利”之實有害也。孟子敦懇詳至,引君當道,即欲行平生所學之道也。其有功世教於是始,其與時君不合亦於此始。

《大學》以“義爲利”終,見平天下不可任專利之“小人”;“七篇”以“仁義未嘗不利”始,見治國當爲仁義之賢君。孟子之學即曾子之學也。《孟子》“何必……亦有……”的語氣,即《大學》“與其……寧有……”的語氣。二書始終之用意深哉!學者當會通之。

孟子見梁惠王

“七篇”從此起手,極有關係:學先聖之學,道先王之道,將於一見展之。非趨權慕勢之説士尋常求見者比。

叟

“叟”字不必泥定長老,孟子游梁,年才近五十,尚非大老。則“叟”字是德優望重之稱,非必是長老之稱也。金仁山曰:“古人以‘叟’爲相尊之辭,非必有是年也。”此論極合。

王亦曰仁義而已矣何必曰利

孟子開口説“何必曰利”二句,此復推“不遺”、“不後”之理而鄭重結之,所以見“仁義”必可行,而“利”必不可趨也。前是壓倒語,只虚含説;此是決斷語,有實證意。學者切實體認,方見全章結局。

賢者而後樂此

此句須重頓上二字,見得既爲“賢者”,必先發政施仁,使上下和洽,朝野雍熙，民皆謳歌盛德。欲其"樂此"，"而後"可以"樂此"。所謂"後天下之樂而樂也"。

不賢者雖有此不樂也

此句亦須重頓上三字，見得"不賢之君"，政必貪殘，刑必失當，民皆愁苦怨讟。不欲其享樂，"雖有此"可樂之境，亦不能樂也。所謂"人不得則非其上也"。

公孫丑問曰夫子加齊　全章

此孟子抉聖賢之心法，以示公孫丑也。孟子"四十不動"，即孔子"四十不惑"之心法也。孟子"知言"、"養氣"，即孔子"不知言無以知人"、"操則存，舍則亡"之心法也。此心法開自堯、舜，傳諸百世之王。其間道義智仁之愜人心，禮樂德政之繫人心，賴有伊尹任之，伯夷清之。而其出類拔萃，軼夷、尹而賢堯、舜者，孔子而已。

維時得孔子心傳者，顔子外惟曾子。得曾子心傳者，則惟孟子。餘若游、夏、閔、冉、宰我、子貢、有若輩，皆得與聞其心法。若孟賁、北宫黝、孟施舍，皆不能守其心法。若告子倡爲義外之術，工其淫邪詖遁之辭，則尤顯悖乎心法。是告子乃孔子之罪人，亦堯、舜以來聖聖賢賢之罪人也。

孟子生當其時，羽毛之鳳麟也，山水之海岱也。方將舉鴟鶚、螻蟻而空之，滌濁壤、細流而澂之，自必擠排告子，扶翼儒宗，以延吾道之一綫。設得行其道，則法孔子之安懷，致堯舜之君民，"朝諸侯，有天下"，猶運之掌也。豈區區"卿相"位、"王伯"業足以動其心哉！

然苟不辨賁"徒勇"，黝"不挫"，舍"無懼"，而歸正於曾子之"縮"，無以剖心法之真似；苟不因告子之"不得於言"而揭以"知言"，因告子之"勿求於氣"而揭以"養氣"，無以握心法之本源；苟不因孔子之教學，明孔子之"既聖"，得"一體"、"具體"者爲游、夏，得"一偏"者爲夷、尹，無以見孔子邁二帝、超百王，爲己"所願學"，何以標心法之宗主？我孟子一一辨之，能使心法復明於世者，何也？蓋孟子私淑孔子，本"格致"爲"知言"，本"誠正"爲"持志"、"養氣"。達則兼善天下,“可仕”、“可久”,而不爲伊尹;窮則獨善其身,“可止”、“可速”,而不爲伯夷。賢如游、夏,將範以“配道”、“集義”之功;愚如宋人,亦不使受“蔽”、“陷”、“離”、“窮”之害。堯舜以來之心法,炳若日星者,孟子之力也。丑以“既聖”稱之,早知孟子優入亞聖之域,何異宰我、子貢、有若輩,知孔子爲“生民未有”之時聖哉!

是集義所生者至以其外之也

此節承上説“浩然之氣”,固是“配義與道”。然所以“配”之者,乃“集義”於内而自“生”,非行義於外而襲“取”也。使不内根於心,而徒“義襲”於外,則心“不慊”足,氣便餒了,雖欲襲取不可得也。告子謂“人性本無仁義,故以義爲外”,既以義爲外,則視吾儒之行義,皆以爲務外矣;視吾儒之“浩氣”,皆以爲外飾之義所襲取,而無與於心矣。“義襲”句,乃孟子揣告子之心所疑於吾儒之行義者,皆“義襲”於外,乃爲之指明曰:“是集義所生,非義襲而取也。”“行有不慊”句,正申明非“義襲”意。“未嘗知義”二句,蓋以告子“不得於言,勿求於心”,便不知義。其所以不知義者,以其外乎義也。

儀按:“義襲”句,是吾儒非“義襲”,不是以告子爲“‘義襲’之人”也。講家錯解紛紛,惟李安溪曰:“告子方外義而不事,安肯‘義襲’?方‘不求於氣’,安肯襲取夫氣?原情而論,其非指告子無疑也。”陸象山、王餘姚又將“義襲”二字倒説作“襲義”,謂“掇拾剽掠義理於外者”,其以告子外義當之者以此,其借之以議朱學者亦以此,故朱、陸當日互以告子相訾謷也。其文義顛倒之謬,朱子已力辯之。然《集註》此句未詳,學者不無錯認。若知此二字爲告子心疑之事,而孟子解之,則於本文是非二字極明白,而下所云外義者,其心病即在此。推是則陸子所摘告子之非,欲以移之朱子者,無乃與告子同病乎?王氏不能辨别,而剿象山口舌之餘瀾以揚其波。甚哉,其膚末於道也!安溪先生於此節剖析毫芒,不獨告、孟分界,實足破後世儒、釋之關,學者宜細認之。

孟子曰天時不如地利　全章

此孟子以“人和”動時君,將以挽戰國之天下也。戰國時,游説之士每以

"天時"聳動人主,齊、秦諸國每以"地利"雄視一方,而天下往往不順者,何也?仁義不施,舉措失道,無以服天下之人心故也。誠能發施"得道",則"助者"多,"順者"衆,我戰必克,天下歸仁,戰國之局,可轉爲隆平之世矣。時君盍亦反其本哉!

子産聽鄭國之政　全章

政貴大公,不貴小惠。子産聽鄭政,凡安民利物諸大端,未必無乘時爲之。若論"乘輿濟人"一事,則但可謂小惠,不可謂大公。必如先王之政,"成杠"、"成梁","民無病涉",方是大公。推此可知君子能"公平其政",雖辟除行人,亦無不可,何必沾沾"乘輿以濟",務"每人而悦"之小惠,致有日不暇給之憂哉!此孟子示萬世爲政之大體,姑舉子産"乘輿濟人"一事以發明之,非貶抑子産也,學者切勿泥看。

歲十一月徒杠成十二月輿梁成

此二句若鋪陳月令,點綴冬官,終是陳言。須見出"爲政"規模,雖不僅"杠梁"一節,而"杠梁"之所以成,已可想見於其時之"政"矣。如此看,便與上下文一貫。

君子平其政

上文"不知爲政"句中,已含得"平其政"意。"杠梁"一節,指出"平政"的影子,此句須實體出大公之政不同小惠,則"辟人"句不擊自動矣。

水哉水哉至有本者如是

此節須將"有本"納入"水哉"意中,上下方能一貫。蓋孔子"水哉"之嘆,已寓一"有本"意,特徐子不能悟其理,孟子乃爲之發其源。如此看方一貫。

此亦妄人也已矣至又何難焉

講家將"奚擇"、"何難"認作絶之之辭,未免與下節相隔閡。"妄人"猶俗所云壞人,"何難"非僅不足與校,直是不忍與校。蓋君子素懷悲憫,日以砭愚針頑爲己任。兹遇此"妄人",方自愧化導無術,致斯人入於"禽獸"而不自知,又何忍與之校耶?看出一段不忍苦衷,方與下節"君子有終身之憂"、"未免爲鄉人”意一貫。

我竭力耕田共爲子職而已矣

此二句講家作“恝”字解,與下一反一正看,甚錯。玩“而已矣”神氣,與“何哉”緊相呼應,正繪出“孝子之心”“不恝”處。曰“我徒以此供子職”,此語直是孝子自歉於心,惕然於“子職”之未盡處,“不恝”之意已寓其中。如此看方與下意一貫。

我獨賢勞也

此“賢”字講家都作“賢才”説,鄙意以爲當作“多”字説,詩人原無自誇其“賢”之意。繹篇中“或燕燕居息”、“或息偃在床”等句,可見他人之獨勞者少,我之獨勞者多。觀“不均”句,以人皆少勞而我獨多勞,故云“不均”。

一介不以與人　二句

此二句,人每重看“不取”,不知須從“不與”勘到“不取”,方見一毫不苟。文中子曰:“輕施者必好奪。”薛文清公曰:“輕與者必濫取。”可見“與”、“取”均不可輕,必如任聖以道自衡,無一敢忽。則“一介不與”方不近於不情,“一介不取”方不近於矯廉。

萬章曰父母使至從而揜之

自《史記》“捍笠匿空”之言出,《大註》因之。後來講家紛紛,幾疑瞍有意害舜矣;幾疑舜得以不死,必有飛天縮地之術,如《列女傳》所謂“鳥工”、“龍工”者矣。此其荒誕不經之言,不特誣瞍,亦且誣舜。

今就《孟子》本文繹之。曰:“父母使”者,見“完廩”、“浚井”之命,非瞍自主之,乃後母共使之也。後母共使之,實傲弟陰使之也。不曰“瞽瞍去階,焚廩”,而曰“捐階,瞽瞍焚廩”,則“捐”字不必從《朱註》訓作“去”,當從《趙註》訓作“旋”。《爾雅·釋器》:“‘環’,謂之‘捐’。”《小爾雅·廣言》云“旋,還也”。“環”、“還”字通,則“捐階”兩句,是舜還於階下,瞍乃“焚廩”,非焚舜也。不曰“出而揜之”,而曰“出,從而揜之”。“從”者,“後之”之辭,則“出”字宜讀。是舜出於井上,瞍“從而揜”井,非揜舜也。書法昭然,特人欠體會耳。蓋旋階而焚，出井而揜。舜乃得不死，此理之可信者也。豈真“捍笠匿空”而後不死哉？豈真有“鳥工”、“龍工”之術，而乃得生哉？大抵父子之情本天性，虎狼不傷其子，鳲鳩尚念其子，况大舜孝可格親，又身爲帝甥，瞍雖至頑，何忍殺舜？但迫於嚚妻、傲弟之唆使，不得不飾爲“焚之”，“揜之”之事以阿徇之。在象聞之，以爲吾計既行，故云“咸我績”也。

此節能將本文字字體認，針對“謨蓋”句，歸獄於象，則可見頑父非有異心，孝子非有異術矣。後儒勿泥《史記》、《列女傳》諸書，以誣瞍者誣舜焉可。

自古無親殺其子之理，伯奇止於棄，宜臼止於廢，申生出於自縊，衛宣惡子伋，秦皇忌扶蘇，漢武怒太子，皆假手於奸人盜賊，未聞自下毒手。無他，情有所不忍也。後母於前子，異母弟於前兄，間或有之。想舜此時，孝已能感瞍，尚未感及嚚母、傲弟。惟未感及嚚、傲，故有“井廩”之役；惟已感瞍，故不罹“井廩”之禍。觀禹謨曰“瞽瞍允若”，不曰“父母暨象允若”，亦可會其通矣。

二嫂使治朕棲

二嫂身爲帝女，貴極矣；且名之爲嫂，分尊矣。象雖傲人，何敢妄想爲“治朕棲”？蓋直以爲二嫂所使之人，可供朕役也，婢媪之類是也。“干戈、琴、弤”，是物之可適吾用者；二嫂所使之人，是人之可供吾用者。象意亦欲以便吾使役而已，豈不畏堯之誅，而妄欲使二嫂爲己妻哉？學者勿泥定《集註》可也。

學問之道無他求其放心而已矣

此句不可泛説“學問”，自古無“心外之學”。“求心”即以“求仁”。須跟上“仁，人心”句，見出“學問”切要處無過静存動察，求其放逸之心，以存“吾仁”而已。彼告子之“勿求於心”，陸、王之“還解將心與汝安”，皆坐“不求放心”之病也。孟子唤醒後學，此語最爲精切，學者宜細味之。

宋牼將之楚　一章

此孟子以“仁義”正人倫，不盡爲弭兵計也。戰國“構兵”，皆因“利”而起，説士弭兵，實爲“利”而來。牼以“不利”説秦、楚，亦説士逐末之見也。獨不思逐末不如務本。逐末則“懷利”，“懷利”則上下相奪，骨肉相傾，“是君臣、父子、兄弟”，皆屬無形之兵。有形之兵可弭，無形之兵尚可弭乎？不可弭則亡矣！務本則“懷仁義”，“懷仁義”則在家庭不至遺親，戀朝廷不至後君，念鴒原不忘急難，“是君臣、父子、兄弟”，皆成内固之兵。内固之兵既可恃，外禦之兵有不可恃乎？有可恃則王矣。然則“仁義”一言，可以正一時之人倫，即可以正萬世之人倫。非“利”而“利”，妙於“利”矣，何必沾沾以“利”爲“號”哉！

魯欲使樂正子爲政　一章

孟子以“善人”許樂正子，是欲以“好善”風天下之爲政者。戰國時之爲政者，大都恃其“强”，恃其“有知慮”，恃其“多聞識”，而所施行率皆繆戾不善。孟子“優”樂正子之“善”，而反覆於“好善”足以來“四海”之善類，“不好善”必至絶“千里”之善類，正欲以此風天下之爲政者，不僅爲魯發也。

孟子曰口之於味也　一節

此節須深看一著，對定下節。聲、色、臭、味、安佚，雖人所同，然天下有無味之味，乃真味也；無色之色，乃真色也；無聲之聲，無臭之臭，乃真聲、臭也；不安佚之安佚；乃真安佚也。惟君子能充然有得於聲、色、臭、味、安佚之外，斯極天下之聲、色、臭、味，安佚，俱不足以累吾性矣。

獨孤臣孽子　一節

“孤孽”之“操心”“慮患”，非爲一己便私圖，正爲君父全恩義。彼恐偶有隕越，必致獲罪於君父；不善調護，必陷君父於不義。故獨如此戰兢。“達”字，須就“達”忠孝之理講。

“徑直”不可施於君父，如申生之不去，伯奇之自沉，則陷君父於不義。“狡詐”亦不可施於君父，如晉文之行譎，鄭莊之勞王，未免非臣子之本心。皆非深“達”忠孝者之所爲也。

其操心也危

此句若但繪“孤臣孽子”的景況，不過作呼冤訴苦語耳，安見“操心之危”？須從“孤孽”心中想出一段愛君父之心，所以惕然不安處，方見“危”字真面目，方是下文“達”字的根源。

萬章問曰孔子在陳曰盍歸乎來　全章

此孔、孟爲衛道計也，取近道之人，絶亂道之賊，而反諸常道之經，皆欲覺萬世之民也。夫德者道之著也，經者道之常也。堯舜乃吾道之鼻祖，而孔子乃吾道之宗主也。在陳而思“狂狷”，以其可與入道也。絶“鄉原”而過門“不入”“不憾”，以其似道非道，必賊道以害民也。堯舜時民皆有近道之風，故《虞書》但言正德；孔孟時人皆惑亂道之賊，故君子務在“反經”。經一反，則民知正道之所在，咸曉然於“進取”之“狂”，“有所不爲”之“狷”，實爲近道之昊；咸曉然於無可“非”，無可“刺”，“似忠信”，“似廉潔”之“鄉原”，同流合污，實爲亂道之賊。雖聞其譏“嘐嘐”之“狂”，譏“踽踽涼涼”之“狷”，亦知厭而“惡”之，而不使“亂德”。德既不亂，則凡“莠似苗”，“佞亂義”，“利口亂信”，“鄭亂樂”，“紫亂朱”，皆不足惑吾民矣。民不惑則“邪慝”去，而我孟子祖述孔子之道，與孔子祖述堯舜之道，可昌明於萬世矣。然則衛道之功，顧不重歟！

行何爲踽踽涼涼

“不屑不潔”之行，與“踽踽涼涼”，固有軒輊之分。特“鄉原”欲譏“狷”，則必舉似“狷”之行以爲譏，非“狷”之行本“踽踽涼涼”也。

松村文集卷四

序

黄耕莘先生詩集序　甲申

詩山一詩人薈萃之區也。自唐四門博士以詩名，時與韓、李諸先生更倡佚和，卓然名家。厥後，如吾祖叔贊孅公著有《詩山草》，吾先祖倣周公著有《挹翠堂詩集》，以及陳介石、陳敬榕、黄峭園諸先輩，佳句琳琅，均足分四門之一脈。邇來文風蒸蒸日上，而求其詩律精諳，足嗣響唐音者，亦不可多得。今乃於黄耕莘先生得之。

先生少孤而耐學。既長，博通六籍，步武前人，有鳳凰翔於千仞之志。其文章則規模國初諸大家；其草書逼肖米老，世咸珍之；而其生平所撫時感物、觸緒言情，以抒其素所鬱積者，尤於詩爲最工。是詩蓋胎息晚唐，而參以隨園諸格調者也。

顧或謂先生身爲孤子，且一衿終老，未得大展鵬翎，發而爲詩，應多感喟。不知屈子《離騷》，老杜佳句，皆以感喟之情，寫其風流之致。蓋遇愈窮詩愈工也。昔六一居士評梅氏詩，言之詳矣。

予向獲睹先生詩而未窺全豹。癸未冬，少君心耕茂才，令孫則慎茂才，輯先生詩，次爲兩卷，索予弁言。予思，先生行昭然，文粹然，書法遒然，固不徒以詩傳，況予不文，又何能綴蕪語以俱傳？然不敢辭者，以先生爲詩山前輩，學者欽之；予忝屬葭莩，自少過從，先生每講明大義，而旁及詩章，予亦佩服久之。則以後輩之積悃，紀前輩之遺馨，予之責也。是爲序。

詩畫樓畫册序　丙戌

畫家之妙始於晉。探微以氣骨勝，長康以神韻勝，而謝赫則謂：氣韻必在生知。是畫家妙處，雖出人爲，亦關天分焉。

吾弟鳳書，天分頗高。生平不甚諳詩律，而凡前人題咏及予俚言，一經朗誦，即知去取。其書法則揮灑自如，不事雕飾，仿佛有南宫、東坡遺意焉。而其素所屬意者，尤於畫爲最工。予觀其未落筆時，必静坐澄思，儼然成竹於胸中，然後一揮而就。其山水人物，則遠近粲如也，形影宛如也；其花卉果木，則枝幹挺如也，藻采鮮如也；其毛羽鱗蟲，則飛潛之勢，蠉動之機，亦無不躍如也。朱子謂：風神氣韻，妙得其天致。鳳書或足當其萬一焉。

顧氣骨秀勁也，宜進以蒼古；神韻飄逸也，宜極於通靈。此不僅關天分，蓋必煉以精，需以年，而後臻斯境界也。鳳書勉旃！

詩山侯氏重修族譜序　辛卯

宗譜何爲而作也？自太史公作《世家》，延至歐、蘇，而譜規益備，所以溯其源而匯其流也。源一溯，則不混其所自出也；流一匯，則不涣其所由分也。程子謂：修明譜系爲管攝人心之大要者，此也。

詩山侯氏，其初出自卯金，按舊譜乃文靖公遭讒，易劉爲侯也。予嘗讀《唐史》，知[文靖]公倜儻多才，與太宗謀起義兵，其汗馬功勳，不亞於世勣、魏徵輩。而乃因裴寂一言，遭此奇冤，每以是爲公憾。今觀斯譜，乃恍然於枉其身者之必昌厥後也。

公之後，初住光州；唐末入閩，累遷而啓宇詩山。詩山本破荒勝概，侯氏居其陰，得其秀靈之氣。故二百年來，高科清宦，焜耀里閭，而族姓蕃昌，尤倍蓰於昔，蓋赫赫然爲武榮名族矣。惜其譜歷百餘稔而罔修，議者每以罅漏爲虞，莫敢起而續之。

今吾友光訓君廣文、澄洋君水部，獨毅然以續修爲任，志亦偉哉。其譜圖則仿蘇氏《提綱》之意；其譜録則襲歐氏《年表》之遺。其上溯易姓來由，則源不混也；下匯瀘川諸派，則流不涣也。至於紀世德以示勸懲，則又足管攝一族之人心，而使人重本者也。斯誠得先儒繫譜之義歟！

編成，將壽諸梓，請予弁言。予以秦晉世姻，雷陳深契，不得以無文辭；又喜一門濟濟，若某某皆詩山翹秀，他年摛藻朝端，垂勳國史，其足承尚書之遺烈，而益大發其光乎！用是樂爲之序。

歐陽行周公文集序 丙申

古今拔出之人，能倡道一方，垂言萬祀，無非扶輿數百年之氣所鍾。如太史公、文中子出於龍門山，蘇氏出於眉山，楊氏出於龜山，朱子出於文山公山，皆稟山之靈氣以生，而山遂因人而重焉。

我詩山以磅礴鬱積之氣，鍾爲文人傑士，無代無之。而其初實自歐陽行周公啓之。公之祖母，結廬山麓，没則瑩於絶頂，得清淑之氣爲最，故公少時翹若芝英。嘗自讀書於白雲室，遇風月清輝，輒行吟咏。厥後名高天下，邦人榮之，詩山所由以公傳歟。

方閩俗之渾渾噩噩而未有開也，雖長材秀民亦不克自振，獨公起而倡之，閩人遂争自濯磨，以通經研理爲宗，以規聖模賢爲高，以翊時行道爲重。延至真儒輩出，鄒魯成風，莫非公爲開其氣運。此豈尋常文字所能震動邪？

間嘗讀公《文集》，見其爲文，如湧泉之瀉地，如高嶽之摩天。其發於聲，又如鈞韶之叶律，知浩氣之所養者深。至闡明忠孝友義之倫，造化生生之理，與聖賢戒欺務實之方，則往復周詳，直如蠶絲牛毛，無微不析。於戲，公之文洵堪載道，而非浪使才氣者比也，宜其爲閩學鼻祖哉！

儀自曩歲募成詩山書院，祀公甚虔。每以《遺集》雖存版已淪落爲憾，思與同志重梓之。適公裔孫廩膳生崇文君，追念先芬，慨然以重金贖其版，將補殘闕而加裝潢。儀聞之心忭，亟募印數百部，以廣其傳。事竣，崇文君以序屬。儀思公之集傳千餘歲，海内士大夫多推贊之，無庸贅一詞；况儀謏學謭材，何能形容其萬一？然不敢辭者，自以生長詩山，瓣香前獻，早如孫之奉祖、弟之崇師，今獲挂名其文字中，以自託於後生小子之末，豈非疇昔之願也哉！爰不揣無文，而附蕪辭於後。

楊忠愍公文集序　丙申

天地亦大矣，而人參而爲三者，以其義氣轟發，足撑天柱而立地維也。人以聖賢爲重矣，而凡俎豆學宫者，皆其懿訓昭垂，足扶聖經而翼賢傳也。伊古以來，抗疏劾奸，攖鱗折角而死者，不可勝數。求其有萬劫不變之節，而言尤足與經傳相發明者，蓋難乎其人，吾於楊忠愍公見之矣。

公之生也，隆顙方頤而竦眉，得乾坤剛正之氣最厚。比長，辛苦讀書，孔、孟、程、朱之道，熟悉於心。通籍後，即以天下安危爲己任。其諫阻馬市，所以絶和議也；其劾嵩十罪，所以清内邪、弭外病也。蓋公早逆料天下之患，必由斯而起，因而疾首痛心於誤國之人，必欲除其弊、伏其辜，以快天下之人心而後已也。其關係於明祚豈淺鮮哉！

向使世宗能用其言，置之臺諫鈞衡之地，何難扶將傾之大厦而馴致隆平？即不然，而或諒其抗直，俾之罷官歸里，亦必多所撰述，以大斯道之傳。胡乃輕聽奸謀，始貶於狄道，繼施以極刑，致使剜臀肉、斷筋骸，拘囚三年，苦楚萬狀，然後捐軀西市，何其酷哉！

嗟呼，賊嵩之毒善類者多矣，沈煉以直死，張經以功死，王忬以微嫌死，夏言、曾銑以誣罪死。然猶一死而已，未有如公之歷萬劫而後死也。比干之諫，杲卿之刑，武穆之獄，文山、叠山之從容就義，備於公一身矣。此非浩氣塞乎天地，而能萬劫不變若是乎？

所幸者，據桎疾書，舉履險歷艱之狀，與誠正修齊之功，畢露於《年譜》、《家訓》。迄今讀其書，想見其爲人，覺成仁取義，既無愧於聖賢；而訓詞深厚，尤足與經傳相發明。此殆天不没其道義之真，乃使抒萬言於一夕，以爲天下萬世法也。

是書流傳已久，而吾泉向未有版。兹同里茂才柯君啓，醵金重梓，予嘉其志，且嘆此舉之有關風教也，爰綴蕪詞，弁諸簡首。

郭山廟志序　丁酉

上古聖人，將以神道設教，乃制爲廟祀之典，以隆其祈報。蓋欲妥神以孚民也。然神非必有形解真昇之異,非必有清净空虚之爲,皆其忠孝仁義、道德功烈,炳炳宇宙間,足以昭肸蠁而綿馨香,而後祀典所垂,饜飫乎天下人之心,天下亦共習爲倫常日用事,而不屑以奇異尚也。

自後世厭其常道,詡然以高深幽隱爲神之所爲。於是好怪樂誕之意迎於外,入主出奴之見膠於内。即有一二忠孝仁義,道德功烈不愧爲正神者,亦群然以異氏稱之,幾謂非是不足以崇神也。噫,可慨也夫!

吾邑郭山,有神曰廣澤尊王。葬塋祭塋,則致其孝也;救火護國,則致其忠也;盪寇綏民,則致其仁也;不忘故主恩,而使袝祀於塋,則致其義也。聲靈震叠,合中外而帡幪之,則道德廓如也,功烈赫如也。律以法施民,勞定國,禦大灾,捍大患諸祀典,無不一一相符者。乃世不此之尊,而强加以"蜕化修真"諸誕語,何也?震於末俗異氏之稱,而不自知其誣也。不亟正之,恐天下習聞其異説,亦率爲高深幽隱,而不致力於倫常日用事,詎非世道人心之累也邪?

儀積疑久之,捃摭《志書》,涣然解曰:古人先得我心矣。書其終,曰"垂足而逝",則非"蜕化"也;書其事,皆"保國安民"諸大端,則非棄而"君臣父子",禁而"相生相養"而"一意修真"也;書其爵號,曰"忠應孚惠威武英烈",則非若異氏有"大覺真寂通元冲虚"之封也。且《通志》次郭廟於"城隍",《郡志》列郭廟於"壇廟",又非若徐真君、鄭文叔、保生大帝、清水祖師之入"方外傳"也。儀瞭於目,豁於心,亟欲筆之於書,以告天下後世。竊不自量,纂成《郭山廟志》八卷。方以付梓爲難,而同知胡君朝覲、同知雷君駿聲,慨然各出百金,以授梓人。於虖,兩君亦好義士哉!抑王靈有以感之也。殺青既竟,聊以愚管綴諸簡端。倘後之覽者,體神道設教之意,而自力其忠孝仁義、道德功烈,以柱礎乾坤,支撑家國,是即尊王之所歆也。縱不禱於王,王亦必祐之。

郭山廟籤詩序

籤詩之體,仿自卜筮之繇辭也。上古聖人,設卜筮以定天下之吉凶。繇辭者,所以明其吉凶,使人知所戒懼也。三代後,神道設教之風盛,始以竹籤代卜筮，凡人事之臧否得失，盛衰進退，悉於是驗之。《説文》："籤，驗也。"《玉篇》："竹簽，用以卜者。"籤之有詩辭，猶卜筮之有繇辭也。

尊王自五季以來，赫聲濯靈，震耀寰宇。世之釃酒瓣香，入王廟而禳祈者，不知幾千萬億矣，而非籤無以便其占，非詩無以昭其驗。前代士夫，爰綴百首，以明人事之吉凶，而王之彰善癉惡，亦往往著驗於是，是固海内徵信之辭也。

丁酉秋，予纂成《郭山廟志》，欲登諸《志》中，每以不合體裁爲病。今夏詳加繙閲，乃别列一卷，以附《志》末，既不病其夾雜，且可資其占驗。倘仰王靈者，能因吉凶之昭著，而懔懔於惠迪從逆之理，以淑身心、翊世教，則《籤詩》雖小道，可等著蔡之尊矣。剞劂既竣，爰弁數語，以告天下後世之禱於王者。

雷門三節傳序　己亥

天下最傷心之事，莫甚於以節繼節；節愈繼而愈窮，不獲昌後之報於天。天下最不朽之事，莫大乎以節勵節；節愈窮而愈堅，可示名教之防於人。人道立，天心見矣。

予讀《雷門三節傳》，方黄氏青年守節，恐遺腹子廷外貧不能娶，養侯氏爲傳後計，宜天鑒其志矣。乃侯未笄而廷外逝，致使煢煢嫠孀，仰天呼籲，慮繼嗣之無人。哀哉！幸而嗣以玉汝，餼廩上庠，舉優行，聲名震八閩矣。人方謂天必錫其禄壽，俾之膺綸誥，奉板輿，稍酬節母於萬一；胡爲中年奪魄，空令其母與妻傅氏含辛茹苦，以鞠二孤？天心何其恝耶？然使二孤有成，奕葉蕃茂，亦可謂霜雪疊見，終遇陽春矣。何冰海不開，苦節不昌，天竟絶三節婦祀也？

嗟呼，衛共姜、魯陶嬰、魏令女，只一身苦操，未有歷三世之奇慘如此者！虞詡之祖母，歐陽修之孀母，章綸之貞母，猶見後嗣熾昌，未有斬累世節母之血食如此者！何辜於天，至於此極！讀其《傳》，欽其節，哀其窮，孰不謂天道難問哉！

然吾謂天之重聲名，甚於重福澤。天欲玉成二三不朽之名，以爲萬世法，必先使累著奇節，如寒冰勁鐵，彌積彌煉而彌堅，乃足竦人心而持風化。張睢陽、岳武穆、文文山、蔡江門諸忠節,皆傳其名不傳其後。天既償以三節之名,天何必獨私其子孫福澤耶?

總之,時窮節見。於黄爲先路之登,於侯爲中流之砥,於傅爲後勁之師。論其功,則如三峰矗矗,中峰尤尊;論其節,則如參天之松,懸崖之石,均足柱礎乾坤,支撑綱紀。城山詩水,三節婦名與俱永矣。此可以識天心之所在,而不必過爲傷者也。

歲丁酉,予與閤邑君子,落節孝祠於文廟之西,其裔侄駿聲同知,醵金爲三節立主祏,可以永其祀矣。越二稔,將刊其《傳》以彰於世,丐序於予。予偉其事之有關名教,又嫰其《傳》之蒼凉峭刻,心血俱裂,爲潘集仲先生所撰,文堪與節齊光,用是謏謏然而爲之序。

琉瑭戴氏族譜序 甲辰

譜,本吾宗遺法也。自《大戴禮·帝系》名篇,已立後世宗譜權輿。故太史公作《本紀》、《世家》,必摭其言以爲據。厥後,歐陽永叔用《漢書》世系表,以立譜圖,蘇眉山用《禮》大小宗法,以著譜規。二家爲古今繫譜之善本。核其書法,仍不外《戴記》繫姓之意也。

夫繫譜既濫觴於吾宗,則凡世系之明,宗法之嚴,非後人所宜急講者哉!吾宗自戴公編《詩》後,代有傳人。漢則註《禮》石渠,唐則父子繼相,其繫世源流、佐命勳勩,俱詳在《御覽表叙》一通,無庸多贅。惟胄公數傳至九郎公,自河南石壁潭戴家巷分派入閩,啓宇詩山。再歷數傳,又分居尤溪京口坂,苗裔甚盛。若文定公參贊綸扉,宸翰有"經明行修"之褒;若舜愷公領牧徐州,口碑有"政肅民安"之頌。二公之豐功盛德,洵足爲吾宗光矣。延至維清公出判南昌,亦多惠政。雖後遭兵燹,不無仳傓遷徙之傷,然擇里琉瑭,作屏修平,遂爲開基令祖。迄今奕葉傳二十餘世,户口萃一萬餘人,巍科顯宦,焜耀吾南。或秉鐸黌序,或宿衛禁廷,或銓選宰官,或備員都閫,一門濟濟,均足振"註禮"家聲。藉非先德留貽,何以後嗣蕃昌若是耶?

所憾者劍水南遷以還，舊譜散軼，繼續維艱。揆諸《戴記》論撰“先祖明，著後世”之義，殊屬闕如。今何幸摶南先生以八十餘叟名孝廉，諗諸族衆，共議纂修，若明經某、訓導某、廩生某、茂才某，協力勔勷，彙輯成書。疑者闕之，信者詳之，有功烈者傳而贊之。世系昭然可考，宗法秩然不紊。庶幾得《戴記》繫姓之微意歟！

歐陽公曰：“譜圖明，則子孫修飭，喜自樹立。”蘇眉山曰：“觀吾之譜，則孝弟之心，油然而生。”兹譜告成，我宗人展卷流連，知先祖之美可爲後世之鑒，因此而孝弟益敦，樹立益鉅。出則羽儀皇國，踵繼相之徽猷；處則柱礎斯文，承“註禮”之家學。此儀所深爲翹望者也。爰綴蕪辭，以弁其簡首，以策其後人。

大學淺解中庸約解序　丁未

聖人所以立人極者，不外立學以明道，修道以達天而已。自羲《易》啓秘於《河圖》，禹《疇》抉奥於《洛書》，二書遂爲開天明道之祖。然其時文字初興，只詳太極、皇極之理，至於修己治人之節目，盡人合天之功效，爲人極必備之能事，猶略而未詳。《大學》則廓其學以明道，内可聖而外可王；《中庸》則盡其道以達天，化可贊而德可配。是誠立萬世人極之譜，足補《圖》、《書》所未備者也。

蓋我孔子爲人極之極，揭其精於《學》、《庸》，一無形之太極、無位之皇極者也。曾子得其傳而傳之，宗人極者也。而推原於明命，宰治以絜矩，則人極也，而太極、皇極寓之矣。子思懼其失而述之，扶人極者也。而法聖在舜、文、武、周，體天至無聲無臭，則人極也，而皇極、太極賅之矣。此其道學精而深也，博而大也，豈可僅以“淺解”哉？豈可僅以“約解”哉？

然欲爲初學發蒙，與其深而難測，何如淺而易明也；與其博而多冗，何如約而不雜也。儀自二十年前授徒講學，每苦於解人難索，爰不揣譾陋，於《大學》則捃集衆説，取其章分句晰，顔曰《淺解》；於《中庸》則折衷衆説，取其言簡意賅，顔曰《約解》。非敢云人極之理粗有所知也，聊以爲初學發蒙計爾。數年來悉心體認，復綴《四書闡義》六本，意在尊崇先哲，推闡本義，弗囿於常解。而

《淺》、《約》二解,仍未敢出以問世。

邇主校詩山,責司講解,諸生以文義難晰爲憾,友人請出此二《解》以饗初學,儀諾其請。因思聖賢道學,本由淺入深,由約極博,學者即是《解》而略識《學》、《庸》之門庭,然後遍覽先儒講義,衷諸朱子《章句》,以窮其堂奥,則人極之道得矣。由是尋源《河》、《洛》,究心《易》、《範》,以盡天人合一之功,朱子所謂"三極之道立,實則一極"者,其可一以貫之乎!爰弁蕪詞,以諗學者。

光緒丁未年中元節,南安戴鳳儀敬齋謹識於詩山學堂之東偏。

新修詩山戴氏族譜序 辛亥

自太極分爲兩儀,遂統天地而萬物之。祖宗一小天地,子孫一小萬物。天地爲萬物之本,祖宗爲子孫之本。一本散爲萬殊,無法以統之,有不知天地爲何恩者矣;一本分爲萬派,無法以聯之,有不知祖宗爲何物者矣。修譜者,綜尊祖、敬宗、收族,而繫於一心、一小天地、小萬物之綱維也。《周禮》爲法天地、理萬物之書,且有奠繫世、辨昭穆之小史,況吾祖、吾宗、吾親族之所統繫,在於譜牒,烏可不心切修明哉!

夫人生天地間,分合聚散,無非自然之理。我戴氏自固始分支,宅於詩山之錦坂,其分而始合、散而始聚之時歟。自錦坂啓基,傳世三十七,聚族千餘年,勳望世閥,鬱爲温陵著姓,其合而可大、聚而可久之時歟。然曠觀家乘,五世分爲大廷、小廳,十八世分爲七甲、四甲,迄今宗族已分爲數十支矣。始而有遷仙游、尤溪、晉江、永春者,繼而有遷永安、臺灣、安徽、浙江者,迄今雲礽已散居數十處矣。分則親而漸疏,散則疏而又疏,疏極則心不相屬,不相屬則喜不慶、憂不吊,甚至道途遥遠,罔識何祖、何宗、何昭、何穆,直相視如途人耳。嗚呼,吾所與相視如途人者,其始同胞之兄弟也,兄弟其始祖宗一人之身也。一人之身,分而至於途人,散而處於外縣、外郡、外省。使非有心天地、物萬物之人,知萬物本乎天,人道本乎祖,返而求吾祖、吾宗之所自始,爾昭爾穆之所由聯;吾恐瓜瓞葛藟,蔚而日蕃,洪源雜流,涣而無統,其可以匯萬派於一本,而使之分若合、散若聚耶？此《戴記》所以有親親故尊祖、尊祖故敬宗、敬宗故收族之法也；此蘇眉山所以因《戴記》大小宗法而著爲族譜以聯之也。

且夫法亦待人而後行耳。《戴記》創爲宗法，蘇氏因作世序，實萬世繫譜之權輿。我方伯公悵舊譜簡略，欲仿蘇氏《提綱》之法，以合《戴記》親親之義，誠仁人孝子之用心也。惜當時有序無修，厥後尚未有舉而行之者。希朱自規聖模賢以來，既感程子"天地間一蠹"之言，而思有以撰述之，又取程子"管攝人心，須明譜系"之説，而思有以纂成之。今春總纂族譜，主眉山而參以廬陵諸法，分爲八門：曰本原。由吾祖之開基，推吾祖所自出，親而尊之之事也。曰誥命。重君恩即揚祖烈，尊而尊之之事也。曰世次，曰世紀。横圖以提綱，直書以詳目，親而親之之事也。曰列傳。傳其有功於國家，傳其有益於祖宗，親而貴之賢之之事也。曰祀事。紀祖宗之遺業，勖子孫之盡誠，親而以尊奉之之事也。曰藝文。大則經天緯地，小則羽祖翼宗，所以爲尊尊親親之一證也。曰雜志。巨則山川勝迹，細則人事物産，所以掇吾祖、吾宗之緒餘也。合數十支爲一本，聚數十處於一堂，洵足爲吾家信史矣。較之奠繫世、辨昭穆之小史，不更詳且悉哉！

嗟呼，藐躬之混然中處，不能爲乾坤之宗子家相，以擴吾四海同胞之心，而僅於族譜一修，由同胞等而上之，以尊吾之小天地；順而下之，以親吾之小萬物。夙夜自維，不幾辜大父母之塞帥乎！然積數十年之心乎祖宗，心乎親族，而又疲精剜慮、遠考近徵，舉古今之史例、譜法，折衷一是，囊括萬端，然後綱維大備，其竟方伯公未竟之旨，法《戴記》尊祖、敬宗、收族之法，悉準眉山義例以發明之，是亦修譜者永永不刊之成法也。後有續者，其勿輕易此法也夫！

宣統辛亥年七月既望，誥授奉政大夫、賞戴藍翎、内閣漢票籤中書加五級、壬午科舉人裔孫希朱謹序。

重修南安縣志序

南安之治化最先。置郡始於梁，則興、泉、漳三屬，皆南安先統之也。虎榜始於歐陽,則八閩文化,皆南安先開之也。樹節臺灣始於鄭延平,則一島江山,皆南安先闢之也。延至洪艮圃擢鴻博,爲閩、粵冠,亦南安特色之英。此倘非江山間氣,鬱爲名區,鍾爲人傑,安能觥觥然爲天南樹先聲哉?

獨志乘一書,明以前散軼無稽。弘治間黄邑侯始屬傅敬齋修之,崇禎間李邑侯始屬王晦生識之,康熙間劉邑侯始屬洪遁庵纂之,豈勝地名人皆魁然爲閩嶠先,而志書獨瞠乎後耶?良以易郡爲州,易州爲縣,爾時圖籍難稽,且纂修事巨,非有賢令尹殫心提倡,亦難蕆功。故邑治千餘年,只見此三修志乘耳。

康、雍以後,聖教昌明,吾邑之人才輩出。綿延至乾、嘉間,氣運日隆,文物日盛,捷南宫登史館者,合屬無慮十數人,時而合編志乘,直如指掌耳。何以一百餘年中有無出而任操筆之責者,殆邑父母未曾提倡,故莫睹斯盛舉乎?道光間,李葵南先輩匯稿將成,旋以出山中輟。屈指到今,又將百年矣,先輩志稿,半蝕蠹魚。矧值滄桑變故,絶續交關,倘不及時修輯,恐碎璧零圭,易就淪没,而近代之名宦、鄉賢、忠孝、節烈,亦散軼而無以自存。此非有斯文之責者所當亟爲續修哉?此非有扶輪之望者所當起而倡修哉?

歲乙卯,馬叔文邑長果興倡修之議,延予總志事。予謝之曰:"續修吾所願也,但當别求宗匠,而以菲材助其役。"邑長囅然曰:"周時内史掌四方志。先生官内史,多撰述,豈不足掌一邑志乎?慎毋以辭却。"予既諾其請,尤以一蚊不足負山,衆擎方可舉鼎,歷薦吴君斗船、葉君韶甫、鄭君雪汀襄厥事,邑長韙之。

是歲暮春開局於學宫。予釐訂義例,提挈綱目,俾同志分門匯纂,而不佞總其成。馬邑長方欲於公餘之暇,往復磋商,蕲無漏義。孰意風乍揚而旋止,秋來投簪去矣。宋伯擁邑長繼莅,勖勸修費,至丙辰秋卸篆而費竭。予不忍以九仞之山虧一簣,髦老焦勞,籌費罄修,迄丁巳夏脱稿。計全志綜十二綱,裒五十卷,閲二十二個月告成。而印貲浩大,猶待鄭沛之邑長之勤籌與諸紳之襄贊,而後得蕆裝潢。

僉曰:修志之層折繁難如此,非有序何以詳顛末?予思吾邑二百五十年之典章文獻,得力於馬邑長之倡修,其勳勩可與黄翊時、李滑疑、劉伯啓諸循聲共傳名宦矣。而宋邑長之籌費與鄭邑長之組成,將伯助予,亦宜表而出之,以見賢令之克繩於後也。若予之謬承斯責,三載兢兢,只自盡邑人之義務,何敢施勞?矧回誦傅敬齋、王晦生、洪遁庵諸名筆,每有望塵莫及之虞,不足趾美前修,豈望馨傳後世哉?惟念南安爲八閩勝區,川嶽之氣,鬱久必發,將來必有一等人出而仔肩聖道,扶翼國樞,超然作海内儀表者,安在前賢能爲閩中倡先聲,後賢不爲天下開運化乎?予姑弁數言以俟之。

治生詩山戴希朱頓首拜撰。

南安縣志輿地志小引

自《周禮》職方掌七閩地,爲我閩輿地之濫觴。至保章以星土辨九州,則星野肇焉。秦時易封建爲郡縣,則疆域分焉。南安梁置郡,唐置州,後改爲縣,則沿革見焉。北地高,南地卑,寒燠顯分,則氣候殊焉。其間坊里之變遷,山川之阨險,灘、潭、井、泉之勝概,潮汐之往來,以及名賢遺迹,世所馨傳,皆不可或忽也。作輿地志。

南安縣志營建志小引

自郡邑分治,各邑皆有營建,爲官也,實爲民也。鞏城池以衛民,創公署以臨民,立學校以教民,浚水利以養民,治橋梁以濟民,開市廛以通民有無,設倉儲義恤以拯民,皆利民事也。他如立壇廟寺觀以遂民報賽,樹牌坊宅墓以爲民表式,建堂臺亭閣以壯民觀瞻。孟子所謂"民爲貴"者可於此見其倪矣。長民者既經畫綘艱,爲民者當急公赴義。經國伊始,能無連類屬書以爲民勸哉?作營建志。

南安縣志風俗志小引

《周禮》:"太史採風謡,行人察禮俗。"此古時觀風型俗之始也。南安先泉郡而治,風俗最古。自唐歐陽四門以文章破閩越之荒,嗣是家詩户禮,穎秀而文者多見重於朝廷。益以紫陽過化，流風遺澤，陶淑後生，遂彬彬然與鄒治稱“海濱鄒魯”矣。顧歷年既久，聲教漸敷，文物廣被，兼航海人多，益形富庶。邇來繁盛之餘，漸流侈靡，有司民之責者尚其革澆俗以振古風哉。作風俗志。

南安縣志物産志小引

扶輿奥鬱之氣，鍾而爲人，産而爲物。南安爲閩奥區，歷代傑人既焜煌於志乘，而五穀之精，珍禽、錦鱗之美，尤多艷傳於古。《周禮》所謂“揚州其穀宜稻也”，韓昌黎所謂“有山泉禽魚之樂也”。餘若嘉池之芡，錦泉、黄龍之荔，詩山、覺海、不老亭之茗，皆爲世所珍。昔景純詮《爾雅》，宏景註《本草》，其意非特資博識，且期有濟於養生。有心民瘼者，能無原其性材，辨其名色，究其利用，以爲種植百物之一鑒乎？作物産志。

南安縣志田賦志小引

自《禹貢》則壤定賦，後世遵爲成法。雖歷代之户口各異，南北之土物不齊，而計畝釐賦，原有常數，可按户籍以稽其詳。南安負山跨海，膏腴者少，磽鹵者多。田有高下，即賦有隆殺。昔時丈量，非不得持平之法，無如民間輾轉相酬，推收淆混，往往有子孫零落，不知業歸何人而累賠數世者，甚至有豪猾桀黠之家，勾串胥役陰爲脱卸而百弊叢生。拙者輸無田之賦，巧者享無賦之田。他如雜税、鹽課，紛紛交卸，滋弊更多，是何可無以防其漸哉！清查虚實，釐剔弊端，在賢有司慎而行之爾。作田賦志。

南安縣志典禮志小引

先王探天理民彝之源，衷安上治民之法，而典禮以興。姬公著《周禮》，《漢書》志禮樂。延至晉、唐、宋、明諸史，無不以禮爲通幽明、諧神人之要典。清時禮教修明，翕和中外。南安以鄒魯遺風，涵濡於雅化者二百餘年，其家敦禮讓，而俗尚淳化也宜哉。邇來海氛日熾，以拜聖祀神爲繁，以勵節褒貞爲舊，以鞭春救蝕爲迂。先王典制，棄若弁髦，中外亦紛拏而不靖，使不亟爲挽回，古禮其何時復也？司化民之權者，尚其懍有禮則安，無禮則危之意哉。作典禮志。

南安縣志防禦志小引

盛世不諱言兵，居安思危，所以預防者至矣。南安縣治始於唐，盛於宋、明、清。唐有府兵彍騎之設，宋有廂兵鄉兵之制，明有衛兵機兵之名。清興陸軍水軍，統以專閫之臣，委以鎮協分標之任。又於帆蹄輻輳，寄以郵傳，華夷熙攘，慎於交通。今雖禹甸河山，已歸漢土；而内躪梟獍，外顧虎狼，邦基未固，伏莽易生，何以鞏金湯於萬祀，賴有備耳。作防禦志。

南安縣志職官志小引

三代以下，天下皆郡縣也。縣以令長爲獨尊，承以參佐，輔以文師、武弁。自唐以來，雖裁并增設，稱名數異，而其所以撫民人、安地方，則無異也。南安宋以前之職官無甚可考。兹先紀歷朝官制，次紀歷官爵里、姓名，俾後之覽斯籍者曰“某也善職，某也曠官”，賢否之鑒，勝於法戒之箴矣。而有功在邑，德在民，足以嗣音前代諸名宦者，又必紀實傳馨，以爲官斯土者勸。作職官志。

南安縣志選舉志小引

成周賓興之典爲選舉權輿。唐易以制科，即成周選舉意也。南安自歐陽行周以龍虎之選，震譽於貞元間，嗣是接踵稱盛，幾如祥麟威鳳，并集一時。嗣後兩科舉於春秋，五貢需於掄選。此外有鴻博、孝廉，有綸封、任子、薦辟多方，野無遺賢。故數百年元輔魁儒，叠出其間，極濟濟得人之盛。晚近易科舉爲學堂，新學重，舊籍輕，用功既殊，卒業亦易。志之以見歷代掄才之意云。作選舉志。

南安縣志人物志小引

夫人之立身行道，顯著於當時，揚名於後世。其出而扶翊紀綱，則爲名臣忠節；其處而敷張述作，則爲儒林文苑。間有行修於家，義著於鄉，潛德可風，高年可敬，以及高賢之羈寓，專門之名技，異氏之宗教，闤闠之義聲，閨閣之懿行，尤足令人肅敬，休於無窮。南安自歐陽四門崛起，盛唐開閩正學，歷代宋、元、明、清，碩彥名流與上國齒，一節一藝，更美不勝收。氣運之隆，教育之厚，賢才之多，超越前代。由今溯之，能無睪然思人物之所由盛哉！作人物志。

南安縣志藝文志小引

六經爲載道之文，不可僅以文名。漢唐以來，體制各殊，究其根源，皆從六經而出。世愈近於今，文愈遠於古，此升降之理也。然惟離經畔道，例必摒棄。若夫名賢名臣著作，有關於羽經翼傳者，有關於樹政型風者，有關於躬行心得者，發爲文章，形諸歌咏，名言所集，無論體裁。兹先列其書目，條其次序，俾後之君子知古人之闡道攡文，金石不朽，因而益自磨勵，以希踪於先哲斯文，其庶幾有礎柱乎！作藝文志。

南安縣志雜志小引

自《易》有雜卦，《禮》有雜記，史家因之，於是有雜志之體。雜者，錯而成章之謂也。分類紀事，纂組以成其文者爲正體；類無所繫，事無所附，參錯以盡其變者爲雜體。雜體有屬，正體乃可釐清，漢晉以來所以有説部、雜遺之例也。南安聲名文物，埒於温陵。前輩之遺言軼事，近代之徵應灾祥，於地方不無少補。裒而藏之，其亦徵文考獻之餘事乎？作雜志。

郭山廟志圖像小引　丁酉

古者方輿勝概，必圖以萃之。然圖非説不明，故《禹貢王會》、《一統志》，皆因圖立説，仿圖史并列意也。像者，精神氣度所寄，匪贊曷尊？自曼倩畫贊漸爲濫觴，後世巨公遂以贊翊像焉。

尊王以豪偉之姿，得山川之勝，天下之仰其靈者，視廟塋若泰華，式王度如金玉,是誠衆望之所歸也,可不筆之以爲後鏡哉！志圖像。

(録自《郭山廟志》卷之一)

郭山廟志本傳小引　丁酉

傳之由來尚矣。左氏傳《春秋》,伏生傳《尚書》,其權輿也。至馬、班《史》、《漢》,羅古今賢俊創爲列傳,後來史志因之。司馬貞謂“序列其人事迹,令可傳於後世”是也。

尊王大節超超,足以振頑起懦。使不珥筆紀之,將年愈湮,傳愈難,何以爲扶翼風教之一鑒！爰摭舊聞,敬述於篇。俾萬祀知王之事迹,有以興起其忠孝仁愛之心焉。志本傳。

(録自《郭山廟志》卷之二)

郭山廟志封爵小引　丁酉

國家崇德報功,於是乎有封爵之典。匪惟忠臣烈士之躬荷爵秩也,即聰明正直之神,凡有功德於國與民者,亦必錫徽懿以崇之報之。如英衛公伍員、通佑王李冰、武肅王錢鏐、通濟王謝緒,類皆以護國庇民,膺厥封號。

尊王靈威焯揚,代有顯爵,視諸神爲有加矣。君子觀王之封册,當思其所以致此之由也夫！志封爵。

(録自《郭山廟志》卷之三)

郭山廟志廟宇小引　丁酉

古不祀非族。苟非有利賴於邦家黎民,則不得叨廟祀之典。間或有甄靈顯化,響應一時,鄉人亦構堂祀之,而餘烈遺澤入人未深,不免旋興旋廢。求其歷千年而廟食弗替者,蓋寥寥如晨星矣。

尊王自五季著靈,至今香火愈熏而愈盛,豈非廟食弗替與！廟在宋、明已有記,而規制、興修與一二古迹,語焉弗詳。且龍山宫爲郭廟所自出,清溪威鎮廟爲郭廟所始分，前人亦闕如焉。修補釐定，溯源沿流，是亦操簡者之責也夫。志廟宇。

（録自《郭山廟志》卷之四）

郭山廟志封塋小引 丁酉

塋者，所以妥魄也。然古來荒塋纍纍，埋没塵坋榛穢間與鼯鼪狐貉相雜處者，不可勝數。即有一二巋然山丘，如比干動昭明之吊，田横動退之之祭者，亦皆其生前可頌可傳，後人始奠斝陳詞，以攄其慨慕。從未有因其子之英爽鬱結，而受千百世馨香者。

今尊王展謁親塋，肸蠁所至，雖三吴百粤，猶牽羊釃酒而來。王之至孝感人與？抑先世隱德有足以享其報也！是何可無棹楔之書，以志千秋盛事哉？志封塋。

（録自《郭山廟志》卷之五）

郭山廟志藝文小引 丁酉

宇内皆文章也。青崖翠壁者，山之文；曲澗回溪者，水之文；功德威儀照古鑠今者，人之文。而後之探其勝、懷其烈者，遂因其文而文之，蓋豁於目、傾於心，自不能不寄之於文也。

郭山諸名勝，峰簇簇，水綿綿，粲然若圖畫。尊王尤以炳然之節，凛然之象，震耀乎天下人之心。則凡薦紳先生與游人騷客，孰不握寸管以紀勝揚休哉！比來長篇短什，炳炳烺烺，擇其精者纂之，庶後之覽者，如見山川之文與王烈之所以丕焕也夫。志藝文。

（録自《郭山廟志》卷之六）

郭山廟志雜志小引 丁酉

天地之道，錯雜所以盡其變，文家體之以紀軼事。方諸《易》，此其雜卦也；

例諸史，此其稗説也。事無論巨細，言無論雅俚，凡有關於王、有裨於人者，兹悉綴之，所謂錯而成章者也。然而芻蕘必采，齊諧亦必辟，總不使離經畔道，驚世駭俗，以失其正，是亦吾儒衛道之一端也。作雜志。

（録自《郭山廟志》卷之七）

松村文集卷五

序

堂兄金崐六十歸里序 庚寅

人生天地間，苟如蚊蚋處乎盎缶之中，則雖享些福壽，而見聞狹隘，何能知乾坤之大，中外之殊，而爲斯世一非常人？若吾堂兄金崐，則迥然遠矣。

兄自弱冠時，由厦而粤而申而津，極九州之名山大川，都歸眼底。復遠涉外洋，泰西所謂亞細亞、歐羅巴、阿非利加、亞美利加者，多窮其舊迹，究其土音，蓋足迹遍四大洲矣。中年後，服賈東洋。東洋古號倭奴，刀利馬良，俗多强悍，中國人罕至其區，兄獨僑居十數年，非素有才智，安能搜琛獲贐而歸哉！此亦闤闠中之一非常人也。

兄自癸未回旌，共談華夷地勢，予早知其才。今春滿篋而歸，適年值杖鄉，諸親串爲設壽幛，請序於予。予思兄橐既告充，而才可有爲。倘從此勇行義舉，爲國家襄洋務，爲宗祖廓宏規，則德以才成，福亦以德集，天眷曷有窮乎！兄其勉旃。

族叔清秀七十壽序 丁酉

古有祝壽之禮，而無獻壽之文。故祈耇介眉，詩人歌其事，不贊其人。即董、賈、韓、柳、歐、蘇諸公，文堪壽世，亦未聞有以文壽人者，蓋不欲以虚辭傳信也。元、明以來，鉅公魁儒，負海内重望，值懸弧辰，能文者始文以壽之，而猶未失其爲實也。

近世讕語競尚，古意蕩然。往往有張錦幛，繪鴻庥，駢四儷六，璀璨滿堂，按之其人，百無一肖者。於戲，是史而誇也，巫而諛也。予竊戒之慎之，而不敢蹈此失實之轍也。

今族叔國學生清秀，年屆古稀，親串製錦，謀所以侑之，請序於予。予以叔分居父執，凡梓鄉盛舉，昕夕共事者數十年，不得以無文辭，然亦何敢以虚辭貢哉！

叔少質敏，因襄家政，輟儒習計倪。貿遷所届，遇人有紛争，輒曲爲排解，闤闠中群以仲連目之。中年後聲望日隆，戚黨鄉鄰事有難釋者，咸求正於叔；叔剛銘利害，詞婉而理明，聞者帖帖懾服，里社中推爲祭酒焉。然其所犖犖過人者，尤莫如上敬祖宗，下培子侄。吾族祖廟、祖塋，偶有傾塌，叔輒邀諸族長修葺封固；而纂修譜牒，尤躬其勞。金程、金魚、金湖，幼習舉業，叔延師課督，視如己出；其餘子侄，亦諄諄繩以祖訓。迄今一門濟濟，或登黌序，或游藝林，或業陶朱，或力農圃，無有出其範圍者。僉曰：非叔之善教不至此。此即叔之實録也，此即叔之壽徵也。異日子侄蔚興，雲霄聯步，行將瀝其實行，請誥榮封，玉杖板輿，自天下賁，叔其可以皓皓鶴髮，親荷綸恩矣乎！爰介數語，以侑一觴。

候選訓導咏桐堂兄六秩壽序　庚子

自世風日漓，士大夫競習於智巧，往往以便捷爲能事，以瞻徇爲近情；而一二木訥者流，則群指爲不適用。及遇鉅艱，智巧者每避於後，木訥者每趨於先。及稽年歲，智巧者恒利而夭，木訥者恒鈍而壽。無他，木訥近仁，與“仁者壽”之理，本一貫也。若吾堂兄咏桐，其斯爲木訥人歟。

兄少劬書砥行，不飾浮華，不苟然諾。弱冠後補弟子員，肄業鰲峰，以恂謹爲縉紳先生所器重。旋以優行，見賞邵汴生學憲，惜額滿弗獲選。嗣是，棘闈困躓，屢薦弗售，僅以捐例授職訓導。兄之於遇，可謂窮矣。然而，老驥伏櫪，志在千里，每逢秋試，鋭然逐隊，不以老而稍衰。至於大義所在，罔不毅然爲之。吾族祖廟、祖塋，累次修葺，兄皆始終其役。同治間，詩山將創朱子祠，議者難之，兄不惜己資，躬其勩者累年，祠賴以竣。吾南糧課，向爲糧胥所弊，納者苦之，兄邀諸紳,聞諸大憲,弊賴以除。其餘若鄉黨間興利除害,扶弱抑强,凡予所欲爲者,兄皆能爲將伯之助。予嘗謂後生曰:“咏桐兄質樸而堅,行遲而重,道器也,亦壽徵也。”

今歲十有一月,爲兄六十大慶之辰,親串請予言以祝釐。予屬棣誼,不可貢以諛詞,其義當以規爲頌。衛武公年九十而自警,抑戒名篇;蘧伯玉六十而化,時懷寡過。古之君子,年彌高,志彌勵,皆有“一息尚存,不容稍懈”之修爲。今兄甫届杖鄉,而精神强健,步履安舒,從此,學以饜飫而益精,品以磋磨而益粹,必有宏文偉業足爲壽世之資者,豈獨壽身已哉!“我日斯邁,而月斯征”,詩人所相期以“無忝”者,予願引此以爲祝釐詞。

雷母古太宜人六秩壽序　丙午

天地之義氣,鍾於人難,鍾於婦人尤難。此劉更生著《母儀》,范蔚宗纂《女史》,曹大家作《女誡》,所以欲使天下婦人知大義之所在,以自肅其儀型也。後世姆教不明,不流於驕肆,即流於齷齪;求其巾幗有丈夫氣,舉饗親、敬天、相夫、訓子、恤鄰、濟衆諸大義而毅然行之者,不可多得。予觀古太宜人,其斯謂明大義之女宗歟!

太宜人係出粵東嘉應州,古其姓,香闌其字。少就塾讀書,能曉大義。長隨其父鬻藥安南。適雷太封翁樸齋僑於是邦,翁慷慨好義,有犖犖不群之概。太宜人之父見而奇之,姻遂締焉。

太宜人在安南伉儷數年,積有餘貲,勸太封翁束裝歸梓。比歸而尊嫜已歿,深以不逮事爲憾。遇先人祀事,必誠必慤,必豐必潔,雖霜天雪地,必親下厨竈,手治醯醢,諸婦欲代之而不肯,曰:“不若是不足以表吾敬也。”此非明於饗親之義者不能。

太宜人自及笄後,持齋不輟,每朔望必瓣香天帝,虔誦聖經;暇則爲兒孫講解,亹亹不倦。至今闔宅皆知恭敬神明者,實慈訓有以範之也。此非明於敬天之義者不能。

其相夫子，則相敬如賓，持饋以約，儼有少君孟光之風。太封翁構堂舍，購膏腴，百務煩瑣，皆太宜人躬佐其劬。所難能者，莫如賑麥舟於安邑，築橋梁於蘆溪，治道途於嶺北，以及捐文廟、充學舍、刻善書、施棺槨，凡夫子所樂爲之事，罔不贊助而成。此非明於相夫之義者不能。

其教兒孫，愛而能勞，嚴而有法，儼有陶母、柳母之風。而於三郎元音尤深勖望，丱角時，即導以詩書，閑以矩矱；長則爲延名宿，重斯文。極數十年之誠悃，深望兒輩爲遠到之才。此非明於訓子之義者不能。

太宜人素識岐黄，好儲藥物，鄉鄰有恙，輒持藥敷之，隨量而給。未炊者施以粥，告乏者貸以錢，求糴者與以穀。至今村童野叟，咸艷傳其雅量。此非明於恤鄰之義者不能。

至於勇行善舉，尤其素志。曩歲修葺祖廟，乏嗣者尚少血食，太宜人於析爨時，遂充田數畝以禋之。客夏西溪水溢，被淹者半傾家産，太宜人聞之盡然，命兒輩齎百金以賑之。此非明於濟衆之義者不能。

於戲，太宜人之篤於行義如此，則其躬承天貺，以享遐齡、昌後嗣也，不亦宜乎！歲丙午三月，爲六旬華帨之期，俯視一堂四代，芝蘭繞膝，杞梓盈門，元音尤以優貢生名震閩中，榮叨京秩。太宜人俯仰優游，真所謂境順自然耳順矣。

元音以予交最深，請予言以侑觴。予思，天地一逆旅也，光陰一過客也，桑榆晚景，人子所知。凡欲冀萱草之長春，誰不願爲蟠桃之獻壽？然壽親於一時易，壽親於萬世難。竊望元音等，體不朽其親之義，日以立身行道、揚名顯親爲念，出當如歐陽請誥，榮其母以綸音；入當如范滂清修，耀其母以馨譽。庶太宜人敻敻高義或得以壽身之慶，并獲壽世之徵乎！予跂望殊深，用綴此以爲祝嘏詞，且爲勉後語。

松村老人生日自序　丙午

今日何日哉？正哀哀父母生我劬勞之日也。思吾母娠如山重，性命垂危者此日；思吾父心如懸旌，時刻難安者此日。今親容遠隔，樹欲静而風不止，草有心而暉難報，則思不見吾親而潸焉出涕者此日。今吾身尚存，即吾親未亡；此身苟有益於人間，吾親或得安於天上。則思不朽其親，而老當益奮者此日。此日而欲張壽屏、設壽宴、集朱履客、進紫霞觴，珍饌雖多，而深情鬱鬱，食其能下咽乎？唐太宗所以有罷宴樂之言也。

然人當杖鄉將屆，後嗣滿前，則父我、祖我者，欲展壽親之誠，亦情之所恒然也。人當座滿賓朋，門羅翹秀，則友我、師我者，欲修獻壽之儀，亦情之所不廢也。况祝斗介眉，古之人有行之者矣。昔郭令公生日，子孫晉爵，至今傳爲佳話；富鄭公生日，韓魏公每饋物以壽之；子朱子生日，陳同甫雖千里必齎儀以壽之。兹予厚邀天眷，蹉跎五十七歲，已列八子八孫矣。屢司講幄，綜朋計儕生徒，無慮數千百人矣。若輩各欲遵古禮以壽予，予倘以思親之故，概從屏絶，毋乃因至情所發，而轉爲不情之舉耶！

計自今惟本生一日，爲母難父惻之日，致齋致慤，竭吾敬大父母、祀小天地之微忱。越翼日，吾思稍釋，乃聽後輩開樽舞彩，宴嘉賓，集門徒，以盡一日歡。在予既得抒思親之情；而爲予似續，與予環接者，亦得各盡其情。庶有合古人祝釐之禮乎！

爰自寫心曲，以告夫繞膝盈門之祝吾壽者。若夫宴樂過節，如蕚樓侈燕，金谷瓊筵，用情之處，適貽過情之譏，則吾豈敢！

母舅吴孝榜八十壽序 丙午

古無所謂壽序也。元、明楊、虞諸公，肇開其例。然皆薦紳宿儒，德冠一時，名震四海，始得於大慶之期，文以壽之。至於山林逸叟，雖膺曼祉，躋遐齡，亦不聞有撰爲壽序者。非以其未有優優之德，赫赫之名耶？然儀謂製錦稱觴，亦有觸於景、動於情之所不容已者，不必其在德名之顯也。若儀之壽二母舅鄉飲賓榜翁，其斯謂觸於景、動於情者歟。

舅遇事精明，理家勤儉。子若孫或業儒，或力田，均能勤勤懇懇，以成厥家。數十年來，夏屋春田，遞增遞廣，稱完美焉。兹當杖朝之年，夫妻偕老，一堂四代。入睇其門，齊眉者婉婉如也，繞膝者怡怡如也，含飴者盈盈如也，此非人生不可多得之晚景哉！則壽之也宜。

舅少先母八歲，母生儀晚，愛若掌上珠。憶丱角時，舅每過訪，輒褓抱之，餅餌之，顧盼而珍惜之。今母容已杳，報德無從矣。而舅年已八十，尚矍鑠如故。念逝者之如斯，益嘆舅之歲月足珍也，且嘆舅懸弧之辰之不容忽也。適表弟國學生言友以弁言請，儀素不爲諛人之文，然睹吾舅之白髮皤皤，耄齡已届，此情怦怦然動，烏能無一言以侑觴哉！則壽之也更宜。

顧儀别有望焉。舅事機素明，精力亦健，倘從此德益修，望益隆，行見熙朝憲乞之典及身而荷，舅將以玉杖板輿爲國人所矜式；况乎孫曾昌熾，轉瞬間玉樹重森，又將以五代一堂，慶昇平之人瑞。異時，聖天子賜緡建坊，舅之名與河山并壽矣，詎獨壽身乎哉！爰抒翹望之意，以爲獻壽之文。

仲兄嫂謝宜人六秩壽序　丙午

二代下之皇后，惟宋爲最隆。其后每少養於宫中，範以女師，閑以嫜訓，使之知國家大義，明尊卑名分。故后德淵純，粹然爲女中堯舜。予謂人家選婦，亦宜少養於家，俾惕然其家規，肅然其閫範，庶幾有大家風。若吾仲兄嫂謝宜人，其斯謂少養於家者歟。

嫂係出荇内，生六個月，入吾門，受母太宜人乳哺。母愛之篤，訓之深，凡潔祭祀、奉舅姑、儉約理家、經營紡織諸事，母生平所力行不倦者，皆一一親授於嫂。嫂性尤恂謹，尊嫜以孝聞，娣姒以和聞，治家以勤儉聞。僉曰：非承吾母之教不至此。此婦道之大略也。

嫂十七歲行笄禮，爲先仲兄國學生義齋之配。其事仲兄，閨闈伉儷無戲媟語，操作勤劬無倨慢容，得古人婉娩聽從之道。仲兄晚年多恙，嫂服事惟謹，咄嗟立辦，未有少忤夫子意。此妻道之大略也。

嫂舉丈夫子三。多生少養，乃載鬻應試；紹徽生，養雖殊，愛之如一。長子捷陞咯血數年，嫂愛護備至，甚於己疾。其體恤諸婦，推心置腹。嘗曰：“吾少時受先姑訓，悉知爲婦之難，故能曲諒如此。”此母道之大略也。

於戲，吾嫂備道無愆，足爲壽券，其享遐齡，膺曼祉，不亦宜乎！歲丙午十月，爲嫂華帨辰，諸戚黨請予言以壽之。予思：嫂少字吾門，長予三歲；憶丱髫時，襁負我，珍惜我，分雖嫂叔，情猶姊弟。今嫂年已六旬，予亦老之將至，桑榆晚景，歲月可珍。諸子皆成人有室，且抱孫矣；三子蒙松制軍拔補戎行，授五品銜，行將躬膺鸞誥矣，此正人生不可多得之境，烏能無一語以祝釐哉！爰叙緣起，以侑一觴。

陳母黄太安人八十壽序　丁未

從來家運之將興，必先有賢内助，上克相夫子，下多培兒孫，然後一室蕃昌，至晚歲而芝蘭競發，此即《周詩》“宜爾振振”之意也。從來壽算之綿長，必先能耐苦境，窮以練其心，勞以堅其骨，然後一身强健，享大年而矍鑠如常，此即《孟子》“生於憂患”之意也。兼此福者，惟陳伯母黄安人。

安人係出紫雲，少歸潁水，得尊嫜之家訓最深。及笄，爲司馬佑啓公之配。當司馬窮約時，安人備菽水以奉親，茹藜藿以充口，無纖毫厭貧意。甚至操臼如少君之勤，夜織如敬姜之勞，亦處之宴然，誠可謂能耐苦境矣。洎乎司馬揚航海外，滿篋歸鄉，援例授州同銜。其建厦無慮數百間，其購田無慮千百畝，皆安人勖勷左右，躬親其劬。暇則增構斌園，擇子弟之秀穎者援以詩書，强毅者授以弓馬。延師課督，歷數十年而不輟，其睪然高望於似續者深。此非世所稱爲賢内助者哉！

迄今年届八旬，堂開五代，蟄蟄詵詵，極繞膝含飴之樂。五郎膺成，八郎儀昌，皆貢成鈞；孫國梁、國鈞，尤以文經武緯之才，名噪膠庠，蔚然爲詩山翹楚。家運之勃興，五世其昌，將於斯啓朕兆矣。而安人尤精神矍鑠，强健逾於壯年。從此，躋大耋，慶期頤，壽算之長，其未有艾乎！西王母有知，應亦樂錫蟠桃也歟。

歲丁未正月朔，爲安人懸帨辰，以人間第一日，祝人間第一壽。孫國鈞等請予言以侑觴。予思：老而不壯者親也，往而不來者年也。爲人子孫，當堂上耄期，孰不欲舞斑斕衣，晉長生酒，以博其一時之歡！然吾謂，壽親於一時，不如壽親於百世。彼李密惓惓烏私，思養祖母之餘年，實出於家運之零丁孤苦。今安人家運正昌，壽算正長，而又子孫衆多，有人侍奉，國鈞等自宜乘時鑽勵，立身行道，以揚顯堂上之馨名。或少年通籍，如安仁之奉板輿；或數軸榮封，如永叔之請綸誥。庶幾得不朽其親之義，而安人高望後嗣之初心，亦因以大慰。時國鈞襄辦詩山學務，予忝屬堂長，不得頁以諛詞，爰以責成之意，爲祝釐之言。

安溪縣學左齋業師黄厚甫先生七秩壽序　丁未

天之運四時遞嬗，惟春主仁。仁道無窮，春意亦無盡。故全其仁之性者，恒有不盡之春。然仁道雖無窮，要不外以孝悌爲基，以凝静爲體，以有濟於物爲用。曠觀古之仁人，不必辟穀養生始享其長春之樂；但使修凝日久，至基址固、體用宏，自能精神强健，躋上壽而矍鑠如常。是何異天之元氣既充，景雖秋而春意自在也。此尼山言壽，所以必歸諸仁者也。若吾師黄厚甫先生，誠仁厚人哉！

先生爲母李太安人遺腹子。初，其父師竹公登道光丁酉賢書，計偕至劍津，得噩夢歸，歿時先生未誕也，李太安人慟不欲生。及先生生而秀嶷，乃勵節撫孤，時教以入孝出悌、愛衆親仁之道。先生丱角後，志在讀書行仁。晨從伯父孝廉芝臣公受書習禮，夜則與節母共篝燈，紝讀分光，依依孺慕。戚友嘗孅其内行曰："霜雪之後有陽春，苦節之家有達者，斯人其將跨竈矣。"年十七，伯父棄養，僅遺從弟慶平，爲伯繼母林太安人出。時家無擔石，先生出就姻黨西席。每歸，授從弟書，大有因心則友之愛。僉曰"孝友一家春"，先生其從此篤慶乎！乃未幾而從弟殤，方抱折翼之痛；未幾而李太安人逝，愈增蓼莪之悲！先生寢苫枕塊，盡鬻器物治喪。每思未得一命，爲節母請旌，泪輒涔涔下，此天性之發於不自已者也。自時厥後，家務悉聽命伯繼母，而下帷發憤，日以揚名顯親爲念。歲甲子，補弟子員；壬申，叨廪餼；乙亥，以經魁名噪閩中。復以東瀛勞績任嘉義教諭。至是，而節母荷褒綸矣，伯繼母遂迎養矣。迨林太安人卒於官署，彌留時，囑先生爲子，先生遂以伯父母爲嗣父母，可謂恩義兼盡矣。於戲！古今懿德，不外盡倫。先生之孝節母，則歐陽修有行之者矣；先生之友從弟，則崔孝芬有行之者矣。此猶爲人所能。至以身承嗣伯氏，始終孝養，直同生我，則爲人所難能。有子曰"孝悌爲仁之本"，先生本基倍固，斯其所以得壽券歟。

先生性厚重，少從芝臣公學，尤得周子主静之方。年方舞勺，六經已通其文義，雖秉姿之敏，亦習静之功有以致之。爲諸生時，邱鏡泉觀察延爲塾師。鏡泉學規嚴密，好動者不敢就斯席，即就亦半途輟。先生忻然適館，教養兼施者四年，門徒皆掇科第以去。雖克自耐苦，亦凝静之性有以斂之。上公車四薦不售，先生委心仕進，退而静研漢學、宋學，及博觀時務，遠方聞名來學日衆。嘗訓及門曰："程子謂：静然後見自然萬物皆有春意。斯言極有味，余生平得力在此。"則知先生學問，皆由静而成也。東渡後，忽而辦清賦，忽而掌教習，忽而兼監院，忽而任廣文，諸務猬集，措置咸宜，精力亦倍健於昔。何非静謐之心有所統攝耶？於戲，大丈夫欲擔當宇宙，必愛惜精神。武侯以寧静致遠，陶宏景以習静享大年，皆持此爲養性養福之資。《魯論》曰"仁者静"，先生鎮静有年，斯其所以獲壽徵歟。

先生壯時，以仁覆天下爲志。嘗謂："士君子得志則使萬物之皆春，不得志則收天下春於一己。"及落第後，慨然慕范文正"不爲良相，當爲良醫"之言，遂邃力於岐黄，以爲濟物之一助。嘗承沈方伯吉田命，辦臺灣西學堂。先生培養學生，愛護備至。有感病者，必造門診脈，辨症詢藥，病瘳乃已，由是名震全臺。劉爵撫委辦官醫局，先生瞿然曰："此局多少性命所關，稍不謹慎，便滋罪孽。"每晨率各醫員聯几診病。每擬一方，細意商確。或醫員擬方未愜，必引《内經》、《金匱》諸書與之辯論，非苛繩也，蓋亦當仁不讓之意。又復釐剔諸弊，精選品藥，爲病人求沾實惠。人亦知先生有濟世心，踵門延醫者屨常滿，所至以"陽春脚"比之。甲辰夏，調補泉州安溪訓導。適郡中多疫，陳雪楞太尊、譚彦先邑侯，俱延至署，爲民請命。先生凡有所診，輒試輒驗；間有危候，亦必施回春之力，其嘉惠官民孔多也。於戲，人生無益於世，便儼然爲天地間一蠹。陸忠宣手録秘方以活人，程伊川謂“我亦有丹壽斯民”，均以此爲壽世、壽身之具。《洪範》曰壽、曰康寧，必申言攸好德。先生德濟群生，斯其所以壽而康寧歟。

且夫延年者仁之符也，昌後者仁之澤也。古來惟文王以止仁躋壽考，而翔和所溢，遂蔚爲螽斯麟趾之祥。先生不必上擬文王，第其仁厚存心，自足享遐齡而膺曼祉。今年躋杖國，矍鑠如常，而五子四孫，翹秀一堂，已雅近螽麟之盛，蓋雍雍乎門有餘春矣。歲丁未，六月十一日，爲先生覽揆之辰，世兄鈺、鉞，請儀言以侑觴。儀榕城親炙，久坐春風，邇來又延爲詩山司教，知先生世閥最詳，不得以無文辭。爰推上壽之由，爲其大椿獻一祝曰：“八千爲春，八千爲秋！”

國學生麟秀族叔七秩壽序　己酉

禹疇爲言壽之祖，而後儒推其致壽之由，每以至人無慾，其次寡慾，爲古今列壽之史鑒。如程伊川耻徇慾，年七十而彌健；劉元城素絶慾，年至老而愈康。固足爲“仁者壽”之一證。即如中人以下，未嘗有聖賢存養之功，而能根本深厚，寧静寡慾，亦可操長壽之券。今吾叔國學生麟秀，其斯謂能操壽券者歟。

叔少性孝謹，侍奉服勞，無稍拂堂上意。長理家政，恂恂然惟兄命是聽，其根本可謂厚矣。年十九，娶葉氏，伉儷雖諧，實無介於情慾。生子三，叔命孟、季業農商；惟課仲子金湖，孜孜以踵起書香爲念。年四旬餘，葉氏謝世，諸子媳謀醮一繼母，以主家政，叔艴然阻之曰：“伯奇之履霜，閔子之衣蘆，非從後母來哉？吾不忍重戀温柔鄉，以爲諸兒累也。”其淡定如此。

嗟呼，世之士大夫，沉酣情慾，留戀枕衾，每斷一弦，輒思重續鸞膠，以新聆房中之韻，又復小星多嘒，極争妍恃寵以爲娱，爾時顧而樂之，得毋謂南面工無與易乎？乃其情慾日熾，神氣日虧，如烈火燒膏，不旋踵而煨燼，始悔陽臺之能爍人也晚矣！設如吾叔之早自斷慾，何至有望秋先零之慨哉！

今叔年七十矣，精神矍鑠，健於壯時，已操長壽之券。環顧兒孫，秀而多材，堪娱老景。金湖又讀書行道，晨昏侍側，極愉愉色養之歡。從此天年頤養，躋大耋，慶期頤，叨聖朝憲乞之典，膺鳳閣綸綍之封，拭目可俟。然使非向時之根本深厚，寧静寡慾，安有福報如斯也耶?!

祝鳌有日，金湖請弁壽言，予誦“鐵石心腸延壽藥”之句，以侑一觴。於戲，舉世溺情，清操乃見！叔之致壽有由，其亦可以風世也夫。

宣統紀元之年葭月穀旦。

侯母戴太安人族姊七十壽序　庚戌

天將祚仁厚之門，使之家道振興，俊髦輩起，匪特其祖考有厚德也，即閨壼亦必有徽音焉；匪特其家中有餘慶也，即堂上亦必有遐齡焉。《詩》曰“釐爾女士，從以孫子”，謂天予爾以女而有士行，使生賢知之子孫也。《易》曰“受兹介福，於其王母”，謂受天福命於以永王母之壽年也。然吾謂：天欲興其家，必先嗇其遇，俾之勞以生善心，敬以厚本根，而後人材茂。人欲永其年，必先耐其苦，俾之窮以奮精神，勤以堅筋骨，而後壽算長。若吾族姊戴太安人，殆其人歟。

姊乃族叔天留長女，年十七，歸於侯，爲贈公垂基之配。事尊嫜則潭瀹秩膳，供命維謹，族黨稱其孝焉；相夫子則心平氣藹，婉娩聽從，閨門稱其順焉。其斯謂女有士行者歟。

所難者，贈公仁厚存心，凡親戚朋友往來，皆以忠誠相待。貧則給食，病則給藥，告乏則稱貸以應。卒至負累二千餘金，而杼柚因之日空。稍事褊嗇者，得無恚詈頻加乎？而太安人安然處之，吃虧吃苦，毫無怨言。惟命冢郎幸書、仲郎興書、四郎榜書，服賈南洋，以爲起家計。後十餘年，滿篋旋鄉，凡所負累，皆如約還人，從不輕減。凡諸義舉，皆捐資成美，絶無吝惜，人啨啨然服其厚德焉。

今贈公雖仙去二十餘稔，而太安人年彌高，境彌順。環顧其門，居室則廣厦層樓，無慮百餘間，門第何敞也；繞膝則七子二十八孫，一堂四代，似續何多也。冢郎援例受州同銜，已請於熙朝，錫以安人。其令孫府南、府明，肄業詩山學堂，篤學能文，揚顯正未可量。是天將祚其門，乃有此賢知子孫，以釀成興家之瑞也。

歲庚戌臘月□日，爲太安人七秩帨辰，府南以予居一日長，請予言以侑觴。

予思，天道無往而不復，人事無苦而不甘。太安人生平境遇，其嗇之而使苦者，正天將降以介福之券也；其豐之而使甘者，正天顯受以介福之徵也。玆年届古稀，而形神矍鑠不減壯時，則所以永王母之壽年者，曷有既乎！爰綴此以爲祝釐詞。

方伯贊𢢼公叔祖墓祭序　庚辰

此予早歲作也，未盡精警，特事有關方伯公，故録之。

贊𢢼公者，吾宗前獻也。吾宗世居詩山，山以歐陽名。迄明季而公出，蓋翹翹然重茁之芝英也。其司臬開藩諸事迹，志乘傳之，毋庸贅。玆就其有關名教者，略舉一二。如割俸祀先，即永叔敬親意也；上疏減稅，即康侯愛國意也；倚勢不從，投金不授，即孝肅勵節、關西尚廉意也。雖著作諸書半遭兵燹，而吉光片羽，歷久常新。若《歐陽考》、《孝子傳》、《正名說》及累帙詩章，皆根柢古人，扶持綱紀，斯其足續歐陽遺緒，而爲後學者宗歟！

今我大宗，春冬崇祀，亦頗豐隆。而墓在郡南百里許，公之孫子，式微而寒素，每以祭掃道遠爲艱。先君子嘗命儀曰："贊𢢼公遺徽，瀘州人且以生佛奉之；况赫赫封塋，諸後學得不瓣香祭掃乎？宜將詩禮社公資，訂歲科試日，諏吉薦馨，方妥其靈。"儀以考命諗諸族人，咸韙之。

爰綴數言，以垂後鑒。竊思裔孫裔侄，孝享有同情也；先進後進，淵源本一脈也；竭誠展墓，我後學禮亦宜之。而贊𢢼公在天呵護，俾吾宗人文蕃盛，焜耀詩山，亦可操券得之矣。是爲序。

先祖廟三祭序　庚寅

古者礿、禘、烝、嘗，四祭皆以前旬卜日。孟詵始用二至二分。至伊川，復於時祭外，訂始祖、先祖諸祭。考亭遵之定禮，所以因天時之轉，而酌祀事之宜也。

吾宗自固始分支，番禺著績，駸駸爲詩山望族。洎至蓋山、贊𢢼諸公相繼而出，乃定冬至之祭於始祖廟，其設位、陳器、奉主、三獻諸儀，一以考亭爲法，誠盛舉也,然猶有未備焉。

同治間,栗脚廟傾,先君子與諸衿耆議新其廟;工竣,復議祭期。時儀在末座,稟曰:"冬祭始祖,春祭先祖,程、朱遺訓也。今我樂天公廟,宜礿以春分。"僉曰"可"。期遂定焉。而廣坡公、象坡公二廟,尚未行大祭禮,儀歉仄久之。

今秋歸自都門,見小宗、美女坐機二廟將摧,宜行修葺。乃屬耆長而告之曰:"祖廟不修,子孫之咎也。親屬已盡,忌祭亦非禮也,易忌祭爲大祭,方合古禮。且可籌貲以修廟。"耆長曰:"將祭以何時乎?"儀曰:"吾宗春、冬二祭已定,而時祭從略。今廣坡公祭以秋分,象坡公祭以夏至。四祭備,則孟詵之用分、至,與程、朱之以義起,均可會其通矣。"舉座韙之。卜諸先祖亦協。

明年將統行大祭禮,爰榻祭田、祭品、祭儀於簿正,并叙其緣起,使後世知此舉之可妥先靈也,且有關禮教也。庶幾先賢之祭禮日明,先祖之靈爽益歆,其足俾吾宗文物丕焕於詩山之陽乎!此搦管時所深望者也。

大庭鄉舉辦團練序　乙巳

天道不能有復而無剥,人事不能有常而無變。故先王立政,俎豆干戈,互相爲用。常則以忠信爲甲胄,禮義爲干櫓,變則以甲胄濟忠信之窮,干櫓維禮義之敝。保國宜然,保鄉何獨不然?《周禮》:"備伍兩於州郡,儲甲士於丘甸。"正謂此也。

吾鄉以詩禮傳家。自唐迄今,文物相高,原不沾沾於武備。然當萑苻漸啓,盜賊繁興,非忠信所能孚,非禮義所能化,則甲胄干櫓,與一切提防之具,亦勢必講求。况强虜縱横,邊郵告警,朝廷孳孳以鄉團爲諭,凡愴懷時局者,欲求艾於先時,徹桑於未雨,烏可悠悠忽忽,而不亟籌其爲敵愾資耶?

爰集闔鄉紳耆,共襄團練,酌定章程,就大宗、小宗,分開兩局。豪於貲者出其資,富於力者出其力,優於武事者師以率,志於自强者勤以練。先練"被陣",以嫻吾宗之家傳;次練鎗炮,以備及時之利用。無事則精心操演,務期藝術之專精;有警則拼力扶持,直使窮凶之震懾。如子弟衛父兄,如手足捍頭目。此洵保鄉之第一善策哉！

且夫鄉與國同一理也，常與變宜兼籌也。大宗、小宗，俎豆地也，而有時干戈寓焉。曩者，集子弟而宣講於斯，欲以忠信禮義立其體也；今者，集子弟而團練於斯，欲以甲胄干櫓壯其用也。我族人認真操練，俾成干城之器，儲固圉之資，將"近可以保鄉，遠即可以保國"。憶吾祖胄公，嘗以"被陣"解重圍，卒樹奇勛於邊徼。今國事多艱，倘能由保鄉而保國，從兹換回天道之剥，維持人事之變，内爲詩山强毅之鄉，外備國家鉞鈇之選，於吾鄉有厚望焉！爰綴蕪辭，并附章程於後，以諗我族人。（章程略）

送譯士施澤賢再侄如斐利濱序　辛亥

正中，字施澤，吾宗之傑者也。少時，天性卓犖。既長，如斐利濱，從游美學校，精英、美之語言文字，頗得赫胥黎遺意；研中、西算學，儼得梅定九真詮；餘若列國之政法、商業，亦有會心。美廷歷歷試之，程度最優，延爲通譯士者數稔。邇來好學不輟，精益求精。使其究心中國之經史文章，舉科學而悉通之，何難應我朝皇華之選乎？使其惓懷祖國之恩誼、宗誼，舉大本而力行之，何難爲譙國亢宗之子乎？今歲告假回梓，與予及箕兒暢譚時事，復以英、算諸學，匡小孫世潢之不逮，予知其有遠到材矣。

秋來，美廷以書趣行，行旌在望，入辭松村。予聞老子曰："富者贈人以物，君子贈人以言。"予於施澤，將望其究心漢文，黼黻皇朝，以爲揚名顯親之地也；將望其惓懷祖國，勇行大義，以爲積德昌後之基也。烏能無片言以貽贈？爰綴一序，命世潢莊書，以壯其行。

辛亥秋，叔祖希朱贈。

送江清哲道人游龍虎山序

清哲，道家者流也，先世居詩村，以道爲業。清哲益究心道法，慨然有志於龍虎山之游，將見張天師，以求其所至，而丐序於予，以壯其行。

予思龍虎山得天地磅礴蜿蟺之氣最厚，狀如龍盤虎踞，爲江西絶大名區。昔張留侯從黄石赤松游，得道之奥。傳至道陵，精符籙諸書，演道於龍虎山。其後，世世子孫，遂以道法名天下。嗚呼，張氏非實有道德宅躬，安能傳千餘年而罔替耶？

今清哲不遠千里而游是山以問道，倘從此而能道其所道，德其所德，實能煦煦以利民，雖爲儒者所不尚，亦不失爲道家之傑也。老子曰"君子贈人以言"，斯語爲贈序之濫觴。清哲亦老子徒也，予因書此以勉其行。

松村文集卷六

書　後

書唐御覽戴氏表叙後　甲辰　并恭録《戴氏表叙》。

此唐貞觀十二年，我遠祖恭公所進《表叙》也。是書詳戴氏世系源流，經太宗御覽，朝廷稱爲丙姓。[①]事至重也，典至渥也。儀少聞是書爲吾宗實録，而恨未之見也。光緒丙申年，湖南本家潤湘茂才名際昌，隨黄宫保提節來泉，暇時謁詩山祠堂[②]，袖御覽《表叙》一通相示。儀再三紬繹，恍若與先人通謦欬，證源流，不禁忻然喜曰："此吾宗之寶鑒也，當以球圖珍之。"

吾宗自道國公十數傳至九郎公，唐僖宗光啓元年，由河南光州固始縣戴家巷石壁潭從軍入閩，開基詩山。宋明以來，支派繁昌，人物蕃盛，遂成望族。[③]流雖萬派，源則無殊。凡屬宗親，固共知爲尚書僕射道國公裔也。而道國公以上，則未聞其詳。

今閲《表叙》乃知戴氏本高辛後，自帝嚳祥應元鳥而生契，封於商。歷十四世生湯，都於亳。又歷十四世生微子，封於宋。又歷七世生戴公，輯《商頌》十二篇，爲戴氏受姓之始。又歷十七世，生盈之、不勝，均爲宋大夫。延至周末，宋爲齊滅，戴氏子孫猶居故國，在今河南商丘縣。河南所以有商水、宋州、殷國、戴國諸地名也。漢興，有信都太傅德公，與其侄博士聖公，以註《禮》名，世居河南之大梁。又歷八世至憑公，爲建武間侍中，以解經名，世居河南之汝南。又歷三十餘世至胄公，相太宗，封道國公，謚曰"忠"。子至德繼相，贈大都督，謚曰"恭"。恭公以前，世居河南之安陽。雖典籍經兵燹之後，昭穆難盡得其詳，然有此《表叙》，世系昭然，勳勩赫然，前聚族於河南，後分派自河南，其源流亦無不洞然。則是書未始非吾宗一脈相承之實録也。

迄今綜而論之,由道國公而上溯德公,由德公而上溯戴公,由戴公而上溯微子,由微子而上溯帝嚳,正本澄源,則《表叙》可爲鐵據。由道國公而下逮九郎公,由九郎公傳三十七世,以至於今,則詩山家乘,燦若列眉[④]。餘若分居惠安者,公之次弟也;分居長泰者,公之季弟也。遷居尤溪、仙游、福清、永春、永安、晋江、浙江、安徽、臺灣者,公之裔孫也。旁派分流,譜書可以借鏡。萃百餘世於一堂,聯數十支爲一本。古所謂"天下無二戴"者,不可於此見源流之合一哉!况《表叙》曾經御覽,則確實無虚,釐正無訛,非他族之碱砆混玉、魚目混珠者比,其斯爲吾宗之信史歟!

甫獲是書[⑤],如獲拱璧,將珍藏什襲,弁諸家乘。爰以愚管附綴於後,俾後人知所沿溯云。

清光緒三十年龍集甲辰裔孫鳳儀謹識。

附録

唐御覽戴氏表叙

唐貞觀十二年,太宗皇帝令吏部尚書高士廉、黄門侍郎常挺[⑥]、禮部侍郎令狐德棻、中書侍郎岑文本,撰姓氏族志,編天下譜牒。質諸古史,考其真僞,辨其昭穆,等其甲乙,褒進忠良,貶退奸逆。宜以今朝品秩定其高下,皇族爲尊,外戚次之,分爲九等。毋拘舊門世禄,而輕朕官爵,以徇流俗之情。可釐正訛謬,舍名取實,定於分族,頒行天下。

右僕射中書門下三品臣戴至德言:

聖德宏開,舉萬世不傳之緒,至德千載有幸,承敕定天下之氏族,品量士庶之貴賤。宇宙一家,四海一族。臣謹按晉咸寧二年三月,武帝詔曰:"朕以不德,君臨天下,務在涵育生靈。上承昊天之命,下述帝王之軌。若不品量貴賤,蘭艾混同。可普告九州一百廿郡,悉齎歷代以來各姓氏譜狀,上投秘閣,更爲四海士民定其譜牒,咸共奏聞。"

秘書丞戴尚義具先世譜系上聞。其言曰:"戴本高辛之後,有娀氏女,帝嚳次妃簡狄祈禖,有元鳥之祥而生契;舜使爲司徒,教民有功,賜姓子氏,封於商。歷世十四,湯伐桀而有天下,都於亳。又十三世而生帝乙,三子:長啓、次仲、三受。受以嫡立,封啓以子爵,國於微。及紂無道,周武王滅之,立其子武庚於殷之故墟。厥後武庚以殷畔,成王伐武庚,封微子啓於宋,爲上公。其地在《禹貢》徐州泗濱西暨豫州孟諸之野。尹兹東夏,統承先王,作賓王家。七世至戴公,仁而愛民,古謚法以萬民所仰曰'戴'。子武公司空生宣公,初以王父爲氏,遂以戴爲姓焉。將薨,舍其子與夷而立其弟和,是爲穆公。以穆爲氏,繼氏相承,以主社稷。宣公之後,系爲戴氏,迭爲卿大夫。至盈之、不勝,距戴公已十有七世矣。周之末年,國爲齊滅,而猶居故國。降自秦漢,罷諸侯,置守令,子孫宦游南北,散處四方。臣二十八世祖憑,仕漢爲侍中。子恢,刺史潤州,遂居焉。臣之世祖,其旨如斯。"

臣至德竊謂:"天下姓氏,大率起自軒轅。歷代以來,自源及流,本同一體;溯流及源,必歸於一。臣之氏族,按秘閣戴尚義所進譜牒,質諸古史,若合符節;世系源流,昭然可考。臣承漢信都太傅德之後,世居魏郡斥邶。他若居吴、居楚,或顯或微,殆不可計,咸能以清白著聞。然欲稽其昭穆之詳,實以典籍煨燼之餘,傳記纂修不出一手,未免訛謬,不敢欺冒。謹陳梗概以聞。"

右知譜局事吏部尚書臣士廉、黄門侍郎臣挺、禮部侍郎臣德棻、中書侍郎臣文本謹考:戴氏實始於宋,開源不二,計代無差。至德所言,誠有所據。本朝至德世系:父胄,仕至中書僕射;至德亦受門下三品。今臣等按知,戴氏之爲宗,舊門世禄,素號儒雅,本朝名宦,各著忠清。實爲丙姓,可爲胄族者矣。

時唐貞觀十二年龍集戊戌五月朔日,進呈裔孫相國臣至德《表叙》。

宋雍寧⑦三年龍集壬戌仲冬月吉旦,裔孫進士元凱敬録。

書明誥贈中大夫布政使司右參政敦確公軸後

此我先祖考誥贈中大夫敦確公洎妣雷太淑人、黄太淑人之軸文也。公天植端方，勇行大義。當時以其内行敦篤，爲人確實，故從而謚之。至刑于之化，一則温慈有度，一則淑慎無愆，内外肅然，其根本可謂厚矣。根本既厚，枝幹自昌。故孫枝挺起，遂樹開藩之勳。明天子褒忠錫類，其以五花之誥，榮賁厥躬也宜哉！

間嘗讀郡縣志《封蔭》一門，曰：戴晏，以子廷詔貴，贈兵部郎中，而不及其祖父母。今其祖父母敦確公[夫婦]誥軸煌煌，字則秀勁異常，絹則堅緻異常，恍然見三百餘年之神物。獨其父廣坡公誥軸，兵燹之餘，不知何處遺落，斯爲可憾耳。

然誥軸雖遺，而志乘昭然，則亡而實存。意者，天不没我先祖之幽光，故失於此而彼見，失於彼而此存乎！他日重修郡縣志，其亟將敦確公之封贈名爵，纂入簡端，以彰先世令德，是吾子孫之責也。

至《贊皦公遺傳》有云："兩臺考績卓異，借留誥封三代。"據此，則任臬藩後，亦決有晉贈三代之誥命矣。惜龍章散軼，無從檢出，姑并識之，以俟後考。

宣統二年歲次庚戌仲秋月，裔孫希朱謹書於軸後。

書誥贈先大夫三軸後　乙巳　并恭録誥軸。

此我皇上錫類推恩，誥贈曾王父母、王父母、先父母之軸文也。儀自分樗櫟，非棟國之材，本不敢妄邀寵賁。今幸遇聖明，得以鳳閣微員，佐染一時之翰；又得以龍章叠錫，頒及三代之榮。聖恩如此浩蕩，是真没身難報矣。我先人何幸，逢斯盛典歟。

然先人亦自足以享其報也。曾王父仁齋公，盛德高深，儀所難測。譬如桂樹生泰山之阿，上有萬仞之高，下有不測之深，安能知泰山之何以高，淵泉之何以深哉！惟聞當時邑令、郡守，累旌族正。都鄉之服其教者，至相語曰"寧爲刑罰所加，毋爲族正所短"，是可知其德能感人矣。迄今宿儒村叟，道述先民，猶嘖嘖然稱族正遺望不置。藉非德澤入人之深，胡能没世不忘如是耶？若其型于之化，則門以内肅如也。故我曾王母葉宜人，舉案相莊，動合於禮，有孟光雅範焉。我曾繼王母陳宜人，寓嚴於慈，治家得法，有韋氏遺風焉。

若其義方之訓，則子若婦恂如也。故我王父樸素公，竭力耕田，供子職以格親歡，課季弟以成儒業，有因心之慶焉。我王母黄宜人，黎明職饋，事尊嫜則致潔致豐，養兒孫則善慈善教，有柔嘉之則焉。

儀生也晚，不及見曾王父母、王父母之行誼，惟憶所聞吾父母之稱述者如斯。則知吾父勤齋公所以能崛起成家，見義勇爲，以丕揚先烈者；吾母吴宜人所以能劬躬治内，和丸助讀，以共整家風者，無非確遵重闈之遺訓，善創善守，有以佑啓我後人也。

於戲！我先人世德相承，積累孔厚，固宜大發其光。小子儀德薄能鮮，僅以班列鳳池，逢國大慶，膺天子初命之榮，夫亦未足償報先德矣。意者，誥命三軸，特食報之肇端。他日文子文孫聯翩踵起，其將有仔肩名教，掌握國樞，瀝厥先芬，請封錫爵，顯榮褒大，以發先世之幽光者乎？今歲焚黄樹表，捧讀誥軸，愧望交并。爰操毫書於軸後，俾後人知儀之遭時竊位，幸不辱其先者，其來有自。又使知先澤之隆，國恩之厚，互相鑽厲，以無負爲亢宗令子，爲報國忠臣。

光緒三十有一年歲次乙巳亞冬穀旦，孫男鳳儀謹識。命男紹箕端書匾額以壽諸大宗之堂。

附録　誥贈三軸

清貤贈奉政大夫恩錫修職郎累舉族正鄉賓仁齋公軸

奉天承運，皇帝制曰：嘉謨垂奕葉，允昭世德之求；殊寵錫公朝，益展曾孫之孝。祇承新渥，用報曩徽。爾戴以忠乃内閣中書加五級戴鳳儀之曾祖父。敦修無斁，垂教有方。種德開先，堂構益恢於來緒；貽謀裕後，箕裘克紹於前休。懿矩攸昭，恩施遂逮。兹以覃恩貤贈爾爲奉政大夫，錫之誥命。於戲！四世其昌，克聚德星之慶；九原可作，允承褒命之榮。國典洊膺，家風益振。

制曰：綏柔佐治，寵既被於外僚；貞順垂休，恩聿推於内德。特敷惠澤，用播徽音。爾葉陳氏乃内閣中書加五級戴鳳儀之曾祖母。肅雍可範，令善堪模。

樹慈訓於後昆，爰著鍾祥之德；傳素風於奕葉，式彰貽穀之謀。允作母儀，頻昭國典。兹以覃恩貤贈爾爲宜人。於戲！九重錫慶，洊邀丹誥之褒；四世承恩，益焕朱綸之色。勤宣令問，用闡幽光。

光緒二十九年九月十五日。

清貤贈奉政大夫内閣中書加五級樸素公軸

奉天承運，皇帝制曰：寵渥朝章，錫類不遺於一命；祥開家慶，貤恩爰及夫重闈。爾戴書紬乃内閣中書加五級戴鳳儀之祖父。弓裘衍澤，瓜瓞綿庥。作述相承，再世式彰其祖武；淵源有自，一經早裕夫孫謀。兹以覃恩貤贈爾爲奉政大夫，錫之誥命。於戲！舊德維昭，用廣顯揚之志；新綸特賁，允增泉壤之光。

制曰：禮由義起，宏孝治於中闈；命自天申，賁榮施於大母。爾黄氏乃内閣中書加五級戴鳳儀之祖母。德茂蘭儀，光生槐里。珩璜作則，式垂淑慎之型；荇藻流芬，丕振光昌之緒。兹以覃恩貤贈爾爲宜人。於戲！鸞書焕采，合彤史以揚休；象服增輝，荷雲章而錫慶。

光緒二十年八月十六日。

清誥贈奉政大夫内閣中書加五級例貢生勤齋公軸

奉天承運，皇帝制曰：宣猷服采，中朝抒報最之忱；錫類殊恩，休命示酬庸之典。爾戴定國乃内閣中書加五級戴鳳儀之父。令德踐修，義方夙著。詩書啓後，用彰式穀之風；弓冶傳家，克作教忠之則。兹以覃恩封爾爲奉政大夫，錫之誥命。於戲！篤生杞梓之材，功歸庭訓；丕焕絲綸之色，榮播天章。

制曰：壼教凝祥，茂嘉猷於朝宁；國常有惠，播休命於庭幃。爾吴氏乃内閣中書加五級戴鳳儀之母。勤慎宜家，賢明訓後。相夫以順，含内美於珩璜；鞠子有成，樹良材於楨幹。兹以覃恩封爾爲宜人。於戲！昭兹令善之聲，榮施勿替；食爾劬勞之報，慶典攸隆。

光緒二十年八月十六日。

書程子定性書後

《定性》一書，實括聖賢傳道之微旨，曰"大公順應，仁立義行"之事也。然仁非易立,義非易行,即性亦非易定也。吾以爲,君子求定之功,必自"主敬"始。"主敬",則私意無所容,而仁可漸至矣;"主敬",則直内自能方外,而義可順施矣。仁義得則體明用達,而性自定矣。性定則極萬事萬變,不足以動我矣,烏有外物之爲累哉!

程子曰:"敬者主一之謂。一者,理也,一循於理,則不是内而非外矣。"高景逸曰:"朱子有三樣敬法:曰整齊嚴肅,則一而不紛,可蘄至於定矣;曰日常惺惺,則醒而不昧,可蘄至於明矣;曰收斂不容一物,則操存完養,由守而化,不至應物之爲累矣。"朱子曰:"定性者存養之功至,而得性之本然也。"

夫曰存養,則不離"敬"矣。曰功至,則必"主敬"到純熟之候,乃能有得也。程伯子資性過人,充養純粹,而發此微旨,學者當奉爲寶箴,以淑其心性。然苟不知所從入,而遽求内外之兩忘,吾恐養不深,性不定,欲忘而難以遽忘也。求定者尚其以"主敬"爲功哉!

書陳紫峰先生正學篇後

予觀《陳紫峰先生年譜》,竊疑其《通典》、《淺説》,皆成於壯年,至晚年造道精深,獨無所撰述,何也?兹讀《正學篇》,再三紬繹,不禁喟然嘆曰:"是篇所言,皆闡發《太極》、《通書》、《西銘》、《正蒙》、《皇極經世》、《定性書》、《好學論》之藴,其筆力亦足與宋賢相伯仲,元、明以來,罕覯此載道大文也。是殆晚年探微詣極之功所醖釀而出者歟!"

《年譜》謂"家無遺稿,疑在江右時作",恐非定論。學者誠取是篇與《太極》諸書參究之、會通之,則可想見其爲造道精深之時之作矣。謹抒管窺,以告來者。

書閩歐陽詹考後　庚子

善哉!方伯公一考之大有關於四門事實也。儀嘗稽詩山資福院唐普荼昆碑記,謂"唐咸亨辛未年,有歐陽公細考年代,此歐陽公確是四門之祖父。揮金布穀,爲構院宇”。又潘明經碑記謂:“行周公所産之里,在芹山之麓,與高蓋接壤。”《南安縣學碑記》亦謂:“詹,故南安産。”據此,則歐陽氏家於詩山最久,而先生之必降神詩山益彰矣。惜自唐迄明,縣志久廢,致破荒名獻,隸入他籍,天下幾忘“産自南安”,亦吾邑一憾事也。弘治間,黄邑侯修志,曾釐而正之。兵燹後志復散軼。至崇禎時,李邑侯續修,其得據爲辨析者,賴有方伯公此考耳。

間嘗證以《歷代沿革志》,益知其孳孳以譜入晉江、莆田爲辨者,非無據也。吾閩惟南安之名最古,梁天監間置郡,興、泉、漳三屬皆南安籍也。隋開皇間改縣,晉江諸屬皆南安地也。唐武德五年置豐州,莆田諸縣亦南安地也。嗣聖初改爲武榮州。景雲二年,以武榮州諸屬爲泉州。開元六年,泉州析南安東南地,始置晉江縣。先生之祖父建院於高宗咸亨,其時晉江尚未置縣,莆田亦隸豐州。則方伯公之斷爲豐州武榮人,益確鑿不磨矣。

德宗貞元,先生第進士時,晉江只置縣數十年,莆田仍隸泉州。當時圖籍旋隸旋更,難盡區别。且晉、莆二志先修,獨《南安縣志》不修,宜其發祥之地,晦而不傳也。

然晉、莆之採入志乘,亦非無故。晉之潘湖,先生之祖居也,龍首、龜岩,尤爲讀書游憩之所;莆之福平,先生之别墅也,其仲子徙居於此,靈岩尤爲肄業歸藏之所。儀曾罕譬得之:先生之於晉,猶朱子之婺源也;先生之於莆,猶朱子之建陽也;南邑之詩山,以先生得名,猶南溪之文山,因朱子而顯也。晉、莆固可爲先生立傳,而詩山爲先生毓秀之鄉,則斷斷乎不容混者也!

至歐陽墓哀母一詩,方伯公既辨爲陳嵩作,郡、縣志復擬爲櫝作,可謂明辨晰矣,而究未指其墓爲何如。兹閲文集,乃知絶頂封塋,非四門之母,乃四門祖母也。則是詩愈不足誣先賢矣。

儀生長詩山,瓣香四門久矣。既捃摭故實,敬纂傳、贊,復以方伯公一考,攸繫匪輕,用附録傳後,而並抒管見如此。

柳邑侯贈族正仁齋君詩跋

按,嘉慶初,鄉鄰械鬥,曾王父仁齋公被誣重案。柳邑侯諱成梅臨鄉,親朋咸以走竄告,公獨慨然曰:"藐躬不出,如一族何?"遂入見邑侯。邑侯素聞[公]德望,已知控出於誣;及睹其辭氣藹然,有學士風,心甚許之。乃命坐,賜茶,贈詩獎勵,委以息鬥事宜。公承命勸化,頓戢鬥風。邑侯益信盛德感人,足爲里閭表式。於是,詳請制臺授族正印,都鄉有事,公先爲判正,感化者多,雍雍乎有太丘雅範焉,迄今父老猶艷稱之。希朱恐久而弗傳也,爰勒石廟中,以垂後鑒。

曾孫希朱識。

附録

柳邑侯贈仁齋君詩四章

紛紛擾攘幾經年,維賴諸君教化傳。今日小堂茶一勺,願登四野太平天。

其　二

世路崎嶇蜀道難,人心險峻壓秦關。叮嚀再四諸君子,恕道終身任往還。

其　三

温和氣象微風柳,廉遜言詞曉日花。解釋兵刑維禮樂,挽回亢戾仗儒家。

其　四

黨塾詩書好可敦,桑麻甲子課兒孫。民風如果能於變,桂子蘭芽遍德門。

【校記】

① 原手稿此處有"高宗爲飛帛書以賜之"之句。

② "暇時渴詩山祠堂",原手稿作"暇時謁琉璜、詩山諸祠堂"。

③ "宋明以來,支派繁昌,人物蕃盛,遂成望族",原手稿作"宋興以來,支派繁昌,又分居尤溪京口坂;元初,乃遷居琉璜"。

④ "則詩山家乘,燦若列眉",原手稿作"則詩山家乘,可爲炯鑒;由九郎公分支尤溪而至琉璜,則琉璜譜牒,燦若列眉"。

⑤ "甫獲是書",原手稿作"予甫獲是書"。

⑥ "常挺",查《資治通鑑·唐史》爲"韋挺"。

⑦ "宋雍寧",查《中國歷史年代簡表》宋代無此年號。

松村文集卷七

記

春日游詩山記 甲午

立吾村而南望，有山高擁白雲，而頂平如蓋者，高蓋山也。山以歐陽顯，歐陽以詩名，故亦曰詩山也。

甲午之春，予入都有期，乘暇邀客游於是山，蓋將揚旌萬里，不無惓惓家山也。是日，春氣晴和，春風蕩颺，相與携柑酒，駕笋輿，行不數武，瞥見萬疇蘸緑，千樹鬱蒼，輒忻然喜。由是取徑三美、八尺諸村，循山麓而抵山半，且行且顧，巖花則嫣然笑客也，林鳥則翩然迎人也，漱蟹泉則瀰瀰流芳也，躋石齒則滑滑皺苔也。羡春意之濃濃，知彌高而彌勝。遂舍車山寮，共躋絶頂，謁歐陽墳。

予曰："古來荒塋纍纍，埋没殘烟蔓草間者，不可勝數。兹墳獨萬古長春，非以四門傳耶？西去有四門書室，景地幽奇，盍往觀乎？"客唯唯，隨予陟層階，攀鳥道，緩步徐行，至白雲室而憩焉。

予舉酒屬客，誦四門《春日途中寄故園所親》詩，客亦和以朱子《感春賦》。觴咏既輟，俯瞰群山衆壑，青翠萬狀。客曰："滿目皆春，何樂如之？"予曰："滿目皆春，何如方寸皆春，四海皆春之爲愈也。"客韙其言，請罄情道之。

予曰："人生行樂，雖因景，實因心。古豈無隕涕牛山者？豈無墮泪峴山者？設斯人當此韶景，春亦不春！詩山得名於四門，四門將入都，親故餞於東郊，有斷腸褫魄之語。當日離懷黯淡，縱值東風扇和，野芳且榮，亦未必轉悲爲樂也。今予與子憑眺山巔，提壺歐室，滿襟春意浡浡然起；况此行又將周覽天下名山大川，與燕薊江淮間豪俊交游，以廓吾胸襟，壯吾文氣，行見羅八荒於方寸，無處非春矣，何事作驪歌唱別態哉！

“吾儒存心，以一己爲樂易，以天下爲樂難。古豈無用兵於覆舟山者，豈無破敵於八公山者，當其時，肉阜血陵，草木亦爲不春！詩山於嘉靖三十九年正月，島倭入寇，民救死逃生之不暇，雖逢春亦何以爲樂？今予與子沐國家二百餘年之澤，得以昇平無事[①]，徜徉於山谷間。邇來宏開學舍，又獲與詩山翹秀，共話海濱學術，駸駸乎有坐人春風意。倘從此風送馬蹄，稍鳴得意，則收天下春於一己者，亦可使天地萬物之皆春矣。詎非人生快事哉！

“且夫春盡則物過盛而肅殺生，樂極則事過節而憂患伏。自天地推至於一身一家一國，皆同此乘除之理。惟循理者爲能長享其樂，而不與時俱盡也。願從今鑒爲學若登山，愈奮愈高，愈養愈粹，俾至睟面盎背，以永吾方寸之春。願當軸鑒萬里江山，創建爲難，求艾於先時，綢繆於未雨，俾至固金湯，慶安瀾，以永其四海之春。庶幾今日之樂，或可蘄於千百年之樂乎！”

客聞而壯之，請記崖略，爰歸而筆諸簡，以志興懷。後之登山覽勝者，亦將有感於斯文。

光緒二十年正月二十日，松村居士記。

福山戴氏祖廟記　辛卯

詩山，閩名山也。吾宗自唐千餘年來世居其麓。儀嘗登高眺望，見其嵂崒崇巇之勢，左則逶迤而至大宗，右則陡落而轉小宗，中則大氣奔放直趨福山。其間拓起巨坪，土厚而神固，如元戎在帷幄中，士卒車旗，皆爲擁護。是福山固承詩山之大氣[②]，而勢處特尊者也。

初，吾祖篤公公謀避賊氛，築堡於此。至嘉慶癸酉年，曾王父仁齋公諗諸昆季，易堡爲廟，以妥先靈。其堂基宏敞不亞於大宗，而更高於小宗。惜功未告成，遽以他事中輟。儀登賢書後，每以構成爲汲汲，奈公款乏資，屢謀難就。是秋，乃出數十金爲之倡，并籌公款。諸親遂踴躍鳩工，不憚憔悴，閱數月落成。儀謹次其主牌，衷其祭禮，稍抒敬祖之忱於萬一焉。迄今入廟告虔，棟宇巍然，金碧焕然,主祏秩然,駿奔執豆亦無不肅然。戚友聚觀,咸以爲薦馨之地,即發祥之地矣。

回憶鄉先輩曾謂:“福山勢挺而局正,必産忠毅正大之人,以爲朝家振綱紀。”今祖廟既觀厥成,而又益以六七世之積德累仁,或者山靈之氣與祖澤之光,鬱而必發,使我後人得翊昌時,扶名教,以與歐陽四門後先争耀於詩山者乎!此儀搦筆時所思自勵者也;并以勵後生小子,俾承遺望於無窮云。

光緒辛卯年十一月穀旦。

詩禮社祭字田記[3] 壬寅

吾宗自唐開基以來,居詩山之麓,席禮訓之傳,文物彬彬者三十餘世,駸駸乎家詩户禮矣。儀弱冠後,與闔族翹秀結社聯吟,因以爲號。蓋欲互相琢磨,互相檢束,以大振我詩禮風也。

社既成,有前輩起而言曰:“制字爲綴文之祖,惜字爲興文之基。昔王沂公敬字,遂奪大魁;楊全善埋字,遂昌後嗣。積誠感通,神自默眖,理固然也。今吾宗欲敦詩説禮,以期文物之蕃昌,非倡爲敬字之會不可。”於是,請同人慫恿醵金,建敬字亭於社左,懸惜字筐於各户。每季按户拾而火之,裹而藏之。上元節齊集始祖廟,衣冠濟濟,翔步蹌蹌,執爵斝,備牲牢,陳祝帛,闐鼓樂,先祭制字列聖之神,然後奉字灰於香亭;旗仗導前,士紳擁後,送至烏石潭,虔告水神,而付諸清流。懿哉!誠崇尚聖神之盛舉,亦興起斯文之權輿也。

特社中素乏公款,歷年祭費不免有按分取給之艱。先君子懼盛舉之難持久也,乃充錢爲拾字之用,充田爲祭字之貲。己巳春,欲將田額付社中多士次第輪柬,又恐承柬者或藉口有分,後起者或不得與祭,均非萬全之策。於是謹訂章程,此時之奉瓣香而列燕毛者,倘子若孫未紹箕裘,亦僅及身而止。至後有崛起書生,則聽其一體祭享,依次輪流而不得有異。斯其足示大公而垂久遠歟!

迨先君子捐館舍,儀恪承親志,再爲籌畫,增購兩段,共田三段,皆立户推關,可永諸百世。每歲計其所入,尚有餘貲,足供祖叔方伯公墓祭之用。因别爲

《序》以紀其要。繼自今,我社中人,其循敬字之迹而單詞片紙有必珍,充敬字之心而規聖模賢有必奮。庶幾文物日盛,正學日昌,光詩山而揚禮訓,其在斯舉乎!其在斯舉乎!儀冀望遥深,爰記末顛。附田額、糧額、租額於後(略),以俾世守。

光緒二十七年,歲次壬寅上元節,鳳儀謹識。

詩山戴氏始祖廟守廟田記[④]　癸卯

昔范文正立義田以贍族人,朱考亭置學田以惠士人,最爲古來盛舉。至購田[⑤]以守宗廟,史書尚少傳聞[⑥]。儀則以爲,宗廟乃先人靈爽所憑,較族人、士人爲更重也。《戴記》云:"君子將營宫室,宗廟爲先。有水火則先救之;有祭器、遺衣,則敬藏之;遇歲時伏臘、慶賀、祭祀,則敬致之。"知宗尊廟貌,古人重若郊壇。故《周禮》守祧一職,掌守先公之廟祧,所以慎職司而妥先靈也。矧始祖爲百世不遷之廟,宜何如謹守哉!

我族自唐宋以來,創建祠堂,祀始祖洎始爲大夫者,垂千餘年矣。而專守無人,往往香炬弗備,滌掃弗周,任堂廡岑寂,積垢蕴塵而莫之顧。我祖有靈,其胡以慰耶?先君子入廟愀然,以爲無恒守由無恒産,我後人不籌貲以妥其靈,奚以表敬祖之微忱?於是,出白金壹百有二十,發質生息,以爲後日購田[⑦]計。每年暫將生息委任一人守廟,令日日爇炬薰香,滌掃維謹。舉曩時之弗虔弗潔者,至此而釐然一新。其有合於守祧之遺意歟!

迨儀登賢書後,慮百物昂貴,守廟者未贍其用,因與弟侄輩議出微貲,湊成兩百金,購園蒔茶,立户推闢,以要諸久。復謹訂章程,爲善後策。雖區區數畝,不若范氏義田、朱子學田之多,而典守良規,萬年不敝,亦可成先君子敬祖之志矣,是何可無以記之耶?爰筆諸簡,而次章程如左:

一、守廟者須備床帳於堂後,逐夜守顧。每早打掃廳堂畢,即向祖先洎魁星、福神案前焚香;每夜各處及大門均爇香燭。

一、冬至、上元祭期,及有公事紳耆到廟商議,守廟者須在廟等候,以供應諸務。

光緒癸卯年十月穀旦，鳳儀敬齋謹識。

先考勤齋公育才田記 癸卯

三代上士有世田，其時俯仰有資，而成才者衆，此古來之最善育才者也。厥後如朱子建學田於鹿洞，藍氏立書田於綿陽，亦爲古今育才之盛事。然儀以爲，國家之育才廣且大，期望尚寬；祖、父之育才近而親，期望更切也。

昔先君子雅嗜書香，延師十餘稔，望儀成才，如饑渴之於飲食；望孫子多才，克昌其門，如農夫之望歲。戊寅夏，將捐館舍，遺命以推闢之田數十畝，爲子孫世世育才地。辛巳秋，昆季析爨，謹遵先命，以儀已補博士弟子員，將此田歸儀暫管。越翼年，儀舉於鄉；越五年，長兒紹箕游於庠。厥後，儀染翰鳳池，箕餼廩黌序，雖食先德之報，亦得此恒産滋培之力也。所歉者，儀受先人教養，不能立身行道，顯父母令名於百世；又不能登高第，歷顯官，求此身有補於人間，使吾親得安於天上；而徒以薇省分香，焚黄追贈，稍博一命之榮。清夜自維，其無以大慰先君子之望矣。

今年五十有四，松村養恙，榆景逼人。思此田未立所以分管之法，恐後人末由遵循，爰與弟鳳書共定章程，以俾世管。繼自今我子侄輩其思先人所以置田之意，較鹿洞學田、綿陽書田爲更切，而争自磨礪，相期有成；以通經研理爲宗，以規賢矩聖爲高，以棟家幹國爲事，涵育造就，至於大成。庶先君子之期望，不大慰於今日，或得大慰於後來乎！兹將臚列章程，因記其緣起如此。

詩山戴氏始祖廟記 庚戌

詩山爲八閩破荒地，吾宗世居其陽，清淑之氣萃焉，而得其正氣之獨鍾者，莫如始祖廟。廟之形勢，自高蓋絶頂正南而下，陡起層巒，磅礴蜿蜒，莫名其妙，超超乎有神龍變化，噓氣成雲之概。是我始祖廟於峰麓，較歐陽氏塋於峰頭，更儲乾坤正氣於罔既者也。然苟非祖有是德，則不足以載是氣。

唐始祖九郎公，以民籍從軍，不與劫掠事，隱德何厚也。其卜居錦坂，披榛闢草，創此鴻基，樹德何長也。天下惟潛德無不發之光，故歷五世遂拓廟於斯，以爲發祥之基礎。宋明以來，樹立彌宏，如大郎、真祥、綽齋、敦確、廣坡諸公，皆能恢先德以啓後。維時簿東禺、宰南城、藩西蜀，碩學名臣，忠孝清節，代有傳人。今延三十六世矣，族姓益蕃，人文益楙。何莫非祖德之積累，有以載是氣而發祥乎！

廟爲百世不遷之大宗，修葺經十數次，難紀其詳。惟祀始祖及始爲大夫者[⑧]，得《戴記》“别子爲祖，繼别爲宗”之法。祭期用冬至，得伊川“一陽始生”之義。祭禮用奉主、迎神、三獻、辭神、納主，得紫陽時祭之儀。至於茅酒犧牲，世用藩侯之爵，尤必本支有爵者方得主斯鬯，苟非祖宗血脈，則不得濫執爵斝，此可見祀典之尊也。至於與祭子孫，恪守《戴記》“宗廟森嚴”之法[⑨]，必昭穆明，婚配正，方得駿奔燕毛之列[⑩]，稍有不明不正，則毋得入斯廟。此可見祖訓之嚴也。

夫以祖德昭然，而復加以祀典秩然，祖訓凛然，足以閑後人之不德，而勵其立德。將來詩山正陽之氣，含精孕粹，行見明德之後，其將有第一等人應運而興，處則仔肩聖道，出則扶翼國樞，以與歐陽四門後先震響於天下者乎！此則希朱綴記時所跂望甚深者也。入祖廟而觀德，後起者其知所自奮哉！

宣統二年歲次庚戌，三十一世孫希朱謹識。

恢復始祖廟祀田記

始祖胡爲而有廟？周公溯厥初生民之義以定制也。廟胡爲而祭以冬至？程子推一陽始生之義以定祀也。祀胡爲而必有田？《王制》：“士有田則祭，無田則薦。”明乎無田不可以爲祭也。

吾始祖九郎公，自固始入閩，擇居詩山之麓，闢草披榛，功何偉也！其廟爲詩山正氣所鍾，崧生嶽降，地何靈也！其祀典取冬烝義，用藩侯爵茅酒三獻，禮何隆也！其祀田經數世積累，益以蓋山、贊嬍諸公之增建，始有此數百畝，創置何艱也！創置艱則責備重，非我後人所宜恪守勿替哉！

獨是蠱而必剥者，物也；盈而必虧者，理也。當族人争六份山，公庭一鞠，有司知爲世業，敵人辱於拘幽，至畏我鋒鋭，托友求和。先儒所謂"得一篷風便可收者"，此其時矣。乃好事者弗聽予言，必欲取盈而後快。而事久變生，有一媒孽其間，遂積成蠱象，卒至舉先人數百載之祀田，一旦鬻而空之，浪而費之，真所謂蠱而必剥者也。浪費既久，訟事裂而不可收拾，公貲耗而不可支撑，祀田亦難以遽復，真所謂盈而必虧者也。"誰生厲階？至今爲梗"。我始祖在天之靈，能無恫乎？

嘗讀朱子《家禮》，謂"置祭田，宗子主之，不得典賣"。讀畢，泪涔涔下。自愧言不能止其謀，力不能禁其鬻，致祖産蕩盡。律《春秋》責備之義，希朱不能無罪；而若輩之擅自浪壞，其罪可勝言哉！又嘗入廟主鬯，見犧牲醴齋大不如前，黯然神傷，深嘆無田不可以爲祭，而思有所補救於後也久矣。客冬烝祭時，乃與諸族長熱心苦口，激勸族中殷富，幸各知大義，慫恿就捐。計釀壹仟陸佰餘金。今歲葭月，鳩資贖之，并增數畝，俾祭費永充。是剥而獲復之機也，虧而獲圓之候也。對鼻祖而薦馨，私衷其庶幾稍慰歟！

嗚呼！痛定思痛，古人每於事後而著爲箴規。宋得勢而許遼和，寇萊公所以收澶淵之功；蜀得勢而不許吴和，諸葛公所以痛街亭之失。設敵人求和之時，吾族能退一步想，何至蕩我公田，復留此未了之局耶？繼自今，闔族其互相鼓勵，遇事則見可知難，力求有濟。而於祀田則視若鼎彝，世世牢守。雖有重大急事，亦不容再有所鬻，以爲祖宗萬古之罪人。《戴記》曰"貧不鬻祭器"，何况祭田？前車可鑒，後來其引以爲戒乎！若諸殷富之捐私益公，顧全大義，上足動祖宗之歆饗，下足起後人之孝思，宜揭芳名、識田畝於左，以爲後鏡。

（下詳列捐資者芳名、金額，并贖回祭田地段名稱、畝數、贖金等，略。）

新修龍潭陂記　甲寅

天下事有有意爲之，而功竟敗於垂成者；有無意爲之，而功可永觀厥成者。

此其故雖曰人事,豈非氣運哉。

考府縣志,龍潭陂在十一都太平里,長五十丈,闊三丈,深一丈,是可見其陂之壯概矣。陂之水發源於天柱永春,匯於雙溪,而潴蓄於是。源甚長,利甚溥。吾鄉土田取給於詩山之澗水者少,取給於龍潭之陂水者多。况詩山鎮在南方,於行爲火;吾鄉得其正氣,有長源之水以滋潤之,則水火交濟,正氣益流行而靡涯,是雖水利所賴,何非氣運所關者歟。

無如陂址宏闊,潰易而築難。自明東軒公倡修,迄曾王父仁齋公邀紳耆續修,爾時田産既腴,鄉氣亦隆隆日進,僉曰:"非修陂之功不至此。"曾幾何時,而陂又潰矣。

光緒壬寅年,希朱念是陂爲闔族根源,募捐三千餘金,命兒紹箕與諸耆長焦心興築,蒇工半年,遂遭馮夷齧去。翼年修葺,又傾圮而不可支。計糜白金四千有奇,除募捐外,希朱尚自耗四百七十餘金。兩載工貲付諸流水,幾嘆豪傑難與氣運争矣。

兹何幸,有意失之竟無意得之也。歲七月,予方忙於譜事,適有永福工匠,許以六百金築是陂。予喜其價廉而功勤,又喜曩時之陂石纍纍,續而修之,可以事半而功倍,亟命侄孫輩始終視其事。十月工竣,予履而睇之,見其陂基鞏如也,陂面坦如也,陂水汪如也。輒忻然曰:向之敗於垂成者,今其永觀厥成乎?向之失於有意,殆氣運之未亨乎?今之得之無意,殆氣運之將亨乎?從此人才盛,阜財多,其可爲吾鄉預慶乎!適刊譜告成,爰操毫而記於譜中,以爲後鑒。

歲在甲寅小春之月,詩山戴希朱敬齋父謹識。

廷源戴氏祖廟記　丁巳

文章山鎮武榮之西北,與高蓋山對峙,其山鬱秀而文,磅礴蜿蟺,數起數伏,至後山坪,而廷源祖廟跨其中焉。

廷源爲我十五世祖叔壽孫公之派。初,吾祖忠孫公與壽孫公昆季同遭元亂。明初,瘡痍甫定,遂與侄英良公構二厦於大廷,功亦偉哉!其長子文林郎妃保公躬逢太祖定鼎之隆，應辛酉科南京鄉試，中式舉人，聲名籍甚，乃卜遷廷源而居之。是地爲文章菁華薈萃之區，公啓宇於斯，其亦望地靈人傑，奕祀或得蕃昌乎！

然自明迄今，閱五百餘年而未甚昌者，何也？蓋是廟創造未周，兼以廟左有陳、林二廟，地以分處而雜，氣以闕功而寒。故二十世以前尚屬單微，二十餘世以來漸漸興隆，始有兩三百户口也。

同治初，廟毁於鬥。爾時，吾師廪膳生少山公草創數椽，聊以妥侑先靈。今其裔孫奇吉、光杞等經營修造，翼以石墻，環以門庭。陳氏啓嫌，予起而諧之，而斯廟之規模以定。

歲丁巳冬，將宴飲而落之，迓予赴宴，請記顛末。予思吾祖忠孫公得高蓋間氣，雲礽無慮數千人；祖叔壽孫公得文章間氣，雲礽不過數百人。山川靈秀鬱而未發，殆將留以待時耶？兹祖廟完固，益以祖澤遺芬，或者椒衍瓜綿，將與忠孫公累傳之世閥同蕃昌於罔既乎！爰操毫爲記，命長孫莊書於匾。

民國六年嘉平月穀旦，詩山遺老敬齋希朱撰。

承志堂記 庚辰

光緒四年夏五月，先君子將捐館舍，深以構堂未遂爲憾。既虞，鳳儀諗於昆季曰："椿萱萎矣，風木之思，松楸之戀，終不獲瞻形影矣。惟先人之有志未遂者，我輩人其毋忘厥志。"嗣是，升墟降桑，遍處相度。

明年己卯春，乃卜吉於福山松林下，廣袤數十弓，爲屋兩三進。凡一椽、一桷、一笓、一笮、一碶、一砌、一瓴、一磚、一壂、一甓、一堊、一黝、一艧、一髹，皆吾弟鳳書躬其役。

庚辰秋，將祀先人於堂，書請名之。儀曰："子朱子以考名亭，體親志也。方正學以愛日名堂，懼親年也。今日沉西山，愛無可愛，懼無可懼，只此區區十數楹，爲承先考志而構也，其以此名吾堂。"功訖，書請識顛末，爰筆諸楣，以垂後鑒。

樂道軒記　癸未

詩山之麓，福山之隅，有高軒焉，跨於樓上。斯軒也，胡爲而構哉？先君子雅嗜書香，構此以爲小子讀書處也。先君子性不喜華飾，故金碧髹堊之功闕如。然而，登斯堂則几席净也，環砌則花木鮮也，繞屋則柿古竹蒼也，當門則山青水緑也。樂哉斯軒！雖無著意之丹青，自有天然之圖畫，而當時尚未有以名之也。予嘗問道名宿，退而味四子書，至誠意、素位、坦蕩、仁實，深造諸章旨，及想像宋儒光霽冰月諸襟度，不覺萬感偶消，栩栩乎有樂道之意焉，因以名吾軒。

夫道如泰山河海，豈土壤細流所能幾？既不能幾，焉可云樂？然太史公有言："雖不能至，心響往之。"今倘以響往之誠，而主敬以持之，窮理以濬之，從容饜飫以融之，則由一時之樂，馴致時時之樂，亦理之有可期者也。惟恐紛華偶間，涵泳或疏，因記諸屏，藉以策向道之誠，而永樂道之趣云。

詩畫樓記　乙酉

先君子闢地爲樓，與樂道軒連墉而構，其高若阜，其曠若洞，外環古柿雜木，經寒暑而氣不侵，淵淵乎有燠館凉臺之趣焉。惜未有以名之也。十數年來，予與弟鳳書寢饋其間，予有詩癖，弟有畫癖，日相與觸景攄懷揮毫潑墨以爲娱。閑來一睇，則詩箋畫本堆積榻前，而因以名斯樓也。

然予觀古之騷人韻士，有因兵燹而罷吟者矣；有因催租而敗興者矣；有因家庭多故，心緒紛繁，而雅趣不開，落筆不妙者矣。而予與弟，獨得藉其餘閑，以吟情寫意於斯樓者，何也？則以我國家休養百年，海宇無事，而乃得享此清福也；則以我先人滋培累世，子侄輩共循孝友睦婣之訓，而乃得安此境地也。此不可無以紀其概也。予因以此意告鳳書，而執筆以記，俾知今日之得吟情寫意於斯樓者，皆蒙昇平之福，承世德之貽也。且使知我輩之所以酬國恩、廣先澤者，正在今日也。斯邁斯征，其毋徒以詩畫畢乃事也。

松村精舍記 丙申

戴子自薇省假歸，將拓數椽爲子侄讀書處，相度是村，得隙地於承志堂南。此地有松百數株，虬柯龍幹，盤鬱半村。父老告予曰："此昔所謂松柏林也。"予召工師，緣是地而意匠之。廣以堂齋，連以方亭，翼以層樓，達以門屏，斲、礱、茨、墍諸事畢，復黝之、堊之、髹之、雘之、金之、碧之，遍移四序花木而雜莳之，遂斑斑然與松相輝映焉。

是役也，經始於甲午杪冬，訖功以丙申元月。皆吾弟憔悴營敝，子侄輩佽之，而予坐享其成。

成之日，親書幌則松蓋欹也，憑樓欄則松色繞也。時而彈琴賦詩，則松風答響也；時而濡毫著書，則松花落研也；時而集子弟親友布席講經，則松陰幂幂庇人也。美哉松乎！其足增村舍之幽而助騷人學士之興乎！因顔之曰"松村精舍"。

顧予所以取名乎松者，意不盡此！當夫群卉敷榮之日，松也偃蹇空山，闇然無色。獨至冰凝霜栗，肅殺同權，向之取悦於一旦者，至是皆歸萎落而不可問；松則根柢盤深，有以備國家棟梁之選，即有所樹立於嚴凝歲暮之交，翹翹然不與一二凡材同其枯菀也。昔裴頠以千丈松比和嶠，歐陽四門以澗松箴暗室，噫，其知松之爲松與！

予平生毫無建樹，自問滋慚。竊願子侄輩讀書樹品，勉爲根柢有用之學。達則材儲梁棟，窮則節勵冰霜。勿徒以薄植浮名，互相標榜，是則予之所以愛松而以松命名之實意也。爰書吾意，以勵後人。

敞 樓 記

屹然獨敞者，詩山也。詩山之麓，有樓敞立於松村之南者，予還名之曰"敞"，蓋以樓敞可瞰山敞也。

樓，磚石成基，雘髹成彩，高極三丈有奇。詩山面之，諸山環之，溪谷俯而繞之。憑欄一睇，群青衆緑，悉送入几闥間，洵一壯概也。

昔王粲登樓，有河山之感；范文正登岳陽樓，有處江湖、居廟堂之憂。今海禁大開，中原多故，正吾輩閔時恤國之秋。不佞雖無仲宣才，竊有希文志。登樓時豁然開敞，增我感懷，爰攄此而筆諸樓左。

恒安堂記　丙申

莊江之南，有恒安堂，故友盛垂翁醫處也。垂翁博極群書，雅工詩翰，尤精於醫。著醫書數種，皆救世金針。泉、漳間縉紳士夫，争推重之。其祖若父，嘉慶時開設斯堂，均以醫名。至垂翁，大著厥聲。凡有義舉，靡不勇爲；凡所診視，輒中窾要。卓然爲醫中之傑。長嗣永善，克襲清芬，今已往矣。季子永三，輟儒就醫，亦名噪一時。

予與垂翁交最深。永三於予爲父執，今春歸訪松村，請記其堂。予思人生天地間，苟庸庸碌碌無益於世，縱堂高數仞，食前方丈，亦終與草木同枯。今斯堂七世相承，皆以岐黄之術拯救生民。其針膏肓，起廢疾，使人危而復安者，不勝枚舉。一堂雖小，而繫遠近安危者百餘年。視范文正以一身繫天下安危者數十年，分量雖殊，安人則一。信乎良醫之功，可方良相也。額曰“恒安”，庶幾名實相副乎！予嘉其有益於世，爰執筆而樂爲記。

光緒丙申年季春之月，詩山戴鳳儀撰。

泉山居記　戊申

詩山，閩勝地也。距八里許，有山勢平環、樹木周匝如城者，城山也。山前有泉薰薰蒸蒸如釜上氣者，温泉也。予嘗曠覽天下形勝，以爲山必取乎高，泉必取乎清，方盡其峭拔、澂瑩之致。兹乃不在高、不在清，而獨有鞏如城、温如湯者綿亘於其間，則其凝固氤氲之氣，發而爲人，必鎮定其神，薰陶其性，别有所表現於世可知也。而吾友陳君宗垚，世居是村。歲丙午，擇山泉適中之地而經始新居。越翌年丁未，以銓選入貢，簽掣參軍，而是居適成，額曰泉山。是殆耽斯山斯泉之樂而忘情殿陛歟？抑以泉山之鞏如城，温如湯，愛其勝，故取其名歟？

戊申，予爲詩山學堂堂長，舉君司教事，昕夕相從，因以記請。予思，柳子厚有《小石城山記》，吴殿麟有《紫石泉山房記》，皆因其文之古、地之勝而益傳。予不文，而欲執筆以紀其勝，恐泉山之靈或笑予拙也。然是居介乎其中，凡山之平環，泉之薰蒸，一觸目而悉領其勝，烏可無記以傳之耶？

且更有勉焉。方今聖天子整頓乾坤，需才孔亟，君以鎮定之神，薰陶之性，起而由參軍洊升監司、臺諫，安在區區一明經不足羽儀皇國，霖雨蒼生，以爲詩山光乎？君其勿耽泉山之樂而忘出山之想哉！

創垂堂記　辛亥　爲官園陳榮西作。

天將有造於國，必生貞固不摇之士以首創江山；天將有造於家，必生信義不渝之人以手創基業。予聞陳君榮西，雖未有造於國，固大有造於家矣。

陳君生於吾邑官園村，自少篤實，言不苟出。長游斐利濱，百過重洋，風波弗險。非所謂忠信涉波濤者耶？所届各島，與人期約，則如期踐約，人亦以季布一諾重之。非所謂言忠信、行篤敬，蠻貊可行者耶？每歸梓里，凡有義舉，隨力勇爲，人亦以大邱嗣響譽之。非所謂行修於一鄉者耶？

歲□□，創大厦於□□。歲□□，復創大厦於□□。至□□年，又創大厦於□□，名曰創垂堂。殆取創業垂後之義歟！今夏天中節，予過訪是門，其哲嗣台拔請曰："家大人皓霜跋涉，積有餘貲，而又屢次闢草披榛，創成百間廣厦，殫二十餘年之功，以垂鴻基於我後。此間輪奂，實艱而巨也。無以記之，何以垂示來兹！願藉先生椽筆，以識弗忘。"

予謂：人生天地間，孰不欲堂高數仞、榱題數尺，創莫大之基業以垂裕後昆？然有形之基業猶人所易爲，無形之基業實人所難能。今令尊一生信義，遐邇聞風，是無形之基業也。有形而以無形造之，樹基必大，遺澤必長，是足庇賴其子孫矣。矧吾子以精明之器，諳法政之科，異日出其所爲，以撑持時局，則其有造於國，不較令尊之有造於家爲更顯乎！

用是樂爲之記。

錫江樂天會館記　丙辰

吾聞以商雄於南洋群島者數萬家,獨僑錫諸君子組織會館,同研商務,額曰“樂天”。蓋欲互相劘磨,以共樂夫天所與人之生業也。僦居既定,平祐賢阮諗於衆曰:“如斯義舉,非絶大椽筆,何以紀盛事而勵同人?”僉曰韙。乃萬里書來,屬予爲記。

予曰:上古商界萌芽,始於日中爲市,所以示生民之樂業也。至鮑、管分金,則惠及朋友矣。鴟夷積居,則散與貧交昆弟矣。弦高犒師,卜式助邊,則利濟國家患難矣。此其富而好義,非闤闠中之樂事哉!

然好義由於富,致富由於商,興商由於研究。范蠡師計然,七策乃施於國;猗頓問陶朱公,五牸乃蕃於家;白圭參觀時變,遂爲治生之祖;郭縱究心鐵冶,遂與王者埒富。知古來殖貨諸家,商務振興,端賴聚會講求之力。今之創立會館,其得《貨殖傳》“善者因之,其次利導,其次教誨,其次整齊”之意歟!

且夫今日南島諸僑商,其樂業更有勝於古者矣。古之以商雄於齊、魯、燕、趙、吴、楚、越、閩間者,仍在中國版圖,而又必載重寶以爲資,擇適中以爲地,乃足興起其闤門。今則揚航萬里而抵外邦,空囊而致實業,隨地生涯,萬里重洋盡堪立我基礎,可謂能矣。所惜者散處懋遷,不籌聚會之所,則無以研於古而適於今耳。

兹錫江僦會館以爲統宗,倘從此以因爲創,窒滯者利導之,暗昧者教誨之,散涣者整齊之,則與太史公“貨殖”之意符。其相觀而善,相與有成,以共樂夫天所與人之生業者,曷有既哉!况乎樂業既昌,樂義愈宏。舉古人所謂惠朋友與昆弟、濟國家者,不可由會館而漸次擴充乎?自樂其天者有限,共樂其天者無窮。予喜其盛事之甫成,而望其義類之充盡,爰操毫而樂爲記。

民國丙辰年仲夏,詩山遺老戴希朱敬撰。

小住亭記　己卯　代侯秀喦師作。

芹山之麓,詩溪之濱,有亭翼然輔於軒外者,小住亭也。作亭者誰?諳西阿咸也。名之者誰？老夫臆見也。

老夫歳館吾鄉，偶到得樂軒，與阿咸列坐其次，而是亭適成。蓋欲收山水之奇，以佐高軒之樂也。爾乃臨亭眺望，花隖竹叢，天然妙畫；池魚林鳥，觸處生機。樂哉亭乎！是真小住爲佳矣。老夫低徊久之，爰執筆而書之於亭。

除蚊記　乙巳

天地間之足擾我者，蚊類也，而蚊特其小焉者也。

蚊之爲物，夏來叠盛，夜出擾人，人咸惱之。予被擾不寐，欲除之而難其法。

有客告予曰："此類勢猛於虎，聲哄於蠅；動則喧㕓，静則吮血。柔克則熾，剛克則熄。君欲除之，盍用火攻。"

予於是置火床頭，夜夜焚之，焚後就寢，煩擾胥空。是夜早倦，此類復出，擾人益甚。予赫斯怒，爰整一炬，殲滅者十二。

嗟呼！十二蚊之重，不過數釐也；十二蚊之大，未必一撮也。而四圍之榻，七尺之軀，爲之擾擾，瞬息不能自容。矧方寸之爲地無多，何堪舉宇宙間之聲色勢利，物欲紛華，萬緣百感，環集而憧擾之，詎止千百蚊之多也！非有以除之，其不爲斲喪者幾希。君子觀於蚊，而存理遏欲之心油然生矣。客聞而韙之。予乃信筆書之，以爲後之除擾者鏡。

此作落落數言，足爲利欲紛拏者當頭一棒！古如韓之《送窮》，柳之《愚谿》，蘇之《黠鼠》，藍之《餓鄉》，皆從微小題目而寓絶大道理。兹雖游戲筆墨，却有關存遏功夫。因録諸簡末，以資後鑒。乙巳季夏敬齋識。

黄龍四見記　丁巳

噓氣成雲者，龍也。雲弗靈於龍，然龍乘是氣而薄玄間，呈瑞色，非雲亦無以神其靈。韓昌黎《龍説》最精矣，特未見龍者弗悟耳。

歳丁巳四月念日，予乘舟將抵黌宫，以畢纂志事。既晡，舟次鄭山渡，遥見黄龍江一帶滃雲密布，上下皆黑，初以爲天將降雨，偶爾冥濛耳。俄而，黑雲上薄於天，下伏於淵，中仍是蒼蒼境界。突有蜿蜿蜒蜒破雲而出者，騰鱗鬐，布爪牙，色炫金盪，勢甚螭蟠，儼有聳九閎、耀八紘之象。予在篷窗縱目久之，恍然悟曰："韓昌黎所謂龍者，或者其在斯乎？"然猶未敢以爲是也。

越數日，門下生侯懷周造門請曰："黄龍出見，先生知之乎？"予叩曰："子何知？"侯生曰："某日某時，與安徽人楊紹丞寓泉南樓上，時雲雨冥濛，忽見金溪橋下，雲四徹而龍蟠。楊君曰：'是龍也，與我宦北時所見無異矣。'旋聞舟人之老於江滸者，大聲疾呼曰：'江龍出見矣！'於戲，黄龍間世一出，有出必有瑞，有瑞必有應，先生盍摛筆以紀其瑞。"予聞之，喜侯生所言與予所見，其時其事相符。而回憶前朝之黄龍三見，不勝有今昔之感矣。

夫曾楚公、石起宗之魁天下也，適當北宋之昌明；黄侍郎之魁會榜也，亦際大明之休盛。鄭先生於半山書室特榜之曰："黄龍三見，志瑞也。"使今當文運休明之時，安知吾南無千人英、萬人傑，足與曾、石、黄三先生并駕而爲四乎？無如世道晦盲，制科久廢，則此第四見之朕兆，决非復曩時三見之瑞應矣。不知天之所以見此龍者，將何以應之耶？

間嘗繹《大易》"見龍"之義，在立德不在成名，在德盛不在時隆。《乾》初九曰"潛龍，取其龍德而隱，確乎不拔也"；九二曰"見龍，取其龍德正中，善世不伐也"。今縱非科名時代，非明隆際會而苟有"庸言信，庸行謹，閑邪存誠，德博而化"者，是亦人中之龍也；是亦如九二之不潛未躍，無大人之位而有大人之德也。此非天下所利見者乎？朱子贊程伯子曰："龍德正中，厥施斯普，以其備大人之德也。"今或有龍德之大人，天特以見龍顯其瑞亦未可知也。爰記端倪，以俟來者。

詩山遺老戴希朱敬齋識。

【校記】

①"今予與子沐國家二百餘年之澤，得以昇平無事"，《詩山戴氏族譜·藝文》作"今予與子沐國家二百餘年昇平之澤，得以安閑無事"。

②"大氣"，原手稿作"間氣"。

③《詩山戴氏族譜・祀事》題爲《始祖廟祭字田記》,并附註"闔族敬字名曰詩禮社"。

④《詩山戴氏族譜・祀事》題爲《始祖廟守廟公産記》。

⑤"田",《詩山戴氏族譜》作"産"。

⑥"史書尚少傳聞",《詩山戴氏族譜》作"似爲古來所未聞"。

⑦"田",《詩山戴氏族譜》作"産"。

⑧"始爲大夫者",原手稿作"士之始爲大夫者"。

⑨"恪守《戴記》'宗廟森嚴'之法",原手稿作"恪守二禮家風"。

⑩"方得駿奔燕毛之列",原手稿作"方得厠駿奔燕毛之列"。

松村文集卷八

記

謁郭太王太妃封塋記　辛巳

清溪，閩勝地也。其東北一隅，有山巉起，望之如艨艟巨艦者，舟山也。由此行十餘里，挺出一山曰柳尾，有豐碑屹立於山麓者，郭太王太妃封塋也。塋側，有舊冢半埋於荆榛者，楊長者墓也。塋外，山水灣環，鄉村歷落。有棟梁敞如，金碧輝如者，墓庵也。皆以封塋傳也。

封塋胡以傳？以尊王孝行傳也。王少寄身楊長者家，以不獲葬父爲憂。堪輿家指此吉壤，是天鑒其孝而陰使之也。王後顯迹古藤，母甍，里人爲祔於塋之右竃，是人體其孝而營成之也。王保國安民，累朝褒忠，榮以王祭，正以成其孝也。王英靈遠震，閩、浙、吴、粤，競謁封塋，無非感其孝也。時則玉露玲瓏，桂花芬芳，進香則繡旗摇日，陳牲則曳履聯雲，或乘軒而來，或襁負而至，晝夜不絶於塋前者，士女輸誠也。俄而屆祭期，駕鸞輿，則見旂旄導前，車騎擁後，士女望塵而瓣香祝者，尊王至塋也。桂酒椒漿，先薦楊長者墓者，不忘故主恩也；滌牲庵處，臨祭乃陳列塋前者，示明潔也；青袍紫綬，三獻茅酒者，承祭告虔也；執豆執籩，駿奔左右者，助祭肅雍也。祭畢，撤饌，旋輿，士女仍往來不絶也。

然而，士女知與祭封塋，未必知此事之大關名教也；知虔祝尊王，未必知尊王皆一"孝"做成也。儀躬親從祭，詳悉顛末。竊嘆常人之孝在一時，尊王之孝在萬世也。常人竭己力以饗親，孝猶小；尊王率天下人以饗親，孝更大也。是宜執筆記之，以爲後之謁塋者鑒。

新修陳敬榕屺園二先生祠記 戊戌

傳道、傳世，皆傳也。間有道學傳而世嗣失傳者，亦絀於數之無如何也。而紹其傳者，惓念師門，必有以祠之祀之而後快。即至代遠年湮，祠宇坍塌，而後生小子輩，猶惴惴然繕葺之弗遑，此非感於義之所不容已者哉！

吾郡陳敬榕先生，諱石鐘，晋江人也。以副貢秉鐸閩清，主講梅石。其冢子屺園先生，諱知濬，早登賢書，亦以文雄於世，一時師名籍甚。故詩山翹秀，多受業於二先生橋梓之門。而吾太高祖倣周公，尤爲二先生所器者也。

初，敬榕先生以通家之誼，締次子西園之姻於吾族，遂移眷於格頭居之。故屺園以南安籍中式康熙庚子科舉人，西園亦以諸生應南邑試。惜乎屺園早赴修文，而西園傳數世亦遂斬厥祀。君謨無後，江門乏嗣，天道難知，殊令人酸鼻傷心矣。

然儀猶憶髫丱時讀書挹翠堂，見敬榕先生著有《春秋》、《禮記》註釋兩函，《鰲峰書院落成賦》一篇，《敬榕詩集》六本，《敬榕制藝》八本。屺園亦著有《制藝》兩本。皆躬自謄真，以授倣周公洎及門諸子。展而誦之，實載道文也。是世嗣失傳，而道學猶有所寄，非所謂祧而不祧者歟！

曾王父仁齋公，愍二先生不血食，與族叔毓秀明經，衷文茂才，奇涵、篘秀舍人等，醵金購田而塑像祀之；又募構一祠，以祀二先生子若孫、昆若弟之一脈相承者，誠惓念師門之至義哉！

客歲丁酉六月，暴風掀撼，淫雨淋漓，祠宇圮塌，主祏黤黯。儀惻然憫之，鳩資起葢，椽桷瓴磚既安且固，遂新其主祏而禋之。

嗚呼！二先生爲世科後，一時賢俊若高雲曙、林西仲、王蓮洲、王蓼思諸先正，見其家學淵源，争引重之。而嚴正不苟之行，又每流露於語言文字之間。則其昌後也誰曰不宜？今乃天不延其祚，而僅以師傳之故，受血食於數椽之祠。使非世世修葺，則二先生一脈之馨香，不幾危然將絶乎？儀不勝感喟，不勝遠望，爰記末顛以告後之君子。

重修興善院碑記　己亥

出南安治北七十里許，有峰簇簇秀出，對映於詩山之北者，蓮花山也。其山勢奔騰逶迤，直趨福鼎。憑高一眺，則群山萬壑，可以籠而有之。唐黄涅槃到此，碑之曰“萬壽山”，蓋深有嘉其勝概焉。而爾時尚未建院也。

宋尼省同始斸土鳩工，院於萬壽山下，額曰“興善”。塐觀音諸佛像，士女薫香者甚夥。歷代遷客騷人，宿儒鉅夫，亦往往躡屐提壺於是。是可見禪林之勝矣。

有明中葉，倭氛日熾，净土蒙塵。延至明季，草寇爲殃，諸尼散盡，梵宇益陊然無存。《郡志》載“建院在宣和間”，所以有“後廢”之語與?

國朝康熙間，柯子霖悼禪林舊址廢爲叢棘荒榛，諗於十一都衿耆，醵金興築，而己獨力其艱。復自購地置東夾室，增祀柯八使洎其配陳氏，以其靈響素著也。

道光間，院經驟雨暴風，漸就剥蝕。前輩柯廷玉茂才、柯有誠國學，出爲捐資，新其中堂、夾室，而廊廡、塾門猶未經理。光緒丁亥年，修職佐郎柯君生香歸自南洋，慨然倡捐，邀廪生柯君復元，國學張君葆琛等，募金啓事，廊廡、塾門維修，然後黝之、雘之，宴飲而落之。

越數稔，生香君哲嗣廪生啓，欲壽諸珉，請記於予。予思斯院萃蓮花、福鼎之間氣，而又石骨嶙岏，樹林蓊蔚，棟宇靚幽，洵爲吾南勝地。其地靈鍾爲神靈，歷來供奉香火，類能庇及生民。設更崇祀司文翊道之聖神，安知其默相俊髦，不有應運而柱礎斯文、羽儀皇國者乎！此予搦管時所罩然高望者也。都人士其勉乎哉！

詩山東嶽廟記　庚子

泰山爲天下第一山，其神爲天下第一神。《虞書》曰“岱宗”，《爾雅》曰“東嶽”，明乎東嶽爲群嶽之長也。歷代褒封至齊天仁聖帝，號最尊也；自都會迄州縣,皆有廟祀,典最隆也。

我詩山自唐宋以來,建東嶽廟於山頭城,規制閎敞,以供帝之香火。廟後構三楹:中祀關帝,崇忠義也;左祀忠懿王,答恩貺也;右祀后土神,酬土功也。厥後三楹陊塌,關帝諸神移祀他所,獨東嶽廟巋然如魯靈光之長存,而香火遂寂然弗盛。

同治壬申年,諸同志將建祠以崇奉鄉先哲,爰就其舊址而增廓之,以祀關帝諸神;聯其隙地而新落之,以祀朱子、歐陽公。嗣是,詩山文氣日蒸,而東嶽廟香火亦漸盛矣。

延至光緒庚寅年,宏開講舍,創制完美。而舍中弦誦之聲,與廟中鐘鼓之聲,遂鏘鏘不輟;四方士庶,執爵斝、獻犧牲於仁聖帝者,幾無虛日。

初不解嶽廟香火,何以最盛於今,得數百年來所未曾有者?及細推其理,乃知向時孤撐一廟,地氣淺露,故香火岑寂而不宣;今聯綴爲三,地靈以相輔而彌鍾,神靈亦以相聚而彌顯。此理之確有可憑者也。

於戲!東嶽爲天下第一山神,靈爽所憑,既昭肸蠁,而又益以鄉先哲之默相多士,十數年來,詩山翹材之盛,甲於豐州。倘從此崧嶽降神,芝英重茁,處可樹斯文柱礎,出可任國家棟梁。行見詩山一隅,其將有應運而爲天下第一等人者歟!予於瞻嶽時有深望焉,用是樂爲之記。

光緒庚子年立春日,詩山戴鳳儀謹識。

重修資福院碑記　庚子

高蓋,閩名山也。其景之著名者,惟白雲室、資福院爲最。白雲室爲歐陽四門讀書處,名賢故迹,草木留香,傳之也固宜。至資福院,不過棲一二緇流以供奉大雄而已,乃垂千餘年而勝益傳,何哉?則群以構院之始自四門也。

予嘗細考《碑記》,彙參群書,竊有因疑而悟焉。唐普荼昆《記》云:"咸亨辛未,曹溪惟節禪師雲游至此。癸酉秋,有歐陽公揮金布穀,爲構梵宇,額曰'資福院'。"五季、宋、元以來,釋子震於破荒之譽,遂藉四門之構院崇佛以自尊,而此都人士亦不深究而遽信之。明陳鳴儒《募序》、國朝明經潘世特《碑記》，皆沿其訛，無怪村夫野老喈喈然謂構院之始自四門也。不知四門崛起①於德宗貞元間，後高宗咸亨百有餘歲，豈有手創梵宇之事？况荼昆所記，不曰“有歐陽行周公”，僅曰“有歐陽公”。考韓昌黎《哀辭》，謂“自詹已上，皆爲閩越官”。既皆爲官，則皆可稱“歐陽公”，不必專屬四門也。以年代核之，可知構院確是四門之祖父，非四門也。且其祖父既世居詩山之旁，則四門之孕毓②於此，確鑿可徵，非他籍所得混也。

惟是院在山陰，距歐陽廬一里許。四門少雋雅，每見水濱巖畔片景可採，心輒娱之。則院雖非構自四門，未必非四門登玩地也。自時厥後，元儒鉅公，騷人畸士，一游詩山，必停車留題於此。則其垂千餘年而勝益傳也，宜哉！

院修自乾隆辛巳春，迄今百有餘稔。廣文侯君光訓嘗與予游憩院中，閔其烟剥塵蘙，漸就傾塌，思所以新之，予亦以急謀縮版勸。未幾，廣文屬纊，事遂寢，予竊惜之。

光緒丁酉年，武舉侯君培光、貢生侯君長書等，慨然出爲倡捐，移舊址於東，重新起蓋，廣其中堂，連以兩廂，麗以門庭，翼以左右齋室。斲礱丹黝畢，將妥侑而落之，請記於予。予惟兹院焉歐陽氏所構勝區，雖其先世名號不傳，無從崇奉，而四門爲閩學鼻祖，禮宜共祝瓣香。况③歐陽故居既廢而不可復興，院與故居密邇，增祀於斯，亦鄉後學之分也。大義所在，賢君子必能舉而行之，予於綴記時有深望焉。若夫捐資芳名與建院條目，有可爲後來之鑒者，亦俱一一壽諸珉。

光緒庚子年小春之月穀旦，詩山戴鳳儀謹識。

新建崇德書院碑記　壬寅

創一事而流澤四方，興一學而樹人萬世，是皆關天運之將盛，竭人心之至誠，然後成斯盛舉，非偶然也。

吾閩山水之勝，惟清溪爲最。詹令愛其地而卜居，朱子至其地而低徊不忍去，良以形勢幽奇，必爲毓哲鍾英之所。而長卿一隅，據邑治之西南。自石壁山磅礴蜿蟺而來，陡起一峰，拓開四面，平環者若城郭，高列者若兒孫，是誠據上游而攬八荒，可爲文人聚誦之區，即可增其升高望遠之概者也。

獨怪其地鄰市鎮，九衢輻湊，萬竈烟霏，闤宇喧然，村居稠然。偏虚此清淑之地，歷千餘年而不用，何也？蓋天默相斯文，欲留此以爲發祥地也。

然使天與厥地，而人未堅厥心，竊恐開創艱難，功程浩大，或因意見齟齬而墮其初基，或因宵小阻撓而廢於半塗，天欲興之，人弗承之，其何以成數十間廣厦而庇多士歡耶？

幸數君子克承天意，始因文昌、關帝，指此地爲書院，遂竭誠籌款以興功；繼因勢豪群黠，恫喝多端，遂諗衆聞官而益奮。千磨百折，始觀厥成。迄今規模敞如，金碧輝如。咸以爲天開講幄，可廣教澤於四方，即可樹人材於萬世矣；不知當日之翦除荆棘，櫛風沐雨，其用心爲甚苦也。古語云"人非天不因，天非人不成"，其斯之謂與！

院列上、中、下舍。中舍撑起高樓，祀文昌、關帝，崇先聖也。上舍祀王管斌，尊地主也。左右翼以垣屋數十間，爲諸生肄業地也。匾曰"崇德"，欲學者先德行、後文章也。自丁酉始事，迄庚子蕆功，糜白鐐六千有奇，復置經畬壹千有奇。竣，酌定章程，報憲許可。今歲請其邑父母陸侯，與予行釋菜禮，按期分課，而給以膏；馨香前獻，培植群英，濟濟也，祁祁也。藉非天運將興，人文將盛，其能有此佳氣象乎！

開講畢，諸生請爲記以壽諸珉。予既嫰數君子以人承天，其竭誠盡瘁之功不可没；又喜翹秀盈門，必能應運而興，以丕光榕村、石溪之遺緒，用是忻然爲記。而附數君子之名於後：孝廉方正王温其，副貢生蘇世德、官修輔，增貢生王昭文，國學生張鴻義，邑庠生陳大任。皆始終其事者也，例得書。

時光緒二十有八年歲次壬寅莫春之月，掌教崇文書院、崇德書院壬午科舉人詩山戴鳳儀敬撰。

新建四美橋碑記 壬寅

清溪劍斗村爲吾閩孔道。兩山夾峙，鎖上游數十道水，故名鎖匙港。港深而險，向濟以木橋，遇雨恒溺，遠近苦之。

光緒二十有三年八月丁酉，王君良熙等，易木爲石，纍址於磐，閲三稔，將告成，忽圮於洪水。王君等竭誠籲神，醵金再造，迄辛丑六月蕆功。梁空以行，宛若飛虹。其長二百一十尺，廣丈有八尺；上翊扶欄，如其長而兩之。縻白鏹一萬一千八百有奇。

襄其事者：王温其、蘇世德、王昭文、胡典恭、吴賜福、王觀肅、吴維烈、黄志誠、郭德碩、王兼興、李和鸞、王飛揚、陳世顔、黄和整、吴上世、蘇章明、李冬月、王堯勳、吴淳江、黄權衷、蘇白家、顔受麟、林同珪、吴輔義等二十有四人。

是役也，因地之勝，賴神之靈，殫人之誠，濟衆之險，四美具矣，因以名橋。明年春，南安内史戴鳳儀詣崇德書院釋菜，王君請文諸石，因記顛末，命男紹箕莊書，以爲後之好義者鏡。

重修新豐院碑記　癸卯

宇宙磅礴鬱積之區，皆太極一理所彌綸，即皆陰陽二氣所鼓盪。由太極而生陰陽，得其正者爲聖賢；壹於陽者爲忠烈，壹於陰者爲禪佛。何也？得陰陽之正，則動静適中，故出而爲不偏不倚之聖賢；壹於陽則常動，故出而爲驚天動地之忠烈；壹於陰則常静，故出而爲抱寂守虚之禪佛。此氣稟所分，因而各學其近，若有不可强者也。

吾泉山川靈秀，代鍾偉人。其出而翼聖賢之道者，則有蔡虚齋、王晦生若而人；其出而樹忠烈之行者，則有周忠愍、鄭忠節若而人；至以冥静之性而學爲禪佛者，則於真覺、清水而外，又有湧泉其人。是湧泉禪師固能以抱寂守虚而永馨香於百世者也。

師姓薛，名契璋，世居泉之南邑十五都崇孝里。自少入院，師事光誌和尚。光誌令巡田，有闕水者，輒以杖引灌之；稍旱，則趺坐祈雨。建隆初，闔郡巨旱，太守鄂公迎師祈禱，師升高座，曬身日中。是夜，大雨翻盆，淋漓累日。太守忭服，號爲“湧泉尊者”，名其院曰“新豐”。乾德二年，師坐化院中，里人塑像，奉爲是院之主。自時厥後,屢著聲靈,凡水旱癘疫,有所禱祈,其應如響。故自宋迄今九百餘年,香火日盛,而院宇如新,屢經修葺,里人罔不踴躍從事。

今光緒辛丑年,歲貢生吴廷方、布政司理問楊光儀等,見院宇陊塌,募白鐐三千二百有奇,庀材鳩工,自中堂、夾室至廊廡、門亭,斲之,礱之,塈之,甓之,髹之,雘之。今歲十月,將燕飲而落之,請記於予。予思佛與聖賢、忠烈,雖有異途,而其禦灾捍患,澤及生民,均符則祀之例。諸君子爲新院宇,禮亦宜之。然苟以其崇尚佛教之心,轉而崇尚正學,構一講院,祀大聖大賢大忠烈於一堂,以鼓勵多士,則其有關於綱常名教,不視崇佛爲更重哉! 此予綴記時所别有深望者也。諸君子勉乎哉!

詩村仙井碑記 甲辰

詩山之陽,有柯布村,村中有仙井。父老告予曰:“此昔異人爲柯大者作也。”大者有善行,而地艱於水,異人德之,甃井於兹,將以濟其旱也。井之深際,圓以象太極兩儀。層而上,爲四角,象四象;爲六角,象六爻;爲八角,象八卦;復制爲圓,象六十四卦。皆壘以磚,磚上隱隱有蝌蚪字形。外蓋以石,防其溷也。距井百餘武,有集福堂,舊祀通濟龍王。距井數百武,有龍湫窟,其泉清澈異常。若歲大旱,雩於龍王,掀石開井,渫其泥而去之,取龍湫之水以澂之,汔至井冽,則叟叟乎雲行而雨施。自時厥後,吾泉虐於旱魃,輒仰賴是井,而井之靈亦隨禱隨應,垂數百年而未有或爽也。

歲庚子八月,旱甚,村中人群以爲憂。予齋詣井畔,乞靈於通濟龍王,乃屬父老渫井,畢,瞥見黑雲密布,雨逷逷下垂者累日。辛丑二月,旱甚,邑父母譚侯憂之,予以仙井告,譚侯命王少尉與予禱之,予具疏籲求,辭極愴切,頃刻雷霆轟發,大雨浹旬。是歲八月又旱,譚侯躬詣詩山,與予再禱,甫到龍湫取水,細雨濕纓,俄有甘雨隨車之慶。壬寅三月益旱,郡太守萬公,命孫參軍邀予虔禱,參軍出郡城即有雨意,及詣井焚牒,則雷雨交作,連日翻盆。是歲七月,予與張廉捕再禱;癸卯五月,復與詩山紳民共禱,均如前驗。

於戲！雨爲天澤所流，民生所賴，雖岱嶽之宗，社稷之神，亦未必有禱皆應。獨斯井之靈，輒禱輒應，捷於影響。此其澤溥群生，爲功甚鉅，烏可忘哉！譚侯額於集福堂曰“澤潤生民”，萬公將請於朝以爵之，卒以卸篆不果。父老恐其靈不彰，請予爲記。

予思古井之著名者夥矣。臨邛火井，徵王氣耳；長安雲井，驗五色耳；雍邱神井，興霧雹耳；荆州風井，知時節耳。曾未有如斯井之能致霖雨以裨益生民者。設志乘弗傳，何以使天下後世知其迹之奇而澤之永耶？爰記顛末，俾採風者知所捃摭焉。

光緒甲辰年正月穀旦，詩山戴鳳儀撰。

重建雪峰寺碑記　辛亥

楊梅，閩名山也。山中劈開一窩，巨石屹立，諸山環拱，有五僧拜佛之概者，雪峰也。雪峰拓起巍樓廣殿而翼以左右齋室者，古寺也。寺自唐末真覺大師從閩省大雪峰歸，塋其父母於此，并築數椽以奉大雄，故亦曰“雪峰”也。宋明以來，禪僧代有興建；至梅齋、阜山、在蓼諸公，殫力襄事，而寺益廓；至紫陽、鏡山、臺山諸賢，選勝留題，而寺益傳，炳炳乎吾閩一大禪林矣。

今夫剥而必復者，理也；廢而益興者，勢也。雪峰於咸、同以前，巍樓廣殿東傾西塌，左右齋室隊蝕不堪；一二寒僧耕隴採茶，猶日不能給。瞥視山林，亦枯寂而無以爲衛。噫嘻，何其剥耶？何其廢耶？光緒庚寅年，佛化師來主斯寺，屬樾主而告曰：“寺有林，其善培之。”不數年而樹林茂矣。屬衲子而勖曰：“寺有田，其勤耕之。”不數年而齋糧饒矣。糧既饒，則坐團而訓曰：“非勤無以學法，非清無以悟空，諸子其力造之。”不數年而門徒多矣。徒既多，則聚衆而勉曰：“樓殿塌而危，齋室隊而隘，寺之陋，僧之羞也，諸子其籌建之。”不數年而舊者堅，新者廓矣。

臨寺一睇，向只土階，今則石基矣；向只一樓殿，今則四隅麗四樓矣；向只有齋室，今則廊廡門庭敞然大備矣；向只留質素，今則髹䑋金碧，絢然大觀矣；向只僧侶寂寥，今則聚徒聯派，有一百餘衲矣；向只教律自持，今則宏開戒堂，閩、浙、吴、粤受戒有七百餘衆矣。問其功，則諸門徒萬里募捐，廿年殫苦，以成此寺也；問其教，則佛化師至誠廣道，盛德感人，以來此衆也。此豈偶然復之興之哉？殆亦扶輿間氣之將昌，乃藉人力以宏此叢林歟！

歲辛亥亞冬，予游是峰，師以記請。予憶昔昌黎與大巓游，廬陵與惟儼游，皆以其釋有儒行，故相契甚微。佛化師於《周易》、《學》、《庸》，既有參悟，入山砥行，尤造精醇，是今之大巓、惟儼也。予學忝韓、歐，能無睹師行而心欽遲之乎？更有感者，予於庚寅倡建詩山學校，門羅數百士，而衛吾道者少，忘聖訓者多；師於庚寅首建雪峰禪寺，門只百餘衲，而襄建則苦而彌堅，規律則循而彌篤。同此二十二年之焦心耗力，而予不得遂其昌明聖學之志，師反得遂其振起禪門之心。豈學術盛衰有關運會耶？抑亦師之立功永而教化神，有以實收其效也。此烏可無以紀之哉！爰記末顛，以壽貞珉。

南邑八都昭惠廟朱元帥碑記 丙辰

吾南爲神靈奥區，其以禦灾捍患彰顯於《壇廟志》者甚多，而其同錫"昭惠廟"額者，則惟坑口田元帥、青塘朱元帥而已。田之事迹詳載郡乘，已足垂馨萬古矣。朱之事迹，雖間有口碑載道，而邑乘未登，論古者猶有憾焉。希朱於邑乘忝司總纂，敢不就口碑所傳而思所以永其傳？

舊聞：神姓朱，軼其名，福寧人。唐時統兵殲泉南寇，嘗鎮撫武榮八都之山椒，卒葬樂山。屢著靈應，民蒙其庇，立廟祀之，號"青塘宫"。歷稽唐、宋、元、明以來千餘年顯應之事迹，皆難考其詳。只有父老傳聞，謂神曩時曾封昭義侯，曾賜額爲昭惠廟，與坑口田祠同其徽號，然亦不知爲何代封典。希朱初聞而疑之。及細其故，八都僻處山陬，世少縉紳。章日闇，閩解也，生於飛雲寺，亦俱傳；李元溥，蜀紳也，化於樂山寺，亦不朽。餘則誌書無有焉。雖有此禦灾捍患之正神累顯聲靈，而其地遥隔通都，其人鮮諳文史，誰摭其事而操毫記之？且峭壁懸崖數十里，爲輶軒所不到之區，宜乎我南舊誌未嘗載其靈迹也。

憶丱角時，聞永匪林俊猖獗，八都居民懼之，其神顯禦匪患，民賴以安。客秋，德匪嘯聚於斯，神顯禦如前，民恃以無恐。是真能捍大患者也。然猶以其詳不可得聞，未敢編入邑乘。今夏，陳君桃以記請，盛稱其禱雨則雨輒隨車，弭瘟則瘟無入境。是又能禦大灾矣。且爲陳君定居宅、妥先塋，動合繩尺。陳君至塑像增祠，以永其祀。

於戲！神之靈響及人如此，人之感戴神恩又如此，此烏可以弗傳？然倘非陳君來請，則近事亦無由聞其詳也。希朱既飫其名，又據其實，爰纂列邑乘，并筆諸貞珉，嵌於廟中，以爲後鏡。

民國丙辰年中元節，詩山遺老戴希朱敬齋撰。

【校記】

①“崛起”，《詩山書院志·藝文》作“崛興”。

②“孕毓”，《詩山書院志·藝文》作“毓秀”。

③“況”，《詩山書院志·藝文》作“矧”。

松村文集卷九

論

科名論　壬午

予初登賢書,有友告予曰:"君秋闈得意,都人士踵門慶賀,富貴家到處歡迎,知科名足重也。"予曰:"世人重我以科名,我所自重者不在科名。使不能立德、立言、立功,以求有益於世,而徒以榮華勢焰虛過一生,雖騰聲鴻臚,何足重乎?"

友曰:"然則,不可有科名之見存乎?"

予曰:"勢利中不可有科名之見存,名教中不妨有科名之見存。昔王曾及第第一,而志不在温飽;范鎮奏名第一,而久不肯自陳。古人修身勵行,實有超乎科名之上,而科名特其華焉者也。今我藉祖宗餘澤,幸博一科,直名之微耳。若妄想我既得一科名,可以奔競公門,夤緣勢賂;可以包攬雜事,横取民膏。卒之屢作屢非,勢必斲喪祖德,貽害蒼生。先儒所謂'出一個喪元氣進士,不如出一個積陰德平民'者此也。此不可有科名之見存也。若自命我既得一科名,天非予我以顯榮之時,正予我以樹立之時。乘此時倡行義舉,力可成功;乘此時勸化愚頑,言可動聽。卒之漸充漸滿,自能植德業於無窮,垂令名於不朽。先儒所謂'積善在身,猶長日加益'者此也。此不妨有科名之見存也。"

言畢,友人嘆服。予恐言與行違,因書諸座隅,朝夕示警。

敬齋識:此論尚不脱八股氣習,姑存之以見曩時之立志如此。

岳武穆奉詔班師論　壬寅

五丈原出師未捷,朱仙鎮班師而歸,此古今兩大憾事也。

論者謂:“武侯殂於軍,天爲之,事出無可如何;武穆屈於詔,人爲之,事尚有可變通。”不知西蜀、南宋,天已定偏安之局,非人力所得争,武侯固順受其正,武穆亦非不善用其權也。岳武穆當高宗南渡之時,鋭意恢復,屢敗兀术;又聯天下忠義豪傑,以共圖中原。揆諸六出祁山之心,無以逾此。高宗聽檜召還,使十年之功,廢於一旦,天下憾之。蔡虚齋援“將在外,君命不受”之義,謂武穆不知權。噫,是亦責備過深,而未諒其苦心,且未稔夫天意也。

吾嘗曠觀當時之事勢,金之君臣、父子、叔侄、將相,皆圖謀深遠,非可猝然剿復。武穆即精兵直往,未必有濟。且高宗貪位之私意,已深中賊檜之陰謀。向者京西一捷,方謂“中興之事,一以委卿”,旋遣李若虚諭旨班師,可知上意之反覆矣。其後,韓、張、劉、吴諸將,皆以詔召還,可知上意不在戰矣。武穆倘違命進兵,無論得濟與不得濟,檜决譖於高宗,百端媒孽,弗使成功。與其無功而獲罪,終蒙首惡之名,何如奉命而歸,猶可告無罪於皇天后土也。此固武穆憤惋遲留時所焦思而熟計者也。

且夫功之成敗,國之興衰,雖曰人事,亦關天命。黄天蕩兀术不死,可知天意之在金;順昌河王師不追,可知天意之限宋。兹於大破朱仙後,忽召以十二金牌,是天欲成偏安之局,故生一昏闇之高宗,使賊檜之計得行。武穆不能渡河以殲金,猶武侯不能長驅以復漢也。尹起莘曰:“飛甫班師,河南遂陷,天所以限南北也。”袁簡齋曰:“天意小朝廷已定,那容公作郭汾陽?”其知天之所以處武穆者與!

然武穆雖被命退兵,而恢復中原之心仍不少挫。觀於濠州之救,欲直驅京洛以擣其虚;楚城之修,謂當戮力以圖恢復。其滿腔忠血,死而後已,實與武侯“鞠躬盡瘁”異迹而同心。周德恭謂:“武穆宜投簪而退,謝絶國事,以免繫獄之寃。”嗚呼,是烏足以知武穆之心哉!

迄今譚及班師事,雖村童野叟,莫不切齒秦檜,痛心高宗,而欲瓣香膜拜於武穆。則謂金牌十二,天所以限宋也可,所以玉成武穆也亦可。而武穆堪與武侯共千古矣。

諸葛武侯治蜀論 癸卯

三代上之佐命，以王道誘人；三代下之佐命，則以雜霸馭人者，何哉？蓋當時君臣凌替，人士恣睢，沿其敝者，不免有姑□□□之舉；而矯其敝者，又往往尚嚴苛、務峻急，以效申、韓之所爲。求其恩威并濟、仁義并權，所行直接三代之事者，秦漢以來，寥寥如晨星矣。若諸葛武侯，其巍然三代之佐歟！

方其高卧隆中，隱然以伊周自命。及乎蓬廬三顧，恍莘野之三聘也；魚水聯歡，恍王廷之一德也。尹氏謂："三代而下，出處之正，莫如孔明。"信已！獨其治蜀一事，法不可以親故貸，爵不可以匪人倖，覬覦觭齕之徒，輒多愁怨，論者遂以申、韓目之。噫！是殆以常情測，而未知武侯之治蜀即先王威克厥愛之道，亂世重典之方也。吾嘗盱衡時勢，深嘆武侯之用心苦而行道至矣。

今夫蜀一彈丸地，非若吴、魏之幅員孔長也。其君新入未定，益州疲敝，非可以迂緩爲也；其臣民繼劉璋闇弱之後，跋扈專權，[非可以]煦嫗噢咻治也。承其敝者，苟仍守高祖之約法弛禁，吾恐法不嚴而人生玩，赤眉之擾亂，黄巾之跳梁，必再興於劍閣矣。爵一濫而人思倖，新都之僭制，十常侍之鬻官，必再見於成都矣。水懦民玩，鄭僑有炯鑒矣。踵而謬之，蜀且無鳩，尚何足追三代蕩平之治哉？

武侯知其然也，持大舉措、大賞罰於一□以風勵臣民。法所在，雖廖立之才有必廢，李嚴之賢有必黜，馬謖之智有必誅；爵所在，雖劉巴之宿忌有必用，黄權之堅僻有必徵，彭羕之擯棄有必擢。坦坦然開誠心、布公道、嚴科教、信賞罰，不偏不倚，不濫不刻。昭烈帝以恩仁收衆心，武侯以威義懾衆志。一時之救敝，實三代之良規也。朱子謂"武侯庶乎先王之政"，有以夫！君子觀於蜀人之感戴，伏誅者雖死而無怨，被廢者聞卒而涕流，何其知恩也；龐統爲治中而委身以圖報，蔣琬繼丞相而勤政以安民，何其知榮也；渭濱屯田而民不以爲擾，官府橋梁莫不繕理而民不以爲勞，正孟子所謂"以佚道使也"。讀陳壽所定故事表，至"吏不容奸，人懷自厲，道不拾遺，强不侵弱"數語，益想像於王者皞皞之化，如在巴蜀間焉。

後人稱武侯爲小周公，稱《出師》二表可繼伊訓，欽崇極矣。而獨至國家積弱之時，往往上下相蒙，罰以賄免，賞以倖得，舉武侯所謂“威以法，限以爵”者，悉悖其所爲。即有一二好譚時務，又競以雜霸富强，侈然易開國興王之治，聞武侯化蜀之風，尚其知所變計哉！

敬齋識：是年會試，御題有《威之以法，法行則知恩；限之以爵，爵加則知榮》，題目中選者大半謂“武侯之治近於申韓”，未免低視武侯。因信筆草此，以質諸高明者。

朱陸異同論　甲辰

古今學術之真僞，判於幾微。幾微弗辨，必至陰賊吾道而顯害人心，孔於隱怪，孟於楊墨，所以斥之、排之而不能自已也。朱子承孔、孟真傳，日以主敬、窮理、反躬、實踐爲功。其時，陸象山倡爲陽儒陰釋之學，日以棄書絶慮、静養精神爲事。朱子始則望其翻然改塗，故有“去短集長，勿墮一邊”之勖；終則因其堅僻自是、易惑人心，故有“江西學弊，若不極力争辨，此道無由得明”之憂。後儒倘鑒朱子攻陸之嚴而衛道之密，則其真僞異同，自判然若黑白矣。

孰意元、明以來，諸儒議論紛紛。有謂朱子偏於道問，陸子偏於尊德性者；有謂朱、陸異於早年，而同於晚歲者。至篁墩《道一編》、陽明《傳習録》則尤顛倒前後，以矯誣朱子而彌縫陸學者也。是烏足以知朱、陸哉？

予嘗覽其遺書，論其年世，而知朱子之苦衷，且知陸學之不可强同也。朱子早歲用功，嘗馳心於空妙，自見延平後，始深徹禪學之非。故象山初會鵝湖，朱子有“只愁説到無言處，不信人間有古今”之語，恐其流於異學而亟思救正也。越六年，再會鹿洞，講喻義章，深中學者錮病，朱子請書於簡，欲其熟講徐究以悉歸於同也。其所以獎勸象山者至矣。無如象山自信太過，溺禪太深，無舍己從人之思，有自誑誑人之術。致使其徒傅子淵輩撑眉努眼，猖狂失心，顯然爲吾道之荆棘。朱子目睹其弊，其猶可委蛇與之而不聲罪攻之耶？於是，奏篇遠寄，則譏其葱嶺帶來；學徒四至，則譏其輕爲高論；詆伊川之傷我，則譏其不識金；襲告子之外義，則譏其大害理；稱荆公爲英特，則譏其學問偏枯；解皇極爲大中，則譏其文義舛錯；雜周子無極於老子，則譏其換面改頭，實是陰祖異説；講顔子克己爲裹障，則譏其絶思斷語，確是溺人深坑。以象山之矛，攻象山之盾。考亭一擊，不猶孔門鳴鼓之意、孟門距放之風乎？

且夫朱子防陸甚峻，又慮世甚深也。告劉子澄，恐其爲象山引去也；告項平父、胡季隨，恐其爲象山誑惑也；告程正思，則更譬諸楊墨，欲其知爲我"兼愛"之必至無君父也；告許忠應，則痛言假佛釋之似、亂孔孟之實，欲其澈此蔀障而不爲所愚也。至象山甫卒，朱子哭之曰："可惜死了告子。"象山卒後，朱子憶之曰："陸子静所學，分明是禪。"則又顯定其公案，欲使天下後世咸曉然無疑也。鐘鏞一叩，瓦缶其胥齏矣；日月既明，爝火宜共熄矣。而稱爲尊德性者，何不知象山歧視心性，本以持敬爲杜撰耶？而擬爲偏於學問者，何不觀朱子學以復性，確能合内外而兼盡耶？而指爲早異晚同者，何不思朱子晚年攻陸，實冰炭日甚耶？嗚呼，明道之艱，知人之難，如此夫！

予於是更有感焉。以象山穎悟過人，足塗一時之耳目；賢如南軒、東萊，猶不知其底蘊；才如袁燮、楊簡，猶願列其門墻。設非朱子嘗出入空妙之門，能窮詰其弊之所在，則舉世高明盡爲障蔽，何望百世後之斯文，能如日月再中耶？

昔人謂"世無仲尼，萬古若長夜"，予謂"世無紫陽，萬古皆學蔀"。其廓清異派之功，較諸箋註六經更難且鉅也。昌黎謂"孟子功不在禹下"，朱子闢陸之功豈在孟子下哉！世有似陸非陸者出，託上帝以卑聖賢，侈真宗以愚黔首，其迹雖粗，其焰則誠熾矣。顧安得有如朱子者，起而剗其僞、砭其異，以延孔孟一脈之真傳哉！

黄厚甫先生評："辨析詳明，論斷精確，是當今衛道之作，爲紫陽私淑之徒。"

甲辰莫春敬齋自識："朱陸之辨，實是正學、異學所關。有世道之責者，不可不細爲剖明，以告來者。兹因安溪崇德書院課卷，及永春諸生徒所作，多爲程篁墩諸説所蔽，殊非朱子本意。復遍觀前人所説朱陸，均是調停兩可。朱子有知，能無齒冷？爰據愚所見，信筆一揮，雖有愧於古作者之林，然於聖賢明道之方，未必無小補云。”

尊昭烈爲正統論　乙巳

唐中宗必著年，漢昭烈必承統，此朱子繼《春秋》絶筆，以維人心於不斁者也。

自陳壽作《三國志》，以正統予魏，以列國待蜀，司馬氏《通鑒》因之。歷數百年，無有能秉《春秋》之書法，以正其誤者。使天不生朱子以改正之，吾恐承祚曲筆於前，涑水沿誤於後，以昭烈堂堂帝胄，不使親承大統，致高、光四百載之江山，至斯墜地，而篡弑巨魁，反得進而冒天子之稱。其無以正一時漢家之統，即無以懼萬世亂賊之心。冠裳倒置，而大義莫伸，人心將誰挽乎？朱子深痛夫亂賊之不可長，而統緒之不可紊也，乃援《麟經》書法，獨書章武元年於曹丕竊位之後，非所以砭亂賊之奸謀，勿使承高、光之正統哉！

且夫《綱目》書法，如書揚雄爲莽大夫，書陶潛爲晋徵士，其垂法戒以正人心者，指不勝屈矣。而其大書特書，足成千秋鐵案者，莫如以正統尊蜀一事。書漢中王即位武擔，直與高祖即位於氾，光武即位於鄗，先後同符。此其隻眼獨高，洵爲漢、唐、宋諸史臣所不逮。即起陳壽於九原而問之，應亦嘆爲《春秋》直筆也。其斯謂公道在人心者歟！

顧或謂：壽爲晉臣，晉承魏祚，藉尊魏以尊晉，分固宜然。觀其書昭烈爲中山靖王之後，壽固明明以帝胄待蜀漢矣。且非劉氏不王，前後漢沿爲成例，則列蜀漢於三國，壽亦知其非載筆之公，特爲魏晉臣子，不得不留其曲筆以待後人鑒原耳。

不知正僞之分，判如黑白。頑石可朽，而曹氏篡統之罪不可消；泰山可移，而昭烈正統之名不可奪。陳壽欲尊魏適以卑蜀。祁山六出，討賊也，以“入寇”書之；陳倉攻蜀，入寇也，以“討賊”予之。是非之顛倒如斯，天下豈復知有名分乎?

朱子早知古來亂賊竊人家國,每苦於取之無名。三家分晉,田氏併齊,則借周命以蓋之;莽賊篡漢,則借居攝以文之。玆曹氏以禪掩篡,難逃筆伐,史臣復以正統稱之,後起奸雄,必有張膽明廷,而肆行無忌者矣。故以章武嗣漢統,即以黄初爲篡統。陳壽於山陽公,書曰“奉漢帝”,朱子直書曰“廢帝”。陳壽於曹丕,書曰“受禪”,朱子直書曰“稱皇帝”。陳壽於昭烈,書曰“上尊號”,朱子大書曰“即皇帝位”。明乎漢家之統惟漢胄能承之,非亂賊所得竊也。夫而後君臣大義,乃烺烺炳炳於天地間,如日月中天,萬目咸睹。朱子誠尼山後一人哉!

嗚呼!武氏亂唐,而首歲必書“帝在房州”,不使僞朝竊其號。曹氏篡漢,而承統必以昭烈爲正,不使賊臣冒其稱。無形之貶褒,甚於有形之鉞衮;一時之筆削,可繫萬古之綱常。信乎《綱目》一書,其可繼《春秋》絶筆,以維人心於不敝也夫!

秦始皇論 庚戌

天將興之,誰能亡之?天將亡之,誰能興之?予讀《秦始皇世紀》,竊嘆天之巧於亡秦也。

使始皇非因侯生、盧生之誹而坑儒生,則扶蘇可不諫,始皇可不怒,監軍之命可不下。而扶蘇不遭離間,承統何難得人乎?

使始皇病於平原,爲書賜蘇,使者行而始皇乃崩,則會喪得與,符璽得膺,矯詔不得施,而扶蘇得展其所爲,秦祚何難綿久乎?

乃使監軍,而扶蘇之死機已伏;滯使書,而扶蘇之死機漸見。豈天不憖遺一扶蘇耶?蓋人爲天所生,儒爲人中之傑,尤天所愛。始皇焚書以愚黔首,極刑以殘民命,窮兵重役以悴民生,天心厭秦久矣,而復坑諸生四百六十餘人。是天愛之而始皇戕之,得不觸天怒乎?天怒既甚,得不欲其速亡乎?天欲亡秦,留一扶蘇,將何用乎?是始皇怒蘇,若天之巧爲激之也;上郡監軍,若天之巧爲離之也;始皇死而使未行,若天之巧爲遲之也;斯、高矯詔而殺蘇,若天之巧爲安排以速其死也。天非巧於死蘇，實巧於亡秦也。

觀於胡亥襲尊，未期年而勝、廣起，甫期年而楚、漢起，不旋踵而奉璽繫頸之事見。設扶蘇猶在，何至速敗如斯耶？此非巧於亡秦之明驗歟？

嗚呼！黨錮烈而漢祚旋傾，清流禍而唐宗遽覆，東林慘而明運遂移。此與始皇雖有昏暗、殘刻之分，而其傷士氣以攖天怒，則如出一轍也。

世之爲儒者，其佩言遜之旨，懲橫議之非，以善自保身可也。而爲天下君者，尚亦鑒始皇之爲禍首，其勿以摧殘士類，致天醜其爲而速其亡哉！

荀卿論

士生三代下，有學近聖賢，才堪將相，雖不得志於君，而終有表見於世者，吾於列國中得一人焉，曰荀卿。

考《國語》所載，荀子名況，趙人也。著書萬言，羽翼六經，時人賢之，尊曰荀卿。楚以爲蘭陵令。與趙孝成王論兵論將，落落數百言，得治世大要，非賢者能若是乎？

予觀蘇子瞻一論，竊病其言爲已過矣。子瞻謂："李斯以其學亂天下，皆荀卿之高論有以激之。"不知斯之變法、焚書，皆出自始皇之旨。始皇以刻爲能，斯欲希榮固寵，不得不舍其所學以迎合上意，非卿教之亂也。且斯之恣睢，亦非卿所能逆料。孔子爲師，不能預禁公伯寮之愬；曾子爲師，不能預知吳起之貪。況斯之巧於趨時，卿安能預知而禁之乎？如以此罪卿，則是寮之過，孔之罪矣；起之過，曾之罪矣。豈持平之論哉！

至"亂天下"之説，"亂"，本作"乿"，古"治"字也。《論語》："武王曰：'予有亂臣十人。'"《集註》解釋甚明。卿蓋以子思、孟子能治天下者，非以爲亂天下也，此可爲卿辯矣。

至"性惡"之説，據《潛研文集》云："孟子言'性善'，欲人之盡性，而樂於爲善。荀子言'性惡'，欲人之化性，而勉於爲善。言性雖殊，其教人爲善則一。"世人見篇首有云"人之性惡，其善者僞"，遂掩卷而詬之。抑知荀子所謂"僞"，只作“爲善”之“爲”，非誠僞之“僞”；古書“僞”與“爲”通。《堯典》“平秩南訛”，史作“南爲”；《漢書·王莽傳》作“南僞”，此其證也。若讀“僞”如“爲”，則其説無悖矣。

且夫戰國時學聖賢之學者，孟子外惟荀子。孟子醇乎醇者也，荀子大醇而小疵者也。讀荀書三十三篇，惟“言性”一篇可議，其餘則皆闡聖賢微旨，上足承先緒，下足示來玆。觀其論兵以仁義爲本，與孟子對梁王之旨差相近；論將以六術、五權、恭敬、無曠爲言，與孟子對齊王之語不甚相遠。使楚能大用荀子，畀以將相之權，吾知荀子必以仁義爲經，以術權、恭敬爲緯，戰守具張，楚之社稷人民安如磐石矣，何至後二十年竟爲秦所滅耶？荀之不得志於楚，與孟之不得志於齊、梁，豈非天哉！

要之，荀卿其道雖擇焉不精，語焉不詳，其人則吐辭爲經，舉足爲法。其學雖不若孟子之純，究不至如申、韓之雜。此韓昌黎《進學解》所以荀、孟并稱也。

敬齋識：通體雖未盡雄偉，而辯駁蘇論，恰合荀子身分，質之東坡，應亦許可。

留侯論

天生一代偉人，必有過人之才氣，而學術偶雜，遂流於詐術而不自知。其始，義憤所發，天地亦爲震動；及至學日秘，術日工，不覺任智挾數，近於詭譎之爲。無他，負豪傑之奇氣，而未裕聖賢之純修也。若漢之留侯子房，非耶？是耶？

子房自博浪一錐，副車誤中，雖未制祖龍之死命，而忠心貫日，足與秀實之笏、士雅之楫，同留正氣於兩間。推其心，直謂：“家可破，弟可不葬，仇不可不報！”熱血剛腸，實迫於救韓之一念，而乃蹈此不測危機也。爲問荊卿、聶政，能如此之沉毅有爲乎？蘇子瞻謂其不能忍，而以荊、聶比之，亦淺乎測子房矣。

所惜者，子房天資雖美，不得聖賢爲之師。圯上老人所授一編，不過韜略之書，智謀之術耳。子房揣摩數十年，機械權變，備熟胸中，不覺詐術百端，隱與聖賢之道相悖。所以下邳歸漢以來，因怠擊楚，失之仁；躡足附耳，失之義；發難阻封，失之忠；設計背約，失之信；告封雍齒，陰使四皓，失之公；説九江王，燒絶棧道，失之正。畢生行事，以術不以誠，皆此三略奇書有以貽其雜而不純之病也。況乎晚年辟穀，託言從赤松子游，啓文帝作廟渭陽親祀五帝，武帝好仙迎佛之漸，何莫非子房方外神仙之術，有以作其俑耶？子瞻不知學術之弊由於黄石，而反取之，此所以晚歲好禪，而與子房同病與？

且吾更有感焉。從來學術之純雜，半由運會之升沉。以子房爲漢名臣，會鴻門則扶其難，入咸陽則諫其私，都關中則識其勝，功勳赫赫，何致有雜而不純之譏？不知學術之壞，自暴秦以坑焚禍詩書，以法術愚黔首，仁義中正之道，澌滅盡矣。子房生當其後，既失聖賢正學之傳，又狃黄石公機智之術，則才氣雖高，而學術尚雜也，宜哉！然子房之明哲見幾，出信、何上，亦西漢之一代偉人歟！

黄厚甫師評：案，蘇氏《留侯論》取圯上高，而譏博浪之失。不知副車之中，純是忠義所發；黄石之書，只是謀術伎倆。此篇翻剥蘇論，正合聖賢道理，可謂持平之論。而辭筆之雄腴，典籍之紛披，猶其餘事。

孔教非他教比論　丁巳

天生人，而立之君師，以治統治一時，尤必以道統明萬世。孔子之教，則以道統維治統於不敝者也。堯、舜、禹、湯、文、武、周公遞衍之心法，即治法也。孔子以師儒肩其道而集其成，始於格致誠正，終於修齊治平，皆實踐也，非若老氏之虛無也。始於子臣弟友，終於忠孝仁義，皆明倫也，非若佛氏之蔑倫也。始於主静立極，終於與天地合其德、日月合其明、鬼神合其吉凶，皆聖化也，非若猶太、基督諸教之藉上帝以欺人，屏鬼神爲迷信也。其道至大至精，至中至正，由之則治，不由則亂。自漢以來，凡君相士庶之稍知治道者，莫不以孔教爲宗，豈至今復有異議哉！

獨是聖道雖無古今，天時則有顯晦。日月尚有雲翳之時，江河尚有淤塞之時,聖教豈無他教混淆之時?當此世衰道微,邪説争鳴,顯然欲與孔教爲敵,誰是知孔教之有關治道者乎?

老者曰:吾師以坤柔爲主,以清净無爲爲宗,孔子且以猶龍嫓之。漢初,其教盛傳,至武帝益推重於方士。唐憲宗求長生,則詔居興唐觀矣。宋真宗受天書,則駕謁太清宫矣。今如江西張天師,出漢道陵後,猶爲道教主。

佛者曰:吾師本迦毗羅國王子,以六塵六根爲戒,以四恩四諦爲規。周靈王時,先孔子而發生矣。漢明帝迎入中國;晉、魏、梁、隋皆盛行之;唐如許敬宗、薛元超,則以文飾佛矣;宋如楊大年、蘇子瞻,則引儒入佛矣。今西藏喇嘛,各省叢林,襲元時餘烈,猶爲釋教主。

天主者曰:吾師摩西,尊上帝爲耶和華,鎸十誡於西柰山,商太戊時,先孔子而創教矣。唐時阿羅本,元時高末諾,入中國傳景教。至明,利瑪竇受神宗優禮,始著《天主實義》諸書,朝臣如徐光啓則信從之,碩儒如李之藻且潤色之。今傳布各省,主張詞訟,猶以猶太舊教煽其焰於中華。

耶穌者曰:吾師爲上帝子降生,信吾教則爲赦愆,不信則難逃罪。漢哀帝時已立教,特未入中國與孔教并傳耳。有明中葉,羅馬之舊教滋弊,路得之新教盛行。至嘉慶間,莫立孫傳教廣東,爲耶穌入中國之始。今南北行省各立教堂,猶以基督新教,立其標於内地。

回回者曰:吾師摩罕默德,奉天命以救世,著《可蘭》以爲經,折衷猶太、基督之善而渾融之,足於孔教外别樹一幟矣。唐肅宗以回紇兵平“安史亂”,爲回教入中國之始。元滅金、宋,回教亦多從軍,今其子孫留居各省,教規嚴肅,危急相援,猶以《主義六條》宣其示於西南路。

嗚呼,他教之誕奇高尚,足以動人如此!而爲孔教者,亦樂其誕而自小,樂其高而自卑。誰是知孔教之有關治道者乎?不知他教詭於道,雖偶熾而終危天下;孔教衷於道,雖偶晦而可安天下!從道教莫如宋徽,而有五國城之耻;從釋教莫如梁武,而有臺城之囚。至若天主以崇帝抑神示人,耶穌以釘架復生惑人,回回以婚不通、葬不棺限人,教本離奇,無關治道,盛世其難入,季世其焰熾。程子謂"異教興則天下亂"者,此也。漢高祀太牢,而漢祚綿長;唐宗尊"文宣",而唐基永固;宋祖親視學,而宋學大昌;明祖詔立學,而明治彌光;清聖祖祀闕里、崇大成,而清政益理。若祖龍焚書,非聖無法,天速其亡!六朝五季,不尊孔教,皆不旋踵而亡。則所謂"孔子之道,由則治,不由則亂"者,誠古今一大炯鑒歟!

顧或謂:六朝五季,竊國雖出於夷狄,佈教未盛於中華,今則天主、耶穌,争爲國教矣。始皇焚書,以書能開民智,視書猶重;今則廢棄四書、六經,以書無益富强,視書更輕矣。狂瀾之倒亂已極,豈易爲孔教作中流乎?然亦思彼教之屏棄鬼神,不顯悖"天神格、人鬼享"之義耶?然亦思新學之輕置經書,不大負古昔稱先王之心耶?時置晦盲否塞,恃教倚勢之徒,或棄祖宗而從之;厭故喜新之士,或舍國粹而學之。及諸弊叢生,禍延家國,則必翻然改圖矣。改圖則回思我孔子肩堯、舜、禹、湯、文、武、周公之道統,可以垂憲萬世者,必彌切景從矣。矧此後四夷聞風,知我中國前之所以亂,由於異教之喧豗;後之所以治,由於聖教之昌明。益恍然於各國宗教之各執一偏,不若孔教之萬全無弊,則素王文化將漸及五大洲矣。翳雲消而日月益明,淤流盡而江河益清,異端熄而聖道益光。知我生以後,更二三百年,必將有目睹大同之世,而遍孔教於全球也。特無如泰運未逢,不獲於吾身親見之耳。噫,天時有顯晦,聖道無古今,聖人復起不易吾言矣。

丙辰季冬之月杪,上海諸友頒來一書,謂北京有少數議員,欲擯孔教於憲法之外,而立夷教爲國教者。諸同志因就上海北市,創一維持孔教會。首電參、衆兩院,請其列入國教;次函達各省諸君子協力共争云云。予披而閲之,初則蹙然傷曰:"蚍蜉之撼大樹,有如是哉!諸君能拒異端,聖人之徒也,老夫敢不贊成之!"既而囅然笑曰:"孔子如日月經天,萬古不晦。人雖欲自絶,其何傷於日月乎?諸君力争,只息一時之喙耳,究於孔教以道統維治統之要旨未闡也。老夫敢不推論之?揮灑千餘言,自攄所見。恐不足形容聖道,祈海内諸大君子指我瑕疵,匡我不逮,俾有當於聖人萬一也,則幸甚!"

丁巳仲春,詩山遺老戴希朱敬齋父自記。

辨

蒸梨出妻辨　甲戌

曾子蒸梨出妻，其事固未可信。即或有之，事雖爲蒸梨起見，心斷非爲蒸梨起見。

《内則》曰："子婦未孝未敬，勿庸疾怨，姑教之。不可教，然後怒；不可怒，然後子放婦出。"古人所以再三遲回而後放之、出之者，非過謹也，蓋以子婦爲恩誼所關，放出爲人倫大變，事之不容以輕舉者也。

况曾子承至聖真傳，樹人倫極則，必有不教之教、不怒之怒，高出於尋常萬萬者，豈忍不待教、不待怒，而遽以蒸梨細故，輕棄其妻也！想其妻平日必有不順父母、嫉妒、多口舌諸事，顯犯乎"七出"之條。不出則逆親忤命，難肅其家規；欲出而據事直言，恐彰其醜行。而乃於萬不得已之時，姑藉蒸梨不熟之事以出之。此仁人長者之心，與孔聖燔肉同意，非衆人所能識也。

司馬氏《居家雜儀》謂"子放婦出，亦不明言其犯禮"，其即此意也夫！

陳壽三國志書法辨　丁丑

繼馬、班之後，處魏、晉之間，特創三分鼎立之體，以成一家言者，陳壽《三國志》是也。

自太史公作《史記》，叙帝王曰"本紀"，叙人臣曰"列傳"。班氏《漢書》因之。至壽，獨不用其例。分志三國，其旨微而顯，其例簡而當。文中子稱之，是矣！論者謂其挾私見以帝魏，因髡父而貶武侯，以是爲壽病。噫！爲是説者，不但不窺其深心，并不解其書法矣。

夫使壽果以魏爲正統，則必高列魏主於"帝紀"，專名其書爲《魏志》，而降蜀、吴爲列國載記之書矣。兹則明列爲《三國志》，其分志爲三者，正不使魏之統於一也。且壽爲晉臣，晉承魏祚，則藉尊魏以尊晉，分固宜然。彼魏收之《魏書》，且目東晉爲僭晉，目蕭梁爲島夷矣，壽又安能黜魏乎？今試就其所特書者核之，於魏、吴，但志其君臣。於蜀，則先志二牧，以見漢家苗裔之相承；後附諸臣傳贊，以見故國人才之擁護。此其間已有區别矣。於蜀，則稱先主、後主；於操，則曰公、曰王；於吴，則曰孫堅、曰吴主權。主者，人君之通稱；先後者，繼世之統緒；公與王，則猶屬人臣；至書國、書名，更卑卑不足道。凡此者，皆故爲差等，以待後人之鑒别者也，則帝魏不足爲壽病矣。

至謂"以私怨短武侯"，則尤爲無稽之説。武侯出祁山，禦之者爲司馬懿。壽但云"所遭者或值人傑"，是不惟不敢書其名，并不敢書其爵位，又焉敢誇武侯之將略，以形祖宗之短？觀其所定諸葛故事，上《表》斷爲管、蕭流亞；比以召公、子産；復證以皋陶之謨、周公之誥，欽崇極矣，何有貶詞？史臣論斷，一字爲榮。壽載所進《表》於《武侯傳》後，是直以己所推稱，爲武侯之實録，此千古史臣所未有之創格也，則短武侯更不足爲壽病矣。

且夫蜀者，地名，非國名也。章武改元，明明嗣漢，漢名尚存，正統固難他屬。而自安樂入魏，則正統終有所歸。與其書漢滅於魏，而使魏有一統之名，何如書蜀併於晉，而使晉收三國之局。故諱漢而爲蜀，正所以夷魏於三國也。然則，壽之書法誠可抗衡史、漢，而非穢史所能彷佛矣。噫，《三國志》堪千古矣！

林夫子橙圃先生評：非勘透三國全志，斷無此議論；非統觀歷代諸史，斷無此波瀾。其斷制處處用重筆，似從三蘇史論得來，是真出人頭地者。

歐陽四門先生辨

黄璞《閩川名士傳》、宋祁《唐書》、黄仲昭《八閩通志》，俱載歐陽四門爲晉江人。舊志又載：歐陽氏宅在泉州城南三十五都鄱湖[①]。環湖百餘里，四十餘家。唐宋時，弦誦相聞，賓薦歲不乏人，後廢爲"資福院"。

考公貽王式書，謂先與蔡明浚、羅山甫有鄱湖合煉奉養之契，同居者三年。知公在潘湖未久也。至謂廢爲"資福院"，則訛傳甚，附會甚。是院在高蓋山腰，爲四景之一。嘗閲唐釋道昆[②]《高蓋山資福院碑記》云：咸亨辛未，曹溪惟節禪師雲游至此。癸酉秋,有歐陽公揮金布穀爲構院宇,額曰“資福院”。據此,則“資福”决在詩山無疑矣。且道昆所記建院事,不曰“有歐陽行周公”,僅曰“有歐陽公”。記建院於高宗咸亨癸酉,距四門登第於德宗貞元壬申,先後尤隔一百二十年。以家世核之,四門以上皆爲閩越官,則皆可稱歐陽公,不必專屬四門也;以年代核之,則知建院確是四門之祖,非始自四門也。李葵南《志稿》云相傳資福院是詹之曾祖建者,斯言良非無據也。建院既屬四門之祖,則知其祖若父,世居詩山之旁,而四門之毓秀於此,確鑿可徵矣。

《歐陽文集》云:高蓋山絶頂,詹祖母墓在焉;山之旁有小山曰“芹山”,歐陽廬在焉。先是,詹之祖父母自鄱湖到此結廬,後人號其舊宅爲“仙人獻掌”。《府志》云“詹故居鄰詩山之下”,即其處也。《閩書》云:“詩村在詩山下,係詹故里。”則四門之生長詩山益明矣。李貽孫序《歐陽文集》,謂公之子槓自南安來求序。况詩山有白雲室,爲公讀書處;南安有應魁亭,爲公登第建;衣錦坊,爲公榮歸建;歐陽亭,爲公游憩建。則四門之爲南安人無待辨矣。

《莆陽志》亦謂“詹爲莆陽人”。嘗讀《祠志》,載公與王式讀書莆陽,距家四百里許。詩山離莆陽,計程恰有四百。則四門之家於詩山,非家於莆陽益昭然可信矣。惜自唐迄明,南安縣志不修,而晉、莆二志先修,致破荒名獻,隸入他籍,并其發祥之地亦晦而不傳,天下幾忘産自南安,非吾邑一憾事哉?

然晉、莆之採入志乘,亦非無故。晉之鄱湖,公之祖居也;龍首、龜岩,尤爲讀書游憩之所。莆之福平,公之别墅也,其仲子徙居於此;靈巖又爲肄業、歸藏之所。間嘗罕譬得之:四門之於晉,猶朱子之婺源也。四門之於莆,猶朱子之建陽也。南安之詩山,以歐陽得名,猶南溪之文山,因朱子而顯也。晉、莆固可爲四門立傳,而詩山爲四門毓秀之鄉,則斷斷乎不容混者也。今詩山學校崇祀四門,亦可見鄉後學之景行深而瓣香切矣。

蔡虚齋序公文集,謂龜山道南之學倡自四門;何鏡山謂公密箴暗室,其學開濂、洛、關、閩之先。是公爲唐代之名臣,亦閩學之鼻祖也,世之徒以虎榜破荒爲四門重者,烏足以知其倡道之功哉!

希朱既辨其勝迹，復表其正學，俾百世下之聞風興起者，咸憬然於泰山北斗之尊。

同里後學戴希朱謹識。

威鎮廟號辨　丁酉

“威鎮”，乃宋天子敕賜郭廟之名也，志乘發明章矣。然世每喈喈稱廟在清溪者，何哉？蓋斯廟爲瞻顧封塋而建，昔人竪神道於廟門外，而仍以“威鎮”名廟者，其用意也微矣。殆以王靈爽鬱結千秋百世，後猶依依在親左右，故建此以遂其孝思歟；殆以王疊荷綸綍，光及先人，故仍揭賜額於斯廟，以見顯親之有在歟。觀塋中聖旨一碣，可以會其通矣！

且夫世之車輦馬駢雲集於郭山者，不知幾萬億矣，而其稱斯廟也，則僅稱之曰“郭山廟”，雜之曰“鳳山寺”，未嘗以“威鎮”之名挂齒頰間。有一二搜羅志乘，心知其故，猶難盡爲淺見鮮聞者道，何怪其以“威鎮”專屬清溪也！

更有附會不經者，莫如受封　說。諺云：麾旗宋宫，其靈嚮出自清溪之廟，其敕書亦錫於清溪之廟，意蓋欲借是以實“威鎮”名也。嗚呼，是豈知神之所爲哉！夫王之靈在天下，如月在天上，水在地中，無往而不照不注也。必斤斤然謂專出自清溪河内，是何異疏牖分光，鑿井得泉，而謂水月之專在是也，是豈知神之所爲哉！

儀修志及此，釐而剔之，庶後人涣然一解，不至以耳食之言沿其口也夫。

（録自《郭山廟志》卷之四）

地　球　辨

客有問於予曰：西人謂天圓地球亦圓，其説然歟？

予曰：古人謂天地如鷄卵，地如卵裏黄，未有卵圓而黄不圓者。况今日鐵艦遍五大洲，由我國吴淞口啓艦東行，東盡處即爲西方。以此知南北有極，東西無極，而地球形圓之説益信已。

客曰：地球之圓，西人既獨得其秘，然則天圓地方古説毋乃荒唐乎？

予曰：所謂天圓地方者，以性體言，非以形體言也。自天地開竅於河、洛，《圖》、《書》皆以中爲太極。有太極即有陰陽，有陰陽即有動静。天主陽而動，地主陰而静。動則爲圓，静則爲方。曾子《天圓篇》曰："天道曰圓，地道曰方。"是天地之性也。故聖人作《易》，皆以方圓之理測天地。《坤》之六二曰："直方大。"《文言》曰："至静而德方。"方者，生物有常之德。此言地性，非言地形也。其形則天包乎地，地在天之中央，無四隅，無正面，高下相周，渾淪磅礴，本圓而非方也。西人據形昧性，遂以地方爲荒唐也。謬哉！且夫地圓之説，先聖人已啓其端矣。昔者周公與商高著論，《周髀》一書言地如饅首，天如上下雨傘合籠，日月在腰，如在雨傘合縫處。周公又曰："天象蓋笠，地法覆槃。"皆明言地是圓形。至程子，謂："地四邊有空闊，在天中一彈丸耳。"又曰："地無適而不爲中。"又曰："地無窮者如無端也。"此亦明言地之爲圓也。先聖人據理推演，無所不通，豈必如西人游覽東西兩半球，窮究地形，始能得其秘耶？

客曰：地圓一説，西人既與古人合，然則西人謂地球每歲繞日一周，故成四時；每日自轉一回，故成晝夜。斯説其亦有合乎？

予曰：天地開闢以來，乾元統天，純是一氣流行；至坤元，雖凝然成形，不過順承天氣以資生。故天行常健，而地形常順也。邵子曰："天何依乎？依乎地；地何附乎？附乎天。天依形，地附氣；其形有涯，其氣無涯。"朱子曰："天以氣而依地之形，地以形而附天之氣。天以氣而運乎外，故地凝在中間，頽然不動。使天之運有一息停，則地須陷下。"又曰："地在天中不動，不是在下。"梅定九亦曰："天近邊者極速，向内者漸遲，中間沙土，聚而不動，是謂地體。"觀此可知：天包地外，地特天中之一物；地形静而無動，必附天之氣以爲氣，藉天之運動以固形，實與大《易》乃順承天之旨符。西人不識此理，見地球圓形，遂以爲地有轉動之勢。抑知地非有轉動，實天之氣所動也。如謂地球歲轉一周，凡日輪所馭，球能繞之，果爾，則全球運動，北極高度，當四時不同矣，何以北極出地之度，萬古不改耶？如謂地球日轉一回，則周圍七萬餘里，計一時所轉，當六千餘里，以西人所製輕氣球驗之,乘球而升,極速亦必歷一二小時方能下地,果爾,則當離一萬餘里矣,何以此球下地,雖遇風亦只差數里耶？此可徵地球無轉之實矣！此可破西人地轉之訛矣！

客曰：西人謂地有轉動而無傾覆者,以有地心吸力也。此説毋乃是乎？

予曰：地在天中,天氣轉旋於外,其中必有大樞紐。南北兩極爲兩端之紐,地心爲中間之紐,地心何嘗無吸力哉！然天九重,第一重曰月天,近地而氣緩,至彌近地心而彌緩;第九重曰宗動天,則行不息而彌急。宗動天以南北極爲動宗,故雖不動而急旋,旋於其所而不覺焉。地不爲動宗,故直凝而不動。地形既凝,則所轉動者皆天氣也。此意朱紫陽、李安溪言之詳矣,安得以地心吸力遂謂地球非天氣所鼓盪也耶？

客曰：地球不動,既聞其詳,敢問四時晝夜,何以成耶？

予曰：此亦天日爲政,非地球爲政也。天之精神在日,月則受日光以爲光者也;星亦受光於日,但其體微耳;辰亦日月交會之所耳。邵子《經世書》曰：“日隨天而轉,月隨日而行,星隨月而見。”又曰：“日爲暑,月爲寒,星爲晝,辰爲夜。”是四時之寒暑,一日之晝夜,皆天之日月星辰所爲,非地球繞轉之所爲也。

客曰：寒暑晝夜,豈盡無關於地耶？

予曰：日爲天之陽光,有黄道赤道。春分秋分,日交赤道,出入於卯酉最中,地平上下,其度適均,故不寒不暑,而晝夜平;夏至前後,日躔赤道内,其光直射,地平上多下少,故氣候酷暑,而晝長夜短;冬至前後,日躔赤道外,其光斜照,地平上少下多,故氣候嚴寒,而晝短夜長。今試就地平測之,南北兩端以去日遠近爲寒暑之差,東西以見日早晚爲晝之度。推之北極左右,夏有不釋之冰;中衡左右,冬有不死之草;中衡以南,五穀一歲再熟;北極之下,物有朝生暮穫。此何嘗不隨地而異之。然地所以見異者,非自異也,實受天陽光之氣有極中、極旁、極高、極下之異耳,而天氣之所施,究無異也。烏可謂寒暑晝夜之現於地而非主於天也哉！

客曰：寒暑晝夜既主於天,然則日月星辰隨天轉乎？抑自爲轉乎？

予曰：古者曆家言天左旋，日月星辰右行，只以進數難算，故以退數爲截算。實則天與日月星辰皆左旋，特天之行疾耳。張子曰："天左旋，處其中者，順之少遲，則反右矣。"朱子謂"此説甚精"。如以一大輪在外，一小輪載日月在内，大輪轉急，小輪轉慢，都是左轉，只有急有慢，便覺日月似右轉了。今西人本輪、次輪諸説，即是此意。然孰知曩哲已先得其妙哉！嗚呼！好奇喜新，人心之弊。地圓自動之説，西人侈以爲秘，吾儒不察，悉編入教科書，以爲天下學堂式。不知"地圓"與《周髀》諸書吻合，遵之可也；"地球自動"則遍閱群書皆無此説，且揆諸形氣施受之理，亦弗合，從之不可也。近來日本地震學，五洲人皆服其奇，豈知漢張平子造地動儀，各處地震皆知之，司儀者先言其故，及報到某處地震，時刻皆應，此其奇實出人意表也。彼日本所學，安知非襲平子之牙慧也耶？則何可不衷諸古而徒震西學以爲得秘哉！

客聞之，憬然悟曰："子言韙矣，盍識其所辨證。"予乃執筆而書諸簡，以諗夫天下後世之談地輿者。

山左王季樵師評：西人地球之説，海内無有辨其非者。兹作獨徵引精確，剖晰詳明，據聖賢之定理，以駁西人之臆造，使學西學者無可置喙。宜編入經世文篇，以昭示來者。

議

龍山宫增祀太王太妃議　丁酉

丁酉之春，三月既望，戴子修志到龍山宫。瞿然思曰：世之杯酒瓣香于于然至者，皆知兹宫爲王父母故居矣，胡以九百年來，未聞有議增祀者？是亦不可解也！

夫王之英靈燀耀，雖崧嶽所降，實先德所詒。律以祭川先河之義，則宜追祀其所自出。况斯地爲王奉親舊址，平時瞻陟於斯，定省於斯，一旦爲神，尸祝者僅肖其像，而置父母於弗問，恐王心有所未安。

繼自今,宜易宫爲廟,拓後堂一,夾室二,東、西廡二。制木主二,題曰“郭太王太妃之位”,升於堂。儲祭器、儀衛於夾室兩廡間,春秋致祭,於義始完。抑或於宫之東畔,别廓一祠,奉二木主而禋之,亦足仰體王心於萬一。斯二者,古之人有行之者矣。祀於後堂,仿關廟前殿祀帝,後殿祀三代之義也;祀於東畔,仿南溪正殿祀子朱子,旁一室祀獻靖公之義也。

大義所在,後君子當必有以心印心而舉而行之者,儀姑爲此議以俟之。

朱子升配議　甲辰

鄉先生有問於儀曰:“周、程、張、邵,與朱子同衍洙泗真傳,而子纂《朱子傳贊》,獨稱其可躋四配之次,何也?”

儀曰:“此非匹夫之私言,乃聖祖天亶之資,精邃之學,體會《朱子全書》,確知其粹然孔孟之傳,故能爲是言也。

“間嘗論之:道自堯、舜開宗以來,禹、湯、文、武、周公相承之旨,各具於經,非得孔子删訂贊修,則六經無以垂憲萬世。况自孟子没而道失傳,俗學錮之,異端賊之,功利雜霸之術,百家衆技之流,相與雜而揉之,吾道不絶如綫耳。雖有周、程、張、邵諸子得千聖不傳之緒,各有闡明,然學之者失其真。游定夫以佛旨解《論語》,吕居仁以佛旨釋《大學》,張子韶以佛旨解《中庸》,王安石以佛旨釋諸經;至蘇子瞻雜以儀、秦、老、佛之學,陸象山倡爲陽儒陰釋之學,才名益高,其爲學者心術之禍益烈。使無朱子起而闢之、挽而正之,吾道何以明如日月乎?

“有《集註》然後《論》、《孟》之旨明,有《章句》、《或問》然後《大學》、《中庸》之説定。且夫周子《太極》、張子《西銘》,世多疑義,得朱子《集解》而二書始顯。邵子《先天》,袁、林之徒攻之者衆,迨朱子成《本義啓蒙》,世始知《先天》得《易》之原。程子《禮書》,東坡之黨侮之者多,迨朱子編《河南遺書》,世始知伊洛得理之正。是朱子羽翼聖經,昌明理學之功,固卓卓然超乎周、程、張、邵之上,而可參諸顔、曾、思、孟之列者也。道既與四配相伯仲,所躋之位何不可與四配相左右哉!”

鄉先生曰:“朱子可次四配,既得聞其詳矣。但文廟升配之典甚嚴,稱名不容稍混。稱顏爲‘復聖’,以其克復之功足造聖域也;稱曾爲‘宗聖’,以其聖道之傳獨得其宗也;稱思爲‘述聖’,以聖道將淆於異端,賴其述而益明也;稱孟爲‘亞聖’,以其闡性善、言養氣、辨王霸,發前聖所未盡發,雖未及至聖之渾然無迹,而亦可亞於聖也。今欲酌一字以聖朱子,敢問將何以稱之耶?”

儀曰:“孔子集群聖之大成,朱子集諸儒之大成。後人表章朱子,曾尊爲三代下小孔子。矧《四書》以《集註》名,《論》、《孟》以《集義》名,《詩經》以《集傳》名,《太極通書》以《集解》名,《楚辭辨證》以《集註》名。實有薈集群聖、折衷一是之功。後君子升堂議禮,欲以一字括朱子之生平,或者稱爲‘集聖’未可知也。”

鄉先生曰:“韙哉!斯足以聖朱子矣。盍記其私,以俟來者。”儀乃執筆而書之於簡。

【校記】

① 文中鄱湖、潘湖互見,名異實同。

② “唐釋道昆”,據作者所撰《重修資福院碑記》作“唐普荼昆”。

松村文集卷十

説

義利關生死關説 壬辰

壬辰之夏，予命小子紹箕，問道於黄霽川先生之門。先生教以先辨義利關，次辨生死關。箕歸而述之。予曰："懿哉，斯言！誠可爲處世之針灸，入聖之階梯矣。爾小子其敬書諸簡，而佩服勿諼焉。"

既，又有以推廣先生之意，以爲學者欲辨義利、生死之界，必先辨其志之所向。今之趨利如騖而悖義妄爲，至於捐手足而不顧，受刑戮而不恤者，其終雖有無窮之罪孽，而其始只爲志向之不端。一念之差，百身莫贖。哀哉！誠能立定志向，視義如大路之當趨，視利如險途之當避；而又居敬以爲制義之本，窮理以爲明義之資，將胸中有主，必能析毫釐，嚴取舍，極之千駟萬鍾，亦不足移吾志。陸象山鹿洞講章，爲義利推到源頭；張敬夫"有所爲"、"無所爲"之説，爲義利勘入細微，足爲後生藥石。朱子謂："今日萬鍾，明日棄之；今日富貴，明日饑餓亦不恤，惟義所在。"斯語更痛切著明矣，有志者所當拳拳也。

且夫人能不趨利，必不避害；能知取義，必克舍生。此亦是一串事。就使國家有難，時運有乖，而志操既堅，决不肯苟且悠移，致陷此身於非義。古來如文文山、謝叠山、黄石齋、劉蕺山諸先生，彼其所從容赴難者，非立異也，亦視爲"義不容逃"而矢志不移，故能成此冰霜亮節耳。究之浩然正氣，千載猶生，諸先生何嘗死哉！

願爾曹早勘人鬼關頭，立志做人，奮勇行去，此後乃確有成立也。予聞霽川先生語，不無感焉愧焉，因爲之暢其説於後云。

戒鬥説

南方民俗强悍,好勇鬥狠,積成風氣也久矣。隆慶《府志》所謂"正、嘉以後,家尚客氣,武勇爲傑,狂躁爲能,負山濱海,頑梗險健之夫,動務終極[1]"是也。萬曆《府志》所謂"駢脅多力之雄,如彪如虎。十百爲群,依窟負隅,一嘯蜂集,而豪家之修怨,或用以爲前矛"是也。

揆厥禍胎,始因一人一事,負氣相角;繼因各分黨類,各立門户,糾夥結盟,翼之者衆[2],遂開僨事之門。其在城市,則分東西佛,畫地爲境。境有無賴少年,謂之闖棍,每遇賽會迎神,輒與鄰境格鬥。其在鄉村,則分大小姓,聚族而居,睚眦之怨,率族持械,輒與鄰鄉争鬥。雖至草菅人命,糞土金錢,官長繩治,刑殺頻加,亦不稍恤。其纏訟也,或假關節以求勝,或聽訟師慫弄刀筆,布成陷阱。更有一時弄事,事主莫能自由。禍至,則殷實之家受累,無賴之徒可免。萬一致斃人命,控告者每舍正凶而指控殷實之家及平日與己有怨者。原告一口咬定,官長雖明知被誣,莫敢代爲出脱,只得將錯就錯,按定罪名,坐視其呼冤入地而無可奈何,正凶在前,吏無得問焉。無賴者有利無害,何所忌憚哉?凡此皆末俗之狠而亟宜痛除者也。

間嘗推原要害,以爲鬥釁雖起自無賴,鬥罪則當責諸紳耆。紳耆爲城鄉之領袖,倘確守和洽之義,平時聯都鄉爲一體,視遠近若一家,相親相睦,相友相助,絶無畛域之見、彼此之分;一有争端,則不分親疏、遐邇,共相感化,共相維持,公以斷其理,平以諧其事,正者有權,邪者自退,雖有無賴之徒思下石焉而無隙可乘,鬥端何自開耶?萬一變起倉猝,事將激烈,戈矛在門,鈎鐮在側,洶洶乎有不可遏之機,而我能積誠悃以格之,本和氣以解之,藉親朋以化之,人非木石,誰無動情?百煉鋼化爲繞指柔,鬥鋒何不可稍戢乎?

南安自嘉慶初,好事者倡爲"大小"兩字,無賴者遂剸刃尋仇,禍延數年而後已。同治初,復沿爲厲階,冤聯禍結者十數年,株累蔓延者數百鄉;刃其人,火其廬,荒其田園,廢其里社者不可勝數。同此四十六都之聯鄉共井,何親何疏?

何彼何此？而乃因黨見一分，奸人從而媒孽之，遂致偏頗決裂而不可收拾，問我同胞，何苦而倡此禍端耶？究其故，皆由紳耆無卓識，無公心。或聽少年之弄事，遂附和以成之；或囿偏袒之俗見，不持平以挽之。卒至無賴者乘風縱火，星星積爲燎原，遂釀成此巨禍！希朱在詩山，早痛陳此弊，待鄉鄰以和睦而不分彼此，久而鄉鄰亦各諒愚誠而自化其黨見，至今詩山不染鬥禍者四十餘年，益信領袖城鄉者之可以維持默化也。

昔清世宗諭止漳、泉械鬥，反覆詳明。有風化之責者，其體此意以化悍爲良哉！

戒訟説

南民好訟，王梅溪所以有止訟之文；訟則終凶，清聖祖所以有息訟之諭。

我南安[③]在宋以前，民淳訟簡，素稱易治。至明以後，則訟事日興。蔡文莊公所謂：比年以來，牒訟動以數百計，或上司行部，遮馬首而訴者絡繹也。隆慶《府志》所謂：市井小民，有事輒假關節以求勝也。原其故，皆由争意氣，一有小嫌，則謀以角勝。而一二積惡訟師，又慫弄刀筆，布成陷阱，俾墜其術中。甚者，通同胥吏，高下其手，復混扯多人，使有司不能速結，而彼得久漁其利。卒至兩造經年累月受其拖累，至於骨盡皮穿而後已。蓋唆訟者之欲壑難填，而纏訟者之家業已傾矣。至此始悔其泄憤耗産之非也，不已晚乎？

計自今其知所戒。平時以和睦鄉鄰爲事，臨事以容忍忿恚爲心；勿因睚眦而生嫌，勿聞唆嚇而動氣。萬一有事關重大，義難隱忍，或争其所必争，亦宜解釋以正其非，從容以俟其悟，而可不至於決裂。即至遇有逆情蔑理到水窮山盡，終必上白於公庭；而我既理直氣壯，坦然無私，彼絀於情理者，久應帖然服，雖偶訟，而亦不至纏訟矣。然此只爲萬不得已者言行權耳。倘稍可得已，遇有帆風可收，則不如無訟之爲愈也。鼠牙雀角之風，盛時胥化，有心人其力爲維持哉！

戒奢説

吾南黜奢崇儉之風，四門先生《陶器銘》，言最警切矣，後人應共則之也。

無如世風日趨日下！

清初士庶，衣悉棉苧，食悉穀蔬，宫室亦不過梁棟墉垣，務從堅厚而已。光、宣後則用度甚奢，飲食張具，百倍於昔。儲無擔石，衣必綺紈；客無貴賤，肴必珍饈。非然者則以爲羞。下至牛醫馬傭，僕優隸卒，亦衣綾紗，設肴饌，炫耀都市，莫辨尊卑，所謂"服妖食蠱"也。宫室則雕梁礱石，動費千金，黝堊雘髹，輒需萬貫。

邇來洋客僑商，揚帆回梓，構堂厦如圖畫，揮金錢如泥沙，何止峻宇雕墻也。卒之物力易詘，利源易窮，有不旋踵而衣食莫措者，有子若孫鬻室以度生者，至此始悔從前之過奢也，不已晚乎？④

戒嫖説

三代上化行俗美，男女正，婚姻時，不聞於正色而外，别有嫖風。

自管仲設女閭，勾踐縱野游，而嫖風以啓。嗣是，粉白黛緑者，每列屋而閒居，争妍而取憐。而一二放浪書生，綺紈子弟，遂沉酣於花天酒地之中。始則揮金如泥而不知惜，繼則金盡貌衰而不知悔；甚至藉薛濤爲韻友，引蘇小爲鄉親，鰓鰓然自詡風流，幾忘其有愆於名教，此風俗所以日漓也。

且夫聲色歡娱之地，有伏戈矛焉，有墜陷阱焉，有斷骨肉焉。游青樓上，生端釀鬥者有之，於此欲以一朝之忿，忘身以及親也可乎？入温柔鄉，叢毒殞身者有之，於此欲以父母遺體取死於安樂也可乎？當媾合時，驟成娠孕者有之，於此欲以一身血脈斷送於他人也可乎？噫嘻，人特弗思耳！倘思其所以不可，則必視身如玉，視慾如寇，視此種爲壞種物，何敢稍染邪緣耶？

我南被鄒魯風久矣。清初法嚴，有一二偶入邪徑，遂爲鄉黨所不齒，而娼寮妓館，亦閉藏而不敢顯開。至援外夷例而設花捐局，則阿堵重而色界開矣。國色者炫玉求售，好色者如蝶戀花，皆恬不爲耻！誰作此俑，而令廉耻日喪也。

嗚呼！外夷多賤行，不妨設此花捐。中國爲禮義名邦，乃因收多少税而忍造萬人孽耶？忍開萬惡首耶？倡斯例者，其無後乎！

戒戲説

戲即優伶之屬也。古來如優孟衣冠,能以仿佛叔敖,感格君心,此猶未甚非也。至陳叔寶唱《後庭花》,而有建康之陷;唐玄宗狎諸梨園,而有馬嵬之耻;唐莊宗寵諸伶人,而有萬勝鎮之悲。何其戲局一開,遂種無窮之禍耶?無他,情有所溺,則萬事廢弛也。國君且不可戲玩,而何况於士民?

士民各有職業。勤於其職,猶恐精神有所不及,功課有所不循,資財有所不足。一溺於戲,則日夜嬉游,戲謔無度,精神耗矣,功課荒矣,資財捐矣,其害事非淺鮮也。矧乎假飾其衣冠,傅粉其顔容,扮戲本有迷人之術;婉肖其冶容,曲摹其淫態,邪戲本易蕩人之情。迷且蕩,安得不壞其心術乎?

顧或謂:演戲以陳古事,道俗情,遇亂臣賊子⑤,則切齒之;遇忠孝廉節,則艷傳之。似於世道人心,不無小補。不知人情趨邪易,趨正難。終朝談正路,行之不足;一旦演邪緣,染之有餘!彼叔寶、玄宗、莊宗,皆聰明主,乃溺於優伶不能自克,遂辱國辱身,爲天下笑。兹之躬爲戲闖,沉酣聲色而恬不爲羞者,焉得不爲都鄉所姍笑耶?

乾、嘉以前,嗜戲猶少;大祭大慶,始演一臺,以備俗儀。兹則迎神慶壽,輒演數十臺,浪費數百金。物力易窮,其何堪此妄用哉!且舍正業而就戲臺,積日累夜,易惹風波,其何堪此浪壞耶?願主持風化者,起而革之。

戒賭説

"樗蒲者,牧猪奴戲耳",此陶士行譏賭之辭也。士行刺廣時,見行部有藏賭具者,立置水中,皆顯示人以行賭之害也。然不如吕公著"勝則傷仁,負則傷儉"之言,更婉而多諷也。公著不喜人賭,而發此"仁儉"二字意,蓋以"奪人財非仁,損己財非儉",其言藹如,皆切中賭者之肺腑也,後人可不引以爲鑒哉!

清盛時,例禁綦嚴,雖有無賴子,亦不敢挾銖兩以博雉盧,蓋心有所懼而自斂其迹也。晚近律禁稍弛,賭風盛行,市井之間,邂逅爲群,壓寶擲錢,時時有之。亦有多年積棍,設爲囮媒,聯爲花會,引誘良家子弟,墮落陷阱。或人窺其弊竇,而訟鬥隨之,或官糾其行爲,而囹圄困之。卒至身辱名敗,爲舉世不齒之人;命斃家傾,釀畢生無窮之禍,豈非以好賭貽之戚哉?

然此只爲庶民痛言耳。實則官界賭風,言之更堪寒心。其賭或名"頒章",或名"麻雀"。出則朘削脂膏,以爲民憂;入則縱横雙陸,以爲己樂。日則掌理簿書,以塞己責;夜則競爭勝負,以取人財。赫赫長官,而其行攘奪,其心叵測,反有甚於奴隸輿臺者!且官僚風氣,恣爲大賭,開一賭場,必列盛筵、羅諸妓以爲娱。及輸贏繁夥,有一擲而輸數十萬、數百萬、數千萬者。輸既多而償無力,倉皇萬狀,狡猾百端。於是,有私鬻官缺以償之者,有勒索下僚以償之者,有誣罔民罪、横取民財以償之者。一官之肆行無忌,一國之元氣已戕。安得有廉正大員,起而整飭其官風哉!

郭山形勢圖説

郭山,天南一形勝也。山不甚巨,而其名特著於天下者,豈非以王顯歟!然山以王顯,王亦以山靈也。

山之遠脈發自舟山,其峰亘峙三屬,遥矚如舟。陡下鐵史砦,逶逶迤迤十餘里,矗起天柱,高撑雲霄,遠射海表,魁如也。由天柱翻騰二十里許,至文章,嶄巖聳秀,拔立乎諸峰之上。折而西南行,數起數伏,極飛舞摇曳之勢,乃抵郭山,而王廟跨乎其上焉。

山纍石嶒峻若鳳髻,舒兩小支若鳳翼,俗名鳥翼。飄飄乎有鳳翔千仞概,故世人亦以鳳名山。從是山而遠眺之,則高蓋、白雲,親在几榻;蓮花峙於左,魁纏蟠於右;育鍾、龜山、梁山、鼓山,輔之翼之,真所謂勢若星拱者。從是山而俯瞰之,則一澗之水西來,環帶山麓;而雙虹卧波,一村蘸緑,九衢輻凑,萬灶烟霏;錯錯然,落落然,真所謂氣象萬千者。

王之廟食於斯,其得山之靈以爲靈歟!視其殿廡禪房之幽敞,茂林怪樹之鬱葱,與夫叠階曲磴紆徐於山門外,可以備天下士大夫之登高攬勝者,前記已詳,鑒者自能得之,玆不復道。

龍山宫形勢圖説

郭山之麓,有宫敞然,曰龍山,言其勢如龍之盤也。或曰山似眠牛,亦以盤曲之勢言也。

予嘗曠覽天下山川,凡神靈所鍾毓之地,必有扶輿蜿蟺之氣,盤結於其間。若龍山宫發脈於文章之右,秀出異常;折而西南,起三小臺,旋落平原,隱隱迤邐至山頭街。南一支,山勢漸高,轉而東,爲詩山書院;北一支,山勢環紆數百武,即爲龍山宫。

其宫後枕石筆,前擎白雲;右綰魁纏,左襟詩水。誠扶輿蜿蟺之氣所盤結也。王之降神於此,豈偶然哉!

郭太王封塋形勢圖説

清溪東北一隅,多佳山水,而王之父母塋在焉。

塋之勝,幽邃峭拔,不可具狀。其脈亦與郭廟同祖舟山。自舟山陡落數里,歷岐山、衡山,數頓數伏,聳起桃花山,極扶輿磅礴逶迤之勢,而聚於塋。

臨塋一眺,則帶水屏山,蒼翠萬狀,可以籠而有之。其嶔然相累而下者,若蜈蚣之盤於穴;其蜿然迴向而前者,若蚯蚓之屈於山;其雜然齊驅於外者,若蛇之蟠、龜之藏、象之捲、狻猊之蹲踞,無不合形輔勢,以效封塋之下。蓋天儲秀於是,地亦畢獻其奇也。《易》曰"在地成形",有以夫!

清溪威鎮廟形勢圖説

泉永諸山,稱最高者曰大吕。其峰巖巖嶙嶙,有壁立萬仞之概焉。

由此,左則騰空天馬,達於舟山,爲郭山封塋之祖;右則翻展二十里許,至清溪東甲山,勢皆趨下。從東甲頓伏十里許,聳起檀林巖,巨石巉峭,茂林葱蘢,亦一奇觀也。巖下四五里許,跌出一崙,盤旋紆曲,昔人號爲蛇崙,《封塋圖説》所謂“若蛇之蟠”者此也。

威鎮廟踞乎其麓，既得盤旋紆曲之勢，而又群山拱之，奇石鎖之，曲澗環之，澂潭鏡之，則王廟所憑，固清溪一勝地也。

圖形勢者其可忽諸！

南安全縣形勢圖説

南安與郡接壤，而抗其上流，蓋亦寓分合指臂之勢焉。

城雖小而完：葵山後障，儼如列屏；重以雙陽左峙，九日右蟠；金鷄東衆流而前繞，黄龍吞巨海以上潮；復有前洲以爲環帶，潘山以爲外護。近而紫雲雙塔，陡插天中；遠而關鎖塔一山，突峙海嶠，儼有華表捍門之象，亦東南一形勝也。

西北地聯安、永，山谷深邃，有天柱、凌雲、大小眉山聳入雲霄，占最高處。其中陡起詩山，爲八閩破荒地。由是俯瞰雙溪，蘆水、彭水演於東，英山、翔雲山峻於西，亦饒形勝。

下游至極南一帶，亘入晉、同之界，孤懸海冲，是曰石井。其處雄峰矗立，潮聲轟激，爲海上一巨觀，亦南安一鎖鑰也。

按全圖而瞻勝概，其亦知人傑之所由鍾者歟！

南安學宫形勝圖説

天下之學宫多矣，大抵麗於都會郡邑之治内，以便户誦家弦而已。獨我南安相地於東郭外之吴亭山。舊志作吾亭。

山之形勢，自雙陽騰下，有一落千丈之概。婉轉曲赴，撑起鐵甲山，展入鳳翅山，頓起井山，有三畫連中之勢。由井山跌下平村，旋西轉東，穿溝度峽，極綰束隱微之妙。聳起吴亭，如龍之蟠，如鳳之蹲，而學宫跨其麓焉。

是處背山面水，靈秀爲天南所稀。潘山左輔，九日右翼，屏環紫帽，襟帶黄龍。金鷄湧於上，笋江鑰於下。有時潮來，可坐泮池而收之，或環黌後而溉之。

此所謂山水會融,足儲靈氣於罔既者也。前賢卜建斯地,固其宜歟。

歷代人文之盛,亞於温陵。他時正氣特鍾,必有第一等人出而羽翼經傳,整頓乾坤,豈僅應"水繞吴亭"之讖已哉！用特繪圖紀勝,以鼓勵後起之翹英。

詩山形勢圖説

出南安治北七十里,有山高矗插天,拔出於諸峰之上者,曰詩山。唐歐陽四門發迹兹山,以詩聲於世,山因以名。山下有村曰詩村,溪亦曰詩溪,皆以公重也。絶頂坦平如蓋,故舊名高蓋。

其山饒紫色,多奇石[⑥],不生惡草,閩山多生鉤吻,獨高蓋山不生。清淑之氣所獨萃也[⑦]。《高蓋奇書》:"山在十一都,中有四景十二奇。"

四景:

一、白雲室。在山頂之西,陡起三臺,形似筆架,爲今書院案山之左,其間秀蔚幽奇,迴絶塵壒。四門曾築室讀書於此,明方伯戴廷詔、學博陳時謙、陳際可亦在此肄業焉。

一、資福院。在山腰之南,俗名高蓋巖。憑山爲院,地極幽敞。《碑記》:"咸亨辛未,曹溪惟節禪師雲游至此,睹山川佳麗而樂之。癸酉,有歐陽公揮金布穀,爲構院宇,額曰資福院。"中有古檜,老幹虬枝,唐時所植。

一、秀峰巖。在山脊之東[⑧],其山列屏爲砦,砦下巖宇寬敞,樹林蔚蒼,今廢。

一、萬壽巖。在山麓之東南[⑨]。據舊詩云,建此以祝萬壽,故名。今移其巖於劉林鄉,而仍其號。

十二奇:

一、歐陽墳。在山之絶頂,自白雲室逶迤而南而東北,還起小巒頭於西,奇石巉巖,四門之祖母葬其間,號"翻龍墓"。言龍自西來,復翻轉向西也。好事者浪傳爲"吞人墓",惑矣！墓前三面環拱,雖高巔,如平地。《府志》、《縣志》謂"方平如蓋"者此也。

一、雲歸洞。在白雲室下,爲白雲歸宿處。四門回别業時,見宿雲歸洞,有“一徑中峰見所歸,宿雲先已到柴扉”句,後人因以名洞。

一、木根橋。在雲歸洞下,榕根蟠結爲橋,兩畔天成,不假造作。四門讀書時,頻經於此。

一、百層階。在白雲室半嶺之間,築石爲砌,纍纍百層,連步以上,若登白雲。亦四門所常登陟處。

一、普光塔。據《碑記》,資福院禪師姓李,清源福泉人,弘治戊申告寂,屬其徒明庵曰:“高蓋右畔一窟,三面皆土,中帶五色,石勢甚奇特,可造寶塔。”明庵依言建之,今圮。[10]

一、聖水洞。在資福院之旁,怪石天成,盤於洞口,有泉漱石齒,四時不竭。

一、迎雲臺。舊詩亦作“迎雨臺”。古因歲大旱,築此以迎雲禱雨,今廢。

一、透龍泉。在山腰之西,亦名“蟹眼泉”。泉脈穿桐陰而出,瀓澈異常。

一、伏虎宫。在山麓之西,巨石蹲立如伏虎。石下可容十餘人,游人樵客每憩於此。

一、千歲龜。在秀峰巖下兩澗合水處,一石狀若神龜,千古長存,故名。

一、古迹壇。在山腰之北,俗名菩薩窟。地勢奥衍,古祀有伽藍神,久廢。

一、佛祖墓。[11]無考。

又有報慈院,在山麓之西北報慈砦下[12]。《府志》:“宋開寶間,僧法圓建。”《閩書》:法圓初卜地時,遇異人曰“過此百步,勝地也”,遂創院迎母居之。紹興間,龔茂良主南安簿,嘗游題於此。紹熙間,判簿戴公夢申嘗讀書院中,後與宜人錡氏俱葬院右。

又有詩山院,在山麓之北,俗名後廣山。宋時建,明初廢。移其神於天賜巖,僅存石座。萬曆間,贈布政使司右參政戴公廣坡結廬院下。

山自歐陽著名,兼以朱子游題於山之下,嗣是,薦紳先生以及方外之侶多登憩焉。明何喬遠、楊道賓、歐陽模、吴希賢、鄭凱、陳遷、張定諸公,先後題咏,名勝益傳。國朝陳遷鶴、陳遷鶴序《歐陽集》曰:“公發祥在高蓋,相沿以詩名,鶴讀書高蓋山下二十餘年，高山仰止，匪朝伊夕。"其敬慕如此。陳萬策、洪世澤等，頻游是山，慨然有"高山仰止"之思云。⑬

詩溪形勢圖説

嘗考郡縣志《疆域圖》，諸溪從略，獨詳詩溪之水以達於洪瀨者，蓋以破荒之迹重也。是溪發源於十二都天柱山麓，左右澗水分流，響若佩環。瀠迴至藍田溪一會，右轉梁家陂，《縣志》：梁家陂長五十丈，闊二丈，深一丈餘。左轉曾陂，《縣志》：曾陂長三十丈，廣二丈，深一丈。直下山頭街後南乾陂，《縣志》：南乾陂長四十餘丈，闊二丈，深一丈。復右轉至詩山書院前坡美橋；而十三都古山下，溪流演漾，歷源龜陂，《縣志》：長十四丈，廣二丈，深七丈。上溪陂，《縣志》：長五十丈，闊二丈，深一丈。官莊陂，《縣志》：長四十丈，廣二丈，深一丈。田園洋陂，《縣志》：長三十丈，廣二丈，深一丈。諸水悉會於此。臨流一眺，灣環如帶，誠詩山書院之一奇觀哉！

由是，左轉潭美橋，紆徐一里許，至十一都觀國橋，《府志》：觀國橋在鄭坂，宋淳祐間重建，今圮。有文章、郭山、龜山、育漿諸山之水來會，復右轉至鵬峰前雙溪，有永春小姑之水歷龍躍橋，《府志》：龍躍橋在塔口村，宋嘉定間建，後廢，今復建。瀠繞數村至此夾流，故名雙溪。此皆詩溪上游之水也。

若夫詩山之陽，劈分三水：左有水自白雲室山麓歷數村至龍潭陂，亦名大廷壩。《府志》：龍潭陂在十一都太平里，長五十丈，闊三丈，深一丈，下有烏石潭。與上游之水會；中有水自高蓋山麓分數派至洋美墩，與龍潭之水會，墩下沙土盤結，奇石錯落，接流至永濟橋澳頭渡，《府志》：永濟橋在十一都，舊爲澳頭渡，今圮。則蓮花、福鼎、五臺、四馬之麓，群流畢赴焉；由澳頭渡，渡下二里許簪佩村觀光潭上有巨石，鎸"洪波噴流"四大字，俗名太保石。數十轉，匯至惠書橋銅喉，則詩山右支之水，亦環流而會於斯。有巨石盤踞溪中，色如古銅，以鎖鑰三都之水，故曰銅喉。左有山似象之卷，右有山似獅之蹲，外有小山似龜之趺、蛇之蟠，皆繞邊以護水，洵詩溪之一大綰結，而詩村亦於此固藩籬焉。

龜、蛇盤聚處，有蓮花、秀頭之澗水來會，由此轉出隘門墳、碼頭街，則爲下游之水。右有詩山之陰,與芹山、洪林二水來會;左有城山石鼓陂一水來會,紆徐至龍蝦山麓,與永春東關諸水合流。是處帆影交加,石磯錯列,爲詩溪門户,詩口所由名也。從兹迅流而下,會淘口,達洪瀨,遠遞金鷄、笋江,而入於海云。

詩村形勢圖説

詩村,在高蓋山麓。郡、縣志歷歷言之矣,後以詩山之名益著。自天柱迄詩口七十里許,山村統以詩名,蓋以天柱爲發脈之峰,詩口爲歸宿之地也。

天柱西北下有村曰閶洋、古坑,懸崖而居,與永春交野。其最低處有村曰大演、河源,枕危峰,襟湍流,形勢迴殊,與安溪交野。由此直躋峻嶺十里許,俗號大演嶺。豁開一窩爲蓬島村,村踞天柱山半,坦如平原。春冬烟雲繚繞,鎮日不開;夏月如秋,無纖毫炎熇氣,視山下諸鄉,有仙凡之别,故名蓬島。中分華美、後垵、山後諸鄉。村西有華美橋,橋碑爲編修黄貽楫所書。是處樹林蒼鬱,山水迴環,亦一勝也。村東有大格亭,昔人甃石爲亭,以憩行者。臨亭遠眺,衆峰若培塿然;俯視錢塘諸村,山高水清,尤足怡目。

由亭而趱下,仍峻嶺十里許,俗號古宅嶺。循顛崖,履曲磴,如抵山麓,其村曰七户,中分古宅、羅坡、杏塘、半嶺、藍田、前坑、後山、坑柄諸鄉。左右依天柱之支山而居。有澗水清洌,環於藍田村,曰心慕坑,乃山峙川流所停蓄處也。由此拓開巨村,俗名詩都洋。平衍浩曠,蔚爲名區。其依古山下居者,曰仙境、曰社壇、曰田仔;其依梁山外居者,曰黄陂;《府志》:雍正七年,設立黄坡鄉社學。其依郭山下居者,曰鳳口、曰鳥翼、曰曾墘、曰坊前、曰溪邊;其依文章之龜山而居者,曰衢門、曰鄭坂;其依文章之育漿而居者,曰内益、曰董宅;而山頭城隆起一阜,尤鎮巨村之中。有前街、宫邊、林柄、太和、蘇美、潭美、下庭後諸鄉,合爲山頭社。諸峰羅列,群壑會歸,萬户星環,九衢輻湊,山谷有城市氣象。昔郭尊王降神於此,後人拓其地爲龍山宫。唐忠懿王開闢閩疆,屯兵於此。明洪武間,將造爲南安縣治,環雉堞,立社壇,建東嶽廟,并祀忠懿王。後因離郡太遥,築城不果,其址猶存。同治間,創朱子祠於東嶽廟上。光緒庚寅年,擴爲詩山書院。是處山如屏,水如帶,誠乾坤儲秀之區哉！南有青林格，格内有坡美橋，村亦曰坡美村。東有下庵格，格内有潭美橋。北有觀國橋，所以踞泉、永往來之冲也。

由山頭城而東南，則爲詩山。詩山之陽，左有村曰：山兜、舊有歐内鄉，即歐陽公之裔居焉。登科、八尺、三美、柯布；柯布有仙井，禱雨輒驗。按，詩村仙井有三：一在蓮花山下麗陽村，一在古山下仙境村，惟柯布之仙井能致雲雨、補生民。右有村曰：岩内、石古、霞田、江厝、鼎英、十班山、惠書橋、格外、《府志》：雍正七年，設立格外鄉社學。霞坡；中有村，曰楓樹，曰大廷。舊有下歐，即歐陽公之裔所居。而大廷尤爲山陽一大聚落，村東有布政井，方伯戴廷詔瀹井處。村西有躍魚塘，按，宮庶陳遷鶴鄉賢册云：遷鶴寄栖外家，迎養父母，一日，中饌弗能具，適妻戴氏浣衣塘畔，置筐岸邊，忽魚自躍筐中，滿，可數日供，里人傳爲孝感塘。在福山之旁有孔子亭，即［宮庶］寄栖處，宮詹陳萬策生於此。村北有待駕宮。昔人構此以待宋帝昺之駕，故名。越數百武澳頭鋪，鋪爲泉、永孔道，朱子與陳知柔曾經於此，明置巡簡司，今廢。即爲宮霞村。

詩山之陰，則爲大坪頭，爲劉林。而劉林左踞秀峰、資福院諸勝，右挹芹山之秀，尤爲山陰一大聚落。若坑内、亭内、碼頭、碼頭有街，爲舟車經集之地。古田、尾橋、洪山、南坡、鋪前諸村，環住於芹山、洪林、馬山之麓，皆詩山之支脈所廓爲鄉閭者也。

由山頭城而東北，有村曰霞宅，則居鵬峰之麓；曰霞坂，曰卿園，則居文章之麓；曰塔口，塔口與永春交界。《府志》：接小姑之水曰塔口村，又有鋪曰塔口鋪。曰溪東，曰大奮，曰大姑，《府志》：大姑鋪上接塔口，鋪下通澳頭鋪。曰赤嶺，則居五臺之麓；曰中房，曰大坂，曰困口，曰簪佩，曰橋頭，曰澳下，曰石水缸，曰高洋，曰麗洋，曰大壩，則居蓮花、福鼎之麓；曰凌雲，曰圓通，曰康垵，曰褚厝，曰湯邊，曰錦林，曰霞瑶，曰東磜，曰詩口，則居秀頭、城山、龍蝦山之麓。皆詩山之對山所衍爲原隰者也。

統計詩村一帶，村九十有奇，民數五萬有奇。視前明之户口，人民增數十倍蓰矣。十年來，建興學舍，翹材輩出，甲於豐州。足見我朝二百餘年休養生息之仁，與膠庠培植之澤。惟是風俗人心未臻純孅，所望官之師之者，日以孝弟忠信、禮義廉耻相鼓鑄；而士爲民首，亦各身體力行，使農工商賈有所矜式。將來薰其德而善良多,詩村七十里不依然有海濱鄒魯之風哉!

大庭里居圖説

跨詩山之麓而鎮詩村最中地者,大廷鄉也。

自詩山正陽左下,過白塗格,左右狀如龜蛇護峽。聳起覺美砦,陡落回龍墳,西轉留安格,有王字峽,左右狀如日月扶峽。突起覆船山,陡轉天賜巖壺,磅礴蜿蜒至後頭山,而大宗奠焉,即大廷始祖廟。小廳祖廟亦輔焉。

自詩山正陽右下,陡入銀錠區,聳起楓樹砦,東轉鯉魚灘,逶迤往復至後廣山,而小宗奠焉,即藩侯宅。樂天公廟、象坡公廟,形似美女坐機。亦輔焉。

由楓樹砦大氣奔放,直趨福山,其間拓起巨坪,䧢䧢然土厚神凝,視大宗若天關,視小宗若地軸,而福山祖廟奠焉。四甲、四房諸廟亦峙焉。

若茶山、坡邊、崎兜、倉邊,皆扶翼大宗者也。若新墀、真祥公廟在焉。福園、下歐、頂倉,皆大宗餘氣所融聚者也。若格頭、有天旌節孝鄭安人坊;有贈奉政大夫樸素、勤齋二公墓道。古塘、福林口、草埔邊、山步嶺,皆扶翼小宗者也。若美樓、浮浚、美墓墘、下浚窟,皆小宗餘氣所融聚者也。若崇福洋、埔上、桂溪,皆迴映大小宗而爲之藩籬者也。若美宮、即待駕宮。美厝,皆迴顧闔鄉而爲之捍門者也。

惟錦坂一平原,鎮吾鄉之中心,時與福山相對映。先民所謂開基地者,其在斯乎!其在斯乎!九郎公入閩,初居錦坂。

總之,吾鄉負詩山正陽之氣,地勢寬宏,廣袤約六七里許。高蓋卓立爲主人翁,文章、石筆、五臺、蓮花、福鼎、秀頭諸山,則拱衛如城焉。詩溪則環繞如帶焉。其溪自天柱山麓濬流至龍潭陂上,曰雙溪口。有永春長岸及坑園諸水來會,灣環而下,歷烏石潭,至洋美墩,而詩山之澗水畢赴焉。墩下沙土盤結,狀如雙鯉。奇石錯落,夾溪諸山,成形獻瑞。左有祖墓狀如飛鳳朝天,在美宮上;右有祖墓狀如牽牛過港,在美厝下。是吾鄉第一重關鑰也。由此迅流至澳頭渡,有困口諸水來會,一轉至鵬溪、富隆美,再轉至霞埔、高洋、格外街,街右有祖墓狀如鷺鷥下潭;街左有誥贈奉政大夫仁齋公墓道。三轉至惠書橋、橋上有誥贈參政廣坡公墓道。銅喉,而錡田、格頭下、方伯公之裔居焉。鼎英諸水悉匯焉。是處巨石盤踞,色如古銅。夾溪諸山,似象之捲、獅之蹲、龜之趺、蛇之蟠,皆合形輔勢,以獻其奇。是吾鄉第二重關鑰也。

詩山數十村,惟吾鄉得其正氣,亦得其完氣。鄉先賢所以有"詩山第一家"之稱歟!

大庭始祖廟圖説

始祖廟跨後頭山之麓。高蓋南來,文章西峙,石筆左輔,秀頭右翼,蓮花、福鼎、五臺諸山,當面拱揖,真所謂羅列若兒孫者,而巨溪之水自天柱、永春雙流夾會,環帶廟前。

廟之形勢,形家比之"雲龍嘘氣"。龍得巨水,自然變化,故一嘘而餘氣猶蜿蟺千餘武也。龍氣既盛,受之太急則逼煞,太緩則散漫,此間甚難識别。我五世祖幾經相擇,乃奠廟於斯。而又於廟後嘘井以疏之,左右浚井以通之,廟前製御街以迎之,開七池以養之。其所以融固龍氣者,周且詳矣。

廟之中堂,坐未向丑兼丁癸,取六一冲和之義;前門丁癸未丑,取水火既濟之義;水口出艮,取癸歸艮位顯文章之義。

廟制:横三丈九尺八寸;縱自後寢至大門,左畔九丈三尺,右畔九丈五尺七寸;自大門至門亭四丈零四寸。中堂高二丈二尺二寸;下廳高一丈一尺七寸;門亭高一丈零二寸。中堂制以三龕,中龕祀始祖及二昭二穆,左右留以祀縉紳功德。東序祀后土、魁星;西序虚以貯祭器。堂疏以天井,亭繚以矮垣,高下淺深咸有度焉。

所惜者舊宅逼處難移,此勢之無奈何者也。若門前水路之湮淤,雜木蔗車之障蔽,最易鏟除;若後頭山未有蔭樹,尚少葱籠氣象,最宜培成。此則事之有可爲者也。昔形家曾氏詳論及此,非欲我族人之知所去留而坦然爲之乎?後有孝子順孫,能心前人之心而剔清之、留蔭之,則形勢既隆而莫匹,制造亦純而無疵,將來毓哲鍾賢,其何可量哉!其何可量哉!

裔孫希朱謹識。

大庭始祖暨歷世祖塋圖説

祖塋所以妥先魄也。我先人藏魄名山,迄今千有餘歲。其崧嶽精靈,融聚斯塋,發爲誕甫生申之地者固多;其荒塋殘碣,埋没塵坋榛薉間而莫可識别者亦不少。使非圖以明之,竊恐形勝混然,塋式渺然,後嗣無知而逼葬鄰村,藉影以斬傷,將何以慰先靈而杜争釁乎?

希朱爲此懼,乃命鳳疇、鳳賢等摻毫繪之。起自鼻祖開基之塋,世世立圖,至蓋山、贊嫩諸塋而止。某山某水注之,使地勢有據;孰坐孰向揭之,使廣袤有考;何方何圖肖之,使塋式有稽。萃數十塋於尺幅,較諸棹楔之書,樵蘇之護,更顯然有裨矣。

昔昭明吊比干墓,昌黎祭田横墓,異姓尚有馨慕之心。矧我祖一脈相承,體魄所關,宜何如重視哉!循時修葺,竭誠祭掃,非我後人責耶?爰立説以示後。

辛亥秋,裔孫希朱識。

大庭戴氏族譜世次圖説 甲寅

世次胡爲而有圖也?自蘇眉山仿司馬氏世表之法,創爲提綱之例,而圖由是起。有圖則昭穆不混,倫紀益敦。修譜之義,莫大於斯!

我族向未有五世提綱,希朱折衷先賢史例,乃立"世次"一門,以爲譜綱。誠千古不刊之法哉!

《舊譜》有一二承繼子孫,姑附於生父嗣續之次,致繼父嗣續斷而莫延,殊乖家史之義例。兹繩以世次法,則承繼者必續於繼父之後而無可遷移,庶幾昭穆明而倫紀正乎?然屬毛離裹,義不忘,承繼者尤不得以一身肩嗣父之任,遂於生父禋祀,置若罔聞。我朝令典:凡縉紳之出自承祧者,生父、繼父,同荷綸封。况躬受生養之恩,豈忍有異視也耶?

今而後,凡承繼子孫,於生父之忌祭、墓祭,須一體同祀。而爲生父嗣續者,尤當念“枝雖有分，根則仍合”而一視同仁，庶不紊世次之行，又可全親親之誼。先儒所謂“恩義兼盡”者，其斯之謂歟！

希朱律以史法，衷於人情，酌諸正理，爰附説以示後人。

甲寅仲冬望日，希朱謹撰。

大庭始祖廟冬祭圖説

按，冬至祭始祖之説，起自伊川先生，朱子《家禮》因之，後世士大夫之習於禮者皆宗之。兹《冬烝》一圖，仿其意也。中奉始祖主位，左右奉二昭二穆主位，以始爲大夫、士及有功德者配之，取始祖四親合祭義也；亦略仿《戴記》“立四廟，始祖居中爲五”之體也。至歷世所祧之主，亦以牌位祀之，是祧而不祧也。其崇祀可謂合宜矣。

然吾觀古來世家巨族，往往於始祖之旁，立縉紳、功德二龕，以祔祀賢貴者，何也？蓋始祖一人之身也；後始祖者，有縉紳以顯祖，有功德以繩祖，貴可貴，賢可賢，亦一人之身也。推始祖佑啓之心，既樂與始爲大夫、士者共席而歆饗之，必樂與後起之賢貴者同堂而饜飫之。而吾宗究虛此二龕而未立祔祀之主者，豈有所隔閡歟？抑未細考貴貴賢賢之義，故留此缺典歟？

稽諸《禮經》，始祖不祧，始爲大夫者不祧，有功德者不祧，其餘親盡則祧。今而後，倘有擔圭錫爵，德盛功高，可祀大宗而無愧者，欲祧，祖未免不安；不祧，祖則無可位置。計惟仿閬湖李氏、桃場顔氏、高田葉氏、福春官氏、黄龍吴氏諸例，於大宗左右龕，設縉紳、功德以妥之。縉紳自舉貢、守令以迄卿相、監司；功德則凡翊祖衛族，以及孝友篤行，均可祔祀。寓貴貴賢賢於尊尊親親之中，庶其可與吾閩諸世家同昭典禮也夫！

【校記】

①“動務終極”，據作者總纂之《南安縣志・風俗志》作“暴動無終極”。

②“翼之者聚”，《南安縣志・風俗志》作“翼者日衆”。

③“南安”，《南安縣志・風俗志》作“泉”。

④“有子若孫鬻室以度生者,至此始悔從前之過奢也,不已晚乎”,《南安縣志·風俗志》作“有子若孫即鬻室以濟者,可不戒哉”。

⑤“遇亂臣賊子”,《南安縣志·風俗志》作“遇亂臣奸貪”。

⑥“多奇石”,《詩山戴氏族譜》(下簡稱《族譜》)作“多奇石,生佳茗、香蕓、黄菊、百合花諸品,不生惡草”。

⑦“清淑之氣所獨萃也”,《族譜》作“是豈非清淑之氣所發育歟”。

⑧“在山脊之東”,《族譜》作“在山之陽也”。

⑨“在山麓之東南”,《族譜》作“則在山之陰矣”。

⑩《族譜》無載此句。

⑪“佛祖墓”,《族譜》此句下有“在山之陰”句。

⑫“又有報慈院,在山麓之西北報慈砦下”,《族譜》作“山之陽又有報慈院,在報慈砦下”。

⑬《族譜》無此段文字。而其結尾爲:“凡兹皆古人所傳之形勢勝迹也。吾宗奠詩山之陽,凡形勝之在山陽者,可得而圖之;在山陰則不及圖,惟類志之以存古而已。若夫詩山正氣所以獨鍾於吾宗者,則别有《里居圖説》。”

松村文集卷十一

四　書　義

公孫丑問曰夫子加齊之卿相　全章義

此孟子抉聖賢之心法，以示公孫丑也。孟子“四十不動”，即孔子“四十不惑”之心法也。孟子“知言”、“養氣”，即孔子“不知言無以知人”、“操則存，舍則亡”之心法也。此心法開自堯舜，傳諸百世之王。其間道義智仁之愜人心，禮樂德政之繫人心，賴有伊尹任之，伯夷清之；而其出類拔萃，軼夷、尹而賢堯舜者，孔子一人而已。

維時得孔子心傳者，顏子外惟曾子。得曾子心傳者，則惟孟子。餘若游、夏、閔、冉、宰我、子貢、有若輩，皆得與聞其心法。若孟賁、北宮黝、孟施舍，皆不能守其心法。若告子倡爲“義外襲取”之術，工其淫邪詖遁之辭，則尤顯悖乎心法。是告子乃孔子之罪人，亦堯舜以來聖聖賢賢之罪人也。

我孟子生當其時，羽毛之鳳麟也，山水之海岱也。方將舉鴟鵺螻蟻而空之，滌濁壤細流而澂之，自必擠排告子，扶翼儒宗，以延吾道之一綫。設一旦得行其道，則法孔子之安懷，致堯舜之君民，“朝諸侯，有天下”，猶運之掌也，豈區區卿相之位、霸王之業足以動其心耶？

然苟不辨其“不動”之真似，不探其“不動”之本源，不攬其“不動”之宗主，而徒强制於一時，亦非得聖聖賢賢之心法。孟子始則辨賁“徒勇”、黝“不挫”、舍“無懼”，而歸正於曾子之“縮”，所以剖心法之真似也。繼則因告子“不得於言”而揭以“知言”，因告子“勿求於氣”而揭以“養氣”，氣養則剛大可塞天地，言知則吾言可俟聖人，所以握心法之本源也。終則因孔子之教學，明孔子之既聖,得其“一體”、“具體”者爲游、夏諸賢,得其“一偏”者爲夷、尹。以見孔子邁二帝、超百王,爲一己所願學,即爲生民所未有,所以標心法之宗主也。心法既明,而道學淵源不於兹得其正哉!

於戲!戰國士大夫豈無一二有心行道之流?而心法未明,往往震卿相之權,昧王霸之辨,不免以盛遇動其心,薄植浮[其]名,其胡以爲載道器耶?我孟子私淑孔子,本“格致”爲“知言”,本“誠正”爲“持志養氣”。達則兼善天下,可仕可久,而不爲伊尹;窮則獨善其身,可止可速,而不爲伯夷。賢如游、夏,將範以配道集義之功;愚如宋人,亦不使受蔽陷蘺窮之害。蓋自十六字相傳以來,至今而聖賢心法,炳若日星者,孟子一人之力也。丑以“既聖”稱之,早知道孟子優入“亞聖”之域,何異宰我、子貢、有若輩,知孔子爲生民未有之時聖哉!

定而後能静 義

静爲學者入德之門,即大《易》寂然不動之旨也。然“静”有儒、釋之分,尤不可不辨。

吾儒之“静”虚而有,釋氏之“静”虚而無;吾儒之“静”寂而感,釋氏之“静”寂而滅。釋氏非不言“静”,而只以空五蘊、除八垢爲事,是静而無動也。吾儒非空言“静”,而必以動容貌、整思慮爲功,是静而無静也。一静於無爲,一静於無欲,毫釐之差,千里之謬。吾夫子恐人昧主“静”之方,所爲以“知止”發人深省,而必明言其“静”由於“定”焉。

《大學》不曰“能定”,而曰“有定”,何哉?蓋“定”本於立志,志一立,自無走作馳逐之病,故曰“有”。静在於操心,心克操,必用整齊嚴肅之功,故曰“能”。觀於鑒之空空而“定”,自然光明。水非止而“静”,斷難洞照。可知“定”、“静”之境候矣。而又非定自定、静自静也。大人之學,無躐等之功,有相因之妙。既有“定”以壹其志,即能“静”以專其心,自然而非勉强也。謝氏謂“矜持過當”,却不是;朱子謂“静是養得根本深固,自可致遠”,其得所以爲“静”之義與!

彼象山穎悟,陽明良知,自以爲得主“静”之宗,究之學非“知止”,志無定向,往往棄書廢學,屏思絶慮,致入於陽儒陰釋之途,是静其所静,非《大學》所謂“静”也。朱子深知其弊,故訓“定”爲“志有定向”,訓“静”爲“心不妄動”,以見“定”非“入定”之謂,即“志於學”之謂也;“静”非“寂静”之謂,即“無不敬”之謂也。後之入大學者,尚其知“立志以端其本,居敬以持其志”哉!

敬齋識:此改崇德書院課卷也,却非愜心之作。但必如此相題,方見正學、異學之分。

子謂子夏曰女爲君子儒無爲小人儒　義

上古無所謂儒之名也,自《周禮》“以九兩繫民”,而儒名始著。儒之名顧不重哉!然儒之名既重,儒之實亦不宜輕。苟徒慕儒名而不求儒實,吾知不流於泛必失於拘,不志於大必局於小,未始非儒林之弊也。大聖人爲萬古儒宗,欲以一身辨儒名,定儒實,而造儒極。見夫篤信謹守之士,雖泛濫無虞,而拘謹太過,竊恐安於小就,不能臻於大成,其何以完天地民物之量也耶?

日者因呼子夏而謂之曰:“儒有君子、小人之分,女亦知所爲焉否乎?”溯自杏壇設教以來,於顔淵則以“用行舍藏”謂之;於子賤則以“君子若人”謂之;獨於子夏,勉以君子,戒以小人者,何耶?謝顯道云:“君子喻義,小人喻利,夫子恐子夏喻利而不喻義也。馬注‘以矜名爲小人’,程注‘以狥外爲小人’。夫子恐子夏爲矜名狥外之小人,不爲誠實忠信之君子也。”噫!是亦卑視子夏,而未知子夏平生之志量,且未究夫子化育之深心矣。

嘗讀《魯論》第十一篇,德行、言語、政事外,厥惟文學。子夏,文學士也。平時近思切問,早有見義必趨、見利必避之防。况篤信有素,則務實而不矜名可知矣;謹守大嚴,則重内而不狥外可知矣。衆説紛紛,豈足以知賢者之所造,與聖人之所進者哉!蓋卜氏子拘謹有餘,局量不足,或小就自安,而大成莫企。夫子欲其進於大公無我之懷,不欲其局於必信必果之行,能勿勉其爲大成之君子,戒其爲小就之小人哉!

嗟呼！吾儒荷乾父坤母之生成，以天地之塞帥爲吾身之體性，則凡同處天地之民物，皆吾身之胞與也；則凡天下之疲癃殘疾，皆吾兄弟之顛連無告者也。何可以文學之身，硜硜自守，而不擴其天地民物之大量哉？必也以經天緯地爲文，以中和位育爲學，以全量自許，不以一得自封。處則爲海内人師，樹干城於吾道；出則爲宗子家相，溥霖雨於蒼生。可經可權，可常可變。庶幾規模一廓而隘者宏，氣質胥融而拘者化。遠大程途，可爲文學士覿厥成矣。

於戲！自夫子爲子夏垂儒訓，後世儒生乃知循名核實，重君子，薄小人，而真儒之品量以定，此夫子所以爲萬古儒宗也夫！

敬齋識：前路透頂立論，中路辯駁衆説，後路包一切、掃一切，得聖賢分際。文至此觀止矣。

樊遲請學稼 一章義

天以無極、二五之真精，妙合而成人，得其靈者爲大人，得其蠢者爲小人。小人以勞力爲事，大人則以勞心爲事也。吾儒爲乾坤柱礎，以大人之事自期，不以小人之事自任。名山講學，本性命爲經綸，儲聖功爲王道。知稼穡之艱難，而非親操稼穡之細事。覺萬人之命悉繫於一人之心，自可以一人之身安享夫萬人之力。夫何事經營拮据爲耶？

聖門有樊遲者，嘗仕爲邑宰，有親民之責，想見夫生民衣食之原在於農桑。公劉以農事開基，后稷以教稼名官，周公以明農退老。古大人動關民隱，均重農桑。况夫子爲司空時，嘗以別土性、得物宜爲事。今既有志斯民，能無以學稼學圃，求經世之本圖乎？其請學也，亦猶孟子“農時不違”，“墻下樹桑”之意也，非欲同於老農老圃之躬任其役也。子既謝以“不如”，又恐遲專意於稼圃，而忘乎大紀大綱，因醒之曰：稼圃乃小人之事，吾儒自有大人之事高出於稼圃萬萬者，而何可局於小哉！

夫所謂大人之事者，非禮、義、信也耶！數十年情田自養，致力於性禾、善米者深，早知立天下之儀則，莫大於修禮以耕；協天下之事宜，莫重於陳義以種；體天下之情實，莫要於講信以穫。及一旦責任司牧，不覺知之深自好之篤，好之篤自效之神矣。雖一人作肅，原非爲四方觀型計。而環顧四方之民，無不負耒而起曰："側聞大人能禮以耕、義以種、信以穫矣，吾儕小人誰無敬禮之心？誰無服義之志？誰無用信之情？安得不襁負其子，相率偕來，以有形之耕、種、穫，而報我大人無形之耕、種、穫也哉！"孟子曰"勞心者食於人"，"勞力者食人"。兹之爲上耕稼，是勞其有形之力，以償我無形之好也；是即小人奉公之禮也，急公之義也，輸誠之信也。至此，而勞心之大人可安坐而食於人矣。如謂正己正物之身，猶必親爲老農老圃之事，吾知免夫！

嗟呼，讀聖賢書，所學何事？堯舜君民之願，既措之裕如，手足胼胝之勞，自可謝之不敏。幸而廊廟宣猷，固可以好禮、好義、好信之風，爲斯民之菽粟；不幸而名山養望，亦可以教禮、教義、教信之訓，受萬世之馨香。區區稼圃，不惟不暇學，亦不必學矣。厥後舞雩從游，樊遲能悟崇德之旨，未始非佩服聖訓，有以進於大人之學也。

於戲，自遲請之，而夫子進之，後儒庶共知小人之事有必謝，大人之事有必爲也夫！

敬齋識：此乙巳年改蘇生貴德院課也。十改之九，以相題命意頗有愜心，故録之。識踞題顛，心入題中，神超題外，七曲山，九曲水，任我把臂游行，可謂極行文之樂事矣。

子路問强　子曰　南方之强與
北方之强與　抑而强與　義

天地之生人，先在陽剛；聖賢之立德，必思見剛。然則，《中庸》欲明"知"、"仁"之理，何可無剛德以輔之哉？然剛德有似有真，不辨其似，何由得其真？不得其真，何由造其詣？是志在剛克者，所宜别白其似，而自審其真也。

夫所謂剛德者，"强"是也。昔子路初見夫子，已受"不强、不達"之訓，是"强"固仲子所素知也，而復以"强"問者，何哉？想平時受聖教薰陶，融以怡愢，進以禮樂，氣質漸歸變化，學問漸臻正大，堂已升矣，不無入室之志。至是，恍然於徒“强”不足恃，欲進求夫“强”之真，乃向函丈而一叩焉。夫子因其有志真“强”，欲其知所抉擇，故先藉“南”、“北”以發凡，使之知氣質之“强”，有以互辨夫“强”之似也。轉即“而强”以相詰，使之知義理之“强”，有以自勘夫“强”之真也。“中庸之道”其庶可能乎！

且夫天以二五之精，妙合成人，則茫茫寰區，極之天涯地角，同此陰陽，即同此厚薄，何必歧視夫“南”、“北”之“强”？不知大造之化生，不能無毗陰毗陽之憾；即人生之禀受，不能無過厚過薄之偏。南土卑而毗陽，陽性薄而畸輕；北土高而毗陰，陰性厚而畸重。此氣質之偏勝而難以强同者也。然氣質得其强之偏，義理得其强之正，偏則似“强”非“强”，不足肩“中庸之道”，何如正以養之，爲得夫“强”之真，足以成大勇之詣，輔“知”、“仁”之功，而盡“中庸”能事也。仲子尚其即强而自審與！顧或謂：仲子性好長劍，質負兼人，“强”之一問，殆猶氣質之未化乎？豈知竹括南山，夫子鏃而礪之，仲子已有受教之誠；聲融北鄙，仲子悔而思之，夫子已許其學之進。况南至荆楚，北臨大河，從游時歷驗土風，仲子應早識“强”之真似矣，豈猶氣質未化，而不能進求夫剛德之真面目哉！

夫子知義理之正，仲子必非無見，故以“南”、“北”使之互勘，而其真乃出；復以“而强”使自領取，而其真益彰。仲子從此秉天德之剛，毅氣堅力，以求所謂“中庸”而卓然自立，有以渾“南”“北”之名，劑“南”“北”之平，而超乎“南”“北”之上，庶幾“勇”以任“道”，其可與舜之“知”以明“道”，回之“仁”以體“道”，同爲天下之三達德也夫。

敬齋識：此改陳君宗垚作也。十改之九，其融會章旨，透發題藴，領取題氣，爲仲子占身分，爲宣聖闡微旨，頗愜鄙意，故録之。

人莫知其子之惡　義

鑒人者莫如鏡，知子者莫如親。鏡一照，則人之妍媸立判；親一察，則子之善惡悉知。此事之近而易見者也。抑知易見者惟近之故，易偏者亦惟近之故。

鏡偏於照，則人之醜態不能盡露；親偏於愛，則子之惡態不能盡知。自古肆意妄爲之子，皆因溺愛不明之親有以釀成其惡。無他，近之易障故也。如“人莫知其子之惡”一言，諺之言，即人之鏡也。曾子所由引以爲齊家者鏡歟！

夫家何以齊？以其有嚴君也。嚴君何以能齊？以其心如明鏡，能察其子之美惡也。乃世俗之家，見其子之疏其所親、憎其所愛，而不以爲悖；見其子之狎其所畏、慢其所敬，而不以爲驕；見其子之樂其所哀、殘其所矜，而不以爲忍；見其子之寵暱其所賤惡、逢迎其所敖惰，而不以爲鄙者，何也？情有所蔽，心自不明也。問：何以不明？君子曰：是溺愛之故！

向使爲親者，能以古爲鑒，以人爲鑒，將鑒於伯奇之“履霜”，閔子之“失靷”，則惡而知其美；鑒於傲象之“謨蓋”，州吁之“寵驕”，則好而知其惡。由是取鑒於神明之胄，代有象賢，一若鏡之正照也；取鑒於齷齪之徒，世多蠢類，一若鏡之反照也。鑒之空者衡自平，雖不肖子之掩護多端，安能逃我洞鑒哉！

而無如痴父之有愛子癖也，念我躬精神血脉盡鍾鑄於吾兒，何忍以拱璧之珍稍蒙餘玷？於是因愛成痴，因痴成癖。本愚魯也，而以爲渾厚；本殘刻也，而以爲精明；本佻儇也，而以爲有才；本迂拘也，而以爲有守。推其意，直以爲他人之子皆不肖，吾之子獨賢能。雖有嚴師益友顯指其有形之惡，微窺其無形之惡，以互相勸誡，而堂上人方且執“父爲子隱”之説，而厭其言之太分明也。此所謂“知而不知”者也。迨至驕悍成性，上敢忤乎尊親；恣睢成風，下顯干乎倫紀，始嘆家有敗類由辨之不早辨也，晚矣！設早借鏡於他山，取鏡於古人，而預爲防閑，何至敗壞家門若是耶？

於戲！古相臣進千秋金鑒，欲人君之知省其惡也；古君子著治家寶箴，欲嚴君之知察其惡也。人生不能無爲父之時，即不能無教子之時。一生事業將付家兒，百世翼謀盡關家法，其啓鑰非在乎一“知”哉！“知”則能警，猶施磨鏡之藥也；警則能改，猶鏡之磨也；改則“惡子”轉爲“善子”，猶暗鏡轉爲明鏡也。齊家者其以諺言爲炯鑒歟！然非獨諺言也，周公“三筈”，孔門“二南”，均可爲萬世齊家之寶鏡。

程子曰："心如鏡，鏡如磨鏡。"予謂：讀書作文，亦可取譬於鏡。平日學養功深，到下筆時，心鏡一照，自能左宜右有。如用藥磨鏡，到光亮時，自能四面俱照。予於此文，不甚思索，而擲筆一揮，不覺左宜右有。無他，心鏡光明故也。願諸生留心學養，以磨心鏡，到確有心得時，方知予言之不謬也。勉旃！

敬齋率記。

景春曰 義

昔孔子作《春秋》，褒貶所及，賢否顯分，嘗托春王以爲立言之始矣。顧王以春名，必有所言以紀其事；而人以春名，亦有所言以抒其懷。間嘗遨游戰國，見夫古誼淪亡，正人難得，獨有景慕當世豪雄而啃啃稱諸口者，不禁首紀景春其人矣。

夫春以景著，意其人必景慕古君子之存心養性，而欲追踪先哲，故以"景"字表其心乎？抑景慕諸卿相之勢焰薰天，而欲附翼攀鱗，故以"景"字寫其意乎？士君子置身天地間，與其枉道屈己，景附時豪，何如亮節自高，燦然如景星之朗朗！故魯之景伯"誅寮"一語，得領興廢之機；楚之景差《續騷》一篇，饒有古風之雅。彼其正大光明，無依阿態，雖未足爲千古完人，亦可爲一時豪傑。"景春"殆有景仰其人，景企其事，而乃以"景"稱焉，未可知也。

且夫景以春名，其必有取義更可知矣。《周官》以春爲生物，故親成婚姻之事，行於春官；《月令》迎春於東郊，故后妃齋肅之儀，行於春月。是春之見於經籍者甚多，"景春"殆有取"春主仁"之義，出欲使天地萬物之皆春，處欲收天下春於一室，而故以春名耶？抑有取"春屬木"之義，或如青帝之司權，震動一世；或如青陽之發艷，榮耀一時，而故以春名耶？況以春爲號，戰國時亦不乏人，如春申君秉執楚政，其定計决疑，功勛赫赫，固一世之雄也。"景春"或艷慕其人，而故取名於春與？獨是景春，一戰國時人耳，一魏國中人耳，生平碌碌無聞，而乃向孟子而有言也，何哉？昔孟子游大梁，曾發爲仁義之言矣，曾發爲王道之言矣。景春或欲景從我孟子，而故有是言乎？非也！其人既習於戰國，囿於魏風，凡先王正誼明道之言,已懵然而不能語,而惟舉戰國時捭闔縱横一流人,景慕焉而勃勃欲言焉耳;而惟舉魏國中名卿巨相一流人,景仰焉而津津樂道焉耳。觀其向我孟子而艷稱公孫衍、張儀,可知其非能景仰高山之人矣,非能登民春臺之人矣,豈能知大丈夫事哉!

敬齋識:此改永春顔生國憲義也。十改之八。其運用經典,明是對下,明是從此三字抒寫,絶無侵溢之弊,頗得冒顯題作法,故録之。

南人有言曰　義

自删《詩》綴列國之風,而荆蠻不録;删《書》存侯國之誓,而楚史不編。孰不謂僻處南邦,未必有名言之可採哉!不知《詩》、《書》爲治世之譜,外籍雖不足登,俚俗多訓世之辭,方言亦有足採。吾子南游以來,早熟領夫土音矣,則欲取芻蕘之詞、藥石之語,亦何妨式是南邦也,如《魯論》所記"南人之言"是。

夫南風不競,南氛甚惡,吾子删訂時所以有外之之意也。兹欲引警世之言,何獨取夫南哉!將謂取其人與?則周任、史佚,論著西京;孟蔑、展禽,訓垂東魯。中邦多名獻之傳,而何必南人!將謂取其言與?則禹鼎湯盤,箴詞赫赫;文琴武帶,銘語煌煌。前朝多不刊之訓,而何必南人之言!然則,夫子何獨取夫南哉?

蓋南自採藥潛來,泰伯肇開吴祚;桃弧禦事,鬻繹聿啓楚基。開國之遺徽,昭人耳目。况乎《召奭》、《承宣》、《樸樕》、《薇蕨》諸篇,夙精物性;巫臣通聘,饗祀會盟之禮,遂匹中原。由是文明大啓,通《易》象者有季札,讀《典》、《墳》者有倚相,誦《祈招》者有子革。南國多名人,其篤論正言,實足輝煌上國矣,安得與齊諧、巴語同目爲無稽之言哉!

顧或謂南之地土濕而多病,其人悉浮靡之詞;南之俗信鬼而好祠,其言都誕謊之語。南雖有言,不過與巷議街談等耳,何足據爲典要耶?不知"夏諺有言"、"周諺有言",古人嘗藉爲醒人之鑒,况南人閲歷夫世情得失之故,熟悉夫人事成敗之原,乃發爲悚論危詞以資炯戒,則足以質天地而對鬼神者是言,足以砭愚頑而針聾瞶者亦是言也！吾子抱牖民救世之婆心，能無取其言以爲世鏡哉！迄今讀"無恒不作巫醫"之言，猶令人神游於吳越秀良之地，而嘆道南之有自來矣。

我對曰無違 義

今使問者能融其理，而教者復向旁人而論之，則鄰於贅辭。然使問者未達其意，而教者不藉同類以申之，則恐其誤會。大聖人示人無隱，見夫世胄之相訪雖殷，而究不知所答爲何事，則聞其言未能融其理、達其意，勢必藉旁觀以明之；既欲藉旁觀以明之，自必先即所答以發之，此引類而伸之微意也。

不然，"問孝"者懿子，夫子何必復有所告於樊遲哉！"對無違"者亦在於懿子，夫子何必即所對之言告樊遲哉！蓋懿子承父命而來學，平時以親命爲重者也。一聞夫子"無違"之旨而不復置辨，得毋以"無違其命"爲孝，而不知以"無違其理"爲孝乎？夫子恐其誤認宗旨，當此膝下日嚴，親或命我以遷善補過乎？固對曰"無敢違"；親或命我以僭等逾分乎？亦對曰"無敢違"，則順命未必順理，未始非不求甚解之過也。夫子欲從旁以解其所未解，適逢樊遲在御，其人少事三家，夙通情愫，或者孟氏之索解雖難，而樊氏之轉解良易乎？則覆述其所對之言，其亦出於情之不容已歟！

嗚呼！聖人一時之答述，即爲萬世之旨規。其有未伸於彼而必藉證於此者，非過詳也，誠以孝爲萬善之原，"無違"一言爲始終盡孝之道。設非罄詳其所未對，則説理不暢；設非先述其所已對，則始意更未明。竊恐此時以疑似而誤，將來以附會而誤，其誤於懿子者尤少，其誤於萬世者不更大乎！則欲明其説先發其端，其舉所對以爲樊遲發者，即如罄所對以爲懿子發也；亦即若舉始終盡孝之道以爲萬世發也。迨遲叩其所"謂"，而子告以"生事"、"葬祭"之盡禮，夫盡禮即所以盡孝也。至是，而向所對"無違"之旨，明若觀火矣！

此覆述題也。題神甚虚，題位甚窘，稍涉敷衍，非混上即侵下，則恰肖也難。一味苦心孤詣，極力推索，又不免有跼蹐之病，則充暢也更難。時因學堂諸生所作,非混侵即蹈躇,俱非恰好文字,乘興草此,願以質諸高明。

庚戌秋,敬齋識。

起處搓挪説入,先將題意含蓋,已能緊人一着,高人一籌。前段伸明由來,既見得覆述非無因,且見得告遲處亦非無因。後段推出餘波,説得“無違”兩字極有關係,尤妙在詳而不盡詳,仍不失覆按語氣。通體心思精細,波瀾老成,正如初榻《黄庭》,剛剛恰好,自堪程式多士。

世小弟銘謹注。

天下之不助苗長者寡矣　義

乾坤予我以自然之生氣,本與自然之生物息息相通;生氣必潛養以俟其長,生物亦不可强助以速其長。此一而二,二而一之理也。無如急於養氣者,氣未大每預期其大,氣未剛每亟期其剛,勢不至每矯揉其生氣,如痴人之造作生物也不止,三代下鮮知涵養矣。向醒以苟得其養,無物不長,亦望善養者之多也。胡善養者不多,而助長者轉多耶?

如宋人之“憫苗不長”,是欲其驟長之意多,欲其漸長之意寡也。曰:今日有助苗長之病,是勞勞以助長者多,徐徐以待長者寡也。噫!宋有若人,是即“獻曝邀賞”之愚也,是即“守株待兔”之蠢也。令善養氣者見之,方且唾棄之不遑,安肯效其助長乎?安見效其助長之多乎?

然吾觀天下之好爲躐等者,氣未充不以“縮”爲充,義未集徒以“襲”爲集。或貌爲北宫黝之所養,不能從容以徵其必勝;或貌爲孟施舍之所養,不能静鎮以實其“無懼”。求其如曾子之“自反”,深得直養之功者蓋寡矣;求其不如告子之“外義”,而有“慊心”之效者益寡矣。於戲!是皆强制其氣,强襲乎義,如宋人之强助苗長也;是助苗長者只一宋人,而[强]助苗長者竟千百宋人也。吾不解天下之好爲助長者何其多哉!吾不解天下之不爲助長者何其寡哉!

我孟子知心如穀種,知養氣如養苗,必順其自然而不可出於勉然。論心而譬“麰麥”之“皆熟”,所以破助長之見也;論仁而譬“稊稗”之“不如”,所以遏助長之機也；論性而譬"杞柳"之"戕賊"，論體而譬"梧檟"之"棄養"，所以指其助長之病也；論良心而譬"牛山木"之不"美"，論王智而譬"易生物"之"難生"，所以施其助長之藥也。而又恐急功近效者之多也，或力求速化，不能無助長之弊，故與公孫丑論養氣，不禁大聲疾呼曰："天下之不助苗長者寡矣！"

此句論題旨，則爲理題；論題法，則爲過峽。理題須用白描筆傳神，不稍沾滯，方爲得旨；過峽須蒙上而不粘上，映下而不侵下，處處恰肖題神而止，方爲得法。

詩山堂課，命此題目，諸生皆苦其窘。信筆草此，兩燭未燼而成，俾諸生知所揣摩而已，工拙所不計也。

己酉四月望日，敬齋識。

仁者壽 義

純乎天者仁也。天以理予人，人以理順天，理定數自定，不必好爲導引之術也。蓋理之裕於身者充，即數之綿於身者永。人第見其獲康强、躋上壽，以爲其得數最優也，而不知其遵循於天理也久矣。

仁者以静而樂山，正所謂"動者夭"而"静者壽"也。山以奠地不遷而得萬古不刊之壽，仁者順天不移，亦自有百年不衰之壽。是仁固壽之券也，壽固仁之符也。

顧或謂天理當順而天數難憑，不違仁者莫如顔子，而竟促其壽；至不仁者莫如盗跖，而卒永其壽。烏得謂順天理者之盡永天數乎！不知上蒼之位置雖有時爲人所難窺，而君子論常不論變。况乎身名所關，有不壽而遠勝於壽者，有多壽而不如不壽者。顔子雖短命，而配位馨香，萬古猶有生氣，是足與天地齊壽也。盗跖雖永年，而聲名遺臭，千載猶供唾駡，是遜於蜉蝣之不壽也。人尚其思所以取壽之道哉！

於戲！福命者天主張，造命者我主張。修短固天所以付人之數，修省則人所以奉天之理。堯之仁如天而壽過百齡，文以仁愛人而壽近百齡，此純乎天者之算過於人也。衛武公壽届九旬益加修德,蘧伯玉壽躋六秩益入化機,此盡乎人者之自得合天也。然則,“仁者壽”之一言,乃尼山定論以勵天下萬世之爲仁者,而仁者究無容心也。或安或勉,皆亹亹於爲仁,何嘗預期其壽哉!而壽若適與之符也,即所謂理定數自定也。世而有慕仁者之以理獲數乎?予請移孟子之言以補其循理之功曰:“夭壽不貳,修身以俟,所以立命也。”噫!是可爲仁壽之鏡矣。

雖欲勿用　義

自乾坤以二五之精,化生萬物,是物之生天爲之,物之用亦天陰使之,非人所能主也。夫物之用既非人所能主,則有體天意以主乎物者,自能操必用之權而奪其不用之想。縱有挾私者流,出而忌是物、訾是物,欲置是物於無用;而自我思之,彼既不能主是物而奪諸有用之地,亦何妨置是物而姑作無用之想耶!

犁牛之子,既騂且角,是靈秀之獨鍾也,是犧牲之中選也。天之生“騂角”,非欲其成爲有用之器乎?即人之相“騂角”,孰不共許爲可用之才乎?而奈何竟有“欲勿用”者?夫“勿”者,“禁止”之辭,即《大學》“毋”字之意也;“欲”者,“私意”之辭,即《魯論》“所欲”之義也;“用”者,用以祭也。“欲勿用”者,執己之私,以狃忌才之見也。群情之訾議無常,或繩以出身之不類,或摘以吹毛之微疵,是天産此奇品,反與名驥之伏櫪、匪兕之率野,同爲庸耳俗目所揶揄也。畎畝中孤芳自賞,不滿小人之志,恐難邀大武之榮矣。則爲騂角計者,安得不爲之惜、爲之慮也哉!

然而,無庸惜、無庸慮也,天生我才必有用。文明氣象,自足物色田間;磊落奇姿,何難時邀冰鑒?縱群情嫉物,苛刻相繩,不無拘拘資格之見;然嫉物之心在人,而操物之用則不在人。不在人則操物者有權,而嫉物者無權。以有權濟無權,人雖“欲勿”之,騂角亦何必恤人言哉!

顧或謂“人言可畏”。古有“市虎成於三人”者矣,古有“投杼起於累至”者矣。衆口鑠金,君子嘗引之以爲戒,況區區騂角豈能自操必用之權,而無憂人言之相阻也耶?不知騂角生於天,非生於人,有體天而用騂角者,何必因人而憐騂角也。蠖之伸者必先屈,龍之見也必先潛。觸類参觀,則知今之見嫉者,人能爲之;後之見用者,人不能主之。雖有忌才者流指之曰“勿用”,不過彼之禁詞耳;拘之曰“欲勿用”,不過彼之私意耳。究於騂角無與也,究於騂角無傷也。雖欲“勿用”,彼操其用之權者,體天而行乎?抑依人而行乎?請卜諸山川。

敬齋識:此改顔生國憲作也,十改之九,頗得截下題作法,故録之。

經　解

泰六五帝乙歸妹 解

《泰》六五何以言“歸妹”也?“泰”開三陽,萬物始生。生育者,嫁娶之功也。六五以陰居尊,下應九二,陰從陽,有下嫁之象焉。三五互“震”,二四互“兑”。“震”爲長子,“兑”爲少女;“震”爲兄,“兑”爲妹。以兄嫁妹,而“歸妹”之象成焉。

“帝乙”之説,漢儒紛紛聚訟,程、朱亦不確指爲何人,後世遂靡所折衷矣。蒙按:“荀爽以爲成湯”,雖本於《乾鑿度》,然考之《史》,稱湯爲“天乙”,數傳而有帝祖乙、帝小乙、帝武乙。循其例,當稱爲“帝天乙”,不當僅稱爲“帝乙”。況《爻辭》繫自周公,若果指爲湯,何以誥多士時,又云“自成湯至於帝乙”乎?此不可解者也。

項安世申其説,謂“帝女下嫁之禮,至湯而備”。抑知釐降二女,帝堯已然;且“下稼”亦禮之常耳。雖中主猶能“備禮”,何必湯乎?此不可泥者也。王夫之又設爲“陽下於陰”之辭,謂“自周以前,男來就女,如今之贅婿”,則與“陰下應陽”之旨,更相抵牾矣。

然則,當以“啓父”之説爲正也。《左傳》云:“微子啓者,帝乙之元子也。”《史記》云:“帝乙長子曰微子啓,少子辛。”虞翻本之。蓋《易》所引,俱是實事。如“高宗伐鬼方”、“箕子明夷”諸例是也。

帝乙身爲長君,原必有“歸妹”之事,《傳》偶未及載耳。若《乾鑿度》乃《易緯》之書，不足爲據。考古者當以經、史爲衡，庶不悖《易》之本義也夫！

朋盍簪解

“盍簪”之義何由取也？《釋詁》：“盍，合也。”《傳義》：“簪，聚也。”《豫》以九四爲卦之主，以剛統柔，有“一人作則，萬彙咸歸”之象，此“朋”之所以合聚也。

然“簪”之説亦紛紛矣，自子夏、鄭玄、張揖至王弼，皆訓“簪”爲“疾”，或爲“速”，明其非簪字也。京作“撍”，馬作“臧”，荀作“宗”，至虞翻復作“戠”，謂“坤”爲“盍”。“戠”，之戈切，聚會也。“坎”爲“聚”，“坤”爲“衆”，衆陰并應，故“朋盍戠”。此則以“簪”爲“聚”之義也。然皆不指爲“固冠”之“簪”也。

至侯果，乃有“冠簪”之訓，謂“朋從大合，若以簪篸之固括也”。劉牧遵之，而暢其説。以爲“簪所以固冠而總髮，冠之危賴簪以固之，猶君之危賴臣以安之”。而議之者謂“古人名物，有笄無簪，漢時始有簪名”，遂以侯説爲不經。今觀神禹治水而遺簪，姜后待罪而脱簪，孔子途遇婦人，有云“亡吾蓍簪”，李斯上書始皇，有云“宛珠之簪”，則周、秦以前，已有“簪”名，何得指爲不經哉？

間嘗就諸説而衷之：侯説則楊龜山、郭兼山皆從之。然如其説，應加“若”字，謂“朋盍若簪冠”，句法始明。而細玩“盍簪”二字，究必相連爲文，方完其義，是侯説又有間也。王、虞二説，朱子《本義》皆從之。然訓“疾”訓“速”，雖本於西河傳授，而九四上下據有五陰，地處危疑，道在積誠相感，則“朋”之合，必徐以致之，豈易“疾”且“速”哉！是王説亦未盡善也。惟虞氏“聚會”之説，正與《傳義》“一陽聚五陰”之意合。繹斯義也，天子當陽，群臣聚而襄贊；君子剛正，群才聚而彙征。朝綱賴以肅，正學賴以明，其即“人有得”之驗也夫！

敬齋識：此因改崇文書院課卷，信筆草成。尚非愜心貴當之作，願與高明商之。

春秋吴楚稱人解

春秋之天下，周天子之天下也。天下既爲周有，則凡猾夏之蠻夷，皆自外於周之天下，即皆爲尊周者所必攘。聖人於吴、楚諸國，稱之曰“人”，所以立“尊周攘夷”之大關鍵也。

稽吴、楚之先，皆以“荆蠻”名。《商頌》曰“奮伐荆楚”。《魯頌》曰“荆舒是懲”。蓋以蠻荆爲强夷，中國盛則後服，中國衰則先叛，故不憚伐之、懲之也。春秋時，吴、楚屢悍然與中國爲敵，僭號稱王，干名犯義，曾不恤其非。聖人書曰“吴人”、“楚人”，其謹華夷之辨，寓尊攘之意微矣。

楚之見於《經》也，始於莊之十年，曰“荆”而已；二十三年，曰“荆人來聘”；至僖之六年，始稱“楚人”。吴之見於《經》也，始於成之七年，曰“吴”而已；襄之五年，始稱“吴人”。均抑之使不得同於中夏也。

顧或謂：三《傳》皆以“人”爲“進之”之言，楊氏士勛、孫氏復，又沿其説而申之，則稱“人”似非貶詞。不知吴、楚乃僭王猾夏之邦，不當與中國齒。《春秋》若進之，是進吴、楚於中國也。吴、楚而中國之，平日嘖嘖攘夷之功，其謂之何？詎非失《春秋》之微旨哉！

難之者曰：以“進之”之説爲非，其何以解於“書君”、“書大夫”諸例？曰：詳略因乎世變。書人，略君臣也；書爵、書名，詳君臣也。會于盂，書曰“楚子”；來聘，書曰“楚子使椒”。鬥于巢卒，書曰“吴子”；來聘，書曰“吴子使札”。聖人於僭王之時，直以“子”予之，嚴筆削即所以紀世變也。若以“吴、楚稱人”爲聖人之“與其進”，則蠻夷猾夏之漸，其將何以防之耶？

國朝方氏苞、張氏自超、顧氏棟高，均以“進吴、楚”之説爲非。可知《春秋》於吴、楚，皆故爲區别，以見“尊周攘夷”之大義也。朱子於《春秋》一書，嘗病諸儒失聖經之旨，觀此益信矣。

春王正月 解

今天下無王矣，易皇帝爲總統，是王而不王也；易冬至十日後爲首春，是春而不春也；易舊曆正月爲新曆二月，是正而不正也。舉中國四千餘年之祖曆，一旦變爲西洋之新曆，先王先聖之精意，蕩然無存矣。何必讀《春秋》而論“春王正月”之書法哉？不知新曆僅一時之變法，舊曆乃萬世之常經！

《春秋》，魯史記名也。孔子魯人，即周人也。其以事繫日，以日繫月，以月繫時，以時繫年，所以遵周王之正朔，以爲宗國之首事也。左氏依《經》作《傳》，仍本孔子以魯紀年，以“王正月”紀事，何非欲以周之正朔宣行天下，令人想緣於同軌同文之盛耶？《公羊傳》曰：“春者何？歲之始也。王者孰謂？謂文王也。曷爲先言王而後言正月？王正月也。何言乎王正月？大一統也。”今繹其“春正月”三字，固無餘義。但以“王”謂“文王”，揆時度勢，恐公羊氏之臆斷，猶未合義也。《穀梁傳》曰：“雖無事，必舉正月，謹始也。”獨未釋“春王”二字者，殆以“王”之説有疑義，故未敢遽斷乎？

予邇讀杜元凱《左氏集解·原叙》，恍然於“春王，即平王也，非文王也”。文王爲西周之始王，究於春秋時事，無可間接；平王爲東周之始王，其末年即隱公之初年，則於“春秋”起義，有可造端。孔子作《春秋》，托始於平王、隱公，正以見魯史之紀年，即奉平王之正朔也。

倘使平王能祈天永命，紹開中興，隱公能紹宣祖業，光啓王室，則西周之美政，可再見於東周。孔子曰“吾其爲東周”，非於周輒言東，而深一變聖道之望乎！無如平王、隱公終不能爲興周之政體。孔子愴懷時事，所以不得已而作《春秋》也，所以因周王之曆數而附魯史於年月之下也，誠遵周之特筆歟！

嗚呼！王莽篡漢，陳遵仍用漢家臘；劉裕篡晉，陶潛耻書晉後年。古君子崇尚正曆，尚不屑爲新曆所移，况今日附會西曆爲陽曆，區别祖曆爲陰曆，大悖孔子行夏時之法矣。子孔子者，能無溯麟筆之書春，而嘆今昔之殊法哉！

五性七情　解

自無極之真，二五之精，妙合而凝，天地之帥吾其性，即“五性”也；天地之塞吾其體，即“七情”之所由生也。誰無此“性”？誰無此“情”？而往往蕩情以繫性者，何也？無養性制情之功也。君子於此，惟有養其性以制其情而已。

夫“五性”者何？“仁、義、禮、智、信”是也，天之所與也。“七情”者何？“喜、怒、哀、樂、愛、惡、欲”是也，人之所發也。“仁”屬木屬春，生萬物者也；“禮”屬火屬夏，長萬物者也；“義”屬金屬秋，殺萬物者也；“智”屬水屬冬，藏萬物者也；“信”屬中央土，爲四時之主宰，載萬物者也。此天賦之“性”，豈待外求哉！而孟子論性，必以“惻隱”、“羞惡”、“辭讓”、“是非”爲見性之端者，何哉？蓋求其端所以養吾性，養吾性即以制吾情也。程明道《定性》一書，何非從養性來哉！

獨是常人之情，每一發而汩其性。情之喜樂主舒暢，有近於“春”、“木”；情之怒主發泄，有近於“夏”、“火”；情之哀主傷悲，有近於“秋”、“金”；情之愛惡主明察，有近於“冬”、“水”；情之欲主運動，有近於“土”、“運”，此人情之不能無者也。正惟不能無情，愈不可過情，過則蕩矣。先儒有言：喜時之言多失信，則“木”過尅而有虧於信矣；怒時之言多失體，則“火”過盛而有害於禮矣；哀時之心多失節，則“金”過勝而有損於義矣；樂時之心多失度，則“水”妄動而有累於智矣。且愛惡出於偏，嗜欲出於私，則“木”過伐而有傷於仁矣。情蕩則性鑿矣，□□□□鮮哉！

且夫性者無極之真所存也，情者二五之精所發也。性則本於天地之帥，吾得之以體性也。情則本於天地之塞，吾得之以用情也。性情禀自天地而定於人，孰不當於未發、已發之時，而求所謂“中和”哉！無如愚者每不知制情，縱其情而至於邪僻，梏其性而亡之，程伊川所謂“情其性”是也。惟覺者約其情，使合於中，正其心，養其性，程伊川所謂“性其情”是也。君子，即覺者也。“戒慎乎其所不睹，恐懼乎其所不聞”，“修道”即養性之功也。“莫見乎隱，莫顯乎微”，“慎獨”即制情之方也。朱子《白鹿洞揭示》曰“言忠行篤”，曰“懲忿窒欲”，其足爲涵養性情之正鵠乎！

若夫聖人之動察周旋中禮，不思不勉中道，是純得性情之正鵠者也，其謂能立人極，以完天地之塞帥者歟。孔子“從心所欲不逾矩”，是統性情而化之也，化其所以與天地參也夫！

此理題也。予寢饋於周子《太極》、《通書》，張子《西銘》、《正蒙》，二程子《定性書》、《好學論》，朱子《易學啓蒙》諸書久矣，偶然著筆，雖非結構經營，而於性理源頭竟委，説得透徹無遺，後生小子不可以其近而忽之也。

敬齋自記。

松村文集卷十二

凡　例

郭山廟志凡例　丁酉

一、古人於名山勝地、都邑祠廟，皆有志以傳之。其體與史書相表裏，務在分綱別目，切實詳明，使後人確然可信，犁然可觀，不得以讕語雜之。兹《志》以綱該目，分爲七門，首圖像，次本傳，次封爵，次廟宇，次封塋，次藝文，而以雜志終焉。其間源流顛末，隱然有序，而尊王之靈，亦隨事可以想見焉。

一、繪圖列於簡端，志乘例也。兹益以"說"，遵《一統志》例也。古人修志，每分山川形勢爲一門，《郭山志》既纂入"封塋"、"龍山宫"洎"清溪威鎮廟"，其山川形勢甚夥，欲別分一門，未免零碎，故悉於圖說中詳之。至"廟宇"、"封塋"，已有分門，其圖不復立說。

一、圖次以像，像附以贊，欲使閲是《志》者，瞻之誦之，如見尊王尊妃之在上在旁，而肅然起敬焉。

一、史家有立傳之體，王之行爲有關家國，例宜立傳。然其事迹歷九百餘年之久，傳者不無或訛。兹博采志書，細訪故老，而衷諸正理，不稍參以訛誕之詞，所以存實録也。妃有敵體之尊，例宜附傳。其故實難稽，仍存疑筆，罔敢臆斷。至世稱爲"聖王"、"聖妃"，因封號未有"聖"字，亦不敢溢稱，以存其真。

一、尊王自宋至今，爵號叠增，雖舊敕已湮，亦不可無志。兹依史家例，爲立"封爵"一門，所以見綸言之重也。而廟之賜額，塋之祀典，亦因褒封而重焉。故以"封爵"居廟塋之先。

一、同治間加封字樣，殫心搜訪，未得其全。兹《志》所編，尚闕初次正詳及卞憲奏疏，然即此以觀其加封始末，已瞭然心目，則亦無妨於闕也。

一、《通志》、《郡邑志》載"郭山有威鎮廟"，并無"鳳山寺"之名。細詢其故，乃知僧家别奉諸佛於西夾室，名之曰"寺"，世俗遂從而通稱之。沿其僞而舍其真，幾不知威鎮之在郭山矣。兹郭山廟特標"威鎮"二字，而不書其寺名，所以重賜額而破异説也。

一、郭山廟備書高低、縱横尺丈，俾後世興修有所依據，蓋重之也。餘則從略。

一、龍山宫暨清溪威鎮廟，《郡邑志》皆不載。然是宫爲尊王孕祥之地，是廟爲封塋攸系之區，不并纂入無以見其源流。且事既相屬，合而志之，亦史家連類并書之例也，故以二者次郭廟後。

一、尊王一生大節，惟孝爲首。其孝以"葬塋"、"祭塋"爲大，則"封塋"重焉。兹志塋地、塋式、塋向及一切祭品、祭儀，務求詳備。蓋欲使後之承修、承祭者，有所確循；又深望後之纂郡邑志者據爲底本，載入志乘。庶封塋盛事可昭萬古，而尊王懇懇孝思，亦得以永慰焉。

一、祭塋一舉，乃迎王駕而祭也。其祭文當代尊王立言，前人已有此議。但必稱"顯考"、"顯妣"，方合以子祀親之義。至舊稱王之父母爲"太王"、"太妃"，雖敕書久毁，封號無徵，然數百年來，鄉先正皆如是稱，即揆諸封贈之例，亦復相符，故仍其舊。

一、楊長者祔祀封塋，乃尊王不忘主恩之義也。兹詳志其祀事，以見王匪特忠孝可師，且大義兼盡，是亦風世之一端也。

一、《漢書》志"藝文"，只載書目。後來《郡邑志》兼采遺文，旁及題咏，兹《志》仿焉。凡有關於山川勝概、廟塋興修及尊王靈迹，使人可誦可傳者，一一載之，以爲後君子徵文之資。

一、郭廟碑記不敢纂入"廟宇"者，懼共雜也。故與游記、序、啓等篇，統列入"藝文"，以類相從，所以便後人之瀏覽也。

一、前人詩章，從無以"二氏"稱尊王者。至近人撥"譜系紀略"一篇，爾時士夫據爲題咏，遂半雜以“二氏”語，此萬不可存者也。兹《志》一切淘去，罔敢濫登。間有詩筆甚佳，不忍割愛，則就其中僭易一二，雖點金成鐵，貽笑大方，然於正神身分，必如是方不至冒异氏之稱云。若禪房等語，就廟僧言，無礙於王，則不必削。

一、尊王匾額、聯句，繁富夥夠，累牘難載。擇其尤者纂之，亦文之緒餘也。

一、自班氏《漢書》不遺稗官之言，至劉知幾作《史通》，遂於正史而外兼録雜説，兹用其例。凡故老所傳、稗乘所紀遺言軼事，悉裒諸篇，亦以備輶軒之采云爾。

一、尊王舊事，有一二錯誤及茫無確據而背於正理者，悉辨駁之，不敢沿訛，以誤後人。

一、尊王近事，不勝殫述。兹《志》所紀皆出於父老、多士之傳聞，雖未暇一一注明所出，然實確有來歷，不敢臆造。

一、尊王祠廟遍天下，不能周知悉載，兹就其所聞者紀之。如復有聞，自當續録。

一、崇德侯、顯佑侯爲賫敕使，黄太尉、陳將軍爲左右衛，此理之决可信者也。其事迹、爵號，無所考稽，則用史家存疑之例，非貶損諸神也，蓋欲傳信於後人云。

一、尊王簽詩，不知何代何人所作。然世之祈禱於王者，既以是爲憑，而王亦因其人其事之臧否、得失、禍福、吉凶，悉著驗於是。則簽詩固世俗所徵信之詞也，宜録於後，以便占驗。

一、《志》中凡先正遺文與近代名作，皆各標姓名於下。其不標姓名者，則鄙人所撰述云。

一、江文通謂“作史莫難於志”；朱子手訂《言行録》，亦自謂“尚多謬誤”。况儀謏學譾材，何能無弊？是《志》經始於元宵後，脱稿於中秋前，又僅七閲月而蒇事。僻處山陬，采摭不無遺漏。所望四方高明君子，時惠郵簡，匡其不逮，補其未備。是則尊王所欣鑒也夫，是則鄙人所深幸也夫！

義　例

詩山戴氏族譜義例三十則　辛亥

一、譜之義例起自吾家宗法，自《大戴禮》帝系、姓諸篇，爲萬世繫譜之祖，司馬子長因之，撰本紀、世表、年表，而譜牒淵源有自來矣。嗣是，杜預有世族之譜，王儉有百家之譜，王符有氏姓之篇，虞覽、陸煦有家記、家史之書，范汪、明粲有世傳、世録之書。至唐太宗會同天下譜牒作《氏族志》，而譜益重。唐衰，士大夫不講譜學，遂廢。廬陵歐陽氏將纂譜，採於唐，無所得。上仿司馬氏《史記·年表》，以爲譜圖，世咸稱之。然宋儒熊勿軒謂：歐陽氏有異法，合其法者推眉山蘇氏。蓋蘇氏《五世提綱》雖仿《史記·世表》，實宗《戴記》大小宗法也。今折衷歐、蘇譜例，參以閬湖李氏、梁村蔡氏、石溪官氏諸大家譜，而求其一當。計全譜分爲八門：首序言、義例、目録、圖像，一本原，二誥命，三世次，四世紀，五列傳，六祀事，七藝文，八雜志。其間秩然有序，釐然有法，大半以《戴記》爲根源，以蘇氏爲彀率云。

一、蘇氏譜録，由味道上溯蘇公，上溯昆吾，上溯高陽，雖遠必詳；特以味道官眉以下，世次不可紀，故眉山族譜斷自高祖始。我《戴氏表序》由胄公上溯戴公，上溯微子，上溯帝嚳，雖遠可稽；亦以胄公父子以下，世次無可徵，故詩山族譜斷自九郎公始。蓋溯厥初生，雖遠不可忘，而信以徵。信必自近始，此千古不刊之譜例也。吾九郎公自固始南遷，事迹昭然，奉爲一世祖，傳至今三十餘世，大宗、小宗，源派分明。圖而譜之，庶其得戴氏宗法歟！庶其合蘇氏義例歟！

一、《戴記》云：尊祖故敬宗，敬宗故收族。修譜即收族事也，而必以尊祖敬宗爲先。欲尊祖敬宗，則凡祖廟、祖塋，與祖宗所拓之地勢、里居，皆當一一志之。凡遠祖近宗之遺像，與縉紳名獻之真容，皆當一一摹之。然僅志之、摹之，猶恐界址易混，形神難肖。兹仿史家圖史并列之例，舉山、村、廟、塋，悉繪圖附説，以明其界址，俾後人慎世守而杜争端。摹道國公、恭公二像，則本諸《莆田戴氏宗譜》,摹方伯公諸像,則本諸現存真容,又各附贊語,以肖其形神,俾後人瞻之、誦之,如見其在上、在旁,而肅然起敬。是弁圖像於簡端,正重視祖宗之遺也。

一、譜溯本原,所以清其源而濬其流也。始祖九郎公,自河南固始縣石壁潭入閩,開基錦坂,舊譜已詳,不贅。惟世世傳聞吾宗出自胄公,况《御覽表序》一篇,乃唐太宗詔高士廉等編天下譜牒,可爲鐵據。道國公、恭公二傳,乃新舊《唐書》及二十四史緯所撰列傳,可謂信史。希朱既稽其時代,證其里居,書於《表序》後,俾知吾祖實始於河南;又纂《歷世人表》,詳紀世序,俾知先代之源流不混;録二公列傳,僭附論贊,俾知遠祖之勛望甚隆。先儒謂“天下無二戴”,又謂“戴氏代有時望”,觀此益信已。

一、譜録誥命,所以昭君恩而揚祖德也。教孝教忠,胥徵於此。我族五郎、蓋山諸公,皆無勑書以褒其先代,當時請封例嚴歟?抑軸文散軼歟?是未可知。贊爔公誥軸封三代,軸文僅存一代。兹録其所知,闕其所不知,以俟後查。至希朱等先代誥軸,一一備録,仿李、蔡二家。

一、誥命俱載,譜中之例也。猶願吾宗子姓,勵志光顯,如閬山、梁麓,紹徽趾美,大書特書不勝書,豈不懋哉!

一、譜中恭遇誥勅及頌揚字樣,應三抬、雙抬、單抬者,敬遵御製詩註,或空三字、二字、一字,以省卷帙。至譜中名字有犯廟諱、御名、聖諱,生存者敬避,已往者缺筆,是亦尊王、尊聖之一端也。

一、譜先世次,横圖以提綱,聯親親之義也。自一世至五世爲一圖,義取五服;自五世至九世爲一圖,義取九族。蓋自身而上,爲父、爲祖、爲曾、爲高;自身而下,爲子、爲孫、爲曾、爲元。世也,祖、父、子、孫之兄弟并列;次也,一脈遞承遞衍,下行曾、元,又爲上行高、曾。按圖求之,雖千百世如一堂,此蘇氏譜例。因五世親盡,而設爲提綱以聯之,則盡而不盡。繫譜之義,莫重於此。舊譜闕如,今特增之,亦期其有合於大家體裁而已。

一、譜重世紀,直書以舉目,詳親親之事也。凡有功名、官爵、封贈、恩蔭,則首書於其人名上,昭光寵也。其人名下書“某第幾子”,示著代也。次書字、書號,責成人禮也。次書妣某氏,娶某氏,取敵體義也。書某娘,仿《漢書》婦女書名例也。繼室書繼娶某氏,以服制與正室同也。箆室書妾某氏,嚴嫡庶之名分也。生子書各氏名下,重承祧也。生女書配某姓,仿《朱子家禮》,女子在正服義也。次書生卒,詳始終也。次書葬地,重妥魄也。若其人行誼有可節取,亦書其概,取善善從長義也。舊譜以排行編次,上行叙完乃及下行,昭不紊穆,疏可復新(親),此有合世紀之義,實匯歐、蘇體例變而通之也。今仍其舊而細爲折衷因革,亦求其合宜焉爾。

一、世次圖。凡中殤、上殤及無傳者,揆諸《禮記》,既有袝祀之典,則例宜列諸圖。然無以别之,恐按圖而難知。兹凡無傳者,名上用方圈;凡有傳者,名下用圓圈。取方止圓行之義,最易便於瀏覽。

一、横圖曰世次,一脈所衍,由上流下者也,故書名。直書曰世紀,子孫叙述祖、父之辭,由下溯上者也,故書字、書號。世次凡有别名,書於本名之下;凡有分派,書於始分之人,清眉目也。世紀於已往者,書公某、妣某氏;現存者,書名某、娶某氏,示存没也。此譜牒通例也。

一、夫婦爲人倫之始,萬化之原。我祖垂訓:必婚禮明、配偶正,方許入廟與祭。稍有不明、不正,則毋得入始祖廟。此守《戴記》“宗廟嚴”之法也。近來世風日壞,鄉鄰每移花接柳,斁倫干紀而不知羞。我族此風幸少。如有一二愚頑誤犯,皆不許纂入譜中,以昭祖訓之嚴,以垂後世之戒。

一、婦人從一而終,義也。如有夫歿改醮者,只書“娶某氏”三字,下書“出”字,不書生卒葬地,以貶斥其婦道不終。雖朱子《家禮》有爲出母期服,然母出與廟絶,不可以私反。其子雖賢,亦斷無立主之禮。

一、婦人有夫歿而托言招夫養子者,此爲亂宗之漸,例不得書。雖《朱子家禮》有爲同居繼父期服,然亦義服耳,究無宗支可續,何得纂入家乘?

一、同族承繼,禮之大者,必昭穆不紊,方合祖宗一脈相承之義。凡立繼者,於本生父之下書其名,明所出也;嗣父之下書其名,明所承也。大宗嫡長,則不出繼,守《戴記》宗法也。

一、兩承之子,必弟兄無後,己僅一子,乃不得已而爲之。倘弟兄有後,己有多子,則决不可爲。國朝例有示禁,可爲炯鑒。若既兩承,生庚婚娶宜分載,生子宜分承,服制仍重本生父,世次仍承本生父,旁註兼承某公,以爲後來分承之朕兆。

一、書生子,重似續也。倘有出嗣外姓者,則謂之男子離宗,仍不得書。

一、異姓爲後,國典所禁。吾宗詩禮家,前代尚無以螟蛉爲嗣者。近來族姓益蕃,防閑稍弛,不免有此事。然非吾宗血脈,不得入廟主鬯,是亦有所區别也。今據實載之:凡已出者,直書曰生男某;凡螟蛉者,直書曰養男某。間有來歷不清者,直書則乖倫紀,不書則傷忠厚,亦僅書之曰男某,以示曲筆。後如敢有再犯者,則不書以示絶。

一、族中有分居外省、外府、外縣、外都,近者則爲採入,遠者則難遍訪,只於某人名下註明分居某處,俟其子孫自來謁祖,按次補入。庶免盧冒舜宗,丁淆桓派之譏。

一、仙嶺一派,前自分纂,今則按次合纂。聯親親之誼於外州,雖遠猶近,此意甚可師也。願長福、埭頭諸派,踵而行之。

一、族中有廢房失嗣,經屢次搜採,無可確證者,則闕疑之。不得妄逞己見,濫加筆削。此《春秋》"夏五郭公"、"癸丑甲乙"之例也。

一、譜於世紀而外,特舉勳名德望之最優者,纂爲列傳。此貴貴賢賢之意,欲後人之知所宗仰也。吾宗代有科名仕宦,既詳載科分、仕迹於世紀,而一切忠勳惠政有禆於國、益於民者,則宜立列傳。或老師宿儒,成就後學,著書述義,羽翊聖經者,雖布衣亦堪立傳。即間有孝友篤行,急公赴義,與有功於祖宗、有益於風化者,亦堪立傳。《史記索隱》云:"列傳者,叙列其人事迹,令可傳於後世。"兹於立傳,正此意也。

一、古來非史官不得爲人立傳,如馬、班、范,皆史官也。希朱忝官内史,有操筆之責,用敢爲撰傳贊。但國史義取褒確貶實,家史義取惡隱善揚。兹無論世紀、列傳，皆有褒無貶，亦以寓厚道於將來云。

一、史志之體，撰傳最難。古來惟馬、班《史》、《漢》，首稱巨手。其撰列傳，皆直叙某人某事，明徹始終，然後殿以論贊，兹譜仿焉。若九郎、五郎、真祥、綽齋、東軒、敦確、廣坡諸公，舊闕而今補之；若蓋山、贊孅、今俞、倣周、仰園、仁齋諸公，舊有傳而多未合，今遍搜史書志譜，一一釐正，而各增論贊。其後出賢貴，亦據實傳之，不敢一語臆造。凡傳皆希朱親自筆削，經數月疲精剜慮，務期有合於《史》、《漢》體裁，不失其名獻身分，而後心安。非過謹也，蓋顯微闡幽盡關此，作一字榮於華衮，可不慎歟！

一、生人無立傳之例。凡紀實撰傳，必於身後，取蓋棺論定之義也。

一、前獻事實，有載入府志、縣志及傳贊、壽序、行狀、事略，均可捃摭入傳，以爲後人考獻之資，仿《漢書》纂輯列傳之意也。

一、婦人能孀守苦節，孝事翁姑，成立孤兒，以不負所天者，洵足爲閨門柱礎。無論已旌、未旌，皆堪立傳，仿《後漢書・列女傳》貞女必書之例也。

一、吾宗自方伯祀典循用侯爵，其祭物、祭田，歷代遵守罔越。光緒間祭田鬻盡，祭物亦未盡合宜。今既恢復祀田，則祀事宜盡典禮。凡祭期、祭物、祭器、祝文、儀注、嘏辭、合餕、頒胙諸禮，均當一一詳著於簡。希朱既殫盡精神，遍稽先哲典禮，然後衷朱子以定禮，又處處詳以案語，俾後人知闕者當補，合者當遵，於以永隆禮於勿替云。

一、凡名人所撰記、論、考、辨、書、説、序、跋、墓志、祭文、詩、聯，有載吾鄉形勝者，有紀先人事實者，無論古文、駢體、韻言，悉按時代先後纂入《藝文》，以爲後人徵文之資。此《後漢書・藝文志》而變通之，實仿《福建通志》裒集遺文之例也。

一、雜志所以紀軼事也。事無論鉅細，言無論雅俚，凡有關於吾鄉古迹，吾宗事迹者，入紀傳則支離，盡遺棄則可惜，爰雜綴之，以爲好古者之一鏡，仿《易・雜卦》、《禮・雜記》之義，亦史家"稗説"之例也。

一、先達有言：譜牒三十年一修。以見聞既近，事實易徵也。我族代有修輯,昭穆不患無徵。惟自真祥、文越二公草創,至贊孍公欲修未果,續修者又復編次稍雜,錯誤良多,一千餘年之譜牒,至此尚未臻於美善,非吾宗一憾事乎?希朱夙夜悚惶,與兒紹箕悉心研究,總數人之採訪,竭數載之搜羅,舊者纂之,新者續之,訛者辨之,正者訂之。自開基以迄於今之譜牒,務期盡合史法而後已。初心其庶幾稍慰歟! 後起之賢,其共鑒此苦衷歟!

宣統辛亥中秋節,希朱謹識。

重修南安縣志義例 二十條

一、自班掾立十志,爲志書權輿。厥後諸家纂輯,凡都會州縣之考核,各有專書。范成大志吴郡,梁克家志三山,周應合志建康,錢肅志太倉,韓邦靖志朝邑,周學健志福建,此志之最著於世者也。然諸志之分綱别目,繁簡每不相沿,重在確實詳明,可爲後人徵信而已。我南邑舊志,以綱賅目:曰疆域,曰規制,曰防禦,曰田賦,曰典禮,曰官師,曰科目,曰人物,曰藝文,曰雜志,却得以簡御煩之法。但規制科目,其所類弗克盡賅。且風俗、物産爲國家之要務,不得附屬雜志;宅墓、寺院、庵宫爲都邑所觀瞻,不可攙入雜志。兹訂十二綱:曰輿地,曰營建,曰風俗,曰物産,曰田賦,曰典禮,曰防禦,曰職官,曰選舉,曰人物,曰藝文,曰雜志。非立異也,亦期其有合於史裁云爾。

一、仿古圖史并列之意,則志宜繪圖以弁簡端。兹將疆域、山川、縣治、學宫,列圖附説,俾覽者瞭如指掌,庶足爲名區之一鏡。

一、南安置郡始於梁,改縣始於唐,迄今輿地之沿革,疆域之分治,宜詳載簡端。惟舊志星野,謂南邑屬天文牛女之分,度數殊難揣測。兹鄭君家珍以筆算測分野,獨有所見,因録之以質諸高明。

一、南安北多山而南多水,每因南北高下而氣候殊焉。寒燠異宜,亦採風者所必載。

一、《漢書·地理志》所以志山川都里之勝也。吾邑舊志都里,爾時户口稀少,每都不過數鄉。兹則生齒殷繁,村居稠密,有增至二三十鄉者,有增至三四十鄉者，蕃庶之形，烏可不録？且今昔殊名，宜雙載以見其異同。舊志山川從略，間有名山秀水，爲前獻所紀勝留題者，亦不備載，兹宜增入，以彰其形勝。且前賢足迹所至，草木留香，亦宜附入山川，以動後人高山景行之慕。

一、古來郡邑之建立，首在城池、衙署，以其爲出治之本也。城署立而後教養可兼施，凡百建晝可并設，故學校、壇廟、庵寺、宅墓、市廛、倉儲，以及水利、橋梁諸營建，皆以次志之，以其類也。

一、《大清一統志》例：風俗、物産次於山川、城池之後，《福建通志》因之，兹從其例。聯風物而類志之，取古盛時風俗醇美則土物必臧之義也。舊志風俗只記歲時，頗嫌譾陋。兹博援往籍，詳記近風，於地方不無少補。物産則仿黄仲昭志例，纖悉增載。凡屬産於吾土者，皆臚列詳志，匪特藉資多識，且實業所關，足爲民生養命之源。

一、古時任土作貢，田賦以興，蓋有土田以滋物産，賦役乃起而定之。雜税鹽課亦類也。清《賦役全書》則例綦詳，南邑徵賦因之。兹就清時征收解支款目，逐一登載，其有名色經今裁革而變通者，別詳志一卷，俾後之官斯土者有所考焉。

一、《大清會典・禮科》最爲詳備，所以通幽明，諧神人也。邇來郡邑祀天之典，開前代所未有。躋孔廟於大祀，亦超軼前時。餘若中祀、衆祀，皆祀事所昭；若奉公親民之禮，皆慶典所繫，宜備載於簡，以爲後鑒。

一、國家可百年不用兵，不可一日不備兵，則防禦其要也。常則藉交通郵傳以撫綏之，變則練陸軍、水艦以鎮壓之，庶可聯爲指臂，藉爲干城，禦防之法俱在，願官斯土者慎於機先。

一、職官爲民之表，例宜詳書。自康熙十一年修志以後，歷任各官宜逐一查明登載無遺。其有功德在民，甘棠勿剪者，悉憑口碑，爲傳名宦，不敢妄加評論。

一、唐時科舉，即周選舉遺意也。歷代以來，設科不一，按科分而題名，其勿漏哉。然非立三不朽爲邦家光者，亦不敢擅爲立傳。

一、人物爲國家柱礎，其出而經綸彤陛，霖雨蒼生，確有政績者，例在必書。即處而羽翼聖經，藻翰藝林，確有撰著者，亦例在必書。間有遭時多艱，爲國殉難，忠節之聲，震警古今，更例必特書。餘若孝友、義行、隱逸、耆壽，以及方技、方外，雖非盡才全德備，然一節一藝，例不可没，班、范前史所必分類而書也。兹詳核其實，次第傳之，皆寓表彰之遺意云。

一、《漢書》只傳儒林、文苑。至宋，周、程、張、邵、朱諸公出，窮理實踐，得孔、孟千載之正傳，視專務博道經文，而素履未盡衷於聖賢者，已有分矣。元人修《宋史》，特傳道學，雖屬創例，亦以見正學所關，不可無以别之也。清聖祖定祀廟廡，漢儒以後，皆稱先儒；周、程、張、邵獨稱先賢，且躋朱子於哲位。非以道統攸續，不可不特爲尊崇乎！我南諸理學，縱未盡與於道統之傳，然或友朱子，或師朱子，或私淑朱子，實無慚爲正學。儒林、文苑既有分傳，則理學一門，特表而出，似亦無妨於史例也。願與高明者裁之。

一、我南山水清邃，代多寓賢，若秦高士、姜相國、韓學士、朱考亭、羅一峰、陳介石，皆傑出名賢。舊志不曰流寓，而曰寓賢，蓋重之也。

一、濱海隆風，最多節烈，前代已不勝書。清時風化彌隆，歷年旌題節孝貞烈，累光彤管。間有窮陬矢節，未膺旌題者，亦表出之，以登幽潛。《漢書・列女傳》多載名媛，兹標淑德數人於幀首，次以節孝，庶合《列女傳》之例。

一、《漢書》志藝文，只載書目，《福建通志》兼載詩文，兹仿其例。凡著必詳載其所著何書，凡詩文必録其有關於地方政治、土俗、民風者，餘概不録。雖古名賢如歐陽四門、秦隱君、韓冬郎、朱考亭諸名作，亦割愛焉。非刻也，例不得盡登也。

一、生人無立傳之體。蓋棺論定，志乘通例。雖有詩文石刻，關於地方利病及山川勝概者，而律以不録生存之例，亦宜且留遺珠，以俟後來。

一、《左》、《國》有引諺徵謡之義，則怪誕之詞，稗野之説，雖非正體，亦採風者所不遺，兹掇爲雜志。事無論巨細，言無論雅俚，凡有關於吾邑軼事，及先輩叢談者，入志傳則支離，盡遺棄則可惜，捃摭之以殿於篇終，仿史家雜記例也。

一、江文通云：作史莫難於志。蓋纂志所以備信史，非記實則難稱也。玆志於山陬窮僻，恐採摭有不到之處。然史例綦嚴，寧闕毋濫，寧刻毋恕。縱不能盡人而普及，究何敢徇衆以從諛也？觀志者當自諒之。

松村文集卷十三

表

戴氏歷世人表

昔太史公集《三代世表》、《十二諸侯年表》,我宋自微子初封,迄戴公以後,世次均詳列焉。繇戴公至宣公以王父爲氏,始以戴爲姓。延至唐道國公、恭公,世次不紊。當時奉貞觀天子命,進《戴氏表叙》,經呈御覽,決有《世表》次其左。惜其表不傳,僅傳《表叙》,亦一闕憾。

幸汀州、莆田《戴氏譜》尚有《世録》可考,希朱於是稽《春秋》、《家語》、《史記》、《漢書》、《晉史》、《唐書》,證以《戴氏譜》,罔不吻合。起微子,訖恭公,綴爲《歷世人表》,以昭後鑒。

表　一

一	微子諱啓 初以子爵國於微,及成王伐武庚,封微子於宋,爵爲上公。 微仲諱衍,又諱泄。 微子弟,字仲思,朝廷賢之。命嗣微子後,故號微仲,生宋公稽。	六	釐公諱舉 厲公子。《史記索隱》曰:微仲七代孫。未知確否? 據《年表》,在位二十八年。
二	宋公諱稽 按《家語・本姓解》曰:冑子雖遷爵易位,而班級不及其故者,得以故官爲稱。故二微雖爲宋公,而猶以微子之號自終。至於稽,乃稱宋公焉。後以國爲姓,宋氏始於此。	七	惠公諱覸 釐公子。據《史記・年表》,在位三十一年。
三	丁公諱申	八	戴公諱撝 惠公子。據《史記》,在位三十四年。仁而愛民,萬民戴之。故謚曰戴。距微子宋公凡七世。戴氏始於此。

續　表

四	滑公諱共 按《史記》,滑公是丁公弟。而孔子《本姓解》謂:丁公生滑公共及煬公熙。當從孔子《本姓解》爲是。 煬公諱熙 是滑公弟。	九	武公諱尚 戴公子。據《史記·年表》,武公司空在位十八年。
五	厲公諱方祀 按《家語·本姓解》:煬公生弗父何及厲公方祀。方祀以下,世爲宋卿。《家語·觀周篇》:孔子,聖人之後,其祖弗父何,始有國而授厲公,言其讓於弟也。孔氏始於此。	十	宣公諱功父 武公子。據《史記》,宣公功父在位十九年。將薨,舍其子與夷而立其弟和,是爲穆公。

按《史記》曰:穆公屬孔父立殤公。與夷及華督殺孔父,弑殤公,立宋公馮。傳至滑公捷、桓公御説、襄公兹父、成公王臣,皆爲宋公。

按《御覽表叙》曰:"宣公之後,系爲戴氏,迭爲卿大夫。"

而汀州《莆田戴氏譜》於宣公後,不繼以穆、殤諸公,而繼以寶、肅諸代。可知寶、肅以後,非爲宋公,而爲戴氏卿大夫明矣。

表　二

十一	寶諱炎	十六	孝	廿一	梁
十二	肅	十七	敖	廿二	懿
十三	狄諱若	十八	景	廿三	哀
十四	莊諱材 按《史記》,宋桓公爲莊公子,未知是此公之子承繼否?俟考。	十九	桓	廿四	祖癸
十五	惠	二十	隱	廿五	盈之 爲宋大夫。按《御覽表叙》,盈之不勝距戴公十有七世。兹由武、宣、寶、肅,按世表之,信哉!

表　三

廿六	丙申	卅一	聖字次君 官博士，講經石渠閣。與叔延君同授后蒼《禮》。删《禮記》爲四十九篇，號《小戴禮》。俱世傳其業。
廿七	祖迪諱顯然 仕漢高祖，爲蕭相府長史。	卅二	岑字
廿八	幸諱紫芝 官光禄大夫。	卅三	穉
廿九	垓諱協 官敖城太守。	卅四	懿
三十	仁諱 德字延君 官信都太傅，受《禮》於后蒼，删《禮記》爲八十五篇，號《大戴禮》。延君授徐良，次君授橋仁、楊榮，俱傳於世。	卅五	庚

表　四

卅六	澤	四十一	良諱衡，字叔鸞 遵之子，才既高達，議論尚奇。曰："我獨步天下，誰與爲偶？"舉孝廉，不就。再辟司空府，不至。州郡迫之，遁入江夏山，以壽終。五女并賢，練裳竹笥嫁之。見《逸民傳》。
卅七	湧	四十二	繁字永榮
卅八	憑字次仲 仕東漢，博士，初習京氏《易》，舉明經，徵拜侍中。建武中正旦朝賀，講經不窮，奪五十餘席。蔣遵被禁錮，次仲叠諫，光武解其禁錮，人服其勁節。見《儒林傳》。	四十三	仲闕字陽加
卅九	碧龍諱恢 官潤州刺史。	四十四	德攀
四十	遵字子高 平帝時爲侍御史。王莽篡位，稱疾歸里。家富好施，食客常三四百人。語曰："關東大豪戴子高。"	四十五	季貸

表　五

四十六	封字平仲 東漢對賢良策第一，拜諫議郎，遷西華令。邑苦蝗，平仲下車，蝗出境。歲旱，積薪以禱雨，火起而大雨至，遠近嘆服。再遷中山相。永元間，徵拜太常。見《獨行傳》。	五十一	夔字從蘄 官中書侍郎。
四十七	荆諱沛，字碧樺 官越州牧。 尚義字 官秘書丞。	五十二	
四十八	逵字安道，號剡溪 晉譙國人，博學能文，善鼓琴，工詩畫，性高潔，嘗以理度自處，深以放達爲非。武陵王召之，對使者破琴。晉孝武時，累徵不就。幼師事徵士范宣，宣妻以兄女，生子勃、顒。	五十三	淵字 少時神機鋒穎，陸機深重之。晉建武爲都督司豫，遷征西將軍。 邈字望之，又字碧溪 淵之弟。少好學，才不遠兄，儒雅過之。舉秀才，遷太子洗馬，出爲征南將軍。請立太學，帝從之。後拜尚書僕射。謚曰穆。
四十九	勃 少有父風，義熙初，徵辟不起。 顒字仲若 官同州教授。由剡遷桐廬，游吴下，士大夫爲築竹林精舍以居之。仲若乃註《禮記》、《中庸》，著《逍遥論》。文帝每欲見之，謂黄門侍郎張敷曰："吾東巡之日，當宴戴公山下。"宋永初、元嘉間，徵，并不就。見《隱逸傳》。	五十四	碩字 晉會稽人。家貧，三子：延壽、延興、法興，俱有奇才。諺曰："戴家三兒勝陳戴萬金。"
五十	濟字尚理 官尚書侍郎，遷金陵。	五十五	法興 少好學，初任尚書門下，遷南臺御史兼中書通事舍人。門外成市，士咸慕之。

表　六

五十六	伯理字	六十一	濳字伯瑶 陳時人。
五十七	道閒字	六十二	惇字季暹 梁時與程靈洗起義兵，拒侯景之亂，拜威武將軍、豫州刺史、開府儀同三司。
五十八	季鋭諱節	六十三	焕字
五十九	秦字仲繹 齊時人。	六十四	胄字玄胤 公初爲秦府參軍。唐貞觀元年爲大理寺少卿，遷尚書左丞，檢校吏部尚書。貞觀七年卒，追封道國公，謚曰忠。妣封平原郡夫人。事見《唐史・列傳》。
六十	褒字叔衡 梁時人。	六十五	至德字碧虁 公初爲江山令，次長沙太守，遷西臺御史，終僕射。咸亨間相高宗。儀鳳四年卒。追封開府儀同三司、并州大都督，謚曰恭。妣封鄂國夫人。事見《唐史・列傳》。

右自微子至恭公，凡六十餘代。《表序》進自恭公，纂《表》亦訖於恭公，取《史記・世表》自黄帝訖共和，《年表》自共和訖孔子之義也。

厥後，若弘正、休顔、元益、叔倫、存理、慎德、國忠、之邵、復古、表元，以及嵩、謙、簡、翔、通、旬、裿、稱、奭、溪、仔、亨、敏、興、融、述、翼、挺、護、壽、安等，或出本派，或分别派，代遠難徵，不敢混冒。

所惜者，九郎公距恭公只十數傳耳。唐季，河南烽起，公以民籍從軍，卜居詩山。巢幕未安，何暇譚及先世？贊孍公車抵河南光州，僅叙其仕林世耀，而未嘗稽世次。致六十餘傳之宗脈，至此闕軼不傳，非吾宗一憾事乎？

後有賢子孫游宦河南，念宗續攸關，親詣石壁潭戴家巷，細考南遷以前、恭公以後之世次，俾微子、戴公一脈相承之系，千萬世如一堂，豈非子姓之大幸歟！爰紀《表》末，以勵後人。

清宣統二年龍集庚戌八月八日，裔孫希朱謹識。

告天表 己亥

具表福建泉州府南安縣十一都大庭鄉下民内閣中書、壬午科舉人戴鳳儀率弟□□、侄□□、子□□等，誠惶誠恐，稽首頓首，百拜上言：

伏以動而陽，静而陰，二五根於無極；乾稱父，坤稱母，兩大妙而難名。神祇上下，均爲天帝股肱；星斗轉旋，實掌人間禄算。凡諸中處混然，咸荷生成之大德；如儀一身藐爾，亦分塞帥以爲形。少讀聖賢書，粗知名教綱常之重；長行多少事，每滋躁急謬戾之愆。師趙清獻永夜焚香，不無始作終輟；法朱考亭半日静坐，自愧前合後違。叢心過、身過、口過於賤軀，未能如穆公誓悔；縱子輩、弟輩、侄輩而罔教，未能循司馬家箴。以致天窺神窺，神忿天忿。刦因孽造，自見前降祥後降殃；損由滿招，譬如日中昃月中食。此爲上蒼乘除之常理，實啓藐躬湔雪之新機。

瑕重者宜琢磨，欲效衛武公之有斐；性急者宜和緩，欲師獻靖公之佩韋。内肅家規，欲仿何士明之良法；外絶世故，欲學李延平之静修。每思養性存心，稍盡事天之責；竊恐數奇命舛，難純克己之功。

爰建立寶壇，净清座宇，虔持柏釀，敬獻芹香。乘兹答謝之辰，藉作自新之路。神所憑依在德，非金楮牲醴所能酬；天之降鑒惟誠，願滌慮澡躬以默動。伏乞皇天上帝，后土神祇，鑒納微忱，牖開愚悃。吉星永照，獲動作以無愆；氛氣全消，錫禎祥於勿替。男健女順，仁壽鏡闔宅咸登；桂子蘭孫，龍虎榜前程聯步。

鳳儀等無任瞻天仰神，激切屏營之至。謹奉表恭進以聞。

天運己亥年十二月。

謝天表 庚戌

具表福建泉州府南安縣十一都大庭鄉下民藍翎内閣中書、壬午科舉人戴希朱率子恩貢生紹箕，國學生紹裘，五品銜把總紹祖，紹庭、紹德、紹聖，孫世璜等，誠惶誠恐，稽首頓首，百拜上言：

伏惟乾坤一大父母,父母一小乾坤。堂萎椿萱,春暉既莫酬以寸草;恩深幬載,蒼昊竊欲酬以丹誠。昔趙清獻中夜焚香,嘗告天以自警;邵堯夫清晨默祝,每謝天之多恩。希朱等德不及趙公,學有慚邵子,欲效佩韋以省己,終難養性以事天。敬爲箴,遠色爲銘,究未底純修之詣;身獲康,子孫獲吉,幸多蒙厚貺之恩。此固夙夜盟心,犬馬難報者也。

兹者庚庚戌戌,花甲初周;子子孫孫,彩衣欲舞。剛近重三令節,將慶六十生辰。向時歲月蹉跎,莫報生成之大德;此際宵昕齋沐,愈思眷顧之深恩。兼以小子箕鳳詔新膺,得分香夫貢樹;小孫璜螢窗俯讀,將畢業於學堂。膝繞八子八孫,家團二十二口。鴻博既與孝廉并薦,龍孫又應氣運而生。喜事重來,薄福何堪消受!洪恩稠叠,寸心彌切悚惶。

壯歲只知父母切而天地寬,晨昏不敢離親側;老來益覺天地大而父母小,時刻不敢忘明威。爰乘國恩家慶之時,虔酬舊禱新祈之願。乾高坤厚,固非牲楮所能酬;七戒三齋,必藉馨香以表敬。伏乞皇天上帝,后土神祇,鑒此微誠,錫諸繁祉。吉星永照,闔家蒙樂利之休;景運重開,舉國享中興之福。希朱雖不才不德,當益勵以迓天庥;曰旦曰明,當時保以塵子翼。

希朱等無任瞻天仰神,逼切屏營之至,謹奉表恭進以聞。

天運庚戌年三月初一日。

疏

仙井禱雨疏 壬寅

具疏藍翎内閣漢票籤中書里人戴鳳儀,誠惶誠恐,稽首頓首,爲致齋禱雨,乞迅沛澍霖,以慰衆望事。

竊維天地別無勾當,以生物爲心;仙神别無機緘,以愛人爲念。生之即欲成之,愛之必欲養之。此時雨之若,所以叠見於盛時歟。胡今時已屆春深,而赤日如焦,青秧盡槁,一犁莫耕,百種莫播?穀既無由成,民將何由養也!豈天地生之，反欲戕之？仙神愛之，反不顧之耶？良由世風日漓，人心日險，儀尤凉薄不德，不能感化鄉人，致天地震怒，旱魃爲灾。仙神雖抱霖雨蒼生之心，亦有難於解救者矣。

然天地於人，猶父母於子，厭之仍不忍絶之。天地既無終絶之理，仙神自有解救之方。儀所以爲民請命，亟向仙井而乞靈者此也。

儀自庚子迄今壬寅，或自攄誠，或偕守令，四次禱祈，均蒙通濟龍王叠沛時雨。矧兹旱逾半載，詩山人喁喁哀呼，雲霓之望甚於饑渴。使不急雨之，恐無禾無稻，歲將薦饑，獄訟繁興，盗賊滋熾，而地方亦因之不靖。

儀目睹灾象，憂心如焚。想天地所深憐，亦仙神所不忍膜視。爰竭忱齋戒，躬詣祠井，懇乞通濟龍王鑒此微忱，迅奏天曹，速施甘雨。俾滂沱累日，人樂春犁之耕；沾渥四方，野欣秋穫之稔。豐年既占魚夢，庶民自慶鳩安。而仙神之養以成愛，益以完天地生物之心而無憾。儀不勝逼切屏營之至，謹奉疏以聞。

壬寅三月二十有六日。

郭山廟禱雨疏　壬寅

具疏藍翎内閣漢票籤中書里人戴鳳儀，誠惶誠恐，稽首頓首，爲旱既太甚，心實難安，乞奏沛甘霖以救赤子事。

竊維乾爲大父，坤爲大母，父母震怒，撻至流血，孝子以愉婉承之，則親顔霽。乾坤震怒，逼爲旱乾，孝子之神以懇切奏之，則帝心回。郭山保安廣澤尊王爲太王太妃之孝子，即爲乾父坤母之孝子。既爲乾坤子，凡吾兄弟之顛連無告者，將惟尊王是告，今非告籲無門之時哉！

旱魃爲灾，逾四五月矣，水泉全涸，遍數百里矣。履其地而赤野如焚，睇其田而青苗盡槁。過此不雨，則無禾無稻，既無禾稻，則人不聊生，豈造物生之反不養之耶？百年未有之灾，揆皆赤子罹辜，有以觸大父母之怒，而乃屯其膏也。使無純孝之正神，上告穆清，隱動慈念，則無以霽乾坤之顔，何以沾霖雨之澤也耶？儀藐焉中處，愧無子翼時保之行，足格大父母之歡心；而目睹旱乾，不覺心爲之裂。況尊王血食萬方，赤子慕之若父母，敬之若帝天。則王之俯視民艱，得不爲民請命，以慰此雲霓之望乎！

伏乞迅奏九重，宏施甘澍，俾滂沱累日，潤萬頃之膏腴；糜芑告豐，遂群黎之願望。則尊王好生之德，救億萬蒼生之命，向爲乾坤孝子，今可爲衆人父母矣。而蒙恩之赤子，又獲於大父母之外增一父母矣。儀悚惶無似，謹疏以聞。

天運壬寅年三月廿八日。

兩作因憂旱情急，信筆疾書，無暇修飾，尚非愜心文字。然兩疏叠焚，果於二十有八日未刻，大雨如注，連日滂沱，信乎微誠之足感神也！

敬齋自識。

策

問大學子程子三字，既程子矣，曷又子之？且程子有二，是明道先生乎，抑伊川先生乎？試核實言之

《大學》一書，聖賢傳道之宗也。自孟子没，而其傳泯。迄至炎宋，河南程氏兩夫子出，始拔此篇於《戴記》之中而尊信之，又整頓其錯亂而發揮之，然後聖經賢傳，粲然如日月之晦而復明，蓋生乎千四百年之後，而獨得洙泗真傳者也。朱子《章句》，開端即以"子程子"稱之，豈非以其繼往聖、開來學，而道統所賴以傳者歟！今試覼縷陳之。

《公羊傳·隱公十有一年》"子沈子曰"，何休註云："沈子稱子冠氏上者，著其爲師也。其不冠子者，他師也。"朱子尊程子爲師，故冠"子"字於氏上，如《中庸章句·序》"子思子"之例。吴氏程曰："'子思子'稱'子'者，師尊之也，重在下字。若'子程子'則重在上字。"觀此，則師尊之義，昭然若發蒙矣。

然"子之"之稱，亦紛紛不一矣。有不專指爲師者：如《公羊傳》中《莊公三十年》有"子司馬子"，《閔公元年》有"子女子"，《哀公四年》有"子北宫子"是也。有爲自稱之辭者：如唐人劉夢得自稱"子劉子"，宋人張横浦自稱"子張

子”，王厚齋自稱“子王子”是也。有爲平輩推重之辭者：如荀卿稱宋銒爲“子宋子”，王孫駱稱范蠡爲“子范子”是也。

不知諸説雖義各有取，而於朱子之稱程子，究有未合。奚以明其然也？按《大學·序》曰：“某雖不敏，亦幸私淑而與有聞焉。”《章句》曰：“今因程子所定，而更考經文，補傳章曰：‘間嘗竊取程子之意以補之。’”可知朱子之學，自以爲淵源於程子，不得爲程子之徒而私善於三傳之李氏，猶孟子不得爲孔子之徒而私善於再傳之子思。此正“子之”之義也，而又奚疑哉！

至統言“程子”，而不明指爲明道、爲伊川，則又有説。嘗讀《近思録》，凡引明道語，則曰“明道先生”，引伊川語，則曰“伊川先生”。《二程遺書》：“明道先生曰：‘《大學》乃孔氏遺書，須從此學則不差。’伊川先生曰：‘入德之門無如《大學》，今之學者，賴有此一篇書存。其他莫如《論》、《孟》、《小學·嘉言篇》。’”伊川先生曰：《大學》，孔氏之遺書，而初學入德之門也。於今可見古人爲學次第者，獨賴此篇之存，而其他則未有如《論》、《孟》者。故學者必由是而學焉，則庶乎其不差矣。諸書皆分而明指之，《大學》獨裒而一貫之，何也？蓋朱子彙次《近思録》，年四十六；編次《程氏遺書》，年三十九；纂輯《小學》，年五十八；至《大學》修得簡易平實，已在晚年矣。至是，真見其兄弟學術之同，言辭之合，乃盡去“明道”、“伊川”字，而以“程子曰”總之，此由善信而幾於化之時也。

嗚呼！程子之有功後學，莫如《大學》一書，而微朱子衍道南之宗派，匯二程爲一源，則亦安能如是之師尊哉！後儒表章正學以紹考亭之傳，若胡敬齋、陳克庵、陸稼書、李安溪諸先生，皆尊之曰“子朱子”，其亦與朱子之師程子，先後同軌也夫。

考

詩山大庭戴氏源流附考

宣統辛亥秋七月既望，希朱總纂族譜成，其所據爲本原者，已壽諸梨棗矣。

忽有代侯宗人，携其《世録》云：自郦原十九傳至樸舍，入光州固始縣碧水潭開基，一傳石仁、石虎、石龍。再傳石奇、石用、石巧。又再傳砂仁、砂用、石樸、石吟。又十二傳至叔宰、叔詩。叔詩生傳禮、傳芳。傳芳生叔季、叔春。叔春生子完。子完生孫吾。孫吾生九郎。九郎公遠來拓基云云。

夫郦原不知始於何代何地？何年月？其人又不見經史，茫無可徵。視《歷世人表》，始自微子、微仲，七傳至戴公；自戴公二傳至竇、肅，以下數十傳，經史煌煌可信者，顯殊矣。且樸舍開基碧水潭，不知何年何代？傳至孫吾、九郎，計世約有二十。不知與舊乘所載遠祖冑公、至德公前後世系果否合符？其中并無叙出世閥。又與贊孅公過石壁潭所見“戴家巷文物蕃盛，仕林世耀”者迥異矣。年湮代遠，幾如杞宋難徵。第以九郎公出自孫吾，理或可信，此宜録之，以俟後人之詳考者也。

又有仙游宗人携其舊譜云：遠祖尚書左丞相道國公諱冑，子恭公諱至德繼相，傳至五世曰洽，仕唐，爲屯田員外郎。自福州長溪縣始遷入泉，居仙游縣鐘亭村。生子曰燦，仕唐，爲亳州觀察。燦生簪，簪生觀，觀生桂先。宋紹興三年，知漳州龍溪縣，主管勸農公事，卒於官。生子曰八郎、曰九郎。八郎自龍溪遷漳平，又遷莆田莒溪。九郎初居仙游，娶歐陽氏，生子三；後到詩山，再娶某氏，生子一。今仙游有九郎媽歐陽氏之墓，無九郎公之墓。父老遺言：以九郎公葬在詩山也。

夫仙游宗人所言近理，吾鄉村夫野叟亦嘗述之，希朱初信以爲然。及稽其年代，彼之九郎在南宋時，而我九郎公入閩則在唐末。意者仙游舊譜或因同其名而訛傳其事乎？抑或年代有所錯誤乎？此宜辨之，以息後人之浪傳者也。

要之，我祖九郎公從王緒、王潮入閩開基，至夢申公登宋嘉泰進士，傳世有九，歷年三百，恰符三十年一世之證，則啓宇詩山，决在光啓間無疑矣。况贊孅公親抵石壁潭與父兄老成道故，則其南遷時事，不較確然可信乎！彼仙游分自福州長溪，與我祖分自光州固始，來歷各殊，時世各異，不容含混，後人慎勿耳食其言，而妄傳爲同派也。至代侯《世録》所謂由郦原至九郎一節，則疑信參半。

俟他年賢子孫詣固始縣，臨石壁潭，歷稽昭穆世系，歸而詳載於家乘，庶幾先世源流昭然若揭乎！謹綴此以備參考。

裔孫希朱再識。

郭尊王封爵考　丁酉

尊王者，五季時之郭將軍也。先是里人祈禳多應，因以將軍禮祀之，亦猶青山張將軍、漳江陳將軍之例也。宋初仍其舊號，高宗紹興間始敕封侯爵，並額其廟。寧宗慶元初敕加"忠應孚惠"四字，後加封"威武英烈廣澤尊王"。是封也，或曰在慶元之季，或曰在開慶元年，後説近是。總之，確有三錫之典，鄉先正所謂敕凡三也。方敕之藏於枌鄉也，南人以神物珍之，非有大慶罕窺其書。迄乎明季，東倭蹂躪，爇王廟，劫居民，三敕遂蝕於兵燹。后有考者，雖粗知大略，終莫得稽年月、叩顛末，以覼述其累朝錫賚之由。噫嘻，亦不幸哉！譜系云"寧宗時晉封提伯王"，此又爲無稽之説。按：王教授廟記撰於理宗寶慶二年，距寧宗僅數稔，果有此事，廟記胡爲不書？且"王"與"伯"均爵也，既稱"王"，復雜以"伯"，册府無此明文。即遍搜志乘，尊王亦無此封號，又安可謬爲附會邪！惟我穆宗毅皇帝因巡撫題請加封"保安"，煌煌綸綍，下賁鳳山，此邇事之可徵者也。謹將始末備載於左，俾後人知王之遭際，清時得邀異數之榮者，其來有自。

郭山廟歷代興修考　丁酉

廟之建，始自通文。其時闢草披榛，規模粗具，尚未有記其事者也。

宋孝宗乾道初，陳邑尉等乃因高宗賜額，廓大其廟，陳撫幹記之。寧宗嘉定十六年，都人士增其所未備，則有殿寢、廊廡、門庭、層階諸勝，王教授記之。

後三百餘年中，風蕩雨淋，棟宇不無修葺，然書缺有間矣。廟之未嘗擴新邪？抑不得其人以傳之也？

明隆慶元年，里人因廟火於倭，重爲創建。萬曆八年，從而拓之；二十二年，復廣其庭，曲其磴，以增其幽勝。事詳在陳僉事、葉氏二記。

國朝道光七年,郡守劉炳、邑令涂賢彭率紳庶捐建,里人吕孝廉爲記。光緒四年,邑人黄位中等募建,壯麗異常,□□□□□□記。

於戲!廟記之功大矣。島倭焚廟以後,百事滅裂,其猶得稍知王靈之萬一與遠代之興修者,賴有王教授一記耳。又嘗考八閩舊志,載南安廟宇七,以郭廟次城隍,并詳麾旗熄火事,皆所以致崇極之意也。今新志概削不存,使無陳僉事一記,則後世罔知郭廟之重,即救火受封諸大端,亦何從摭據也!名人筆墨,可壽河山。後有修舉,顧可無紀實勒珉之作乎哉!

崇德尊侯顯佑尊侯考 丁酉

崇德尊侯、顯佑尊侯者,宋時人也。自京師奉天子命,賫敕到廟,里人祀於廟中。

舊説謂其到廟時,愛山川幽勝,低徊留之,久而坐化。然亦安知非里人鑒賫敕之勞,因肖像祀之乎?概以蜕化目之,淺矣!

觀其徽號,殆有崇高之德與顯佑之績,足以配王血食與!惟尊爲侯,則不知錫自何時?亦闕疑之而已矣。

黄太尉陳將軍考 丁酉

黄太尉,不知何許人也。或云:"太尉即尊妃父。"果爾,則太尉於王有岳丈之尊,其像不當列在王下,此不可信者也。或曰:"太尉嘗在郭山擲碗退水數十丈,世稱爲碗公。"夫使有數十丈之水滚滚郭山,則詩村人皆爲魚矣,胡以歷代志乘未聞有紀其變者?且以碗退水,亦屬不經之譚,此未可據爲典要者也。至太尉爵號膺自何年,豈其曾官太尉耶?然不可考矣。惟其像白髯皓首,浩氣如生,想亦捍患禦災,有助於王,故與陳將軍并祀前殿云。

陳將軍,亦不詳其名字。詢之故老,謂將軍乃本邑十一都卿園人,少時英異,壯歲入廟而逝。著有靈應,里人塑像祀之。其説或然,姑存之以俟後考。

要之,黄、陳二像,在王左右,其即王之左右衛與!

賦

桃花源賦

以"武陵漁者入桃花源"爲韻,林山長考取豐州小課第一名。

世外人家,雲中仙府;有樹皆鮮,無花不古。接來上世衣冠,幻出中天土宇。桑麻自樂,六百年比户成風;林樹生春,數百步濃花帶雨。直似劉郎前度,訪千樹於道人;何殊王母奇緣,贈七枚於漢武。

時則有捕魚者,家居常德,籍隸武陵;青溪久住,畫艇長乘。愛花開兮四壁,看浪激兮千層。紅雨一溪,泛烟波而縹緲;緋霞夾道,訝衡宇之清澂。幾疑水複山重,前途無盡;忽聽鷄鳴犬吠,入夢似曾。

則見田園曠遠,廬舍清虚;近山遠山,奇花爛漫,十里五里,勝地紆餘。行行且住爲佳,徑迷雲樹;處處引人入勝,神契鳶魚。喜者番夾岸凝春,别開天地;料前路一山近水,堪結樵漁。

於是舟泊清溪,身經平野。到處黄童白叟,形迹多忘;許多月地雲階,烟塵莫惹。漁人乃問訊情多,諮詢心寫。此地有花姑竹母,聯姻是否朱陳?其間多南陌西疇,輸税孰爲多寡!古風猶在,迥殊草草勞人;雅趣偏多,定有閑閑桑者。

居人乃笑口歷陳,鞠躬久立。謂昔也避地心殷,遷居計急;妻子偕來,友朋畢集。子生孫而孫生子,久奠家室;田變海而海變田,渾忘都邑。誌春秋於草木,甲子難稽;敦風俗於農桑,征徭弗及。惟知盡日優游,奚解戴星出入?

爾乃主賓問答,款接周遭;喜仙鄉之久住,酌清酒而共豪。岸爲谷,谷爲陵,心驚陳迹;晉承魏,魏承漢,事等奔濤。請學爲老圃乎?笑言輒起;不足道外人也,耕鑿相高。此時童僕歡迎,禮隆爲黍;連日燕酬交錯,誼等投桃。

俄而思歸故里,仍返舊家。雖塵緣之未斷,記來路兮無差。握手訂後期,共商歲月;關心尋别逕,遍踏雲霞。歸去來兮,猶憶花明兩岸;昔我往矣,幾忘路阻三叉!送客多情,也咏緑波碧草;思君何處,惟餘流水落花。

迨至人歸墟落，事布江村，溯幽人而依依在望，詣太守而一一傳言。又求見之，欲覓雲間邱壑；是知津矣，轉忘洞裏乾坤！重思曩日花容，徒阻劉晨之步；略似去年人面，空銷崔氏之魂。迄今景慕淵明，猶愛宅邊柳樹；從此興懷漁父，争傳雲裏桃源。

孟浩然夜歸鹿門賦

以“余亦乘舟歸鹿門”爲韻，林山長考取豐州小課第二名。

孟襄陽吟懷洞徹，樂意山居，常向霧中隱豹，時從濠上觀魚。正當山寺鳴鐘，遐心輒起；莫覺漁舟唱晚，暝氣遥舒。適從兩岸聽來，似嘅猿之迎我；謾説一舟過去，有孤鶴之掠余。

則有鹿門焉，夾道成形，懸崖列石。久回熱客之車，喜近龐公之宅。一邱一壑，奚殊杜氏華溪？我泉我阿，莫數石崇梓澤！難得層層烟岫，將舍此兮何之？安能鬱鬱風塵，擬欲歸兮吾腋！

方其晴光初射，旦氣濃蒸。既徘徊而得侶，復媥娗以招朋。盍往觀乎，愛景光之無盡；會且歸矣，覺暮靄之頻增！乍看墟際散墟，路陰陰而難辨；恰值渡頭争渡，舟綽綽而堪乘。

爾乃歸程緩緩，歸興悠悠。雜映魚燈蟹火，閑經萑澤葦洲。寂寂清溪，灘聲與櫓聲相繼；迢迢良夜，檣影偕波影并浮。望烟樹之低迷，剩有五更殘靄；趁雲帆之摇曳，移將一葉輕舟。

乍金風兮滭泧，又玉露兮依微；眺衆山兮似睡，鼓雙楫兮如飛。遥瞻烟竹雲松，覺茅廬之不遠；細認星垂霞朵，呼桂棹以徐揮。萬頃溟濛，僅透霧中人語；一江淡蕩，遲看天際舟歸。

已而斜泊柳堤，徐還草屋。夢魂猶在鷗波，詩卷長留駒谷。無數丹崖黄石，添四面之畫圖；許多晨雀昏鴉，豁一時之耳目。故梅嶺松關以内，可寄蜉蝣；亦青疇緑野之間，自同麋鹿。

是蓋忘懷仕宦，寄興邱園。眼底直空山海，胸中别有乾坤。問他附驥攀龍，幾曾得趣？笑彼奔波放浪，何不憚煩？夫是以混迹龍蛇，聊且游觀于梅市；和音鸞鳳，惟知吟嘯乎蘇門。

瀛士評：安章宅句，有質有文；設色選聲，亦清亦雅。篇中字體參用古文、説文，賦品之工拙雖不系此，然即此亦是立心樹幟處。况所用皆自在流出，全無强拉之迹，尤易見長。至兼用籀文、篆文，則去楷書太遠，故另以今文易之。

松村文集卷十四

祝　文

祝孔子聖誕文

維某國(皇運)某年歲次某干支,二、八月某干支,朔越某日某干支,正獻官某分獻官某,敢昭告於至聖先師孔子之神曰:

維師道冠古今,德配天地,删述六經,垂憲萬世。今玆仲春、秋,謹以牲帛、醴粢,祗奉舊章,式陳明薦,以復聖顔子、宗聖曾子、述聖子思子、亞聖孟子配。尚饗!

詩山學堂恭祝孔子聖誕文　丁未

前未祀孔子,至學堂成,始每歲祝聖誕云。

維光緒三十三年,歲次丁未,八月朔,越二十有七日,正獻官某,陪祭官某,敢昭告於至聖先師孔子之神曰:

大哉聖師!天縱之姿。六經删述,萬世箴規。道賢堯舜,我皇所推。德參天地,大祀允宜。新頒典禮,千載一時。八方學校,群奉爲儀;矧我海濱,鄒魯風遺。尼山本公,詩山非私,心香一瓣,咸敬祝之。恭逢誕日,綉紱昌期,遵章登獻,神其鑒玆。異教芟絶,正學主持,庶綿道派,亦奠國基。請以紫陽朱子、歐陽行周先生配。尚饗!

冬至祭始祖祝文

維皇運某年歲次某干支,葭月某干支,冬至日某干支,主祭裔孫某,陪祭裔

孫某,值祭裔孫某,偕衆裔孫等,謹以牲牢、香帛、醴粢、庶羞之儀,敢昭告於始祖考九郎戴公、始祖妣孺人陳氏之廟曰:

明明我祖,基肇自唐。壁潭分派,錦坂啓荒。作屏修平,乃奠斯鄉。相敫營悴,乃構斯堂。先人功德,歷久彌彰。詩峰靈氣,特鍾厥祥。入閩八姓,公後獨昌。東禺清績,南城循良。西開藩臬,北理青黄。皆承公德,克樹官方。揆諸大傳,别子之章。宜偕鼻祖,同享烝嘗。廟歷五朝,既邁靈光。葭吹六管,益感星霜。爰請主祏,出就正陽。爰羅孫子,敬爇妙香。犧牲畢獻,茅酒祼將。祝告慈告,懍懍典常。伏祈昭格,佑我無疆。芝英重茁,薇木篤慶。斯文柱礎,家國棟梁。庶幾先澤,萬世流芳。

復奉

二世祖考十郎公、妣孺人謝氏

三世祖考十六郎公、妣孺人陳氏

四世祖考二十一郎公、妣孺人張氏

五世祖考二十六郎公、妣孺人柯氏

六世祖考三十郎公、妣孺人柯氏

七世祖考例贈將仕郎三十六郎公、妣例贈宜人歐陽氏

八世祖考例贈將仕郎大郎公、妣例贈宜人黄氏

九世祖考賜進士出身將仕郎任廣東番禺縣五郎公、妣例封宜人錡氏

十世祖考尢郎公、妣孺人黄氏

十一世祖考三致政公、妣孺人高氏

十二世祖考百二宣義公、妣孺人余氏

十三世祖考百八致政公、妣孺人陳氏林氏

十四世祖考萬二郎公、妣孺人吕氏

十五世祖考義玄公、妣孺人陳氏

十六世祖考兆億公、妣孺人陳氏、庶妣陳氏

十七世祖考廣淵公、妣孺人謝氏余氏林氏

二十一世祖叔鄉進士文林郎任江西南城縣蓋山公、祖嬸誥封宜人惠樸陳氏

二十二世祖叔賜進士出身通奉大夫任江西布政使司布政使贊孅公、妣累封淑人勤惠鄭氏

合席尚饗。

冬祭始祖嘏辭

祖命工祝，承致福緣。嘉爾孝孫，將事有虔。俾爾令儀，禮義不愆。俾爾令德，受禄於天。俾艾而耆，眉壽永年。俾熾而昌，瓜瓞綿綿。註《禮》家聲，勿替引焉。既優責重，尚其勉旃。

希朱按：始祖廟自五世建成，已有禋祀，而禮儀未備。至五郎、蓋山、贊孅諸公出，始訂冬至祭始祖，而以始爲大夫、士者配之。嗣是仲冬烝祭，迄千年而罔替。

希朱按：朱子《家禮》，冬至祭始祖，春分祭先祖。孟詵家祭，儀用二至二分。吾宗祭始祖，大廷、小廳，均用冬烝，相沿已久。惟先祖諸廟未舉。同、光間，朱希乃訂：春分祭真與公、樂天公二廟，秋分祭廣坡公廟，夏至祭象坡公廟。四時遞舉，祭期允合矣。而新墀真祥公，福山篤公公，欲行大祭禮，竊懼祭期之複而難舉也，因思二月初九爲真祥公忌辰，正月十八爲篤公公忌辰，用忌日以行大祭，雖非分至，而仍有合於春祭先祖之儀。禴祠烝嘗，變通用之，式禮其庶幾莫愆歟。

希朱按：三獻之禮，古用宗子。程子曰："管攝天下人心，收宗族，厚風俗，使人不忘本，須是明譜系，立宗子法。"朱子守漳，亦諄諄以宗子法教士民。故我目場戴氏猶有宗子主鬯之風。吾泉宗法久廢，雖高門名閥亦難立宗子。近世士大夫廟祭，如晉江蔡氏、閩湖李氏、龍頭曾氏、英山洪氏，皆以爵主之，謂列官於朝，有禄得祭也。吾宗仍之。爵尊者主祭，次者分獻，爵同以齒，其亦合有禄得祭之義歟！

冬祭魁星后土祝文　兼上元祝文（用古通韻）。

維皇運某年歲次某干支，葭、正月某干支，冬至、上元節某干支，主祭後學戴

某等，敢昭告於始祖廟大魁夫子、福德正神之靈曰：

竊維天上列星，孰主文明？地下百祇，孰庇蒼生？惟兹奎宿，身秉元精。惟兹后土，量極含宏。威儀所顯，頭角峥嶸。福德所被，民物豐亨。故天文一志，魁斗象形。王制五祀，中霤紀名。矧我祖廟，百世薦馨。際兹冬元節，一陽始萌。萬户燃燈。將禋文祖，將焕文章。必重文衡，將祈福祚，將祈福賜。宜挹福星。敢不香薫一瓣，酒獻三觥，以償神貺，以表心誠。伏祈靈爽，佑我群英。鰲頭獨占，龜蓍來寧。大魁天下，特屬大廷。福地雍熙，共賴福神。庶永二尊血食，亦揚二禮徽聲。謹告。

繹祭祖塋祝文

天届冬節，陰極陽生。葭灰初動，柑酒初成。既禋祖廟，宜祀祖塋。爰陳盛饌，爰列潔牲。敬獻墳前，稍抒微誠。祖其佑啓，子貴孫榮。階生玉樹，庭茁芝英。朝家柱石，名教干城。庶幾譙國，丕振徽聲！謹告。

繹祭后土祝文

古祀后土，共工之名。今祀后土，山嶽之精。先人藏魄，保護匪輕。宜隆禋祀，稍報神明。况當繹祭，有事封塋。敢不陳饌，略表丹誠。神其佑我，毓哲鍾英。上撑國務，下振家聲。謹告。

希朱按：繹而祭塋，斯禮實緣義起，蓋既妥祖考之神於廟，又妥祖考之魄於塋，子孫之心，乃交盡而無憾。《爾雅》："繹，又祭也。言其尋繹昨日也。"《公羊傳註》："禮繼昨日事也。"《詩・大雅・鳧鷖》篇謂：祭之明日行繹祭。此仍致祭於廟，何如履祭於塋之合義也。至祭后土，今多忽略，殊不合禮。嘗繹朱子《戒子書》云："比見墓祭土神之禮，全然滅裂，吾甚懼焉。既爲先公托體山林而祀其主者，豈可如此？今後可與墓前一樣菜、果、鮓、脯、飯、茶、湯各一器，以盡吾寧親事神之意，勿令其有隆殺。"吾子姓祭塋，尚其體此意以敬神哉！

春祭始祖祝文

維皇運某年歲次某干支,正月某干支,上元節某干支,主祭裔孫某某等,敢昭告於始祖考九郎戴公、始祖妣孺人陳氏之廟曰:

竊維人道始於祖,天時始於春。祖所遺體,既以身繼身;春初發育,當以新薦新。故君子履春露而增怵惕,聖王制春礿而獻錯珍。况乎天官賜福,正值吉辰;人心追遠,首溯入閩。鼻祖啓宇,備極艱辛。歷世服官,有裨生民。斯皆百世不祧之祖,宜享千年罔替之禋。兹將祇薦魁神,禮必妥侑先人。爰陳牲醴,爰具藻蘋。伏祈靈爽,鑒此維寅。俾諸螽麟,繩繩振振;俾諸杞梓,濟濟莘莘。撑持國柄,模楷人倫。庶足綿世家於詩地,亦可著望族於海濱。復奉照冬祭所書祖考式。合席尚饗!

春祭制字列聖之神祝文

天相伏羲,一畫開奇。天生蒼沮,兩聖啓基。蟲書鳥篆,墨迹攸垂。龍河龜洛,斯文所遺。明王制作,天下綱維。聖人删訂,萬世箴規。揆厥功用,皆字所爲。天歆創字,雨粟示禧。人方藉字,名教扶持。殘篇斷簡,胡忍棄遺。單詞片語,珍惜爲宜。爰充恒産,敬字有資。爰建文亭,炳化於離。龍旂晁鼓,將送水湄。潔牲盛饌,先獻宗祠。上元祀事,稍報聖師。中華文物,還望昌時。王父淪字,勤感宣尼。楊氏埋字,誠格神祇。阮氏拾字,天賜麟兒。鼎臣惜字,名達龍墀。昔人食報,今或有期。聖神默相,翹首俟之。謹告。

祭　文

祭南安朱子祠文　在孔廟左。

東遷生孔,南渡生朱。後庚應運,與前庚符。南溪毓哲,咸集諸儒。南安過化,澤被鄉都。海濱學派,奉爲中樞。黌宫祇薦,文在兹乎。尚饗!

祭南安歐陽四門先生祠文　在崇聖祠内。

榜登高第，破閩南荒。箴垂暗室，爲道南光。先生文譽，震乎李唐。先生遺澤，貽於枌鄉。魁亭詩地，山高水長。斯文鼻祖，後進津梁。黌宫特祀，祝一瓣香。醴牲祇薦，神其來嘗。

祭南安名宦祠文　在崇聖祠内。

誰爲父母？召杜前身。誰立楷模？蘇湖後塵。教規在士，功德在民。豐碑匪舊，惠澤彌新。四十六都，願薦藻蘋。歲時式祀，神鑒惟寅。

祭南安鄉賢祠文　在崇聖祠内。

西學祀賢，殷已垂型。南安遺獻，禮宜薦馨。立功樹德，翼傳羽經。丹心素行，堪照汗青。綸恩既賁，祠宇攸寧。循時獻酒，侑此神靈。

祭南安忠義孝悌祠文　在崇聖祠内。

南邑名區，代鍾醇儒。貞純篤實，爲世楷模。忠誠奮發，晚節不渝。義問宣昭，鄉望素孚。孝格慈親，莪蓼念劬。悌敦天顯，棣萼情愉。倫常維繫，名教匡扶。幽光既闡，歲序宜俱。用陳尊簋，式此德隅。

祭王晦生先生祠文　在南安朱子祠後。

先生懋績，圭組庇身。先生精鑒，拔擢得人。留心著述，翊世超塵。書同蒙淺，媲美蔡陳。風承鄒魯，澤被海濱。武榮道學，惟此最真。廟楹雖舊，俎豆常新。循時祇薦，神饗明禋。

祭南安節孝祠文　在學署右。

海濱美俗，孀嫠多貞。中天巨柱，巾幗能擎。上肩夫事，下翼子成。荼茹蘖飲，玉潔冰清。鴛鴦寡偶，節重誓盟。鷄豚衹事，孝出精誠。絲綸特沛，棹楔顯旌。一生完操，閤邑增榮。霜雪之後，陽春必呈。苦節之家，賢嗣必生。隆爾祠宇，薦爾粢盛。神其來享，俾後咸亨。

祭詩山關帝暨開閩王、后土神文

維光緒某年歲次某干支，九月某干支，朔越十有五日某干支，獻官某，值祭某鄉，偕詩山諸後學等，謹以香帛、酒醴、庶饈之儀，敢昭告於關聖夫子暨開閩王、福德正神之靈曰：

恭惟聖帝，至大至剛。成仁取義，扶紀植綱。匡襄漢室，震懾遐方。惟忠懿王，闢土開疆。惟福德神，庇物降祥。恩沾閩嶠，澤及詩鄉。宜偕聖帝，萬古馨香。敬修禋祀，尚其來嘗。佑諸士類，大發其光。謹告。

代郭尊王祭太王太妃文 丁酉

維光緒某年，歲次某干支，八月某干支，朔越某日，敕封威鎮廟奉廟事男忠福，率社承祭官某，分獻官某等，謹以剛鬣柔毛、爵帛饈饌之儀，敢昭告於顯考太王、顯妣太妃之塋曰：

嗚呼！水木之思，幽與明同一理也；屺岵之瞻，古與今無異視也。恂恂乎其爲考，婉婉乎其爲妣也。音容雖杳，靈光猶在邇也；邱壠雖古，松楸猶可指也。昔侍龍山，深怙恃也；兹駐鳳山，思輒起也。悵春暉其莫報兮，矧秋露之旋履也。觸於目，愴於心，涕零曷能已也。爰集里人，俾承祀也；駢羅遠人，罔不牲陳酒醴也。我考妣在天有靈，其鑒此也。慈雲下垂，其芘桑梓也；祥飈送帆，其護香旂於萬里也。尚饗！

祭[郭太王太妃封塋]后土神文 丁酉

維光緒某年，歲次某干支，八月某干支，朔越某日，郭山威鎮廟董事某等，敢昭告於本山后土之神曰：

溯后土之源兮，共工世冑。考祀土之儀兮，昉自中霤。自古複穴圩墳，罔不有位之設、酒之酭，况赫赫封塋，歷晉而宋而元而明而國朝，皆賴神之庇佑。其奠土之功，司冢之靈，洵足綿千秋俎豆。某也躬隨王駕，駿奔於塋左塋右。值桂花之芳馨，釃桂酒以妥侑。羅陳禮物，用酬博厚。尊神有靈，尚其鑒歆而垂佑。俾遐邇億萬人，共享昇平之福壽。謹告。

祭楊長者文　丁酉

維光緒某年，歲次某干支，八月某干支，朔越某日，郭山威鎮廟董事某等，敢昭告於楊長者之墓曰：

嗚呼！長者固五季之資郎，胡爲閲九百餘載，猶使人念舊而薦香？某觀唐陵漢寢，東郭北邙，走磷兮風清月泠，埋魄兮草蔓烟荒。誰悲其落寞，而奠以飯一盂，酒一觴？惟長者之慷慨，貺塋地於尊王，至今孤墳三尺，猶祔祀於封塋之旁。某某恭承王命，薄奠夫桂酒椒漿。跪陳詞而感喟，魂仿佛而來嘗！

焚黄祭王父母先父母文　己亥

時由内閣中書加五級，請封二代奉政大夫，故歸而焚黄。

花木之榮，由培其根；江河之大，由浚其源。前人樹德，奕祀乃蕃。竇公之桂，于公之門，皆以陰騭，食報兒孫。觥觥王考，行樸而敦；婉婉王妣，性和而温。先芬之茂，洎我椿萱，拓開宏業，廣植德園。治内治外，老不憚煩。音容雖邈，手澤猶存。儀也不才，佩訓弗諼。濫登桂苑，幸厠薇垣；掌絲綸檔，沾雨露恩。兩叨明詔，稍慰幽魂。黄焚二軸，酒獻數樽；椎牛雖祭，不逮鷄豚。惟祈來格，裕我後昆。庭喜杞梓，種毓蘭蓀；作家之棟，爲國之藩。□□□□，永振詩村。謹告。

祭誥贈奉政大夫例貢生先考勤齋公墓文

於戲！樹欲静兮風不止，子欲養兮親不留。誦古語兮涕泪輒流，思親恩兮罔極難酬。龍章今錫兮鳳池雖游，鷄豚未養兮何貴椎牛？影莫瞻夫喬木兮心每痛乎山邱！睹玉露之溥溥兮剛届中秋，動小子之惕惕兮彌恋松楸。爰羅清酒兮爰備珍饈，敬獻封塋兮稍補生前未奉之膳脩。考其昭格兮，翼子德而詒孫謀，階森蘭桂兮業紹箕裘，學追經席兮緒纘藩侯。庶幾先德食報兮，永綿千百祀之鴻庥。尚饗！

誥贈奉政大夫例貢生先考勤齋公忌日祭文

於戲！樹欲静兮風不止，子欲養兮親不留。誦古語兮涕泪輒流，念親恩兮罔極難酬。龍章叠錫兮鳳池雖游，雞豚未養兮何貴椎牛？際薰風之既盛兮，届忌日而增愀！痛萬年永訣兮，終身喪之其何能休？齋之日，思所樂所嗜兮，哀慕有甚於王修！爰酹茅酒兮，爰羅珍饈，遵典禮而三獻兮，稍補生前未奉之膳脩。考其昭格兮，翼子德而貽孫謀，階森蘭桂兮業紹箕裘，學追經席兮緒纘藩侯。庶幾先德食報兮，永綿千百祀之鴻庥。復奉誥贈宜人顯妣孝莊吴太宜人，暨先伯兄謹齋、先仲兄義齋、先季弟雅齋合席，尚饗！

祭詩山東岳廟文　丙午

前未有岳廟之祭，至丙午成學堂，予始行祭禮。

維光緒三十二年，歲次丙午，九月十五日己酉，主祭詩山學堂監督，正副教習暨諸學堂生等，謹以庶饈、金帛之儀，敢昭告於仁聖大帝之靈曰：

巋巋泰岳，天下一神。萬物發生，惟東主仁。五岳皆尊，惟帝愛人。凡有血氣，莫不尊親。曩我詩鄉，建廟山垠；兹開學舍，多士蒙春。椒漿菊酒，肅此明禋。慈雲下垂，庇及儒紳。成華國器，扶大雅輪。羽翼聖教，模楷群倫。庶幾鄒魯，重見海濱。請以助善尊侯配。尚饗！

祭旗纛神文　己酉

維宣統元年，歲次己酉，元月某日，主祭藍翎内閣漢票簽中書、舉人戴希朱，今因長小兒紹箕新充恩貢，遵例竪旗。謹以少牢、香醴之儀，敢昭告於旗纛神之靈曰：

竊維高牙大纛，爲明神之所司；竪石升旗，賴明神之永護。頒丹螭之詔，欣逢御極覃恩；循司馬之升，幸以菲材作貢。向時虎榜，先帝之雨露既深；此日龍旗，新皇之絲綸益焕。恩蒙喬梓，未報涓埃；貢入朝家，宜遵典禮。將高張夫旗幟，爰處奉以牲牢，伏冀降臨，鑒諸不腆。俾靈甄翹秀，龍旌永耀於廟堂；名列旂常，麟閣特標夫姓字。謹告。

祭誥授光禄大夫、晉贈太子少保、賞戴花翎、軍機大臣、法部尚書、協辦大學士、入祀賢良祠、文誠宗兄文　庚戌

於戲！天生一代偉人，將以繫天下之安危；胡安危未定，柱石先虧！豈天無意於是人而使老不慭遺耶？蓋鑒其忠誠之志慮，欲完其純正之風規也。

吾兄以廿年詞館，當代文師，洊升卿秩，晉協綸扉。所至清純，白璧無疵。藉非竭誠盡慮，何以歷久而不移！其奉先帝命而出游也，炸藥一擊，則履險如夷；其歷十五國而考政也，風波萬里，則勞勩不辭；其值兩宫之上賓也，發謀定策，則克奠邦基；其肩樞垣之巨任也，事煩責重，則力疾撑持。是武鄉侯之盡瘁、韓魏公之忠懇，合而一之。謚以"文誠"，誰曰不宜！天子聞喪，震悼嗟咨，錫崇階，祀賢祠，命貝子奠爵，諭百官護輀。叠加恤典，爲世所稀。雖文潞公之厚遇，王文正之殊寵，亦無過於斯！人生自古誰無死，死有榮施，千秋後猶有生氣，而何用戲欷！

嗟嗟！海禁大開而後，吾道日卑；甲、庚兩役以還，西學争奇。憲政本先王遺意也，而世則變爲支離；議院本列邦良軌也，而世則流於偏詖。邇來小人得志，又怪變雜出，如舞鰌鱓而呼狐狸。設兄以耄耋之年相與委蛇，萬一如寇萊公遇丁謂之險，于少保遇石亨之欺，恐瓦全而玉或碎，櫨摇而棟或欹。此後之令名稍損，亦未可知。則當此名完節粹，含懿而歸，安知非天之默爲安排，而使留侯功成而仙去，傅説名顯而騎箕乎？思前想後，死得其時，雖中壽而拱墓木，而又何悲！

所悲者，龍亡虎逝，异類益肆紛馳！自兄薨後，中西法變，誰决事機？中外交訌，誰與力支？我國家二百餘年之規模宏遠，我中華四百餘兆之民氣瘡痍，將來變極，又罔識其何爲？銅駝荆棘雖未見象，竊恐伏於隱微。前顧後顧，聲泪交垂！

憶壬辰遇兄京邸，相見恨遲。匡我誘我，大有益裨。縱南旋北望，萬里睽違，而惠書數十通，交情宗誼，令人刻骨而銘肌。舊歲鴻詞一薦，深望召試京畿，得以將伯之助，訂正詩山彙稿，以愜我心期。孰意暮雲方戀而大星遽墮也，喪車東來，觸我哀思。望佛山而獻斝，叠見玉昆金友，龍子麟兒，一堂團聚，應可慰泉壤而振門楣。而予猶必揚舲千里，臨几而涕洟者，豈爲是過情之舉、無謂之嘻哉！蓋上以爲天下慟，而下以哭其私！

又輓聯一對：

二十年匡我貺我，誼等賢昆，方期蒙召入都，安道欣逢將伯助；

卅餘稔法權樞權，力撑危局，詎意鞠躬盡瘁，武侯痛煞大星沉！

閩詩山宗世弟戴希朱率子紹箕、小孫世潢、侄紹文、侄孫世英同頓首拜奠。

夏至祭先祖禮部儒士象坡公文

懿哉我公，氣量寬洪。枕經葄史，儒者高風。弟雖貴顯，公自勉勉。仗義好施，動合於善。精諳堪輿，山下結廬。惟公陰德，可大門閭。迄今孫子，森森蔚起。報本報功，宜隆禋祀。時維長至，入廟薦馨。桃羞茅酒，侑公之靈。種毓麟雛，名齊虎榜。有祈於公，公其來享。

祭前清誥封一品夫人黄母鄭太夫人文

嗚呼！太夫人行誼可風，何遽死耶？於戲！太夫人馨名不朽，何嘗死耶？

桓少君之所以不死者，以其挽鹿車，修婦道，留傳於《漢史》；太夫人則蚤歲相夫，上奉尊嫜，下成家室，何歉於少君之素履！仲郢母之所以不死者，以其和熊丸，殫母心，見推於唐士；太夫人則義方訓後，勞以成愛，慈而有威，何歉於柳母之舉止！范滂母、陶侃母之所以不死者，以其尚義氣，勵勤修，能揚顯者有令子；太夫人則膝下寧馨，義薄九霄，名同四海，何歉於范母、陶母之稱美！

至於“和”以待娣姒，其鍾郝氏之步趾乎！“讓”以教婦女，其曹大家之宗旨乎！又何但宏量所及，待舉火者數十家，施藥餌者千百里。迄今翟茀榮其身，蘭桂盈其門，可謂天錫繁祉矣。

而其富而好德，不以年老而稍衰，不以家豐而生侈。起閩人而問禮宗，猶共首屈於仲訓、仲讚、仲評之令妣。宜乎死而不死，留芳名於千紀萬紀。

顧未嘗死者，太夫人之名長存；而悼其死者，諸戚友之情難已。昔陶士行喪親，二客來吊於門前；郭林宗喪母，孺子奠芻於室裏。古人當堂北萎萱，摯友尚有殷於哀誄者矣，矧今日越南歸經，慟切靈輀，我輩能無侑以薄醃乎？某等或屬同宗，或屬同齒；或爲聯姻之朱陳，或爲通家之孔李。金石之誼既深，醪羞之禮以起。令聞千秋，太夫人不必藉資於是；竭誠一奠，太夫人尚其來饗於此。

告　文

修郭山廟志告郭尊王文　丁酉

維光緒二十有三年歲次丁酉二月朔，敕授儒林郎、内閣中書、漢票簽行走、加二級、里人戴鳳儀，敢昭告於敕封威鎮忠應孚惠威武英烈保安廣澤尊王之神曰：

惟王孝塞乾坤，忠光日月。樹人倫之正的，爲閩嶠之明神。祥發龍山，梓鄉生色；靈揚鳳麓，薄海蒙庥。自五季以迄本朝，事功彪炳；由三吴而及百粤，士女駢臻。生爲英，歿爲靈，洵屬古今正理；指爲仙，稱爲佛，無非世俗卮言。儀素沐王庥，虔修《廟志》。將擷九百年事迹，證誤刊訛；宜遵《一統志》體裁，信今傳後。表章忠孝，思扶萬古綱常；藻繪山川，擬萃一方圖畫。自愧戴良學淺，未分班史之香；惟祈郭子夢通，特授江郎之筆。神之來也，鑰啓通靈；王其鑒諸，團開疑竇。時值臨窗起草，紀實録於千秋；禮宜入廟獻芹，表心香之一瓣。致齋三日，特具一通，略抒管窺，用伸葵悃。謹告。

應徵博學鴻詞科告詩山學堂諸聖神文　己酉

竊維聖朝曠典，惟鴻博爲最尊；下士應徵，視龍頭爲更貴。故自乾隆以後，二百年今始嗣音；況當憲政初興，七千里遠來致聘。皇上闢門吁俊，適逢其時；小子菲史枕經，思見於世。此固三生有幸，願以一試爲榮者也。所難者，泉郡只徵一名，希朱已躋六襄。伯仲無侶，既寡助又慮寡聞；歲月坐銷，逢特徵恐無特識。欲效經神學海，恨不十年讀書；欲追屈艷班香，愧乏一枝健筆。只有程朱正學，頗識端倪；究於中外叢書，未曾博覽。當此徵車下逮，命駕遄征。深愧無學無文，難作朝家之黼黻；不才不德，莫酬高厚於涓埃。使非天牖其衷，神開其竅，祖宗默相，山岳佐靈。恐難以白髮書生，慰萬里觀光之願；彤墀對策，副九重特達之知。

希朱於是夙夜戰兢，身心齊敬，爇瓣香於聖座，告應選夫特科。向時規矩聖賢，早佩先師之教；此日欽崇香火，時廑如在之誠。伏乞聖神鑒此葵忱，享茲菲物，關津所歷，靈爽式憑。神光相七尺軀，俾康强之勝昔；福星照千萬里，俾水陸以均安。暗裏點頭，俾題目分明如鏡；殿中啓竅，俾椽筆頃刻生花。如得名列鴻詞，知是聖神所賜，自當心依龍闕，勉爲忠藎之臣。殫己力以荷時艱，務盡幹國棟家之義；遵聖教以扶國脉，不負宗朱祖孔之心。不盡屏營，用敢告悃。事關重遠，神其相之。

新纂詩山戴氏族譜開局告祖文

竊維纂譜本延君宗法，濫觴《帝系》之篇；提綱爲明允宏規，開端世序之表，例雖善創，仍本史遷；源試遥探，實宗《戴記》。例既嚴則不容杜撰，源可溯則何忍混淆？是在有纂乘權，勉成一家信史；況乎爲譙國後，敢忘先世清芬？

我始祖九郎公固始從軍，閩中闢地。當李唐末造，壁水分支；踵博士遺徽，詩山占勝。憶唐初父子繼相，忠勳只隔數傳；溯[1]漢代叔侄註經，禮訓仍歸一脈。矧自宋明以後，巍科顯宦有傳人；兼以昭代來兹，鑄史箋經多碩士。孰不謂吾家譜牒應有合先正體裁哉！

抑知法以初代而多疏，事以相沿而易忽。十八世以往，草創而弗究精嚴；廿二世以來，因循而弗思更正。文越公源稽五季，雖詳戴家巷，而其例未嚴；贊熾公識具三長，欲仿蘇老泉，而因疾遽寢。遂使一千餘年之譜牒，有愧大家；三十餘世之紀綱，未成大備。是亦吾宗一憾歟？抑亦末學之羞也？

希朱自肄業鰲峰，備員鳳閣，劘磨史例，研究譜規。早知龍門史書，致功在世表、年表；眉山譜引，取法於大宗、小宗。例貴探《史記》之精，源仍宗《禮記》之旨。惜乎累次纂譜，昭穆雖甚分明；究於《五世提綱》，義例未能吻合。上莫承《大戴禮》收族[2]之法，下莫補方伯公未竟之功。清夜自思，我後人難逃責備；翻書欲輯，予小子彌切戰兢！

爰鳩族僉謀，龜從[3]叶吉。謹安譜局，虔祝先靈。或翻舊，或採新，責宜專任；或謄真，或校對，工貴求精。勿記親而忽疏，勿詳近而略遠。勿以殘碑斷碣不爲搜羅，勿因襲謬傳訛濫爲採摭。倘有斁倫干紀，顯乖祖訓，則筆削必嚴；倘有斬嗣廢房，難考支流[4]，則搜尋[5]宜慎。希朱責司總纂，不敢曲意徇情。諸生職任分修，各宜熱誠從事。萬一精神有不到之處，惟祈祖宗有默相之庥。俾綱正目明，纂作萬年信史；撰先著後，襲承二禮清芬。

謹告。

宣統三年三月初二日。

詩山戴氏謝譜告祖文　甲寅

維民國三年歲次甲寅十一月丙子朔，越十有一日丁酉，主祭前清誥授奉政大夫、内閣漢票籤中書、加五級、壬午科舉人裔孫希朱，分獻某某，陪祭某某，與祭某某等，爲譜牒蕆功，謹以剛鬣柔毛、金帛醴粢之儀，敢昭告於始祖考九郎戴公、妣孺人陳氏之靈曰：

自微子爵上公，戴氏之本源始啓；自唐太宗編《氏族》，戴家之《表序》綦詳。

北闕既帛書錫勛，南遷遂錦坂開莊。壁水流馨，仕林輝於固始；詩山啓瑞，文物埒於歐陽。檄捧番禺，流芬石硯；藩開西蜀，遺愛甘棠。木鐸□宣，□□□□，□獎□良。或忠節，或孝廉，族多著望；或儒林，或道學，□□□□。皆□□文獻，蔚爲家乘輝煌者也。

所惜者，卅七世族類瓜綿，雖衍雲礽於盛；數百年譜仍草創，未薰班馬之香。方伯有《序》而無修，雖義例昭代，多修而寡當，須費磋商。存其目而闕其綱，殊違宗法；粗其詞弗密其義，有愧大家。吾家史未臻美善，我裔孫曷禁傍徨！

希朱自鳳池染翰，饘舍□□，博搜史例，尋繹祖芳，始知次君匯《禮》書，收族爲修譜之朕兆；延君編《帝世》繫姓，開繫譜之濫觴。司馬據《大戴》以成《本紀》，老泉引世表而作《提綱》。今新修譜書卅六卷，學步三長，傳贊依於史漢，源流溯自李唐。世序仿眉山，萬代猶明昭穆；典禮宗徽國，春秋可托綱常。庶吾宗之譜規稍正，亦方伯之夙願以償。

□□□□，集衆義囊，召手民以壽梨棗，成卷帙以罄裝潢。譜既蕆功，現宜告成於寢廟；族將合樂，禮應備物以蒸嘗。爰列三十函於一几，聯卅餘代於一堂。備犧則萬羅珍錯，主鬯則三獻酒漿。祭本椎牛，諸孫□□□□□；□開肸蠁，我祖宗如見羹墻。□祈鑒觀有格，佑啓□□□□□□鳳毛濟美，麟經鍾祥。成第一等人，上輝國史；庇我無雙派，□□□斯。家譜愈修而愈懿，宗支遞演而遞昌。謹告。

【校記】

① “溯”，原手稿作“稽”。

② “收族”，原手稿作“繫世”。

③ “黿從”，原手稿作“契黿”。

④ “支流”，原手稿作“支分”。

⑤ “搜尋”，原手稿作“訪採”。

松村文集卷十五

書

在京示長兒紹箕書　癸未

字諭紹箕：近接家信，稔悉家中大小平安，至以爲慰。時予在京，戰戰兢兢，深自奮勉，不敢放逸，所繫念者一家耳。汝爲一家柱石，須時時深自猛省，節嗜欲，慎起居，謹風寒，萬分保重身體，方慰予心。

竊思人生不可過勞，勞則耗神；不可過逸，逸則縱欲。爲汝計，决宜檢束身心，嚴立課程。每早起須持敬端坐，看《小學》、《性理》、《近思録》諸書；不要多，要有體會。次讀經書，次看古文、時文。毋過勞亦毋過逸。外事决不許稍與。

予望汝遠大，千言難盡。汝總須立志做人，奮勵修爲，以期日進。

至予身體自能保重，無煩爾念也。此諭。

上蔡邑侯請修南安縣志書　丙申　蔡名軒，號伯昂，北京舉人。

伯昂公祖大人執事：

竊維邑之有志，猶國之有史。國非史，則歷代之興衰、沿革、邪正、是非，無以垂爲龜鑒；邑非志，則一方之山川、疆域、學校、田賦與民生之利病，風俗之盛衰，忠孝節烈、科甲仕宦之踵起，何以粲若列眉？是邑志之修，較之國史爲更要；南邑志之修，尤較諸他邑爲更要。凡有主持風化之責者，宜何如汲汲修明哉！

南安自行周先生發祥詩山，提倡閩學，嗣是家詩户禮，駸駸有鄒魯儒風。惜當時縣志不修，致使破荒名獻，籍入晉江、莆陽，天下幾忘産自南安，亦一憾事。

幸至明,先邑侯黄翊時倡修邑志,摭據詳明,而歐陽降岳之鄉始顯。厥後鄢陵劉公,與先輩洪逌庵相繼修輯,功亦偉哉!然襄事皆近縣縉紳,采訪惟近縣爲詳,餘則多所挂漏,君子於此猶有憾焉。

况斯志輯自康熙初年,距今二百餘稔,舊本既漫漶闕殘,不可多覯,其間風土人情,遞更遞變;忠孝節烈、科甲仕宦,亦難更僕數;甚至有宦裔式微,老成凋謝,而遺事因之鮮聞者。及此不修,恐湮没無徵,幾於杞宋,是亦杞人之所深憂也。

顧或謂,志乘之修,事鉅而艱,故前代邑紳急於斯舉甚少。即如李夔南先輩,慨然以續修爲任,又遭林匪猖獗,稿未脱而事寢,輿論以此難之。不知"時不可失,事在人爲",先輩修之而未成,正留此事半功倍之偉業,以待今日也。

執事爲京都名士,二十二史與國朝掌故,爛熟胸中。又際國家承平無事,得以從容濡翰,則邑志之增修,舍執事將誰屬耶?舍此時其何待耶?

儀自内閣假歸,創建書院、祖廟,并輯《郭山志》、《詩山志》,日無閒晷。今春稍暇,揆時度事,終夜憮然。復以襄創節孝祠,責宜采訪貞烈,乘此時遍訪山川人物,參以李先輩遺稿,尤爲省力。此儀所急爲敝邑籌,而深爲執事望者也!

士君子枕葄半生,本欲見諸著述。今以有爲之才學,際得爲之時,而又遇事半功倍、曠世難逢之盛舉,想執事亦踴躍自任,而不肯讓美於後人也。如果不棄芻蕘,請集諸紳,籌經費,酌章程,并諭分途認真採訪,勿使挂漏,而執事綜其大成。補二百餘年之闕,勵四十六都之氣,表章前懿,垂鑒來兹,執事芳名將與黄、劉二公千秋鼎峙矣。

謹抒愚管,塵諸左右。惟執事諒察而施行之。儀不勝待命之至!

上翁邑侯請除南安積弊書 己亥 翁名天祐,號應侯,廣東惠州人。

五月初旬,登元禮之堂,飲公瑾之醪,至今猶心飫之,而思有所獻於執事也。夫欲獻於執事,非可以酒醴玉帛市也,必覼陳敝邑之利害,俾執事敷德政、揚仁風,作生佛於萬家,垂令名於千古,而後有裨於執事也。

然古來聖君賢臣，留心民瘼，將欲興利，必先除害。譬如病人，手足痿痺，心痗腹瘕，中有蛸聚，爲華、扁之手者，必先攻其堅，去其毒，疏其淤，使手足腹心之痛愈，而後元氣得以調和。今欲除南安人手足腹心之痛，則莫如預防於税契外費、舊糧横征與轎班差役之酷索也。

考《大清會典》："凡民間買賣田宅，皆憑書契納税於官，以成其質劑。"是税契之典，固煌煌也。雖敝邑自熙朝定鼎以來，未有税契事，蔡侯驟然行之，愚民不無駭異。然凡屬讀書明理人，皆知此款爲藩庫所必催，而勉然赴之。不意赴之方難，而差委竟於正供外而倍蓰索焉。蔡侯定："契券每百兩，正款八千八百文，每司單六百四十文。"已屬溢量，又不限制外費。差委於一二貴族豪宗，亦斂迹減價，以箝其口；餘於巨户，税一文正供，或噬以三四文外費，或噬以五六文外費矣；於細户，或受其私賄而不税，或重加雜費而輕税矣；於僻陋弱小之區，或此月既税，後月勒税，必私餡而頤乃解矣。委差所之，民至鍵户避途，畏若豺狼之不可近。蘇子謂：荀卿特快一時之論，而不知其禍之至於此！儀謂：蔡侯特圖一時之利，亦不知民之慘之至於此也。此豈賢令尹所忍聽其勒索哉！

考國朝户部賦册：凡直省田賦，歲有奏銷；凡屯田荒蕪，輸有折色；又恐崩坍亡絶之拖累，則以時清釐。列聖之爲民慮者深且悉。敝邑於國課征輸，比鄰治較易爲力。況前任彭公清查，吕公續查，糧額已搜括將盡，間有積舊不完者，大半出於"崩坍亡絶"之無可追究。蔡侯因朝廷加征州縣之額，乃尋間於舊糧，以抵其賠款。其有主者，固誅求不稍宥。其無主者，則於東崩之糧，强令西田之主以納之；死絶之糧，强令親族之饒民以納之。在蔡侯只激於一時之氣，而書記糧差，則乘火行劫，因陷下石，横擄逼勒，無所不至。聞溪尾有因族欠懼擄，無敢登衢，而地方一時慘淡者；英内有因無田之糧，鬻子以償，而怨聲載道者。孟子謂："上有好者，下必有甚。"儀謂："上有悖者，下更有甚！"今蔡侯强索舊糧，胥差從而加酷之，正類此也，此豈慈父母所忍聞其横虐哉！

至於轎班差役，名似細故，實則雄於虎噬，大於鯨吞。敝邑轎班專於北門傅姓。其始一官臨鄉，舁夫不過七八人，索費不過十金。邇來無論大尹，即委員出門，舁夫必二三十人，索費必近百金。敝邑差役，専於治内雜姓，不知恣睢起於何時，近時無論巨案，即婚姻、土田、口角之細案，差頭必乘輿，差子非必票中有名，實臨時呼唤以夥其人，到鄉則喉喝謥詷，索重款而後快。程九希先邑侯謂："南安差威甲天下，亟宜翦之。"誠哉斯言也！儀素不與衙門事，知猶未確。今歲三月，敝族慘遭命案，府委捕廳臨鄉，問轎班幾個？曰："四十六人。"問轎費若干？曰："須兩三百金。"屢經計較，委一班始許以八十金，捕一班始許以百金。問差役幾名？曰："五十四人。"問差費若干？曰："須四五百金。"亦屢經計較，大票始許以二百一金，小票始許以八十金。然此費猶僅屬一邊，合兩邊倍算之，則近千金矣。嗚呼！以舁夫差小，索金若是其多，則丁勇之横行，可勝道哉！以縉紳巨族受勒若是其甚，則窮鄉弱姓之酷索，尚堪問哉！考《會典》：司道以下，教職以上，舁夫四，雜職乘馬。府道州縣胥役，各有定數。未聞有如此之夥且暴者！昔王明府佩文莅晉江，輕騎減從，至今人猶德之，稱曰"王縣"；戚明府揚莅安溪，隨從不過一二十人；差役出門，以路遠近，定錢多少，硬書於票，不准多取分文。辭篆時，民遮道扳轅，如赤子念慈母之不忍離。此風諒仁憲所樂追躅，而不讓二公之專美於前也。

且夫契當税也，糧當清也，轎班差役亦守令所必需也。而變而加厲與防其過中，在當軸若轉圜之易。而民之苦海，春臺判於斯；民之怨讟，謳歌兆於斯，司牧者宜何如審慎哉！儀客夏自内閣假歸，曾以此四事告鄭太尊，乞其飭百里賢侯蘇此民困。惜蔡侯與之齟齬，説不果行。今執事下車，仁聞義聲，既爲太尊所艷道；而粵閩接壤，土音略通，尤易訪察。是直天心悔禍，將易霜雪爲晴和，乃有此陽春脚之煦我柳城也。願執事鑒黄次公"凡治道去其泰甚"之論，法范文正"一家哭何如一路哭"之言，剔去弊端，大新政治。於税契則嚴定外費，畫一以絶其行私；於舊糧則軫念窮民，停查以息其愁怨；於轎班差役則核實名以省人數，不使多夥，按路程以定脚費，不使多索。四十六都民害既除，民困自蘇。起視蒼黎，有不奉温公爲生佛、仰召父之令名者哉！

若夫興利於除害之後，則修縣志、整學校、鞏城郭、嚴團練，皆慈君所留意之事，而修志尤爲敝邑第一要着。儀以土壤細流，過蒙泰山河海之容納，用敢妄獻芻蕘，爲民請命。倘不棄而採擇焉，施行焉，則鄙人幸甚！敝邑幸甚！

謹肅蕪稟，敬請勛安。統希霽照，不盡神馳。

與戴侍郎議戴聖當復從祀廟廷書　癸卯

少懷宗兄大人閣下：

春夏間，兩蒙賜書。京國萬里，德音稠疊，賁及深山，盥薇讀之，感激深之。既而思閣下以經濟文章，膺聖天子厚遇，國之樞也，亦吾宗之光也。則凡吾宗之遺獻，與前朝之缺典，皆可於從容奏對時臚列而指陳焉。

吾宗以《戴記》名。自延君先生諱德，受《禮》於后蒼，至次君先生諱聖，匯漢儒十家之言《禮》而集其大成。此其羽翼《禮經》，有功聖門，使之俎豆廡下，誰曰不宜？故自唐貞觀二十一年從祀孔庭，迄今千年無異議。嘉靖九年，張璁憑一己之私見，藉贓吏以相誣，遂與秦冉、顔何諸先賢并黜。此固次君先生之不幸，亦吾宗之一大憾事也。

粵稽先儒，如毛萇註《詩》，世稱《毛詩》；伏勝受《書》，世稱《古文尚書》；鄭玄註《易》，世稱《康成易註》；公羊高、穀梁赤傳《春秋》，世稱《公》、《穀傳》。之數先生，或粹然大儒，或德行不甚表見，然皆以箋註群經之功，從祀孔庭。獨《戴記》一書，爲萬世言《禮》之宗，而不獲分一席之俎豆，其何以示崇尚經書之意耶？

希朱壯時讀《禮》，竊嘆我朝表章先儒，無典不搜，無幽不闡，獨次君先生不復祔享，殊爲缺典。每欲筆之簡端，以告議禮諸大君子。迨近閱雍正三年從祀題本，不禁忻然曰："前輩先得我心矣。"伏讀世宗憲皇帝諭："先代賢儒進退不一，有前罷而今宜復者，有舊缺而今宜增者。"爾時，九卿、翰林、各衙門會同詳考，以爲漢儒言《禮》者十家，而戴聖集其大成。至今稱《禮記》爲《小戴記》。聖之有功於《禮經》，不在后蒼、高堂生下，乃以其爲贓吏罷祀。按漢史書《何武傳》云："九江太守戴聖，前刺史以其大儒，優容之。武爲刺史，行部録囚徒，有所舉以屬郡。聖曰：‘後進生何知？乃欲亂人治！’皆無所決。武廉得其罪。聖自免。”未聞以有贓吏之目也。當時既剖其贓吏之誣，又表其註《禮》之功，定議諸長官，洵可稱曠代知己矣。不知何故延擱而仍不復從祀，致次君先生與秦冉、顔何同黜，不獲與秦冉、顔何同升，豈非幸而不幸也耶？

閣下素以淵博廉正，爲我皇上所知，諫行言聽，此其時矣。倘得與一二議禮君子，乘機陳奏，歷闡前徽，俾次君先生復分孔庭之一席，則前獻榮於華衮，亦海内操觚子所共飫私衷者也。經年積悃，爰獻芻言，伏望郢裁協奏爲感。

希朱識：此癸卯所致書也。至己酉冬，少懷爲協揆，與禮部堂官議請復戴聖祀，書來索予前書云："大稿叙事詳確，可爲鐵據，祈照録一通，以便與友人商定。"予得書甚喜，亟照録以勉其速奏。不意予函到京，少懷已病，翼年正月薨，而次君先生仍不獲從祀孔庭也。噫！然朝廷方重《禮經》，將來必有舉而行之者。謹將此書，録於家譜，以俟議禮之大君子。

與戴侍郎論變洋制之非書 甲辰

北闕樞臣，南閩逸士，雲泥雖隔，感戴無殊，萬里寸心，知己者應能諒之。正月杪，朵雲下賁，藉稔勛祺茂介，升祉綏和；惟影落小星，痛切西河，深爲嗟悼！正欲修書慰藉，忽聞執事奉天子命，典試天下人才，既增分外之喜，當避同姓之嫌，是以鬱鬱積悰，不敢托楮先生以遥達耳。

弟自客冬患瘧，遷延累月，春來賤體尚羸，不作計偕之想。執事今之東坡也，得毋爲李方叔太息不遇乎！然弟委心任運，淡然不介於懷。獨憫時憂國之心，每蘊結而不能自解。近聞電報局接京電云：張香帥奏"改洋式"一摺，凡官民概行剪髮，變改洋服，經皇太后懿旨俞允，皇上現交部議，擬俟明年元旦舉行。風聲所至，有謂願逃而不肯改者，有謂願死而不忍改者，有逆料天下必因此而亂者。儀聞之痛泪交并，如芒刺於中，盡然不能自安焉。

今天下國勢日蹙，民心日漓。其官長之朘削民膏，變亂時政，非復曩日之恪守憲章也；其蒼赤之隱藏奸險，顯犯科條，非復曩日之震慴威法也；其海疆侵削、盗賊繁興，所在多有，非復曩日之土宇綏安也；其華夷雜居，中外异志，一二無耻之輩藉洋勢以凌人，一二任俠者流恨洋人如豺虎，彼此構禍，屢形於眉睫間，非復曩日之民心思静也。不圖自中東興役以來，風俗人心大變至此！

然猶可恃者，則以我國家寬仁厚澤入人者深，兼以世祖、聖祖定制以來，正服色、明儀度，法良意美，足以一風俗而肅人心。凡屬臣民，累戴皇恩，共遵服制，匪特懷恩而不敢或貳，且髮其髮，服其服，亦不敢有他也。

今乃於國家疲敝，民心騷動之時，突然欲易列祖列宗二百餘年之制度，概從洋人之蠻髮野冠，聲明文物之邦變爲斷髮文身之俗，混夷入夏，裂裳毁冠，不祥孰甚焉。稍有血性者，保無悍然梗命、揭竿而起者乎？昔鄭經盤踞臺灣，屢欲投誠，因薙髮一事，抗命數十年而不從。近年割臺畀日，聞日人初欲令全臺紳民剪髮，紳民梗而弗從，日人亦不敢强改。夫全臺已歸日本，尚不改我朝制度；况我無故而改爲夷髮夷服，豈十八省之官紳、四百兆之人民，而皆帖然從之乎？日人不能强已歸之臺人而夷髮夷服，我豈易强中原之紳民而剪髮易服乎？不可改而强改，必有破綻擾亂之事生出來，小則九法沉淪，大則八方荆棘。此事勢所必至，實杞人所深憂也。

且夫大臣舉事，必慮出萬全，方可肩時艱而全國體。我皇上發憤自强，厭舊圖新，鋭然有曲突徙薪、亡羊補牢之想，固中外臣民所共知。爲當國之柱石者，正宜啓沃以唐虞三代之道，鑒戒於秦、漢、唐、宋、元、明之失，斟酌乎中學、西學之異，變古、變今之權，以中國創制爲本圖，以外洋機巧爲末務。用新法而不悖於理，如曆算、氣化、聲光、電礦諸學，日新月盛，實洋人之所長，變而從之可也。由舊章而允衷諸正，如朝衣、朝冠、朝珠、朝裳、翎毛、彯帛諸儀，璀燦堂皇，實列祖列宗之宏制，變而改之不可也。

今各省變文武學堂，變氣機諸局，大半有名無實。不能事事認真，空糜巨貲，且滋浮弊，已大負我皇上勵精圖治之深心；乃不務實修，而猶欲襲洋人之皮相，盡變我朝之髮服，何其計之左耶？前者康、梁諸逆欲變洋式，已遠投荒裔，明正典刑；今堂堂柱石臣，反欲效康逆之所爲，具摺僉奏，以期必行，張香帥亦弗思之甚矣。昔周既東遷,無管仲則被髮左衽;今國方東役,有香帥轉剪髮易衽,天下後世必有詆其作俑之非者。

皇上既下部議,執事爲農部樞臣,得以參與正論。且廉明公正,素爲我皇上所知。倘邀各部長官同心協奏,覼陳其所以不可之狀,朗然如冰月之鑒,沛然如江河之決,俾皇上恍然於祖制之不可易,洋式之不可從,則天下臣民之福,國家安謐之基,全賴於執事之覆奏。而執事勛名可與李文貞之奏定章后,林文忠之奏拒洋船,并驂齊駕矣。

張横渠云:“葵藿野心雖萬里,不無忠戀向清朝。”胡康侯退處林泉,見中原淪没,遺黎涂炭,常若痛切其身。儀亦忠戀痛切之思鬱結於胸,用敢特肅蕪辭,塵諸左右。伏乞不棄芻言,亟施奏牘,事或有濟。天下幸甚!鄙人幸甚!

時少懷得予書,深韙是議,有“當依尊命,默爲維持”之答。己酉秋,朝議又將剪髮易服,少懷在軍機,毅然以官諫,攝政王卒從所請。中國得免左衽,少懷之力也,是書亦未必無少補云。

宣統元年亞冬,敬齋謹識。

與戴侍郎論廢科舉之非書 乙巳

自隔斗山,閲六七稔矣。京國萬里,末由再登龍門,親接容止,歉仄殊深。客歲兩賜覆音,盥薇讀之,如親塵訓。春來司講豐州、崇德兩書院,兼以晉、南、安、永諸生,來學松村,課務日煩,無暇裁箋道候。近聞朝廷停止科舉,各處士情汹汹,有不可終日之勢,儀咨嗟嘆息,不能無言於執事之前焉。

夫科舉之法,昉自成周“賓興”之遺意。《周禮·大司徒》:以鄉三物教萬民,三年大比,考其德行道藝,論秀遞升,有選士、造士、進士之目。後世因之,漸略德行而尚文章。漢興,詔舉賢良方正,并舉計偕。時賈山、董仲舒、公孫弘諸賢,皆以對策顯。是科舉可以得人才也。東晉元帝時,天下喪亂,帝慰勉遠方孝秀,四方因之粗定。是科舉可以安民心也。唐、宋、元、明,或試詩賦,或試經義策論,或試制藝;升選之法不同,然以科舉得人者甚多,以科舉維繫天下人心者亦不少。

我朝定鼎北畿，四方未盡歸附，世祖章皇帝咨於洪經略，經略曰："士爲民首，科舉行則天下定。"世祖開科取士，衆志遂歸。聖祖臨馭以來，天亶聰明，合堯舜湯文爲一身，而於科舉亦無異議。時若李文貞、湯文正、熊文端、張清恪諸賢，皆由科舉出而贊化扶元，維持國脉。中興時，若林文忠、曾文正、胡文忠、左文襄諸公，皆由科舉出而削平逆賊，整頓乾坤。然則，我朝所以得人才安民心者，何非肇端於科舉哉！

顧或謂：有德者必有言，有言者不必有德。取士而一於言，此中難盡得人，如柳子厚、王荆公，以名進士爲百代文章宗匠，而子厚入王叔文之黨，流落終其身；荆公以新法誤國病民，卒基宋亂。科舉之法，毋乃未善乎？是盍觀林次崖先生之言。

次崖爲明大儒，諱希元，嘗曰："國家之理亂皆原於天，天將開一世之治，必生賢才爲之用；如欲亂，則基之者自有其人。開元之盛，則姚、宋、張、韓等爲之用；天將禍唐，義府、林甫之徒出矣。慶曆之盛，則韓、范、富、歐等爲之用；天將禍宋，王、吕、章、蔡之徒出矣。是皆從科目來也。君子、小人之進退，皆天也，科目其如之何？末世滋僞，今而欲行古之道，則奸僞益滋，其弊豈止科目而已哉？故科目於今决不可廢。"嗚呼！次崖當明盛之時，尚謂"舍科目而行古道，益滋其僞"，矧國事值多艱之日，豈舍科目而行新法，遂可獲其真耶？

今朝廷因國勢之積弱而思興西學，又因學堂之不興而思廢科舉。噫嘻，是因噎而廢食也！夫國勢之弱，由於官風之不飭，政事之不真，非科舉之咎也。今督撫藩臬諸大憲，以賄賂爲升階，以賭博爲能事；至各司政治，不過舊例奉行，絶無發憤有爲之志。無怪守令丞檢之日肆賭飲，横取民膏也。今提鎮參游諸將官，以克餉爲官資，現在各營册有七八百名勇，實只百餘人，其虚餉則官私飽也。以放泛爲私橐。現在泛地須數百金方許委一泛。至兵勇演習，不過皮襲洋操，絶無確實訓練之功。無怪乎千把外委之酷索賭税，罔恤士心也。夫至親民者横取民膏，欲民之親如慈父得乎？督兵者罔恤士心，欲兵勇之各效死力得乎？此廣西一帶，所以盜賊繁興;旅順、平壤、牙山諸戰,所以望風逃遁,而國勢因之寖弱也。今不嚴飭官風,不認真國政,徒沾沾然仿西法、改學堂,欲行平等自由之教。平等,則無上下尊卑之分;自由,則有力者皆可任自經營。竊恐西學未興則已,西學一興則人人恣睢自逞,欲求如開國時之尊君親師不可得矣,欲求如中興時之士皆敵愾,民樂輸貲不可得矣。况廢科舉以興學堂,形勢所迫,猶恐有不測之變形於眉睫間者哉!

伏讀八月初四日上諭,因袁世凱奏請"立停科舉,以廣學校"一摺,准以丙午年鄉會試、科歲考,一概停止。在皇上舍舊圖新,亦具勸學作人之深意。乃一時士子聞而心裂,有欲改途而入市儈者;有欲改途而營醫卜者;有欲改途而謀生外洋者。福州生員有僉議抗糧者,聞詔安沈姓暨各巨姓,因武科廢,糧完一半,經知縣中營到辦。玆科目盡廢,未必帖然安也。福州薦紳有阻止各鄉子弟不許入學堂者。泉州府試童生揭貼通衢,有欲焚學堂、打學堂生者。儀初不解士情何以洶洶如是耶?及細爲思之,誠有莫怪其然者焉。

今天下士子,求其不圖仕進、不營利禄,而專意於孔孟程朱之道,肆力於主敬窮理、反躬實踐之學者,萬不得一。其孳孳然親炙師傅,鑽研經史,鍛煉文章者,大抵爲取名禄計耳。科舉一廢,則爲蒙士者,灰心舉業,無意從師,是絶天下讀書種子矣。爲廩、增、附者,既捐其登科發甲之階,則進身無望,又斷其廩保授徒之計,則糊口無資,是窮天下士子生路矣。士路窮絶,保無有激而生變者乎?

倡維新之説者曰:"朝廷方事西法,設士子舍舉業之舊,而從西學之新,則進身益速,叨禄益隆,何妨於變法?"不知學堂限二十四歲以下入學,則二十五歲以上者,雖專工文藝,無望出身矣;學堂限三年卒業,則家貲稍淡者,必不能舍舌耕而入選矣;學堂課程繁重,則身體寒瘦者,必不敢冒艱難以就業矣。聞福州學堂舊歲入者尚多,今歲逡巡不入者大半。泉州學堂今歲入學者只十數人,半爲教習舊徒,勉强從事;半爲衙門子弟,藉作護符。至縉紳之子,翹秀之英,皆裹足不前。閩省如斯,他省想未必起色。學堂既未必起色,猶欲廢科以益之,恐新章尚無踏實功夫,舊制復以斬絶了事,人材元氣從此損矣。即或朝廷慨廢科之窮,别爲士子籌出路,然亦思桂杏天香,艷人已久,雖有出路,豈能如科名之滿士意耶?他途既不滿士意,正途竟突然中止,則士之酸鼻傷心也,不亦宜乎!

且夫先王之養士,猶造父之養馬也。善養馬者,均馬力,和馬心,使無聲而馬應,未有專施棰策而馬不佚者。善養士者,因其勢而利導之,順其情而默化之,使不令而士從,未有專用驅逼而士不佻者。今在上者,憤學堂之不興,而欲停科舉以脅之使興;在下者,憤科舉之所廢,而欲阻學堂以與之俱廢。是何異恣用棰策,驅之峻途,以窮馬力,勢不至逾其軌而覆其轍也幾希!顔子曰:“馬窮則佚,人窮則詐。”自古及今,未有窮其下而能無危者也。兹士路窮絶,或者自危以危及國家,則噬臍之禍,悔何及哉!

儀草莽微臣,亦戴國恩,孤忠耿耿,爲士子失路惜者猶淺,爲國家多故慮者實深。執事以巍科名翰出爲禁近樞臣,士人結習,素所深知。天性廉明,深得聖眷。倘有機可乘,據情陳奏,朝廷欲興學堂,則嚴其程以課之,寬其格以俟之,優其賞以勸之,士自踴躍從公,何必盡薄科舉,以短士氣?即欲薄科舉,於學堂則擢以不次之升,於科舉則循以資格之舊,士自舍此趨彼,何必遽行停止,以摇民心?

且國家自强之策,不在學堂、科舉之分,在乎澄其官風,核其實政。當軸者人人爲國,秉政者事事認真,則本身以勸學,士自悉心體認。列學堂者,固有律算、汽化、光電、機礦之學,可濟時宜;登科舉者,未必無貞幹强固、出將入相之才,可撑時局。源頭一清,群流畢濬。明乎此,則二百餘年之祖制可以重行,一千餘稔之制科可以勿廢。人才可窮而復通,民心可危而復安。從兹維持國脉,整頓乾坤,何慮無後起英豪力挽狂瀾,可與國初諸賢、中興諸公并驂齊駕,而重睹昇平氣象也哉!

儀屢抱杞憂,思移薪突,振筆直書,不覺其言之長。伏乞俯採芻言,登諸奏牘。倘得藉春風一嘘,俾腐草重耀,則天下俊髦之福,國家磐石之安,皆執事一人賴之矣。曷勝翹望!爰肅蕪辭,敬叩勛安。伏惟霽照不宣。

光緒乙巳年九月十五日。

是書到京,適少懷奉天子命,將揚航十五國考察憲政。臨行覆書云:"科舉之停,正所謂不塞不流,不止不行者,亦勢所不得已也。但當爲諸生籌出路,以慰天下士望耳。且願凡有學堂責任者,認真整頓,以振興國務耳。"予得其書,乃以改辦詩山學堂爲汲汲。而朝廷復爲諸生籌出路者甚優,未始非少懷之共爲籌也。

丙午春,敬齋信筆識於詩山之講堂。

覆陳太尊雪楞書 丙午 陳詩山學堂事。

自沐芾棠,得培芃樸,山川雖隔,召杜時懷。朵雲之信忽頒,向日之忱益慰。藉稔勛祺集祐,升祉凝休。翹企台星,傾心祝露。

本月杪,盥讀手諭,始知奏摺稽遲,皆由禹川吝惜小費之故。蒙大人極力向制軍陳言,三千兩已允免提。如此格外生成,真詩山慈父也。提學一節,大人聲望素隆,兼以姚學憲同鄉同年之誼,剴切力陳,定若針芥之投。如經俞允,乞再函示。

儀辦學務,始則因豐州爭款,義不可與,而極力與爭;繼則因黄教習課程廢弛,義不容寬,而認真督率。控務與教務兼施,千磨百折,焦心久之。今春風一嘘,使詩山桃李,得永栽培,不特儀感深次骨,即多士躬沐醲恩,亦咸樂以生佛奉之。現僉議就孟春之良辰,奉長春之禄位,升於東序,以稍報春温之仁。乞將大人銜款生庚,賜示一紙,以便崇奉。倘得陽春之脚重煦桐城,俾詩山多士再坐春風,則獲益良多矣。餘容續稟。肅此祇請勛安!不戩。

覆張邑侯式如書 丁未 時張卸篆在省。

河山雖遥,斗山時仰。慈雲方戀,朵雲忽頒。藉稔式如公祖大人勛祉延鴻,升祺集蝠。翹瞻卿耀,曷罄頌忱!弟春來增築詩山學舍,百堵皆興,諸務叢冗,日無間晷;幸賤體托蔭如常,差可告慰。

公祖以西晉賢宦裔,爲南閩賢宰官,莅我武榮,清聲載道,雖楊伯起、吴隱之之豐裁，亦不過是。來示管領茶税，未獲重任琴堂，殊不可解。然安知非天欲養公祖清静之福，以專著述之功，故未以大任畀之乎！

究之璠璵之器，終貢明堂；楩楠之材，終支大厦。行見九天雨露，特起循良，公將以龔、黄、召、杜之身，應柏府蘭臺之選矣。曷勝額賀！

餘容後罄，專此即請勛安。不儩。

春日賀戴尚書少懷書　戊申

春到人間，新增萬象，閩南既饒春景，薊北定靄春光。辰維少懷尚書宗大人勛與春永，福與春宜！管領秋官，春意依然在抱；主持經席，春風久已風人。星軺歷十五邦，外夷喜陽春之有脚；雨澤敷十餘省，中國樂登春之有臺。翹企春温，曷勝藻頌！

宗大人自司法部以來，躬逢聖眷，肩荷時艱。出一言而天子動聽，舉一事而海宇蒙庥。先哲云"入則收天下春於一室，出則使天地民物之皆春"者，今於閣下見之矣。從此秉鈞衡，司燮理，操券可得，曷勝額賀！

如弟名山養晦，欲撰述而無書春之筆，欲講學而無坐春之風；辜負春光，無益於世，恐不免爲天地間一蠹。惟孫子環階，頗知孝友，一家之春，堪爲知己告慰耳。

前歲捧讀手示："凡有學堂職任者，宜認真整頓。"弟即就詩山書院改建學堂。兩年來焦心學務，鄙意亦謂：士生斯世，不有益於國家，必有益於學校。區區微誠，實欲培育群英，稍副聖天子興學之意。無如學堂積習移人，始則數十生徒，亦知循夫規矩。及聞他處學堂，有聯結黨援以挾制官長者，有干與雜事以欺侮平民者，有藉口於平等自由之教以逾越範圍者，遂不覺漸效其所爲。客秋曾綴《訓語十則》，課戒諄諄，而究難盡化其積習。此習不除，竊恐欲培才適以壞才，欲强國適以誤國，豈非世道人心之大害耶？宗大人主宰斯文，必有以防履霜之漸，而爲天下轉陽春也。

小兒紹箕，碌碌無狀。本擬今春預充恩貢，附驥入都，求大座春風格外嘘植;不意學憲新章,不得先時預充,須俟明春入選。洪爐在望,親炙末由;耿耿寸心,曷勝繫戀!兹逢龔雲史北上之便,薄具貢燕一盒,敬抒積悰。倘公餘稍暇,肯揮筆下之春,以開我茅塞,則賜我良多矣。草草上瀆,不盡依依,并請勛安。伏惟霽照不宣。

上觀察彭向青師書 戊申 師名述,丙戌傳臚。時任延建邵道。

都門拜别,迄兹十一年矣。世局遞遷,光陰如駛,每憶師範之豪雅,塵訓之殷勤,輒心欽遲之。惜京國萬里,影隔雲泥,珍重遠書,久無由達。

近閲閩報,知夫子觀察吾閩,喜出望外。方欲修書榮慶,今午閲報,尤稔騶從駐厦,意欲飛到鷺江,親挹光儀。因俗冗絆纏,必既望方得由泉抵厦。未知台旌可以暫停,容鯫生一覲否?爰先抒積悰,塵諸左右。

吾師以文章氣誼,爲聖天子所知,温詔褒嘉,已非一日。今星節入閩,欲造我閩億萬蒼生之福,陽春有脚,上游先煦其恩,下游必後沐其澤也。曷勝額賀!

如儀不才不德,株守枌鄉。自壬辰蒙師薦不售,歸後自揣,以爲富貴功名,必聽天所命;綱常道義,必盡我所爲。大丈夫無益於世,便晏然爲天地間一蠹。我既不獲展經略於朝廷,則凡有益於學校鄉黨者,當隨分隨力,熱心做去,以期有成,方不負天地所以生我之意。於是,就敝詩山構學舍數十間,購書田千餘頃,勒碑繪圖,爲萬世樹人計。邇來改作學堂,忝任監督,尤焦勞學務者累年。蚊負一粒,視駝負百鈞,相去霄壤,何足齒數?所幸者,詩山翹秀,茁茁日興,得向來所未曾有。前司教豐州、崇德、崇文數席,留心講課,亦植多少人才;募建文廟、祖廟、龍山廟、節孝祠,亦成多少義舉。今景逼桑榆,年將六十矣。小兒紹箕,新充歲貢;小孫世潢,頗秀而文;其餘七子七孫,壯者各業農商,幼者尚循蒙養,不甚墜先人家聲,此可爲愛我者告慰也。

四十年來步趨先哲,性又狷介,不能隨俗浮沉,惟日以講學、著書爲事。曩纂《郭山廟志》、《詩山書院志》,已付梓人,改日當呈鈞正。近著有《四書闡義》、《松村文集》、《松村語類》、《松村詩草》、《豐州、崇德講義》等書。當此異教喧豗，正學漸晦，竊不自量，欲爲明道計，惜同志無多，求一匡我不逮者，寥寥如晨星。今得高明在望，是天憐儀昏迷，將賜我以金鏡也。親炙有日，當携覆瓿物，恭乞郢裁。

時值初冬，水國和暖；天相福臣，伏惟休𡥦。臨穎不盡依依。

慰戴尚書少懷被誣書　戊申

少懷宗兄大人執事：

南北天遥，春秋時易，翹瞻山斗，如隔雲泥。未稔邇來勛祉如何？伏維萬福。客春曾肅書一通，燕一匣，托法部龔雲史袖至都門，諒已塵諸左右。

秋來閲京報，知執事主持法政，遭僚屬誣劾，致憤鬱成疾。儀惶恐久之，不能無言於執事之前。

於戲！韓昌黎遭皇甫鎛之謗，陸敬輿遭裴延齡之毁，司馬公遭黨人之證，朱紫陽遭侂胄之厄，自古君子正色立朝，多受小人讒間，而究無損其爲君子。執事風節自持，早爲皇太后、皇上所知。雖劾章一上，請假幾回，而聖眷依依不捨，絶無貶辭，其知遇視古君子爲更深，何必稍形憤懣？况時局艱難，老臣凋謝，執事正宜頤養此身，以支撑國務，何可鬱鬱成疾？

儀兩年來創辦詩山學堂，焦心耗力，一毫無私，實爲百世樹人計。禍因豐州總辦吴增等，欲分洪君充款，儀堅持不與；又因詩山舊教習黄鶴，課程廢弛，儀認真督責，若輩銜之。適詩山有劣生葉藻鴻客冬滋事，若輩遂結黨架誣，百端污蔑。李太尊輕信讒間，遽下貶辭，學務幾將散局。儀怡然自養，不介於懷。厥後水落石出，究無損我清操。

今僚屬雖誣以不韙，天下咸曉於戴尚書之豐裁，黑雲蔽空，何傷明月？願執事保重玉軀，以翼聖德、福蒼生，是鄙人所深望也。

前托序《詩山書院志》，現將梓成，俟竣呈覽。閒來無狀，撰有《四書闡義》、《松村文集》、《語類》、《詩草》等書，俟後就正。

秋風正凉，千萬珍重！臨穎不盡依依。

與戴少懷大軍機書 己酉

少懷宗兄大軍機大人執事：

兩月餘不奉榘訓，彌切眷懷。天霜地凍，寒氣慄人，未審尊候何如？伏維樞政勤宣，中外蒙福，奠國家於磐石，措天下於泰山；明神扶佑，百福所會，忭頌良多！

鴻博一節，前兩蒙賜書，情同骨肉，感紉實深。近報紙有云：考試鴻博，現作罷論；有云：攝政王嫌保薦人少，欲令廿一省再行保薦，然後定期，諒在明年召試。説出兩歧，不無懷疑。

竊思鴻博之考，出自先帝，諭旨一頒，天下耆儒碩彦，想望黼黻昇平，以追康乾之盛。今若停止，不特違先帝籲俊之心，且恐辜海内之望。人才登進，國家元氣所關；執事心關國脉，手掌樞籌，言可動聽，决能追崇先帝遺諭，以慰天下耆儒碩彦之懷。

弟識淺才疏，不能仔肩國務；性剛行狷，不能混合時流，久無意於用世。玆幸逢特徵之典，親舊激勸，始翻然改圖。以爲十餘年規模聖學，摩撫古文，若得乘此一薦而有所表見於世，裨益於時，亦足愜平生願也。况長小兒紹箕新充恩貢，僉舉孝廉，欲與廷試。父子一路言歡，亦不孤寂，於是有并轡入都意。明年花朝節後定發馬蹄，挹春風面諒在修禊時也。

近聞執事有督東三省之機。盛京遼遠，不及樞垣清要，高明者自有定識，毋煩弟之攀留。惟祈爲國爲民，自珍玉體，以須不次之寵。先勒手狀，叩請勛安。

慰仁黼大哥、藹天三哥宗大人書 庚戌 仁黼名鴻憲，藹天名鴻惠，是少懷兄弟，皆名孝廉。

大、三哥執事：

春到人間，吉人天相，定多春祉，不蔡而知。近聞令先弟、兄少翁噩耗，哀悼曷勝！

弟自二十年前獲交少翁，匡我覎我，誼等玉昆。客夏弟蒙王季樵先生保薦博學鴻詞科，正欲整轡入都，後蒙少翁兩次賜書，示以召試日期未定，宜暫停車；書中情誼殷勤，感紉深之。客秋聞少翁掌握樞垣，晉協綸扉，弟喜出望外，方期蒙召入都，得以昕夕譚心，商量舊學，以愜我平生歡。何意翹跂方殷，而大星遽殞也！忝列宗誼，尚酸心者累日；况大、三哥塤篪叶奏，而棠棣一凋，其傷心更何如耶？千里異方，一聲同哭，此所謂喜極悲來者也。

既而思人生天地間，果能德被生民，功施社稷，言勒金石，以耀後世而垂無窮，則雖死猶生。少翁以玉堂金馬，叠掌文衡，洊升卿相。星軺遍歷，考憲政者十五邦；樞密預參，繫安危者數十載。中外想望風采，社稷倚爲泰山。而尤等身著作，足以藏之名山，傳之後人。此其馨名不朽，千載後猶有生氣，何嘗死哉！矧聖朝優恤，加以"少保"，祀以賢良，謚以"文誠"，可與林文忠、曾文正諸元老并峙千秋，是亦可轉悲爲慰矣。

伏望大、三哥節哀自重，并爲天下重此身，是鄙人所深囑者也。靈輀何日回籍，祈訃賜知。弟當親率子侄輩到門奠斝，以紓哀悃，以慰尊懷。

上禮部侍郎王季樵座師書　辛亥

斗杓東指，六合同春。當此春色宜人，彌懷春温雅範！敬維春祺燕集，春日鶯遷；座有司春之規，門多宜春之福。春官久領，桃李咸被其陰；春風一嘘，樗櫟亦蒙其惠。每悵春明萬里，莫瞻春煦於都門；特藉春信一緘，敬叩春安於函丈。吉人天相，定符頌私。

己酉春，閲京報，忽聞夫子以應博學鴻詞科薦。素未識面，而格外嘘植如斯，是真曠代難逢之知己也。江皋腐草，一蒙台星遠照，不覺惝惝然有就日之思。竊謂鲰生誦法程朱，惓懷君國，倘得因此而有裨補於時，表見於世，亦足償平生願也。及聞鴻博停試，既虚負照拂之恩，又深慨世風之變，功名念遂冷如冰矣。然名心雖化，知己深恩，銘心鏤骨，猶時刻不敢忘。

客秋小兒紹箕晉京，特命叩謁師門，并携《四書闡義》、《松村語類》、《大學淺解》、《中庸約解》、《地球辨》等書就正。箕歸述吾師訓語諄諄。足見愛士薦賢,實出至性。其詮發經義名言,尤中窾竅,未能無服膺拳拳乎!復望時錫教言,俾深山空谷,獲聆金玉之音,則勝於金玉萬萬矣。

箕兒舊歲僉舉孝廉,小孫世潢去年詩山[學堂]畢業,咨獎廪生。秋來小兒孫并轡入都,摳衣請訓,不久又將坐春風中幾個月矣。預肅蕪稟,祟頌勛安!臨穎不盡依依。

受業戴希朱頓首,正月廿五日。

小兒紹箕,小孫世潢侍叩。

與江侍御杏村書 宣統間　江名春霖。

杏村仁丈大人閣下:

曩在都門,聞仁丈文章氣節,踔絶一時,心欽遲之。客歲閲申報,知仁丈以直諫詆王公大臣,名震中外,益傾慕之。竊謂朝廷值斯危局,不可無此等人以維持國恤。及聞謫官,則鄙懷悒悒者累日,僕非爲仁丈惜,乃爲國家惜也。

仁丈忠心昭日月,馨名滿天下,達何加?窮何損?貶其權不貶其道,則謝絶世故,著述名山,正天默爲安排以保全潔操也,而仁丈亦可優游以俟命矣。

所惜者,主少國危,其勢岌岌;豺狼當道,誰與力鋤?燕雀處堂,誰憂將覆?而虎視鷹瞵,尤玩我爲几上肉。世無韓、范、歐、富一流人,固不足以制列强而撑大局;然苟無風骨錚錚如仁丈其人者,合魏元成、劉元城於一身,日以危言悚論,攖鱗角而劾權貴,陳時弊而整朝綱;將望風希旨之徒,泄沓相仍,迄無進步,危局其何時挽乎!此僕所以觀變閔時而深爲國家惜者也。

吾鄉吴肅翁、楊璞翁、雷韻琴,每艷稱仁丈文有錘爐,胸無城府,不飾衣冠,不事玩好;至於臨大節則沉毅有爲,不爲威怵,不爲利疚,矯然爲中流之砥柱。僕謂此正君子人也!吾閩坊表,我國干城,微斯人其誰任之!而惜未之見焉。

今春,同里江清哲,欲以本家之誼,請揭高門,而求僕一言以達悃。僕十餘年來養晦名山,講學著書,本無所求於世。然飫聞馨慕於仁丈之高名峻節者,已非一日。迢迢道路，覿面未卜何時，適有鴻便，藉此而達尺素書，亦足稍抒積悰也。奉送《郭山廟志》、《詩山書院志》、《楊忠愍公集》、《詩山學堂訓語》，共四種，至希郢正，俯賜教言；京箋一合，乞大手筆揮就，名人筆墨，并壽河山，維祈不棄，以增寒舍光。幸甚！幸甚！

春來萬象皆新，天相直臣，伏惟休㐭！臨穎不盡依依。

贊

先儒歐陽行周先生像贊

天啓閩疆，公誕梓鄉。一身倡道，十郡破荒。聲名雖震，暗室兢莊。圭組雖貴，陶器是藏。動不逾節，變不改常。睟然見面，斐然成章。斯文鼻祖，理學津梁。欽哉遺像，萬古馨香。

鄉後學戴鳳儀熏沐敬贊。

唐遠祖道國公像贊

天造有唐，公肅朝綱。龍顔納諫，豻獄鋤强。生民之福，佐命之良。猗歟勛望，蔚爲世昌。

裔孫希朱頓首拜撰。

唐遠祖恭公像贊

公德巍巍，克紹考徽。私恩弗顧，宏量及微。勛垂青史，位繼黄扉。一門圭笏，萬世光輝。

裔孫希朱頓首拜撰。

唐始祖九郎公像贊

天作高山，誰闢其荒？我公相度，錦坂開莊。修平作屏，首創自唐。瓜瓞之綿，蕃衍詩鄉。簪笏之盛，媲美歐陽。入閩數姓，公後獨昌。僉曰潛德，丕發幽光。一身啓瑞，卌世傳芳。尊爲鼻祖，續入祠堂。欽哉遺像，萬古馨香。

裔孫希朱頓首拜撰。

明方伯贊孍公叔祖像贊

科第何榮？榮在顯親。官箴何貴？貴爲藎臣。繹正名説，想見天真。焚黄請誥，爵顯先人。稽郡國志，確見忠精。上疏奏事，言動聖明。推之植品，玉潔冰清。廿年宣化，兩省薦馨。皆由忠孝，二字做成。今瞻道貌，遥溯芳型。浩然正氣，千載如生。

此贊若徒震其文章政績，不惟傳志已詳，恐成贅語；且於贊孍公心性，了不相關。儀讀公《正名復業説》，見其天性悱然；稽諸志乘，見其忠勛赫赫。因綴蕪言，恭贊其像，非敢云是也，聊以自抒愚管耳。

戊寅冬，敬齋自識。

楊忠愍公遺像贊

青天白日之心，泰山喬岳之身，鐵石冰霜之骨，寒潭秋水之神。抗章劾佞，叩闕攖鱗；鐵肩擔道，白刃成仁。至今凛凛生氣，流露乎楮墨之真。讀其書，瞻其像，莫不肅然起敬曰：千古完人！

明教授尚謦陳先生像贊 先生系出永春小姑。

前朝碩學，一代師儒。培根孝弟，砥礪廉隅。公門罕至，書畫自娱。欽哉遺像，可肅薄夫。

太史黄霽川先生像贊

於戲，先生誠海内人表歟！其氣宇昂然，其舉止肅然。其趨忠孝，若江河之沛然；其爲文章，若山嶽之屹然；其忤權貴，若秋霜之凛然；其接後生，若春風之藹然。其論中外之形勢，若聚米畫沙之瞭然；其論道學淵源，若正流旁派之洞然。其聞時政繁苛、民生疾苦，若痛癢之切於身者然；其睹邪説横流、士風詖靡，若陷溺之逼於心者然。其進退，則義命之際安然；其取與，則義利之界劃然。僉曰：胡爲能然也？戴子曰：先生之志韓范志，學程朱學，少壯時所蘊積者，已無不超然。先生今既弗獲與中興諸將相并驂齊駕，以措天下於晏然，則千秋百歲後，請與鄉先賢俎豆於社，誰曰不然！

業師侯秀岳廩貢生像贊

恂恂先生，後學所宗。經書淵博，義理融通。誘人不倦，應問不窮；群才陶鑄，如金在鎔。小子不才，亦坐春風；從旁窺察，曲繪淵衷。性温而直，心恕而忠；事必師古，行無苟同。俗緣洗盡，静養於中；故見乎外，謙謙冲冲。冰月之度，斗山之容；懸諸講席，見者生恭。

恩選孝廉方正飛亭學博涂先生九秩像贊　涂先生德化人。

謂無量壽佛耶？謂地上行仙耶？此異端誕語，豈吾儒以德獲福之真詮！惟我飛亭先生，箕疇五福庶有備焉。少饋詩書，則腹笥便便也；長游泮沼，則儀度翩翩也。其才堪應選，則如周磐之以孝廉升遷也；其德足薰人，則如胡瑗之以教授稱賢也。其躋壽九旬，則如伏生之耄耋益專也；其康寧一世，則如伏波之矍鑠勝前也。其庇後則五代環堂，八葉衍瑞，何啻周家之瓜瓞綿綿也。嗚呼！汾陽之福，潞公之年，世罕其備，公膺其全。宜繪一圖畫，俾千秋萬世以馨傳。

清世襲雲騎尉即補中軍府潘仰亭表兄像贊

其性竦然，其氣毅然，其心惻然，其貌儼然。其冶家肅然，其處世温然，其出處之際嶄然，其義氣之界劃然。其蒙父難，則盤錯之節凜然；其修宗譜，則經籍之光斐然；其膺軍正，則帷幄之間整然。此其像爲何如像，吾指爲表兄仰亭之真容,僉曰宛然!此其人爲何如人,吾推爲武榮特色之偉人,誰曰不然!

國學生盛垂道故友像贊

於戲,噫嘻!吾故友生詩山傍,爲平庵後。學富五車,胸羅萬有;組織詩文,根柢深厚。探其源於神農岐伯,溥其澤於黃童白叟。由詩山而桃源而泉漳,群推爲國手。所著醫書,膾炙人口;所繢真容,喬松比壽。歷百歲千秋之久,此集不祧,此像不朽!

敕贈儒林郎晉贈奉政大夫貢生樸齋雷府君像贊

古今闤闠,絶少超奇;惟我樸翁,克振門楣。朱公之積,竇公之施;如斯佑啓,允迓鴻釐。

敕封安人晉封宜人古太宜人像贊

古公肇迹,相維周姜;繄古太君,相夫亦良。壯能挽鹿,老猶丸熊。懿歟壽毋,有大家風。

謝長者春友外叔像贊

觥觥東門,長者之村;烏衣苗裔,金魚雲孫。其族强大,滋而益蕃。長者一出,情喻理論;事機洞悉,氣象和温;化於族黨,風俗益敦。推之遠邇,排難解冤;劘鉻利害,咸式其言;仲連古道,至今猶存。矧所勇爲,大義大原;蓮花建廟,老不憚煩;金淘興學,遠募銀根;爲鄉社長,爲學校藩。瞻斯儀像,可敬可尊。

題貢生乃三葉先生像贊

先生材良,以矮勝長;先生德隱,因晦彌章。胸羅經史,手妙行藏;克精機務,雅嗜書香。排解紛難,仲連之望;感化鄉鄰,王烈之方。天眷門庭,蘭桂齊芳；人瞻氣宇，鬚眉增光。欽哉壽相，爲世表坊。

清敕封八品孺人黄母洪太孺人像贊　洪是黄贻扳之母。

古之婦人兮三從皆然，今之賢母兮始終吻然。未歸而孝尊慈兮則色愉愉然，既歸而順舅姑兮則心勉勉然。相夫子以成德兮若孟光之舉案然，和娣姒以整家兮若鍾郝之禮法然，課賢郎以立學兮若孟母之斷機然。君子曰：此豈偶然？必其嫻熾煌姆教，悉燕山家規，故能動合自然。迄今聞望隆隆，有是母乃有是子，若范滂母然。使人攬一幅縑素，莫不起敬曰："向之聞閫範而肅然，兹則瞻遺像而儼然。"

曾王父仁齋公像贊　後以儀官内閣，貤贈奉政大夫。

德則巍巍而莫名也，心則浩浩而難形也。履常淡定，遇變艱貞；太丘仁量，王烈義聲。大憲之旌，邑乘之馨，衹傳其萬一，未罄其生平。惟瞻此雍容道貌，耆壽儀型，知祖多陰德，後必有興。我子孫其衹承哉！身扶名教，忠戀朝廷。聖天子推恩追贈，一命雖榮，而究不足酬公之德之宏！今而後，其念祖聿修，期無忝爲族正之孫曾。

鄉飲賓竣秀堂伯像贊

忠厚其心，渾穆其神。衣冠尚質，言行率真。有詩書氣，無世俗塵。欽哉壽相，今之古人。

清國學生淑明宗侄像贊

吾宗之英，首推淑明。見義能確，行義能宏。衷經酌史，議論持平。恭兄友弟，動合至情。纂修譜牒，不惜囊傾。排解紛難，感人以誠。衆望所歸，選舉有聲。廣譽施身，文綉非榮。太邱盛德，彦方法程。擬諸曩[昔]，宜有令名。吾瞻斯像，儀表如生。吾贊數語，留待史評。

鄉飲賓智秀族叔像贊

三代良民，無過率真。求諸晚近，百無一純。繄我智叔，天植恂恂。忠厚其心，質樸其身，蒼髯其貌，幽靚其神。人以曲勝，叔以直伸；人以巧壞，叔以拙馴。老不驕富，少不厭貧。享天然福，得自在春。率真二字，恰肖斯人。形容雖古，想像如新。猗歟智叔，三代良民。

天旌節孝從叔母洪安人像贊

一嫠婦形影煢煢耳，胡爲動天之旌？藿苐叨榮，動人之稱，彤管流馨。只爲孀居五十餘齡，茹蘗飲冰，如玉之瑩，如水之清。奉姑如崔婦之誠，課子如魯母之明，夜織如敬姜之營營，守身如貞姬之兢兢。是洵足爲閨閣儀型，爲名教干城。不佞既請於帝廷，以表其艱貞，宜綜輿論而贊生平。使子孫瞻其形，有所欽承；俾輶軒採其名，垂諸汗青。庶天下後世之孤寡伶仃者，得以聞風而興。

魁字贊 刻石於大庭祠堂後。

七星應斗，一字成形；道是天宿，主宰文明。欲魁多士，顯於大庭。請爇瓣香，敬祝斯神。

敬齋題。

松村文集卷十六

箴

續敬齋箴 并序　丙申

《敬齋箴》乃子朱子作也。其發明嚴恭寅畏之意，一字一鍼，警人無限。希朱弱冠後，曾每晨莊誦此《箴》，檢束身心，然後讀書，頓覺章句易熟，義理易明；日間應事接物，亦分外有力。真所謂莊敬日强矣，因竊以爲號焉。暇時體認經傳要旨、性理粹言，益覺朱子此《箴》，實隱括聖聖賢賢之心法，以垂示來兹者也。爰仿香山《續虞箴》例，推而演之，以廣考亭之本意，以作座右之嚴師云。

天地儲精，人得秀靈，罔不有性，罔不有形。人心道心，形性所判，心君弗嚴，朋從易亂。繄古聖神，翼翼矜矜，提敬爲主，心法相承。堯開宗旨，典以欽始，迄湯日躋，迄文敬止。孔闢儒關，戒懼爲閑，二如策冉，四勿鑄顔。孟衍其傳，申曰持志，仍本尼山，正心誠意。濂溪主静，誠立明通，静中有敬，靡不同功。二程推之，整齊嚴肅，主一工夫，醒人心目。考亭繼明，集聖大成，發爲箴語，内外交并。静存動察，主守罔脱，萬古儒修，一言已括。我本菲材，佩訓以來，提撕唤醒，茅塞頓開。中年多故，操持弗固，作輟無時，滋慚滋懼。尚其及今，危坐正襟，隨事兢惕，履薄臨深。氣甚奔駟，敬爲銜轡，欲甚賊氛，敬爲主帥。精以克之，戰勝於天，嚴以守之，壁壘斯堅。寧密勿疏，寧斂勿放，一息尚存，此志彌壯。念兹懿訓，拳拳維殷，立監座右，敢告天君。

黄仲訓吾友壽箴 并序　丁巳

《洪範》以壽爲福先，華封以壽居富後，壽豈人生最難得之境哉？然壽身難，壽世更難。壽身以命，天主張，我不得自主；壽世以名，我主張，天不能代主。天既不能代主，則我所旰夕憂勤，爲百世立不朽之名者，宜何如精至也！孔曰："没世名不稱。"孟曰："修身以立命。"其足爲壽身壽世者進一箴歟！

丁巳暮春之月，余在黌宫蔵志事，將以壽世相期也。初九上午，偶游篤齋，適仲訓以生辰告。余曰："此非壽身之榮哉！"仲訓斂容對曰："是日爲母難，貞觀嘗罷宴樂矣；是時丁母艱，王修嘗垂涕泣矣。况鯫生年四十二，未艾齡，敢言壽哉？"余聞而韙之。

俄而見四少君、十二猶子，聯袂而進曰："今家大人懸弧期也。雖未敢成禮，而薄具一樽，請老師醉數斝。"俄而見吴桂生、潘蔭蓀、楊柏香、陳西銘、蘇鼎新、黄則正、黄河清等接踵而來曰："今吾訓兄祝鳌辰也。雖未逢大慶，而盛備一筵，請先生居首座。"

余既叨隆禮，又以其富高金谷而無侈心，譽滿瀛寰而無溢心，不禁肅然起曰："仲訓之福量有如是哉！仲訓之壽徵有如是哉！將來由艾而耆而耋而耄而期頤，何難與喬松比壽哉！"既而思武公年九十，猶箴儆於國；伊川年五十，作四箴以儆世；昌黎年四十八，作五箴以自訟。古人年彌高，志彌奮，德彌純，其足爲壽世券者何窮！兹仲訓年逾强仕而精神益健，倘從此劘磨善仁之寶，枕葄金石之文，如鳳翔千仞，鶴鳴九皋，將與天地齊壽，日月齊光，不朽之名可操左券矣。

《老子》"富者贈人以財，仁者贈人以言"，斯語爲後世贈序之濫觴；《禮記》"君子愛人以德，不以姑息"，斯意爲友朋箴規之標的。仲訓，吾老友也，壽辰宜贈言也。忝居一日長，不得貢以諛辭，正欲申其規訓。當此臺萊齊祝，人以頌，我其以箴哉。箴曰：

天地氤氲，命爲壽門；人生修飭，德爲壽根。正氣調攝，乃保孕元；靈臺涵養，乃浚心源。富爲外物，善用福存；德由内積，望立名尊。嗚呼！人壽百年，早定脚根。綱常萬古，自永乾坤。君山谷後，内行夙敦。聲詩遠播，久艷輿論。但須屋漏，無影衾痕。但須麥舟，有施濟恩。德心克廣，令聞弗諼。上光先烈，下裕後昆。半生壽券，一幅箴言。圖書司訓，敢告爾令子令孫。

銘

戴子敬齋洎四弟雅齋小照銘　辛巳

辛巳春,余與四弟同圖小照,余圖静讀性理之境,四弟圖舉筆就畫之境。率筆題之,以相策勵云。

惟余與汝,同氣連枝。幼相體恤,長相維持。語言莫逆,寢食不離。予耽經史,幾類書痴。汝工圖畫,頗有化機。書貴明道,畫貴有詩。程朱實學,李杜雄詞。雖不能至,當共勉之。斯征斯邁,相勸相規。所生無忝,爲人庶幾。

遠色銘　戊子

木有根則榮,燈有膏則明。人得乾坤氣,鬱鬱儲真精;葆之則獲壽,戕之則傷生。吁嗟七尺軀,攸系誰云輕? 四恩賴爾報,萬善賴爾行,綱常賴爾植,文教賴爾興。當留身有用,方不辜生成。那堪沉欲海,迷醉弗自醒;徇欲爲深耻,潔操慕二程。無如人欲險,名言佩考亭。絶欲身自健,矯矯劉元成。每思遺體重,懍懍薛文清。曩哲垂炯鑒,鯫生奉爲型。誓將操慧劍,斬除色魔形;毋使情其性,决要性其情;定識運定力,護持日兢兢。但恐心稍縱,色根或再萌;爰摭宣尼語,演作《遠色銘》。

戴子敬齋小照前銘并序　癸巳

昔子朱子乾道癸巳年寫照,時年四十四,而容髮凋悴。儀生庚戌,今年癸巳,亦四十四。容腴髮澤,健於壯時,可云幸矣。然文公是歲,學已能窮理實踐矣,道已行朝廷州縣矣,教已克誘正闢邪矣。其所著述,亦已成《集義》、《綱目》及《太極》、《通書》、《西銘》諸傳解矣。儀今光陰虚擲,學不進,道不明。即遠方就教,亦應問輒窮,又安敢妄希著述者! 顧影自維,慚對先哲;不凋不悴,亦奚以爲! 適阮氏爲余寫照,因銘其上以自警云。

曩時讀書,有志聖賢。而今見惡,動輒多愆。生無善狀,没世曷傳?從兹懔懔,履冰臨淵。責志爲重,持敬爲先。見過則改,見善則遷。若追於後,若策於前。蹶而彌振,久而益堅。功深困勉,漸近自然。升堂入室,庶有望焉。

敬齋小照後銘

敬齋之意,誰實箴之?考亭名筆,度世金鍼。敬齋之箴,誰嗣音之?松村續筆,寫却傳心。既得於心,爰竊爲號。匪希古賢,自明所操。適有照相,形神宛到。一點靈臺,莫描予奥。予今顧影,倍切檢身。主敬功夫,老當益純。不聞不睹,如祭如賓。名期實副,敢告我人。

琴　銘 時與長兒紹箕彈琴爲娱。

天地無言,絲桐有聲。藴宣二竅,妙契五行。千倪萬象,七弦畢呈。君子用之,淑性陶情。羲農制後,代有傳名。安道仲若,亦以琴鳴。戴逵字安道,與其子仲若,善鼓琴。安道琴曰"黑鵠",仲若琴曰"躍魴",皆著名於世。老夫領略,粗而未精。嗣音之責,敢告後生。

杖　銘

扶杖衛身,叩杖警人。不衛之衛,立身更真;不警之警,感人彌神。伊川定氣,健逾七旬;太邱雅量,誘盡齊民。何須筇倚?何假威伸?武王銘杖,我銘較新。無形作用,有度化淳。不杖之杖,重在德純。

呈

呈請修龍潭陂文 壬寅

竊維立教必先興養,非稼穡無以育群生;播穀必資溉田,非壩堰無以潴衆水。故遂人治水道,蓄泄以時;管子置水官,堤防必備。芍陂築於楚國,孫叔敖灌野維殷；槎陂築於朗州，韋夏卿渥田甚廣。自古牧民之守令，動多水利之興修。况我泉南多海而北多山，肥磽相雜；民有餘而田不足，經畫難寬。是以六里陂溝水弗通，紫峰上書而請濬；萬石陂環流久淤，遁庵殫力而倡修。其皆注意於川原者，實欲流膏於桑梓也。

詩山席四門勝地，匯衆水噴流。考《温陵志》之所書，惟龍潭陂爲最大。雙溪匯聚，潴蓄須五十丈之長；歷代興修，傾圮有六十年之久。若逢大旱，龜坼堪虞；縱有良田，魚占何望？

儀等念祖宗艱難創造，志切繼修；睹蒼赤辛苦情形，力期開濬。醵金於社，狐腋因屢集而成；纍址於淵，鳩工極萬難而就。但恐向時填閼，豪家混溝路以爲田；又虞後日分流，强户占便宜而啓釁。昔李太守藺陂初築，鑿田而群黠無侵；召信臣鉗陂告成，防争而均水有約。後事可以師前事，育民必先警頑民。爰率紳耆，瀝陳情弊。

伏懇邑父母俯從輿論，頒示詩村。俾諸弊悉除，大陂永奠。灌田萬頃，豐年興廉讓之風；垂訓千秋，貞石紀汪洋之德。庶山城闢鱣舍，沐教者既頌文翁；水利濬龍潭，受養者載歌召父矣。

切呈。

附録　章程六則

一、府縣志載："龍潭陂在十一都太平里。長五十丈，闊三丈，深一丈。乾隆五十一年重修。至道光初被大水嚙壞，陂址尚存。"十年來，溪水較深數尺。兹重新基址，長仍五十丈，闊十二丈，深一丈五尺，四圍有三百餘丈，皆纍石而成。糜白鐐三千二百有奇。

一、是陂所濬溝水，長有二里許。不特灌溉田園，且村中水得長流，滋潤地脉，關係甚鉅，如人身血脉流通，發福自無窮也。兹舊陂既築，舊溝宜清。但溝路填塞已久，間有一二混作田園處，恐細民不知大義，嘖有煩言。請諭令照舊聽董事開濬，庶足沾利一鄉。

一、溝水既通，分水宜有約。前人各處立石爲分水式，歷時已久，不無變易，非再加酌定，恐强户易啓争端。兹立一册，各處載明田畝之多寡，酌分陂水之大小，立石爲式，以垂永久。其灌田按作十三股，先遠後近，以水尾爲第一股，次第輪流，周而復始。居水頭者不得擅掘私挖，以占便宜。庶幾遠近適均，永無紛争之患。

一、古人築陂既成，立陂首以掌其事，陂夫以任其役，豫水旱而爲之備。大雨則督陂夫啓放，使無浸湧之患，霽則閉之，旱則晝夜巡行，使無敢漏泄者。兹仿其例，陂首則公正之紳耆爲之，必無一毫自私，方能服衆。陂夫則就四甲、七甲公舉勤謹可靠者兩人，如法巡守，必計畝給以禾穀，方專其責成；每田一斗(畝)給穀四斤，作兩季收，兩人均分。歲以爲常，庶守陂之事可以永久。

一、陂邊隙地建一水磨。既可收自然之利，以充公款；又可令在磨之人時時看守此陂。俾苦雨巨旱均有可靠，洵爲萬世權宜之舉。

一、水利之興，原爲裨益田園起見。前有被鄰鄉妒忌，暗中毁掘，殊屬難堪。兹陂既獲成，恐鄰鄉復藏不測。乞憲台出示曉諭，以昭警戒，以防後來，實爲德便。

光緒二十有八年三月□日。

請封仙井呈 壬寅

具僉呈刑部主事、改捐遇缺先知縣黄爾漚，内閣漢票籤中書戴鳳儀等，爲龍井著靈，禱雨輒驗，乞詳請加封，以答神庥而慰民望事。

竊維禦灾捍患，《禮經》著崇祀之文；禱雨祈風，盛世重救荒之政。泉州府南安縣十一都柯布鄉，地近鳳山，鄉留龍井，從古號爲勝迹，相傳鑿自異人。睹井甃則纍纍皆磚，下圓上方著其象；會靈機而生生有理，兩儀八卦匯其精。斯固運一竅之化工，足以解四方之旱暵者也。

距井數十武，泉噴龍湫之水，夙見澄清；祠奉龍神之靈，舊名通濟。歲旱而詣祠一禱，誦雩書於神前；禮畢而掀井頻淘，通蒙泉於山下。井一冽則雲密布，千百里叠沛甘霖；神默護則雨下垂，數百年屢徵靈驗。

昔在庚子八月，戴中書一禱，而三日爲霖。亦越辛丑仲春，王捕署再求，而一旬流澤。是秋，闔縣巨旱，譚邑宰躬親行禮，則甘雨隨車。今春，闔郡亢暘，大公祖具牒恭祈，則時雨潤物。三年四應，迭昭功德於民；一井千秋，宜荷褒崇之典。

漚等居鄰井畔，屢逢膏澤之滂流；躬沐神庥，欲乞綸綸之寵錫。伏祈大公祖大人惓懷神貺，動念民依，俯據衆情，轉詳大憲。表著聲靈於龍井，八方沐遹遹之恩施；奏請封號於龍神，千載仰煌煌之天語。從此昭靈助順，永覘時若之休；阜物豐年，共享神歆之福。切叩。

光緒二十八年八月□日叩。

此呈甫入，適萬太尊作古，請封之事遂寢。惜哉！敬齋識。

詩山請領稅契呈　甲辰　爲諸生作。時邑侯于仲瀛，山東人。

具呈詩山某某等，爲額外私索，流弊日深，懇乞照都領稅，以除弊便民事。

竊維六朝開散估之風，鬻田者必輸官稅；南宋除僞造之習，立券者必印官章。皆所以弭民争，充國課也。我朝自定鼎而後，重質劑之權。憑書券以納官，載諸《會典》；印契紙以止僞，責在藩司。閩民耕鑿自安，亦知正供爲重。鲰生卧碑自守，何敢分外相干！

無如稅契之流毒已深，稅差之侵漁胡底。自前任蔡公開辦，迄近任黄公飭收，酷索數端，變機百出。或稅一文正供，而噬十數文外費；或受私賄而即免稅；或挾私嫌而誣抗稅；或此月既稅，復後月勒稅。不問契之真僞，只較費之短長。南邑皆然，詩山尤甚！

某等身厠膠庠，誼關桑梓。聽小民呼冤之語，既觸目而傷心；睹稅差舞弊之形，復撫膺而太息。爰舉都長某，鄉長某，就一隅領稅，爲一邑先聲。四萬兩闔縣公攤，詩山該輸幾許；二三都按期領納，比户可免追呼。益於民無損於官，賢邑宰傾心俞允；近者行或遠者效，卌六都自一律從風。

昔倪寬爲民貸稅，而後嗣昌；劉晌設法蠲租，而群黎悦；周子洗東粤冤民，馨名萬古；朱子除南康税弊，祠祀千秋。仁憲讀聖賢書，素稔民間疾苦；居鄒魯地，力追先正風規。在當年抱濟世深心，早欲掃空群蠹；況此事爲救時急務，必樂欽恤哀鴻。

伏祈曲體輿情，俯從士論，照都分税，克日定章。例則依上蒙下蒙，成則責都長鄉長。詩山得先脱苦海，豐州自共樂春臺。行見政播蠶桑，時于侯初教民種桑。既歌慈父；弊除蠹税，益戴神君。于定國之鴻惠覃敷，于公祠將鳩貲重建矣。不勝翹望！用肅蕪辭。切叩。

光緒三十年二月□日。

啓

募金息事啓 丙申

天地別無勾當，只以愛人爲心。天地既心乎愛人，則凡戈矛之刺人，桎梏之戕人，皆傷天地心也；凡息争以寧人，解縶以活人，皆愜天地心也。人既愜乎天地，則天地之迪吉降祥，俾之馨名不朽，垂裕無窮者，亦感通之常理也。魯仲連、于定國，其明徵矣。

我南彭鄉，陳李兩姓，結冤五年。始而訟焉，繼而鬥焉，終而官禍酷焉。訟則囊空億萬矣，鬥則命斃十餘矣，官禍則棟梁付炬、俘囚滿獄矣。死者難安，生者莫脱。此固天地所不忍，亦仁人君子所心傷者也。

今諸同人多方勸化，幸各降氣相從，得以息事。天心悔禍，人患將終，其在斯時乎！所難者，囊金各罄，斃命者殯葬無資，付炬者風雨莫蔽，縶獄者一死四生。虎門無餌，誰解縶鈴？諸同人日夜焦思，真所謂進退維谷歟。

既而翻然曰："蘧伯玉恥獨爲君子；荀息謂：人之欲善，誰不如我！"則今日之事，一木難支，衆擎易舉。豈無體天地愛人之心，而惻然相佽者乎？普勸仁人君子，共爲鳩貲，集成狐腋，使生死各安，禍根永息。則仲連解紛，芳名千古；于公陰德，子孫必興。尤可爲仁人君子獻一頌矣！不勝翹望。用弁數言，以當路鼓。

募刻郭山廟志啓　丁酉

爲神而馨聞九州，廟食百世，是皆有一段精誠，足以立天地之綱維，樹人倫之柱礎。匪第關帝、岳王之忠義長留萬古也，即東野廟祀，至今罔替，何非至孝之感人者深哉！《孝經》曰：“夫孝，天之經，地之義，民之行也。”又曰：“通於神明，光於四海，無所不通，是孝也者。”行之爲庸德，體之爲聖功，大之塞乾坤，久之壽河嶽。五常非此不至，三才非此不成，此其精誠豈可磨滅哉！不待生而存，不隨死而亡，先儒所謂“千載後猶有生氣”者，此也。

吾聞山川鍾毓，其以靈異之姿鬱爲正神者，指不勝屈。然皆廟食於一方，而未馨聞於天下。獨尊王著迹郭山，天下尊之親之，尸之祝之，亘九百餘年而罔替，是豈無所致而然哉！生前則事親葬親致其誠，歿後則謁塋永其制，世運有遷，而孝思無已。此豈不足綱維天地，柱礎人倫，而獨存生氣於千載乎！顧或謂：王之聲靈所著，宮火可麾，群寇可殲，地震可壓，旱乾水溢，癘疫灾殃，可以拯救而禳除，何獨以一孝聞天下？而不知種種王猷，皆孝心所推而出。信乎孔子之言：“惟孝，故不肅而成；惟神，故不疾而速也。”

迄於今，廟經六拓，敕授四朝，輻輳者數千里，馨香者億萬家。廟記則名卿綴之，志乘則事迹傳之，亦可見王靈之廣大矣。而獨惜其天真所流露，庸行所感通，廟記、志乘，未經暢發；即近人創爲譜系，亦頗能言其孝之所在，而抉擇未精，往往雜以怪僻荒誕之辭，是稱王適以誣王也，其於世道人心能無弊乎？

儀也愍然慮之，亟採舊聞，輯成《廟志》八卷，將付棗梨，以彰王實而勸天下。但需費浩繁，蚊力不能負山，狐裘自宜集腋。《春秋傳》曰：“人之欲善，誰不如我？”况王靈赫赫，凡有血氣，莫不蒙庥。則盛舉所在，想諸君子必樂傾囊倒篋以助其成也。不盡長懷，爰綴一啓。

光緒丁酉年端午節，戴鳳儀謹啓。

募建興詩社啓　乙巳　此舉後不果，惜哉！

詩山爲八閩名山，代鍾文物。其對山則蓮花、福鼎也。蓮花秀而文，福鼎峭而厚，二山綿連迤邐於詩山之北，其靈氣亦與之埒。蓋嶙嶙然拱對詩山，同爲文物鍾毓地也。

山之麓有興善院，自宋宣和間尼省同建，延至國朝，梵宇遞塌遞更，香火日增日盛，騷人逸士往往游題於斯，斯院遂爲十一都公會之所。近年柯君復元等，復敞其規模，施以髹雘，駸駸乎成一叢林矣。藉非二山之靈氣鍾萃於斯，何以閲七百餘年之久，院宇猶巋然長存哉？

予曩撰《興善院碑記》，謂斯院得蓮花、福鼎之精粹，宜崇祀司文翊道之聖神，以昌文運。客冬十月，二三後進，忽祀文昌帝君、徽國文公於院中，顏曰"興詩社"，意在興詩山文物也。議將成，請予襄厥事。予忻然喜曰："是夙志也。古之司文衡者莫如文帝，翊道統者莫如朱子。今諸君欲祀此二聖，是合文衡、道統而并尊之也，可謂能成予志矣。安知他年應運而柱礎斯文、羽儀皇國，非二三子其人乎！"

然予猶有説焉。從來正學與異氏，本不能雜進。斯院舊祀觀音，久爲士女薰香之處。今欲附祀其間，未免有儒釋之雜。何如相院左之隙地而增築數楹，俾斯文之主宰獨專，較爲得瓣香先聖之義也。

言畢，舉座韙之，請撰一啓以籌建社之貲。予謂詩山人素知大義，曩者文廟、書院之興，惟我詩山鳩貲獨厚。況此舉爲一都斯文所繫，想諸君子必樂傾囊倒篋以攸厥成也。爰綴蕪辭，以諗同志。

募籌詩山學堂經費啓　丁未

國務隨氣運而轉移，學務亦隨氣運而變通。氣運既轉，時勢因之，雖曰人事，亦關天意焉。我朝列祖列宗，創垂盡善，而至於今，内政外政殷殷改制者，時勢使然也；我朝學宫、書院，培植甚深，而至於今，大小學堂盡變成規者，亦時勢使然也。時勢既如斯,即有一二老成之士,欲拘守舊章而不能。既有所不能,則必盡推移之妙用,舉中西之政法教法而胥通之,方有補於時艱。既欲兼通中西,則規模繁賾,經費倍蓰於昔,籌貲亦必倍蓰於昔,方得敷其用,此迫於時勢不容已者也。

我皇上知國務之興,基於學務,特命天下書院,概作學堂;并諭捐充鉅款之人,優奬以實官。睿衷之熱誠興學,實開從古所未有。詩山遵上諭,改爲兩等學堂。又勸洪君錫疇,充白鐐三千兩以爲興建之費,田産七千兩以爲教育之費。出貲者樂得其官,入學者欣受其用。益以書院舊貲六千餘金,足補其不逮,誰不謂詩山經費從此充牣哉!

孰知開創維艱,動必需費。兼之時勢顯殊,昔也土木價廉,今則百物昂貴,興建之費增三四倍矣;昔也經師一席,今則中西分授,教育之費增十餘倍矣。舊者葺之,新者廓之;儀器不下數十種,教科無慮千百書;教員、管理員,亦月需薪俸。費用如此繁多,何怪日不暇給也。

兹核實造册,通詳大憲。興建巨費該三千餘圓,益以舊年學費一千餘圓,除三千兩外,尚缺數百圓;教育常費每年該一千七百餘圓,除洪君田産得息五百餘兩,書院田租三百餘圓外,尚缺七八百圓。諸執事終日焦勞,無敢休息,而又值此浩費難支,能無興維谷之嗟也耶?

然而,九仞之山,何忍虧一簣也;千鈞之鼎,猶可望衆擎也。蘧伯玉耻獨爲君子,荀息謂:人之欲善,誰不如我?我既欲善與人同,世未必無將伯助予。况詩山人素知大義,向時文廟、書院諸盛舉,惟此都人士最爲慫恿就捐。今日環顧學堂,英材濟濟,甲於武榮,雖由人事之勤,抑亦天之欲玉成詩山人物,故有此鼎興之氣運。天將興之,後來必有學務完全之彦,出而副聖天子之熱誠,以支撑國務而爲詩山光者。則當此一簣易覆,衆擎易舉,識時務者,尚亦樂傾囊倒篋,以補其缺而觀其成歟!爰綴小啓,以勸前途。

募建坡美潭美二橋啓　戊申

天地不能有全而無缺,必有以補之而缺者始全。故天有填鵲之橋,地有架鼉之橋。然鵲、鼉，動物也，成之只濟於一時；磐石，静物也，成之可延於百世。此《爾雅》所以有"聚石爲徛"之文也。欲聚石，非巨貲不可；欲籌貲，非好義不能。欲遍求好義，與其集腋於内地，不若借材於外邦，庶幾用力易而成功速。

詩山，吾閩破荒之地也。有二橋，曰坡美、潭美，泉永孔道之衝也，亦郭尊王香火必經之處也。昔人斲木爲橋，雖價廉功省，而歷年既久，圮陊旋生。往往有因霖雨滂沱而興望洋之嘆者，有當香旂繹絡而嗟褰裳之艱者。使非次第鳩工，易木而石，則無以利四方之僑客，且無以永百世之津梁。此天地尚留一缺，以待人力之彌縫者也。

予頻過兩橋，每思所以永之。曩歲曾與善人張澤肅籌建築法，經召石工，度廣袤，惜以事寢。歲戊申，楊君光儀歸自外夷，慨然請於予曰："坡美、潭美，爲萬人瓣香之路，有雙虹落彩之形，理不可無橋。橋必甃以石，夫人而知之矣。而千百年來，無有起而肩之者，以浩費難籌故也。今南洋各島，風氣大開，華人貿遷於斯者，大都豪於義舉，有卜式輸財之風。况郭尊王聲靈震讋，遠人來此薦馨，顧此雙橋，亦皆有易彴爲徛之志。一經鼓舞，則立致萬金。乘此有謀易就之時，而建一成不刊之事，是殆天啓其機，欲藉以補一隅之缺而使之全歟！君其弁數言，以諗同志。"

予思周官司嶮，必橋梁以達道途；蜀相利民，凡橋梁莫不繕理。古大人因天之時，乘地之利，每盡力於此舉，以義不容緩也。今楊君倡捐巨款，既以盡己力，又欲募集囊力，以爲一建千秋計，誠赴義如熱哉！海外多傑士，必有千百楊君者，傾囊倒篋以共成斯舉也。從此，二橋獻彩，其將與晉之萬安、安之四美，鼎峙千秋乎！不盡翹瞻，用綴一啓。

禀

詩山諸紳耆禀請通詳文

具禀詩山書院紳董某某等，爲建成學校，謹擬章程，僉請通詳，以培士氣維風化事。

竊維國家養士，學務爲先；都邑儲才，經畬爲重。教澤將綿諸百世，院規宜酌夫萬全。矧閩海傳鄒魯之風，惟詩山爲權輿之地。自博士名高虎榜，八郡破荒；至紫陽車抵鵬峰，一時過化。嗣是巍科顯宦，代有傳人；鑄史箋經，時多名宿。洵以山川勝概，蔚爲邦國翹才矣。

獨是夏屋弗開，聯吟何處？春田未購，養士無資。縱使世茁芝英，未必器成隆棟。幸自二十年鴻基早建，上下舍鱗次弗淆。崇徽國爲閩學之宗，奉歐陽爲詩教之祖。薦馨有地，而庇士無資。力竭半塗，在當日難臻完美；功成一簣，到今時彌造高堅。

儀等將勸同心，先傾綿力。更嘉廉分鶴俸，賢邑侯叠樹風聲；腋集狐裘，都人士共襄義舉。募朱提六千餘顆，可知詩地人豪；議章程二十八條，總冀海天風轉。購田千百頃，竊師范老高風；建厦數十間，未慰少陵初願。時將開講堂而樂育，合亟萃多士以呈詞。

懇乞老父臺扶大雅輪，主風會柄。酌詳大憲，釐定章程，并將要端，由縣註册。官師課講規永著，諸生童優獎頻加。聖諭日宣，端士習以袪陋習；格言風示，養士心以化民心。庶幾馬帳才儲，鴞音化式。弦歌十室，可賡佳句於考亭；嗣響四門，叠起偉人於詩地。何獨榜題龍虎，大揚科甲聲名；更期績著麒麟，勉爲邦家柱石。謹肅蕪禀，恭請鈞安。

光緒十九年正月十五日。

詩山書院請縣甄别禀文　先期禀縣，以便開課。

具禀詩山書院董事某某，爲懇請甄别，以振士風事。

竊惟風俗之隆替，視乎人才；人才之盛衰，因乎學校。故文翁化蜀，首在詩書；韓子治潮，篤於文行。即如常觀察好培養後進，閩學頓興；王梅溪親詣講堂，泉民式化。無非以儲才之地，爲易俗之方也。

詩山地本破荒，俗同濱海。苟沐膠庠之澤，可臻鄒魯之風。爰就賢祠廓爲書院,自庚寅募建,迄癸巳告成。課别官師,頻費鐸鞀之警;堂羅俊秀,時聞弦誦之聲。歷來鼓舞有方,都人士聞風興起;還冀陶熔益力,賢邑侯按月施行。

今歲請山長某某主講,擇某月某日開課。將親馬帳,先禀鸞庭。祈父臺提唱宗風,主持大雅。二月某日命題甄别,留意栽培。至於每月官期,仍乞照章訓示。從此鏐鐐鈑釾,受洪爐熔鑄之功;行看杞梓楩楠,膺丹陛棟梁之選。人才日茂,風俗自敦。不盡翹瞻,用敢切禀。

光緒□□年□□月□□日。

泉州文庫

選堂題

（清）戴鳳儀 著
戴天璣 點校

松村詩文集

（下）

泉州文庫整理出版委員會
商務印書館

松村文集卷十七

列　　傳

延平郡王鄭成功傳

希朱按：延平郡王，生長石井，支撑明祚，忠肝義膽，爲武榮特色人物。前志格於朝禁，未爲立傳。兹特列入"忠節"，并增論贊，雖可稍闡幽光，然猶未建專祠，且未附祀學宫，亦我邑之一大缺點也。大義所在，後之君子必能舉而行之者，姑爲此議以俟之。

鄭成功，原名森，字大木，芝龍長子。初，芝龍娶日婦翁氏，孕，臨蓐海上。居民見一人金冠紅袍，騎鯨直入國中，震駭，千百聚觀。翁氏晝眠，亦夢至港岸，鯨躍起，撲其身，驚寤而生。狀貌魁偉，穎異絶倫，髫齡補弟子員。有術士見之，驚曰："君骨相中封侯格，非一科第者。"

南都亡，鄭鴻逵遇唐王於浙江，擁立於福州，建號隆武。芝龍引森進見。奇之，賜姓名朱成功，授招討大將軍，比照駙馬體統，協理宗人府事。嘗撫其背曰："惜朕無女可配卿。兒當盡忠吾家，毋相忘也。"遂進封忠孝伯。

時芝龍握重權，而以擁立非己意，與朝臣相抵牾。帝諷之出關，不聽，浸以跋扈。成功性慷慨，懷忠義，心薄其父所爲。及隆武幸延平，成功扈從。芝龍將納款，陰召之歸。答曰："父教子忠，不聞以貳。"福州破，芝龍約降。成功與芝豹慟哭諫，不聽，乃走金門。旋歸里，携青衣儒巾焚於奎星閣前，爲文祭孔子，欷歔再拜而去。與所善陳輝、洪旭、甘輝等九十餘人在金門結水寨。上書其父曰："吾家本起草莽，骫法聚衆，朝廷不加誅，更起爵命，闔門封拜。以兒之不肖，賜國姓，掌玉牒，畀劍印，親若肺腑，雖糜軀粉骨，豈足上報？今既不能匡君於難，致宗社墜地，何忍背恩求生，反顔他事乎？大人不顧大義，不念宗嗣，投身虎口，事未可知。趙武、伍員之事，古人每圖其大者。惟大人努力自愛，勿以成功爲念。"芝龍得書，嘆曰："此子不來，清君臣其旰食乎！"

於是募兵南澳。時閩地盡失，唯金、厦兩島爲建國公鄭彩、鄭聯所據，聞永曆帝立於粤，遥奉其正朔。成功建牙，舊將稍集，在閩諸大臣曾櫻、張肯堂、朱永佑、陳軾、林垐皆往依之。丁亥順治二年[1]春，移泊鼓浪嶼。

七月，以洪政、陳輝爲左、右先鋒，楊才、張進爲親丁鎮，郭新、余寬爲左、右鎮，林習山爲樓舡鎮，會建國兄弟師，與招討將軍楊耿等入海澄，不克。八月，與鴻逵合攻泉州，敗清提督趙國佐於桃花山。戊子三月，進攻同安，守將廉彪、知縣張效齡棄城遁，以葉翼雲知縣事，引兵再取泉州。七月，清總督陳錦等復同安，邱緒、林壯猷、金裕與戰，死之。成功時與鴻逵入潮州，救援不及，遂致覆軍。己丑募兵銅山。三月克漳浦，下雲霄、詔安，屯分水關。永曆遣使封延平公。

庚寅，潮人黄海如引成功入潮，沿道誅鋤草寇。進攻碣石衛，爲蘇利所敗。成功召軍吏計曰："粤地遠，吾得之不能守。兩島，吾土也，向爲建國兄弟所據。其將章雲飛暴虐，吾當治之。"乃自揭陽揚帆歸。八月之望，夜抵厦門。鄭聯方醉卧萬石岩，報至不得通。詰朝謁見，成功握手曰："兄能以一軍見假乎？"聯倉猝唯唯而已。成功揮軍進，衆莫敢動。未幾，置酒召聯，伏甲殺之，遂并其軍。十二月，清兵下廣州。辛卯，成功往救，次平海衛。清提督馬得功襲厦，鄭芝莞不能禦，前大學士曾櫻自縊死。越數日，鴻逵至自揭陽，圍得功。得功欲退不能，遣人往説，乃縱之逸。成功大悔恨，以失地軍律誅芝莞。鴻逵退泊白沙，築寨居焉。左先鋒施琅叛降，清使守同安。

五月，成功率衆入南澳，敗漳鎮王邦俊。十一月與都督楊名高戰於小盈嶺，名高大敗。十二月取漳浦，壬辰正月取海澄。守將楊世德、陳堯策、郝文興皆降。二月取長泰，遂圍漳州，下漳屬邑。五月，浙鎮馬逢知來援，擊却之。十月，金固山以援師至，圍始解。然城中食盡，死者相枕藉。成功亦以師老糧匱，退守海澄。明年五月，清兵來攻，成功立雉堞間親禦矢石。一夕，聞空炮發，成功曰：

"是將登城矣!"勒兵持斧以待。俄而外兵大呼乘城,兵士舉斧斫之,先登者皆死,乃退。

時成功縱横海上,沿海郡縣所至,索餉無算,清廷患之。甲午十月,清命二大臣齎詔爵成功海澄公、父芝龍同安侯、叔鴻逵奉化伯、芝豹左都督。成功、鴻逵不奉詔。

十二月襲漳州,守將劉國軒開門納之,知府房星燁、知縣周瓊、李奇生、范進皆降,漳屬邑皆附。乘勝下泉州諸縣。署六官分理庶政:以舉人潘庚鐘爲吏户部,陳寶鑰爲禮官,張光啓爲兵官,程應璠爲刑官,馮澄世爲工官。改中左所爲思明州,以鄧會知州事。奉監國魯王居金門,凡宗室遺老皆厚贍之。賓禮紳士王忠孝、沈佺期、郭貞一、盧若騰、辜朝薦、徐孚遠等,軍國大事,咨而後行。於是島上衣冠濟濟焉。

乙未正月,林勝克仙游。五月,遣忠振伯洪旭、北鎮陳六御攻舟山,守將巴臣興降,以六御守之。旭招降台州鎮馬信、寧波鎮張宏德。六月,墮安平鎮及同安城。其冬,清命貝子鎮閩,丙申出攻兩島。成功遣陳澤、林順率舟師禦之。清兵分攻白沙,暴風起,不克而還。成功乃收輜重入海澄,遣前冲鎮黄梧守之。梧以海澄叛降。清發鄭氏祖墳,誅其親黨。成功遣甘輝進攻,不勝,入土城取儲積而歸。别將破閩安鎮,迫福州,不克,轉攻温、台等州。丁酉攻寧德,甘輝斬清虎將章京阿克襄首級,秤三十五斤。

永曆帝進封鄭成功延平郡王,遂與魯王兵部侍郎張煌言規取南京,水陸甲士五萬,戈舡千餘。戊戌入浙江,陷樂清,舟次羊山。軍士烹羊,暴風覆舟,没八千餘人,退泊舟山治戰艦。己亥六月入長江,破瓜州,敗清提督管效忠於銀山。遂下鎮江,進圍江寧,謁孝陵。張煌言率兵巡上江,下四郡三十餘縣,江浙大震。成功意自得,軍中奏樂,士卒沾醉,略不設備。潘庚鐘、馮澄世、甘輝等勸成功暫駐瓜鎮,據淮陽,斷諸糧道,收拾民心,不聽。迨至金陵,又勸其乘勝速攻,又不聽。副將梁化鳳偵知,夜開神策門襲其中軍,軍遂潰。成功墜水,以救得逸。甘輝死之。成功委輜重,收餘衆,趨攻崇明,不克。十月回島。

戊戌，清遣達素會三省之師，水陸并進：黄梧出漳州，達素、施琅出同安；又會廣東許隆、蘇利舟師進攻厦門。成功遣右虎衛陳鵬守高崎，遏同安；鄭泰出浯嶼，禦廣東；自督諸軍次海門，以禦大師。漳舡乘風順流而下，成功按兵不動。須臾畢至，盡鋭擊之，閩安侯周瑞、五府督陳堯策戰死。陳輝舉火焚漳舡，成功引巨艦衝之，鄭泰自浯嶼夾擊，清兵不諳水戰，大敗，浮尸遍海。

辛丑，成功取臺灣。時臺灣被荷蘭侵占，方二千里，有二城：曰赤嵌，曰王城，餘皆土番，芝龍嘗屯耕其中。芝龍去，紅夷入據之。紅夷譯有何斌者，説成功曰："臺灣沃野千里，四通外國，横絶大海，足與中國抗衡。誠得而有之，進可戰，退可守。"且陳其可取狀，曰："金門，臺灣門户也，公既有之矣。金門外爲澎湖，有山可泊舟。能奪澎湖，一夕可抵臺灣。"成功大喜，欲進取之，諸將以爲難。卒不聽，遂起師。二月至澎湖。前望鹿耳門，水淺難入，釃酒禱於神曰："天苟祚明，願大水助我。"俄而潮水驟漲，舟畢集，舉炮攻城。紅夷出不意，驚潰。克赤嵌，進圍王城。十二月，紅夷食盡出降。送其主歸國。土番亦奉約束，盡收其地。

是秋，銅山守將郭儀、蔡禄率衆降清，忠匡伯張進自焚死。清遂下遷海之令，沿海居民移入内地，設兵駐防。成功聞之，嘆曰："吾不東征得此土，且無用武地矣。夫濱海幅員上下數千里，盡委而棄之，豈計之得哉？吾養鋒蓄鋭，徐以俟之耳。"自是立屋宇，廣城郭，設七十二鎮以守之。是歲緬人獻永曆帝，明亡。成功準天復故事，仍稱永曆十五年。壬寅，改臺灣爲東都、王城爲安平鎮、赤嵌爲承天府，以鄭省英爲府尹。

先是，成功受永曆延平郡王之封而不稱，至是始服王服朝諸將。未幾病革。臺人共見戴金冠騎鯨魚從海道而逝。年三十有九，五月八日也。采《明史》，參《南疆逸史》。

贊曰：鄭延平以一旅一戎圖復明祚，起閩粤，抵金陵，義旗一麾，天下響應。至以全師取臺灣，爲中國開數百里版圖，即爲有明延數十年正朔。忠肝義膽，始終不渝。較之黄道周、史可法，其才節不更高哉！

光緒三年，沈寶楨奏請賜謚忠節，建專祠。迄今聲靈日震，香火日盛，臺民皆以神尸祝之。殆所謂忠義之聲,萬古不敝者!

襲延平郡王鄭經傳

鄭經承父基業,仍圖恢復。賴參軍陳永華、劉國軒等爲之謀,主墾田園、立學校、建聖廟、設科舉,兵息民和,歲屢豐稔,儼成金湯之固矣。

康熙四年,施琅率投誠官軍攻臺澎,至清水沿,阻風而還。八年,清聖祖命刑部尚書明珠、兵部侍郎蔡毓榮、太常寺卿慕天顔同都督僉事李佺齎詔書往臺招經。經復書不肯就撫。九年,經以銅山、厦門、達濠皆有鎮將,而舟山、南日一帶乃初附,惠安人阮欽爲未可深信,永華舉黄應以掣之,欽爲遂降清。

十年,臺地秋禾大熟,民皆樂業。

十一年,統領顔望忠等議征小吕宋,以馮錫範諫而止。

十二年,尚可喜、吴三桂、耿精忠皆請撤藩。精忠謀叛,遣漳浦黄鏞請舉兵渡海相助。經舟師次澎湖以待。既而精忠謀定,又令鏞止經,經亦以有事回臺。

十三年,精忠叛,羈提督王晉功於省。晉功子納款於經,經入泉州,元旦遥朝永曆於承天寺。

十四年,劉國軒、何佑攻潮州,敗尚可喜於鱟母山。六月圍漳州,吴淑開城納經。黄梧子芳度闔門被難。

十五年,清師入閩,精忠降。忠將馬成龍以興化歸經。

十六年,經將許耀敗績烏龍江。正二月,清軍復興化、泉、漳,經遁入島,劉國軒亦棄惠州歸。時經兵潰心慌,欲倉皇回臺。董國太聞七府之敗,大怒曰:"豎子無謀,傾覆桑梓,辱及先王!"力求喪師之魁、棄城之將。經乃斬薛進思、許耀以悦之。自是不敢復歸,而兩島人亦争挽留。

十七年,經再集舊將。二月,國軒攻玉洲諸堡,截清餉道,斷江東橋,敗提督段應舉於祖山頭。遂攻平和、漳平、長泰,皆克之。進圍海澄。是時,滿漢騎兵不下十萬,聚漳州,而國軒兵只萬餘,略仿成功兵機,豕突狼嗥,縱横馳驟,忽水忽陸,清兵疲於奔命,畏之如虎。

六月，海澄圍久，食盡城陷。提督段應舉、總兵黄藍死之。國軒乘勢圍泉州，徇諸屬邑。

八月，清兵復平和諸縣，分道援泉，國軒奔漳。九月，與清軍戰於龍虎山，國軒敗績。寧海將軍喇哈達修書與經，勸其全師回臺，朝命許不剃髮、不登岸，世守臺地，稱臣納貢，如朝鮮故事，馮錫範不從。

十八年春，戰於定海，清軍敗績。

十九年正月，水師提督萬正色、總督姚啓聖平兩島，經及國軒遁歸臺。

二十年正月，經卒，年三十九。陳永華、柯平、葉亨諸老皆物故。鄭氏内亂。

先是，康熙十三年，經渡厦，令陳永華輔長子克壓監國。克壓剛斷明決，有乃祖風，迨經、永華俱殁，馮錫範弄權，使人弑克壓，立其婿克塽襲職，年八歲，諸鎮將不服。臺地灾異叠見。

李光地薦施琅平臺。國軒悉以精鋭鎮澎湖。施琅率舟師往征，時當六月，多颶風。是夜三更，北風驟起，國軒集諸將飲酒相慶，以爲施琅犯風忌，必覆溺。琅亦慮風起不利，乃肅衣冠祝天曰："琅奉天子命平臺，如臺灣當平，風立止。"祝畢，西北雷鳴。國軒等聞雷，擲杯於地，驚愕失色。蓋海上雷鳴則風止，諺所謂"一雷止三颱也"。

初戰，潮壓風逆，琅軍不利。越日再戰，潮頭高漲六尺，琅舟師直迫鹿耳門。國軒大敗，從吼門遁歸，欷歔嘆曰："天命有歸，戰也何爲！"遂勸克塽降。

馮錫範阻撓者再。國軒怒，讓之曰："兩島未喪之時，則議不稱臣；兩島既喪之後，則議不削髮。今事勢至此，皆由公操持不定！當此呼吸存亡之秋，若再躊躇不决，變生肘腋，如之奈何？"乃定，進降表。

克塽至京，授漢軍公正黄旗。國軒、錫範爲伯，其下十餘人皆給莊田俸禄入旗籍。置臺灣府如瓊州例。時永曆三十七年，明祚至此乃亡。

當克塽乞降，明宗十八家皆附，惟寧静王朱術桂不從，舉家三十口自焚死。鄭襲率數百人逃於東坡社，據島耕收云。襲，成功庶弟。采《明史》及王受福采訪稿。

論曰：鄭世子仰承考命，用永華、國軒等以圖恢復，雖才略遜於先考，而壑田、立校、崇聖、興賢，儼立王者經國之宏謨。至清廷招撫，抗書不服，仗義之氣，海内高之。較之劉後主之信用武侯，力圖恢復，何多讓哉！惜乎天不永祚。鄭氏父子均年未四十而薨，則天之所以藉鄭氏以稍延明祚者，其意可知矣。馮奸肆毒，甚於黄皓。蹙殞堧虈，非天命已去之明驗哉？

洪承疇傳

洪承疇，字彦演，號亨九，[南安]英山人。明萬曆丙辰進士，授刑部主事，歷員外、郎中，浙江提學僉事。高才遠識，所取士皆奇俊，與選者如登龍門。轉右參議、江西兵備副使，升陕西參政。擊巨盜王嘉孕有功，轉按察使，晉延綏巡撫。崇禎四年九月，以平賊功命總督三邊軍務，代楊鶴。七年十一月，命總督河南、山、陝、川、湖五省軍務，代陳奇瑜討流賊。

時賊蔓延半天下，承疇一人不能兼顧。八年八月，復以盧象升總理江北、河南、山東、湖廣、四川軍務，承疇辦西北，象升辦東南。九月，承疇遣副將曹變蛟等追賊至醴泉，賊將高傑降。承疇身追李自成，大敗之於渭南臨潼關。自成東走，高迎祥亦屢敗，東逾華陰、南原絶嶺，偕自成出朱陽關，與張獻忠合。

十年十月，自成連陷昭化、劍州、梓潼、江油、黎雅、青神，進逼成都。未幾，承疇督曹變蛟等來援，自成乃由洮州入番地。官軍轉戰千里，二十七晝夜不解甲，自成引殘卒竄入岷州及西河禮縣山中。十一年九月，自成復犯蜀，諸將馬科、賀人龍拒之，走漢中，又爲左光先所扼，其黨皆降，唯自成東遁。承疇令曹變蛟窮追，設伏於潼關之南原，大破之。自成妻女俱失，從數騎遁商洛，關中賊略盡。

會清兵入塞，其冬下畿輔四十八城。十一年春正月，命承疇總督薊遼軍務，於是自成、獻忠復猖獗不可制。十四年，清兵圍錦州，承疇先後調馬科、吴三桂等八大將，兵十三萬進次松山。清太宗親督戰，王樸、吴三桂等夜遁，軍士死無算。曹變蛟走入松山，與承疇堅守。朝命順天巡撫楊繩武總督遼東、寧遠諸軍往援。十五年春二月，松山圍久，食盡，督師范志完不能救。城破，巡撫邱民仰，總兵官曹變蛟等死之,承疇與總兵祖大樂皆降。

太宗得承疇甚喜,厚遇之,使隸鑲黄旗。順治元年三月,李自成入陷燕京。承疇扈從入燕,芟平禍亂,入辦内院事。二年,清兵下江南,復命承疇駐節綏緝之,撫軍馭吏,鎮静有方。

五年代還,六年己丑,同掌會試,九年與修《文廟實録》。十年,孫可望作亂,加以兩廣不靖,雲貴未入版圖,世祖命承疇以内閣經略五省事宜。既入楚,乃分鎮諸要地,開屯田,備糗糧,修城隍,設水師,爲持久計。又以取雲貴必先復廣西,設一鎮於桂林,一鎮於梧州,犄角守之。十三年常德告警,遂提長沙兵至衡州,抵寶慶,以分賊勢;召荆澧兵乘夜趨常德,敗之,以捷聞。

十四年,可望率衆來歸,承疇上其事,封可望爲義王。湖南平,因并疏雲貴可取狀。三道會師入貴州,五旬而舉之,定其地。夏四月至貴陽,時賊甫遁,民居灰燼,倉無粒粟。承疇多方招徠,捐金散給以修廛舍,勸令預輸以給兵食。禁士卒不得出城,野無牧馬,民免騷擾。十五年,再舉入雲南,嚴飭士卒,有匿民間子女者,繩以重法不貸。解散投誠兵丁;疏奏滇民疾苦,請發帑金三十萬賑濟之;區畫分防,多方綏撫,使滇、黔之民離兵革之患以登衽席者,皆承疇力也。

十七年,以病乞休。召還京師,未至而世祖升遐。聖祖即位,予告論功,授三等阿達哈哈番,世襲其職。康熙四年卒,年七十三。賜葬京師,贈太師,謚文襄。子士銘,順治乙未進士,歷官太常寺卿。

希朱按:洪文襄入"二臣傳",故陳恭甫續《省志》,黄莘田修《郡志》,皆不敢以純臣稱之;李葵南《志稿》列入"宦績",亦有微詞。然此僅繩以節,尤未諒其心,論其功也。希朱嘗讀文襄奏對、筆記,見其論斷施行,皆王者長治久安之道,無纖毫雜霸術,過於管仲遠矣。夫桓公爲子糾之仇,管仲轉而事桓,一匡天下,夫子許其仁而不責其不死。况清朝非勝國之仇,文襄當孤軍無援時,太宗厚遇之,又絶粒累日不死,不得不隱忍從事,以俟後圖。既而目睹大命已歸,生靈塗炭,使不爲之平禍亂,定規制,恐被髮左衽之風,不免再見於天下,此文襄所以忍就功名,而不屑爲匹夫之諒者也。况世祖屢加優禮,每以"孟子"稱之,以"天下才"重之，則爲之運籌決策，以安社稷，定民人，非人情之所必然也耶？數省經略，一代佐命，其功過於管仲，其心更苦於管仲，後君子略迹原心，庶有合觀過知仁之意夫！

學博陳敬榕先生傳

陳石鐘，字敬榕，原籍晉江，後移居詩山大廷村。少時卓犖不群，曠然以古人自期許。長，貫徹六經，網羅百氏。爲文疏宕沉鬱，饒有大家氣度，詩名尤震一時。省垣構鰲峰書院，巡撫張公伯行命多士作落成賦，石鐘援筆立就，舉座擱筆，謂是必飛薄九霄矣。奈數奇，屢躓棘闈。康熙丙子，始中副車。授閩清［縣］學教諭。提倡經學，與諸生談文敲詩，夜分不輟。

秩滿歸里。郡守王公夢説新構講堂，延主西席數稔，嚴立條規，誘掖後進，師名籍甚。郡中翹秀，争受業其門。晚歲設帳詩山，陶淑尤多。

生平友遍天下士，每與高日聰、王廷聘、林雲銘、李鐘莪諸名宿聯床唱和，稱金石交。著有《春秋禮記辨義》、《敬榕文集》。詩集未梓。子知濬，康熙庚子舉人。

桐柏令潘雨亭列傳

潘澍霖，字應祺，號雨亭，［南安］蘆村人，增生成楝子。食貧劬學，有特立不撓之志。道光丁酉，以廩生舉於鄉。甲辰，大挑一等，分發河南知縣。咸豐元年，攝桐柏縣篆。二年，權杞縣，權信陽州，又署濬縣。是冬仍調署桐柏。所至皆不久任而實心莅政，未嘗以傳舍視官。

方任桐柏時，俗好訟。澍霖清釐積牘，一月而竟數百起。坐堂訊鞫，手批口答，曲直纖悉無遁情，告者均釋然以去。嚴治伏莽，恒躬任緝捕。縣西百里與唐縣接壤，奸民潛謀起事。報至，闔署無人色。澍霖獨慨然曰："城池根本地，宜先設備，蔓草易滋也，宜預爲圖。"亟赴起事地方，諗於衆曰："吾來矣，爾民毋恐。"查明首犯，擒治之，民安堵如常。比將去，耆老焚香伏道，擠擁不得前。

及莅滑縣，值轄内大水，親履田野勘灾。尤甚者三十餘村，請大府寬其賦。復爲分溝釃流，疏其水道，窪地倏成高壤，畝增收十鍾。竟月蕆工，刻石以永之。其用法嚴於役而寬於民，故民之感戴尤深。會移調命至，民赴府乞留者數百輩，設餞款行者三十餘里，一如去桐柏時。

初，大吏以桐柏鄰楚，賊氛方迫，思得一良吏撫循而鎮攝之。以澍霖莅桐著循聲，遂令再綰縣篆。既抵桐，桐民乃釃酒相慶曰："潘青天來矣！"澍霖飭守備之具，陳防御之略，聯絡紳民操練丁壯以待之。

三年夏，粤寇犯確山，捻匪復作，闌入桐柏界。六月十三日，澍霖率役勇會營馳剿，追賊於吴城九里岡。及之，身先士卒，礮彈雨集不少却，殺賊目黄老九，斃其黨多人。會彈藥不繼，賊偵知，分道包撲。營弁受傷墜水，兵勇遽退。澍霖策騎直前，手斫數賊。賊益聚，戕其坐騎。澍霖徒步搏戰，賊圍之數重，遂遇害。時三年六月十四日也。賊退，桐民奔走呼泣，殮其尸厝於邱家岡。厥後，其子奉柩歸，桐民請以血衣爲衣冠墓，歲時祭奠。

先是，澍霖積忤南陽知府顧嘉衡。比殉難，顧懼處分，又修前隙，遂以"辦理不善"通禀。時首逆雷六在逃。冢子思忠，猶子思誠，赴桐奔喪，悉其事，哭訴於撫軍。飭屬通緝，獲雷六於亳州。設澍霖靈位，剖心以祭。桐柏紳民復合詞籲請，諭旨贈知府銜，建專祠賜祭葬，入祀昭忠祠。

子思忠，襲雲騎尉，補守備。孫翔墀，光緒癸巳恩科舉人。

戴摶南先生傳略

戴捷鯤，字毅侯，號摶南，［南安］琉塘鄉人。天性恂謹，厚重寡言，博極群書，專精制藝。弱冠游庠，既壯叨廪餼，給諫陳頌南，學憲徐壽蘅、吴南池皆器重之。

年四十餘，領同治壬戌科鄉薦，歷主漳之芝山，同之舫山，南之豐州、詩山講席。《豐州課藝》、《詩舫合選》、《榕川試藝》，皆手自編定。自少至老，手不釋卷。凡先正格言、名臣言行録，皆捃摭成帙。晚歲纂修宗譜，尤得敬宗收族之意。

捷鯤孝友天植，六上公車，念老母年逾九旬，絶意仕進。晨昏隨侍，如老萊子之舞斑斕。與伯兄塤篪叶奏，式好無尤。至於義舉之事，若修本邑文廟，建豐州書院，葺東溪文昌祠，繕泉州城垣，募建琉塘大小宗祠，皆贊襄厥事，不辭勞勩。

光緒二十七年，重游泮水，援例加内閣中書銜。年八十有五，以病終於家。彌留之際，顏色如常。諄諄以"慎獨"、"省身"勗後人，其學養之純，品行之粹，概可知矣。子熙元，庠生。

唐昭州刺史鄉賢盛平庵先生傳　庚寅

光緒十有六年春二月，吾友盛君世隆，纂修家乘既成，將撮其始祖平庵先生之遺事編之於譜，丐余爲傳。余思傳者，史之正體，非深得《春秋》微旨，斷難搦管而成。古來惟太史公伯夷、管、晏諸傳，夾序夾議，爲史家祖；後雖有嗣響，亦未能盡合體裁。況余不文，何能爲先生傳？然而，世隆君猶固請不已焉，余諾其請，因據見聞所及，以傳先生云。

先生姓盛，名均，字之才，平庵其號也。世家永春南僑。其祖、父皆無可考。先生少時博聞强記，嘗作《盛氏十二帖》，條貫百家，囊括經史，士咸珍之。又嘗赴舍人皇甫焕席，焕博辯自雄，論事輒屈賓客，惟先生以勍敵稱。登大中丁丑進士，出任昭州刺史，治號循良。其孫烈，七世孫奇，亦俱捷南宫。一時家學淵源，爲世所重。

都人士慕先生風範，祀爲鄉賢首座，建祠於州治教場下。後遭馮夷，復立祠於象山，迄今嘗祀猶以時焉。

先生封塋在永春北溪，山川完固，靈氣終古長存。

贊曰：先生去今千餘年矣，而廟貌巍然，封塋巋然，《通志》諸書記載亦無不昭然。藉非學足爲儒林宗，德足爲海内仰，何以馨香不替如斯耶？何以流傳不朽如斯耶？此余所追慕先生，而欲謹綴數語以告天下後世之慕先生者！

清國學生劉君文彩傳 乙未

光緒甲午春，余抵崇文書院釋菜，詢創建之由，僉曰："劉君文彩之力居多。"挹其人則貌古言真，無雕飾氣，余心欽遲之。越明年，再赴講席，而君已作古矣。君之子肇清，携狀丐傳。余不禁謖然斂袂而起曰："君之行誼如斯，洵空谷之足音也。余官内史，有闡幽之責，文以傳之，其奚辭？"

按，君諱文彩，字堯欽，世居蓬萊山下，爲清溪望族。君少犖犖有大志，長因家計，輟儒習計倪。貿遷所届，累致巨貲。而性好義，凡利物濟人事，罔不赴之若熱。咸豐間，草寇蜂起，君築堡與鄉民固守。會溪港不通，米價昂貴，復入山購粟十數萬，還鄉平糶，人咸德之。金谷橋、蓬萊橋，爲要道之衝，君醵金興造，閲數稔始慶其成。安樂嶺、峻股嶺、蓬格、五里松，路多險巇，每值暴風驟雨，咸苦於行，君次第修整，俾成坦途，復處處構亭以憩之。行路者每啧啧播諸口焉。

郡距安邑治内三十里許，舊有武廟考棚，歲久陊剥，需貲浩大，議者每以修舉爲難；君慨然獨備資斧，躬其勩者累年。崇善里古無學舍，君集諸紳籌款，拓梵宇爲書院；戚明府嘉其盛舉，榜曰"崇文"，至今，諸生猶以時講誦其間。之數事，皆賴君之勤正無私，足以懾服人心而乃得蕆事者也。

然君所惓惓不忘者，尤莫切於承先詒後數大端。君甫得貲，即爲其父某某公捐監。中年後，復請誥焚黄，追贈先宝，闤闠中之榮親至矣。他若固封塋以慎其終；開廣厦以奉其先；新累處祖廟，以崇其世祀；構精舍高樓，延名師數十載，以培其翹秀，類皆爲人之所難爲。以故其冢子天衢、次子嶽、三子奪魁，以詩書、弓馬補博士弟子員。弟若侄，或捷武闈，或叨廪餼，或噪黌宫，一門濟濟，咸以爲食君之報也。惜乎三子相繼升遐，存者惟肇義、肇清、肇仁耳，論者每爲君嘆惋。顧考君平生所行義舉，則大半成於西河抱痛之後云。

贊曰：劉君其斯謂質美之善人歟！素非儒者，而其重本根、顧大義，反爲章句帖括之儒所不逮。雖庭階玉樹半遭摧殘，而亹亹爲善之心不因之稍倦。視世之爲善半生，經躓蹶而初心頓改者，奚翅霄壤！於戲，可以風世矣！後君子纂修志乘，欲采“篤行”、“樂善”傳，捨劉君誰與屬哉！

保安廣澤尊王傳　尊妃附　丁酉

王，閩之南安人，郭其姓，忠福其名。唐汾陽王，其遠祖也。由汾陽傳至嵩，入閩。再傳至華，遷於泉。王世居泉之南邑十二都郭山下，山以姓得名。祖、父多隱德，母感異夢而娠，誕王於後唐同光初，二月二十二日。

王生有孝德，氣度異人。嘗牧於清溪楊長者家，晨昏之思忽起，馳歸侍奉，依依如也。父薨，艱於葬地，王憂心煢煢[2]，雖就牧猶潸然泪下。一形家鑒其孝，指長者山而告曰：“窆此大吉。”王然之，稽顙謝。吁求長者而塋之，竣，乃歸郭山下而奉母以終身焉。

後晉天福間，王年十六，忽牽牛登山，翼日，坐古藤上而逝。母至，攀其左足，塑像者因塑其左足下垂。迨母薨，里人感王至孝，爲祔於清溪故塋。其得魯人合祔之禮與！

初，王甫著靈響，里人建廟祀之，號“郭山廟”，亦號“將軍廟”，蓋僞閩時也。宋建炎四年，湯寇勍逼近境，民欲遁，卜於王，弗許。一日大雨溪漲，寇不能渡，王衣白衣，乘白馬，誘之淺涉，黠者多溺死，邑賴以全。

紹興間，里人吳德奉王香火入京，值宋宫火，王麾以白旗，火遽熄。故有侯爵、廟額之錫。慶元、開慶間，復增封王爵。自是，王之聲靈，轟烈震讋天地間矣。

明嘉靖之季，島倭寇詩山，鄉人築堡廟北，賊困之不利，意以爲神，縱火焚廟，碑敕俱毁。忽大雨驟至，賊之攻堡藥亦燼於火，遂懼而遁，四境獲安。僉曰：“非土之力不及此。”

國朝，王靈益震，凡保國安民，事難縷述。如剿會匪，遏林逆，殲謝匪，沛甘雨，袪瘟疫，尤其彰彰者也。迄今薄海蒙庥，每當仲秋展墓，薦馨者猶不遠數千里而來云。

尊妃氏黄，號懿德，後唐時，正月二十三日誕也。或曰：妃少字於王，王薨後,妃一旦入廟而逝,里人因塑像并祀之。或曰:妃在宋紹興間,曾敕封"妙應仙妃"。年代既湮,敕書亦毁,姑弗深考。然自并祀以來,凡王所著績,妃每與有力焉。

論曰:尊王,古孝子也。思親盡誠,葬親盡哀,雖狄梁公之望雲,王偉元之泣墓,無以過此,宜其生爲英而死爲靈哉!歷觀救火、蕩寇、蘇旱、祛瘟諸事迹,功在於國,所謂移孝作忠也;澤被於民,所謂親親而仁民也。卒至褒封王爵,榮及先人。而遐邇謁塋,又亘萬古而罔替,是所謂放諸四海而皆準,施諸後世而無朝夕者也。《禮》曰"大孝不匱",尊王其庶幾乎!尊妃亦古之烈者也,入廟并逝,配享千秋,殆所謂附驥尾而名益彰者歟!

【校記】

① "丁亥順治二年",按:丁亥爲順治四年,二年爲乙酉。

② "甇甇",《郭山廟志》作"忡忡"。

松村文集卷十八

列　傳

唐詩山戴氏始祖九郎公列傳

九郎公,河南光州固始人也。我戴氏自微子就封國於河南商邱,世世子孫居焉。漢信都太傅德公,與其侄博士聖公,居河南之大梁。侍中憑公居河南之汝南。至唐,胄公與其子至德公,父子繼相,居河南之安陽。光州距安陽不遠,先民謂九郎公出自胄公之裔,斯言良非無據也。惜由九郎公上溯胄公,世系遥遠,搜考難真,不得不從史氏闕文之例耳。

按唐史,僖宗光啓元年正月,秦宗權發兵擊光州刺史王緒,緒懼,悉舉光州軍籍民籍五千人渡江。八月,緒至漳州,不能容衆,衆皆自危。行至南安,其將王潮與弟審知、審邽徇衆意,擒王緒,衆遂奉潮爲將軍。觀察使陳岩,表潮爲泉州刺史。我九郎公以民籍從王氏入閩。王氏既刺泉,則公之分居泉屬,勢所必然也。惟詩山爲八閩勝地,公乃擇美於詩山之陽,挈妣陳氏而家焉。當年之陡巘降原,作屏修平,其樹基最宏遠也。今傳世三十七,聚族千餘年,本族無慮數千人,外遷無慮數萬人,咸奉公爲詩山始祖云。

贊曰:先民有言,唐末八姓入閩,軍籍之子孫式微,民籍之子孫昌熾。蓋以軍多劫掠,劫掠則虧德;民多良善,良善則有隱德。故天隨而報之。我始祖考妣同德同心,樹鴻基於錦坂,雖由其相擇之精,披闢之勤,安知非天鑒其隱德,乃錫之宅,以祐啓我後人乎?詩山數十姓氏與吾祖共井同鄉者,至今不知消歸何處去,惟我子姓振振繩繩,氏族蕃而愈大,人物蔚而愈昌。此可見公之潛德深厚,天將發幽光於億萬祀也。天命不干常,我後人其祗承先德以仰合天心,而廓鴻圖於世世哉！

宋將仕郎廣東番禺縣判簿五郎戴公列傳

公諱夢申，號五郎，我九世祖考也。自少力學，長嗜古芬，發爲文章，脱盡恒蹊。嘗讀書報慈院，宵昕弗輟；後人訪舊址，猶豔傳爲公讀書處。嘗著有《易經解》、《郭山廟記》，今已散軼無存；惟《郭山廟古歌》、《詩山歐陽墳》、《資福院》諸詩，今琅琅誦之，猶見其沉浸醲郁，有漢唐風韻。

公宋寧宗嘉泰二年壬戌科特奏第一名進士。按《縣志》云：宋進士有一甲至五甲，有一舉至十五舉。其取士非一科，惟進士爲盛。時殿試有升黜。至開寶舉進士，諸科不中，閲貢籍曾經十五舉以上終場者，試論一道，皆賜本科出身，謂之特奏名進士。吾閩第進士自歐陽始，故有七閩破荒之譽。吾族舉進士自公始，故有甲第開先之稱。

公授將仕郎、廣東番禺縣判簿。履任後清德自持，不妄取百姓一錢，時人以吴隱之酌水比之。任滿歸家，僅以石硯遺子孫，皓皓然有趙清獻琴鶴之風云。

贊曰：朱子以五甲進士而著循績，公以十五舉進士而爲清官。科名何級，亦視其操履何如耳。回溯詩山啓宇以來，歷二百餘載，豈無秀出之才？然或安身隴畝，或托迹梵林，鮮有志於經世之學者，獨公以宿儒登仕版。吾族遂争自磨勵，以枕經葄史爲能，以巍科顯宦爲高，以惠政清勛爲重。延至今三十餘世，文物蕃盛，幾與四門埒，僉曰非公開先之功不至此。況清德留詒，尤足庇賴其子孫，綜厥雲礽以千萬計，有瓜瓞綿綿至末益大之象，何莫非食公德報耶？于公陰德而門興，伯起清白而後大，公方之蔑矣。後有官責者，摩挲石研，其知所法戒哉！

明處士真祥公列傳

戴真祥[①]，詩山大廷鄉人。王父英良、父廣淵，孝友相承，克施家政，至真祥猶三世同居。

父殁，諸弟幼孤，撫恤備至，俾各成立，增建良田數百畝，皆一身勤苦而成。及議析爨時，胞兄弟五人，從弟一人。真祥以父愛諸弟，恪承遺訓，作鬮書十，先分從弟以十之五，次均分胞弟，而自取十之一。友讓之德，爲世所稀。

真祥淹通經史，長肩家政，不與制科。詩山戴氏族譜纂修，自真祥始，備載尊祖、敬宗、收族之法。後子孫甚盛，拔貢生旻，布政使廷詔，皆其後也。人以爲孝友之報云。原載作者總纂之《南安縣志》。

贊[②]曰：吾宗自九郎公開基，至五郎公登第，而姓始著。自英良、廣淵二公勤勞起家，至真祥公昆季而宗始興。而真祥公承父志，撫諸弟，讓家産，尤世所稀。舊譜稱其"無矜創立之勞"，又曰"此無多取，德至盛矣"，斯言非溢美也。况吾宗譜牒自公倡修，其有功於宗也，不更大乎！功德既盛且大，此所以似續日昌，而有累世簪笏之報歟！

明誥贈中大夫四川布政使司右參政敦確戴公列傳

公諱玄宗，號敦確，我二十世祖考也。其父樂天公襟懷浩蕩，正直無僞，有自樂其天之概，因號曰樂天。公則秉性方嚴，内行純篤，有敦厚確實之風，因號曰敦確。

初，樂天公艾齡謝世，公方少而孤。既長，痛先嚴不逮事，奉母李氏備極敦誠。壯時益自奮勵，凡樂天公所撫孤侄，公則加意友愛，俾成室家；樂天公所拓前業，公則勤農課耕，輒增倍蓰。及其致富，遂卜居後廣山，堂構宏敞。延名師課子侄，務出至誠。伯子拔萃，季子游庠，文孫登第，皆公培養之力也。

公以方正見重於鄉，遇子侄稍有疲倚者，立斥之，俟謝罪而後已。縣令顔公敦請爲鄉老，付以省諭，告誡鄉都，其引重如此。晚年謝事，優游於田圃間。後以子貴，例贈修職郎。以孫貴[③]，誥贈中大夫、四川布政司右參政[④]。

贊曰：圭組簪纓，天之所以償有德也。吾族家詩山之前，錦溪、蓋山、贊嫦諸公，一時科第綿聯，勛名懋著，孰不謂其地靈人自傑哉！抑知皆世德有以篤其慶也。自英良、廣淵、真祥、樂天諸公，積德累仁，至敦確公復正標表，闢丕基，如樹根既厚,加以灌溉,渥以膏腴,自馴至於蔽日參天。其孫枝挺起,得以司臬開藩之助,叠膺綸誥,正所謂枝有潤而及根者也。此豈偶然致之哉?人生斯世,孰不欲子貴孫賢,曾亦思此之所以致賢貴者,有幾經積累而後成也乎?

明誥贈中大夫四川布政使司右參政廣坡戴公列傳

公諱晏,字端静,號廣坡,我二十一世祖考也。自少受父敦確公嚴訓,性質警敏,志氣恢宏。與伯兄拔貢錦溪公、從兄南城令蓋山公同就塾,師咸以大器許之。既長,博極群書,每挑燈夜讀,達旦不休,下筆千言,有長江大河一瀉千里之勢。嘉靖庚子,充博士弟子員,益加奮勵。嘗告友曰:“我輩居詩山下,何可使破荒之聲,久無嗣響哉!”

嘉靖庚申,島倭入寇,蹂躪詩山,公挈眷舍於郡城,遂稍輟舉子業。公仲兄昇爲寇所掠,寇脅之從,兄誓不願從,命危旦夕。公慨然曰:“鶺鸰在原,兄弟急難,吾敢隱忍以視其難哉!”遂隻身往救,直叩賊壘,挾貲賂説,願以身代。其欷歔誠求之意,感動群寇。寇兩義之,俱釋還。

公以仲兄既安,境内復平,乃挈眷歸詩山。日課諸子讀,示以聖賢要旨,勗以古今大義,一榻聯歡,灑然自得,雅不問家人生産事。因此,家貲益落矣,然好士喜施之概仍不少減。公僻處山陬,户内之履常滿。客有造公門者,公誠款之,盡歡而别。有待公舉火者,公隨乏賑之,不責後券。有以構居事求公排解者,其人懷金以謝,公辭弗受。戚族争引重之。

萬曆乙酉,季子舉於鄉,聲望日隆。公每誦“循墻益恭”之銘,深自謙抑,日與耕夫野叟,優游林麓,若不知其子之貴顯者。越二年丁亥,公將屬纊,語兒曹曰:“順吾存,没自寧也,令而輩樹德揚庥,吾藉手地下矣。”

公素諳星平地理之學,中年後多所建擇。嘗相詩山院舊址靈氣所儲,啓宇其下。嘗謂:長潭嶺頭形勢絶佳,窆之以妥先魄。後遂爲發祥之地。《府志》載:公以子某貴贈兵部郎中;《縣志》載:公以子某貴贈布政使司右參政。猶未足償公德云。

贊曰：坐客常滿，有孔北海之風；賑不責券，有孟嘗君之概；謝金不受，有魯仲連之操。所謂慷慨之士，類能爲之。獨至仲兄急難，賊勢汹汹，人怯怯不敢前，公自毅然赴之。此非義塞乾坤，誠昭日月，烏能動桀黠之寇心而翻然解釋乎？昔李漁仲在原至誼，遂召數世之祥。公之視身輕，視兄重，義烈遠過於漁仲。而子貴孫賢，身膺綸誥，延今十餘世，日益蕃盛，且多有聲於時，此可見天之報施不爽也。百世而下，誦公鴒原之語，可以興起矣。

明賜進士出身通奉大夫江西布政使司布政使贊孅戴公列傳

公諱廷詔，字道階，號贊孅。生於桐城廣化寺，時避倭寇[5]。誕夜，父廣坡公夢金甲神謂曰："汝子，伯也。"

公生而秀嶷，稍長嗜學，便以古人爲志。萬曆十三年乙酉科，甫弱冠，以儒士赴省試，試以"歐陽詹考"，督學王公麟洲見考據精確，文冠八闈，遂捷賢書，中式四十名，登省元李公衷一榜。時與諸同年謁座師黄公葵陽，即以大受期許於公。萬曆廿三年乙未科成進士，殿試二甲二十名，授兵部武選司主事，爲少保翁殿撰貴陽公門下士。戊戌銓選，選部奇公貌，即異授車駕司員外郎，又荷特典兼理清黄册。清黄自被火後散失難修，公力翻故府，數月之間編輯成次，并昭雪名將俞大猷前功。尋晉郎中[6]。己酉局竣，出參蜀藩。

會蜀旱大饑，公齋禱，龍見於雩，甘雨隨車淋漓者累日。捐俸三百兩煮粥，懼弗遍，遣官於楚中糴穀數千石斛，賤糶施給，全活數千人，蜀人尸祝之。嗣是，土夷争立，安氏、隴氏干戈相尋，三省會勘，部議難持。夷人不服，暮夜投金、銀各雙篋，公笑而却之。藉富强聲援，跳梁以逞，公挺然弗顧，直入夷域爲勘功罪、定支派，朝議從公請。夷人悦服，蜀地以寧。臺使者讞獄，瀘州舊有三冤，久不能決。公劈開之，瀘人塑像世祀。[7]兩臺考績卓異，借留，誥封三代。

癸丑，遷江西按察使。時贛州南安、南康諸處皆盜賊淵藪，公至，陳防御之略，飭守備之具，不數月而賊藪悉平。轉江西布政使。時水旱頻仍，民艱粒食，公與巡撫議改折，議減鹽税以便民，種種事宜俱報可，民賴以蘇。

歷任宦途冰清仁讓，康贊宣猷，二十年如一日也。性温静簡默，忘喜怒，操無求，處不争。課子以“淡薄”、“寧静”二語。[8]乙卯，被同鄉屬官挾私誣揭，遂挂冠而歸，灰心仕進。歷兩臺題薦，竟弗出。日與同輩論文賦詩，優游林下十餘年，手未嘗釋卷焉。

公孝友天禀，微有俸餘即置祀田以奉祖宗。晚年志在修明譜牒以收宗族，厚風俗，惜因風疾寢然。《譜序》一篇，提綱挈領，義例昭然，筆鋒超然，猶有龍門、眉山遺意焉。[9]

平生所著有《歷代帝王紀》、《歷代名臣録》、《古詩選》、《詩山草》、《游西山記》、《家訓寶鑒》等書行於世。

贊曰：五百年必有名世，孟子之言足徵也。詩山自歐陽著望，至公應運而興，已七百有餘歲，非所謂名世者歟！生而秀嶷，動合古人矣；孝友天禀，植根孔厚矣；文冠八閩，望紹破荒矣。通籍後，績著臬藩，皆欲爲朝廷措大事，爲蒼赤培生命。設不遭誣揭，得秉鈞衡而宏燮理，則忠孝所發，四海皆春，安知德業聞望有不名於一世者乎？然題薦弗出，風節凛然，林下著書，尤能扶紀綱而翊名教，是亦可名於萬世者也。於戲！公其足續歐陽遺緒而爲後學者宗歟！

清郡庠生充入國學生篤公戴公列傳

公諱映衮，幼名昆珽，字擎祚，芳近公次子，實開我福山之祖也。

幼而穎異，過目成誦。九歲能文章，十三歲受知於學憲陶公，譽震群庠[10]。

越五年[11]，父芳近公歿，又越四年，母葉氏歿。時四妹未成，庶母守節，公與兄誠齋喪殯盡禮，共成諸妹，養庶母，備極誠懇。五遷父母窀穸，尤獨肩其難。

順治戊子，海氛不靖，公出數百金，築砦格頭山，而宗族親友與附近居民得依焉。康熙壬寅，山寇時警，公出數千金築堡福坡山，而宗族親友與附近居民復得依焉。甲寅，賊屯嘯詩山，屢掠村民，吾鄉以二砦獲全[12]。賊索砦米，公與有力之家肩之，不卸及貧乏[13]。

庚申夏，米價湧騰，貧不能存者多[14]，公散米粟十餘萬斤以濟貧民。是秋，水决龍潭陂，公倡貲築之，鄉無苦旱，而農務益興。又以惠場口爲納粟者所必經，築倉以藏之[15]。格外街爲通商之要地，力争而定之[16]。凡此數事，鄉閭皆啃啃頌公德也[17]。

嘗有賊偵公至，謀行劫，公已先於晡時晉郡，賊不獲而歸。又嘗崎嶇於饑餓亂離之間，危而復平者數次。人咸謂公德動天，故祐之吉無不利焉。

公素性兢勤，雖風霜苦雨，必鷄鳴而起，戴星而入。陟降巘原，相度陰陽，所營室阡穴甚多。乙丑，啓宇於福山之麓，名曰"孔子亭"，規模敞，創制周，有公劉開豳之意，故自號篤公云。

初，公與兄誠齋就試郡城，見寒士陳公遷鶴，奇其貌，器其文，邀歸課塾，待若至親，陳因贅吾門[18]。後官至宫庶。其子孝廉萬賓，宫詹萬策等，皆生長於我福山[19]。

公雖年六七十，每與宫庶及諸甥剪燭談文，輒亹亹誦其少時所讀經史不遺忘，鋭志科第。庚申，例入國學；甲子，猶觀鎖闈，蓋冀得一科以紹方伯家聲也，惜數奇不遇耳。然氣度温和，日與樵子耕夫談笑，不以爲嫌。少年豪宕自喜，晚來乃極静謐，不與外事，以頤養其天年。

歲丙寅，公念祖廟傾陊，親携百金往龍潯購大木，將以己巳春經始，不意廟未成而是春卒，壽七十三。卒之時遠近紳民咸哭之慟云。

贊曰：《大雅・公劉》六章皆冠以"篤"，蓋媺其能承先德以厚於民也。公無公劉之位，而先志克承，不慊公劉之事業。觀於築堡砦以安居民，一匪康意也；散米粟以濟貧民，一裹糧意也；定格外以處商民，一胥原意也；築陂、築倉以便農民，一疆埸積倉意也。至於啓宇福山，儼若造開豳之福基；寓陳介石諸賢，尤得廬旅言言之雅。是無其位而有其德者也。今雲礽蕃熾，代有聞人，其食報孔厚矣。信乎厚於士民，正所以自厚也。我後人緬篤公之鴻緒，其思所以祇承哉！

清國學生倣周戴公列傳

公諱華昌，幼名筶生，字魁伯，鄭節母遺腹子也。生遭家難叢集，得節母多方顧復[20]。性情騷雅，舉止端嚴，語言又恂恂有度[21]。九歲[22]，例入成均，下帷攻苦，不問門外事。常念生不見尊人，覽其詩書手澤，益自奮勵，思所以增前光者，歷久弗倦。其事節母，朝夕不離側，先意承志，務得歡心[23]。六十年如一日，真所謂終身慕父母者矣。乾隆戊寅年，瀝母苦節，請旨旌表，豎匾建坊，流徽志乘。此尤其内行之顯著者也。

公受業陳敬榕先生喬梓之門，學有淵源。藏書萬卷，自經史以至性理、天文、曆算諸書，罔不兼通。發爲文章，浩浩蕩蕩，如長江巨河淌漭天地間，瀉千里而至海，不屑爲趨時小伎倆。其詩温柔敦厚，有得於《三百篇》之遺[24]。雖十三次進鄉闈，屢薦不售，而詩文膾炙人口，與諸名公唱和往復，佳句幾與錦囊埒矣。其題祖廟聯句云："居高蓋以衍譙國，竊幸學禮并得學詩；對大廷而望白雲，須知爲忠本於爲孝。"此尤其潛修之流露者也。

公生平慷慨好施，宗族待以舉火，朋友賴其周乏，慎然諾，重氣誼，推誠相與，古道照人。四方賢豪長者式公閭者，罔不投轄流連，款洽盡歡而去。其倡建祖祠，捐修文廟、考棚，皆慫恿襄事。至置産以祀受欺之强親[25]，此尤其器量之過人者也。

晚年有慕周茂叔霽月光風之度，窗草不除之趣，因名其書堂曰"挹翠"，而自號"倣周"云[26]。公著作多散軼，惟藏有《挹翠堂詩文集》，未梓。

贊曰：倣周公，吾太高祖也。終身孺慕，其孝純矣；文追古人，其學邃矣；推誠相與，其德厚矣。希朱生也晚，不獲親公謦欬，何敢妄溢一美？惟憶弱冠時，搜公藏簏，得御纂《性理精義》、《五子近思録》、《西漢文選》、《唐宋古文辭》及《梅氏叢書》，知公之有心正學也久；又見《太極通書》解註評點綦詳，知公於濂溪道學，大有會心，不獨慕光霽之度，生草之趣，而以爲"倣"也。希朱於濂、洛、關、閩之學，粗有所知，皆得力於公之遺書。今雖撰述一二，而鬚髮皤皤，恐不能任正學之仔肩，能無覽遺書而悚然懼哉！

清國學生祖叔懷庭公暨其弟懿言公孝悌傳

祖叔諱詩侍，字敦伯。早歲入成均，與同母弟天樞，皆邑庠生九思公子也。

九思公素性剛直,詩侍昆弟曲意奉承,尤相友愛。鄉父老孅之曰:“克家有子哉。”

無何,遭家不造,九思公不爲勢豪所屈,竟釀奇禍。時,施靖海侯命其姻舅石某在高洋大倉收租。石倚勢凌人,凡納穀者必饋以鷄、豚等物,觔斛方肯平受;否則,屈跌其穀數,納者苦之。一日,公游格外街,適有佃户肩穀及鷄將向大倉去,公問其故,而代爲不平,言多過激,石遂來争哄。公詈之、笞之。石素挾氣,既丢臉,又惑旁言,遂吃毒草而斃。靖海侯在康熙間勢焰熏天,忽失怙寵之舅[27],誣以斃命巨罪。霜威一震,軍隊將臨,洶洶乎有滅門之勢矣。幸其甥陳謙季宫詹百計辨誣,又幸李文貞公歸里[28],微言解脱,始得從輕擬流。

罪既定,詩侍惻然曰:“吾父老矣,其堪流數千里外耶?白髪凉風,心何忍受!詩侍不才,願以身代。”其弟天樞亦愴然曰:“吾兄讀書明理,既願代父,而長途苦楚,舉目無親,情何以堪?天樞願偕行以翼之[29]。”是時,詩侍縶紲而行,天樞志苦言甘,厚賂當途,購得解差名目,隨兄流於絶塞;雖冒盡凄風苦雨,而伯仲同心,不辭憔悴。嘗自塞外寄書慰父曰:“我兄弟同行無恙,願大人眠食自珍,勿以兒爲念,兒等安之若素矣。”

後逢大赦,携手同歸。至杭州,詩侍冒疾而終,天樞負其骸歸。爲理葬事,號曰懷庭。天樞後十一年終,號曰懿言。

從侄孫希朱曰:昔王祥、王覽,處内變而不失其常,史傳以孝子悌弟稱之。二祖叔處外變而相安如常,洵倫常中之砥柱,稱爲孝子悌弟,誰曰不宜?詩山如葉克温代父死難,方伯公爲作《孝子傳》,以策其請旌。今吾宗有此孝悌聯馨之人,視克温有過之無不及矣,是亦詩山之光也。希朱忝官内史,有闡幽之責,能無傳其事實以爲將來請旌之底本哉!况九思公似續有五,在家安享者今皆斬嗣,獨此二子代父蒙難,遠役艱貞,而雲礽日益昌熾。天之報施誠不爽歟!於戲,斯可以勸天下後世之爲子弟者矣。

清貤贈奉政大夫恩錫修職郎叠舉族正
鄉飲賓曾王父仁齋公列傳

曾王父諱以忠,幼名城傍,字側文,别號仁齋,高祖父國學生燕堂公長子也。

燕堂公嚴毅剛方，内外整肅。公佩訓維勤，定省温清，務得堂上歡。

弱冠後，肩家務、族務，稍輟舉業。然志趣宏雅，能詩善畫，藹然有學士風[30]。其質直好義，善量感人，尤爲都鄉所推重。凡有忿争，咸質成於公。公凪銘利害，剴切詳明，聞者讋讋然服[31]。邑侯徐公、譚公，皆器之[32]，詳請督撫，旌題族正，將以式鄉民也。

無何，嘉慶初，詩山械鬥，誣公重案。柳邑侯臨鄉，諸親勸公遁。公曰："我遁，如族姓何？"迎侯駐挹翠堂，陳息鬥方略，侯韙之。贈詩四章，屬公出爲勸化[33]。不數日而繫者釋，忿者平。侯乃請於大憲[34]，授族正印，凡詩山詞訟者，非鈐公印不行。舊傳謂"身任倥偬，不計艱險"者以此。

嘉慶季，我族争六分山，斃强鄰一命。適公僑於桐城，家人奔告，促公逃歸。公思，吾身不出，舉族受殃，遂赴縣先控。後强鄰誣以重愆，公繫獄五年，苦楚萬狀。親友調停，强鄰重在山，而輕在所斃，宗人將許之。公在獄曰："祖山被占，何面目見祖宗耶？吾不許，惟斃者贖之爲是。"强鄰見公正氣浩歌，迫處不就，乃以還山受金息厥事。舊傳謂"争復祖山，不言辛苦"者以此。

龍潭陂前人屢築屢潰，公出爲倡修，而所潰之地，大半混開田園，公區畫其間，費盡貲力而成。厥後遭旱五年，鄰鄉多困，我族無虞，皆公等濬陂之力也。舊譜謂"倡築水壩，不惜己財"者以此。

公季弟聞一早逝，其配陳氏青年守節，公體恤備至，凡陳氏應納錢糧，令子孫出貲代納，至今罔異。琉瑭宗親與古山頭侯姓結禍累年，公力解之，非輸金無以諧事，歸，鬻田十餘畝以墊之[35]，而禍始息。永春周某，母墳迫近盛之才鄉賢墓，遭其子孫挖尸，叠訟不休，永春刺史聞公望，命周某到家跪求，公極力調停，歸尸於周；而周有侄將翻控，刺史曰："戴君厚德，不可負也。"事遂息。安海王某，被誣海盜拘於獄，晝夜哀啼，適公在獄，憫其冤，爲籌解釋法，白之大憲，某得脱，酬以巨金，弗受，某輒稱公爲恩父。

於戲！公之衛族、解紛、利物、濟人，事難盡紀。希朱紀其所確聞者，如神州一撮土耳，太倉幾粒粟耳，何足罄公生平哉！然公所惓惓不忘者，尤在根本上著力。公於族譜闕漏，則議修之[36]；於祖墳傾圮，則封樹之；於祖廟陊塌，則重新之。而自建福山一廟，尤極宏敞。暇時每謁各廟掃寢焚香，臨祭必誠必敬，小不如儀，則終日不樂，必無違禮而後安。其引導宗人，翔和諄懇，秀良者進以禮教，頑梗者鋤以義法，宗人亦各相畏服，曰："毋爲族正所短。"

詩山舊有朱子像，公與諸紳捐貲祀之，以崇正學。鄉先正陳敬榕學博與其子屺園孝廉，再傳斬嗣，公爲醵金構祠置産，以永其馨香。公延師極誠，子若孫舉業者多。嘗訓於庭曰："忠厚守業，傳家寶也。力勤詩書，方承累世之望；尊重師傅，方冀人文之興。"子孫或以貧告，公曰："財容易也，德爲難。德者天所祐，願爾曹輕財而重德。"

公素寬容仁厚，沉毅有爲，雖遇倉皇艱險事，未嘗疾言遽色，人謂之壽徵。享壽八十有八，無疾而終[37]。訃至，自縉紳至士庶，備酌輓吊盈門塞途，僉以爲公之德望所感云。

公於嘉慶丁卯，朱邑侯舉鄉飲賓。道光辛巳，覃恩錫修職郎。光緒癸卯，以希朱供職内閣，贈奉政大夫。

贊曰：嗚呼，曾王父之樹根深矣，種德厚矣。根既深必盛其枝，德既厚必隆其報，此天理之常也。但恐將來偶獲隆盛而不復培本根，衣德言，以丕承祖烈，則世澤自我而涸，雖龍章叠錫，何以慰先人在天之靈乎？昔熊勉庵云："封贈祖父易得也，無使人唾罵祖父難得也。"我後人思其所難，則聿修厥德之心，悚然起矣。

清貤贈奉政大夫内閣中書加五級王父樸素公列傳

公諱書絪，字奇殷，號樸素，曾王父仁齋公次子也。少因家事貧寒，輟儒就農。冠婚後，伯兄自爲析爨，公遂以一身肩家務，數十年勤劬稼穡，上奉二親甘旨，下培季弟書香，而自粗衣微粥猶日不能給，苦況極矣。然樸誠所感，凡仁齋公及繼母所咄嗟者，公立辦之，卒能得其歡心。仁齋公衛族解紛，幾無虚日，遍交賢士，座客常滿，而究無内顧憂者，皆公善繼志、善理家之力也。

處兄弟愛而摯,伯兄臨訣,與以田,公辭弗受。季弟自讀書至婚娶、[育]子女,皆公手爲經理。其善體昆季類如此。

處内肅而和,終身伉儷未嘗有閑言。訓子嚴而正,稍有不合禮法,即施鞭撻。後諸子克承嚴訓,刻苦興家,日用能給矣。公益諄諄以"仁齋公耄期須養,先世書香須續"勗諸子云。

贊曰:希朱綴王父傳,慨然有感。以公貧苦如斯,孝友之誠如斯,型于之化、義方之訓又如斯,是能耐人所不能耐,爲人所不能爲矣,天得毋鑒其苦衷乎!迨吾父起家創業,昌大門風,正所謂苦盡甘回也。迨不肖與兒孫聯竊科名,叠膺綸誥,正所謂苦彌甚甘彌永也。是殆天所以償我公之苦德,而使後人食其報歟!天道本無私,我子孫其兢兢懔訓,勿以今日之甘,忘先人之苦,庶幾不墮先烈哉!

清誥贈奉政大夫内閣中書加五級例貢生先考勤齋公列傳

先考諱定國,幼名田誨,字爾秀,别號勤齋,王父樸素公第三子也。

先考性質明睿,氣貌清挺,孝友天成。九歲從師,十二歲輟學,耕田負薪,爲父兄代其役。十八歲習計倪法,服賈勤,料事精,爲父兄肩其任。

廿二歲娶先妣,時王母不在堂,逮事者曾王父母及王父,即諄諄以善事堂上人相勸勉。曾王父嘗語人曰:"此子其興吾家乎!"

亡何,王父捐舍,二伯父惑於内言,逼析爨,急急乎豆萁相煎矣。先考既悼二親之亡,又念家貲之薄,慨然不與昆仲分産而自營生業。貿易所之,雪霄炎皓,奔馳不以爲勞。日與先妣勤職務,儉衣食,以冀其成家。幸天鑒苦衷,百事順泰,不十年,夏屋春田,遞增遞廣。而希朱兄弟亦相繼生於庭階。僉曰:"非天之默相不至此。"

由是赴義若熱,於親不逮事,則置田十餘畝以豐祭祀;於外祖乏嗣,則購田十數畝以永馨香;於始祖廟,則充租爲守祧之費;於敬文亭,則充田爲祭字之貲;憫胞侄少孤,則教養如子,俾成室家;憫從叔遺孤,則爲籌婚娶,中殤,復爲建祀田;憫堂嬸老獨無賴,則預出萬錢交其房長,爲備殯葬。又嘗如郡交易,夥伴錯記百金,完賬後主人始知,將竄其夥,先考憫之,如數還之,諸商服其量[38]。至於祖廟、祖塋,留心修葺;文廟、書院,捐貲建成;以及施棺木、築橋梁、恤孤寡、賙匱乏,凡諸義舉,難以覼陳。正所謂富而好行其德者也。

然又極酷嗜書香,嘗手構書軒[39],歲延師課子,厚其脩脯以奉師長,豐其飲饌以款賓朋。鄉有俊秀則引與同塾。性警敏,好佩《春秋傳》、《戰國策》、《三國志》及名訓、善書,每爲兒孫、朋輩講説,口汩汩若傾河,聞者帖帖讋服。蓋藹然有儒者風焉[40]。

所最膾炙人口者[41],莫如息鬥數大端。咸、同間,詩山械鬥數年,草菅人命[42],邑紳詣鄉勸處,時公貲耗盡,無敢出而款接者。先考獨延至家,誠款周年,集闔族紳耆,剴鉻利害,始終糜金以二十萬計,而近鬥息。越二稔,山頭以上數十鄉又鬥,先考邀訓導林瑞璜力解之,事將諧,缺三十金,復鬩。先考毅然曰:"何忍以三十金造萬人冤孽耶?予願墊之。"而遠鬥亦息。

嘗遭謝姓劫毀之誣[43],闔鄉惶駭,先考邀紳耆投官白冤,族賴以安。嘗憫侯姓被誣巨案,官軍臨鄉,先考與侍衛楷軒爲之籌策白冤者累月[44],事解,不取後謝。嗣是鄉鄰凡有紛難,先考勸解,無不悦服,踵門請者屨常滿,都人士咸以魯仲連目之。晚年病劇體羸,深以行動之艱,不獲多解紛難爲憾。是可見其存心濟世矣[45]!

歲戊寅五月二十九日,先考彌留時,告不孝曰:"予無他善行,惟夙夜不敢有辱先人,畢生不道昆仲相煎事,差可對父兄耳。兒輩其修身慎行,恪守孝友家聲,則吾安心地下矣。"遂仙仙乎歸去,享年六十有二[46]。

希朱泣識曰:嗚呼!先考之懿行如斯,而猶歉然若不足。予小子席先人遺德,得與兒孫輩聯竊簪纓,濫登仕版,譬如再植之木,其根必傷,宜何如履薄臨深,以期無墜先澤哉!《詩》云:"夙興夜寐,無忝爾所生!"希朱其長此兢兢以没世矣乎!

【校記】

①“戴真祥”,《詩山戴氏族譜·真祥公傳》作“公諱真祥,我十八世祖考也”。

② 贊文據《詩山戴氏族譜·真祥公傳》補。

③“以孫貴”,《南安縣志·人物志·戴玄宗》作“以孫廷詔貴”。

④《南安縣志·人物志·戴玄宗》結尾爲:“神宗錫以誥曰:‘醇衷慕古,篤行敦倫。儒門紹其弓裘,閭里推爲祭酒。’蓋獎其實行也。”

⑤“時避倭寇”,《南安縣志·人物志·戴廷詔》作“初,其父母避倭寇於泉城”。

⑥“尋晉郎中”,《南安縣志·人物志·戴廷詔》作“尋進員外、郎中”。

⑦“公劈開之,瀘人塑像世祀”,《南安縣志·人物志·戴廷詔》作“公至,立剖之,瀘州人立祠祀之”。

⑧《南安縣志·人物志·戴廷詔》此句之後有“後嗣俱遵其訓。遇有忠孝節義之事則表彰之惟恐不及”二十二字。

⑨《南安縣志·人物志·戴廷詔》此句之後有“年近七旬卒”五字。

⑩《南安縣志·人物志·戴映衮》此句之後有“胞叔祖方伯公以大器許之”十一字。

⑪“越五年”,《南安縣志·人物志·戴映衮》作“生平以孝義自持”。

⑫“吾鄉以二砦獲全”,《南安縣志·人物志·戴映衮》作“獨大廷附近諸鄉,以砦堡獲全”。

⑬“不卸及貧乏”,《南安縣志·人物志·戴映衮》作“不派及貧乏”。

⑭“貧不能存者多”,《南安縣志·人物志·戴映衮》作“貧者多不能存”。

⑮“築倉以藏之”,《南安縣志·人物志·戴映衮》作“築倉惠埸口,納粟者便之”。

⑯“格外街爲通商之要地,力争而定之”,《南安縣志·人物志·戴映衮》作“力定其地爲格外街,通商者便之”。

⑰“凡此數事,鄉閭皆啨啨頌公德也”,《南安縣志·人物志·戴映衮》作“此義行之彰彰者也”。

⑱“待若至親,陳因贅吾門”,《南安縣志·人物志·戴映衮》作“以兄子妻之,迎入孔子亭居之”。

⑲“皆生長於我福山”,《南安縣志·人物志·戴映衮》作“皆傑出之英”。

⑳“生遭家難叢集,得節母多方顧復”,《南安縣志·人物志·戴華昌》作“生遭諸親兄欺凌,將不利於華昌。節母懼,寄養閬湖姐夫李方馥明府家”。

㉑《南安縣志·人物志·戴華昌》此句之後有“爲陳謙季、洪艮圃所器重”十字。

㉒“九歲”,《南安縣志·人物志·戴華昌》作“九歲,携歸就傅,例入成均”。

㉓《南安縣志·人物志·戴華昌》此句之後有“節母病,侍湯藥,不解帶,竭誠禱天而母瘳。孺慕之心”二十字。

㉔“有得於《三百篇》之遺”,《南安縣志·人物志·戴華昌》作“純是至性所流”。

㉕“至置産以祀受欺之强親”,《南安縣志·人物志·戴華昌》作“至向所受欺之親兄已斬嗣,華昌置産,以永其祀,實人所難能”。

㉖《南安縣志·人物志·戴華昌》此句之後有“壽六十四,后節母數月終。人謂其母子孝慈之心不相離云”二十三字。

㉗“忽失怙寵之舅”,《南安縣志·人物志·戴詩侍》作“痛失怙寵之舅”。

㉘“又幸李文貞公歸里”,《南安縣志·人物志·戴詩侍》作“又幸相國李光地歸里”。

㉙“天樞願偕行以翼之”,《南安縣志·人物志·戴詩侍》作“天樞心何以安？願偕行以翼之”。

㉚“有學士風”,《南安縣志·人物志·戴以忠》作“有儒者風”。

㉛“聞者讋讋然服”,《南安縣志·人物志·戴以忠》作“聞者敬服”。

㉜“皆器之”,《南安縣志·人物志·戴以忠》作“皆引重之”。

㉝“屬公出爲勸化”,《南安縣志·人物志·戴以忠》作“屬其勸化各鄉”。

㉞“侯乃請於大憲”,《南安縣志·人物志·戴以忠》作“侯復詳大憲”。

㉟“鬻田十餘畝以墊之”,《南安縣志·人物志·戴以忠》作“鬻田百畝以墊之”。

㊱“則議修之”,《南安縣志·人物志·戴以忠》作“尤極關心倡修譜牒”。

㊲“享壽八十有八,無疾而終”,《南安縣志·人物志·戴以忠》作“壽八十八,謚曰仁齋”。

㊳“諸商服其量”,《南安縣志·人物志·戴定國》作“諸商嘆爲忠厚”。

㊴“然又極酷嗜書香,嘗手構書軒”,《南安縣志·人物志·戴定國》作“生平又酷嗜書香,構樂道軒延師課子”。

㊵“性警敏,好佩《春秋傳》、《戰國策》、《三國志》及名訓、善書,每爲兒孫、朋輩講説,口汩汩若傾河,聞者帖帖讋服。蓋藹然有儒者風焉”,《南安縣志·人物志·戴定國》作“暇時則爲兒孫、朋輩講説《春秋傳》、《戰國策》、《三國志》及格言善書,津津乎有勸善意,藹藹乎有儒雅風”。

㊶“所最膾炙人口者”,《南安縣志·人物志·戴定國》作“而其所最著者”。

㊷“詩山械鬥數年,草菅人命”,《南安縣志·人物志·戴定國》作“詩山械鬥累年,人命疊積”。

㊸“嘗遭謝姓劫毁之誣”,《南安縣志·人物志·戴定國》作“鄉族遭謝姓劫毁之誣”。

㊹“先考與侍衛楷軒爲之籌策白冤者累月”,《南安縣志·人物志·戴定國》作“定國與侍御戴楷軒力剖其冤”。

㊺“是可見其存心濟世矣”,《南安縣志·人物志·戴定國》作“其存心濟世如此”。

㊻《南安縣志·人物志·戴定國》此句之後有“初以捐賑例入貢生,後以子希朱貴,贈奉政大夫内閣中書”二十三字。

松村文集卷十九

墓志銘

揀選直隸州州判恩貢生李縝卿先生墓志銘　癸未

縝卿先生，吾南名宿也。儀自弱冠後，聞先生内行粹然，學規肅然，因受業其門。先生甫開講即諄諄曰："士先德行，而後文藝。"又曰："六經爲文章之祖，不熟經書，爲文曷據？"懿哉斯訓！儀佩服弗諼矣。越數年，先生捐館，儀於邑久之。

癸未秋，儀歸自京都，冢嗣邦開持先生狀，屬儀志其墓。儀思先生品學，儒林所宗，固不待志而傳。儀又不才，何能以蠡測汪洋之海？然弗敢辭者，自以躬荷栽培，不敢妄爲些子事，皆佩先生訓也，烏得不濡毫志之？

先生諱希曾，字亮密，别號縝卿；國學生□□贈公哲嗣也。自少警敏嗜學，寓目成誦。既長，博覽群書，渾觀大意。爲文則鍛經煉史，鏘鏘然有金石聲。而秉性剛方，纖毫不苟，身未嘗履邪徑，行未嘗欺暗室，名字未嘗入公門，儼然有淡壺遺範焉。有邑紳以鴉片相强，先生正色謝曰："勿以此溷吾也。"有新營人欲謀先生祖産，陰賂以重金，先生艴然拒曰："吾豈可干以私邪？"嗣是，鄉鄰有事，必質成於先生，蓋闔族倚爲安危者二十餘載云。

且夫古來絶大人品，皆從五倫中做成。人知先生梗概剛方，而不知其事親備極温婉也；人知先生文章鍛煉，而不知其友愛動合自然也。先生不逮事祖父，其事祖母，恪遵《内則》禮儀，鷄鳴問安，必命退然後退，每食必省饌然後自食。後事贈公及太安人，儀節悉如之。所異者，其祖母含飴弄孫，不預家政，尤易服事；贈公則經營創造，内外嚴肅，非先意承志未易格其歡。先生入寢門，色必愉，聲必柔，有盛怒必跪以請。先生嘗購一敝，頗華麗，贈公撰詞示警曰："吾家無厚産,經史是良田。若愛風華,良田荒蕪!”先生聞之,永不敢服,其確承親訓如此。贈公壽届六秩,昆季製錦,以爲祝釐計,贈公怒其侈。昆季百計以求,顏猶未霽;先生瞿然曰:“匪父性烈,實吾輩誠有未至。”跪,自持杖求撻,贈公顏遂霽。其善格親歡又如此。

厥後,祖母與贈公相繼而逝,太安人猶享高年。時則一堂五代,一家百口,登上舍者二人,入黌序者十人,簪纓濟濟,生齒盈盈。太安人年髦憚煩,爰命析爨;先生昆季自爲分産,家無間言,人不能覺。翕和之氣,千古罕聞。洎乎太安人有稍恙,先生昕夕不離。時逢大比,一門皆逐隊棘闈,先生獨不與試,得以親視含斂。此非孝感所致歟。

先生日向昆季數問寒温。諸昆有一二家貲稍落,輒出貲佽之;諸侄有一二孤寡,尤加意恤之。其侄庠生邦杰,少失怙,先生引與同食,教至成立,終無或釋。他如邦榮、邦光輩,與冢嗣同時入泮,皆先生留心教督之功也。

嗚呼!先生行誼如此,使得受天子知遇,以展其懷抱,將陳謨剴切,正色立朝,何難繫天下安危於一身,以承忠定之遺望!胡懷抱未展而遂赴召修文邪?幸世兄邦開,氣宇宏深,學問根柢,他時邀冰鑒,荷綸音,以爲先生光,則潛德不發於生前,其將發於身後乎!儀綴志時有厚望焉。爰志其履歷眷屬,生卒年月、墓地葬期於後,而殿之以銘。銘曰:

鹿峰高矗,鬱蒼蒼兮;天畀幽窀,卜允臧兮。先生内行,重於鄉兮;風規砭俗,其表坊兮;文章牖世,其津梁兮。生堪不朽,死何傷兮?歸真名山,靈其長兮!鰃生銘石,表徽芳兮;後有昌者,式勿忘兮!

編者按:原稿於文後注明:“其履歷眷屬、生卒年月、墓地葬期,宜增入,不可闕。”但終未列入。

先慈孝莊吴太宜人墓志銘 丙戌

嗚呼!先慈塋於詩山下,今十稔矣。初,葬期嚴,未暇以貞珉納諸幽。越五稔壬午,鳳儀舉於鄉,癸未,歸自京,欲封固母塋,而艱於年月。今歲丙戌,諏吉有期,將甃石以封固之,意在攀薦紳先生衮言爲先慈垂不朽。鄉前輩曰:“昔張憑誄其母,伊川狀其母,昌黎志其乳母,古人非欲自諛以文也,亦以閨闥懿行,非外戚所悉知,惟自道爲得其實。今欲遠求光壤之文,未必符太君之實。何如自志之爲確也。”儀乃即先慈之婦道、妻道、母道,爲儀所親見聞者,據實志之。

先慈系出石水,鄉飲賓吴裕東公長女也。少以孝聞,舉止端莊,迥異群家女。外王父曰:“此女有福徵,相攸宜謹。”適曾王父爲先考議婚,遂締焉。年十九于歸。時王母黄不在堂,逮事者曾王父仁齋公,曾繼王母陳,洎王父樸素公耳。先慈入門,凡浣濯、厠窬、井臼諸事,必躬其劬。而内奉尤謹,曾繼王母嘗病痒數月,先慈躬藥餌,扶起居,無少懈;仁齋公年及耄,樸素公兢兢奉事,先慈善體舅心,咄嗟立辦。樸素公欣然曰:“斯婦孝謹,吾無憂矣。”其婦道大略如此。

初,先考不與昆季析産,而自力於謀生,門以内空空如也。先慈勤紡織,約衣食,拮据萬狀,皆處之無難色。厥後,家計日饒,積貲巨萬,先慈猶於更闌夜静不輟織聲。儀有供膳饈,必曰:“爾父體羸,爾善養之,吾願以淡泊安也。”先慈自奉儉約,但於祖先誕諱,必親治豐潔;於親串告飲,必隨量相賙;於戚友往來,必備物誠款。之數事皆啧啧人口云。先考嘗以黄外祖弗祀爲憂,先慈勸勿諉昆季,自爲置祭田,祀賴以永。他如祭宇、守廟,先考累充恒産,亦先慈有以贊成之也。其妻道大略如此。

初,先慈累生不育,乃養伯兄、仲兄,愛之教之,無異己出。年三十一生鳳儀,三十九生鳳書。儀之生也,先慈愛若拱璧,即以課督詩書爲志。延師十餘稔,先慈款接盡誠,有珍羞必留以待之。壬申春,儀就業桐城,先慈以讀書守分勖;甲戌夏,儀補弟子員,先慈以努力上進,勿干外事勖。鳳書因家務輟舉業,先慈愛護備至;暇,每令博覽群書。故鳳書今猶有儒風云。先慈善教諸婦,而又隨事體諒。嘗曰:“昔吾事繼祖母,悉知爲婦之難,兹何忍不爲諸婦曲原也?”其母道大略如此。

嗚呼!以先慈之備道不愧,宜享遐齡。儀向私幸高堂無恙,謂倘得掇科名,登仕版,我椿萱二人將親荷綸恩矣。奈何先慈一病不起,竟卒於光緒丁丑年十一月二十二日寅時,距所生嘉慶庚辰年八月二十日酉時,春秋五十有八。越明年戊寅,先考又逝。噫!倡隨之不能久離耶?抑儀不能積德以延親算之咎也!今雖得博一科,思親不見,輒泪下涔涔。焚黄表墓,又不知何時,儀其長抱《蓼莪》之痛乎!惟是母塋既吉,敬志顛末。

母以生平孝謹端莊,謚曰孝莊。以鳳儀貴,誥贈宜人。子四:長鳳洲,先逝;次鳳鳴,太學生;三即鳳儀;四鳳書,太學生。女一,適侯。孫十二,曾孫四,女孫三。今將以丙戌八月書磚,納諸幽,土名池埔崙。穴坐酉向卯兼庚甲,分金乙酉乙卯。而殿之以銘。昔《戴記》云:"銘者,自名也。自名先祖之美,而明著於後世也。"今自銘母塋,亦欲俾後世子孫之知所式也。銘曰:

天生慈母,閫德流芳。芝蘭手植,有根必香。詩山之麓,佳氣蒼蒼。封兹馬鬣,待誥龍章。幸哉吉壤,咫尺家鄉。子孫世世,瞻慕勿忘!

揀選知縣孝廉懷堂陳先生墓志銘　丁亥

泉南爲文物名區,其績學之儒,大都貫通經史,以淑其文行。幸而搢笏朝端,則本經學以展經綸,固可爲國家柱石;即退而林泉養翮,而根柢盤深,亦可本所學以爲後進師。若吾師懷堂陳先生其人矣。

先生質敏而耐學,九歲熟五經,院試恭默不錯,贈公每以大器期之。十二歲失怙,家尤寒,其從師脩脯,皆出自太孺人紡績餘貲。先生素孝謹,鑒萱堂辛苦,益自鑽厲,思以慰親心。弱冠,譽震文壇;游庠後,經學益明,文藝益精。吾邑名孝廉楊君紹祖,聞先生文行卓然,延爲西賓者數稔,授徒七八人,皆接踵游庠食餼,非善誘之功不及此。登賢書後,設帳桐城,來學益衆。儀受業其門五載,先生開講即訓曰:"敦品爲士之本,研經爲文之本。"其文律一矻習套,而範以前明、國初諸大家。今儀幸博一科,實得力於先生之訓,而同受其業者,類皆聯翩而起焉。

先生氣宇宏深,儀度冲和。雖遭逆境,亦愠怒不形;雖對平民,亦笑容可挹。晚來聞望日隆,邑有紛難,咸資排解,踵門求者屨常滿,先生幾欲謝之而弗能。

然事雖叢冗，而手不釋卷。甲戌會試，葉佑程前輩覽其闈文，擊節賞曰“願避君三舍”，竟薦而弗售。癸未，儀將北上，先生方期同車，因疝不果。嗣是，家居静養，深望南宫一捷，或得行道以顯親。儀每進謁，先生諄諄以“上進”勖，并自道其伏櫪千里之志。胡其志未酬，而遂赴玉樓召邪？

儀聞訃，灑泪沾衣，深嘆不才之誘掖無人也，并嘆先生之經綸未展也。既而，爲之慰曰：先生著作文章，爲追先正，既多膾炙人口，而授徒講學，沐其澤而成儒雅者無慮數百人，師其業而掇科名者無慮數十人，則績學有以傳於後矣。先生自奉儉約，儲有餘資，兩建堂厦，而又慶衍多男。習舉業者皆佩先生訓，異日必能大門閭、登科第，以爲先生光。則詒謀有以昌厥後矣，先生其可含笑於九原乎！

丁亥冬，葬有期，世兄君席來請銘。儀思先生行誼非淺人所能窺，矧儀不文，奚能爲先生垂不朽？然自“向來一瓣香，早祝曾南豐”，則敬志師規，儀之責也。爰就素所飫聞者，操毫志之。并詳其履歷眷屬、生卒年月、墓地葬期於後，而殿之以銘。

一、履歷眷屬：先生世居紫帽之麓，霞尾之鄉。贈公□□，素有令德；太孺人氏□，获教甚周。先生諱仁士，字淑亮，另號懷堂、行一。年二十四，歲乙卯充弟子員；戊午、壬戌俱蒙薦卷；甲子堂備，丁卯補廩，庚午中式舉人，例授揀選縣知縣。元配正七品孺人氏□，簉室氏□。子六，女三，孫二，其餘繩繩未艾。

一、生卒年月：先生卒於光緒丁亥年閏四月初六日巳時，距生於道光壬辰年正月初十日辰時，享壽五十有六。

一、墓地葬期：墓在烏山，土名□□□，穴坐□向□兼□□，分金□□□□。葬以光緒丁亥年十二月初三日□時。銘曰：

怡怡先生，士林所宗。文章壽世，經史羅胸；群才被化，如金在鎔。和氣感人，如律應鐘；梁木雖壞，咸慕芳踪。烏山吉壤，馬鬣固封。芝蘭秀挺，崧嶽靈鍾。後有興者，式此必恭。

貤贈宜人先祖母柔静黄太宜人墓志銘　戊子

嗚呼！惟我先祖母黄太宜人，卜葬於新寨山。越數十年，孫鳳儀始志其墓，非無故也，墓前傾陊，恐有意外之虞，啓窆視之，幸獲吉徵。爰營其舊窆，并志其行誼，以埋諸幽。

儀晚出，不及見先祖母。第憶冠時，父告儀曰："今之家道興隆，食吾父母之報也。吾父樸素公，德堪裕後，家乘略傳一二，爾曹可知其概矣。惟吾母生平，吾所惓惓難忘，亟欲爲爾曹道。吾母乃繼祖母陳氏所生，事繼祖母色必恭，聲必柔，無敢拂其意。時吾祖父仁齋公年高需養，又喜賓客，吾母職中饋，務極誠潔，仁齋公深忭之。家雖寒素，而井臼親操無難色，織至夜半無倦容。其愉婉承歡，實關天性焉。憶吾少時，母甘吾食，自奉每不飽；美吾衣，自著多敝素；吾有疾，母視若己疾；吾出游，母神與俱游，必吾歸而後安。吾既長，方欲服賈以養親，孰意吾未娶爾母，而吾母已歿耶！今雖衣食頗裕，莫酬'含食貼衣'之恩矣；雖思慕靡窮，不及'憂疾倚閭'之意矣。昊天罔極，報德未能，此吾所以讀《蓼莪》而潸然出涕也。爾曹欲彌吾憾，其立德讀書，以爲榮先人計。"

儀聞父言，始知先祖母之萬一焉。祖母系出澳頭宮下，少隨曾繼祖母陳宜人歸祖父樸素公，諱春官，謚柔静，生於乾隆辛亥八月初八巳時，卒於道光戊戌四月初六辰時，享年四十有八，以鳳儀供職鳳閣，覃恩貤贈宜人。子四：長雙記，號禮齋；次田訓，號式軒；三即父勤齋公，例貢生，誥贈奉政大夫、内閣中書、加五級；四振拔，號萬青，國學生。俱故。女三：長配黄，次配吕，三配黄。孫：長金釵，次金鉗，三金鑢，四金錢，禮齋公出也；長三庚，次鳳禎，式軒公出也；長鳳洲，次鳳鳴，國學生，三即鳳儀，四鳳書，光禄寺署正，勤齋公出也；長鳳騰，職員，次金鍍，萬青公出也。曾孫：蘇妹，金釵出也；昔川，金鉗出也；冬蘭，金鑢出也；貽謙、貽乾，金錢出也；登科、一舉、學士，鳳洲出也；捷陞、應試、承徽，鳳鳴出也；紹箕，恩貢生，紹裘，國學生，瑶階、瑶庭、瑶柱、瑶瑾，鳳儀出也；家儒、家品、家駒、家騮、家騄，鳳書出也；擇來、玉貌、萬鎰，鳳騰出也。元孫：九河，蘇妹出也；伯謨，登科出也；大烈，一舉出也；邦傑，學士出也。女孫，女曾元孫，不及備載。其餘繩繩未艾。

諏光緒戊子年十二月初七卯時，仍奉先祖母於本鄉新寨山，穴坐庚向甲兼酉卯，分金庚甲庚寅。謹將墓地葬期并祖母遺德，敬志其概，命小兒紹箕書磚納壙，俾知後嗣蕃昌，鳳儀與子侄輩不才不德，而幸掇科名，登仕版，以無墜先世家聲者，其來有自。銘曰：

蘭胡以馥？根深自香。泉胡以湧？源遠自長。猗歟王母，彤管流芳。柔嘉之德，孫子之慶。新寨舊塋，終焉允臧。靈鍾奇傑，世世其昌。

先室侯宜人墓志銘　戊戌

宜人名愁，字玉闌，謚懿範，劉林侯閩公女也。閩公娶褚氏，生二女，宜人居長。少時秀慧，岳父母愛若掌上珠。年十七來歸，吾父母以其素受鍾愛，必以作苦爲艱。宜人入門，兢兢惶惶，尊嫜有命，婉婉聽從。厨下羹膳，罔或不涓。至爓瀹、厠窬、井臼、針黹事，尤躬其劬。吾父忻然曰："新婦如斯，出吾意外矣！"

丁丑、戊寅，予怙恃俱失，擗踊哀痛，咯血三年，不死者僅髮。宜人於喪祭哀且誠；而其侍予疾也，茶湯藥餌，饌具衣衿，必儲之預，致之潔。予有咄嗟，立應之；予有忿恚，曲解之；予有涕泪，勸止之。每强對以懌顔，而暗自滂滂下泪。予之得以不死，未始非宜人善爲調護之力也。

迨服闋疾瘳，落承志堂成，昆季將於辛巳夏析爨，予懼其必争也，以讓田議。宜人曰："世且有無祖、父業而起家者，君能安，妾又何言？"壬午春，予有肄業鰲峰志，宜人曰："行矣，家政妾自理之，毋煩内顧也。"是秋登賢書，明年試春官落第，予益自鑽厲，并專意課紹箕讀，一切内事悉仗宜人。予好交游，座客常滿，中饋日繁；又重以上有岳母就養十餘年，下有子若孫嬉嬉待哺，宜人雖膺命婦之稱，實自力愈勞，自奉愈約矣。

丁亥，紹箕充弟子員。宜人猶曰："理家，吾慣矣，願兒勿以瑣事輟功。"己丑，予獲薦於京，諸友勸納側室，以廣嗣續，舟抵鷺門，納林氏歸。宜人曰："渠來當以媳待之，有子當以己子視之。"後果如其言。

庚寅春試，予仍蒙薦不售。歸，奮然曰"功名由天，修舉由人"，議以巨款倡成詩山書院及新一二祖廟。宜人贊成曰："家已頗饒，善事其及時爲之。"嗣是，予不問家産事，日與紹箕篤行義舉。雖壬辰見賞霍總裁，復以額滿見遺。而凡有裨名教者，爲之益力。甲午，予以捐需，供職内廷。復遇覃恩，得以“内閣中書加五級”，追贈先代，封妻宜人。

今歲戊戌，予再赴春明，染翰鳳池，捧誥軸歸。適紹箕叨廩膳，宜人色頗喜，謂從此可望選優矣。不意九月廿一日，以哭岳母褚氏喪，得病，竟終於十月十一日午時。距褚氏[殁]僅二十日；距來歸時，伉儷適三十年；距所生咸豐壬子年五月十八日卯時，春秋四十有七。予與兒紹箕、瑶璋、瑶璠、瑶階、瑶京、瑶廷，孫天根、天水、天倬、天錫，妾林氏，媳吕氏、侯氏、郭氏，女孫潤，親視殮，哭於寢。自有服親屬以至臧獲、貧民素受恩恤者，亦無不臨喪流涕。

嗚呼！予壯時咯血，賴宜人以不死，胡予體尚健而宜人竟逝也！予得以志功名，行義舉，賴宜人仔肩家政，胡百事未成而内助遽失也！予直薇省，膺五花誥，方欲與宜人望闕謝恩，改題先宔，胡黄詔未焚而素車遽泣也！豈與褚氏母子孝慈之心不能相離耶？而竟棄予之速也！嗚呼，痛哉！

今將以十一月十五日卯時，安厝高蓋山烏鴉坑。穴坐乙向辛兼卯酉，分金丁卯丁酉。葬期嚴，未及攀公卿大人衮言以光泉壤，爰綴事實，屬門下士書磚，納諸幽。銘曰：

山古名詩，今矗豐碑。靈秀之氣，蕃昌之資。我宜人魂魄，其尚妥於斯而永於斯乎！於戲！

杖期夫戴鳳儀泣志。

敕授修職郎署理寧德縣儒學訓導副貢生侯君申庭墓志銘 庚子

光緒二十二年夏五月甲寅，寧德訓導侯君卒於官。訃至，余爲之於邑不樂。越九月，其孤信圭扶柩歸。將葬，泣而請曰：“吾師與先考契最深，知最確，乞紀實以埋諸幽。”余曰：“噫！實之難言也久矣。古來如蔡中郎、韓吏部，猶有慚室碑，諛墓文。况近世掞華摛艶，辭愈浮，實愈漓，無怪嗤之者之愈衆。”今信圭紀實之請，是不欲讕其親也，是不欲誚於後也。余雖弗文，敢不據見聞所及，摻毫志之。

君諱光訓，字誥西，號申庭，侯其姓，劉其祖。自唐尚書文靖公遭讒易姓，數傳入閩，擇美南邑詩山之劉林。其族高科清宦，代有令望。其贈公明經桂圃，有聲於鄉，與先君子友善。故余弱冠即與君同塾，君生平事每爲余縷縷述焉。

君質魯性剛，少失怙，益鑽勵求學。比長屬文，不以繩尺拘。臨事尤精明果决，無模棱畏縮態。惟事其母林太孺人，曲意承歡，門以内愉愉如也。年三十四，補弟子員。旋奉母諱，哀毁盡禮。喪葬畢，念族務多弛，毅然以更張爲己任。凡祖廟有傾塌者，修葺之；祖塋有崩墜者，封固之；祖地有侵漁者，恢復之；祀田有隱匿者，廓清之；宗譜有久渫者，增纂之。雖焦心疲力，撼頓顛躓不少挫，其天性然也。余所見之實如此。

君素有大志，屢躓棘闈，爰以副貢例充學博。甲午夏委署寧德，甫視篆，即留心整頓，奉公匪懈，月課匪虚。適寧之學宫剥蝕，君會邑令、薦紳醵修，躬其役焉。邑多賭風，君請縣剔除，風賴以肅，寧人德之。值覃恩，得以其官貤贈父母。方欲假歸焚黄，不意夙疴一作，竟溘然逝矣。逝之日，僚友士夫淋悏慘凄，諸生悉奔走入泣，是豈漫然無所感動者哉！余所聞之實如此。

嗚呼！以君之嫻於事，勇於義，使天與遐齡，得由司訓薦升司牧，當必卓然有所建樹。即退休山林，凡鄉社盛舉，亦必共荷仔肩，是亦吾輩之將伯也。胡天奪之速，未及中壽而遂拱墓門木邪？可哀也夫！

君享年五十。道光丁未、光緒丙申，君生卒之歲也；三月十三、五月廿一，君生卒之月日也；寅、辰，君生卒之時也。敕封孺人黄氏，君之元配也。子三：曰秉銓，國學；曰信圭，業儒；曰保邦，少尹。孫九：曰登鰲；曰梯雲；曰馨譜，承繼信圭。曰超元；曰鍾奇，秉銓出；曰鵬程，曰家駒，曰紹祖，信圭出；曰念祖，保邦出。女子一，適黄。女孫三，未字，君之嗣續也。君素恣意堪輿，曾祖考妣諸墳，多營斀遷厝；中年後作樂邱於葵峰，亦君之最得意者。今將以戊戌年正月十九甲子葬君於此，土名杏田公山。坐寅向申兼甲庚，分金□□□□，虚右竁以爲黄孺人

百歲相莊,禮也。爰撮其實如右,而系以銘曰:

嗚呼!人生斯世,倘碌碌無所短長,縱有彭喬之壽,亦汶汶没世而弗彰。惟君也觥觥亘立,一種義氣剛腸,内有裨於桑梓,外有造於膠庠;雖百年才半,遽赴帝鄉,而犖犖諸大事,已足泐貞石而垂無疆。葵山之麓,佳氣蒼蒼;古有冬郎,今有劉郎。千秋百歲後,猶使人下馬徘徊於塋旁!

例贈忠勇校尉誥贈奉直大夫心存王君墓志銘 壬寅

昔陸宣公歸隱,不撰别集,獨録醫方。范文正公少時亦謂:"不爲良相,當爲良醫。"先正之汲汲於醫者,非以其濟人之德甚溥哉!然求其不圖利己而實心濟人者,晚近中不可多得,余於王君心存見之矣。

君諱作賓,字兼信,别號心存,世居清溪長卿鄉。其曾王父心德公,國學生;其王父鍾谷公,鄉飲賓;其父宰旺公,例贈忠勇校尉,貤贈奉直大夫。君承累世醫學,少時即精岐黄,察脉製方,言無不驗。而心乎施濟,凡有所請,不論遠邇,不計貧富,必奔馳診視而後安,以此活人甚夥。君性剛直儉樸,里有紛争者必解之,族有非法者必懲之,俗有侈靡者必剔之。其隨處牖人,莫非醫德所推而出也。君齠齡家計甚寒,中年後夏屋春田,漸充漸裕。子若孫又森森踵起,或聞鸞噦,或列鷹揚,或閫外宣猷,克襄王事,卒得瀝其懿行聞之天子,龍章鳳誥畀及一身者,咸以爲君之隱德所致云。

君卒於光緒癸巳年三月十四日午時,距生於嘉慶丙子年六月廿五日戌時,享壽七十有八。□□年援例入成均;以長子貴,例贈忠勇校尉;以次子貴,誥贈奉直大夫。其誥封宜人蘇氏,君之元配也。子四:曰慶元,光緒乙亥恩科武舉;曰廷芳,以平臺勞績給五品軍功;曰彩文,武生;曰登瀛,武生。孫十七,曾孫七,女子四,女孫十一,女曾孫四,君之嗣續也。今將以壬寅年三月十六日卯時,葬君於石壁峰前,坐甲向庚兼寅申,分金丙寅丙申。葬期既定,適不佞詣崇德書院釋菜,其哲嗣慶元請余言以埋諸幽。爰撮其實如右,而系之以銘曰:

清溪西南一隅,山川幽古,鬱爲名區。其鍾於人,即非通經窮理之儒,亦自古誼古風，隱然具有德規模。王君，長卿一醫夫耳，濟人則不計功利，正己則化及鄉都。是誠稟山川厚氣，而與古之隱德者無殊！宜其裕家昌後，福與德俱。石壁峰前，形勢盤紆；天賜吉人，窆此山隅。靈秀之氣，禎祥之符，爲卜後來昌熾，允繼美乎三珠。

例授徵仕郎中書科中書銜副貢生焕其郭君墓志銘　壬寅

距南安治北八十里，曰蓬島村，是爲天柱山之麓。其下有魁傑士焉，姓郭氏，名文，字治政，焕其其别號也。郭氏自唐汾陽王德高天下，苗裔蕃昌，傳至嵩入閩，累傳至德昭，擇里於蓬島。是地山如屏，水如環，烟雲繚繞，别開勝概。故郭氏代鍾杰人，甲科相望，蔚然爲武榮名族焉。

君王父腦，業儒，享大年。父如意，娶母李太孺人，生伯兄彬洎君。君甫三歲而父早歿，母謹守孀幃，風節棱棱，鋭然以琢君成器爲志。君七歲就外傅，警敏嗜學，魁出群兒，而兢兢母訓，每夜分篝燈相對，書聲、機聲，鏘鏘然弗輟也。王父忻然，謂其母曰："此子克自鑽勵，異日當酬而志。"亡何，君未及冠，王父母相繼而逝。喪葬儩禮，家貲益落。君睇其母茹冰晏如，而劬書益力。鄰村學博洪君榮，耳其學，延爲西賓者十餘稔。君晝督工課，夜每歸而問安，闈闥内于喁歡侍，母若不知其爲寒也。

歲丁卯，章太守取冠童軍。越翼年，充博士弟子員。次第積貲，家亦漸豐。由是，養翮於杜昆山下懷古堂，方望大展鵬翎，叠膺鳳誥，以酬節母於萬一。無如數奇，屢躓棘闈。己丑秋，蒙徐明府薦，不果售，而太孺人亦於是秋歿。君哀毀骨立，深悼春暉未報而西日遽沉也。

讀《禮》畢，慨然曰："士君子得志則盡力於國，不得志則盡力於家。"起而倡修祖廟，自一世、三世至十六世，凡六廟，皆葺理如初。繼而倡修家乘，自譜例、譜圖至遠近族遷，凡若干卷，皆編輯不苟。餘若增大宗祀田，修累世祖塋，捐建南邑文廟、詩山書院，董造安民橋、院前橋，皆不惜巨貲，以襄厥成。而平生所留意者莫如光前裕後事。君念母冰操，請旌於朝，寵錫匾額，崇祀府縣節孝祠，以爲節烈光。君課督兒孫,嚴而有度。始建鼎興堂,繼建鼎升堂,終建龍福堂,規模宏遠,以爲燕翼謀。於戲!藉非沉毅有爲,曷能樹立不凡如此。

所惋惜者,君負卓犖才,不獲擢巍科、登顯仕,以酬母志,數十年來鬱鬱不自得矣。丁酉春,乃從捐需,貢成均。壬寅秋,復以副貢加中書科中書銜。方謂懷才莫展,聊可藉此請封,以榮先人於地下,何其志未酬而遂赴玉樓召耶?

君卒於光緒壬寅十一月初五日丑時,距生於道光丁酉十二月初一寅時,春秋六十有六。初娶鄭氏,生子四,女四;繼娶戴氏,生子一,女一。長道南;次江東;三汝藩,業儒;四汝梅,業儒,鄭氏出也。五五美,幼殤,戴氏出也。女長適洪,學博榮胞侄;次適黄,廩貢生春江胞侄;三適戴,爲鳳儀第三媳;四適洪;五未字。孫十:曰纘蔭,曰纘大,道南出也;曰纘鷺,曰纘祖,曰流水,江東出也;曰纘清,曰纘新,汝藩出也;曰纘瑞,曰纘昆,汝梅出也。

今歲葬有期矣。汝藩泣請曰:"先塋定於天柱山麓之侍御山,坐□向□,分金□□□□。將以□□年□月□□日入窆。願丐先生言以垂不朽。"予與君交最深,申之以姻誼,不得以無文辭,乃據狀而繫以銘。銘曰:

從古孀門,恒遇陽春。宋之永叔,明之章綸,皆由苦節,琢成名臣。君生孤露,與母含辛,雄才犖犖,鬱而未伸。圭組之榮,不於其身,熾昌之報,或在後人。巋巋天柱,靈秀畢臻,於此懸弧,於此歸真。堂斧孔固,將産奇珍。爲策哲嗣,請視貞珉。汾陽令躅,勉步後塵。

例授儒林郎貢生雷君樸齋墓志銘 癸卯

昔太史公傳《貨殖》,而首重陶朱。非重其候時轉物,能致巨富也,實重其分財濟人,好行其德也。使朱公以累萬之貲,僅爲資身肥家計,操術雖精,不過一守財虜耳,曷足見重於君子!予讀史,至"倉廩實,知禮節;衣食足,知榮辱",竊嘆司馬氏之重"貨殖",有深意焉。若雷君,其貨殖中之傑出而足爲世重歟。

君諱駿聲,字金昌,號樸齋,詩山亭内人也。父成發,母戴氏,家素清貧。君少穎敏,因貧輟學。長習計倪,思獲薪水以養親。將之新加坡,適艦遇颶風,衆皆溺死，君獨獲生，殆所謂天相吉人歟！而君亦急於省親，居是坡不數月，即返棹歸。歸後，懼無以爲養，復鋭志遠行。聞安南爲諸夷四通之地，可以治生，僑居十數稔，苦身戮力，積有餘貲，乃携眷屬歸。比歸，而［椿萱］二人已謝世。"樹欲静，風不止；子欲養，親不留"。君既抱臯魚之泣，亦遂淡然知足，不復作航海萬里計。相泉之城南，詩之馬頭，交易有無之路通，爲生可以致富。於是積居任時，再歷十餘年，而致貲累巨萬，春田夏屋，由此日增。此其經營成家，方之朱公之居陶，寧有是過邪？

嗚呼！綜觀君之致富，皆涉波濤，冒風雨，積銖累寸而成。假令大義不明，則聚財既難，必惜財如命，雖盛舉當前，亦"忍弗能予"矣。孰意君自游歷海外以來，已覷破義利關頭，凡德田所在，即倒箧傾囊，罔不赴之若熱。昔人賢陶朱，以其能聚財能散財也。君之聚而知散，其有合於陶朱之萬一乎！

君家計頗饒，即構書室，延名師，交當世有道之士，以廣己見聞，而爲子孫觀型地。故見嶺北路險，則修之；見羅溪橋圮，則諗衆造之；見鄰鄉有貧而無藥、無棺者，則隨人給之；聞安溪洪水溺人，饑餓者多，則泛一舟之米以濟之。之數事，皆啧啧人口，安邑令戚公亦褒以"好義恤鄰"，無煩予之贅述也。獨予所與共事者，如南邑文廟節孝祠，予籌款維艱，君則出巨貲以佽之；詩山書院，予經畫未周，君則出百金以解之；彭溪争鬥累年，予募貲息事，君則鳩數百貫以解之；予纂《郭山廟志》，方以付梓爲難，君則授貲梓人以刊之。之數事，實助予不逮，予每以"小陶朱"目之。方謂鄉社有盛舉，君其可爲將伯之助乎！胡不佞之望助方殷，而葛洪竟長睡不醒耶？噫，可痛也夫！

君從捐例貢成均，授修職郎。光緒癸卯年四月初二日戌時，無疾而終，距生於道光己亥年四月初八日酉時，春秋六十有五。初娶戴氏，繼娶廣東省嘉應州古氏。子五：□□，□□，□□，□□，□□；女一：□□；孫十五；女孫一，曾孫一，其餘繩繩未艾。今將以□□年□月□□日，葬君於芹山之麓，土名□□山，坐□向□，分金□□□□。

其哲嗣廪膳生元音泣請曰："先生知先子最深，願丐衮言以埋諸幽。"予思世之富厚,慳吝成風,君獨能破除俗見,觥觥然分財濟人,不甚吝惜,所謂"富而好行其德"者也。是足以風世矣,足以使人知太史公所以重貨殖之意矣,烏可以弗志! 爰據狀爲志而系以銘。銘曰:

於戲雷君,闤闠之奇! 貧而能積,富而能施,人所難爲,君勇爲之。孫榮子貴,已肇福基。矗矗芹峰,磅礴逶迤,天開吉壤,地與人宜。秀靈之氣,蕃熾之資,龍章疊賁,爲卜來時。

皇清例授儒林郎光禄寺署正國子監生先胞四弟戴雅齋墓志銘 甲辰

天下最傷心之事,莫甚於西河抱痛,家務方艱,而身遂鬱悒侘傺以死。嗚呼,吾弟而竟若此耶!

吾弟諱鳳書,字金丹,號雅齋,少予八歲。先贈大夫生予也晚,因養伯兄鳳洲、仲兄鳳鳴。及予生而親年三十四矣,鳳書生而親年四十二矣。先太宜人愛儀與書若掌上珠。而鳳書亦自少秀穎絶倫,覽詩書圖畫,甫模便肖其形,觀今古事變,類能悟予所不能悟。弱冠後,輟儒肩家務。悼二親相繼捐舍,雖苦塊時,亦鋭然以丕承先志爲事。卒哭即構承志堂,凡斲、礱、茨、墍、雘、髹事,皆躬自營度。工竣,析爨,畢,適值壬午大比,吾弟趣予曰:"家事當爲理之,兄其養翮鰲峰,以爲鵬程萬里計。"是秋,予登賢書,雖食先德之報,亦吾弟激勸之力也。

癸未,予試春官歸,時家道漸昌,弟與予寢饋詩畫樓。予於天地民物有觸輒吟,弟於古今名畫能集其成。自顧、陸、荆、關、曹、韓、黄、徐諸先正,以至近世任伯年、胡公壽、楊伯潤、鄧鐵仙家、太史青來諸手法,罔不研究入微;凡所落筆,維妙維肖,實足與諸大家相抗衡。暇時亦取南宫、東坡、子昂諸帖,細意臨摹,以盡揮毫之雅趣。故薦紳先生,騷人逸士,踵門求墨迹者屨常滿;每著一楮,争先睹以爲快。蓋幾幾乎珍如拱璧矣。

其生平尤喜創建。凡所籌度,成竹在胸,不爽分寸,人莫敢相能。如築福山祖廟、詩山書院、松村精舍,皆吾弟意匠經營,始終其事,而百工咸惴惴聽命焉。

嗚呼！以吾弟之舉事精明，世所慴服。而於書畫一途，尤殫數十年之心力，彌究彌精，彌久彌篤，至廢寢忘食而弗疲。使天假之年，必大有所樹立，以傳於後。胡業未大成，而身遂溘然逝耶？

初，吾弟以諸務叢冗，過耗精神，數年來積成久瀉、下消諸症，遇風輒眩，已弱不能堪矣。今夏五月，其長兒家瑜不幸而夭，吾弟痛家務難支，慘凄不能自已，夙疴復發，愈發愈危。予始則曲爲解釋，不忍與言傷心事；至危候，欲商以家務，而弟已哽咽不能言矣。嗚呼，吾弟而竟若此耶！喪子而遂喪身，豈不大可哀哉！

弟卒於光緒甲辰年六月十七日午時，距生於咸豐戊午年八月六日酉時，春秋四十有七。以俊秀入國子監生，覃恩加光禄寺署正銜，例授儒林郎。元配吴氏，例封安人。簉室歐陽氏先殁，再娶妾周氏。子八：長家瑜，先亡；次家坦；三家品，中殤；四家駒，中殤；五家驨；六家驪，幼殤；七家騮；八家騄。孫四：曰兆綸，幼殤；曰兆紵；曰兆黼；曰兆黻。女子二，俱適陳。女孫一。今將以甲辰年七月十五日寅時，葬吾弟於福鼎山麓興善院前，坐乙向辛兼辰戌，分金辛卯辛酉。

予懼吾弟之早殁，或終於無傳，將撮其畢生書畫，纂爲《松村書畫譜》兩册，《松村畫賸》四册，付諸梓人；并叙次事狀，繫以銘語，以寫吾哀，以遺其子孫。銘曰：

天生予季兮，風格翩翩。既畀其才兮，胡靳其年？對西河而灑泪兮，胡西歸之倏然？嗟雁行之折翼兮，使予一翮之孤騫！曩塤吹而篪和兮，兹欲求和已絶弦。憶堂基之歷建兮，皆爾獨任其仔肩。問書畫之素工兮，仗誰賞識到黄泉？卅年精力兮，一朝棄捐！覽遺墨而空嘆兮，壽諸棗梨或可傳。感秋風之槭槭兮，望長楸而涕漣。銘貞珉於幽窌兮，聊以舒吾憂煎。蓮花下兮福鼎前，峰簇簇兮水綿綿；昔我樂邱兮營其巔，今爾新塋兮在其邊。是天憐五十載之手足兮，忽數日而斷緣！欲使予百齡後之昆季兮，聚一處以團圓。爲諗後祀兮，宜瞻埽而弗宣。緊山川之靈秀兮，冀毓哲而生賢。

欽加内閣中書銜截取知縣孝廉戴摶南先生洎德配黄孺人合窆志銘 丙午

摶南先生，吾南名宿也。論者謂其有陶宏景貞白之風，故其壽與之齊。儀謂宏景闢穀延年，猶非吾道之正，先生不求養生之訣，而學養深，品行粹，壽算自長。其克享大年而後去者，實與陶氏同而異焉。

先生諱捷鯤，字毅侯，號摶南，儀之宗叔祖也。吾宗自詩山分居尤溪京口坂，學士文定公、太守舜愷公，以鄉賢名宦聲於世；至通判維清公擇里琉塘，支派益昌，而以文學掇巍科者，實自先生始。

先生天性恂謹，厚重寡言，與宏景爲人謙謹，言無煩舛同；博極群書，專工制藝，與宏景讀書萬卷，專工草隸同；弱冠游膠庠，既壯叨廪餼，給諫陳頌南，學憲徐壽蘅、吴南池，皆器重之，年四十餘，旋登賢書，座師□□□亦推重之，與宏景見重當途同；登科後，來學日衆，漳之芝山，同之舫山，南之豐州、詩山，皆主講席，游其門者，都成遠到材，與宏景弟子盈樓同；講學時彙輯繁富，《豐州課藝》、《詩舫合選》、《榕川試藝》，皆手爲編正，與宏景性好著述同。綜核生平，貞正不阿，坦白無私，方諸宏景之“貞白”，其操履不更同耶！

然儀獨窺其本原之地，道學之宗，則確有同而異者在。先生孝友性成，六上公車後，念老母年逾九旬，絶意仕進，晨昏不離側，雖老萊之舞彩不是過。日與伯兄塤篪聯歡，寒則衣之，暑則扇之，雖君實之附背不是過。先生自少至耄，手不釋卷，凡周、程、張、朱諸書，與先正格言、名臣事録，皆捃摭成帙，晚歲纂修宗譜，尤有扶綱翊紀之志，視宏景研葛洪《神仙傳》，學術不無正、僞之分。先生好行義舉，若修南邑文廟，葺豐州書院，建東溪文昌祠，繕泉州城廓，皆襄贊厥事，募修琉塘之大宗、小宗，尤不辭勞勩，視宏景閉影不交外物，品量不無廣狹之分。先生易簀前，嘗曰：“宏景善辟穀，壽不過八十五；余弗事道術，亦享其年。”觀於臨訣無恙，顔色如生，諄諄以“省”字、“慎”字勖後嗣，益知其學養之深、品行之粹，視陶氏爲更進矣！嗚呼，宏景當士大夫競譚元理之時，臨終一詩，究無益於君國；先生當士風詖靡之會，纂述諸書，臨囑數語，實足垂範後生。山中名宿曾何歉於山中宰相耶？豈必登仕版，騰英聲，受天子異數之加，始足表襮於天下後世哉！

先生以壬戌恩科舉人，例得截取知縣；以入學年六十重度，例得重游泮水；以請封先人故，援納貲例，加內閣中書銜，贈其考爲文林郎，王父爲文林郎。子五，女二，孫十二，曾孫七，其餘繩繩未艾。先生卒於乙巳年正月十五日子時，距生於道光辛巳年□月□日□時，春秋與宏景齊。德配氏黃，系出玉田□□公女，年十九歸先生。性静淑，事尊嫜孝，嫜病，嘗清夜祝天，願減己算益親年。事先生敬，始終無間言。先先生十九年卒，享壽六十六歲，敕贈正七品孺人。葬於本鄉豐年山，坐乙向辛兼卯酉，分金□□□□。虚左窴以爲先生百歲倡隨，禮也。今將以光緒丙午年九月十二日，奉先生櫬窆於左。福熙以儀親炙先生最久，乞質言埋諸幽。儀素紉先生訓，不得以無文辭，又以熙爲先生哲嗣，一宏景之文海也，將來必能大發先生之光。爰覼述事實，聲之銘辭，以策其後人。銘曰：

天生名宿，精含粹毓。璧白空山，松貞幽谷。蘊而彌輝，久而彌馥。厥有内助，齊眉致肅。同室既相莊，同穴亦叶卜。於戲！譙國之賢，玉田之淑；百歲千秋，偕藏於豐年山麓。豐年玉，豐年穀，宜爾世世子孫，發斯清福。

誥贈宜人葉母敬慎徐太宜人墓志銘　丙午

光緒三十二年春，余總理詩山學堂，擇門下士廪生葉君滋璇爲司教。君品端學邃，得力於庭訓者深，故升諸講幄，以爲後生式。是冬十二月，將葬其母敬慎徐太宜人於石笏山，背巳向亥。滋璇携狀泣請曰：

“母系出厦門徐妥公長女。初，大父母僑居於厦，以製錦爲生計。與外祖父友善，遂締厥姻。母早歲于歸，即嫻姆訓，事尊嫜能得其歡心。大母閫範端嚴，祭祀蠲潔，母遵而行之，閨門之内肅如也，奉先之際齋如也。大母有疾，母奉湯藥，侍起居，罔敢或倦。凡有所嗜，必百計羅致之；馨膳潔饈，務從豐腆。大母有愠色，母婉言以解之，柔色以温之，俟其霽顔而後已。處娣姒間，尤雍睦無間言。大父母嘗忻然曰：‘此吾家之崔婦也，願重獲佳兒佳婦之報。’其婦道之實如此。

“母事先父柔惠公，黽勉同心，恒持以敬。理家政尤得大體，往往自奉儉約，待戚友則極其豐。家中一切治生事，皆母助大母以支撑，故先父得專心舉業，無内顧憂。中年後，家計益饒，每相勖以義。凡修廟塋以妥祖先，推衣食以贍寒士，施茶粥以惠路人，吾父一二善舉，皆賴母贊佽以成。其妻道之實如此。

“母愛璇兄弟如掌上珠，而課督尤嚴。璇丱角時，即命誦書册，習禮儀；稍長，令就外傅，功課偶輟，則多方戒斥，殷殷然有斷機遺範焉。其餘或令習計倪，或令勤農圃，各業其業，亦不使稍有游惰。其母道之實如此。

“嗚呼！先母備道無愆，璇等方望克享遐齡，稍受不肖子之養。胡天奪之速，竟卒於光緒丙午年正月廿三日卯時，距生於道光己亥年二月十六日丑時，享壽僅六十有八。樹欲静而風不止，璇等其長抱《蓼莪》之痛乎！先生知璇家事最悉，乞紀實於珉，以爲先母垂不朽。”

余忝屬通家之誼，不得以無文辭。又以葉氏系出郡馬駙馬，帝戚聯姻，簪纓世閥，實爲詩山望族。贈公與太宜人克紹前徽，聲望隆起。有子七人：長滋瑞，同知銜，爰例請贈父母五品封典；次滋琨，州同銜；三即滋璇；四勤炎；五勤廣；六勤略；七勤謹。孫二十二人，若祖才、祖欽，皆秀出之英。曾孫一人。門祚蕃昌，雖詵詵振振之瑞，不是過也。是烏可以弗志？爰覼述事實，而綴以銘。銘曰：

周室開源，肇自姜嫄，后妃德盛，螽羽斯繁。誰襲古芬？葉氏靈萱。培根孔厚，奕葉以蕃。寧馨踵起，有子有孫。禎祥聿啓，將大厥門。天留吉壤，帝錫綸恩。以光潛德，以妥幽魂。魂雖已往，靈氣長存；更千萬祀，永裕後昆。

誥授奉直大夫同知銜盛府君墓志銘 庚戌

人生天地間，苟拘守一區，不能遍覽天下名山大川，以擴其聞見，則無以知天地覆載之量，即無以體天地生物之心。雖内行無慚，亦如蚊蚋處盎缶間，何能充替天行道之善事？昔白樂天遍游彭蠡，卒著《放生議》；顔魯公歷守郡縣，計立放生池八十一所；蘇東坡好游高山巨澤，至杭州則修西湖以續放生池。數君子足迹所届，必以“放生”爲重者，無非體天地生生意也。後儒目放生爲“佛老”，豈佛老好生，吾儒尚殺耶？亦昧朱子“天地絶無勾當，只以生物爲心”之言矣。今同里盛君國華，其能體天地生物之心歟。

君世居詩山之山步嶺，少孤且貧。弱冠後，好游山水，相鷺門爲富庶之區，遂營業港内，奉母而居焉。母有足疾，君禱告天地，願持齋放生以延母壽。曾子所謂“斷一樹，殺一物，不以其時，非孝也”，君其有默會乎！光緒丙子年，母歿。君遵遺命，扶輀歸里，窆於詩山。嗣是，恣游名山大川，歷蘇淞，抵燕薊，轉川陜，窮高極險，靡不周流。又復揚航各島，凡四夷之地勢物情，歷歷體認。退而留意堪輿，以爲安先魂計，遂遷父母塋而合窆焉。中年後，聞見既廣，益以戒殺放生爲首務。嘗有捻首李讓禮竄漳，後潛踪鷺門，詢君海道，時制軍懸賞甚厚，君明知一揭發可得高官，而戒殺念堅，不忍加害。此即吴真人放蜈蚣意也。而常則日到厦港浪嶼，凡可保全生物者，雖囊橐無餘，亦極力搜羅以應之。朱子謂：愛惜物命，是替天行道的善事。君殆隱合斯言歟。

嗚呼！君之好生，足以延生。年逾杖國，尤矍鑠勝常，宜其與彭喬比壽矣，胡一恙而遂駕西歸鶴耶？然君雖作古，而室家完美，似續蕃昌。四子時又譽震膠庠，行將立身揚名，以顯君於身後。安知非一念好生有以動天地之厚報乎？此可爲君慰者也。

君諱國華，以襄辦江南賑捐義務，奬同知銜。卒於宣統元年十一月廿三日亥，距生於道光己亥年二月十六日卯，享壽七十有一。元配詩山占奎鄉黄，繼娶鷺門修職郎黄繼善女，妾杜氏。子五：長添福，幼殤；次道舉；三水生；四即生員時；五道續。其餘繩繩未艾。越翼年庚戌元月，卜葬於鷺門港蜂岫蒂山麓，地名田頭，坐寅向申兼艮坤，分金丙寅丙申。四子時，以予知其家世最悉，乞言以埋諸幽。予乃志其概，而聲之銘辭。銘曰：

乾坤資生兮，萬物盡咸亨。人克好生兮，允有愜於太清。太清默相兮，見白日於鬱鬱佳城。蜂岫之麓兮，山秀水明；天儲靈於此兮，卜毓哲而鍾英。後世子孫樹表兮，應共式曰“善人之塋”。

先簉室愍卿林氏暨子瑶京墓志銘 辛亥

簉室名毓麟，號愍卿，安溪赤嶺鄉林糖女也。少家貧，鬻於鷺門爲陳氏婢。

歲己丑，余北上春官試，獲薦南旋，舟抵鷺江，思買妾以廣似續，適冰人以毓麟薦，時年方十六。余見其舉止婉娩，聘而歸焉。入門，事余維謹，咄嗟立辦。事嫡室侯氏，凡百聽從，恪守小星之分。生子二：長瑶京，幼殤；次瑶庭，入校讀書，今十七歲，將成人矣。

余染翰鳳池，荷天子錫類推恩，誥贈三代；又荷寵章稠叠，封及嫡室侯氏、今繼室謝氏，俱爲宜人，增光翟褘。獨簉室分處卑下，不得與膺封典，此限於例之無可如何者也。惟安分無愆，有不可没，宜質書其概，以垂於後。

愍卿卒於光緒己亥正月廿七日丑，距生於同治甲戌五月十八日辰，享年僅二十六歲。前葬□洋大姑壩頭，今遷在祭冬山回龍墳。坐午向子兼丁癸，分金庚午庚子。《復》、《姤》：九三復六三之義。其子瑶京，己亥春前愍卿三日卒，今以宣統辛亥八月初三合而祔之，母子相依，魂魄兩妥，予心稍慰矣。令兒孫輩書磚納壙。而系之以銘曰：

高蓋氣雄兮，停聚於回龍；下阡此墳兮，俾爾母子魂魄之相從。俯瞰群流兮，環拱諸峰；猗山川之永固兮，冀秀毓而靈鍾。

清封七品孺人吕母慈德陳太孺人墓志銘 乙卯

邑治西有吕姓，我南望族也。自季玉先生以顯宦祀鄉賢，世閥纍纍相望。歷數十傳，至故廩生麟書，文名尤噪一時。予初至其家，見其封翁庠生伯乾，諱聯升，氣量宏雅，廣納賢豪，而心儀其爲人也。再至其家，封翁已故；而其母陳太孺人治家整肅，款士極誠，益心欽其閫範也。麟書請列門下，時以經史、文章相質正。予孅其氣宇魁梧，文機軒翥，方望羽毛豐滿，將鵬程萬仞，以博慈母歡矣。孰意棘闈尚躓，萱堂遽傾；成均將貢，而其身又先期而殞也。嗚呼，痛哉！

麟書以哭母故而殞其身，母以麟書故而滯其柩。仲洛書、季丹書，尤謀吉壤而難遂，此陳太孺人之宅兆所以遲而有待也。今歲卜兆吉，葬有期，洛書等携行狀請曰："先生知僕家最悉，願乞衮言，以爲母不朽，納諸幽光。"予誼屬通家，不得以無文辭。

按狀：太孺人姓陳氏，本邑臨滌人，優貢諱步蟾侄女也。年二十二來嬪，時舅姑不在堂，逮事者惟祖姑。齒髦而羸，太孺人奉事惟謹，操井臼，紝衣裳，職中饋，則咄嗟立辦；侍湯藥，則朝夕不離；親斂殯，則哀毁盡禮。其婦道如此。

封翁以弓馬入膠庠，遍交魁儒碩彦，坐客常滿，供應殊難。太孺人主宰家政，内則撝約有道，外則款洽盡歡。又日佐封翁開廣厦，構書軒，以爲子孫燕詒之謀，肄習之地。遠近造廬者，咸以賢内助幟之。其妻道如此。

麟書自幼入塾，太孺人篝燈課讀，夜分不輟，有畫荻之勤焉。稍恙，則調以藥餌，補以肥濃，有和丸之苦焉。其餘諸子，量其材□，或習計倪，或習貫札。今洛書賾琛盈篋，丹書弓馬黌庠，皆太孺人所教之力也。其母道如此。

嗚呼！太孺人婦道、妻道、母道，各無□□，而百禄是遒矣。論者以母子相繼謝世爲憾。不知人道有始自有終，天道有塞自有通。太孺人卒於光緒戊申三月廿[日]，距生於道光壬辰十二月十七[日]，春秋七十有六，其壽不可謂不長。長子麟書雖故，仲子洛書，季子丹書，整家勝常。諸孫文瑑、文珍、文瑾、□□、世約，繩繩未艾，其後不可謂不昌。是則可痛也，亦可慰也。今將以乙卯九月十九，安厝於葵山之麓，石□之村，坐丁向癸兼未丑，分金□□□□，禮宜銘。爰系以詞曰：有老劉在堂，而不弛其孝；有伯鸞齊眉，而不衰其貌；有歐母柳母之風，而不斁其教。綜厥生平，中閨握要。子善襲芬，或焕其門閭，或光於學校。積善餘慶其有效！矗矗葵峰，名高閩嶠。妥魄於斯，靈得地竅。毓秀鍾英，後昆其有耀。我銘貞珉，藏諸幽窌，俾後之式塋者，是則是效！

誄　辭

清封資政大夫候補道健甫馬老伯誄辭　丁巳

嗚呼！時艱賴老成，健公何可死耶？嗚呼！名實聞遐邇，健公何嘗死耶！

希朱素聞馬氏爲桐城世閥，叠鍾忠正之賢；又聞公之沉毅嚴重，臨事能識機先，早心欽遲之。

及公之仲子捧檄吾南，歷著循聲。聘予纂邑志，相得甚歡。暇時縷述高堂之志事，益知公之宏材偉抱。其閲歷於海陸二軍者精，其措置於國家大計者密，其致謹於華夷之界者嚴。往往不恤衆忌，獨行己意，卒至有陰爲下石而擠之陷之，以快其褫革者。甚矣，直道之難行也！朱又惋惜久之。

既而思今之時勢阽危，正資耆舊；且四夷之鷹瞵虎踞，欲肆爪牙，必賴有威望巃嵸者起而鎮壓之。使公以矍鑠之稀年，得膺當途之徵聘，以竟其施，安知不如伏波之據鞍顧盼，遠征而表銅柱乎？安知不如令公之威名震慴，單騎而盟回紇乎？朱益翹望深之！

孰意望之深，轉傷之亟，今歲丁巳九月九日，驟聞公訃，竟以七十四歲終也。嗚呼痛哉！

然公能以七十四歲之身爲千秋不朽之身，形有謝而名無窮；可痛也，亦可慰也。矧三子翩翩迥超塵表，前既以覃恩請誥，封公爲資政大夫；此後之名位益隆，揚顯靡既，瀝公志事，傳之青史，自有不死其親者在。則哀於一時，實榮於萬載也。乃爲之誄曰：才因高世兮寡儔，操因特立兮醲尤。古之才豐命嗇兮，不知屈幾名流！公之長材短馭兮，尚欣晚景優游。倘安石復出兮，蒼生方賴以無憂；胡謝傅遽逝兮，華屋轉慟乎山邱？嗚呼！人壽衹百年兮，公已添其稀籌；芳名堪萬古兮，公早建其殊猷；志願大兮未盡酬，事業光兮終長留。有三君子之善繼善述兮，門祚方興而未休。公其無憾於九京兮，可與騎箕之傅說、登仙之留侯，同逍遥於上界兮，垂徽譽於萬秋！

松村诗草

目　　録

松村詩草序 癸丑

天地自然之色,人得之而爲文;天地自然之聲,人發之而爲詩。自太極肇分,以兩儀生四象,以四象叶四聲,而天地之竅開。日星河嶽,不事塗飾而成色;風雷泉石,不事諧音而成聲。此皆天地自然之文章,自然之詩竅,以供人之領取者也。吾人秉乾坤之塞帥以爲體性,而總匯於一心。文者,心之見而爲色也;詩者,心之動而爲聲也。而聲中有色,詩特文之韻者爾;一而二,實二而一也。黄竹白雲,非詩之見於色者耶?薰風解愠,非詩之動於聲者耶?卿雲爛縵,八伯和歌,非詩之聲中有色者耶?然此猶是上古之音。

予以爲,欲正詩教,當以三百篇爲宗。四始六義之風,敦厚温柔之旨,聖人删定,足以牖萬世而閑人心。三百篇後,變爲《離騷》,變爲兩漢,變爲六朝,變爲三唐,詩之變極,而古風、律、絶,諸體亦備;唐以後,若宋若元若明若我朝,風氣各有變移,要皆以唐詩爲指歸。譬諸木水,三百篇爲根源,唐詩則華實并茂,群流畢響,其全開詩之世界歟。曠觀歷代詩人,如李、杜、韓、白、王、孟、蘇、陸,以及考亭、東萊諸老,其學淵深,其養純粹;其氣浩瀚,其筆縱横。其設詞如霞蔚雲蒸,輝映八極;其宣籟如山鳴谷震,響遏九霄。固已萃天地間之色色聲聲而於詩發之,而究其妙諦佳什所由來,則必稟天地特出之才,蓄數十年深造之功,於韻學確有心得,然後積厚光流,實大聲宏,天機之洋溢,自然色外有色、聲外有聲矣。朱子曰:"此日中流自在行。"袁氏曰:"不到天然不是春。"於戲!爲此詩者,其知自然之妙用乎?

希朱自髫齡讀書,留心正學,性理、古文,仰鑽半生,意欲以韓、柳、歐、蘇之文,闡孔、孟、程、朱之理。迄今予髮皤皤,無所成就,方對先哲而顔赧,何論於詩?即所存詩草,亦不過誦讀古人之所抒論,游覽山川之所攄懷,羈留京國之所感喟,念親憶舊之所寫情。其意淺,其言質。無摘艷擒華之色,無敲金戛玉之聲;土壤不足希泰岱,瓦缶不足比鈞韶。此直覆瓿物耳,何敢出而問世?

歲在癸丑莫春之初,予抵安溪縣署。知事胡月川與其兄孝廉濟川,請刊《松村詩草》,予以"意淺言質"却之。濟川曰:"邵堯夫詩非明白如話乎?白樂天詩非老嫗都解乎?今先生詩從心所發,動合自然;淺而明,質而雅。正所謂不色之色、不聲之聲也,斯足留天地渾樸清真之氣矣。矧所吟咏,皆有繫於名山勝景,有關於名教綱常,有攄於忠君愛國。雖杜少陵、韓昌黎之寄托,亦不過如斯。當此頹波日下,或嘲風鏤月,或刻鵠雕蟲,浮艷靡音,失古人詩教之旨,是又不可無先生詩以正之也。請先生無以辭却!"予諾其請。歸乃命箕兒等按年編次,而叙其緣起如此。

詩山戴希朱敬齋序。

松村詩草卷一

乙　丑　時十六歲

讀文昌帝君孝經有悟,叠韻二首　七絶

孔聖傳經豁性真,文昌垂訓動思親。從今孝道如虧缺,不是男兒不是人!

其　二

萬善都從孝見真,讀經有得敢忘親?紫陽八歲能如此,我亦後庚繼起人。

囊　螢　七絶

予少時讀書,嘗備一紙囊集螢其中。友人以詩難之,分韻得"臣"字。予信口乎云:

一螢當作一功臣,照我讀書益我神。此會暫囊卿作伴,還將囊括八荒人。

擷　菜　七絶

蘿菔味清芥味和,年年擷取效東坡。只虞朘削脂膏輩,不顧蒼生菜色多。

芒　帚　七絶

曾從荆棘挺生來,能掃塵氛見作才。自此掃平天下去,主人携手上瑶臺。

丙　寅

鶏爪蘭　七絶

五色天鷄每獻祥,留將餘爪作王香。移根若植扶桑上,玉質還應捧日光。

紅牡丹菊　七絕

壽客酡顏冠衆英,洛陽準擬是前生。却嫌幽隱東籬下,猶愛人間富貴名。

讀孝經　五絕

孝德光天地,尼山開奧義。子輿一貫傳,充此人倫至。

丁　卯

讀詩經　五絕

雅頌本陳篇,風歌亦碎箋。一經尼父定,詩教日光天。

戊　辰

讀書經　五絕

蜚佐難徵古,車書孰繼周? 唐虞三代册,一手定千秋。

己　巳

讀易經　五絕

一畫孰開先? 羲皇意造天。文言申彖象,亘古顯韋編。

庚　午

讀春秋經　五絕

盲左絢文章,餘薰公穀香。何如麟筆正,萬世凛春王。

辛　　未

讀禮記　五絶

禮訓本家箴,莊嚴世所欽。開章毋不敬,抉盡聖賢心。

壬　　申

讀周禮　五絶

治譜著周官,施行萬世安。荆公空自誤,匪用禮書難。

立春日即景　七絶

報道東皇駕已還,安排游屐漸開顔。無多春色來何處?數點梅花一髮山。

樂道軒偶成　七絶三首

道若山高與海深,細流土壤敢追尋?只留窗草生生意,也是濂溪灑落心!

其　二

《魯論》仁山智水書,《中庸》飛躍察鳶魚。空齋養到天機活,俯仰乾坤樂有餘。

其　三

萬物攄懷備我身,源逢左右樂何真!吾儒學道能深造,方寸自然天地春。

夏日在詩畫樓偶成　七律

嘯卧南窗夏日長,當風自謂是羲皇。午天樓下攤詩卷,子夜燈前枕畫床。古柿陰濃無暑氣,名花味永有留香。此中權作招涼館,不讓江邊一草堂。

癸　酉

春日游上林得樂軒　七律

高軒舒嘯樂何深,多少奇觀靄上林。樹蔚青山無盡畫,泉飛白石自然琴。名花繞砌逢人笑,好鳥當春伴客吟。領得箇中真趣味,讀書悟盡聖賢心。

讀家語　五絕

家語出尼山,珍藏孔壁間。名言同《魯論》,萬古闢儒關。

自　警　七絕

履薄臨深廿四年,焚香諸事不瞞天。只愁處世鋒棱峻,内行能方外欠圓。

祈　天　七絕二首　并序

余壬申冬歸自桐城,見父病劇體羸,憂其來日無多,齋戒七日,設壇祈天,願減己算以益親年。祈畢,幸父漸安。癸酉秋,父又染温病,勢甚危殆,予復齋禱於天,願以身代。是夜焚疏,翼日父瘳。予喜天眷之速,因吟俚句二章。

焚香何計可祈天,請代情真父獲痊。夜效黔婁稽顙乞,高堂翼日果安然。

其　二

日薄桑榆欲籲天,祈年應可益親年。初安望有長康日,堂上期頤地上仙。

甲　戌

充博士弟子員自省　七絕

青衫無價易售知,素性有偏難變移。須效韋齋銘佩法,毋忘范老秀才時。

讀朱子小學有悟　七絕

《小學》一書朱子筆,發明弟子章詳悉。文山養正本尼山,先聖後賢其揆一。

讀性理諸書有感　七絶

載道文章自古難，爲文害道語堪寒！何時了却時文債？性理精微仔細看。

送堂兄金書廣文、金蘇上舍之東瀛　七絶二首

剪燭談文不幾時，陽關唱罷又臨歧。知交此别無他贈，數點梅花一幅詩。

其　二

雙雙携手各辭家，直向東瀛設絳紗。送到緑波春水外，許多離緒逐飛花。

别後數日遥想金書、金蘇行程，復成一首　七絶

故人辭别故鄉關，閩海泉溪度幾灣？屈指離家三五夜，輕舟應已到臺山。

戒淫書　七律

不愛生花筆一枝，吐開意蕊造淫詞。憑空繪出風流事，托景吟成月夜詩。覽此動心滋蠱惑，因之失足墜蛾眉。篇中試問迷魂處，誤盡青年咎是誰？

戒淫念　七律

彌天罪孽最難賒，究竟都從一念差。眼底有心窺粉黛，夢中無地不嬌花。那知暗室虧心處，終使神光怒目些。寄語達人靈府上，亟思詩旨到無邪。

乙　亥

闈中題壁　七絶

棘闈評騭重陰功，暗室無欺運自通。寄語風檐辛苦客，雲梯只在影衾中。

却金蘇勸舉孝廉之書　七律　并序

皇上御極之初，詔舉孝廉方正。堂兄金蘇在臺聞詔，以余行頗無歉，欲聯名

簽結以舉之,先貽書勸余應舉,余愧莫敢當,草此却之。

聖朝曠典出金閨,遠客緘封重紫泥。鳳詔求賢天下遍,魚書遣使海邊賫。有心四字來規勸,無行當途孰品題?多謝故人珍重意,樹非桃李怎成蹊。

秋日閑行遠眺　七絶

綴露攀花自往還,停踪笑指白雲間。眼中收盡秋光景,妙在村南一片山。

丙　子

九日山即景　七絶六首

秦君亭

松不磨風硯不塵,有唐詩客此藏身。箋經筆墨雖殘蝕,千古孤亭尚姓秦。

姜相墳

抗章罷相斥南安,馬鬣巍然翠陌間。千載游人深景仰,方知黄閣遜青山。

墨妙堂

墨妙堂中瞻妙墨,端明字跡尚淋漓。萬安九日相輝映,千古江山筆一枝。

無名木

古樹高撑九日山,不教名字落塵寰。隱君亭外遥遥望,一例銷聲木石間。

晉朝松

斑斑老幹縐龍鱗,千載名山剩一身。晉代清談今絶響,大夫自閲古今春。

石佛岩

層層妙相列雲間,始信名山石不頑。借問瓣香諸士女,可曾親見點頭還?

過相公泉　七絶二首　在縣治西,九日山下。

姜相滿腔多熱血,偏耽石隙一寒泉。想因流落閩山後,愛住清潭活水邊。

其　二

玉液瓊漿井底收,當年曾汲此清瀏。名泉何幸逢名相,一勺流傳幾萬秋。

登天柱峰　七言排律八韻

兀兀危峰勢插天，探奇直上此山巔。秋光大豁騷人眼，絶頂全空下界緣。一柱高擎雙日月，半岩俯瞰萬山川。花依峭石多餐露，山有含笑花，四時常開。木護禪門欲裊烟。山門有古木護之。玉茗香浮丹壁上，山多佳茗。石梁水溢白雲邊。山有古井，其水若盈石梁，則山下發科第。兩湖形勝超塵表，山中開兩湖八景，一曰雙湖蒔香。雙塔微茫峙嶺前。山最高處，可望郡城雙塔。呼吸可能通帝座，蓬萊應合駐神仙。昂頭不問驚人句，欲問乾坤孰轉旋？

登詩山，懷歐陽四門　七律二首

振衣獨上此高岡，欲祝先生一瓣香。萬古山靈鍾間氣，七閩文物破天荒。共知龍虎聲名貴，誰識雞豚服事忙？莆水詩山迢遞甚，奔馳只爲戀高堂。公在莆陽讀書，孝思忽起，珍味偶得，便奔馳歸養。

其　二

天生博士荷斯文，閩學源流從此分。暗室垂箴真炯炯，太原函髻漫紛紛。讀《暗室箴》無淫等語，可知太原函髻之誣矣。封塋竦氣凌蒼昊，書室芳踪鎖白雲。唐代江山今幾易，詩人終古有餘芬。

謁歐陽墳，次歐陽八山韻　七律

名山滿目盡荒墳，獨望歐陽頂上雲。爲有四門名字貴，長留一塚古今芬。蜿蜿八面山環抱，墓龍自白雲室翻蜿而來，故曰翻龍墓。屹屹三碑勢鼎分。山頂左右三碑，俱鎸歐陽祖墳。我輩欲爲《阡表》計，文章孝行始傳聞。

讀歐陽四門詩集　七律

四門累帙舊詩章，吟誦千回口亦香。峻峭氣凌雙泰華，鏗鏘調叶大宫商。雄辭一代齊韓柳，冰鑑當年有陸常。陸宣公、常觀察。獨幸詩名留梓里，山村萬古共流芳。高蓋[山]曰詩山，村曰詩村，皆以公得名。

登文章山　七絶四首

洪鈞陶鑄一名山，別有文章焕此間。不假江郎一枝筆，自然五色絢斑斕。

其　二

蒼崖翠壁氣横秋，當日文公策杖游。寄語將來十八士，須知此地勝瀛洲。朱文公到此山，有“文章十八士”之語。

其　三

山嶽精英迥出群，能攢錦繡綴烟雲。想因石筆石筆山在文章山左。供揮灑，著得千秋不朽文。

其　四

圖畫天然一幅青，人間雅事屬山靈。瓣香欲向峰頭祝，助我千年翰墨馨。

登五臺山　七絶四首

古有無知往五臺，四門遠送幾徘徊。歐陽四門有《送無知上人往五臺山序》。不知此地同嘉號，曾否歐公著屐來？

其　二

峰頭噴出一龍泉，泉上高庵舊坐禪。絶大梵林今絶影，只餘花草滿階前。

其　三

先人駐錫此山時，棄釋歸家創福基。唐末民避徭役，多從佛教。先人爲僧於五臺龍泉庵，後悵家世式微，歸而創業，由此昌後。九百年來傳軼事，梓鄉猶有五臺師。天賜岩有五臺祖師，聞因庵廢移祀於此。

其　四

我携柑酒上臺山，弔古頻懷興廢間。詩地方今崇正學，禪門異教不妨删。

芹山訪歐陽四門故址　七絶八首

詩山靈氣萃芹山，唐代名賢孕此間。遥想髫齡吟嘯處，水濱岩畔幾忘還。

其　二

芝英杰出冠群英，獨破天荒里閈榮。今日登山問樵牧，猶傳龍虎舊聲名。

其　三

一身倡道七閩中，綿衍漸成鄒魯風。後學欲尋閩學派，須知源發自歐公。

其　四

當年逼切戀庭闈，珍味携從莆水歸。寄語詩村諸秀士，亟將寸草報春暉。

其　五

此地爲公毓秀鄉，况兼累代繼青緗。子櫝、孫澥，俱有文名。只因苗裔都遷徙，風雨頻傾古晝堂。

其　六

歐陽古地勒分明，妙墨曾聞出考亭。屹屹崇碑今泯滅，故居千載尚流馨。

其　七

詩人舊址野人居，太息滄桑變厥初。何日剪除荆棘去？數椽重作四門廬。

其　八

鯫生有幸近公居，詩地宏開講幄初。此會瓣香公亦慰，鱣堂一席勝蝸廬。詩山書院今時祀四門先生。

鵬峰尋子朱子墨跡　七絶二首

巨石斑斑天護持，紫陽字跡尚淋漓。至今峰外停車問，父老猶傳潑墨時。

其　二

名山何幸住名流，况有銀鈎鐵畫留。苔蘚不侵塵不蝕，寥寥四字亦千秋。

鵬峰訪陳南壽墓　七絶二首

鵬峰古地暮烟青，槭槭秋楓老墓庭。賴有紫陽旌一駐，封墳千載尚流馨。

其　二

金雞展翅宛成形，點綴神工屬考亭。奕葉於今蕃衍甚，方知此地最鍾靈。

秀峰岩懷古　七絶

秀峰蒼翠繞殘烟，梵宇傾頹不記年。回首奇踪何處覓？蕭疏古樹傍雲邊。

冬游資福院　七絶

天開資福古禪關，我輩尋幽偶繫轅。好是霜清風定後，一林紅葉鎖僧門。

春游石古林　七絶

携笻嶺外拂烟深，問柳尋花到古林。此地春風誰管領？紫雲帳裏有人吟。時黄欽禮茂才設帳其間。

題挹翠堂　五律

堂裏凡青舊，窗前景色新。山銜千古翠，花占四時春。先祖吟詩地，吾祖做周公工於詩，每與諸名士在此唱和。鯫生翊道身。歐陽書室近，勿讓破荒人。

題一眺石次黄山人先輩韻　五律　在九日山。

名山石不頑，一眺空塵色。高瞰萬峰青，遠瞻雙塔白。飄然地上仙，睨盡人間客。獨立老乾坤，千秋具眼隻。

丁　丑

寄懷陳懷堂業師　七律

自從泉郡沐傳薪，絳帳授經妙入神。儒學淵源開後進，文章手法邁前人。先生時雨多施化，弟子望風欲坐春。何日門墻重立雪，南來道派問前津。

寄懷林橙圃業師　七律

天南競慕一魁儒，何幸鱣堂齒及愚。師主講豐州，閱愚考卷，謂諸生曰："戴生遠到材也，可引其來見。”入謁門同元禮峻，愛才説與項斯符。師來駒縶人如玉，師到敝寓，扳駕始留。我喜驪探法得珠。何日西河重挹範，親瞻大雅一輪扶。

石井觀潮　七古

乾坤噓氣倏時開，噴出海上千潮來。聲如萬馬嘶風起，色如千山皚雪堆。湧如馮夷鼓白浪，疾如天使轟晴雷。閩海問誰有此概？説是石井潮掀歷。石井明季有人傑，當時滿腔多熱血！能以掀天揭地才，劈開兩島三臺穴。臺灣有臺中、臺南、臺北三屬。支撑明祚數十年，鍊成人間一義烈。枚乘曲江觀潮雄，武肅錢塘射潮熱。兩人文武雖多材，對此忠悃應心折。此等易名居何列？國朝已謚鄭忠節。予來斯鎮欽英風，義聲恰與潮聲崇。知是江山鍾浩氣，地靈滾滾人亦忠。觀潮悟出盈虛理，觀風欲追不貳衷。我朝養士三百載，韓潮蘇海多文雄。求如國姓扶國脉，億千萬士無一同。宜乎高風留石井，永與海潮壯閩中！

閲時有感　五古

新年似舊年，今月如古月。新舊相輪迴，古今亦倏忽。吁嗟世上人，及時早奮發。勿使天地間，姓名終埋没。

中秋夜對月讀書　五言排律十二韻

天地開良夜，吾儒感發生。一輪輝月色，萬遍讀書聲。群籟音俱寂，中秋魄獨明。有人携數卷，對影誦三更。世界銀河洗，文章玉佩鳴。不資螢照字，惟藉兔騰精。調欲鏘金石，球應徹水晶。攤來瑶笈富，移就玉壺清。白眼看華滿，青天問句驚。撥開今夕鏡，照見古人情。堝壁敲詩韻，蟾宫織記名。姮娥如俯聽，應送桂香榮。

戊　寅

自丁丑冬至己卯春，丁艱，無詩。

松村詩草卷二

己　卯

哭　親　七絶十首　并序

予丁丑仲冬丁母艱，戊寅仲夏丁父艱，半載光陰，二親溘逝。自恨罪戾極天，不自殞滅，禍延考妣，何以立於人世？今泣血將三年矣，每一愴懷，泪涔涔下，發爲哭親詞，不揣無文，聊以寫憂云。

天昏地黑裂尊堂，一夏一冬半載亡。罔極深恩何以報？誦詩空廢《蓼莪》章！

其　二

乾坤二至極陰陽，虧我椿萱感氣傷。先父母卒於夏至、冬至後。人説倡隨難久離，兒悲罪戾及爹娘！

其　三

爹娘辛苦痛難言，畢世修爲兩志傳。先父母行誼，二墓志已言之詳。只論當初生鞠事，恩如山海德如天。

其　四

先人崛起樹家風，酷嗜書香立德功。貽我丕基深翼燕，憐兒多病苦丸熊。

其　五

二老才躋耳順齡，方期百歲享康寧。誰知樹静風難止，中壽旋悲墓木青。

其　六

墓門執紼泪沾衣，杜宇聲聲帶血歸。予葬母歸即咯血，至葬父，血益熾。回首詩山衢路遠，登峰空望白雲飛。

其　七

誦經萬遍究何裨？予居喪，惟日誦文昌《孝經》，以抒哀思。泣血三年愈自腓。寸草於今摧折甚，不知何日報春暉？

其　八

慈烏易惹終朝露，駟馬難追已散雲。翹首松楸頻悵望，何時華表樹封墳！

其　九

羅盡珍饈爇盡香，堂前不見二親嘗。椎牛弗及鷄豚養，憶古頻增泪數行。

其　十

泪灑千行總是虛，務須實踐古人書。立身行道名揚顯，考妣在天樂有餘。

保　身　七絶二首　并序

余丁艱時，三年咯血，病勢漸危。每念吾親，大任在身，吾身一日尚存，即是吾親未亡。保身顧不重哉！於是節嗜欲，定心氣，悚然有程伊川徇欲忘生之耻，牢然有劉元城絶欲葆生之志，多方調養，無限戰兢。既禫，猶不入比御，而遺體亦因之漸康。先儒謂：寡欲爲長生之源，保身爲事親之本。信矣哉！爰吟俚句如左：

先人重任屬吾身，禫闋何遑戀枕衾？三載沉疴今漸健，方將竪起匪莪心。

其　二

乾坤塞帥在吾身，七尺何堪欲海沉？松節蘭薰當自寶，四門暗室有垂箴！

咯血三年，書以自省　七律

三年苦塊血成堆，面瘦那堪對鏡臺。藥債不知何日了，竹簾猶怕有風來。春暉未報餘羸草，夏雨添愁感積梅。四月，梅雨疊降，思吾父昔年今月雨中染病，益深悲感。遺體先人珍似玉，冰淵尚亦戰兢哉！

慰研友侯詰西　七律　時往臺北，不得進場，悶悶而歸，故慰之。

聞説故人歸故鄉，雄師未許戰文場。遥知大器多磨折，幾見輿朝屈棟梁？

臺北縱無雲得路,泉南自有藻生香。來春報道鸞聲噦,又是鏘鏘佩玉郎。

寄懷堂兄金蘇　七律　時在臺灣。

荆庭芸館兩相親,一隔音塵歷幾春?故土風光經少變,他邦景色料增新。花花世事濃中墜,水水交情淡裏真。遥想東瀛羈旅客,停雲應憶素心人。

壽堂叔祖奇寬鄉賓八十　七律二首

問誰慶壽靄庭除?説是大廷長者居。身歷五朝多歲月,家傳三世舊圖書。詩山早共推前輩,渭水應逢載後車。他日熙朝隆乞憲,好邀盛典耀門閭。

其　二

杖在天朝賓在鄉,引年差喜荷寵光。烏衣濟濟環階舞,玉樹森森繞砌香。四代同來傾北海,一衿也共慶東床。令婿李希曾茂才同來祝壽。滿庭朱履無他祝,椿亦長春桂亦芳。

庚　辰

承志堂慶成　七絶七首

披榛闢草奠堂基,本是先嚴舊訓遺。建水徙居承父志,朱子因父志,徙居建陽之考亭。詩山卜宅奉前規。

其　二

天留福地付先人,手自經營意自珍。但使肯堂遺願遂,何辭一室費千辛!

其　三

數十楹開愜衆忱,閩俗葢屋多争妒,余構斯堂衆無間言,群説先德及人之故。椿萱遺澤感人深。秋來堂寢新升宔,孝孺差安愛日心。方孝孺構愛日堂。

其　四

斲礱髹艧課頻頻,梁棟丹青始焕新。松柏林前開夏屋,此地舊名松柏林。好偕松柏萬年春。

其　五

于公高大德爲根，菲德何堪駟馬門？但願一廬綿瓞盛，上承考志下垂昆。

其　六

創業艱難守更難，燕居須作構居看。叮嚀兒輩無他話，立德承家宅自安。

其　七

臯藩曾毓小宗庭，祖叔贊𡢃公由臯憲升藩憲，其宅爲今之小宗，離斯堂不遠。詹庶聯居孔子亭。宮庶陳遷鶴生宮詹萬策於此，亭在我堂左。竊幸斯堂鄰咫尺，人才還望世傳馨。

省視親墳，灑泪而作　七律二首

墳塋省罷泪如絲，痛與爹娘永別離。坯土空憐埋朽骨，重泉何處覓芳儀？十年瓶罄罍增耻，一旦風摇木不支。寄語高堂無恙子，莫教衢路始含悲。

其　二

含悲哭到日昏時，渺渺泉臺那得知？堂斧終成千古恨，松楸頻繫寸心思。墓前未勒《瀧岡表》，口裏空吟《蓼莪》詩。何日焚黄膺誥命，先人地下有榮施？

先母忌日　五古　十一月廿二日。

灰飛霜落天，履之心愴然。屈指母忌日，風木胸萬纏。先期理齊事，鬱悒思當年。思母節衣食，思母慎起眠。思母紡織聲，依稀盈耳邊。思母豐腴貌，仿佛臨目前。思母遺訓在，凛凛如冰淵。思母沉疴重，涕泪垂漣漣。恨不師黔婁，請代齡可延！欲展如在誠，稍贖前時愆。及期聞鷄起，設位滌筵几。先奉香與茶，次陳簠與簋。百味羅珍羞，三獻進瓊醴。焄蒿悚精神，愾僾追聞視。私冀母精魂，來嘗庶饈美。畢竟家堂中，莫瞻母至止。祭豐輸養薄，斯言痛奚似！母慈如江河，追思已逝水。空灑王修襟，難進姜詩鯉。敬勸具慶人，及時奉甘旨。毋待終身喪，始嗟長已矣！

勸孝十四咏 七絶

誠　心

孝先百行妙推行，百行全憑一點誠。允若都從齊慄感，至誠洵可格神明。

愉　色

誠中形外色怡怡，愉婉生於深愛時。底事老萊傳萬古，爲承色笑似嬰兒。

承　志

高堂志願隱難言，曲意迎承賴子賢。記否孩提親顧復，萬般體貼已曾先。

問　安

問安繞膝屬兒孫，日夜都應到寢門。世子一篇千古法，只因問豎歷晨昏。

侍　養

養親容易悦親難，菽水鷄豚各盡歡。多少匆匆游宦客，不如耕牧奉盤餐。

服　勞

𦆠幃事事要躬親，山谷貴猶滌器頻。寄語世間紈絝子，勿將温凊委他人。

禀　命

出門事事禀高堂，未許任情自主張。看盡犯尊凌長輩，當初目已眇爹娘。

諫　過

庭幃履錯忍無言，率臆直陳轉艴然。進諫須融幾諫意，不違不怨是真詮。

解　怒

暮年盛怒子之愆，引慝齊夔跪膝前。藹藹春風呈滿面，縱教雷震亦回天。

舒　憂

老來萬慮易牽纏，解釋多方賴少年。破盡愁城開坦道，白頭便作地行仙。

侍　疾

衰齡抱恙子心憂，行禱延醫百計求。更有天然無價藥，一庭和靄萬痌瘳。

守　身

一膚一髮本親傳，如履如臨尚慎旃。識到無形虧損處，影衾之内有冰淵。

承　家

讀書力業各經營，先世箕裘莫放輕。自古名門佳子弟，都從勤謹振家聲。

立　德

養親不及顯親名，植德揚休萬古馨。大舜從來稱大孝，只因聖德達堯廷。

昔袁簡齋評詩，謂誌庸行者難工。明乎庸行之言，易近平實，不同描情繪景，足以壯采詞壇。諸作只期孝道稍明，爲初學說法，工拙所不計也。

辛　巳

敬兄俚句　七絶四首

人生幾個共胞生？何忍因財啓鬥爭！就使非親親骨肉，繼承也算是吾兄。

其　二

高堂寡育懼衰門，襁抱吾兄一體論。生養異形無異視，好留良法付兒孫。

其　三

千金散盡去能來，手足一傷贖不回。我倘鬩墻生釁隙，諸兒依樣亦相猜。

其　四

大舜能回象不仁，我猶未免爲鄉人。從今共佩蘇公訓，蘇瓊云："難得者兄弟，易得者財産。"一日和諧一日春。

時將分産，予恐兄所侵蝕，弟侄或有間言，書此示之，語淺而明，欲其易曉也。果各相讓財，毫無間言，是可見至誠之能感人矣。

游郭山廟　七律

振衣百仞到山扃，曲磴崇階陟幾經。鴛殿深藏千樹碧，鳳尖高瞰萬峰青。巍峨棟宇今時麗，時新修廟宇。縹緲藤蘿古跡馨。爲告瓣香來往客，閩中此地最甄靈。

祝郭尊王　七律

天南競祝一明神，説是生前孝子身。萬古椎牛頻祭墓，當年牧犢倍思親。

麾旗曾熄皇宫火,灑雨能回海嶠春。今日東倭猖獗甚,還祈爲國掃妖塵。

八月與祭郭太王太妃　七律　封塋

笋輿高昇桂旗揚,直到塋前幽思長。千疊溪山環馬鬣,累朝綸綍焕龍章。塋中有聖旨碣。包茅縮酒三秋薦,薄海陳牲萬里香。我輩肅雍來助祭,須知此事繫綱常。

九日在樂道軒與金蘇聯句　七律

重陽懶向好山游(蘇),同坐空齋滿目秋(敔)。橘柚香從墻外溢(蘇),芙蓉花在鏡中浮(敔)。客來送酒衣偏白(蘇),鳥伴吟詩韻亦幽(敔)。絶勝登高沿故事(蘇),騷人何處不風流(敔)!

秋夜同黄則慎茂才散步偶成　七律

雙雙緩步惹輕塵,夾岸藤蘿絆此身。領得清風分兩袖,邀來明月作三人。日沉天朗渾無夜,秋老花香亦是春。爲報詩山同志友,勿辜光景一番新。

壬　午

榕城即景　七律

秋風捲入古榕城,海上潮聲應候靈。塔影高摇烏石動,劍光直射碧池馨。群龍江外掀雲黑,五虎城邊繞堞青。天下干戈閩不患,兩峰旗鼓即藩屏。

榕垣明心　七絶

暼見榕垣姐妹花,友人彊我入烟霞。儂非劉阮神仙客,不愛天台二女家。

端午馬江觀競渡　七絶

龍舟齊鬥馬江濱,金鼓旌旗博一新。借問争先諸手段,錦標到底屬何人?

壬午春肄業鰲峰，秋登賢書，喜成二首　七律

十載芸窗學未成，春來負笈到榕城。鰲峰欣侍傳經席，蟾窟偏符織記名。己卯夏，夢與黄爾漚同榜，今果名與夢符。昔人謂預織登科記，信哉！幸掇一枝丹桂樹，多添幾段蓼莪情。他年若捧天朝檄，無望花輿前導榮。

其　二

虎榜題名墨迹新，誰知修到有前因？祖宗累世詩書氣，父母卅年課督身。養我靈根非易事，墮些先澤豈成人！從今家國須努力，勿負君恩勿負親。

賀金蘇東瀛買妾　七律

聞君復結一良緣，綽約豐姿半少年。嬌婦已將金屋貯，時金蘇築室以居之。奇婚的是赤繩懸。笑隨瀛海人如玉，重到天台客亦仙。金蘇初娶甚得意，自謂天台重到。料想劉郎新眷屬，鄉心猶繫白雲邊。其家人恐他鄉心日淡，予故以此諷之。

癸　未

入　都　七律

文旌萬里抵都門，首善名區屬至尊。帶礪河山群國主，巍峨宫闕九天閽。海邊嫠雉勞重譯，天下文章試萬言。百世金湯胡以固？主持堅定勝屏藩！

落　第　七絶

榜花一發落孫山，萬里風塵返路難。自分樽櫨非國楝，誰家桃李鬧春官？

聞宗室侍郎寶竹坡座師罷職，感成一首　七律

先生直節震當今，廷議無端罅隙尋。獨立朝端稱鐵面，師前爲諫官，京師稱鐵面御史，舉朝服其方正。謫居林下表冰心。貂裘典罷才沽酒，落職後耽詩嗜酒，每有典衣之

事。狐腋集來又却金。時諸同年鳩金以獻,師一笑却之。到底宸衷有真鑒,柴門不久翠華臨。

端午節在上海舟中思家偶成　七絶

海國天中放棹回,故鄉南望惹心摧。遥知家置蒲黄酒,次第斟來少一杯。

舟回馬江喜作　七絶

鐵船自北向南回,行到閩天眼倍開。萬嶺千峰飛舞處,船頭始露馬江來。

自京都歸里偶成　七絶

京邸歸來常掩關,未膺王事且偷閑。鄙人此會無他志,入要攤書出看山。

寄懷黄厚甫業師　七律二首

癸未春,師與希朱同上公車,師蒙薦不售。抵家後,書來問愚近日何爲,并自道其悶悶之意。因率成二律以慰之。

先生蚤歲冠南軍,師乙亥經魁。三薦春官海内聞。師三薦不售。宗匠知人無陸贄,高才下第有劉蕡。璠璵本是磨礱器,臺閣終登玉佩文。韓昌黎以玉佩瓊琚喻柳文之高貴。轉瞬春來桃浪暖,神龍又看際風雲。

其　二

京邸歸來學恐遲,不才那敢負清時?慣臨几席頻拈筆,偶覽溪山便賦詩。新進幾人欣結侶,舊書萬卷讀成癡。何年重侍傳經幄,載酒驅車問字奇。

寄懷陳雲濬茂才　七律二首

雲濬,永春小岵人,與余交最深。後之安汶,書來問訊,草此贈之。

回首西窗笑語親,芝眉一别又三春。十年膠漆盟心友,萬里關河隔面人。冰雪已磨多歲月,文章應振舊精神。寄言天子掄才重,未許淹留汶水濱!

其　二

故人名早噪黌宮，今在蠻烟瘴雨中。不是高岡偏寄鳳，尚欣絶域有傳鴻。薔薇洗罷書頻讀，雲樹思時夢亦通。何日仙槎歸洞裏？雲濬别號仙槎。桃源依舊話春風。

勖胞四弟金丹　七律

天生品格最清奇，異樣風流筆一枝。人近名山應解畫，胸藏秀氣自能詩。樓臺高枕塵難染，弟與余同居詩畫樓，寢食不離。事業多增力易疲。弟以家務輟舉業，數年來建厦治家，煞費精神。寄語精神須愛惜，家門世務好支持。

静坐偶成　五古

天地最從容，所以能悠久。聖賢真涵養，用克垂不朽。沉着兼灑落，功在善操守。皓月當空時，澄然照萬有。

甲　申

春日訪報慈院故址　七絶四首

報慈岧上偶游春，報慈院下半荒榛。法圓住錫今雖渺，龔老留題古愈珍。

其　二

百步靈區從此尋，當年迎母憩禪林。僧家猶解春暉報，我輩休忘寸草心！

其　三

吾祖番禺著政聲，曾安此處讀書檠。登山遥望松楸影，樵牧猶傳判簿塋。

其　四

乾坤柱礎屬吾人，俯仰名區倍愴神。何日報親兼報主，一身釀盡國家春。

春日過石古林　七絶

古林道上笋輿行，野草閑花不記名。妙有慇懃枝上鳥，喃喃和我咏詩聲。

咏紫荆花　七絶

荆花競秀靄庭隅，并蒂連枝與物殊。珍重莫教長舌鳥，暗穿樹裹損根株。

咏艾人　七絶

淡葉疏枝結構新，形容髣髴繡絲人。恐他少艾關情客，蒲酒酣時認作真。

咏竹夫人　七絶

瀟湘叢裹寄前身，個個妝成體樣新。同夢終宵無俗累，竹夫人勝少夫人。

乙　酉

登詩山絶頂　七絶

八閩名勝説詩山，躡屐携囊絶頂攀。我自置身白雲上，許多邱壑總塵寰。

大廷名勝十二咏[①]　七絶

始祖廟　俗名大宗。

吾宗間氣出詩峰，磅礴南來勢似龍。廟之形勢似雲龍嘘氣。廟歷五朝簪笏盛，將來望有哲人鍾。

藩侯宅　俗名小宗。

詩山院下一高廬，道是藩侯舊日居。宅在詩山院下，明時院廢。方伯贊媺公之父廣坡公建宅于斯。茅酒升堂秋獻斝，予訂秋分祭小宗。須知先烈炳閩書。贊媺公忠正廉明，《府志》、《閩書》皆褒之。

孔　子　亭

誰將孔子號斯堂？宫庶宫詹寄跡香。想是先賢希聖志，欲瞻美富舊宫墻。

福　山　廟

詩山氣萃福山頭，廟貌輝煌二百秋。陟巘降原開此地，吾支祖開基福山，頗得地脉,因自號曰篤公。先人宛肖篤公劉。

待駕宫昔人構此以待宋帝昺之駕,故名。

厓海未沉宋主舟,詩山先接御車游。迄今回溯迎鑾事,一片忠心表萬秋!

天　賜　岩

天賜名區别有天,前瞻雲室後瞻蓮。地靈宜闢文昌廟,爲我斯文荷仔肩。

嘘龍井井在始祖廟後,先人鑿井以通龍氣。

雲龍得水自騰空,鑿井嘘來氣一通。倘使揚鱗霄漢際,應爲霖雨濟時功。

躍　魚　塘[2]

泉間躍鯉古稱奇,塘畔躍魚更罕窺。今日徘徊置筐處,艷傳介石勝姜詩。

烏　石　潭

一水淵深萬象涵,水邊峭石任幽探。回思宗派開源處,髣髴光州石壁潭。

龍潭陂龍潭陂在大廷鄉太平里,長五十丈,闊三丈。

雙溪噴出一龍潭,潴水爲陂利最酣。開築艱難同萬石,生民有補苦仍甘。

布政井《詩山志》云:方伯戴廷詔瀹井處。

誰開古井在村東?方伯當年創造工。修綆汲來清澈水,千秋猶記瀹時功。

望高石石在飛鳳山之左,古傳有飛鳳,即有望高石。

鳳凰本是翽高岡,左有玲瓏石一方。蹲立千尋何所望,望逢盛世應歸昌。

題惠書橋　七絶二首[3]

惠澤特書名不祧,敲詩今我度虹腰。何時稍慰留題志,駟馬高車過此橋?

其　　二

駟馬高車何足榮?行將霖雨濟蒼生。吟鞭萬里從兹著,時將入都,路由是橋出。惠政待書青史名。

題古銅喉　七絶

是石是銅亘古留,詩村鎖鑰一詩喉。高峰紫氣於斯露,詩山饒紫色,銅喉色亦如之。是山紫氣至此呈露也。孕粹含精幾萬秋？

大宗紀事　七律　并序

是秋，與金蘇率族中俊秀，按期在大宗講明孝友睦婣等事，令族人齊集觀聽，蓋欲以化顓蒙也。因紀其事。

談經註禮本家傳，訓俗尤從我輩先。喜得班中羅玉筍，時將舌底吐青蓮。綱常名教千秋重，族黨州閭一氣聯。倘使顓蒙皆式化，大廷到處有堯天。

冬日噉大廷紅柿　七絶二首

經霜萬顆一時紅，次第嘗來味最濃。仲若携柑我携柿，古今珍果屬吾宗。

其　二

前朝古柿此時酣，我大廷柿樹皆前朝所植。絶勝棠林蔽芾甘。釀作清霜團作餅，大廷柿餅、柿霜，可以療血潤氣，遠近珍之。大廷品味重天南。

募建方伯贊孍公舊宅　七絶三首　在格頭下。

方伯風徽澤尚深，數椽倡建共鳩金。迄今高蓋山前月，猶照當年宣化心。

其　二

瀘州尚有褱生祠，詩地能無拓廟基？髹臒一堂新生祏，格頭下贊孍公子孫所居之舊宅，予募構之，因築龕立主以拓爲廟。臬藩兩省舊風規。

其　三

故宅新恢幾棟梁，一門奕葉或蕃昌。從兹赫赫開藩裔，望有蘭馨與桂香。

讀李杜詩集　七絶

泰山高覺衆山卑，凌轢千秋李杜詩。中晚以來多逸響，光芒萬丈可稱誰！

讀白香山詩集　七絶

余遍覽《樂天全集》，如《新樂府》三十章、《秦中吟十首》，深得三百篇詩教之旨。惟"每被老元偷格律,苦教短李伏歌行"等句,抑友以揚己,不免蹈詩人自炫之習。若聖賢含蓄不露,則無此等氣習矣。因成俚句如左。

卅章樂府十秦吟,三百遺詩此嗣音。只有伏行偷律語,露些抑友自揚心。

讀王漁洋詩集　七絶

袁子才有句曰:"一代正宗才力薄,望溪文集阮亭詩。"余讀《漁洋精華録》,竊嘆望溪文氣固厚,阮亭詩才亦非薄也。文人結習,每每相輕,殊可覼然。因成俚句云。

昇平人物本希奇,吐屬無慚風雅師。一代正宗才匪薄,温柔敦厚阮亭詩。

讀小倉山房詩集　七絶

詩到隨園分外佳,行雲筆氣月襟懷。後生漫作蚍蜉撼,一代詩人是簡齋。

輓黄則慎茂才　七絶二首

則慎,余延爲西賓數年。後游東瀛,歸十餘日卒,年才廿九,余甚傷之。

聞道東瀛返客舟,方期詩酒共賡酬。誰知天上緋衣召,長吉旋登白玉樓。

其　二

東主西賓夙有緣,忍聞同類遽歸泉!想君本是蓬萊客,暫寄人間廿九年。

撤館送黄生應麟歸鄉　七絶三首

三年篤學受傳薪,一旦辭歸訓語頻。譬比道南吾豈敢?也將目送紫雲人。

其　二

同堂口講聖賢書,敬静工夫課匪虚。此去簡編懸左右,劘磨未許一時疏。

其　三

骨格天然渥水奇,祥麟應候自飛馳。春來郊棷舒鱗去,便是昇平獻瑞時。

丙　戌

游清源,憇蜕岩感懷　七律

矗矗泉山氣勢高,清源,一名泉山,一名齊雲。飛梯百級到岩阿。天邊日射三台動,洞口雲開萬象羅。裴老仙踪今日在,温陵名獻古人多。我來欲向山靈問,何日重鳴玉磬和。蔡虚齋先生[中解元]時,清源鳴如玉磬之聲者三日。

游賜恩岩　七律

齊雲勝概冠閩山,劈起名岩翠石間。岩倚石爲之。梵宇風清空俗障,嶺泉籟發透禪關。香薰刺史千年永,賜恩爲唐刺史許稷所賜之山,故後人構堂祀之。足躡高峰萬慮删。莊馬留題名筆在,莊培因、馬負書,皆狀元也,同游題詩勒於石。追踪我亦晚吟還。

泛舟至泉州郭外眺望　七律

百里關河一葉舟,揚帆倏忽到泉州。日移雉堞來波面,風送鷺鷥入渡頭。紫帽有山皆映翠,桃花山名。無浪亦臨流。閒從小艇舒高眼,水色嵐光一覽收。

登静遠樓眺望　七律　樓在泉郡大理府面城書室,丙戌予假館焉。

巍巍百尺幾春秋,乘興今登最上頭。清紫峰晴開畫本,東西塔聳壯詩眸。臨城有堞皆環闠,對面無花不映樓。一室天然圖繪處,分明動我幾勾留。

莫秋自桐城歸,夜宿紺園書室　五律

跨馬出城垣,隨鴉入紺園。溪清花蘸水,秋老葉敲門。醉罷風雙袂,醒來月一軒。文旌侵曉發,轉瞬到詩村。

囑諸生和登詩山句　七絶

諸君聯袂共登高,足躡詩峰氣象豪。絶頂我曾題絶句,憑君爲我續風騷。

九日夢游名山　七律

重陽前,與諸子有游山之約。及期,有寒疾,不果行。齋中一睡,忽夢游名山,醒後述之。

齋頭屈指近重陽,擬共高登萬仞岡。準備陶潛新酒榼,安排李賀舊詩囊。那知寒氣侵風骨,只領名山入睡鄉。轉笑少文饒別趣,卧游猶勝遠游忙。

丁　亥

題侯長書表弟新居　七絶

雕梁畫棟一堂新,四面雲山妙有神。地脉勝如丁字水,天心付與卯金人。

夜宿馬頭　七絶

明月迎予入市中,披襟暫駐馬頭東。舟車輻輳村居密,想見熙朝富庶風。

詩口泛舟至金鷄渡偶成　七絶

詩口乘槎水勢雄,况兼天賜一帆風。馬山遥接金鷄渡,半日工夫一葉通。

四生入泮　七絶　并序

丁亥春,黄生應麟、瓊宴,陳生安策,與兒紹箕同肄業於樂道軒。冬來發榜,俱游泮壁,綴此勖之。

樂道軒中課督深,一軒領取四青衿。寄言同塾楩楠器,勿懈棟家幹國心。

冬夜宿嶺北　七絶

嶺北停車一夜寒,村耆話舊到更闌。乾坤逆旅人生寄,何必堂高始可安!

時有嫌客寓湫隘者,作此醒之。

洪瀨觀船橋　七絶

洪瀨玉湖檺林廟在玉湖,每進香時,必於洪瀨聯船橋以通之。隔水遥,舳艫聯絡似虹腰。只因神力能綏遠,百萬香旗度一橋。

檺林廟薰香　七絶

英靈震讋説三神,齊到檺林競薦新。寄語瓣香諸秀士,時諸秀才隨予拈香。須知此是古完人。

謁陳志齋先生祠　七絶二首

先生遺澤在枌鄉,爲我鄰方肅紀綱。立懦廉頑風已渺,一祠萬古尚留香。

其　二

先正風規震八方,出平豻獄入鋤强。今時孱弱都無賴,安得如公掖善良!

輓堂兄金蘇上舍　七絶二首

曩歲九日,曾與金蘇聯句。今秋,蘇亡於臺灣。觸景感傷,詩以輓之。

曩歲重陽對榻時,一樽紅友兩吟詩。而今菊酒依然具,無復騷人晤面期。

其　二

廿年蘭簿結同盟,氣誼相投若弟兄。東渡西歸乘鶴去,秋風愁煞故人情。

戊　子

閉户讀書偶成　七律

萬卷披吟只自娱,柴扉深鎖一塵無。道腴飫久甘於肉,世味嘗來苦似荼。境地静時皆月窟,胸襟清處有冰壺。何書不厭千回讀?多在《西銘》《太極圖》。

募修南邑文廟，與張澤肅鳩貲到詩村　七律

秋來并轡出膠庠，次第鳩貲到梓鄉。萬仞宫墻今絶麗，四門聲教古遺芳。村耆藹藹詩書氣，髦士祁祁學校光。我輩釀金欣慰甚，豐州此處最傾囊。南邑捐貲，詩山最多。

贈善人張澤肅　七律

精神矍鑠面如丹，遠近聞名願識韓。逸叟胸中無芥蒂，善人室裏有芝蘭。宫墻萬仞仔肩重，功德三千積累完。燕桂王槐經手植，奇芬留待後人看。

咏芙蓉花　七絶

數朵芙蓉手自栽，今朝先報一枝開。明年又屬春官會，及第應從鏡下來。

【校記】

①《松村詩文集》題爲《大廷名勝十六咏》，增《錦坂》、《桂溪》、《惠書橋》、《古銅喉》四首。

② 按，《陳遷鶴鄉賢册》云：鶴迎養其母于外家，妻戴氏浣衣塘畔，置筐岸邊，魚自躍筐中，滿，可數日供。里人傳爲孝感。

③《松村詩文集》將第一首收入《大廷名勝十六咏》中。

松村詩草卷三

己　丑

洛陽謁蔡忠惠公祠　七律二首　祠在橋上，入京路由是出。

爲愛山川類洛陽，觀潮覽勝到祠堂。虹橋跨海乾坤永，蠣礎成田俎豆香。三疏龍顔容易格，一州鴻澤最難忘。寄言廟樹須珍重，此是南邦召伯棠。

其　二

涯海陳橋事盡休，蔡公祠廟至今留。石梁綿亘三千尺，湯沐明禋幾萬秋。屹屹豐碑三絶著，煌煌畫像一堂幽。閩中名勝公遺愛，不廢江河萬古流。

楓亭訪蔡忠惠公墓　七律

端明一壟萬年青，我欲摳衣拜墓庭。疏格龍顔真介節，山環馬鬣似圍屏。道邊松老恩猶渥，塋左碑殘字亦馨。寄語閩人須愛護，勿忘藏魄在楓亭。

己丑北上，寒威較甚，天津道上口占　七律

南天北地路悠長，匹馬驅來顥氣凉。萬里關山千尺雪，一身裘帶五更霜。每携爐炭烘朱褥，怕寫詩箋入錦囊。借問衝寒羈旅客，長安何日看花香？

都門與黄蓮初同年刻燭催書，戲贈一首　七絶

都門刻燭夜催書，絶妙《黄庭》下筆如。等待綸音褒賞後，好將蓮炬送蓮初。

將出都門，留别黄蓮初、鄭補庵　七律

驅馬同衝薊北霜，二君僑寓我歸鄉。休依楊柳揮雙泪，須識桑蓬志四方。

鸞鳳冲霄終有日，楩楠出地豈尋常！儂今息轍詩山後，待聽韓歐姓字香。

自申江乘舟歸至汕頭，停舟眺望　七律

鐵船海上跨洪流，轉眼揚帆到汕頭。驅鰐曾傳名刺史，駕鼉是輪船名。今識古潮州。半村依水多成市，四面無山不到樓。領略粤東風景好，不妨連日滯孤舟。

己丑南旋，鷺門買妾　七律

公車北上走風塵，歸到鷺江偶買春。萬里看花成鐵漢，一時題葉豈情人。只緣謝樹生庭少，欲乞鄭蘭入夢頻。天上若憐求種意，也應送我玉麒麟。

寄懷黄蓮初同年　七律三首

同駕征驂抵薊州，多君骨格最風流。九天鶚薦翎雙落，君與余蒙王蘭篪先生薦，不售。萬里鴻泥迹一留。官拜景山新繫馬，夏六月，考取景山官學。心如白水舊盟鷗。聞君綰綬榮歸日，次第看花直到秋。

其　二

七千里外望豐裁，忽報車還笑口開。蘭簿早書君姓字，汪波待滌我塵埃。錦囊料想詩千首，蓬户安排酒數杯。借問陰山名士舫，何時却向剡溪來？

其　三

經席書箱累世貽，况兼材器本超奇。論文白也飄然思，下筆《黄庭》恰好時。鼎甲爲君家故物，英鋒擅一代雄師。來年桃李春官會，應折瓊林第一枝。

吟詩有悟　七絶

删除細務滌塵緣，慣解高吟是謫仙。詩景都從清景得，得來妙在一天然。

勗四弟金丹學詩　七絶

丹青入畫漸通神，有畫無詩未出塵。李杜岑王佳句在，也須攤卷學前人。

庚　寅

元日偶成　七律

第一春光第一奇，寅年寅日又寅時。五更輝映千門炬，元旦欣賡四合詩。正月本建寅，故云四合。斗柄東迴迎日暖，馬蹄北上看花遲。今年閏二月，北上較遲。焚香欲向青天問，許我瓊林第幾枝？

游榕林，次王可莊殿撰韻　七絶　并序

榕林，鷺門勝景也。余將北上，路由於此。邀友一游，見王殿撰有"願傾四海合歡酒，且學文山前半生"之句勒於石。余以爲，文山可學者在後半生，前半生聲妓滿前而已。因反其意如此：

風捲榕林萬感并，河山俯仰不勝情。癡人未解耽絲竹，只學文山後半生。

游白鹿洞　七律

鷺門本是喧嘩地，鹿洞別開靜穆天。萬疊溪山宣道竅，幾灣泉石灑塵緣。妙香一瓣崇先哲，巍閣重修望後賢。時朱子閣陊塌，亟宜修葺。當日紫陽殷揭示，海濱多士好拳拳。

游虎溪岩　七律　在白鹿洞之後。

乾坤開竅自成形，虎起石中石亦靈。頭到點時知説法，耳逢側處好聽經。坐憑鹿洞三峰白，俯瞰螺鬟萬疊青。我欲臯比分一席，携朋來此講《西銘》。

游南普陀　七律

芒鞋踏盡鷺江頭，南普陀岩景最幽。赫赫御碑森古寺，層層石孔噴清流。禪房静欲空凡界，梵法高宜占上樓。我不參禪不諛佛，爲尋勝概幾勾留。

過鷺門宗侄慶元家　五律

昔是詩山派,今還澳水居。訪親三到宅,攬勝幾停車。予三游南普陀,皆停車於此。俯仰塵無礙,優游樂有餘。鷺門留此地,爲卜發祥初。

舟泊吴松江眺望　七絶

吴松舟泊水中央,收盡風光入錦囊。不假并州快刀剪,半江春水領來香。

潞河舟中雜咏,次同年陳劍門韻　七絶五首

閩中騷客潞中舟,詩酒聯歡破旅愁。吟到日斜風定後,滿天清氣靄通州。

其　二

握手河梁叩末顛,同舟强半是同年。著鞭萬里男兒志,誰是名居祖逖先?

其　三

麥風嫋嫋柳鬖鬖,觸境頻將舊事談。去歲雪花今旭彩,爲寒爲燠總能堪。

其　四

夕陽喚渡兩三聲,惹我家鄉萬里情。北地南天迢遞甚,雲邊望斷武榮城。

其　五

山痕淡遠水痕渾,枕藉舟中晝已昏。屈指明朝鞍馬路,揚鞭轉瞬達天閽。

天津返棹舟中作　七律

紫竹林中鐵艦開,穩如平地疾如雷。七千水路從津始,十八沽頭返棹來。風裊河邊新柳絮,雲封嶺上幾亭臺。何時歸到南閩地,月照詩山重舉杯!

贈李笑山邑侯　七律三首

天遣陽春煦武榮,登堂欣聽好官聲。鄙人頻挹韓荆面,婦孺咸知司馬名。禱雨古追真德秀,公禱雨極誠。新民今有狄懷英。聖朝若問循良吏,賜絹應頒到柳城。

其　二

簿書煩劇理從容，妙在廉明兩字中。伯起本爲清白吏，劉君共號水晶籠。花村月皎厖無吠，蘭署風清蠹一空。爲道細侯郊外望，也應竹馬有兒童。

其　三

兩載爲官妙化裁，鱣堂黌序一齊開。武榮咸沐詩書化，秀水公秀水縣人。多鍾變理才。良驥豈終騰百里，福星定可列三台。寇君聞説將辭篆，又恐攀轅借不來！

送李笑山辭篆回省　七律

南來作宰號循良，轉眼慈雲又遠翔。怕聽孔融離北海，尚欣逸少侍東牀。時令婿章景仁隨任。恩沾花縣三秋普，車到榕城一路香。借問廣平辭篆後，陽春脚又煦何方？

贈吕輯五邑侯重任南安　七律二首

台星重照武榮人，欣看舊邦政一新。花縣前多及時雨，柳城今有再來春。丹心久注文宣廟，丁亥年重修文廟，公首倡捐貲。隻手能扶大雅輪。公有志興書院。從此詩書聲不輟，文翁化遍蜀都民。

其　二

廿年科第十年官，召杜人將父母看。曾共衆仙登北闕，更爲生佛度南安。春容器欲追夷簡，大事朝應用吕端。待見循良叨首選，身攀臺柏與門蘭。

吟詩偶得　七絶

不爲存詩始作詩，自然筆下句淋漓。方知大造生生妙，都在無心成化時。

辛　卯

閔滌凡司馬枉駕見訪　七律二首　并序

滌凡，湘江人也。游宦吾閩，與余交有年矣。今冬特出小隊，過訪承志堂，傾談永日,情意纏綿。感此深情,因即席賦贈云。

司馬車臨承志堂,庭前旗幟列成行。叩門曾識韓荆面,坐席今聞荀令香。金石一心盟上郡,初訂交於福州試寓。珠璣萬斛啓詩囊。滌凡造廬,出詩數卷相質。少微伏處今何幸,動得台星照梓鄉!

其　二

少陵門第本清寒,嚴武偏來枉駕看。竊幸蒹葭依玉樹,已將姓字寫金蘭。酒樽徵逐宦途易,情意纏綿舉世難。今日芝輝堂上挹,交情如水面如丹。

題金魚戲月圖　七絶

四弟金丹畫一池明月,而金魚圍圍其中,因戲題之云。

怒目舒鱗望碧空,一輪明月浸池中。即今未向龍門去,已看徐徐入桂宫。

題松鶴圖　七絶

空山何歲植孤松,翠翠蒼蒼不改容。仙鶴休誇飛步捷,此君鱗老亦成龍。

題柳燕圖　七絶

絲牽褭褭媚人時,多少黄鸝受絆羈。底事良禽能擇木,棲身亦在折腰枝。

題梅鵲圖　七絶

繪出羅浮春信來,一枝清馥絶塵埃。飛禽不解和羹事,也向花前看占魁。

壬　辰

天津道上阻雨　七絶

天津道上舊鵑聲,今日瀟瀟雨未晴。車馬正防泥滑滑,竹鷄又向潞河鳴。竹鷄聲呼泥滑滑也。

都門龍溪館與宗弟達夫聯句 七律 并序

達夫名嘉謨,漳之龍溪人也。己卯登賢書,壬辰北上,相遇於鷺江舟中,傾談永日,因同行焉。抵京,邀余同寓於椿樹胡同龍溪館,暇時相與聯句云。

譙國芳宗話幾回(達),溯源都自石潭來。人稱大小風流在(敬),時同行諸友稱我兩人爲大小戴。我幸江湖笑語陪。椿樹聯吟風送影(達),竹庭同醉月銜杯。龍溪倘遇雲雷動(敬),燒尾欣看御宴開(達)。

壬辰落第 七律

一肩冰雪滿襟塵,又作劉蕡下第身。三薦虛名深惱我,四門嗣響屬何人?余己丑、庚寅兩薦不售,今復以堂備見遺。未灰男子桑蓬志,空羨公門桃李春! 此去潛魚須養翼,遇雷應得展龍鱗。

旅夜聞鳥 五絶

旅館寂無聲,更深鳥獨鳴。似將游客意,一一唱分明。

十一月二十九日瑞雪降 七律二首 并序

瑞雪俗名綿花雪,其色皎白,其條似綿,其飛也如絮之因風,其積也如玉之盈尺。余昔僑京師曾見之。北人以爲有豐年之瑞,而南人素未及見。今雪花遍地,輒盈數尺,殆有道泰年豐之慶歟! 因吟二章,并以寫興云。

寒風捲雪入人家,如絮如鹽罩碧紗。萬户玲瓏天戲玉,千條錯落地飛花。空中色色疑仙界,林下泠泠愛日華。遥想彤庭詩紀瑞,群臣咸喜拜君嘉。

其　二

閩中自古少冰霜,瑞雪於今降梓鄉。五穀精儲魚夢兆,氾勝之謂雪爲五穀之精。千條綿著鶴衣凉。天心似厭繁華界,名士能消冷熱腸。不識詩村今夜酌,有誰訪戴到溪旁?

夜深就睡，忽聽小兒吟詩，起而偶成　七絶

將引睡魔入睡鄉，解衣著帔枕藜床。忽聞兒輩吟聲起，又被詩魔弄一場。

癸　巳

送馮邑侯辭篆入闈　七律二首

卸篆分簾物色新，臨風望斷玉車塵。柳城一別陽春脚，蘭簿難忘舊雨人。愛我殷勤今召杜，感公情誼古雷陳。欣聞此去操冰鑒，海上珊瑚網上珍。

其　二

捧檄南來不幾時，士風能振俗能移。慈雲轉眼多留戀，文柄何人更主持？浙水應編循吏傳，詩山欲立去思碑。錦囊佳句今鎸石，造士深心萬古垂。公和詩四章，將鎸石。

詩山書院落成紀詩四章　七律

誰據天南第一區，詩山形勝屬名都。七閩虎榜先聲倡，千古鵬峰妙墨摹。詩山下有小山曰鵬峰，朱子書"鵬峰勝地"四大字，人争摹之。人爇瓣香供曩哲，崇祀紫陽、行周二先哲。天開講幄畀吾儒。閑來頻倚雕欄看，山水分明一畫圖。

其　二

鳩工庀木兩三年，今日丹青始焕然。闔舍連雲將起鳳，一堂曜日欲銜鱣。少陵難庇千間厦，院房只廿餘間。范老思增萬頃田。院田只數百畝，思再鳩買。但使樹人長勿替，那辭殫力荷仔肩。

其　三

詩書雅化屬文翁，百里車馳學校中。廿八章程經藻鑑，馮侯文翁共酌章程廿八條，報于大憲。一千文字入晶籠。衣冠齊會雞壇日，俊秀欣蒙馬帳風。從此經師宏指授，登門咸仰斗山崇。

其　四

芝英譽望震吾閩，况復菁莪被化新。鹿洞一規宜敬佩①，龍門百尺共飛鱗。出爲邦國擎天柱，處作膠庠立地人。寄語圜橋觀聽者，莫辜養士費精神。

馮文卿邑侯重到詩山書院即席賦贈　七律二首

高車一丈抵詩鄉，環佩雍容入講堂。常衮愛才頻視學，荀公坐席又生香。官尊不改書生貌，卷富時撑刺史腸。最羡文翁來播化，依然治不愧循良。

其　二

天教江浙一名人，扶翼詩山大雅輪。兩載官清心似水，三都化溥澤如春。諸生有幸迎韓愈，父老無緣借寇恂。今日鱣堂一杯酒，祝公從此荷新綸。

甲　午

五到京都　七律

萬里風霜五到京，時艱蒿目不勝情。濡毫將入宏文閣，時將入内閣供職。按轡先僑宣武城。泉郡會館在宣武城南。一紀桑滄今變易，自癸未到京，迄今十二年，時勢大變。數邦狼虎漸縱横。現時俄、日漸强。寄言當軸綢繆者，亟固金湯致太平。中東之禍，予早慮及矣。

赴鴻臚寺謝恩口占　七絶

將登鳳閣列清官，先詣鴻臚拜御鑾。須識絲綸初掌握，謝恩容易報恩難。

早朝見額張福、徐麟五中堂　七律　時初入閣。

鷄聲報曉内傳宣，新進隨班鳳閣前。龍殿宏開雙闕迥，螭廷高列五星聯。中樞建策森嚴地，上宿環奎靄瑞天。何幸江皋今腐草，微光得挹鼎台先。

直中書省　七律

彤廷列仗擁千官，薇省分曹肅一班。帝許菲才充内史，臣從禁地識天顔。

蠅頭字畫票籤裏，票籤皆寫小楷。鳳閣絲綸指掌間。投筆雖懷千里志，駑駘何以濟時艱？

誥贈二代恭紀　七律

五花鳳誥日邊來，贈奉政大夫，例得五花誥。動得微臣笑口開。恩綍兩封新寵渥，書香累世舊栽培。焚黄喜改先人主，守素慚非内史材。戀戀烏私今稍慰，國恩何日報涓埃？

出　京　七律

匆匆驅馬出都城，唱罷驪歌倍愴情。薇省香曾籠滿袖，杏林路竟阻前程。成名有數休悲憤，報國無才愧聖明。從此枌鄉聊息影，尚多餘戀及蒼生。

登蓮花山　七古

武榮北向多奇巔，曾聞八石開如蓮。南安治北蓮花峰，以八石得名。宋戴忱有八石蓮詩。詩村簇簇一峰起，亦似蓮花異樣妍。乾坤陶鑄成形後，長留一萼清且堅。不在池塘在岩岫，不染淤泥染雲烟。靈根别資泗水潤，山下有泗水庵。藕絲好向五臺懸。挺葉欲擎高蓋上，舒蕊應插秀頭前。五臺、秀頭在此山之左右，高蓋即對山也。美哉此花真萬壽，古有萬壽石碑，在山之麓。歷盡浩劫容彌鮮。我也平生學茂叔，中通外直本天然。非愛蓮船太乙術，非愛蓮座清浄緣。最愛亭亭立塵表，去盡支蔓獨自圓。惜今艾齡鬢已白，無所植立慚林泉。登山空對花不老，戴忱題蓮花峰，有"一蓮花不老"之句。何望遠香清八埏。但願山靈鬱秀氣，菁華一發馨千年。挺生都成君子節，翹翹立地與頂天。

登洪林山　七古

豐州出郭五十里，卓立洪林健而峙。中有一洞名天樞，百級巍巍邐階阤。座上舊壕觀世音，士女薰香遍遐邇。在昔仙人黄曉江，駕風騰雲偶至止。登高一賦聲摩空，至今佳句溢吟齒。我非佞佛非諛仙，胡爲携朋亦到此？只因雅愛峰巒高,恪與詩山相邐迤。譬如太華與少華,逋峭均非衆山比。嗟嗟人生一瞬耳,高山及時須仰企。請將爲學鑒爲山,造極登峰進無已。

乙　未

傷臺灣　七律二首

東南屏障委灰塵,誰鼓風波入海濱?髀肉無端供虎口,城門有火及鯤身。雷轟燕市天皆黑,乙未四月六日,割臺授日本。用御璽時,晴明忽變陰霧,不雨而雷聲震。血濺瀛臺草不春。臺民不服,血戰死者甚多。閣部諸公猶記否?當年一島費千辛!

其　二

鹿港鷺門一綫通,唇亡齒冷古今同。蓬瀛已歷塵埃劫,桑土宜資補葺功。怕聽劉琨回馬首,劉永福孤守臺南,聞因糧餉不支,棄而内渡。空教孫策望鷄籠!何時滌得塵氛盡,海國重清萬里風?

哭太史黄霽川先生　七律二首

木天曾列第三人,豐采還爲不二身。道闡紫陽承嫡派,節追元禮劾强臣。先生不屈於强臣,故有編修之謫。今時忽赴修文任,當日頻扶大雅輪。先生除異教以立崇正書院,皆爲衛道計。生傑死靈公不憾,只虞桑梓莫沾春。

其　二

謫居林下亦人豪,振作士夫氣最多。先生在日,自提督、守令至諸勢豪,莫不憚之,實足振作士大夫之氣。聲價自然符月旦,剛腸本易惹風波。經綸曾曾文正。左左文襄。堪同駕,著作蒙存永不磨。他日黌宫論祔祀,倘增一席慰如何?

丙　申

松村精舍落成　七律二首

虬柯龍幹鬱千年,此地經營十數椽。帝許薇郎歸梓里,時自内閣假歸。天留松徑拓花磚。堂齋基固聯樓敞,花木蒔多入幕鮮。從此滄洲容老叟,朱子築滄洲精舍,自號滄洲病叟。箋經釋義樂林泉。

其　二

松筠本自具風裁,我欲循名踐實來。十八公曾丁入夢,一千丈有嶠多才。歲寒煉就冰霜節,時盛雕成梁棟材。寄語兒曹高樹立,勿辜先世舊栽培。

同李明府赴崇文書院開課　七律二首　李名綺青,廣東進士。

清溪文物甲吾閩,況復崇文講幄新。諸友同心開廣厦,使君有脚駐陽春。我慚譙國談經席,士比崑山曠世珍。行看圭璋膺特達,榕村事業有傳人。

其　二

摳衣釋菜等凫趨,濟濟祁祁萃此都。已向龍門齊御李,須依鹿洞遠宗朱。時勸諸董事崇祀朱子。蓬萊本是文章地,李白有"蓬萊文章建安骨"之句,書院恰在蓬萊山下。庠序原爲道義樞。寄語座中諸領袖,乾坤柱礎屬吾儒。

游清水岩　七律二首

天闢蓬萊一奥區,真人終古鎮山嵎。千尋石壁開禪刹,萬叠雲峰入畫圖。虎舐傳來丹煉汞,岩下有虎舐臼,相傳是真人煉丹處。龍潭瀉出水成珠。題詩六老遺迹在,人慕禪宗我慕儒。

其　二

危樓杰閣插雲中,聯袂高歌氣亦雄。時肄業生皆同游。才向鱣堂開講席,先一日到[崇文]書院開課。還尋鳥道入禪宫。心譽老樹皆朝北,岩左有古樟,枝枝朝北。今之食禄者,宜何如戀闕也。目瞰前川欲障東。時方感慨東倭事。此去疾風知勁草,問誰一瓣祝三忠?岩左有三忠廟。

寄懷黄生應麟　七絶

彈指光陰四載馳,雲天遠隔紫芝眉。不知江夏知名士,記否談經席上時?

丁　酉

營福鼎山樂邱成，喜而有咏　五古

我有萬古宅，巄嵸福鼎峰。長留清淑氣，磅礴詩村東。奇石巑岏處，劖之爲幽宮。樂哉一邱壟，山水羅萬重。恍如滕公室，靈秀神所鍾。亦如沈彬穴，天留待此翁。人生在塵世，有始元有終。天帝或召我，沐浴寢其中。

中秋日游福鼎山，宴興善院　七律

匹馬同趨福鼎來，秋中筵向院中開。携朋喜挹桃源客，時永春諸友同游。乘興齊斟桂酒杯。月在上方空翳障，人登萬壽院後有萬壽山碑。勝蓬萊。黄昏正值一輪滿，幾度催車回未回？

修郭山廟志成　七絶二首

赫濯聲靈震古今，只因忠孝感人深。俗儒稱佛稱仙語，未識尊王正大心！

其　二

我今捃摭郭山書，正説編成異説袪。九百年來真事迹，天南焜耀此神居。

戊　戌

京都南柳巷送楊中書璞生南歸　七古

南柳巷中送客去，南北東西盡柳樹。柳絲四面纏千條，惟有離情綰不住。綰不住兮綰不住，腸斷閩南薊北路。

天寧寺看牡丹　七律　寺在北京城西，時與林鳖雲諸同年共游。

西顧天寧共駐車，婷婷紅朵艷於霞。鳳池未奏《清平調》，鹿苑先看富貴花。無價樓臺起平地，有情金粉在禪家。尋芳偶把詩題壁，知否闍黎護碧紗？

早朝見崑筱峰、翁叔平、徐蔭軒三中堂　七律

鷄籌報罷殿門開，鸞佩聲高宰輔來。禁省步趨隨二長，時隨薛、楊二閣長入見。衣冠整肅對三台。丹心繾綣思陳闕，黄閣慇懃問及臺。時蔭軒師問臺灣近況，予對以割臺後，日本規約甚嚴，臺民甚苦。師太息久之。今日東倭甚南越，小臣愧乏請纓才！

皇上駐蹕頤和園，蒙派領事，喜而有作　七絶二首

聞説名園聳大觀，山環樓閣水環欄。海濱詞客今何幸，得與台衡扈御鑾！

其　二

大地春深玉蹕留，承恩差喜領機籌。領軍機檔。私心擬待公餘後，水色山光一覽收。

因歸期太逼，入閣告假，不與領事感成　七絶二首

頤和園裏擬騰箋，争奈歸心急似弦。管領絲綸原有檔，徘徊臺榭竟無緣！

其　二

聖主優容許假歸，臨行轉覺戀依依。而今萬壽山前景，頤和園在萬壽山之前。讓與他人賦紫薇。

京邸將歸，阻雨有感　七絶

京華萬里滯歸旌，欲策征驂雨未晴。誰唱哥哥行不得，薊門烟樹鷓鴣聲。

六到京都返轡作　七古

天地萬物之逆旅，人生大造之客子。鳥飛客窠倦知還，人羈客途久知止。昔入京師首善區，一路舟車疾如駛。鋭意功名去還來，熱心君國遐亦邇。初程癸未今戊戌，十六年間六到此。期爲桃李鬧春官，金馬玉堂登然喜。期爲絲綸

贊皇言,棟家幹國毅然起。誰知薄德非材人,鶚薦四膺一第否。誰知染翰標籤客,鳳池五年虚度晷。萬里風霜萬叠波,回思舊途已逝水。吁嗟乎!天地虚舟耳,人生幻夢耳。標榜無實曷足傳?樹立有真自足紀。何必袍染柳汁藍?何必脚踏薊烟紫?君不見堯夫靖節一流人,直視勛名如敝屣!君不見亭林文鼎古遺民,不假威權以自侈!至今萬焰隨風飄,斯人馨名顯青史。走也夢夢忽然醒,轉覺昨非而今是。歸與歸與孔氏言,吾將旋輿以翹企。講學建校殫吾心,鑄史箋經闡吾理。犖犖爲尼父功臣,閑閑爲天南義士。名山詩翰壽無窮,名人著述貴無比。豈不勝一官匏繫十數年,六次京塵億萬里!

聞即墨孔廟遭德人拆毁,因以志憤　五古

開天闢地來,誰闡道宗旨?遥遥千萬年,咸尊我孔子!六經删述功,兩儀贊參理。綱常耿耿存,人心得不死。在昔炎漢興,大牢享闕里。延及隋唐間,州縣盡崇祀。設像輝冕旒,立廟敞堂戺。煌煌上丁祭,累朝加無已。我朝定鼎來,正教日興起。聖主臨辟雍,躬親薦瓊醴。典禮逾優崇,馨香遍遐邇。悍族俄羅斯,猶慕宫墻美。蠢兹德意志,膽敢萌不軌。即墨文宣廟,洶洶肆殘毁。聖像蒙劫塵,賢容棄敝屣。哀哉吾道窮,胡竟至於此?我僑京邸間,聞之心如燬。凡讀聖賢書,怒髮咸上指。凡有血氣人,恨不撻鞭箠。抗疏盈帝廷,時各省公車列名上疏。猶恐國威弛。宜共練義兵,聲罪到日耳。爲聖復巨讎,爲國雪深耻。嗟嗟戎狄心,長蛇與封豕。膠州擊教堂,群酋輒嗔視。索地兼索金,無厭尚乃爾。矧我素王宫,尤非猶太比。應責百倍償,庶幾振法紀。儂今歌俚言,激勸四方士。斯文既墜地,時局漸傾否。公憤普天同,發憤自兹始。

上海舟中午夢回家,醒而口占　七絶

睡鄉迢遞到家鄉,也向松村話一場。舟子唤人天已暝,始知身在一輕航。

游愚園　七絶

愚溪愚島古幽居,今閲愚園更廓如。倘使柳公來小憩,應嘆風景勝吾廬。

游張園　七絶　園有女戲。

愚園游罷到張園，寶馬香車鎮日喧。園主莫將金粉地，侈談家世是南軒。

游徐園　七絶

水榭風樓拓數區，琴床詩案足清娱。主人如有徐熙筆，應作自家一畫圖。

申江酒後與葉韶甫孝廉撫景聯句　七律

抗書未遂且徐回（敬），黄浦頻傾濁酒杯。燈閃江邊波浸月（韶），車轟樓外夜聞雷。燕鶯滿眼繁華極（敬），狼虎傷心猖獗來。何日皇風重掃蕩（韶），八蠻臊氣一齊開。（敬）。

久滯申江，思家偶作　七律

詩山闊别已經春，黄浦勾留又隔旬。百萬華樓烟過眼，三千客路日殫神。自申至厦有三千里。還家有夢來申邸，返棹無舟到海濱。遥想松村深樹裏，夕陽應有望歸人。

題堂侄恩谷小照　七絶二首　恩谷時在上海。

南海東洋寄一身，英姿豪爽最宜人。憑誰描得鬚眉肖，疑是長康筆有神。

其　二

臨古鑒今勢或殊，藉形自鑒見真圖。寄言謹慎驅馳路，勉作吾家千里駒。

哭表兄黄欽禮增生　七律四首

紫雲帳裏颯秋風，怕聽凋殘及老翁。蓬户清修人品貴，英辭絶世秀才終。累膺鶚薦三生恨，一駕鸞驂萬事空。只有君家雛鳳在，尚期振翮九霄中！

其　二

自從髫丱訂交游，早識文通是雅流。累世聯姻秦晋好，卅年結契漆膠投。

曾稱愛我兼知我，君近日來書有"惟閣下知我，惟閣下愛我"句。竟作千秋與萬秋。樹木未終梁木壞，哲人易逝古今愁。

其　三

記得春來北上期，離亭慰語最相知。我方南下依桑梓，君忽西歸應尾箕。千頃汪波今已矣，一場春夢竟如斯！傷心偶別鳳山路，永作人天訣絶時。六月中旬見君於鳳山寺，後不復面。

其　四

詩山啓幄共艱辛，除却先生孰認真？萬頃膏腴千載計，九年風雨百勞身。鱣堂正賴君襄事，鶴馭旋增我愴神。從此吾儕失將伯，同扶大雅望何人？

悼　亡　七絶十首　時先室侯宜人卒。

縹幃難問舊因緣，十七來嬪四七捐。三十年華齊伉儷，而今想像隔人天。

其　二

入門婉婉事尊嫜，燂瀹維虔秩膳香。舉案頻詢堂上意，尚虞失檢拂爹娘。

其　三

曾從燕處契同心，曾聽鷄鳴勖起吟。此會進房空寂寂，千呼難覓舊知音。

其　四

相夫調護血沾裾，予咯血時，婦調護備至。課子殷勤荻畫書。今日新花添錦上，予入閣歸，箕初補廪，門徒又游泮多人，可謂喜事重重矣。那堪故劍匣中虛！

其　五

鴛鴦折翼不勝悲，彳亍璇閨泪若絲。偶爾開箱檢衣服，難尋熨貼似當時。

其　六

鷺門向買小星歸，君娣和諧肅繐幃。嫡出旁生皆骨肉，婦言如此。言猶在耳記依稀。

其　七

帝京六到我優悠，内助全無内顧憂。薇省香留細君裹，香歸君手轉添愁。

其　八

翟茀褕衣甫畀身,稍酬佐讀萬艱辛。誰知一慟緣都盡,永作天長地久人。

其　九

馬冢時從高蓋開,輓車數百送迎來。可憐營葬營齋處,十一兒孫執杖哀。時六子五孫。

其　十

琴弦夜斷颯秋風,九月朔,琴弦斷,若爲之兆。已兆琴床樂一終。他日鸞膠如續韻,新弦不及舊弦功。

己　亥

娶繼室謝宜人,詩以箴之　七言排律二首

秋斷琴弦萬事哀,不圖房内樂重開。方憐舊侶乘鸞去,且喜新笙引鳳來。五十年華親脱絡,廿餘閨秀侍妝臺。聯行强赴鴛鴦隊,合酳羞斟瑪瑙杯。花灼依然輝永夜,枕衾不厭話千回。問君本是烏衣裔,可有青紗步障才?

其　二

翟茀褕衣聳大觀,誇人容易做人難。鸞膠我續徽弦韻,燕處君爲屋漏官。夜聽鷄聲休性懶,晨趨鴻案貴容端。郝鍾禮法千秋重,祥覽衣裳一樣看。玉樹方期盈砌茁,蘆花忍使滿庭寒?慈儀壼範如無憾,繞膝齊眉不盡歡!

戴少懷學憲巡試泉州,枉駕見訪,勸余出山,吟此鳴謝　七律二首

九天星使屬吾宗,此日台光照刺桐。泉州,古刺桐城。閩海珊瑚歸鐵網,泉山杞梓沐春風。宣公貢舉真名匠,安道昇平一醉翁。何幸八騶來枉顧,殷勤勸我出山中。少翁見面,勸予入都再理絲綸,爲陞遷計。予以宦途日險,恐狷介之性不能與時俯仰,何如名山著述之爲得也。是言,少翁韙之。

其　二

腐儒本性愛山林,倦聽薇垣夜漏音。殷浩何妨高閣束,紫陽難輟著書心。

宦情苦處閑情樂，世味忘時道味深。多謝軒輶珍重語，《敬齋箴》續 時予作《續敬齋箴》，少翁一覽，欣然曰："此箴不但有關聖學，且可當作官箴矣。"當官箴。

【校記】

① "鹿洞一規宜敬佩"，《詩山書院志》作"鹿洞一規須學步"。

松村詩草卷四

庚　子

咏石鼓　五言排律十六韻　并序

石鼓在南安十六都城山。《府志》:"樹木周匝如城,故名城山。"山前有温泉,俗號湯池。旁數百武爲湯邊砦。砦北多奇石,盤立者爲石鼓,劃分兩段,渾合天成。人躋其上,跣之則開,内有蝌蚪字形;踆之則闔,鼕鼕然聲聞里許。予游覽而奇之,因發諸吟咏云。

大造鍾靈鼓,音聞數里雄。山如城鞏固,人擊石玲瓏。一綫劀分巧,千秋屹立崇。跡留真點畫,響壓大商宫。地籟撞時發,天機叩處通。軒無樂譜,闔闢有神工。蝌蚪雙行裏,乾坤兩扇中。鼎鐘形并壽,兵燹劫全空。直可追周式,周時有《石鼓文》,韋應物以爲文王之鼓,韓退之以爲宣王之鼓。今在鳳翔孔子廟中。何須扣蜀桐。晉武時,吴郡臨平岸崩出一石鼓,打之無聲。張華取蜀中桐,刻魚形,叩之則鳴數十里。幾聲宣道竅,萬古警群蒙。奇物神仙護,遺文奥窔窮。詩宜吟杜老,杜子美詩云:"陳倉石鼓文已訛,大小二篆生八分。"歌欲和韓公。韓昌黎有《石鼓歌》。觸我懸旌思,期君敢諫忠。《漢書・賈誼傳》:"太子既冠成人,則有進善之旌,敢諫之鼓。"鳴爲天下雨,《武昌記》曰:"城西有石鼓山,上有三石鼓,鼓鳴天必雨。"布出太平風。劉侗《帝京景物紀略》:"燈市,門童子擊鼓,曰太平鼓。"安慕牛宏玉,牛宏《食舉歌》:"玉鼓既聲安且樂。"鎸追馬援銅。馬援得駱越銅鼓,鑄爲馬式。獠蠻今猾夏,諸葛武侯嘗埋銅鼓於柳州融縣,以服蠻獠。今蠻夷猖獗,感慨何如!仗爾奏膚功。

傷北京　七絶四首

百蠻烟瘴入神京,萬里金湯一旦傾。但使東征名將在,不教胡馬吼春明!

其　二

痛説天王行路難，六龍萬刦到西安。疆臣不及衡陽雁，猶自成行護御鑾。時封疆大臣袖手旁觀，鮮有志於勤王者。

其　三

二百年來一播遷，萬家血泪灑幽燕。中華至此真狼狽，外域如今似獺鸇。

其　四

當初鑄錯是何人？不恨强夷恨佞臣。養虎從來遺後患，困龍何日振飛鱗！

修詩山書院志成　七律

經畲講舍闢鴻基，纂志元爲善後思。萬古勝區今日顯，白雲室、芹山、文章、鵬峰、五臺、蓮花諸勝，未入郡縣志，兹編之以待將來修縣志者之補輯。千秋實鑒此篇垂。山川得我應生色，學校何人共主持？敬告詩村諸秀士，勿教覆醬負心期！

詣仙井禱雨獲應　七絶四首

詩村古井久馳名，説是神仙叱石成。數百年來祈雨地，不知潤澤幾蒼生？

其　二

旱魃爲灾萬户傷，我從井畔祝心香。不須祖尚焚薪事，自有雲霓慰衆望。《漢書》：戴封遷西華令，大旱，積薪坐其上以自焚，火起而大雨。

其　三

雨聲遄遄遍郊坰，萬頃田疇一夜青。世上許多金井在，問誰似此活生靈？

其　四

雨珠雨玉不爲歡，甘澍連宵盡笑顔。我亦夙懷霖雨志，何時膏澤及人間？

辛　丑

見譚邑侯迎春有感　七絶　譚名子俊，貴州人。

朝冠朝服出迎春，春樂春旂焕一新。只恐偏隅春不到，霜風又慄柳城人。

與譚邑侯詣仙井禱雨紀事　七絶四首

天開雨井救民荒，我與慈君爇瓣香。未向龍湫尋活水，先將玉牒禱龍王。

是日禱雨，先詣集福堂，焚牒於通濟龍王。然後啓井淘泥，取龍湫之水以澄之。

其　二

素綆銀瓶渫得清，方知井裏制分明。兩儀四象生生意，都被仙人點化成。

其　三

一封黄疏一仙書，跪誦堂前感太虚。果爾雲雷齊響應，須臾甘雨看隨車。

翌日，希朱再具疏，詞甚迫切，并讀雩書。頃刻雷雨交作，滂沱累日。

其　四

翻盆灌物喜連朝，霶澤何如德澤饒？還望南來今召伯，遍施陰雨膏芃苗！

結語勸譚侯之施德，冀望甚深。

到杏塘　七絶

杏是春風及第花，杏塘今日我停車。此間山水多清秀，應有祥鍾及第家。

抵蓬島　七絶

蓬島村中别有天，驕陽不怕怕寒烟。我來領略清凉趣，也算人間一日仙。

過華美橋　七絶

卓午停車華美橋，憑欄四眺景偏饒。千林如畫溪如筑，色色聲聲到處超。

詣郭太王太妃墓　七絶

時墓龍大崩，予與黄佑堂觀察鳩工補之，并修墓門，糜金錢以千計。功竣，因到墓告成焉。

千峰萬壑赴封塋，今日鳩工補綴成。馬鬣一新龍脉固，尊王應慰望雲情。

重到安溪崇善里，諸生來謁，喜而有作　七絶

講堂卸事閱三春，翹秀依然一樣親。差喜當年培植意，清溪猶有感恩人。

壬　寅

抵湖頭　七絶

驅車選勝到湖頭，湖裏乾坤眼底收。山似城墉村似市，果然一個小泉州。

望五閬山　七絶

五閬高壓萬鄉關，道是清溪第一山。今日追懷申甫事，令人翹首嶽崧間。

謁李氏祠堂　七絶

峰巍水曲護祠堂，況復功仁積累長。將相高門多著述，閬湖宗派古今香。

讀李朴庵傳序　七絶

盛德高深述莫殫，太邱品量地天寬。寄言簪筆揄揚者，莫作陶朱一樣看。

訪榕村　七絶

當年相國此箋經，晚歲御書遍畫屏。遺集至今傳海内，榕村一室萬年馨。

謁文貞公遺像　七絶

斯文之柱國之楨，五百年來一保衡。遺像載瞻頻起敬，睟然道氣尚如生。

謁茂夫先生遺像　七絶

兄爲顯宦弟閑身，著述名山自命真。月窟天根泉石裏，堯天靖節一流人。

别湖頭諸友　七絶

三生有幸到高門，領略琴音與酒樽。何日乘舟來訪戴，榕村哲嗣宴松村？

登接天山　七絶　山在鷄髻崎之上。

誰是山高可接天？此間霄漢宛相連。我來欲向蒼穹問，何日乾坤獲轉旋？

登達摩岩　七絶二首

天闢名岩萬古存，衆峰羅列似兒孫。遥知此處空塵界，應有梵王啓佛門。

其　二

獅蹲象踞伏山嵎，千古達摩鎮此區。借問坐禪諸弟子，也曾面壁九年無？

癸　卯

咏　史　七絶八十首

唐虞帝　二首　并序

嘗讀"丹朱不肖"數句，憬然悟曰：堯舜深知二子可以傳襲世次，不可以任天下大事，故遞相禪讓。聖人以天下爲公器，絶無一毫私意如此。而二子亦不聞有一毫觖望，一毫私戀，確是善承父志處。所云不肖，乃不肖於聖父，非不肖於他人，後儒勿泥視可也。況堯裔歷世傳國，至漢，開四百餘載江山，享三代下未有之福祚。舜裔亦傳國罔替。至虞，姚、陳、胡、田諸派，代有達人，久而益蕃。是一時之禪讓，適以保萬世之熾昌也。德彌盛，報彌隆，斯可以知天意矣，斯可以勵世風矣。因綴俚句如左：

二帝雍容揖讓身，群將不肖説朱均。豈知二子無私戀，亦是凝承考志人。

其　二

漢爲唐胄膺圖久，嬀屬虞廷衍派長。天報勛華無量德，一時禪讓萬年昌。

夏　禹　王

隨刊憔悴患胥空，萬世群欽神禹功。誰識禔躬無閑處，已先孔聖合時中。

商　湯　王

西亳施仁天鑒兹，南巢伐罪自慚之。祖龍吞并六朝篡，對此如何不愧辭！

周文王　二首

孔稱西伯最無憂，只就承先啓後求。試憶冢君爲醢日，保無隱痛在心頭。

其　二

政始周南化俗成，身終面北竭忠誠。最難羑里拘幽日，猶自天王戴聖明。

周　武　王

鋤暴安良是聖人，東坡非聖説何因？倘無牧野陳師日，炮烙奇刑將盡民！

周　公　二首

負扆經綸尚易爲，跋胡膚遜最難窺。旋誅管蔡旋徵後，聖德如天豈有私。

其　二

《周禮》書爲平治譜，指南車作堪輿祖。三王四事克兼施，公集大成先孔父。

孔　子　二首　并序

希朱嘗謂：聖人經正，至教必遍全球，惟知聖者能預決之；聖人道大，淺識難窺底藴，惟繼聖者能確知之。顔、曾、閔、賜之推崇，可謂知聖矣；然莫如子思子祖述數章，以"天地"、"日月"、"四時"譬之，以"川流"、"敦化"發之，以"配天"贊之，較盡聖人分量也。至謂"凡有血氣，莫不尊親"，當時已逆料其必遍全球矣。後世雖極尊孔子，豈能出此二三章之意哉！因綴俚句如左：

道大誰能測素王？聖孫闡盡祖幽光。後人崇頌宣尼語，不及《中庸》律襲章。

其　二

聖困一時亨萬世，六經如日中天麗。將來文教達全球，萬國車書遵孔制。

顔　子　二首

天充其德靳其年，留却高堅一閑懸。倘使錫齡功漸化，優游便造聖希天。

其　二

明睿中年遽上升，精神曠世尚如生。素臣首配素王殿，萬古景星萬古明。朱子謂：仲尼，天地也；顔子，景星慶雲也。

曾　子

天教質魯得其宗，《大學》《孝經》一貫功。學到冰淵臨履後，優優聖域已徐通。

子思子

中庸大道闡天人，河洛心傳認得真。最羨聖孫揚聖學，居然尼父一功臣。

孟　子 二首

戰國斯文日再中，鄒賢獨紹孔曾風。源尋性善流仁義，一部書開萬古蒙。

其　二

民貴君輕據理推，不圖今世引爲規。尊王言法春王筆，孔孟何曾枘鑿歧！癸丑續作。

秦始皇 二首

四百儒生一旦哀，祖龍天厭自兹來。倘無坑士堪嗟諫，安有監軍釀禍胎？

其　二

欲知天意巧亡秦，只看扶蘇一死生。設使斯高無矯詔，金湯萬里豈旋傾！

漢高帝

漢高八載帝關中，群説知人善任功。畢竟僞游雲夢事，千秋難掩忌才衷。

淮陰侯

淮陰未必黨陳豨，只爲多才啓上疑。寄語人間諸國士，功成須記泛湖時。

賈長沙

昔劉長卿過賈誼宅，有“漢文有道恩猶薄”之句。予謂：漢文之恩禮非薄，實賈生之涵養未深也。設雍容以俟其用，安知不大顯於時乎？因綴俚句如左。

策上《治安》裨漢家，少年才大屈長沙。孝文禮士恩非薄，惜不雍容俟辟車。

董江都

文章氣節漢多儒，明道計功迹各殊。畢竟聖賢真命脉，會心惟有董江都。

戴延君次君 并序

按：吾宗以《戴記》名。自延君、次君二先生叔侄受業於后蒼，箋注《禮經》，爲後世法，此其有功聖門，使之俎豆廡下，誰曰不宜？考諸先儒，如毛萇注《詩》，鄭元注《易》，伏勝受《尚書》，公、穀傳《春秋》，均以羽翼群經之功，從祀孔庭。獨《戴記》一書，爲萬世言禮之宗，而不獲分孔庭之俎豆，殊非崇尚經師之意。世宗憲皇帝時，諸儒臣會同詳考，以爲漢儒言禮者十家，而戴聖集其大成，今稱《禮記》爲《小戴禮》，聖之有功於《禮經》，不在后蒼、高堂生下。爾時廷議以次君從祀而未果。歲癸卯，希朱書告戴文誠，議行此舉。迨己酉冬，文誠爲協揆，方與禮部堂官議升延君、次君二先生祀。惜事未舉而文誠薨，二先生不得從祀孔庭，若有數存焉。然朝廷方重《禮經》，將來必有舉而行之者。爰吟成俚句，以俟議禮之大君子。

二公箋注世傳馨，匯集十家成《禮經》。揆厥鄭毛公穀例，也應配饗孔門庭！

戴次仲

侍中能解不窮經，五十餘重席亦馨。誠意格君開禁錮，錚錚風節震朝廷。

黨錮諸賢

漢朝黨錮戚誰貽？燒盡膏蘭國亦虧。寄語亂邦高節士，行危言孫法宣尼。

武鄉侯

羽扇綸巾儒者風，後人艷説小周公。須知揭地掀天業，只在幾微謹慎中。

關侯

浩氣忠心亘古難，史評猶作自矜看。至今薄海群稱聖，愧煞當年一史官。

曹阿瞞

賣履分香語語繁，如何禪代鮮遺言。只因欲竊周文號，賺得奸名付子孫。

羊叔子

煖帶輕裘氣度高，峴碑萬古壽山河。只嫌泪爲身名墮，不爲蒼生泪眼多。

謝東山

東山絲竹久怡情，同樂同憂志竟成。淝水捷書温解甲，果能一起慰蒼生。

戴安道

晋時放達競爲高，安道偏能禮自操。對使破琴徵不就，風規真不愧人豪。

戴仲若

仲若翩翩有父風，竹林高隱帝停踪。仲若在招隱山竹林精舍，文帝每欲見之，謂黄門侍郎張敷曰："吾東巡之日，當宴戴公山下。"箋成《禮記》《中庸》註，不忝吾家大雅宗。

陶淵明

士行傳家有後人，屢徵不起折腰身。迄今陶集留生氣，愧煞當年幾晉臣！

江文通

江郎妙筆本天生，未必貽來自景純。若謂奇才須異授，有唐燕許受何人？

魏鄭公

攖鱗折角震朝堂，二百餘條諫草香。賴有太宗能借鑒，君臣方得慶明良。

戴忠公

龍顔能格豻門清，公直精忠耀汗青。佐命良臣昌後報，黄扉繼相有餘馨。

狄梁公

屈身牝主不辭卑，唐祚多公默護持。不有房州迎反日，滿腔忠義有誰知？

郭令公

亦是忠臣亦福臣，勛名突過古今人。君稱尚父胡稱父，隻手能回四海春！

韓文公

八代文章重起衰，泰山北斗世尊師。縱然《原性》留些弊，不廢晨星萬古垂！

歐陽四門　并序

希朱嘗讀《唐書》，深嘆四門先生文藝傳只傳其科名文章，而於倫常敦篤處、性理精深處，概略而不詳，殊失先生倡道閩中之志。爰細考《歐陽文集》、韓愈《哀辭》、《文獻通考》、《閩川名臣傳》及《福建通志》諸書，爲四門先生撰

《傳》。鄙意謂：漢武開疆以來，閩士鮮有志於道者，獨歐陽先生崛起詩山，閩士遂蒸蒸日上，延至大儒輩出，鄒魯成風，皆破荒者提倡之力。而其忠孝仁愛，至誠篤義之風，猶卓然可師。是先生固閩中理學之祖也，烏得徒以科名文章重之哉？既成傳贊，復吟俚句，以諗來者。

榜開龍虎破閩荒，匪重科名重紀綱。道學天南山斗望，《唐書》尚未闡幽光！

韓魏公 二首

相州名相産泉州，此地生韓萬古留。太史占雲書五色，方知國瑞應龍頭。

其　二

垂紳正笏定機籌，顧命元勛孰與儔？盡瘁鞠躬無顧忌，千秋一樣武鄉侯。

范文正公 二首

斷齏晝粥苦如斯，後樂先憂志不移。一筆勾時休議刻，雷霆雨露本無私。

其　二

萬頃義莊惠懿親，一舟金麥濟窮人。須知兩節猶餘事，方寸原包天下春！

司馬温公 二首

宰相風規自有真，深衣大帶肅其身。青苗罷去蒼生福，旋轉乾坤仗此人！

其　二

熙豐元祐説紛紛，到底薰蕕久自分。碑刻黨人雖暫屈，千秋猶頌相公勛。

歐陽文忠公

五季文章洗盡卑，觥觥風節自操持。不須觀政銀臺上，海内咸宗一代師。

王荆公 并序

袁簡齋讀《荆公傳》，有“底事經神有緣法，《周官》偏誤姓王人”句，余爲之反其意云。

青苗新法遍窮閭，空費詞林學有餘。不是《周官》能誤汝，只緣泥讀古人書。

周濂溪

斯文正脉墜千年，公起仔肩孔孟傳。圖闡端倪書闡理，光風霽月有餘天。

邵康節

書成《皇極》大文章，月窟天根個裏香。莫道閑中無事業，内堪爲聖外爲王。

張横渠 并序

希朱嘗謂：孔子對哀公曰："仁人孝子不過乎親，不過乎物。事親如事天，事天如事親。"此意後世鮮能闡明之，惟張子《西銘》融會斯旨，闡得精切著明，實足扶翼聖言。而其勇撤臯比一節，尤足爲進學者師。因綴俚句如左。

講經論道撤臯比，虚己從賢世所稀。千古尼山仁孝旨，《西銘》數語契精微。

程伯子

天成元氣本渾融，瑞日祥雲德正中。誠意感君和感相，於人何處不春風？

程叔子

天資一粹一端凝，伯子似顔叔似曾。學到自然春意足，伊川入化有明徵。

楊文靖

龜山崛起我閩疆，正學綿延至紫陽。隻手能肩伊洛道，道南派比道東長。

羅文貞

龜山倡道及門昌，詣極覃思惟豫章。不想功名不干禄，真傳到底有餘香。

李延平

少年勇邁老從容，秋月冰壺灑落胸。賴有考亭傳嫡派，延平萬古仰儒宗。

朱子 并序

先儒謂：南渡有朱子，猶東遷有孔子。其箋注群經，折衷諸子，爲功後學，真是三代後一個小孔子。昔聖祖仁皇帝閲《朱子全書》，欲躋位四配之次，李文貞公以位先十哲，恐朱子心有未安，乃定祀十哲之末。希朱竊謂：配享論道統不論時世。若以時世爲先後，思、孟豈當在閔、冉先哉！即朱子亦豈得駕周、程諸大儒而上居哲位哉！若以道統之傳爲衡，則魯鄒絶學、濂洛真傳，至朱子而始集大成，豈不足躋諸顔、曾、思、孟之列哉！後世議禮必有遵聖祖前議而進而上之者。希朱既作《朱子升配議》以俟之，因復綴俚句如左。

南渡東遷絶續關，文山天使紹尼山。大成重集諸儒後，論道應躋四配間。

岳少保 三首 并序

少保班師，蔡虚齋設爲“君命不受”之論，誠“權宜”也。然是時金人皆圖謀深遠，非可猝然剿復者。且張、楊諸將皆以詔歸，少保即孤軍獨往，未必能濟。就使有濟，而檜實不相容，亦次譖於君，少保能免於誅乎？與其阻召而獲誅，終蒙逆旨之名，何如歸而受命，猶可告無罪於皇天后土也！讀史有感，草成二章，以當鑒原之論。余又愛少保恂恂如書生，每辭官必曰：“將士效力，飛何功之有？”此其人品不在壽亭下。後世推崇祀典，必高一格以相待。因再吟一章，以諗來者。

十二金牌出禁門，怎能違詔復中原？周昌奉世如遭佞，成績猶將逆旨論！

其二

湖上歸韓朝上秦，豈能隻手轉陽春？天心早定偏安局，漫把權宜責將臣！

其三

大將恂恂儒者風，不誇將略不矜功。千秋評論真人品，應與關侯位置崇。

秦檜 并序

秦檜得保首領，後人每有不平之論，林次崖有“秦檜奸雄終保首”句。余謂：萬古罪人甚於殞身，此天之所以報奸雄也。因發其意云。

覰破佞臣保首終，休將疑案問蒼穹。口誅筆伐千秋苦，猶甚奸頭濺血紅！

趙忠定 二首

忠誠義氣壯河山，臣節如公無愧顔。只有僖宣祧廟事，尚留遺議在人間。

其二

天昏地黑鎖奇冤，終古衡州有泪痕。勢到豺狼難制處，應傷不聽晦翁言！

蔡西山

影衾無愧是西山，蒙難風裁遠莫攀。到底天留昌後報，賢郎祔享孔庭間。

真西山

閩中艷説兩西山，文節文忠伯仲間。徽國功臣均不忝，表章没世更爲艱。

文　文　山

乾坤正氣毓忠貞，炳炳丹心照汗青。三載燕京雖事畢，頂天立地萬年馨！

謝　疊　山

一戰難舒返日戈，北行大節壯關河。不須薇向西山採，就義從容勝浩歌。

陸　秀　夫

君臣播越最難支，正笏猶端朝會儀。倘使天心無厭宋，海濱一旅中興時。

方　正　學

堅辭草詔直攖鱗，不負先皇物色身。勢似薰天心似鐵，捨生取義一完人。

楊　椒　山

一疏鋤奸鐵石忠，盡人痛恨説嚴嵩。那知自古真名節，勁草彰於遇疾風！

蔡　虚　齋

蒙引樓成蒙引書，温陵正學此權輿。清源玉磬應重響，環顧儒生孰繼虚？

李　文　節

文章勛業本巍崇，介節尤徵正直衷。廷議交攻百餘疏，究難掩此穆清風。

劉　蕺　山

《人譜》宏開學聖基，南都告陷盡忠時。江山雖改風規在，烈日秋霜永不移。

黄　石　齋

天南間出一完人，翊道匡時不顧身。讀史馨傳衣帶語，綱常節義古今春。

洪文襄　并序

希朱少聞洪經略事，每以二臣目之。及讀經略奏對、筆記，見其論斷施行，皆帝王長治久安之道，無纖毫雜霸術，過於管仲遠矣。夫桓公爲子糾之仇，管仲轉而事桓，一匡天下，夫子許其仁，而不責其不死。况我朝非勝國之仇，公當孤軍無援時，太宗又厚遇之，不得不隱忍從事，以俟後圖。既而目睹大命已歸，生靈塗炭，使無業等伊吕者爲之平禍亂、定規制，恐被髮左衽之風，不免再見於天下。此公所忍就功名，而不屑爲匹夫之諒者。况世祖屢加優禮，每以孟子尊之，以天下才重之，則爲之運籌决策，以安社稷、定民人，非人情之所必然也耶？數省經略，一代佐命，其功過於管仲，而其心更苦於管仲。後君子略迹原心，庶有合"觀過知仁"之意。因綴俚句，以告後生。

遍覽文襄奏對書，一匡天下器非虚。英雄不作匹夫諒，管仲尼山定毀譽。

鄭國姓　三首

石井滿腔熱血多，乾坤力轉是人豪。諸王瓦解臺撑住，海外孤忠才節高。

其　二

國姓能將國脉扶，生民未有創奇圖。偏安局小忠忱大，萬古猶撑名教樞。

其　三

義旆當時震海疆，英風千載壯祠堂。南安間氣東瀛福，一島江山草木香。

李文貞

羽翼經文吾道光，扶持名教振朝綱。國家柱石儒山斗，兩廡應增一席香。

清明節試詩山茶　七律

先人植茗幾經霜，吾鄉向無蒔茶者，先考始植之，後人復效之，而詩山茶遂著名。節届清明試取嘗。活水烹來珍手澤，新芽啜後品頭綱。勝他覺海諸岩種，南安覺海岩茶最有名。增我詩山一味香。欲效君謨新著譜，名偕陸羽一經芳。

春日在松村聞鳥　七絶

松自青蒼花自榮，當門有鳥趁春鳴。擬携柑酒聽鸝去，領略詩腸鼓吹聲。

穀雨節在松村遣興　五律

廿四花風信，重三穀雨辰。人方修禊事，我獨養清神。山送群青合，窗迎衆緑新。松村都管領，胸次有餘春。

九月五日第八兒瑶瑾生　七絶三首

菊花時節桂花芳，報道祥鍾第八郎。莫謂秋天多肅氣，爺生亦惹九秋香。

余亦是九月生。

其　二

龍猪幼尚未分明，父母心都望有成。盛世愷元皆應八，季狸叔達或重生。

其　三

玉汝之名亦有因，勖兒持玉等持身。珣球已見名門瑞，唐崔邈子琯、珙、瑨、璪、璵、玠、珣、球八人，與漢荀氏，并稱八龍。瑶瑾期爲上國珍。

蘆溪謁表叔潘雨亭昭忠祠　七言排律十六韻

忠烈天南夙有聲，專祠入謁益心傾。馨香此日薰蘆水，血泪當年灑柏城。公爲桐柏縣令，以擊賊殉難。琴鶴一肩徵潔操，公歷任桐柏、濬縣，皆以清廉聞。豺狼當道動師征。大僚齊作埋頭避，時賊勢猖獗，道府諸官，皆畏避不敢前。循吏偏能隻手擎。勢到萬難拼一命，身羞後隊帥先行。鴻儒報國文兼武，馬革裹尸死亦生。風疾方知霜草勁，霧深轉掩竹筠貞。時道府諸官，多方遮蔽，掩公忠勛，以飾己過。雪冤賴有賢郎疏，丹悃旋叨聖主旌。時公之長兒思忠字乃梓，叠上辨冤書，朝廷始賜建專祠。張許睢陽當廟祀，桐柏本有昭忠祠。杲真故里亦祠成。蘆内今建昭忠祠，益合賢宦之例。褒勛似續長留蔭，世襲雲騎尉。遺愛衣冠并作塋。乃梓扶公骸歸葬，桐柏紳民請立衣冠墓。天地不磨公正氣，河山增色是忠精。功銘金石真無愧，時桐柏紳民銘公勛於貞珉，以垂不朽。誼屬葭莩與有榮。樹節足寒奸佞膽，聞風猶起懦頑情。彼蒼叠啓麟振瑞，公之子孫甚昌熾。哲嗣高標虎榜名。令孫蔭蓀爲名孝廉。玳瑁鍾靈堂寢固，祠對玳瑁山。春秋獻斝子孫誠。桐垣士庶隆禋祀，不及樟園歲薦牲。

寄懷同年林畏廬　七律　林名紓，福州人。

二十年前抵薊州，竹坡門下識名流。半生三絶詩書畫，一筆千秋韓柳歐。評史船山逢畏友，畏廬有《評王船山史論》。箋經顧氏匹良儔。畏廬有《論顧亭林〈日知録〉》。斯文將喪同心少，何日遺篇共校讎？

松村詩草卷五

甲　辰

纂四書闡義成　七絕三首

四書道似泰山高，土壤何能益一毫？仰鑽卅年心有得，編成卷帙編有七卷。付兒曹。

其　二

纂組成書拙未工，須加密縷細鍼功。天公假我磋磨日，或繼蒙存淺達風。

其　三

新學喧豗若鼓簧，舊篇廢置似糟糠。四書到底明如日，箋義終應附末光。

松村精舍靜坐偶成　五律二首

松村空萬籟，對此興超然。脚踏塵中地，心游物外天。山川皆道竅，草木亦詩箋。悟到生生意，乾坤在眼前。

其　二

松老千秋峻，樓高萬卷羅。操持隨俗少，著述閉門多。理窟無餘蘊，胸襟有太和。寄言冰炭者，盍自息風波。

過洪經略故里，次劉峴生少尉韻　五律

勝地人争攬，宏才帝早知。世祖謂經略曰："卿真天下才也。"門鷄傷此會，英内洪姓東西房門風甚熾。汗馬憶當時。冠鬢千秋壯，經略遺像在洪氏祠堂，至今猶有生氣。勛名曠世奇。英山今寂寂，師相動馨思。經略祠有"師相元勛"匾額。

憶洪經略故事，仍次硯生韻　五律

才可匡天下，誰爲諒莫知！不拘黄史節，爲翊順康時。心比元成苦，功逾管仲奇。請將昭雪筆，破盡世疑思。予撰《洪文襄傳論》，謂公之功過於管仲，心更苦於管仲，辨駁頗明。

桃源游草

游魁星岩　七律二首　時游桃源。

魁星原本是天星，底事詹岩易此名。聞道宋時開甲第，始教勝地振文明。宋顔應時、陳樸在岩讀書，後俱登第，邦人榮之，故名魁星。斗躔崖壁千尋石，先正云：岩後石壁千尋，正當斗位，故名魁星。山瞰桃場四面城。更喜奇觀標十二，此間應有偉人生。

其　二

名山終古屬杓魁，今日聯鑣接上臺。時永春諸友同游。半嶺雲迎名十至，一樽酒向廣庭開。時顔介庵等携酒榼以相迎。林生衆緑將岩繞，峰送群青入闥來。吾野桃陵詩畫在，追踪我亦上吟臺。

謁顔桃陵先生祠　七絶四首

誰跨魁山最上方？桃陵名獻有祠堂。鲰生不憚攀蘿至，爲愛先生遺迹香。

其　二

當年司馬鎮江州，彭蠡匡廬眼底收。詩翰留題千古貴，香山也遜此風流。

其　三

岷邸從容解組歸，不爲戀棧受長羈。長沙賈傅空悲憤，輸却顔公早識機。

其　四

圭組簪纓巨族多，顔姓多巍科顯宦，惟公名傳天下。獨推左史是人豪。可知人世傳馨譽，不在官高在品高。

登環翠亭　七律

桃源風景本超塵，况復高亭古迹新。四面雲山環碧翠，千秋道學仰朱陳。鵬峰好展翀天翮，鹿洞誰扶大雅輪？寄語永州諸領袖，皋比須憶講經人。亭左有鵬峰書院，時少講學，故以此勸之。

造明經陳韻蘭宅　七律

爲愛桃源花木舒，看花直到故人廬。式賢特下陳蕃榻，攬勝頻停仲若車。廿載深投膠裹漆，一朝歡聚水中魚。何時乘興重相訪，月照松村共校書？

附録　陳韻蘭和韻

跼蹐乾坤氣不舒，年年株守老衡廬。豈知蓬户桑樞地，又辱高人學士車。萬里雲騰君是鳳，一杯水涸我猶魚。相違咫尺天涯遠，無惜南來一紙書。

留别桃場顔姓諸友　七律

桃場選勝久停車，魯國儒風顔本魯國。最可嘉。早已雷陳稱夙契，况兼孔李本通家。連朝多謝傾樽酒，七友欣陪賞洞花。顔雪樓、鱗受、豐受、直受、升受、爲祜、江祜，皆同游。爲囑山陰名士舫，秋來亟泛剡溪楂。

游蒙山，憇新豐院，觀湧泉祖師靈迹　七律二首　院在南安十四都。

矗矗蒙山景最真，新豐梵宇又增新。時院重新。撥雲今入高僧榻，移雨曾傳老佛身。一孔香泉千古澤，半林烟樹四時春。峰巒自昔稱奇秀，何日靈鍾第一人？黄曉江有“蒙字山中産狀元”之讖。

其　二

天闕新豐景界寬，湧泉當日此盤桓。九重紫誥褒封易，億萬蒼生沐澤難。赫赫神光瞻北斗，院對北斗砦。巃嵸形勝冠南安。名區未入方輿志，且寫詩箋待史官。

登大眉山　七絶

重巒複嶺到眉山，莽莽紅雲指顧間，名勝不殊明允地，也應此處啓賢關。

過八尺嶺　七絶

單車直駕嶺頭來，八尺爲名亦異哉！倘使昭容生偶到，應將量地比量才。

過浮橋　七律

長驅匹馬到浮橋，閑倚闌干瞰海潮。閱盡山川真迴迴，況兼人物亦超超。
笋江月色曾稱勝，李相風徽永不祧。背紫面青靈氣在，有人重起佐熙朝。

謁大學士李文節公舊宅　七律

一祠高挂笋江邊，異代靈光獨巋然。風雨數椽今蔽宅，冰霜百煉古名賢。
豐裁已列無雙地，台鼎尤居第一天。江水幾番飄泊去，先生清節尚流傳！

夜夢戴少懷尚書南歸　七絶二首　并序

少懷隔别七年矣。是夜夢其南歸，未接見時，先問皇上安否，後叙離情，喜動顔色。醒而漏下三更矣，詩興勃然，挑燈草之。

鳳池告假久還山，睡裹猶聞請聖安。一片葵心雖萬里，不無清夢戀朝端。

其　二

君居廊廟我山林，影隔雲泥遠莫尋。千里神交今入夢，分明話却臭蘭心。

乙　巳

陪黄厚甫師開課詩山，即席賦頌　七律　師名懋和，福州人。

先生名早噪閩中，何幸來施化雨功。我以千波師叔度，士皆一瓣祝南豐。

馬開絳帳宣傳日,鳳翽丹梧靄吉風。此處談文樽酒後,儼如立雪會城東。

宴黄厚甫師於松村,即席賦贈 七律

天教名宿入詩鄉,迎到松村酹一觴。對酒爲評新著作,時閲《松村文集》、《語類》、《詩草》、《四書闡義》、《詩山志》諸書。談經倍切舊商量。先生到老心如鏡,弟子如今鬢亦霜。五百程途重聚首,此番坐席定生香。

送誼侄鄭梅卿歸娶浙江 七律二首

閩山浙水路悠長,爲結良緣返故鄉。杞梓才高終有用,雎鳩偶正自成行。阿嬌好貯黄金屋,籚史將登白玉床。此去蘭房領滋味,勿教柳巷雜風光!

其　二

君今返棹到天台,會得翩翩仙子來。劉阮三生應有約,郝鍾四德定無猜。人欣鸞鳳諧新侶,天許麒麟送幾回。行見鄭蘭頻入夢,寧馨有子顯奇才。

同譚彦先邑侯到豐州書院開課 七律二首

巋巋豐州本勝區,偏教南郭濫吹竽。文翁欲布詩書化,仲若慚非體用儒。濟濟衣冠開馬帳,時吴省齋、鄭伯璵、張惕璵、洪禹村諸孝廉同來開課。祁祁翹秀集鵝湖。只虞虚坐談經席,無力能將大雅扶。

其　二

天南夙著魯鄒風,況有菁莪造士功。收拾珊瑚歸鐵網,劘磨瑜瑾入晶籠。鳳池未掌絲綸重,鱣舍先期術業崇。佇望斯文多柱礎,有人陡起八閩中。

贈南安少尉蔣偉仁 七律二首

天教江右一名人,捧檄南來尉八閩。四代官箴千古鏡,公令先曾祖心餘先生爲海内人表,作《官戒詩》風世。卅年德澤萬家春。三沙雨漬頻開糶,兩袖風清不厭貧。竹馬嬉游曾細問,兒童也解蔣公仁。公館於泉,予嘗問諸兒童,皆言蔣公爲好官。

其　二

公是當今鐵漢身，頂天立地仗斯人。柳城一晤如相識，桐郡論交益見真。靈運烏衣多子弟，椒山狄道大經綸。楊椒山爲狄道典史，做許多勛業。公德政素優，可嗣響椒山矣。朝廷若擢循良吏，轉眼應爲柱石臣。

重游達摩岩　七絶四首　時重到安溪。

聯翩重到古僧廬，浩氣依然薄太虚。座上梵王應識我，當年嘗駐鄙人車。

其　二

記曾同上達摩巔，荏苒光陰又數年。萬叠山川仍舊况，一庭花草倍新鮮。

其　三

耄齡翹秀比肩行，踏遍獅峰無限情。獅峰在達摩岩後，聞是祖師化佛處。漫道峰頭歸佛國，青山題咏屬儒生。

其　四

掇拾名區入錦囊，兩番柑酒沁詩腸。他時又印鴻泥迹，三色樹邊三到堂。岩邊有三色樹。

登寶雲殿　七律

振衣同上寶雲巔，時徐子雪、張永基等同游。殿宇巍峨勢若騫。四面山光齊映户，一堂仙侣喜朝天。朝天是山名。黄粱曾醒高人望，聞田先生一俊、唐先生桂生到此祈夢，皆驗。碧落全空下界緣。丹谷石溪佳句在，希踪我亦聳吟肩。唐丹谷、官石溪皆有聯句在。

同諸友冒雨游補陀岩　七律

天解吾儕并轡來，雨師爲客灑塵埃。感君都有從風志，愧我全無化雨才。嶺上雲封真世界，岩中烟鎖小蓬萊。彌陀一見應姗笑，柑酒伊誰冒雨開？

補陀岩訪官石溪讀書處　七律

閩中久震石溪名，訪迹僧岩眼欲青。倚樹頻聽新澗水，登樓恍誦舊時經。

名儒著述山齊壽,高士留題筆亦靈。我欲紗籠儲一什,與公千古共流馨。

崇德書院告別諸友 七律二首

天教安邑振文雄,特向長卿拓數弓。羡子有心開夏屋,慚予無術化春風。三年虛坐談經席,一旦旋停啓鑰功。欲別低徊難遽別,幾番指顧講堂中。

其　二

論文對酒不多時,忽把陽關唱別離。絳帳群稱先哲範,白頭也執後生儀。時王君温其、王君觀光、官君修輔等,皆七十餘歲,執後生禮考月課。腐螢過受推崇禮,劇鳳欣歌靄吉詩。等待秋風聲到耳,驅車來聽賦鸞旂。

附録　孝廉方正王君温其次韻

伊誰文陣可稱雄?君是當今良冶弓。十載紫薇曾捧日,三年翹楚盡蒙風。白頭竊悔蹉跎事,絳帳頻煩誥誡功。此日文旌旋梓里,深情寄在一杯中。

附録　生員王君昭文次韻

春風坐我幾何時,怎奈明朝竟別離。鳳閣同僚欽雅範,鱣堂多士仰豐儀。當年曾溥菁莪澤,師創建詩山書院,戴學院贈以"功在菁莪"匾額。此日聯賡棫樸詩。譚公來請掌理豐州。註禮解經今嗣響,佇看姓字列常旂。

附録　增生蘇君貴德次韻

絳帳傳經繼馬融,况兼箕子紹良弓。菲材私幸頻沾雨,群木欣叨久坐風。三載裁成千百士,一朝勝讀十年功。畫龍差喜睛初點,破壁飛騰頃刻中。

到上地 七律

夙愛清溪水最清,誰知上地盡山行。重巒複嶺疑無路,問柳尋花又有名。百尺巍樓新氣象,娱山樓景甚新麗。千秋古月舊家聲。鄉本胡姓。居高臨下饒形勝,定有翹翹後起英。

贈孝廉胡君廷機 七律 時與廷清同榜。

朋山多應榜頭聯,《府志》:"泉州多兄弟同榜,皆應朋山之瑞。"瑞入君家有夙緣。

蘇軾材原偕弟顯,宋祁名合讓兄先。向來我識方平器,此去君揮祖逖鞭。寄語馳驅宜謹慎,小心方可握樞權。

贈户部正郎胡君廷清　七律

翩翩裘馬部郎身,樹立功名迥出塵。才展張良副車手,君中副榜。冀成安定一流人。少年本具英雄氣,大受須培鎮静神。從此斂才都就範,便爲家國棟梁臣。

尋明經陳君家珍不遇,暫宿其家　七律

物色翘英近十年,今宵擬共話樽前。誰知安道車才駐,空悵陳蕃榻已懸。鷄黍相留欣有子,鴻儀欲挹竟無緣。寄言鵬翮須努力,望爾飛摶到九天。

入錢塘嶺　七絶

行盡清溪叠叠山,家山尚在渺茫間。今朝直抵錢塘嶺,指點詩峰開笑顔。

覃恩貤贈王父母恭紀　七律　并序

按國朝封典,五品只封二代。希朱入閣後,既爲王父母、父母請封矣,惟曾王父盛德貽後,格於例而不獲膺綸誥,朱悵悵久之。兹逢朝廷開逾格之典,京官得從捐例請封。於是備貲爲曾王父母貤贈一軸,諏吉焚黄,并竪墓道。區區之心,聊以彰先德於萬一爾。

九旬逸叟德優優,遠近人多比太邱。鴻澤流貽今六世,曾王父至兒紹箕、孫世潢,已六世矣,君子之澤猶繫人思如此！龍章炳焕永千秋。綸封三代推恩極,碑勒雙方古道留。吾祖清芬兹稍報,帝恩深厚更難酬。

丙　午

送陳雪楞太尊卸篆回省　七律四首　并序

陳太尊名景垣,江浙名士也。蚤歲以文鳴,爲鉅公魁儒所推許。中年染翰鳳池，凡制課文章，皆出公手。朱入閣供職，同寅中皆艷稱公名，謂睟然有先正風範。及出守温陵，仁風清節，中外馨聞。朱傾慕久之。適來籌辦詩山學堂，蒙公格外生成。詩山人奉爲召杜，朱亦仰若斗山。瞻依未久，卸篆匆匆。朱等如赤子離慈父母，不禁以拳拳之心，發爲啾啾之語。雖瓦缶微音難奏鈞天大樂，然江皋腐草得照台星，攄發愚忱，亦被寵光者所不能自已也。爰吟七律四首，以獻頌云。

鳳閣簪毫二十秋，竹符一出守泉州。郡中蒼赤胸中抱，海底珊瑚網底收。公府試所得，皆知名士。膏雨已蒙沾五邑，仁風也被及群酋。公撫禦外夷，威濟以恩。辭篆時，酋長皆爲留任。可憐無數攀轅者，驄馬朝天乞不留。

其　二

天與風流筆一枝，況兼清白本操持。昌黎得句風雷警，究心古文，有大家風骨。伯起辭金天地知。時有賂公千金者，公力拒之。浙水合編循績傳，泉山欲勒去思碑。從今別却陽春脚，望有陽春再煦時！

其　三

誰挽詩山大雅輪？神君一綫重千鈞。公於詩山學堂，極力栽培，得以成局。烟霾縱蔽乾坤氣，風力能回桃李春。有意興閩齊頌衮，唐常衮爲閩興學校。今公興起學堂，即詩山之常衮也。無緣借寇只思恂。深恩未獲涓埃報，時就[詩山]學堂奉公長生禄位。願祝金剛不壞身。

其　四

鯫生何幸造龍門？領得春風笑語温。薇省昔同描鳳誥，公與余在内閣有前後輩之誼。蓬廬今獨戴鴻恩。行旌耀日程千里，祖帳臨風酒一樽。南國何時棠再憩，濃陰重蔭及松村。

送譚彦先邑侯卸篆回省并次原韻　七絶四首

兩番霖雨渥蒼生，一旦征軺觸離情。可惜寇君難再借，臨風望斷古閩城。聞將遷爲閩縣。

其　二

豐州一席慰私衷，欲副文翁化蜀風。客歲，公請予掌教豐州，予殫心評閲，蓋欲副公所望也。怎奈届停停未久，行旌已照夕陽紅。

其　三

詩山鱣舍甫開時，能識遺珠藴在驪。公赴詩山學堂開考，所閲卷皆精當。等待樹人功告蕆，山頭爲立去思碑。

其　四

一片葵心本向陽，臨岐欲祝海南香。可憐兩袖清風裹，行篋空餘琴鶴裝。公爲官清廉，不取民間一錢；交卸時，缺貲以萬計。下民德之。

送張式如邑侯卸篆回省　七言排律十韻　張名斯鉦，山西人。

天教名宿作名臣，捧檄來泉政一新。數月做成循吏事，公主南安篆有四個月。寸心依舊讀書人。公雖顯官，不改讀書人本色。學承西晉高賢派，公令先祖諱紹傑，祀雲中郡鄉賢。力挽南安大雅輪。時豐州學堂已廢，賴公維持。鱣舍規模煩巨手，豐州籌款章程，皆公手訂。鴻嗷痛癢切吾身。時西溪水灾，公甚憫之。律除犴狴無冤獄，公治獄多恕，不輕鞭撻人。化格鴟鴞有善民。吾南鬥風甚熾，公到處皆平。民甚德之。琴鶴一肩真氣味，簿書幾卷瘁精神。公任事甚勤，理簿書不懈。辭金獨矢冰霜節，時有賄公千金者，公却之。式玉終爲廊廟珍。公氣度温潤如玉。四十餘都芃黍沛，六旬老友臭蘭親。公每呼予爲“老友”，有所指教，每謂：朋友之道當如是。文章何幸師張栻，士庶無緣借寇恂。時予欲邀諸紳留任，公力辭之。佇看兒童驅竹馬，柳城迎却再來春。

警老生　七絶

老到方知道味深，那堪虚擲此光陰？從今珍惜桑榆影，領取文宣憤樂心。

警後生　七絶

少年須學大方家，著實功夫在斂華。聖域都從涵養入，休將圭角露些些。

警形家 七絶

山水玄機孰認真，誤投冲煞便傷人。形家解識乘生氣，方得乾坤一點春。

警醫家 七絶

問誰術可濟蒼生？華扁刀圭古著名。怪底庸醫輕下手，殺人如草不聞聲！

題寶鏡 七絶

寶鏡摩挲歷幾時？靈光四射奪玻璃。只今成個無心月，屢照妍媸也不疲。

咏秋池 七絶

一水渾如一鑒空，秋清不與别時同。樓臺花木重重勝，都在池塘倒影中。

咏水仙花 七律

冰甌細貯一瓊葩，下界偏多上界花。脱俗自然仙證果，凌波恰藉水爲家。骨奇知否三生换，色艷曾經七寶誇。到底輸余清福分，别從陸地卧烟霞。

除日偶成 七絶四首

半育英才半著書，終年心力瘁何如？予督詩山學堂兼理教務，心力銷耗大半。歲除自把光陰算，三百六天過不虚。

其　二

少年惴惴懼虚生，三立如今漸有成。三立，指立德、立功、立言也。除日感懷平日事，老夫没世或稱名。

其　三

一年將盡在今時，賈島勞神曾祭詩。我不祭詩思祭聖，孔朱道脉仗誰持？科舉停後，士溺於功利之學，鮮有志於聖道者，予甚慮之。

其　四

迎新送故此宵中，恰與貞元會合同。國運倘如年運轉，萬家一樣煦春風。愛國之心，有觸即發。

丁　未

宴戴太尊芷汀於温陵學堂，即席賦贈　七律二首　芷汀名培基。

黄堂名守入黌堂，騶從倍增學界光。宋子風行春有脚，荀公車到席生香。坐譚時務明如鏡，俯體民情視若傷。今日温陵一杯酒，祝公循績邁韓王。韓國華、王梅溪爲泉賢太守。

其　二

天生骨格最峥嶸，洵是吾宗傑出英。次仲本爲賢太守，叔倫原屬舊書生。雙江雄鎮安如堵，二禮徽風繼有聲。從此南邦歌召杜，佇看雨露灑桐城。

奉懷黄厚甫師　七絶六首

先生文譽震當今，桃李公門蔚似林。末學曾從親炙後，益知學海最淵深。

其　二

詩山振鐸一年中，杞梓都蒙雨化功。善氣薰人人自煖，勝他幾月坐春風。先生掌教詩山，頗得士心。

其　三

吾師早歲熟岐黄，閩海争傳活命方。良相良醫殊作用，依然一樣好心腸。先生精醫學，活人甚多。

其　四

曾將明鏡判瑜瑕，當道群稱是大家。府縣尊皆請先生評閲試卷。吾邑翹英胥物色，方知老眼果無花。

其　五

卌年以上謹操持，到老偏臻入化時。不磷不緇風骨在，何妨與世暫推移。

先生中年持守甚嚴。晚歲,處同寅有和光同塵之象。

其　六

矍鑠精神七十秋,不風流處却風流。目中有妓心無妓,明道芳徽今尚留。

先生每與同寅看花,時人議之,予爲明其心迹如此。

送四兒瑶階如荷蘭西　五古三十韻　在望加錫。

廿年侍膝下,今日旋分襟。兒行萬里路,予逐萬重心。舟車水陸際,險巇慎履臨。寧讓人先往,毋爲忙失斟。旅館喧嘩處,同類紛如林。寧與人禁絶,毋稍耽荒淫。荷蘭地多瘴,惜身重惜金。駒光疾似駛,惜金比惜陰。兒齡甫及冠,如放籠中禽。勿以出籠鳥,恣飛入孤岑。勿驕而好勝,勿懶若不禁。勿爲雙陸攫,勿爲酩酊侵。勿嗜阿芙蓉,終日多溺沉。勿戀野花柳,夜寢慚影衾。少年染此習,惡勢輒駸駸。汝讀十年書,當以善自任。在家懔庭訓,在外仗友箴。切須遇直諒,方可聯知音。切須盟金石,方可表悃忱。予素視義重,耗財直到今。只緣囊底澀,送汝過巴黔。宛肖涸轍魚,欲吸清水潯。非義如浮雲,一滴如甘霖。汝早濬利源,及時搜賾琛。巨富由命得,小富由力尋。振起門楣事,舉家望汝深!桑蓬四方志,不必泪涔涔。行當佩予訓,如砭亦如鍼。驪歌將唱别,小子汝往欽。老夫神俱往,黯然發長吟。

松村宴額雲汀邑侯、劉硯生廉捕,即席賦贈　七律

二公并轡入詩鄉,採俗觀風到草堂。嚴武車旂頻枉顧,杜陵門第倍增光。兒童喜接并州駕,時第八兒才五歲,歡迎大小尹入門。几席叨聞荀令香。今夕松村一柑酒,舉杯爲祝兩循良。

與劉硯生廉捕同寢黄坡　七絶

笋輿同駕抵黄坡,風雨聯床興正豪。不佞慚非嚴處士,足根怕犯斗星高。

九日與劉硯生到蓬島　七絶

秋來并轡爲公忙,取次停車蓬島鄉。學務纏胸心似醉,幾忘今日是重陽。

戊　　申

登清源山　五絶二首　一名齊雲，一名泉山。

振羽上齊雲，雲巔迥出群。倘爲天下雨，萬彙受絪緼。

其　　二

造物巧爲功，泉山聳一峰。洞天三十六，次第拓詩胸。

登紫帽凌霄塔　五絶

紫帽躡來青，凌霄叩帝扃。乞將文叔粟，普濟及生靈。

登雙陽山　五絶二首　一名朋山。

大華與少華，巨靈曾劈開。雙陽分脉絡，恍自華山來。

其　　二

雙峰削天外，萬古連蒼翠。虎榜弟昆聯，此山常應瑞。

夏日登葵山　五絶

葵峰暑不侵，萬葉自成陰。四面揚風地，千秋向日心。

葵山訪韓學士冬郎墓

身不就梁徵，孤臣晚節馨。塋前松柏老，猶自四時青。

登將軍山　五絶

健骨石凝成，天然帶甲形。温陵太平日，全仗此山靈。

登羅裳山　五絶

泉地四山崇，羅裳殿一峰。羽衣傳曲譜，萬古艷仙踪。

題蓮花不老峰，次子朱子韻　五絶二首　在縣治北。

天開八石奇，蓮萼攢雲起。倘使駐濂溪，便成君子里。

其　二

山呈不老顔，萬古花添翠。應與華峰齊，亭亭插天外。

登一片瓦　五絶

片瓦自天開，巍峰五疊來。一峰羅一峰有《片瓦岩》詩。名筆在，續筆上吟臺。

登樂山觀日臺　五絶二首　并序

樂山在南安八都。凡遊是山而有志觀日者，務於雞鳴時登臺東望，見海底有兩輪駕日光而上，光焰萬丈，誠奇觀哉！

山奏鈞天樂，歡迎日馭來。壯懷思捧日，鷄叫起登臺。

其　二

兩輪駕日光，萬丈吐精芒。一望如登岱，平明覽八荒。

登福鼎山　五絶

天欲煉神丹，掀開福鼎山。儂思吸山髓，時余作樂邱於是山。萬古宅其間。

登石筆山　五絶

尖石挂山眉，千秋筆一枝。江郎如假此，畢世焕文思。

登雲歸洞　五絶　在詩山白雲室下。

洞古嵌危石，雲深鎖亂山。臨崖一望白，恍在太行間。

登舟山　五絶二首　山在南永交界。

大造幻形來，船從絶頂開。舳艫千里影，不藉濟川材。

其　二

天地一虚舟,人生任去留。輸他山上艦,一葉五千秋。

登古山　五絶　山在十三都。

天闢古幽顔,嶔崎露此山。千奇兼萬怪,只在石泉間。

登鳳髻山　五絶

一鳳舞朱鬟,千秋不改顔。倘邀儀羽用,振翮九霄間。

過澳頭渡　五絶二首

孤艇澳頭横,夕陽争渡盈。誰知樵擔裹,雅有賦詩聲。

其　二

嵐影蘸溪清,朱陳昔一經。我來尋古渡,遺跡有餘馨。

訪温泉　五絶二首　在城山湯邊。

大地噴温泉,洪爐鑄幾年?四時蒸暖氣,烟景勝藍田。

其　二

山匝木爲城,泉以湯得名。倘分湯沐地,願咽此泉聲。

過淘口渡　五絶　《縣志》名汰口。

淘口泊孤舟,行人便去留。塵心淘汰盡,過此是清流。

過霞蘇渡　五絶二首　一名霞舒,縣志載坑尾橋。

勞勞百里車,轉艇過霞舒。縱目蓬窗外,溪山畫不如。

其　二

赤壁大江東,霞蘇一樣風。東坡如渡此,水月領無窮。

過金鷄渡　五絶

破曉渡金鷄,橋荒路未迷。千秋朱傅筆,續筆欲留題。

過黄龍江　五絶

神物是黄龍,云胡見此江? 天南入傑出,爲報瑞無雙。

過得樂軒　五絶

得樂一軒花,當年讀書處。讀書人再來,花塢猶如故。

閑坐松村有感　五絶

松當花艷日,濃淡顯殊形。直待冰霜後,花零松自青。

感　世　五絶

萬利世争營,吾儒素位行。靈臺明似鏡,肯溷玉壺清?

偶　成　五絶三首

歲月雙霜鬢,乾坤一草廬。青燈攤卷處,恍與古人居。

其　二

學跂程朱上,詩宗杜白間。劘磨忘皓首,著述隱名山。

其　三

錦繡文章易,仔肩道統難。萬言高閣束,留待後賢看。

題畫蘭　五絶三首

蘭陔孝子花,蘭芷忠臣草。大節寄幽馨,馨名大地老。

其　二

鄭家夢蘭喜,尼父倚蘭悲。悲喜花何與? 任人發所思!

其　三

薌蘭生隱谷,品格自清奇。誰解王香意?騷人筆一枝。

夜　彈 五絶

略解琴中趣,頻揮指上音。夜深空萬籟,隱隱見天心。

眼　鏡 五絶

誰使花花眼,雙眸炯炯然?無雲生靉靆,眼鏡一名靉靆。有月照嫦妍。

松村詩草卷六

己　酉

家兒紹箕蒙選孝廉方正，詩以箴之　七律

天子煌煌恩旨開，問誰四字品無猜？却書我付東瀛去，乙亥覃恩，金蘇在臺灣，書來勸予應孝廉科，予以書却之。曠典兒叨北闕來。平仲偶然逢玉詔，叔倫從此上瑶臺。有書召保和殿覆試。叮嚀踐履須求實，毋負宸衷廑愛才！

皇上諭舉博學鴻詞科，聞王季樵侍郎薦予應舉，喜而有咏　七律

名山養晦五旬餘，鴻博殊科忽薦予。二百年來今特旨，乾隆元年開鴻博科，迄今有二百餘年。七千里外俟徵車。北都幸遇真知己，東觀慚多未見書。經席人師非易副，簪毫何以對彤除！

新建潭美橋　五律

鳳麓聲靈地，龍潭絡繹風。潭在龍山宫下，往來不絶。五年勞集腋，百尺架飛虹。鎖鑰三都水，磨礱萬石工。寄言來往客，勿忘濟人功！

憶壬午同年有感　七絶

名花鬥艷易凋殘，松柏青青不改顔。蕊榜同時今萎落，獨留一老在人間。

柯宗于茂才新娶葉婦，作此賀之　七絶　宗于大姑鄉人。

題葉奇緣异樣新，執柯還是伐柯人。寄言少婦秋波轉，須怕大姑眼一瞋。

黄友有烟花癖，面容枯槁，作此醒之　七絶

烟花領略春無限，蒲柳蕭條秋易傾。寄語世間紈綺子，芙蓉人面勿多情。

庚　戌

庚戌年届六旬，書以自省　七絶六首

孔聖前庚朱後庚，出爲天下翊文明。鯫生亦是生庚戌，無那蹉跎忝所生。

其　二

記得微軀誕降辰，鳳鳴入夢感吾親。予將生時，母夢巨鳥如鳳，集於堂，鳴如琴聲，覺而生予。而今符瑞都無應，虚度人間六十春！

其　三

天錫庚庚戌戌年，算來花甲一周天。兒孫舞彩明徒祝，壽酒難添壽世緣。

其　四

大丈夫思不朽年，老當彌壯志彌堅。武公進德蘧能化，竊欲磋磨跂古賢。

其　五

十年知命樂吾天，世味都疏道味妍。壽國壽民今莫慰，孔朱一脉任仔肩。

其　六

嫡派狂瀾辨析真，名山著述老吾身。《四書闡義》《松村集》，佇望流傳幾萬春。

額雲汀邑侯到詩山會考畢業生，即席賦贈　七律

相士端資玉尺量，使君一到席生香。洪爐點化人才出，冰鑒澄清學界光。教育我慚虚馬帳，升遷公合應鱣堂。憑欄笑指雙梅桂，詩山學堂有古桂一，蠟梅一。權作南邦召伯棠。

宴詩山畢業生於聚星樓　七律　并序

時予率畢業生十三人共抵泉州，拜謁府尊、縣尊，然後開觴於聚星樓。諄諄

勖以立品、讀書、熱誠報國，望諸生爲大成之器。因賦詩以策之云。

師生同聚聚星樓，領略醇醪興倍遒。一二蘭蓀依膝下，時小孫世潢、侄孫世英，以最優等畢業，隨予酌酒。十三桃李列床頭。時十三畢業生齊列曠床。鯉城齊酌合歡酒，鳳閣期爲蓋世儔。寄語詩山諸領袖，青衿易掇品難優。

小樂府時因學堂司樂者欲索韻語，以爲祭先師之樂章，信筆應之，恐未盡合小樂府體裁。

詩山學堂恭祝孔子聖誕樂章　四闋

天與宣尼造化工，宣尼手著補天功。六經一任删修後，萬古斯文日正中。一闋

其　二

化育生民賴素王，至誠參贊地天長。誰躋方澤圜丘祀，歷代崇師惟我皇。二闋

其　三

回首道南本道東，海濱夙有魯鄒風。尼山黼紱詩山祝，一瓣心香遐邇同。三闋

其　四

俄日猶知奉冕旒，將來孔教遍全球。會當聖道昌明日，萬仞宮墻五大洲！四闋

詩山學堂恭祝朱子誕日樂章　四闋

聖莫聖兮集大成，功莫功兮翊群經。魯鄒絶學周程道，力任仔肩惟考亭。一闋

其　二

前庚作也後庚承，鍾孔鍾朱天意明。日月當空照人目，重重學蔀一齊清。二闋

其　三

文山毓哲世流馨，過化詩山澤後生。菊酒香兮當壽酒，祁祁獻斝表丹誠。三闋

其　四

紫陽道學大昌明，合與顔曾思孟并。竚看素王宮殿裏，又增配位愜輿情。四闋

詩山學堂畢業樂歌　并小引

皇上御極之初，適是年詩山諸生畢業。司樂教者以作歌請，蓋欲鼓舞其興學愛國之心也。余按節揮毫，綴至“師教”章，念數載總司學務，任盡勞勩，遭盡風波，耗盡心血，皆爲樹人計。無如新學爭鳴，殊風日染，或狃於時趨，或囿於末

務，不能實心體認，以扶翼正學，裨益國家，未免辜予辦學之意，愴然久之，不覺涔涔泪下。願諸生口唱心維，激揚奮發，思予所以諄諄鼓勵者，無非欲其爲學校完人，爲國家義士。因之互相劘磨，克自樹立，勉作詩山第一等人，則幸甚幸甚！歌曰：

閩學破荒，屈指首詩鄉！詩鄉形勝緣何重？只爲崛起歐陽，只因過化紫陽。爾諸生頻年入校，被澤孔長。今幸掇芹香，須解祝瓣香。一闋

其　二

聖主熱心，興學錫萬金。萬金不惜緣何事？只圖教育儒林，只望文物如林！爾諸生四年修業，博得一衿，算是沐恩深，須記報恩深。二闋

其　三

全校鴻規，責備在嚴師。嚴師精血緣何耗？只因籌款力疲，只爲課學心疲。爾諸生届年畢業，優獎在兹。許多費教思，切勿忘教思。三闋

其　四

五色龍旌，唤起立功名。功名外物緣何貴？冀爲吾道干城，勉爲我國長城！爾諸生明年升學，旋達帝京。何以答昇平？總要翊昇平。四闋

附録　詩山諸生祝予六旬樂章　并小引

敬齋師，吾閩名宿也。平生規聖模賢，耽書嗜琴，日以主敬凝静、窮理實踐，希古人之堂室。而愴懷時局，輒攄忠君愛國之心，揭扶綱植紀之志；而著諸文章，發諸歌咏，蓋宣於不能自已也。兹届庚庚戌戌壽星一周，後生小子無以博先生歡，謹綴小樂府九章，以當九如之祝云。

前庚孔聖後庚朱，夫子生庚亦合符。虹井麟書同鳳夢，吾師誕前，師母夢一大鳥如鳳，集於堂上，覺而生師。天心明示産鴻儒。

其　二

八閩間氣萃詩峰，五百年來誕此翁。黄甲緋衣雖代有，樹人翊道問誰同？

其　三

虎榜舊傳博士名，鱣堂今獨屬先生。詩山誰作撑天柱？内史廿年師自庚寅興

書院,至今恰值二十年。隻手擎!

其　四

鳳凰池上假歸身,鑄史箋經六十春。闡到聖賢精義處,張式如序吾師《四書闡義》有云:"發前人未竟之旨,足爲紫陽功臣。"尼山徽國有功臣。

其　五

吾師胸裏有長城,熱血滿腔愛國誠。變制廢科書幾上,甲辰,朝議剪髮易服,師以書千餘言激戴少保,後少保以官諫,中國得免左衽。乙巳,詔廢科舉,師致萬言勖少保陳奏,無非愛國熱誠。直撑危局翊昇平。

其　六

孝友留人齒頰芬,一家篤行久馨聞。新皇四字來徵聘,僉舉大世兄爲孝廉方正。應選還宜有冢君。

其　七

天根月窟探來真,博學何如理學人。此日鴻詞雖辟薦,王季樵侍郎薦吾師應鴻詞科。未償董鄭舊儒巾。

其　八

吉人啓瑞後人昌,八八兒孫酹壽觴。註禮門多佳子弟,一時祝斗比汾陽。

其　九

天眷人師福分優,年周花甲屋添籌。諸生柏釀無他祝,乞爲斯文延萬秋!

受業劉尊光、許杰同頓首撰

辛　亥

總纂詩山戴氏族譜成　七絶六首

家史森嚴國史同,豈容忝我大家風!延君繫姓開宗法,《大戴禮·帝系姓》爲後代系譜之權輿,司馬氏《本紀》因之。繫譜毋忘正始功。

其　二

壁水南遷溯有唐,詩山千載瓞綿長。累朝簪笏雖林立,家乘未薰班馬香。

其　三

方伯當年志督修，世家世序立言周。可憐纂組虚其事，舊帙難希古與儔！

其　四

鳳池染翰幾搜羅，博取前賢史例多。但使裁成大家譜，何辭鐵硯數年磨。

其　五

三十例開予撰譜例三十條，煞費精神。卅六編，族譜編作三十六本。疲精剜慮務純全。次君大傳眉山法，一筆兼收壽萬年。

其　六

温陵善本吴殿撰序此譜爲“泉州善本”。語如金，稍慰松村纂述心。敬告後人休覆瓿，珍藏家史當家箴。

上元夜即景　七絶

元夜渾開不夜城，滿輪月皎萬燈明。嫦娥美女都難睡，天上人間一樣情。

春日登山，見山花有名滿山紅者，口呼一首　七絶

春風鼓盪滿山紅，滿山紅蕊戰春風。層巒複嶺花争絢，悟出生生造化功。

鳳山寺禪房一夢　七絶六首　時感慨詩山學堂事偶成。

驅車來爇鳳山香，一枕禪房午夢長。人事變遷渾似夢，有誰唤醒夢黄粱？

其　二

紛紛世宙競維新，我國綱常到此湮。枯菀炎凉都是夢，只留忠孝古今春。郭聖王忠孝正神，至今如生。

其　三

鱣堂培育許多時，荆棘叢生悔已遲。時學生結黨滋事，深可忿慮。曩日春風今是夢，斯文元氣仗誰持？

其　四

馬帳焦心五六年，予任學堂監督六年。而今決意脱羈韉。勞勞廿載翻成夢，此

後何人任仔肩？予辦書院、學堂，屈指廿二年矣。

其　五

熱心興學出先皇，深望中華日富强。不料養成迷夢輩，可憐何日刷朝綱？人心變極，清朝亡機已現，空喚奈何！

其　六

學蔀重重撥不空，有心提醒恐無功。孔朱道學今如夢，何日斯文日再中？

游雪峰寺　七律四首

梅峰高跨雪峰頭，峰下層層最上樓。石壁天開真佛國，雲窩地闢小瀛洲。殿羅幾個胡僧拜，堂瞰千條玉帶流。翹首山門誰永鎮？朝天一笏古今秋。

其　二

十方宏戒雪峰開，動我單車帶雪來。太極兩儀同論《易》，佛化師能通《周易》。清風明月共銜杯。群僧能貴紫陽筆，千衆欣登般若臺。時開戒堂，受戒者以千計。瞥眼禪宗如此盛，儒宗誰是仔肩才？

其　三

振衣千仞上山巔，灑落襟懷我亦仙。脚定偶蹲三寶石，三寶石是雪峰勝景之一。心清不洗菩提泉。洗心泉亦是勝景。時有勸予從佛者，予確知正學異學之分，故以此自明。聽經虎伏亭邊地，雪峰有伏虎石，聞佛化師講經，黄昏時有五虎在朝天亭聽經。湊趣魚游水底天。雪峰有方池魚戲之境。領得化機無限意，中和位育在胸前。

其　四

天南梵宇此爲寬，杰閣巍樓敞大觀。真覺千年開法界，魁儒歷代聚吟壇。木樨無隱聞香易，椽筆有先續句難。寄語闍黎時愛護，碧紗籠待後人看。

雪峰采薇　七絶

雪峰薇菜古今傳，信手拈來色自鮮。倘使伯夷來一采，阜陽即是首陽天。

雪峰書蕉　七絶

芭蕉一阪已千年，況種芭蕉儼緑天。萬葉書成當萬紙，不教懷素美於前。

雪峰撫松　七絶

登峰摩撫萬年松，松老空山欲化龍。此去歲寒知節操，羨君不改舊時容。

雪峰看花　七絶

花塢重重燦畫樓，今時紅艷異時休。人間富貴花花過，氣節文章永萬秋。

登慧泉　七絶

梅峰噴出一泉聲，泉洗塵心慧業成。只恐奔流到山下，波濤不似在山清。

感蘇阜山祧祖事，吟此以告霞舒諸友　七絶三首

阜山文望炳霞舒，底事名將祧祖居。南宋僖宣祧廟事，且嫌忠定趙汝愚於僖宣祧廟一事，後儒譏之。太迂疏！

其　二

況屬昆吾世縉紳，忍遷鼻祖失原因。戴經大傳分明在，敬告霞舒後起人。

其　三

百世大宗永不祧，眉山族譜訓非遥。後儒如有尋源志，請就開基祖一超。

感　時　七律六首　時革軍興。

二百年前慶入關，魁儒元輔出其間。薊燕何意長城壞？郟鄏將遷九鼎還！日閃華旗新氣象，雲開漢族舊江山。遥知天命輪迴理，往復平陂若轉環。

其　二

太息康乾主聖明，不將滿漢渾其名。地因畛域終留隙，柱爲偏欹勢易傾。

鵷鷺幾行逃絶域，貔貅百萬入神京。何時擾擾中華地，撥亂馴升至太平。

其　三

古今名號使人興，復漢爲名足動情。小白尊周楚胥服，沛公假義項旋傾。項羽弑義帝，漢王假此討之，是名義動人也。前朝尚有乘時駕，此會安無得意鳴？不識革軍諸俠烈，可能從此慶昇平！

其　四

中西立校六春秋，乙巳停科舉，興學堂，至辛亥才六年。潰敗人心若置郵。膽敢倫常違孔訓，空教理化學歐洲。根株壞盡知將萎，予見學堂生徒變成無君無師，早知清之氣運將盡，然不料其速敗至此也。斤斧陶成勢易修。科學章程改正亦易，要在重本輕末。敬告維新諸督學，如何善後亟籌謀。

其　五

堂堂中國勝强夷，凛凛綱常山不移。只好自家由秩序，那堪平等視親師。禮隆婚妁何嚴也，節勵冰霜忍廢之？時尚西學，好事者謂：夫婦不必用媒妁，不必尚節烈。如此則綱常壞矣，深可痛恨。風俗隆污關治亂，寄言新學善維持。

其　六

黄農古國五千年，專制威棱太嶄然。一旦掀開民主義，也須斟酌治中權。君輕民貴言師哲，變夏用夷法豈賢？到底孔周光日月，未容盡棄仿蠻天。

自　審　七律四首

鳳池告假户常關，鴻博聞徵欲出山。蒿目有心廑國恤，空拳無力挽時艱。世當滄海桑田日，身在清泉白石間。衛國良難惟衛道，著書留待後賢删。

其　二

我亦軒轅之子孫，遺民猶得駐中原。普天同喜迎新政，邊地寧忘感舊恩？世上榮枯無芥蒂，山中俯仰有乾坤。從今蓬户桑樞地，文鼎亭林日杜門。梅文鼎、顧炎武，皆明季遺賢。

其　三

讀聖賢書六十年，君臣大義早昭然。簪纓曾荷榮三代，山岳何容戴二天？

金闕未携當國印，黄冠聊作故鄉仙。蕺山赴義船山隱，擔荷斯文亦仔肩。

其　　四

新學皇皇海内同，有心述聖亦無功。歐風美雨今時尚，祖孔宗朱古道窮。漢幟人方揚薊北，狂瀾我獨障川東。欲知吾道何時顯？等待斯文日再中。

造茂才陳本仁家　七絕

旋轉乾坤老不才，優游里閈亦仙哉！我非徐孺孤高士，時本仁懸榻以待。也得陳蕃榻一開。

壬　　子

聞頒新曆有感　七律

夏時定自素王言，何用陰陽劃判然？時遵西曆，且指新曆爲陽，舊曆爲陰，未知有合於古帝王造曆之意否？萬里江山今易世，一朝曆數古稱天。陳咸猶用漢家臘，靖節羞題曾後年。我亦中原一遺老，回頭欲溯建寅前。

觀山頭街妝閣有感　五律二首

瞥眼山頭上，新妝壓古今。繁華群肆地，熱鬧萬人心。飽看雲霞色，酣聞管籥音。可憐三日鬧，銷盡幾千金！

其　　二

太息閭風侈，浮華直到今。齊纏騎鶴貫，誰獻解囊金？鮫室逾時没，鱣堂被澤深。倘移興學用，文物蔚如林。

勸石水光母族共和　七律

人間和氣是春風，十里車來勸舅翁。母族情如父族重，外親誼與内親同。三分遜讓乾坤闊，一筆勾清雲霧空。寄語延陵諸戚黨，石水光本吴姓。勿將冰炭積胸中。

福州王肅立來訪,即席賦贈　七絶

著書養晦在山深,與古爲徒不炫今。何幸子猷乘興至,破琴安道有知音。

造藍園陳台三宅　七絶

藍園景色最鮮明,中有騷人舊著名。下榻傾談當世務,方知仲舉志澄清。

造殿撰吴肅堂宅叠韻二首　七律

名列羅天第一人,鯖鯖當代鐵心臣。蒼松不與時花伍,老鳳肯教凡鳥親?今日龍門容杜范,當年燕邸契雷陳。欣看杞梓楩楠茂,蔚作錢塘閫第春。

其　二

本是金華殿上人,今爲孔教一功臣。蘇黄當世文宗貴,元白平生心迹親。品繼延陵真卓卓,言如韓愈去陳陳。請公弁冕吾家史,時請肅翁作族譜序。鉅製留爲萬古春。

造比部黄仲訓宅,仲訓賦詩見志,次韻和之　七律

青蓮仙客獲瞻韓,對榻酣歌席不寒。流水高山知我趣,陽春白雪幾人彈?一樽金谷成詩易,千頃汪陂養氣難。叔度臨風將唱别,何時重會舊吟壇?時仲訓將往鷺江。

附録　仲訓原作

詩宗杜白筆歐韓,苦耐芸窗卌載寒。洛社喜開真率會,宫聲能繼廣陵彈。先生閩洛徽音在,弟子邯鄲故步難。安道風流今領略,不知何日侍吟壇?

上舍李船璣依仲訓韻賦詩見志,次韻和之　七律

文章何敢比蘇韓?只藉多文儒不寒。六十年華千卷握,兩三知己一琴彈。老來詩似香山質,年少才如長吉難。倘得季通爲我友,好譚山水會吟壇。

附録　船璣原作

如潮如海逼蘇韓，星斗光芒劍氣寒。學繼紫陽能實踐，琴如安道不虚彈。後生共仰靈光巋，古調能翻蜀道難。説法皋比如許聽，低頭竊欲拜文壇。

知事陳貞珪到詩山，時值大旱，予邀禱雨，詩以勸之　七律

使君車駕到詩鄉，對榻高譚席亦香。仲舉澄清天下志，止齋整肅宰官方。仁風頻扇空群暍，巨雨何時慰衆望？時旱久莫耕，須有大雨以滋之。請與戴封誠意禱，甘霖佇看灑南疆。

貞珪與予禱于廣澤尊王，大雨累日，叠韻媺之　七律

甘霖果沛我詩鄉，王澤官恩齒頰香。喜此霣霶沾四境，勝他珠玉雨群方。犁耕水溢千畦秀，魚夢年符萬衆望。霖雨蒼生今慰願，還期循績著閩疆。

永春林世松隱士寄詩問訊，次韻和之　七絶

翹首蓬壺望絳霞，世松本蓬壺人。仙踪每被白雲遮。叮嚀早發山陰駕，來訪剡溪安道家。

六月六日第九子瑶璹生　七絶五首　時予六十三齡，戲作。

一年天貺最良辰，何幸時鍾秀嶷人！是否天公憐愛我，今朝特貺玉麒麟？

其　二

門庭熊夢已多時，又挂桑弧第九枝。我較荀家多一子，只慚大半犬豚兒。

其　三

獻靖公吟湯餅詩，我非丹穴亦何詞？只憐五十商瞿晚，更比商瞿一紀遲。

其　四

老蚌生珠古所稀，老夫生子轉增悲。何時見爾成婚禮，屈指須教耄耋期！

其　五

瑶環自古比佳兒，韓昌黎云：瑶環瑜珥稱佳兒也。瑶璹命名非侈奇。只望兒身如

玉壽,珪璋特達待明時。

與諸生論爲學　七絶

爲學渾如上急灘,一篙撑起一篙難。寄言學海尋源者,砥柱中流始得安。

聞小學校定章不讀四書六經,慨然有感　七古

經書禍莫慘於秦,不圖近制横更横。祖龍焚毁視書重,始皇以四書、六經可以開民智性,故盡焚之,欲以愚天下之民,是視書重也。今時廢置視書輕。意謂西史東文册,即可富國可强兵。何用拘拘舊經籍,曠人歲月遲人程!豈知枝存本先撥,枯根那得長向榮?豈知助長苗胥揠,苗槁自然旦夕傾。學校養成桀驁輩,國家安能致太平?始皇廢書已不祚,當今雄俠誰比衡?太剛必折極必反,反正只須一變更。况乎四書如日月,日月偶晦終復明。况乎六經如江河,江河偶淤終重清。天道凝積乃丕發,聖道湮鬱乃大行。請看三年五稔後,群經必有研磨精。請看乾清坤夷後,車書必遍五洲氓。蚩蚩人多不知量,難逃蔑經之罪名。

聞大成殿春丁缺祭,秋丁禮用三揖,樂用風琴,黯然傷之,輾然笑之,感成一章　七古

參天贊地是宣尼,翻天覆地是今時。大哉孔子乾坤子,萬世垂憲夫何疑?不圖乾坤際閉塞,聖人亦有塵劫期。銅駝荆棘鼎龍去,麟筆書春遭詬疵。基督風行盟會熾,欲駕素王而上之。或謂孔門尚君主,不符民主諸時宜。或謂孟門知民貴,猶勝尊王先聖師。異言喧豗遍遐邇,四海陸沉誰撑持?小醜乘風競煽動,大成殿上彌凄其!春丁廟廊盡黯淡,鐘虡空列無笙詩。秋丁傲夫三長揖,風琴風琴乃夷音,非古琴也。喧鬧非樂司。哀哉中華一神聖,變夷人忽變於夷!老夫怵目劌心久,斯文墜地偏如斯!既而悲中含笑意,傲禮夷樂想别致。浮海居夷聖人言,兹弗渡海夷音至。尼山道大本能容,非禮諒不增吐棄。尼山造化在其手,李文貞有"尼山造化在其手"之語。頽波轉移正易易。矧乃聖道明如日,光照能開

四夷智。矧乃聖道涵如海，流澤將溥五洋利。今時夷教來亂華，俾夷粗知我大義。異時孔教遍全球，諸夷益知道無二。天地大闔乃大開，聖道大亨先大閟。行見萬里會車書，萬仞宫墻萬國地。凡有血氣齊尊親，聖人參贊極能事。何必一時傷道窮，頓忘萬世大位置！

到道南學堂有感世變　七絶四首

道南學校法西人，名襲前賢實尚新。倘使龜山靈爽在，應嫌喇叭喇叭乃外夷之音，西人音樂皆從喇叭演出。響頻頻。

其　二

文靖聲名外域知，高麗國主對宋使問："龜山先生安在？"深慕其名。變夷豈肯變於夷！不圖西史東文册，陊我執中龜山入對徽宗，面陳"執中"之説。學聖基。

其　三

太息蠻風世共趨，幾忘中立是真儒。課齋試問書盈尺，曾有道南講授無？《道南講授》一書，爲吾閩正學所關，惜新學生不肯學耳。

其　四

力挽狂瀾望有人，源頭清處自無塵。何時異派湔淘後，還我南來一脉真。

愴懷世變，擬渡安南　五絶四首

國破山河碎，民偷氣習澆。憑欄思養晦，何處避塵囂？

其　二

側聞西貢地，容膝最爲安。擬欲乘槎去，徜徉海外寬。

其　三

我不覓神仙，希踪在聖賢。居夷浮海志，尼父創於前。

其　四

天地今將閉，賢人隱亦甘。願隨山谷去，時黄君仲訓邀游安南。文化及安南。

福山閑吟　五絶二首

詩山貫福山，人傑萃其間。倘爲蒼生起，乾坤任轉圜。

其　二

吁嗟天地閉,荆棘滿人寰。只好遵時晦,名山養望閑。

秋　思 五絶

天地斂藏深,高人灑落心。秋風雖颯颯,春意在胸襟。

冬日即景 七絶

天寒萬類盡荒凉,梅未舒花菊褪香。點綴乾坤多少色,一林紅葉萬家霜。

松村詩草卷七

癸　丑

咏黄鶴樓　七律　并序

友人從革軍，過三江抵兩湖，歸述黄鶴樓狀概，且言崔顥一詩爲古今絶調。予不獲躬履其地，而聞此勝景佳章，有觸於懷，不禁發爲吟咏云。

黄鶴馨名動九州，迄今猶在武昌樓。縱然乘鶴騰雲去，已似飛鴻印雪留。萬叠青山趨漢口，一團紫氣鎖磯頭。《廣輿記》：黄鶴樓在武昌府黄鵠磯上。獨憐此地烽烟起，鶴唳聲聞鸚鵡洲。辛亥八月，革軍起自武昌。

咏岳陽樓　七律　并序

友人又言，岳陽樓跨洞庭之上，天下傳爲奇觀。兼以范文正一記，杜子美諸詩，踔絶古今，洵琅琅可誦也。予素有希文之志、子美之懷，今國破身老，無可酬吾志、慰吾懷矣。聞此不勝憮然，感成一首。

洞庭巨浸拍天流，波撼岳陽氣撼樓。百尺巍峨雄楚國，千層雲霧瞰秦州。先憂後樂希文志，恤國忠君子美愁。我亦攄懷天下事，鼎湖已去復何求？

咏姑蘇臺　七律　并序

友人又言，姑蘇臺爲吴王夫差宴歌地，唐李白詩已以荒臺慨之，宜今之頽垣鞠草，令人興嗟也。予謂：樂極生悲，盛極轉衰，古今同慨，吴王特其顯者耳。願有國家者以憂勤自持，勿以逸樂致敗，庶不爲吴王之續乎！因成俚句，正告滔滔。

古今樂極即生悲，國破姑蘇景亦移。秋雨梧桐吴主恨，荒臺楊柳謫仙詩。夫差已作前車鑒，漢士毋忘後勁師。香徑花洲何必覓？如今不是宴歌時！

咏鳳凰臺　七律　并序

友人又言，鳳凰臺爲金陵名勝，李太白詩尤膾炙人口。今呈迹於保寧寺，游覽者猶艷傳之。予謂，斯臺乃宋元嘉中鳳凰集於是山，因築臺山椒，以紀其勝。地氣鍾此數百年矣，設或轉鍾於南，則鳳凰來游之盛，或得於吾身見之乎？不勝翹望！爰寫於詩以俟之。

鳳凰一集即千秋，今日鳳凰臺尚留。高瞰三山排闥聳，俯收二水合襟流。金陵王氣今將盛，靈鳥隆時或再游。虞陛周岐儀舞象，歸昌鳳名。拭目應南州。

同洪韞岩孝廉登天柱峰　七古

崐崙之東有天柱，青霄萬里遥接天。温陵之南有天柱，蒼崖數仞凌雲烟。洪爐大冶鑄名山，八景掀開蓬島前。萬木山門引翠色，一岩佛座輝彩椽。瑶草琪花雙湖景，乾樞坤維萬壽巔。近瞰八仙列棋上，遠瞰雙陽翀雲邊。况乎古井滋灌溉，香菌玉茗四時鮮。况乎花徑團芳馥，曲水流觴百尺泉。勝概奇觀入人目，别有天地非塵緣。儂今聯袂登絶頂，恍作蓬萊最上仙。嗚呼！人生天壤間，樂易盡兮名難全！景公登牛山，抗懷曩世心痌痌。叔子登峴山，愴懷没世泪漣漣。我持杯酒互相勖，一世名當百世傳。進爲國家柱石兮，退爲斯文柱礎焉。先憂後樂天下事，兟兟身任時仔肩。講學著書翊群聖，藹藹身爲儒林先。庶幾令聞與令望，永與天柱壽萬年。

柯偁于茂才贈詩，次韻和之　七律

南來吾道著閩疆，後學須知正學芳。老我卌年勞著述，多君十載嗜文章。昌黎東障千鈞力，陳子南豐一瓣香。異教喧豗今日甚，還期同志振綱常。

附録　偁于原作

先生道學震閩疆，四海傳名齒頰芳。馬帳栽培多杞梓，鳳池濡染大文章。

旦明力主程朱敬，著述心薰班馬香。不想功名不干禄，詩山一老翊綱常。

黄永勉茂才贈詩，次韻和之 七律二首

胸襟獨自抱千秋，畢竟難希孔孟流。瀑沫無能扶嫡派，陸沉有痛及神州。蔑經此日新聞煽，翼道何時舊願酬？一髮千鈞今力挽，分肩還望有賢儔！

其　二

卅載論文壯氣遒，程朱理欲寫韓歐。愚壯時，每思以韓、柳、歐、曾之文，闡孔、孟、程、朱之理。今老矣，心欲跂之，力不能追之矣。龍鍾難展風雷筆，馬齒徒傷歲月流。滿目河山悲萬里，半生著述俟千秋。滄桑世變何年轉？欲向鼎湖問帝邱。

附録　永勉過訪松村原作

松村著述富千秋，算是天南第一流。三世簪纓光譙國，滿門桃李盛豐州。香分薇省濃恩渥，筆補尼山夙志酬。千古程朱今再見，斯文柱礎屬名儔。

其　二

杜白詩詞筆氣遒，文章追步近韓歐。天開名勝歸題咏，人際桑滄見品流。白髮著書忘歲月，青山養望永春秋。元方執杖長文侍，令郎斗臣、孫世潢，皆隨侍。應有德星應太邱。

門下李珀生感時獻詩，次韻和之 七絶二首

目擊江河漸下流，文卑道喪不勝憂。望君同作中流柱，嫡派綿延幾萬秋。

其　二

忝列詩山一校師，斯文日切起哀思。叮嚀門下諸翹楚，毋負當年十訓詞。予作《詩山學堂訓語十則》，告誡備至，深望諸生爲大成之器。

附録　珀生原作

歐洲異派漸横流，正學將湮切杞憂。力挽狂瀾煩巨手，千鈞一綫足千秋。

其　二

排斥異端翊聖師，著書闡道費焦思。先生克紹麟經筆，末學無能贊一詞。

送六兒瑶庭如荷蘭西 七絶四首 在澗子低。

隨侍庭幃十九年,而今萬里著長鞭。桑蓬本是男兒志,弓冶無忘祖父傳。

其 二

此去風波尚慎旃,兒羈異地我心牽。戒行飛蓋危檣地,勿入烟花絮酒天!

其 三

大志圖成在小心,中虛便是外行箴。叮嚀游子無他話,行篤言忠勝萬金。

其 四

端木富從貨殖來,陶朱德自好行推。兒曹欲建掀天業,先要聚財後散財。

清溪游草

游古山 七律 在詩山十三都,安溪路由是出。

泰華高峰雄九州,論奇不及古山幽。雙泉瀑布空凡響,萬水撑崖壯客眸。荔鞞澄潭香幾朵,石嵌仙跡壽千秋。登峰四顧乾坤别,萬怪千奇眼底收。

過虎尾後山 五絶

虎尾捋來艱,回頭顧後山。下車探穴得,引領虎頭間。

過龍潭 七絶

重巒複嶺赴龍潭,千丈淵澄萬象涵。噓氣成雲神物現,自然雨澤灑天南。

謁龍潭廟 七絶

千秋血食在龍潭,萬衆齊望惠澤甘。寄語龍王重蒼赤,四時霖雨溥閩南。

過參嶺 七絶

行盡清溪灣復灣,徘徊參嶺舊溪山。溪流如筑山如畫,春在聲聲色色間。

抵安溪城　七絶

驅車漸近鳳凰城，亟向村耆問政聲。群説邑紳爲邑令，前聞樸祖後廷清。
明李樸庵以安溪人任安溪縣事，時胡月川廷清亦以邑人知邑事。

訪知事胡月川　七絶

對榻傾譚案牘來，禦繁理劇有餘材。治絲次第無棼亂，始信高洋曠世才。

晤孝廉胡濟川　七絶

難弟難兄世所稀，元方才并季方奇。佇看軾轍同時駕，家國前途勉力持。

謁城隍廟　七絶

天下城隍赫赫聲，清溪一廟更甄靈。地靈鍾萃神靈顯，千里陳牲競薦馨。

謁考亭書院　七絶

考亭異地本同名，建水清溪兩有聲。敬祝考亭香一瓣，何遐何邇總心傾。

訪朱子仙苑墨迹　七絶二首

仙苑靈區字亦靈，毫光一發顯真形。乾坤不没紫陽筆，永與乾坤萬古馨。

其　二

古碑移入古鱣堂，曾令之轉移仙苑石碑於考亭書院之講堂。珍重先賢字迹香。本是考亭名手筆，一方還向考亭藏。

謁詹公祠　七絶

南唐循吏溯開先，先澤留芬後嗣賢。歲歲祠中薦茅酒，艷傳遺愛幾千年。

訪清溪八景　七絶八首

清溪治北鳳凰山，山麓春藏罨靄間。高閣憑虛翹首望，峰青水緑絶塵寰。
鳳麓春陰

其　二

龍津一觀鎮千秋，觀外波光漱石流。好是夜闌風景静，一輪明月挂津頭。
龍津夜月

其　三

閬苑山中峭石高，中平上蓋闢岩阿。何時一罅斜陽入，夏至天教返照多。
閬苑夕照

其　四

最憐薛坂幾千家，溪繞平陂四面花。日耀溪光花耀水，天邊彷彿送朝霞。
薛坂曉霞

其　五

叢蘆茂密水門西，舟入蘆中水拍堤。恍似瀟湘千里艦，天移景色在清溪。
蘆瀨行舟

其　六

葛藤延蔓傍溪間，多少漁翁繫釣竿。風景雖微磐石在，儼如渭水與嚴灘。
葛磐坐釣

其　七

向時曬網在東皋，漁舍參差共浩歌。今日滄洲多寂寞，釣徒無復住烟波。
東皋漁舍

其　八

青簾排列近南門，曩昔同傾酒幾樽？闤闠今時蕭索甚，酒家别指杏花村。
南市酒家

訪詩人陳梅階　七絶二首

清溪當代一詩人，群説潁川世胄身。我慕陳蕃頻下榻，唱酬詩酒味彌真。

其　二

金蘭簿上久書名，一見歡投感舊情。三十年前龍榜誼，玉昆令先兄壬午同年友也，旅京時甚相契。燕邸憶同盟。

贈佐治陳贊墀　七絶　涵口人，時爲安溪佐治。

涵江形勝産英奇，前有紫峰後贊墀。攬轡澄清君素志，寄言家國力維持。

清溪送春詞　七絶四首　癸丑三月廿九日。

斗柄東來妙主持，而今鸞輅載春歸。問他鬥緑争紅事，猶是東皇管領非。

其　二

天遣雨師夜送春，是夜有雨。頻揮萬點灑埃塵。青旂諒待曉鐘發，未到曉鐘益惱人。

其　三

赤帝將來明早初一立夏。青帝回，春風從此别春臺。鄙人客地無他送，一幅新詩當百杯。

其　四

儂在清溪偶絆羈，安排行李伴春歸。叮嚀青帝來春早，大發生生造化機。

游高田　七律　歸至高田小憩，高田一名魁瀶。

天梯石棧上凌雲，始信魁瀶地位尊。四面峰巒如列案，千家烟火自成村。名區瑞啓衣冠裔，帝戚婚聯閥閲門。更望居高臨下勢，有人重起整乾坤。

題桃花源圖　七絶二首

荆棘方嗟一世人，桃花獨占四時春。洞中若問今何世，不是秦時却似秦。

其　二

秦經二世即爲墟，迄漢民多樂國居。寄語桃源人稍待，承平世界可通漁。

北都咏　七絶二首　并序

嘗讀邵子書曰："燕都有興王之理。"夫北宋時，幽燕尚未有王者起，而邵子演數推理，已逆知有興王事，此可見達人之心與天合也。因成俚句如左。

初宋幽燕未帝都，先時特識有堯夫。北邊將啓興王瑞，逆數果然天運符。

其　二

回首元明迄我清，都從燕薊立神京。三朝六百餘年事，安樂先生預定評。

南都咏　七絶二首

長江天塹古名區，風物六朝世共趨。屈指北都鍾發久，天心或轉應南都。

其　二

明祖金陵萬國宗，吴山天下最稱雄。北京如轉南京運，應就小康進大同。

讀邵子須信畫前原有易之句，謹明其理　七絶

畫前有易理誰明？太極妙從無極生。八八卦中涵萬象，根芽都向太元萌。

讀邵子自從删後更無詩之句，謹申其意　七絶

六朝唐宋尚詩詞，誰説删詩無一詩？康節明言删定後，更無詩旨駕宣尼。

書子朱子文集後　七絶

徽國文章最正宗，後人僅説學南豐。誰知久飫經書味，吐屬何非古雅風？

書子朱子詩集後　七絶

敦厚温柔《三百篇》，漢唐以後少真詮。紫陽詩旨葩而正，四始遺音賴此傳。

却諸生勸予出山之議　七言排律　并序

癸丑杪冬，諸生聞政府所用皆舊時科舉中人，相與請曰："文明世界，可以

出而仕矣。先生胡弗籌所以出山之策,俾諸生有所倚賴。”予以老耄無能辭之,諸生猶殷殷勸駕,予乃吟此却之。率意徑陳,工拙所不計也。

空谷幽音自有真,諸生何用勸頻頻?但操一管江淹筆,不作四朝馮道身。公署簿書無限苦,名山著述有餘春。一時榮耀終朝露,萬古綱常不世珍。朱紱易爲新貴客,黄泉難見舊知人。徐蔭軒、寶竹坡、朱元叔、黄霽川、戴少懷諸知己,十餘年前皆以義氣相許,今予老矣,何忍異之。梧桐萎地誰棲鳳?郊棷非時欲閉麟。枋得自稱宋處士,淵明僉誄晉遺臣。願君呼我清遺老,猶勝皤皤列縉紳。

甲　寅

元旦飲酒感懷　七律

滄桑變故惱斯人,元旦欣看物候新。醉後不知天地老,醒來始覺世間春。豕韋已剪前時蘖,麟筆待傳此日薪。世有興王將重道,文宣化及五洲民。

附録　長兒紹箕陪飲次韻

天釀休嘉福我人,元正萬象焕然新。年豐物阜客冬豐年,爲數十年所未有。昇平景,日麗風和大地春。三代簪纓齊酌酒,一家詩筆有傳薪。還期雷雨經綸展,煦盡大同世界民。

附録　長孫世潢次韻

天開佳景付騷人,風日晴和氣象新。柏葉陪斟三盞酒,梅花才擷一枝春。堂瞻重慶欣扶杖,目擊時艱孰徙薪?何日文明開世界,歌衢齊作太平民!

春蒔茶於始祖廟旁,吟此以勵族人　七絶四首

詩山玉茗最馳名,無那吾宗少溉成。予每勸族人就青山一帶蒔茶,惜少熱心者。乃就祠堂左右購園數畝,蒔名種數千,以提倡之。今植龍團數千種,時多蒔烏龍諸名種。香風應動雅人情。

其　二

祠堂左右土膏清,就此蒔茶味易馨。等待旗槍春日闊,方知陸羽有神經。

其　三

武彝徽國讀書堂,曾領雷芽幾片香。幔亭峰雷鳴芽,爲天下第一名種。我欲宗朱清意味,春來舌本試頭綱。

其　四

齊雲名種著天南,吾地龍芽可與參。寄語宗人珍愛護,茗甘好比芾棠甘。

春遍植蔭樹於始祖廟後山及溪漘,吟此以諗後人　七絶四首

磅礴詩峰秀特鍾,地靈尚稍缺天工。形家謂吾鄉地氣融聚,惟始祖廟後山宜植蔭樹;水口趨下宜樹木以障之,方爲盡善。垂楊爲障蘆爲岸,人力深時地氣融。

其　二

穿鑿溪漘二十年,直趨水勢誤從前。前鄉人爲屯田故,强鑿溪水直下,貽誤良多。今宜塞之,使水還故道,曲而能聚方完固。梓潼七曲武夷九,妙處都從曲曲傳。

其　三

移根留蔭費艱辛,樹木功應等樹人。從此溪山葱蔚甚,緑楊分作我家春。

其　四

内山蓊茂外城完,氣自迎祥宅自安。蔭樹萬株休剪伐,後人須作芾棠看。

到詩口　七絶

詩山詩水此迴迎,鎖鑰詩都天造成。好是魚磯相錯處,村南村北讀書聲。時設兩學堂。

到縣城　七絶

百里驅車到柳城,傷心棚舍一時傾。時豐州考棚盡毁,校舍亦傾頽不整。何年重闢衡文地,虎榜鴻詞繼有聲!

到郡城　七絶

温陵文化冠全閩,鄒魯當年熾海濱。今日滿城夷教熾,仔肩正學望何人?

訪篤齋主人有感　五古三十韻　篤齋乃黄君仲訓之宅。

天地一虚舟,人生特寄耳。今訪篤齋人,彌懷肅齋址。憶昔童髫年,逐隊曾至止。父老向予言,創自對初始。玉堂四傳馨,簪纓亦纍纍。門墻方獨高,鍾虡旋易氏。入室歌山樞,他人宅未已。忽轉紫雲家,門庭鬧如市。以篤易肅名,高齋聞遠邇。授餐好緇衣,動得君子履。對榻談詩書,妙能得宗旨。蘭簿書姓名,老夫屈一指。肅齋舊姻門,篤齋賢弟子。前後有情緣,回頭萬感起。況與君相投,義重漆膠比。何得貢諛詞,當以規爲美。人事有廢興,天心無彼此。胡以豐鎬京,綿延八百祀?胡以阿房宫,奢華甫一紀!久暫天主張,斷自臧與否。馬家宅已非,白樂天《傷宅詩》有"不見馬家宅,今作奉誠園"之句。范公祠猶是。視昔與視今,後人無異視。請君細静參,覷破循環理。及早傾義囊,沾溉遍州里。麥舟五百斛,堯夫濟生死。廣厦千萬間,少陵庇寒士。勝於石金谷,珊瑚高自侈。勝於李平泉,木石戒勿毁。德溥祚斯長,天報不逾軌。安宅在無形,當修屋漏裏。

清明夜在篤齋與黄君仲訓、吴君桂生、潘君蔭蓀、賴君孫芑、李君船璣、黄君則正暢飲聯句　五排

天釀清明氣(訓),人欣舊侣來(敌)。今宵聯雅會(訓),一席萃多材。拊掌談時事(敌),攄懷醉數杯。詩山欽大戴(蔭),劍水憶前雷。時諸友以雷君韻琴不得同吟爲惜。造鳳追名手(桂),雕蟲愧不才。黄冠親道範(璣),師尚蓄髮,如文文山黄冠式。朱履挹豐裁(桂)。時師著朱履。濂洛餘徽在(訓),韓歐妙筆推(桂)。松村吟舊稿(訓),時師以松村著作見示。柏釀試新醅(蔭)。鳳閣留綸誥(正),鴻詞仰石臺(桂)。先生真灑落,群客亦諧詼(芑)。鶴氅衣將别,魚關鑰尚開(桂)。城門未閉,故得送歸。金蓮燃一炬,相與送師回(蔭)。

清明夜與諸友聯吟,有感時局,再成一首　七律

天南三月氣猶寒,妙有高齋酒合歡。公瑾醇醪留飲易,香山耆舊聚吟難。

豺狼當道何時息？燕雀棲堂且放寬！回憶黄河清數日，予壬辰入都，聞黄河清三日，此後或得見昇平。從今或得慶安瀾。

附録　船璣次韻

漫天色變夜天寒，吟嘯風生主客歡。鬥韻真堪餘勇賈，談經終覺解人難。臯比坐處群才育，鳳閣歸來萬事寬。天遣詩山留一老，中流有柱挽狂瀾。

吾友黄君仲訓有悼亡詩，吟此慰之　七絶六首

蒙莊仙媛早來嬪，暫寄雲屏卅七春。知是九天王母使，紅塵厭住即歸真。

其　二

伉儷聲聞白鷺門，一朝緣盡易神昏。安仁追悼微之哭，畢竟難還死後魂！

其　三

慰藉言微意自真，老夫亦是過來人。思量惟破愁城去，珍重昂昂七尺身。

其　四

情最難忘是老人，萊衣戲舞且頻頻。君能掃盡愁眉迹，堂北金萱亦自春。

其　五

聞君膝下數麟兒，跨灶寧馨日侍闈。斟酌試將前事鑒，伯奇霜野閔蘆衣。

其　六

小星夙夜兩從公，謹侍娄星亦足風。寄語鸞膠如再續，新弦須與舊弦同。

游承天寺，訪雲果、本瑩諸上人　七絶四首　時新修院宇。

承天新拓一叢林，殫盡高人菩薩心。寺爲雲果、本瑩諸上人募金新建。數殿大雄金碧相，王陽果爾化黄金。

其　二

千間禪榻足千秋，况有巍巍最上樓。瞰盡浮青凝碧處，天然圖畫壯詩眸。

其　三

儒宗今日領禪宗，展卷如聞般若風。見性明心歸幻相，修齊益悟聖人功。

觀佛理之虚幻，益知先聖實踐之爲是。

其　四

此間佛印善談元，動得東坡久繫轅。邂逅不曾携玉帶，權將詩草鎮山門。

游廣孝寺，訪方伯贊爔公誕生處　七絶二首　廣孝在承天寺内。

廣孝門高誰降神？有明方伯此生身。只今惟有松蘿月，寺中有松蘿。曾照吾宗毓瑞人。

其　二

當年避寇時倭寇擾詩山。宿禪扃，金甲神來錫夢靈。公將誕夜，其父廣坡公夢金甲神曰："汝子伯也。"遂生公。魏國石存韓魏公所生之石，至今猶有血痕。其地在泉城北，名曰生韓古地。公寺在，生韓生戴兩傳馨。

訪柏子珍知事不遇　五律　柏名麟書，安徽人。

欲挹韓荆面，空登伯起堂。冊都懷邵杜，一老惱龔黄。蓉鏡懸無影，花廳領有香。寄言勤撫字，留筆紀循良。

題錦坂　七絶

錦里錦江古著名，吾鄉錦坂亦傳馨。回思闢草披榛日，鼻祖先知此地靈。

題桂溪　七絶

溪以桂名溪亦馨，溪邊巨石鬱深青。此間人未魁多士，椽筆先書對大廷。

題鵬溪　七絶

鵬溪水色一灣清，春雨銜來浪幾層？倘使北溟鯤躍入，也應此處化爲鵬。

松村咏古松　七絶二首

虬柯龍幹鬱輪囷，盤錯成林不計春。此地古名松柏林，前世所植。後輩摩挲喬木下,毋忘遺蔭是先民。

其　二

翹翹千丈見筠貞,誰似經霜色愈青？惟有文章兼氣節,齊天等地共流馨。

松村咏盆松 七絶二首

盆松兩植在松村,松村二盆松,爲吾故弟金丹所手植。回憶金丹手澤珍。可惜其人經化鶴,種松尚未作龍鱗。

其　二

小松養在小盆中,那得多沾雨露風。此後欲培梁棟器,總須宏展補天功。

松村咏檜 七絶二首

名岩古檜歷千霜,移莳松村色亦蒼。高蓋岩有唐時古檜,前予移植於松村。寄語諸生時愛護,勿忘植自紫薇郎。

其　二

靈根直幹聳書堂,須識栽培手澤香。但使後人無剪伐,一村老檜亦甘棠。

松村咏梅 七絶二首

松村高士誰爲伴？宜有梅香迎入館。君在百花獨占魁,春風花信憑君管。

其　二

格自清高香自沉,幾生修得到當今。無言已得行生趣,數點都涵天地心。

松村咏蘭 七絶二首

天遣玉華來獻祥,數莖先報滿庭芳。蘭房果有徵蘭夢,家瑞將蒸爲國香。

其　二

室有幽蘭自異常,無人亦獨賞孤芳。中華未見興王出,空谷先儲王者香。

松村咏白茶花　七絶二首

一生守素傲村中，不與時花鬥艷紅。世自繁華儂自淡，好留清白見高風。

其　二

松節青青峻古今，此花亦共歲寒心。白茶花冬日始開。莫嫌太白無生色，片玉崑山有賞音。

松村咏十八學士茶花　七絶二首

茶開五色尚無馨，誰錫君爲學士名？唐代文臣聯十八，此花怎似此人榮。

其　二

花神何幸雅名留？品格儼居最上頭。倘使文人齊玩賞，松村彷彿似瀛洲。

松村咏月桂　七絶二首

桂蕊曾傳八月芳，况兼月月馥書堂。從兹才子高攀手，不待秋風始襲香。

其　二

松村本有自然馨，桂樹尤非凡種生。十二月中香國地，蟾宫不及此花榮。

松村咏刺桐花　七絶二首

桐垣移植到松村，刺桐自泉州移植於此。三月花開欲笑人。花若厭居城市地，山林自占幾分春。

其　二

春入吾村艷若霞，只因紅綻刺桐花。温陵曾藉君爲衛，温陵古以刺桐爲城。今作藩籬衛我家。

松村咏紫薇花　七絶二首

紫薇本列鳳凰池，今在高齋放數枝。想是厭居綸閣地，青山幽養待明時。

其　二

我從禁省裏花香，歸到松村已十霜。何意山林似廊廟？紫薇仍對紫薇郎。

時有大清舊臣復仕民國者，聞之慨然有感　七律

大息龍湖鼎已遷，不圖鵷鷺復班聯。毛生檄捧親雖老，時該宦以"親老家貧"爲辭。馮道官多節未堅。此去應編貳臣傳，再來不值一文錢。時該宦再來任知事等官。八旗華胄猶如此，該宦是舊時旗人。我國綱常孰仔肩？

憂冢兒紹箕虛病　七絶四首

痛説吾兒病勢深，護持羸體重如金。天公倘許余齡錫，縱與三三也快心！

其　二

震郎原本是家楨，柱石擎天望爾成。寄語病軀珍重視，千秋事業一殘生。

其　三

焦勞學務累兒身，數月沉疴愴我神。何日扁盧施妙手，瓊枝扶得十分春。

其　四

予曾咯血兩三年，善養今猶氣浩然。兒倘兢兢珍自攝，佇看人力可回天！

哭冢兒　五古六十五韻　用古通韻。

天下最傷心，莫如喪冢子！冢子家棟梁，梁頹家何恃？憶兒丱角時，聖經讀輒喜。長思樹德根，孝弟爲基址。十四成文章，恂恂端視履。十九游泮宫，兢兢聞鷄起。廿一撑家務，措施有綱紀。内外予釋肩，舉家兒整理。廿三撑院務，簿算精其技。學舍與經畬，圖志成乃止。予興詩山書院，自建舍、購田至刊核實録、繪田圖，皆箕兒任其事；又助予纂《書院志》十卷，費盡數年精神。由此覽群書，研磨到根柢。兒於經史、《性理》、《近思録》、小學、女學、曆算學及地理、音樂諸書，無所不覽。佐予著諸書，恒能衷其是。予著《四書闡義》、《詩山學堂訓語》、《郭山志》、《詩山志》、《松村文集》、《語類》、《詩草》、《地球辨》諸書，凡有疑難，皆呼箕兒相爲推敲，兒每能折衷其所是。方期餼上庠，以優叨禄

仕。何意三十齡,憂來優事否!箕兒考取優行,戴少懷學憲特選入致用書院。方望以優貢京師,可由此登仕版矣。不意年三十,丁先室憂,所望皆虚。一生仕途之梗,實由於此。兒經蹉跌後,勤修猶弗靡。遇見傷於人,志無挫於已。予建諸廟塋,兒悉繕完美。予建福山廟、小宗及修祖塋,皆兒勤視事。予築一潭陂,兒能策層纍。予募建龍潭陂,糜三千餘金,皆兒日爲規畫,惜屢築屢圮耳。予掌三院文,兒爲詳評改。予掌教豐州、崇德、崇文三書院,凡立院規、評課文,兒每再參酌,以期其無弊。予主詩山校,兒克勤經始。丙午春,予承上諭,改書院爲學堂,命兒掌文案、會計,并督建舍諸務。文牘會計間,劇繁累萬紙。經費難支撑,牽蘿補屋裏。時學堂爲延洋教席,一席動費四五百金,諸教席照樣高價。每年費近兩千,皆兒四處籌補。猶幸逢覃恩,三升貢京邸。己酉恩科,箕獲充恩貢。猶幸詔特徵,四字叨恩旨。是年,黄厚甫、葉韶甫邀諸友,僉舉箕爲孝廉方正;辛亥夏,松制臺考驗,文咨保和殿覆試。忽遭鼎革,惜哉!惜逢國鼎遷,予急修家史。乃卸全校權,命兒率多士。辛亥八月革命,予專意總纂族譜,乃將詩山校長事命兒主之。人心時内訌,群喙相呰呰。兒獨能含容,不競分彼此。惟以校費艱,焦思耗血髓。勞瘵三年餘,奄奄至於死。兒主詩山校,辛亥冬將撤館,因洋教席催逼束金,兼以校費缺空,焦思難解。十二月初九,咯血太多。延今三年,積成虚勞,血液盡脱,不能起矣。嗚呼我箕兒,代父事未已。忽騎箕星去,萬事付流水。回憶兒趨庭,予怒跪以俟。諸弟有桀驁,兒善庇葛藟。戚黨有紛争,兒力護桑梓。朋友有圭棱,兒能容瑕玼。僉謂氣量寬,宜多享壽祉。孰意未艾年,遽爾埋地底!俾予髮皤皤,頻灑泪瀰瀰。嗟呼!老年失冢兒,古今同慨耳!尼父五六旬,昌平殞一鯉。紫陽六二齡,婺州塾即圮。朱文公六十二歲,長子塾卒於婺州。先師德何高,哲嗣尚乃爾。矧予薄德人,焉能延兒齒!文貞六十五,鍾倫命亦委。予恰值是年,爲兒葬於里。葬畢心愈酸,孫兒誰紹趾?門第其將衰,靈光何貴巋?然予一息存,此志豈少餒!孔朱殂兒後,修訂無間晷。孔子删訂贊修,皆在伯魚死後;朱子修《書傳》、《儀禮》、《禮記》諸書,亦在勉之死後。文貞喪冢君,正學益翹跂。李文貞公三月喪長子,五月修《朱子全書》,宗朱之意益篤。未聞一傷心,心事遂廢弛。當此倒狂瀾,正派誰扶掎?天留一衰翁,或爲中流砥。予何敢過哀,而忘道所倚!覷破生死關,從兹其自揣。生者十六人,時予尚有七子、九孫,未婚者多。死者長已矣。長待予訂婚,幼待予慣啓。向平願未償,桑榆當珍視。忍似卜西河，喪明累予體？況乎著作林，平生曾竊比。猶有書未成，猶有道未企。敢不效武公，耄年礪有斐。敢不師伏生，暮歲傳經指。予意欲集諸後生，罄予所學，授諸來者，以明聖賢要指，以盡吾餘年。以盡吾餘年，而還天所使！

六十有五歲編詩成 七絶八首　甲寅七月。

司馬温公六五年，會開真率寫詩箋。司馬温公六十五歲作真率會詩。我逢公歲無公會，只有編詩八百篇。予所編《松村詩草》約有八百首。

其　二

瓣香杜白兩詩情，私淑紫陽爲正聲。更把古今隨意誦，不拘家數不專名。

其　三

韓柳程朱詣莫臻，只將餘事作詩人。昌黎云："餘事作詩人。"言文以載道爲重，詩特緒餘耳。河山觸目邦家感，筆下頻揮方寸春。

其　四

香奩體是雅人聲，少咏非高道學名。予詩少咏香奩。儂亦多情倫紀事，情其性實性其情。

其　五

性情寫出不求工，剪鑿留痕亦未融。無縫天衣真妙手，得來貴有自然功。

其　六

邇值滄桑萬慮空，狂瀾欲挽究何功？而農炎武閑無事，鎮日敲詩寫國風。

其　七

翼唐世少狄梁公，尊孔予無韓愈功。只有松村雙管筆，權爲砥柱障川東。

其　八

一函詩草倍詩經，吟到天然已老齡。寄語及門休覆瓿，靈光殿久或傳馨。

松村聯集

松村聯集序

漢唐以前無所謂聯句也。自五代孟昶以“餘慶”“長春”十字爲桃符，遂開楹帖之濫觴。宋蘇文忠除日在黄州書桃符曰：“門大要容千騎入；堂深不覺百男喧。”朱文公築滄州精舍，書兩聯曰：“佩韋遵考訓；晦木謹師傳”；“愛君希道泰；憂國願年豐”。文公知漳州，又書開元頂之學舍曰：“十二峰送青排闥，從天寶以飛來；五百年逃墨歸儒，跨開元之頂上。”真文忠讀書浦城，書學易齋聯曰：“坐看吴粤兩山色；默契羲文千古心。”韓康公宣撫陝西，有作一聯以嬂之曰：“文價早歸韓吏部；將壇今拜韓淮陰。”寇萊公平仲，有作壽聯以頌之者曰：“何時生上相；明日是中元。”趙忠定貶死衡州，自書銘旌聯曰：“身騎箕尾歸天上；氣作山河壯本朝。”知聯句一體，宋時諸君子已嘗留意於斯矣。

元明以後，作者漸多。如趙子昂爲元世祖書殿聯曰：“九天閶闔開宫殿；萬國衣冠拜冕旒。”明太祖賜中山王聯曰：“破虜平蠻，功貫古今人第一；出將入相，才兼文武世無雙。”賜陶安宇聯曰：“國朝謀略無雙士；翰苑文章第一家。”嗣是，學士文人爭以楹聯工雅爲尚。然爾時猶未有薈萃成書者，其中散軼銷沉實不知凡幾也。

迨我朝，御製宸題，天章稠疊，如雲蒸霞爛，炳耀寰區。而名公巨卿、魁儒碩彦之留題聯句者，遂美不勝收矣。此紀文達、阮芸臺、梁茝林所以有楹聯之輯也。

希朱結習未忘，凡所履之地，所遇之境與投贈於人，楹聯無慮數萬句。但以文爲載道之重器，詩爲大文之緒餘，至聯，則餘之又餘，無關於道，故歷數十稔之爲瑜爲瑕，皆不甚珍惜。歲辛亥，予主詩山校，諸生抱嗜痂之癖，請録《松村聯集》以饗多士。予曰：“予平生所規模聖賢，枕葄經史，劘磨古文，雖著有《四書闡義》、《松村文集》、《松村語類》、《松村詩草》、《古文劄記》、《地球辨》諸書，亦只藏諸巾箱，未敢出以問世。况區區聯句，直咸池之瓦缶耳，直元圃之碔砆耳，何足爲多士式？”諸生曰：“今天下新學喧豗，争尚綺語，視經傳如弁髦，視古文爲贅疣，誰復如璞玉渾金之爲真寶？惟此長聯短句，淺而易見，爲時好所共趨。矧先生所撰，又多鎔經鑄史，戛玉敲金，或十數字可以囊括群言，或百餘字可以曲傳勝事，正時好所投者，何可以小道棄而弗傳？願先生口授而筆録之，俾後生知所學步。”

予諾其請，乃擇其尤者，爲分門類。一曰祠廟，重正祀也；二曰學校，表人師也；三曰宗廟，紀先芬也；四曰岩寺，録方外也；五曰廨宇，叙官方也；六曰居宅，綴群室也；七曰書齋，重士林也；八曰商界，彰商業也；九曰慶賀，志生榮也；十曰輓誄，重死哀也。雖非名教綱常之所大繫，亦小道之有可觀者。後君子不以小而小之，其於藝林鏤心織句之方，未必無小補云。

宣統三年莫春月，詩山校長戴希朱敬齋序。

目　録

松村聯集卷一

祠　　廟

北京聖廟聯句

甲午,希朱供職内閣。凡春秋丁祭,皆由内閣硃批云:"朕躬詣行禮。"及期,皇上詣先師孔子廟主鬯,鹵簿儀祭之盛,與圜邱方澤同。朱獲瞻大祀,肅然起敬。尤以五大洲宗教皆倚於一偏,惟我孔子至大至精,至中至正,萬全無弊,足爲萬國統宗。將來聖教必遍於全球。因綴成聯句云:

得聖之時,爲帝者師,欣逢御蹕行崇典;與天合德,教人以正,佇看全球奉素王。

泉郡聖廟聯句

戊戌八月,予抵鯉城,適逢秋丁,與祭聖廟。見其宫墻萬仞之盛,偶得句云:

宫墻天下仰;鄒魯海濱宗。

南邑聖廟聯句　四副

天下聖廟皆建在都、會、郡、邑之治内,獨我南安傍吾亭而建,山川鍾秀,形勝絶佳。戊子,希朱襄建南邑聖廟,日與諸友仰觀俯察,低徊不忍去。諸友請撰聯句,以"聖廟"二字弁首。希朱信口呼云:

聖爲天下宗,南安何邇,東魯何遐,均是師儒真命脉;廟擇吾亭建,紫帽朝山,金鷄朝水,自成宇宙大文章。

其　二

乙卯春,開修志局於南安聖廟之右,有感而書於大成殿云:

道東遞衍道南派；大祀特崇大聖功。

其　三

丁祭訂春秋，當途誰懔《春秋》法；聖師如日月，何世重瞻日月明。

其　四

天時原有晦，值四書六籍視若具文，大成殿幾爲虚位；聖道豈終窮，看西美東俄漸通聲教，五洲民咸奉素王。

南安崇聖祠　二副

崇正學，未許别崇異學；聖我師，宜禋肇聖諸師。

其　二

崇其所親，五代烝嘗萬古；聖誰祔饗，諸賢祖禰千秋。

南安奎星閣

奎宿聚中天，愛紫帽黄龍好溪山，特垂一覽；星光臨勝地，相芝英翹楚大人物，翊上九霄。

南安朱子祠

南安地異崇安，瓣香一樣；朱子祠鄰孔子，祔祀千秋。

南安歐陽四門先生祠

荒破閩南，派啓道南，尼父功臣宜祔祀；榜登第二，堂名不二，武榮邑乘亦增光。

南安忠義祠

忠烈有聲天地老；義名不朽古今馨。

南安王晦生先生祠

持尺量才，精鑒得人高一世；著書翊聖，黌宫從祀永千秋。

南安節孝祠　三副

濱海清風多勁節;擎天巨柱屬深閨。

其　二

大名節有功於世;女丈夫不負所天。

其　三

南安地勝人亦奇,巾幗中有鬚眉氣;節孝天旌閭可表,棹楔上增山水光。

南安鄉賢祠

人是南安名獻;祀依西學遺規。

南安名宦祠

召杜本來民父母;龔黄宜饗邑馨香。

學宫土地祠

后土本共工,先素王而隆秩祀;正神崇中霤,鎮黌序益顯靈著。

南安修志局　十副

乙卯春,馬邑長請予總纂《南安縣志》,開局在學宫内,因書聯於楹云:

南邑古名區,荒破全閩,登龍宜録制科首;安仁今宰治,輪扶大雅,附驥亦殫載筆心。

其　二

修訂寓黌宫,褒誅漫學《春秋》筆;志書通史例,纂組欲薰班馬香。

其　三

修二百餘載文物典章,準備千秋信史;志四十六都山川風景,纂成一幅輿圖。

其　四

南史無私，奉爲操簡法；安民有要，編作平準書。

其　五

修其孝悌；志在《春秋》。

其　六

修書乏史才，藉學宫爲藏拙地；志乘多疑義，質尼父得啓悟機。

其　七

所修豈敢憚煩，務期蕆事；此志不容稍懈，敬告同人。

其　八

修齊事業千秋鑑；志乘搜羅萬卷書。

其　九

閱堂中玉册金函，彌通史義；看亭外名山秀水，頓觸文機。

其　十

得其所哉，雲影溪光開妙景；近聖居也，升堂入室悟賢關。

明倫堂作修志局聯句　二副

堂號明倫，可憐異教喧豗，漸把倫常淪濁派；局開修志，欲作中流砥柱，權將志乘挽狂瀾。

其　二

明倫以叙尊卑，豈容平等；修志將徵文獻，不尚新詞。

泉州顔氏崇祀復聖聯句

時顔友告予以泉州顔姓共塑顔子像，歲時致祭，索予聯句以書於楹。予素稱顔子若永年，則可幾於至聖，因就此意以綴成之。

天鍾明睿以翊聖，不使優悠以齊聖，設造物錫齡彌永，俾之由守入化，由聖入神，利行與安行同功，仰鑽底高堅，山東又增一日月；公無百歲猶長生，而究萬古猶如生，在當時享年雖促，迄今大成配天，大德配聖，少華偕太華并壽，馨香盈宇宙，泉南亦炙其光儀。

泉郡鎮雅文昌廟楹聯

壬寅秋，予訪孝廉黄君詞樵。黄君宅鄰鎮雅廟，邀予入謁文昌帝君。薰香畢，囑撰楹聯，請以"鎮雅"二字弁首，意欲緊切此地文昌廟不得移置他所。予構思久之，操毫書之云：

鎮攝泉中名勝，瞰紫帽、攬笋江，回思九曲水、七曲山，宛爾梓潼在目；雅觀天下文明，司金籙、持玉衡，品定千人英、萬人杰，都從桂籍書名。

泉郡歐陽不二祠楹聯

不二祠在温陵城北，其匾乃歐陽行周先生手書也。公爲閩學鼻祖，故後人珍其手澤，千餘年猶留墨迹。丙申春，予訪太史李君石鶴，李君宅近不二祠，邀予謁祠。謁畢，請撰聯。予縱步沉吟，信口呼云：

天護哲人祠，不二留題，壯城北千秋景色；公爲閩學祖，無形篋室，開道南一脉淵源。

小山叢竹朱子過化亭聯句

小山在泉城北最高處，形勝絶佳，宋朱子講學其間。後人構亭祀之，名曰"過化"。予與李太史由不二祠上躋過化亭，恭謁石刻朱子像。見其叢竹千竿，映拜亭前，不高不低，恰至石像而止，洵勝迹也。因綴成聯句云：

山小藉人高，曾經紫陽過化；竹叢留蔭古，應與桐郡齊馨。

泉州通淮關帝廟聯句

癸卯春，予與諸友謁通淮廟，見其聯句甚多，不乏典制鬲皇之作，雒誦久之。友曰："聯句雖多，以'通淮'弁首者，實未有也。先生盍撰之。"予構思良久，執筆題云：

通《春秋》，知我惟考亭《綱目》；淮左右，祀公邁岳廟馨香。

承春關帝廟楹聯

永春州桃場有承春廟，古祀關帝，丕震聲靈。壬寅春，予游是城，顏友雪樓學博、介庵明經等，請予撰聯以頌之，限“承春”二字弁首。予謂：鋪張頌語，不如辨明史事，較有合於帝心也。因綴俚句如此。

承祚豈知心？青史浪書矜一字；春王誰定統？紫陽特筆契千秋。

永春魁星岩楹聯

岩爲永春勝地，世祀魁星，名人題咏甚多。壬寅春，顏友備酒榼於岩中，請予游觀。予既題二詩於壁，復書一聯於楹云。

此處振文明，看大鵬展翅，天馬騰空，山岳鍾英，應運定魁天下士；我來窺勝概，羡吾楚畫圖，桃陵詩翰，風流在目，追踪欲跂古時人。

永春環翠亭楹聯

亭在永春大鵬山上，宋朱文公、陳休齋在此講學，後人構亭祀之。壬寅春，明經陳韻蘭、門徒顏江祜邀予游是亭，予題詩於此，陳友請以承韻爲楹聯云。

四面雲山環碧翠；千秋道學仰朱陳。

閬湖李文貞公賢良祠聯句

希朱少讀《榕村集》，每謂文貞公仔肩正學，宜從祀聖廟。中年後供職内閣，每與諸同寅盛稱公之道學勛勤，蓋私淑也久矣。今壬寅春謁祠，因綴俚句以志景行。

五百年應運而興，任熙朝元輔，爲尼父功臣，萬仞宫墻，到後日應增一席；十餘世流風未遠，稽綸閣殊勛，佩榕村遺集，半生私淑，登此堂彌切瓣香。

詩山東岳廟聯句

詩山東岳廟不知建自何時，每歲孟春，民間□□□□。予就其廟□□曠地，建爲詩山學校。并訂就元□□釃酒祭於朱子，兼祭岳帝，命肄業生備筵，司教者主鬯，而岳帝之靈響益彰。因綴聯句以貼於楹云。

帝出乎震，一發施而天下同仁，何分泰山遠詩山邇；岱本爲宗，稽典禮則累朝稱聖，固宜民薦春士薦秋。

詩山朱子祠楹聯

予讀《朱子全書》，考道學源流，恍然於濂溪得真傳，正學始著。至朱子集大成，而孔子之道益明。又恍然於陽明謬宗象山，詆誹朱子，正學將晦。賴我朝陸稼書、張儀封、李安溪諸賢，確遵《集註》，辨析異同，而朱子之道益明。因綴俚句書于朱子祠云：

道無古今，自濂溪首濬淵源，綿綿乎伊川一脉，至考亭衷衆説，匯大成，泗水真傳，千餘載如合符節；時有顯晦，憶姚江謬宗别派，齗齗以洪水相譏，賴我朝闢諸家，遵集註，紫陽正學，萬斯年炳若日星。

郭山廟廣澤尊王聯句

尊王以孝子爲明神，馨香遍天下矣。予嘗爲修太王太妃封塋，爲籌建龍山宫崇孝祠，爲纂《郭山廟志》八本；辨其稱佛稱仙之謬，而録其保國安民之功，使天下後世知其爲忠孝正神，庶幾不失王之身分。平生未嘗以羊酒敬王，而禱雨立應者六，禱藥立應者五。可知神本聰明正直，不在備物告虔，而在積誠相感也。因綴俚句以恭懸廟楹云。

神之爲德其盛乎，能救火，能剿寇，能辟衆瘟，不須化佛稱仙，而孝思錫類，護國庇民，千餘年猶留正氣；人莫如我敬王也，爲修塋，爲築宫，爲編廟志，未事烹羊釃酒，而誠意感通，祈安禱雨，半生來叠沐恩波。

龍山宫廣澤尊王聯句

龍山宫在郭山下，世傳爲郭尊王誕生處。府縣志云“王世居山下，生而神異”，即此地也。壬寅春，黄佑堂觀察、林志義封翁，各出巨貲，將修是宫，而四社諸同人争執難定。予出爲籌畫，將林志義所捐貲修龍山宫；將黄佑堂所出貲旁構崇孝祠，增祀太王太妃主祏。□□□□孝思。因綴六聯于宫，綴二聯於祠云。

龍山宫六聯　六副

龍蟠鳳翥儲靈地；山秀溪明毓哲鄉。

其　二

龍氣盤旋鍾瑞氣；山靈磅礴孕王靈。

其　三

龍從天柱來王廟；山對白雲動孝思。

其　四

龍鳳成形際天蟠地；山川間氣毓聖甄王。

其　五

龍興三百年，蕩寇祛瘟，赫赫王靈宣海外；山環數十里，含精孕粹，堂堂勝地冠泉南。

其　六

此地毓真靈，經累代風霜，廟貌依然光日月；我王優内行，荷四朝綸綍，封榮例得及椿萱。

崇孝祠二聯　二副

崇典稽宋代追封，曾從天上齎黄詔；孝思與狄公并著，好對山頭望白雲。

其　二

百年顯化揚靈，溯睢岳降神時，難忘故地；萬姓瓣香釃酒，揆祭川先河義，當祀前人。

橡林廟三名臣聯句

橡林廟在南安玉湖鄉，古祀朱鬲侯祐、邢柱國□、李潭州芾。皆以名臣爲名神，英靈丕震。希朱率諸生到廟薰香，因綴一楹聯云。

漢宋古名臣，若鬲侯、若柱國、若潭州，竹帛垂勛，英靈可匹三忠廟；甌閩今顯化，或蕩寇、或袪瘟、或蘇旱，橡林托迹，士庶齊薰一瓣香。

南安陳聖王像聯句

南安陳氏，崇奉陳聖王遺像，儀表如生。請予撰聯，因綴此以誌景行。

公爲櫛沐臣，北廟棠陰，千餘歲猶傳遺愛；天護忠良像，南安茅酒，億萬家群奉如生。

青山嶺孝子亭聯句　二副

予遊青山嶺，抵孝子亭。憶昔楊君非學問淵深之人，而孝行如斯誠篤，我輩讀聖賢書，宜何如盡孝耶？瞻望白雲，益下思親之泪。因綴聯句，以告天下後世之有父母者。

上嶺半勞人，憩身最愛青山好；臨亭希孝子，思親叠望白雲高。

其　二

撰畢，於義未完，信筆補綴一聯，以俟後之好事者云。

遠郭廟，近楊家，馴虎牧羊，同里艷傳雙孝感；祀聖神，遺賢類，臨亭補筆，異時宜配一壇香。

坑口宫聯句

宫在南安十七都，世祀田元帥，亦稱田相公。戊戌年，予游到此，見其宫饒得山水勝概，低徊久之。鄉中人請予以“坑口”二字撰聯，因執筆題於楹云。

坑水環流，勝地好棲元帥廟；口碑載道，孩童亦識相公名。

待駕宮聯句

宮在吾鄉之北，昔人構此以待宋帝昺之駕，因以爲名。先世崇祀張睢陽、陳聖王，俱著靈響。鄉人祀爲社稷神，予書聯於楹云。

待前代幼主孤臣，至今猶懔宋家忠義；駕一時雲車風馬，亘古咸欽神廟聲靈。

鵬溪温大人祠聯句

温大人夙著英靈，吾鄉老少均蒙其惠。予嘗染瘟病，禱藥於大人，一劑而愈。因綴此以彰其靈云。

温如玉，渾如金，大人氣象；安吾老，懷吾少，仁者心腸。

星嘉坡鳳山廟石聯

星洲爲萬商雲集之所。我閩人新建一廟，崇祀郭聖王。書來請予撰聯，以鎸於石楹。予乃命兒紹箕莊書以慶之云。

鳳翥龍蟠，艶傳王者甄靈地；山環水繞，新拓華僑祝聖祠。

昭惠廟朱元帥聯句 二副

廟在南安八都，其神叠彰靈響。予既爲纂入邑志，撰成碑記，復綴二聯以頌其靈云。

昭靈或藉地靈，此間虎踞龍蟠，供神威指晝；惠澤咸歌大澤，屢次霾清雨灑，動黎庶歡呼。

其　二

昭明在上，千百年蕩寇祛瘟，直使群邪懾服；惠澤及人，卌六都祈安禱雨，能教閤邑蒙庥。

松村聯集卷二

學　　校

南溪書院恭祝朱子聯版

南溪，朱子生長之鄉也。希朱每欲登堂瞻範，因路遥不果。適尤溪拔元馬君傳經，己酉秋謁予於詩山學校，請予撰聯。因綴此以明數十年私淑之志，并道出邇來異派争鳴，凡愚所辨正，皆以紫陽爲宗云。

天意闡斯文，後庚繼明，前庚益顯，鯫生亦庚戌，嫡派躬承，欲挽狂瀾爲東障；地靈鍾上哲，文山啓瑞，詩山瓣香，末學瞻山斗，淵源首溯，每思徒步謁南溪。

詩山書院崇祀朱子洎歐陽先生聯句　七副

詩山古未有書院。光緒庚寅年，予構院成，祀朱子爲聖學之宗，祀四門爲閩學之祖。因書七聯句於楹云。

博士開科地；文公過化鄉。

其　二

詩山昔破荒，有博士名齊韓李，筆類歐虞，誦暗室寶箴，百世咸仰文章鼻祖；閩海紛談道，惟考亭説本周程，辨嚴釋老，研群經精註，千秋猶明賢聖心傳。此聯經與黄霽川先生酌定。

其　三

南溪毓秀，南邑應魁，同衍五百年斯文命脉；四字傳心，四門助教，實開千萬世後進津梁。

其　四

韋室鐫銘，暗室書箴，我先師相在爾室；詩山破荒，文山毓哲，諸後學仰如泰山。

其　五

萃百餘里通材，木晦養榮，化育尋鵝湖旨趣；培千萬年士氣，芝英重茁，後先振虎榜聲名。

其　六

白雲室裏吟詩地；尤水洲前畫卦天。

其　七

天欲破荒生博士；地因毓哲顯文山。

詩山書院崇祀關帝聯句　三副

十哲并躋天地老；四門助教姓名馨。

其　二

萬古鵬峰傳聖迹；七閩虎榜破天荒。

其　三

關[①]帝其難之，浩氣忠心，史臣漫議一矜字[②]；夫子既聖矣，振頑起懦，後學宜尊百世師。

詩山書院崇祀關帝、開閩王洎土地神聯句

帝之神在天下，忠肝義膽，咸薦馨香，詎獨詩山供一瓣；王有恩及閩中，闢草披榛，廓清疆宇，宜偕后土永千秋。

詩山書院聯句　三副

梗楠出地歸名匠；柱石擎天屬偉人。

其　二

詩地宮墻新講幄；海天鄒魯舊儒風。

其　三

馬帳鱣堂今焕彩；鵝湖鹿洞古流徽。[③]

詩山學堂祝孔子聖誕聯句　八月廿七日

丙午春，奉上諭，改書院爲學堂，并崇祀孔子。希朱忝爲堂長，恭逢聖誕，諸友請以“詩山學堂”四字弁首尾，因綴此以祝之云。

詩書禮樂，刪定何人？天誕素王，萬斯年主盟聖學；山海鳳麟，篤生出類，日逢繡紱，一瓣香敬祝廟堂。

詩山學堂祝朱子誕日聯句　九月十五日

東遷生孔，南渡生朱，後庚應厥前庚瑞；文山降神，詩山崇祀，菊酒釀爲壽酒馨。

詩山書院改爲學堂聯句　二副

書院學堂，一而二，二而一；制科選舉，今即古，古即今。

其　二

詩地鍾文物，課中文東文西文，總期黼黻鴻文，蔚作皇家儀羽；山頭拓學科，講經學史學算學，尤當仔肩正學，勉爲吾道干城。

豐州書院聯句

豐州書院在南安治内。乙巳春，予忝主講席，綴此以勖諸同學云。

豐州爲文物奥區，虎榜鴻詞，先聲誰嗣響？書院是人材基礎，鵝湖鹿洞，正學勉希踪！

崇德書院聯句　二副

清溪長卿墟，闤闠千間，獨留一清淑處。至戊戌年，孝廉王温其等始建書院。中撑一高樓，崇祀聖師，備極軒爽。壬寅，請予掌教。予諄諄講課，士氣歡動。因鐫聯版以勗之云。

崇岡列嶂，千萬疊環拱高樓，天留此名區，將大焕清溪文物；德據仁依，二三子勉爲實學，予忝居講席，勗同承海嶠儒宗。

其　二

崇山峻嶺，修竹茂林，真箇是儲材勝地；德行言語，政事文學，各宏此經世遠謨。

崇文書院聯句　二副

崇文書院在清溪崇善里，聘予掌教三年，因鎸二聯以勗多士云。

崇儒開廣厦，愧予謏學譾材，抗顔經席；文物萃名區，從此棟家幹國，踵武榕村。

其　二

崇聖學，闢異端，是吾儒本領；文規韓，詩模杜，爲舉業正宗。

明德學堂聯句

學堂爲永春顔姓所立，請予撰聯，綴此應之。

明於庶物，察乎人倫，入講堂毋忘宗旨；德冠諸賢，功深四勿，爲後嗣宜襲清芬。

開智學堂聯句　三副

學堂在德化治外，諸友遠來索句，因信筆應之。

開誠布公，仰副朝廷興學意；智搜力討，勉爲中外濟時才。

其　二

開學方殷，振起龍潯新氣象；智珠在握，製成鳳閣大文章。

其　三

開榜溯前朝，遠望丁溪瑞至；智囊高一世，都從丙舍煉來。

培成學堂聯句　在十三都仙境村，爲葉懷瑜題。

培士非難，務期經濟文章，養爲體用兼賅士；成才匪易，須識英雄時勢，造就國家倚賴才。

【校記】

①“闢”，原手稿作“惟”。

②“史臣漫議一矜字”，原手稿作“史官休議一矜字”。

③《松村詩文集》此兩聯題爲《詩山書院東軒聯句》，且無“馬帳鱣堂今焕彩；鵝湖鹿洞古流徽”之聯。

松村聯集卷三

宗　廟

大庭始祖廟聯句　七副

吾宗自唐啓宇，廟歷千年，祭以冬至。前人題句甚多。兹就希朱所撰者，謹録如左。

廟歷五朝簪笏盛；派傳卌世子孫多。

其　二

八姓入閩，公獨昌厥後；四門繼望，世有聲於時。

其　三

源溯壁潭來，數十派從此分支，儼爾海天祖國；基開高蓋下，千餘年於斯聚族，巋然閩嶠靈光。

其　四

遵禮訓而立大宗，稽別子爲祖之文，恰符一堂主祏；枕詩山以儲正氣，繼閩學破荒之後，當希萬仞宫墻。

其　五

數百年祖規嚴肅，婚姻正，昭穆明，入廟駿奔，誰敢闌干倫紀？方伯家祀典輝煌，犧牲陳，茅酒獻，登堂主鬯，當思丕紹風聲。

其　六

先芬溯二禮以來，執法解經，光增史册，更喜支分壁水，基闢詩山，越唐越宋越元越明越國朝，雲礽綿三十餘世；文物繼四門而起，巍科顯宦，譽震甌閩，還期庭茁芝英，材儲柱礎，爲忠爲孝爲節爲廉爲賢哲，風範成第一等人。

其　七

詩禮古傳家，頌編十二，記分大小；泉閩今著姓，派傳卌世，笏播五朝。

大庭始祖廟后土魁星聯句

始祖廟后土神以著珓著靈，祈珓者不遠數百里而來。魁星時新塑像，亦著靈響。地靈鬱爲神靈，理固然也。因綴此以書於龕云。

中霤古修儀，喜斯神龜卜著靈，福德遍敷福地；奎星今照眼，望多士鰲頭獨占，大魁終屬大庭。

大庭始祖廟元宵燈聯

元夜點珠璣，炬耀直同星宿耀；大庭聯閥閱，燈光不及祖勛光。

詩山戴氏始祖廟謝譜聯句　七副

甲寅冬，予新纂族譜成，禮宜祭告。因綴七聯以書於楹云。

譜守吾宗法，考延君繫帝姓，引爲譜牒權輿，衷以子長世表，明允提綱，卅六卷史規嚴肅；戴從我宋分，溯宣公襲祖芬，遂開戴門流派，沿至壁水傳馨，詩山毓秀，千餘年家乘輝煌。

其　二

家譜仿司馬史規，眉山義例，其中綱常名教，文物典章，一部書維持不墜；吾宗自宋時登第，明代開藩，兼有道學儒林，孝廉忠節，諸先正傳贊猶新。

其　三

外藩叨侯爵之榮，茅酒犧牲，早隆禋祀；内史任闡幽之責，世圖列傳，上法馬班。

其　四

明初纂譜，草創數百年，迄此時博採廣搜，始合龍門史例；唐季開基，瓜綿卅八世，願從今家詩户禮，丕揚譙國宗風。

其　五

大小註經,開盡譜書宗旨;歐蘇著例,衷爲家乘準繩。

其　六

次君收族吾家訓;方伯序言此日遵。

其　七

家史持千秋名教;宗風守二禮遺經。

小廳戴氏始祖廟聯句　二副

小廳至五世,自建一廟,仍祀始祖。適當重新,請予撰聯,因綴此以刻於楹云。

廳雖小乎,旋馬可容,後起[1]當圖繼相事;山蓋高矣,登龍有本,爾曹[2]勿讓破荒人。

其　二

高蓋映[3]高堂,期樹立[4]益高,遠紹[5]四門虎榜;小廳今小築,勿規模自小,宜恢百代[6]鴻基。

新墀祖廟聯句　二副

新墀爲先祖真祥公廟。公始纂族譜,且有讓德。予訂仲春大祭,因綴楹聯云。

吾宗譜牒公開手;奕世簪纓天報功。

其　二

譙國開宗,幾代循良光上國;新墀啓宇,有人對策到彤墀。

栗脚祖廟聯句　二副

祖廟依栗樹而建,廟既落成,予訂春分一大祭,孟冬一小祭,因書楹聯如此。

栗地薦馨,春礿冬烝雙展禮;脚跟立定,亢宗報國兩關心。

其　二

兩省藩勛光史册；二分春色薦馨香。

廣坡公廟聯句　五副

誥贈布政使司右參政廣坡公廟，世名“小宗”，亦名“藩侯宅”。壬辰，予重新之，訂祭以秋分。因綴此以書於楹云。

藩侯故第；薇省新綸。

其　二

鳳池新染翰；獬角舊宣威。

其　三

宗雖小乎，曾擢巍科顯宦；庭既大矣，好容駟馬高車。

其　四

先德莫能名，培桂植槐，知有累傳陰德；後人毋自薄，棟家幹國，勉爲一代完人。

其　五

大地拓小宗，欣看桂水流芳，詩山獻秀；先芬貽後嗣，曾握外藩符節，内翰絲綸。

象坡公廟聯句　三副

是廟爲禮部儒士象坡公所建，規模甚大，俗號“美女坐機”。予訂祭以夏至，因撰聯以貼於楹云。

先德比于公，門第足容駟馬；家居鄰博士，聲名思振七閩。

其　二

先世芳名馳禮部；後來家學振詩山。

其　三

蒲酒桃羞，薦其時食；藩臺薇省，耀此聲香。

福山祖廟聯句 二副

福山廟祀我開基福山之祖篤公公也。辛卯，予重建斯廟，訂祭以孟春。因撰聯以賓諸楹云。

嗣脉出孀門，仗先人茹苦含辛，手拓福山地脉；書香培累世，望後日看花視草，衣籠御苑天香。

其　二

福山爲南邑名區，看文筆詩峰齊來獻秀；譙國本温陵望族，冀藩勛尹績從此承徽。

錦坂祖廟聯句

錦坂爲始祖始居地，對白雲室。因綴一聯云。

錦坂溯開基，毋忘祖武；白雲時映户，隱動孝思。

題桂溪祖廟

桂樹出山阿，祖蔭知如山岳重；溪流環石壁，源頭溯自石潭來。

題四甲祖廟

吾姓無二宗，奕葉相承咸遵二禮；本支分四甲，芝英重茁望紹四門。

題庭源祖廟 三副 在坑園。

庭從錦坂開，尹績藩勛毋忘祖武；源溯壁潭起，禮書經席宜紹家風。

其　二

庭其大乎，易地拓基，十餘世蕃昌在此；源何遠也，分支衍派，五百年匯聚於斯。

其　三

庭階望毓芝蘭品；源本端爲水木資。

題惠書橋祖廟

廟在橋上,對映高蓋。予爲撰一聯。點校者按:原手稿此處被蟲蛀蝕,字數不明。

高蓋映門,回首破荒,指日登鳳池虎榜;書橋立廟,有心題柱,何時乘駟馬高車。

琉塘戴氏始祖廟聯牌

琉塘,我同宗也。祖廟既成,諸前輩命予撰聯,因書此以鎸於版云。

遠派溯光州,劍水詩山無二派;前徽宣祕閣,文經武緯有餘徽。

琉塘戴氏三世祖廟聯句　二副

琉塘至五世大興,乃建廟以祀三世祖。時值新修,請予撰聯以摹刻於楹。因作此以應之云。

誦先世清芬,註禮解經,家訓儼如師訓;占吾泉勝概,龍源虎澗,地靈蔚作人靈。

其　二

締造溯三傳,喜龍劍流徽,十數傳於斯爲盛;丕昌當五世,望鳳鳴叶卜,百餘世莫之與京。

琉塘后洲祖廟聯句

格内有后洲廟,祀后洲公。公生八子,擬於周之八士,奕葉甚盛。適予爲調和宗親事,駐此一月,因爲撰聯云。

文肇河洲,公起后洲,定有雎麟踵文化;周鍾八士,公開八葉,應多棫樸作周楨。

振德堂聯句　四副

爲永春長岸族人新其祖廟,來索句而綴此應之。

振節昔垂勛，猶記藩開紅籀；德門今耀彩，佇看瑞獻紫薇。

其　二

振文須繼書箱業；德政猶傳石硯香。

其　三

振起禮風，奪來經席；德思食舊，疇願服先。

其　四

振祚無疆；德門有慶。

毓鐘李氏祖廟聯句 二副

時内益李氏祖廟告成，諸生請予撰聯，以“毓鐘”二字弁首，因綴此以勖之云。

毓材非易，樹德非難，總須器識文章，勉爲休用兼晐士；鐘鼎何榮？韋布何辱？但能孝廉忠節，便是綱常不負人。

其　二

毓秀鍾英，望後嗣崛興，丕焕登龍故地；鐘鳴鼎食，到爾時顯耀，毋忘旋馬家風。

永春顔氏世澤小宗聯句

顔氏居桃場，有天馬、大鵬諸勝；而垂虹聚蟻，是顔家舊事。吾友顔鵬受索句於予，綴此應之云。

世居此地，欣看天馬騰空，大鵬展翅；澤及於人，猶憶垂虹憩涉，聚蟻成書。

永春許氏修德堂大宗聯句

許氏祠堂在永春文廟後，其裔遠來索句，予信筆應之云。

修史溯高陽，開宗本是衣冠裔；德音希闕里，入宅猶聞絲竹聲。

鴻坂洪氏祖廟聯句

洪氏祖廟新升彩梁，適我停車於此，洪君開樽相迎。作此賀之，以鋟於版云。

鴻坂廟成，適我偶留鴻爪；鳳池客到，應君多毓鳳毛。

金鰲吕氏小宗聯句

茂才吕毓錦請以“金鰲”二字冠首，予信口應之云。

金谷雖華，不及桑麻世界；鰲頭獨占，方成簪笏家聲。

賜珠堂聯句　二副　爲燕山黄紬題。

賜姓溯元時，忠臣啓後；珠光傳盛事，孝子流馨。

其　二

賜寶豈尋常，天表雙姑奇節；珠胎原啓瑞，家傳五世丕昌。

紫雲黄氏祠堂大門聯

蘆川蕃衍派；桐郡縉紳家。

溯源堂聯句　爲曾吕同宗題。

溯厥從來，龍首乎，鷹揚乎，本無異派；源尋正始，南豐也，東萊也，合有傳人。

【校記】

①“後起”，《詩山戴氏族譜・藝文・聯句》作“繩武”。

②“爾曹”，《詩山戴氏族譜・藝文・聯句》作“希踪”。

③“映”，《詩山戴氏族譜・藝文・聯句》作“近”。

④“樹立”，《詩山戴氏族譜・藝文・聯句》作“建樹”。

⑤“遠紹”，《詩山戴氏族譜・藝文・聯句》作“上繼”。

⑥“宜恢百代”，《詩山戴氏族譜・藝文・聯句》作“當恢累世”。

松村聯集卷四

岩寺

天賜岩聯句

岩在吾鄉，前瞻白雲，後枕蓮花，頗得形勝，故其佛著靈。予嘗詣天賜岩禱雨問藥，皆有靈驗。因綴此以彰神力云。

天賜一靈區，白雲爲障蓮爲座；我蒙諸佛力，甘雨似珠藥似金。

天賜岩祝清水真人誕 二副　正月初六日。

公在蓬萊中，應嘗西母桃千歲；我居高蓋下，願祝南山壽一杯。

其　二

無以祝真人，祝真性真心千秋不老；何所祈天賜，祈天倫天顯一氣同春

天賜岩題五台祖師龕

岩有五台祖師，善治産難，世號"催生公"。予繼室謝宜人有倒生之危，迎師扶産，遂獲安全。因綴此以彰其靈。

天地好生，公催生，能贊化育；山川鍾氣，佛得氣，益顯聲靈。

資福院聯句 三副

院在高蓋山腰，爲四景之一。唐高宗咸亨間，有歐陽公揮金布穀，爲構院宇，載在古碑。按咸亨至貞元，相距百有餘歲。則此歐陽公是四門祖父，非四門也。而四門之生長詩山，益信矣。光緒間，侯君復新院宇，請予撰碑記、聯句，因

綴此以應之云。

半壁名山千古畫;一堂生佛萬家春。

其　二

舊院創何年?唐咸亨歐氏揮金,知是四門先世事;新堂輝此日,清光緒侯君胥宇,猶留半壁古碑香。

其　三

一院佛龕新,重踵揮金故事;四門書室近,勉承助教徽聲。

興善院聯句　三副

《府志》云:"宋尼省同建興善院。"是院枕蓮花,負福鼎,地勢頗佳,世奉觀音、佛祖。院後黄涅槃書"萬壽山"三字。相傳有"釜中栽出狀元來"之句。光緒間,柯君等重修院宇,請予撰碑記、聯句。記既壽諸珉,聯亦鎸於版云。

興起法門,好就蓮花開寶座;善成佛果,都從福鼎煉靈丹。

其　二

興建梵宫,尼省同拓基伊始,今雖歷四朝塵劫,依然赫赫神光,隨處現大千世界;善觀勝概,黄妙應著眼獨高,我來登萬壽山頭,欲問煌煌遺懺,何時生第一等人!

其　三

興讓興仁,無家不瑞;善根善果,到處皆春。

南峰院聯句　四副

院在十一都詩山之麓,世祀諸佛。時予捐修院宇,因綴此以實諸楹云。

南海西方,原無異地;峰環水繞,别有洞天。

其　二

南去北來,大開覺路;峰廻徑轉,直透禪關。

其　三

南浮紫氣來,問高蓋鍾英,誰繼四門馨譽?峰在禪林上,喜蓮花映秀,開成一座寶光。

其　四

南來多佛國，偶擷蓮花便成佛座；峰下有禪宫，打開石鼓可悟禪機。

留安宫聯句　二副

宫在詩山下，世祀諸佛。時新修之，請予綴聯以鎸於石云。

留勝地於梵宫，喜看一室白雲，數灣緑水；安斯民於衽席，賴有千家生佛，滿座福星。

其　二

留一宫山川生色；安四境物我皆春。

昭福堂聯句　三副

堂在格外街下，惠書橋頭，爲大路之衝。古祀法主聖君。

昭鑒萬家生佛眼；福星一路照人心。

其　二

昭德無涯，頻施厚恩於格外；福神有惠，好書遺澤於橋頭。

其　三

昭明在上，真法輪是真主宰；福禄同來，沐聖澤如沐君恩。

新豐院聯句　二副

是院爲湧泉祖師蜕化處。時重修院，請予撰記以勒於石，撰聯以摹於楹云。

新我宫兮，此日丹青輝佛座；豐其沛也，當年霖雨渥群生。

其　二

新廟答殊恩，億萬蒼生懷雨澤；豐功叨盛典，九重紫誥獎神庥。

昭靈宫聯句

宫在十四都杏後鄉，古祀永春桃源殿許真人，世著靈響。予過訪其宫，既纂入縣志，復綴成聯句以彰其靈云。

昭惠頻施今杏里；靈區不減古桃源。

不老亭聯句　二副

亭在南安縣治北蓮花峰上。宋戴忱有"一蓮花不老"之句，因以名亭。予遊斯亭，低徊久之。既臨亭賦詩，次朱子韻，復把筆書二聯於楹云。

一亭天地老；八石古今春。

其　二

白石永千秋，問誰植德揚庥，可共斯亭不老？紫陽留一什，笑我豪吟清嘯，也思與古爲徒。

題雪峰寺聯句

雪峰在楊梅山腰。時佛化和尚開大戒，請予撰碑記、楹聯。予停車於此十餘日，既撰記題詩，復綴數聯於楹云。

雪中訪雪，乘興偶停安道車；峰外有峰，追踪欲繼紫陽筆。

題雪峰真覺大師父母廳

一師真萬福；二老亦千秋。

題朝天亭

雪峰寺後有朝天亭，亭下有玉笏石，亭中祀魁星神。予偶游於此，因題一聯云。

朝中森玉笏；天上耀奎星。

達摩岩聯句

岩在安溪崇德書院後最高處，岩前正對朝天山。予登岩題此十字，諸生傳爲佳句,因鋟版以懸于堂云。

萬峰齊俯地;千佛喜朝天。

補陀岩聯版

在安溪□□里,岩中有"石落定基"、"爐飛成寺"二事,故就其事綴句於此。

頑石飛來,聽法也應頭點;寶爐熱就,聞香彌覺心清。

彩雲岩聯句

錢塘許氏彩雲岩,崇祀神仙,綴此頌之。

彩筆酣時摇太岳;許氏乃太岳之後。雲裳織處奪天孫。

虎溪岩楹聯

予癸卯夏游厦門虎溪岩,有印月和尚以手著佛書相贈,并索聯句。予信口呼云:

虎嘯本生風,我欲分一席臯比,乘凉講《易》;溪光容印月,僧亦開幾層鹿苑,念佛著書。

題覺海岩 并序

丙辰之秋,七月既望,友人造廬請曰:"覺海岩形勝絶佳,欲求楹聯以爲名區生色。"且懇以"覺海"冠首,俾觀者眉目爽然。予諾之。因綴此以應之云。

覺來都是夢,黄粱乎,華胥乎,一片瓦可通幻景;海盡便爲山,方壺也,員嶠也,五峰頭即達仙區。

贈雪峰佛化大和尚宏開戒堂聯句

佛印是前身,禪風運動東坡駕;化工在今手,法雨遍施南國人。

贈雪峰轉塵和尚

轉世來時勿忘盛世;塵心去盡即是禪心。

贈雪峰轉華和尚

轉世離塵惟有禪宗貴;華身耀俗何如法眼光。

贈雪峰轉敬和尚

轉開佛界希三界;敬誦心經即大經。

贈雪峰轉初和尚

轉得法輪光日月;初開佛國永乾坤。

贈厦門南普陀轉榮和尚

轉世離塵别開佛國;榮華富貴不及叢林。

贈厦門妙釋寺清修和尚

清風明月高人領;修竹茂林幽客栖。

贈厦門清凉和尚

清水寒潭可方潔性;凉風熱日不改禪心。

贈厦門虎溪岩印月大和尚

印心證性今猶古;月霽光風佛亦儒。

贈泉州承天寺雲果大和尚

雲來碧漢青霄,許多瑞氣;果爾超群軼類,真箇高人。

贈漳州南院喜宗和尚

喜氣迎人，善氣薰人，德敷閩郡；宗風自若，祖風般若，道著禪林。

贈汀州永定縣樂真寺瑞湧和尚

瑞草祥芝天生嘉種；湧泉清水君爲後身。

松村聯集卷五

官　　廨

中書省聯句　二副

甲午，予入内閣，直中書省。偶撰二聯以貼於楹云：

帝許菲才充内史；臣從薇省識天顔。

其　　二

寒士草茅，進身在此；皇王綸綍，起手於斯。内閣硃批皆從票籤起手。

刑部公署聯句

同年黄蓮初主政刑部，囑予撰聯貼於公署，予綴此以應之云。

秋署雖嚴，胸中春意應仍在；死刑再鞫，筆下生機或可超。

泉郡公署聯句

丙午春，陳雪楞太尊持節來泉。太尊前在内閣，與予爲前後輩，相契甚深。予因公至署，乃撰一聯以頌之云。

公號雪楞，一片冰心歷來真似雪；堂名忠獻，兩年銀綬對此益思忠。

南安公署聯句　二副

辛卯年，馮文卿邑侯主南安篆，與予最相契。予爲撰一聯以頌之云。

南安古號名區，梁隋唐已開治譜；北闕特咨良吏，清勤慎恪守官箴。

其　　二

庚寅春，吕輯五邑侯重任南安。予書一聯以頌之云。

花縣前多及時雨；柳城今有再來春。

題安溪縣署大門聯

詹令開先邑；文公過化區。

贈安溪縣令門人胡月村聯句

癸丑春，吾弟胡月村主安溪篆，請予到署一游。予謂，閩湖明李樸庵以安溪人任安溪令，月村亦然。因贈一聯云。

詩書化俗希安定；桑梓循聲埒樸庵。

贈南安典史劉硯生聯句

硯生亦豪於詩酒，綴此贈之。

椒山狄道經綸顯；楊椒山爲狄道顯政績。元亮彭城詩酒多。

贈統領閻冠臣聯句

冠臣名廣威，安徽人，時爲泉州旅長。丙辰夏，率師到詩山剿匪，軍威大振。過訪松村，因綴此以書於箋。

岳帥精軍山易撼；閻公雅望戟遥威。

附録　南安養濟院聯句

養盡窮民，鰥孤寡獨悉帡幪，感彌南邑；濟生同氣，羸老疲癃皆兄弟，義取西銘。

附録　新建潭美橋聯句　二副

鳳麓昔爲名勝地；虹橋今濟往來人。

其　　二

狐腋四方搜集易；鼉梁一道創成難。

松村聯集卷六

居　宅

承志堂新居　六副

予承先君子志，己卯新構斯堂，以此名之，志不可忘也。

承其祖武，問尹績藩勛，何時繼美？志在斯文，望解經註禮，累世嗣音。

其　二

承博士前徽，當門猶見歐陽室；志先人遺訓，卜宅恪師朱考亭。

其　三

承厥丕謨，前冀象賢後燕翼；志乎古道，出思報國入齊家。

其　四

承流宣化吾宗事；志道依仁學士風。

其　五

承家立德温公訓；志尹學顔周子言。

其　六

承恩湛雨露；志學貫天人。

重修承志堂　己酉年

承聖主恩施，一入鳳池，三膺鴻誥，兼以文孫文子忝列簪纓，數世戴皇仁，問何時稍酬涓滴？志古人事業，少懷韓范，長學程朱，況當時政時風亟須補救，寸心廑國恤，到晚歲彌愧蹉跎。

紫薇堂新居　二副

甲午，予初入内閣，而是堂適成，故名。

紫宸趨直客；薇省沐恩人。

其　二

紫氣南來，望哲毓名山，大爲紫陽承統緒；薇垣北拱，看星輝精舍，新從薇省握絲綸。

金龍居　七副　爲游府侯培光題。

金帶何榮？布衣何辱？總須植德立功，垂名萬古；龍虎有榜，鳳凰有池，佇看升高致遠，步武四門。

其　二

金友玉昆，定集一門瑞氣；龍驤虎步，應標萬里威名。

其　三

金彦博孝友傳家，一時令望；龍伯高謙和處己，萬世良箴。

其　四

金紫昔曾傳舊服；龍章今喜荷新綸。

其　五

金谷雖華何足貴；龍門獨步始爲高。

其　六

金闕九重頻沾雨露；龍門百尺待展雲雷。

其　七

金磨楊震節；龍竣李膺門。

鴻圖堂　九副　爲社壇葉祖飛題。

鴻賓歸萬里；圖績焕千門。

其　二

鴻爪今留迹；圖書昔襲芳。

其　三

鴻鈞化俗；圖籍付兒。

其　四

鴻門欲啓英雄會；圖物宜儲富貴家。

其　五

鴻鵠志千程，豈但社壇恢一厦；圖書家萬卷，欲希教授紹三翁。

其　六

鴻勛垂北薊，前代循良曾動天顔喜；圖系出南陽，今時輪奂望承祖烈芳。

其　七

鴻文孰冠頭，須學步四門破荒，三元宗匠；圖畫堪娱目，最關心一編耕織，滿幅瀛寰。

其　八

鴻範九疇，都爲德門綿五福；圖書幾架，留將文墨詒諸兒。

其　九

鴻基今啓瑞；圖志古傳馨。

泉山居　爲參軍陳宗垚題。

泉釀湯池氣温，望有奇人出；山藏桂樹蔭厚，方知祖澤深。

賜福堂　三副　爲杏塘陳礽篤題。

賜粟繼賜符，念祖宗累叨賜勷；福人居福地，望子孫叠啓福基。

其　二

賜符錫鉞追先烈；福草祥芝耀德門。

其　三

賜節夙傳先世烈；福星永聚吉人家。

題陳伯鸞宅 在泉城真濟鋪。

選勝好居真濟地;承先宜讀太邱書。

世德堂 爲永春顔貽開題。

世讀《詩》《書》《易》《禮》《春秋》,恪遵聖訓;德冠言語政事文學,宜守宗風。

金　園　居

金賚鄉鄰,勝買許多田宅;園培桃李,焕成大塊文章。

顔氏慎德堂 爲永春明經顔君介庵題。

慎修百行遵家訓;德冠四科佩祖芬。

許氏興發堂 爲德化茂才許君樹林題。

興起儒風,基礎從魯齊訓語;發明經學,根源認叔重《説文》。

創垂堂 六副 爲官園陳榮西作。

創成前業;垂裕後昆。

其　二

創立家規君實訓;垂成德望太邱風。

其　三

創始何人? 記予百度艱辛,三成輪奂;垂昆有法,訓爾一言忠恕,兩字讀耕。

其　四

創業最艱難,廿七年闢草披榛,拮据始成三夏屋;垂名惟信義,卅餘稔梯山航海,華夷同挹一春風。

其　五

創業難，守業亦難，當以深淵薄冰，處廣居安宅；垂名易，踐名匪易，務須立身行道，期顯祖榮親。

其　六

創業維勤，勤學方成天下士；垂基以德，德星應聚吉人家。

尚褒堂　爲南坡黄佑題。

尚友古人，艷慕四門馨譽；褒崇令典，曾邀五代綸音。其祖以五代同堂邀旌表。

金湖居　二副　爲茂才侯壽國題。

金卯溯前徽，曾傳藜閣分光，校書萬卷；湖山留勝概，還望芝英重茁，繼美四門。

其　二

金友玉昆，一門之瑞；湖光山色，大地皆春。

玉井居　爲茂才侯壽國題。

玉出崐山，邀清時無雙聲價；井通詩水，尋閩學第一淵源。

美幌新居　爲侯理書題。

美依仁里居應廣；幌列白雲室亦馨。

錦龍居　爲侯長書題。

錦囊好佩詩山句；龍劍終爲上國珍。

錦美居　二副　爲侯長書題。

錦水綉山，説是破荒勝地；美材大器，蔚爲希世人文。

其　二

錦綬錦袍,蔚作皇家黼黻;美輪美奐,裁成上谷棟梁。

居承堂　五副　爲永春達埔茂才潘嗣玉題。

居廣宅安,是達里中名士;承先啓後,爲滎陽下傳人。

其　二

居達里名區,宜偕朱筆馨千古;承安仁令範,當以花輿奉二親。

其　三

居值賦閑,好植河陽花朵;承來世美,勉爲當代談宗。

其　四

居安資深,逢源有道;承家立德,爲孝之綱。

其　五

居其所,衆山環拱;承吾道,一脉相傳。

錦綉居　爲侯奉書作。

錦名坊,魁名亭,至今博士傳馨譽;綉爲袍,絳爲服,自昔尚書表巨勛。

鵬溪新居　二副　爲堂侄淵谷茂才題。

鵬徙于溟,鶯遷于木;溪環如帶,山秀如眉。

其　二

鵬程萬里叓堅志;溪水一灣仲若家。

高楊新居　爲楊孝梅題。

泗水東山鍾勝地;祥鱣瑞雀振家聲。

石水吴氏新居　爲母舅吴孝榜題。

居石水中,好勵酌泉清節;爲延陵後,毋忘挂劍高風。

玉田新居　三副　爲妻舅侯海西題。

玉圃梅花,移根好植詩山地;田家荊樹,留蔭蒸爲上谷春。

其　二

玉燭調和,知是昇平氣象;田荊發秀,洵爲吉慶人家。

其　三

玉笋班聯,門多俊秀;田荊映户,家有祥光。

美錦堂新居　十副　爲族侄於谷題。

美樓新楝宇;錦坂舊家風。

其　二

美里惟仁堪擇處;錦衣何日早回鄉。

其　三

美瑾何時光上國;錦囊有句響詩山。

其　四

美雨歐風新世界;錦心綉口大文章。

其　五

美其室,苟美當師公子荊;錦名堂,晝錦欲追韓魏國。

其　六

美奂美輪,大啓美樓瑞氣;錦衣錦綉,望承錦坂徽聲。

其　七

美玉精金,儲作大庭良器;錦山秀水,蔚爲詩地名區。

其　八

美繼四門,華堂喜近歐陽室;錦旋萬里,珍橐來自菲律濱。

其　九

美譽擅譚經,曾奪五十席;錦箋傳註禮,毋忘大小風。

其　十

美硯東歸，祖芬無限澤；錦坊南竪，先哲有遺馨。

拱北堂新居　四副　爲康安陳正恭題。

拱山環水鍾靈地；北派南宗昌後家。

其　二

拱手頌昇平，四海安瀾，琛賮搜來歸梓里；北堂欣矍鑠，一門翹楚，斑斕舞處悦萱幃。

其　三

拱挹盡名山，望他年毓俊鍾賢，五百里德星重聚；北南多望族，喜此地高門廣厦，數十傳奕葉其昌。

其　四

拱門秋水容千艦；北苑春山映一樓。

旗峰新居　三副　爲朶橋傅子彬題。

旗旐擁道，車馬盈門，方襲銀青祖烈；銀青爲傅氏開基之祖。峰秀如眉，溪環若帶，定鍾玉尺奇才。傅自得《賦玉界尺》詩，李邴稱爲奇才。

其　二

旗尖鍾間氣，左玉虎，右金犀，齊環華屋；黄旗尖及玉虎、金犀，皆山名。峰下毓群英，羹鹽梅，川舟楫，好紹祖風。

其　三

旗鼓堂皇，有冠蓋氣；峰巒秀茂，出杞梓材。

茂荆堂新居　爲門下方藹吉題。

茂松苞竹千秋業；荆樹蘭花一室馨。

金坂新居　爲侯甫言題。

金輝紫誥天恩渥；坂勝黄泥地脉香。

龍溪居　爲楓樹林君題。

龍榜鳳池，自昔傳四門碩望；溪明山秀，將來紹九牧徽聲。

環溪樓　六副　爲樓下黄奕參題。

環前山水盪胸遠；溪後衣冠遺澤馨。

其　二

環觀萬寶宜樓下；溪漾千金列宅前。

其　三

環青映緑供詩料；溪色山光入畫樓。

其　四

環左右而顧之，高蓋、黄旗，名山叠笏排雙闕；溪前後可通也，石橋、官壩，流水淘金響一樓。

其　五

環誦詩書，大塊文章歸我輩；溪流襟帶，天然風景貯斯樓。

其　六

環珮無聲家室樂；溪山有色古今春。

茶山新居　爲叔茂才宣秀題。

茶山映蓮山，一様清芬撲人眉宇；桂水通詩水，千秋流澤光我門風。

鼎新堂　爲梁君題。

鼎台勛勣承先茂；新麗門閭裕後多。

毓秀堂　三副　爲劉林侯三來題。堂新建在桐林。

毓哲鍾賢名勝地;秀山清水灑落天。

其　二

毓材在詩地之傍,轉眼重開龍虎榜;秀色凌桐林而上,當頭引起鳳凰聲。

其　三

毓成叢桂馨吾室;秀茁芝英繼四門。

易氏草堂　時安溪孝廉易體齋先生請撰草堂聯,綴此應之。

草廬龍卧誰三顧? 堂舍鱣銜卜數升。

桂香堂新居　三副　爲族兄金禮題。

桂水詩山名勝地;香風甘雨太平時。

其　二

桂比燕山,靈枝有五;香流石硯,清澤無雙。

其　三

桂樹出山阿,何日希太邱品量;香痕流席上,有時接荀令風規。

高美堂新居　二副　在高洋美地,爲親弟金椒題。

高大門閭,亦無妨也;美承詩禮,其克昌乎!

其　二

高矣瞰名山,八景留馨,四門著望;美哉承祖烈,一經奪席,二禮傳心。

瑞金堂　爲溪東林金綿、正綿題。

瑞氣都從忍氣來,茹苦含辛,五年始獲鳩工蕆;金昆留與後昆福,廣居安宅,奕世毋忘創業難。

霞新厝　爲藍園陳臺三題。

霞蔚雲蒸，爛若德星今日聚；新花鮮草，釀爲壽里幾家春。官園古號民壽里。

植荆堂　二副　爲門下劉尊光題。

植其德，培其才，養其性，存其心，一身良貴；荆有花，蘭有夢，桂有香，杏有馥，滿室皆春。

其　二

植德多，立品高，莫嫌隘門墳，轉眼毓人豪；荆花發，芝英茁，佇望詩山人，聯鑣登帝闕。

德成堂　二副　爲霞坂洪君題。

德有田，義種禮耕，養就性禾善米；成何器，植槐培桂，蔚爲國棟家楨。

其　二

德爲文根，當門自絢文章色；成些仙品，舉手好拈仙洞花。文章、仙洞，皆門前山名。

瞰青樓　七副　爲黄仲訓題。

黄仲訓部郎，予門下士也。鼎革時移居厦門鼓浪嶼之高樓，請予名之，予額曰“瞰青”。因爲撰聯云：

瞰餘千里外；青送萬峰來。

其　二

瞰盡飛潮千浪湧；青來排闥一樓高。

其　三

瞰古矚今雙眼闊；青山緑水一家春。

其　四

瞰盡鷺江濤，儼然叔度汪波千頃，歸吾家挹注；青浮鹿洞影，讀遍紫陽揭示數條,爲後學箴規。

其　五

瞰盡層樓,喜吾門玉友金昆,蔚爲家瑞;青垂雙眼,看人世式賢寶善,確是興基。

其　六

瞰山萬里,鼓浪幾番,悟天地時盈時虛,惟積德克昌厥後;青簡數箱,朱公五策,喜家庭課商課讀,藉勤修以大吾門。

其　七

瞰深海島,覽盡輿圖,好山水信足樂也;青史留名,黄沙樹績,大丈夫當如是乎!

鏡山樓 四副　爲洪明府禹村題。

鏡水臨樓,雨霽欣看龍破浪;山房講學,夜深應有虎聽經。

其　二

鏡空水映樓,藉九龍噴流碧海;山峻天爲柱,架雙梯直上青雲。天柱山下有九龍、雙梯、猛虎,皆樓前之左右山名。

其　三

鏡能燭奸,未解觀人且觀鏡;山不讓壤,請將爲學鑒爲山。

其　四

洪禹川新落鏡山樓,山水甚佳。適有大尹之任,行將抵任,書此慶之。

鏡空衡平,此去將爲洪佛子;山明水秀,後來定毓破荒人。

娱山樓 三副　爲安溪門徒胡濟川孝廉、月川縣令題。

娱志何時,總須先憂後樂;山中有趣,暫且養氣讀書。

其　二

娱目澄心,全憑一點靈臺,包涵宇宙;山青水緑,盡是天然圖畫,照耀古今。

其　三

娱意在家庭，無過入孝出恭，天倫足樂；山光來几闥，對此敲詩品畫，雅趣環生。

環溪堂新居　爲陳宏謙題。

環珮聲高，鳴鳳昌期將嗣響；溪山色秀，登龍故地有傳人。

永美新居　爲梁丕勤題。

永襲清芬，梅鏡艷傳千古事；美談盛瑞，蓮池又報一枝香。

杏苑樓　五副　爲杏塘陳礽賜題。

杏爲及第花，望後時名成及第；苑是清高地，看指日位占清高。

其　二

杏壇是聖教名區，願後人瓣香崇拜；苑沼爲上林勝景，延名士駐足游觀。

其　三

杏馥梅香，名花草盡供詩料；苑西閣北，好溪山移入畫樓。

其　四

杏林宴開，望有人榜登龍虎；苑中春到，欣此地景勝蓬萊。

其　五

杏南春雨憑樓聽；苑北青山入檻來。

捷　春　園

永春陳君在荷蘭望加錫構此巨園，萬里來索聯句，綴此應之。

捷足登門，看此處浮青映緑，飛翠落紅，都饒生趣；春風入座，供吾儕泛酒鳴琴，敲詩品畫，足暢天機。

景歐堂新居

黄君會文構宅在歐内林,吴君元甫爲名之曰“景歐堂”,咸以“景歐”二字弁首爲難。予曰:“不解自對之法,則銖兩難稱矣。”黄君固請撰句,予信筆應之云。

景高山,懷高人,差喜蝸廬鄰勝迹;歐名室,詩名地,何時虎榜繼徽聲?

三友堂新居 三副 爲醫士盛永三題。

不朽者三,立言立功立大德;相資爲友,曰直曰諒曰多聞。

其　二

三從一貫,合好學力行知耻以自新;友在五倫,匡父母兄弟夫妻所不逮。

其　三

行道莫如三,智仁勇一身良貴;居家誰爲友,松竹梅滿座春風。

家居聯句 四副 敬齋自題。

富貴功名天位置;綱常節義我維持。

其　二

世途不少崎嶇地;胸次別開浩蕩天。

其　三

竭己力以振人綱,大丈夫當如是乎,勿等閑過去;順天心而得地脉,吾子孫必有興者,且遠望將來。時營福鼎樂邱,偶綴此句。

其　四

不德不才,每念彼蒼待我厚;如臨如履,常虞爾室對天難。

松村聯集卷七

書　　齋

樂道軒聯句　六副

先君子構此爲予少時讀書處，後予學道有得，因以爲名云。

樂得孔顔真處；道從朱蔡傳來。

其　　二

樂後憂先范公志；道明誼正董生箴。

其　　三

樂意相關，鳥歌花笑；道心入妙，月窟天根。

其　　四

樂莫大焉；道則高矣。

其　　五

樂斯二；道者三。

其　　六

樂民之樂，憂民之憂，當效希文憂樂志；道吾所道，德吾所德，休談老子《道德經》。

松村精舍聯句　八副

乙未春，予自内閣假歸，構精舍於松林下，因綴句以鐫於楹云。

松林今入畫；村落古名詩。

其　　二

松老擎高蓋；村深映白雲。

其　三

松蓋欹書幌;村燈照夕扉。集古人句。

其　四

松間對玉琴;村墟起夕靄。

其　五

松爲等地齊天物;村在名山秀水間。

其　六

松節峻千秋,不與時花鬥艷;村光分一角,好從別墅敲詩。

其　七

松乃十八公,冀作大庭梁棟;村爲一寸木,培成福地楩楠。

其　八

自喜軒窗無俗韻;集李端、朱子句。且收風景屬詩人。集劉夢得、王禹偁句。

松村大門聯　民國年間撰。

松遇歲寒知節操;村藏遺老翊綱常。

仰高亭聯

予將於松村之南作仰高亭,以寓高山仰止之意,因綴俚句如此。

仰之如北斗泰山,令人起敬;高處有詩人書室,動我希踪。

書齋聯句　三副

道學根源,就孝弟中做起;聖賢事業,從衾影裏行來。

其　二

以程朱之理,實韓歐之文,載道方不虛也;由誠正之功,造中和之地,入聖其庶幾乎!

其　三

讀聖賢書,須做實地工夫,掀天事業;爲甌閩士,毋忘破荒文譽,濱海儒風。

書齋春聯

乙巳元旦立春日，題於松村之堂。

半生以古人爲鏡；一室收天下之春。邵子有句云："君子得志，則使天地萬物之皆春；不得志，則收天下春於一室。"

梅石山房聯

梅石舊址在泉城玉犀巷，爲今黄佑堂觀察書室。朱過訪觀察，因留題俚句如此。

紫雲今顯裔；梅石古遺踪。

種德軒聯　二副　爲表弟侯長書題。

種厥心田，善米性禾滋灌溉；德爲道本，仁山智水闢機緘。

其　二

種以義，耕以禮；德是據，仁是依。

雲溪書室聯　爲黄永勉茂才題。

雲礽綿衍似山裔；永勉爲方伯黄似山之裔。溪水汪洋叔度家。

篤齋聯　在泉城新門街，爲門下黄仲訓題。

篤行宗山谷；齋居近海濱。

夢庚别墅聯　三對　爲門下李國琛題。

夢見舜，夢見周，兩夢通一時道竅；庚生朱，庚生孔，二庚闢萬古儒宗。

其　二

夢吞丹篆懷中寶；庚作青蓮謫後身。

其　三

夢筆生花才子事;庚星現相謫仙才。

砥齋聯　爲蓬島蘇孝佑題。

砥之礪之,磨作干將器;齋也戒也,養成静敬功。

映溪軒聯　二副　爲劉林侯三來題。

映來八面山如畫;溪傍四門韻亦詩。

其　二

映緑浮青,收拾來無非詩料;溪明山秀,啓悟處盡是天機。

騰鯉軒聯　爲門下劉尊光題。

騰蛟起鳳,孟氏詞宗;鯉對參傳,孔門學派。

挹翠堂聯　三副

挹翠堂在我福山舊宅下,太高祖儆周公所建。公以濂溪自比,故號儆周。其堂即公吟詩地也。陳林村太史書"挹翠堂"三字匾於亭堂。陳繩庵太史撰楹聯曰:"紹家學留心註禮;對名山把筆題詩。"鴻博洪艮圃亦嘗游題於此。洵勝迹也!希朱丱角時在此讀書,暇時因題三聯於楹云。

挹盡芝英追博士;翠交庭草儆濂溪。

其　二

挹其襟懷,光風霽月;翠來窗牖,春草夏蓮。

其　三

挹華擷秀題詩地;翠靄朱暉入畫天。

賜福堂擇日處聯　二副

從侄孫鳳疇暫假挹翠堂爲擇日館,發售日曆。請予撰聯以刊於曆、貼於楹。

因書二聯以應之云。

賜瑞始羲圖,天明曆象;福疇稽禹範,我解休徵。

其　二

賜我大文,一畫開兩儀四象;福全洪範,九天錫五紀庶徵。

民國時代書齋聯　九副　敬齋自題。

黃帝派興,諸子何妨出一試;紫陽道墜,老夫竊欲挽千鈞。

其　二

二百餘載規模,至今禹域神州有人復漢;六十三齡老宿,願效船山文鼎閉户著書。

其　三

吾道問何宗?乃所願則學朱子也;同儕誰見諒?知我者其惟天公乎!

其　四

世事花花當一夢;文章草草足千秋。

其　五

舉世榮華無限苦;名山著述有餘春。

其　六

世乏狄梁公,誰抒翊唐手段?時趨歐孟德,我擔宗孔心傳。歐洲人孟德斯鳩倡三權之説,爲今時法政之濫觴。

其　七

新政睨歐西,只拾管商餘唾;抗懷追冀北,何時堯舜重熙?

其　八

舉世尚維新,四千餘年名教綱常,至此胥淪於夷狄;鄙人嚴守舊,六十五歲著書翊道,只求無愧乎聖賢。

其　九

身逢家國開新運;日課兒孫讀舊書。

松村聯集卷八

商　　界

商會聯句　五副

時南安諸商開會於邑治内，陳君貽矩索予楹聯，請以“商會”二字弁首，予信筆應之云。

商有師，宗計然七策；會吾友，重季布千金。

其　　二

商人當效弦高，犒師救國；會友盡如猗頓，儲産成家。

其　　三

商學祖何人，候時積物陶朱法；會期談世務，輸款助邊卜式風。

其　　四

商界孰爲高？識時曾載鴟夷寶；會盟何事重？知己宜分鮑叔金。

其　　五

僑商宜讀瀛環志；聚會應譚貨殖書。

樂天會館　在孟加錫。

樂天會館乃錫江諸君子所僦居也。每星期群賢畢至，共研商務，平佑堂侄與焉。書來索聯，綴此贈之。

樂則生矣，鴻賓雲集，引導生涯，便是僑居樂地；天何言哉，麈尾風高，咸申言柄，可能參透天機。

安南福善醫院　二副

時黄仲訓在安南，與諸僑商創福善醫院，以惠華僑之疾病者。數千里來書，請予撰聯。予作此以應之云。

福星照地，何限東浦以南，良江以北；東浦、富良江皆安南勝地。善氣薰人，儼然無價之藥，不名之醫。

其　二

福由天錫，願華夷壽富康寧，九疇共衍；善與人同，視兄弟疲癃殘疾，一體相關。

元祥藥室　二副　爲族叔軒秀題。

元氣調和資國手；祥光輝映及人家。

其　二

元酒太羹真氣味；祥芝瑞草大靈丹。

保元藥室　爲堂侄鳳維題。

保生散，衛生丸，製方勿悖孫思邈；元氣和，邪氣退，治法宜遵富鄭公。

復元堂藥棧　二副　爲官園陳臺偉題。

復其見天地之心乎，脉理從兹三復；元乃開會運之首也，醫方最重補元。

其　二

復古道，用古方，宜遵仲景；元氣扶，邪氣退，須佩富公。

雲深處藥室　爲霞蘇隱士題。

雲石天花，收拾來無非藥料；深山窮谷，幽隱處自有高人。

壽安堂藥棧 爲儒士題。

壽世壽身,治藥治書無異理;安民安國,良醫良相有同功。

崇安堂 爲新橋吴慶作。

崇山峻嶺間,善採之亦多妙藥;安弱扶危事,彼相矣不如良醫。

恒德堂藥棧 二副 爲盛如鏡、如珠昆季題,盛氏累世名醫。

恒業在岐黄,傳世傳家多妙法;德澤流蒼赤,良醫良相不殊功。

其 二

恒爲醫覶無形寶;德在刀圭不費錢。

恒和藥室 爲盛如珠題。

恒心造得群生福;和氣迎來萬象春。

保生堂藥棧 在千金廟,爲柯茂才俩于撰。

保民重在養民,須知學一良醫侔一良相;生理關乎脉理,最好從千金廟治千金方。

恒春堂藥棧 二副 爲藍園陳臺三題。

恒爲壽里黎元福;春到藍園草木香。

其 二

恒德及人,壽里千家推國手;春風煦物,藍園百草亦靈丹。

回春堂藥棧

回生資國手;春澤沁人心。

信安堂西醫局　爲蘇舜輝作。

信國公醫能活世；安期生藥可回春。

賜仁堂西醫局　爲温陵陳其昌題。

賜號保生，吴真人有回春手；仁能愛物，陳太邱無邀譽心。

美昇棧　三副

盛君九昌開補牙照相棧，顔曰“美昇”，虔索予聯，綴此贈之。

□□易牙，當先習鑿齒；□□高相，常得顧長康。

其　二

美髯克肖長公像；昇級毋忘翁子風。盛彦字翁子，累升官級，益自謙退。

其　三

美善功夫齮齕化；昇平人物畫圖新。

玉蘭棧　在洪賴爲琉瑭戴佑泉作。

玉墀獻瑞開新運；蘭簿書名襲舊馨。

長源魚鯆棧　在洪賴爲鋪紫戴匏季作。

長風破浪，海月石華，收拾來皆妙品；源頭得水，瓊漿玉液，吸取處盡流泉。

瑞　珍　棧

瑞珍爲四世翰林陳氏之後，是棧以桂林名。

瑞草雖嘉，不及桂林[①]一顆；珍山衍慶，勿忘翰苑四聲。

萬發茶棧　爲厦門友人題。

萬年不没君謨譜；發篋能通陸羽神。

東 華 棧

棧在臺灣，開藥酒及米珠。其主人遠來索句，綴此應之。

東方獻出蟠桃酒；華地傳來擲米珠。

合 祥 典

予與弟侄開合祥典，綴此以貼於樓云。

合志題蘭簿；祥光聚萼樓。

聯春典 二副 在洪賴街，爲傅維霖題。

聯珠合璧文明盛；春袷冬裘管領多。

其 二

聯採精金良玉器；春多貰酒典衣人。

金珍典 三副

四兒瑶階與諸友在蘇鹿開金珍質庫，書來求聯，予綴此以示之云。

金蘭簿上知名士；珍寶叢中殖貨家。

其 二

金滿籯，教子一經，或可望百錢萬利；珍入橐，歸鄉數月，方不是晝錦夜行。瑶階久不回鄉，故以此示之。

其 三

金谷一家都從航海富；珍珠百琲分與細腰香。瑶階時新再娶婦，故以此諷之。

源記布棧 在蘇洛，爲王雙喜題。

源水流泉，圜成泉布；記珠在握，羅盡賾琛。

義隆布棧　在蘇洛，書此以贈陳尼姑。

義緯仁經，布政組成蘇洛地；隆聲熾譽，德星齊頌潁川人。

泉順布棧　在蘇洛，綴此以贈堂弟金町。

泉刀歸掌握，掇錦剪霞，預備總裁事業；順手治絲綸，經天緯地，別承布政風規。

日記木棧　爲戴金寶作。

日貯梗楠歸哲匠；記曾採擷在名山。

金　珍　棧

在暹羅，廣東戴詩成所開。遠來求聯，以此塞責云。

金谷玉湖，方斯豪雅；珍山錯海，萃此華腴。

益盛布棧　在小吕宋，爲門下謝統勛題。

益人事業經綸大；盛世文章黼黻多。

萬勝鐵木棧　在外洋，爲四都王玉振題。

萬木入門，杞梓梗楠歸哲匠；勝人有法，鎦鐐鈑鈏入烘爐。

裕興棧　二副　在荷蘭地簡那低，爲陳礽賜題。

裕我德基，財聚都歸星聚地；興斯偉業，才優還是福優人。

其　二

裕有餘，利權畢握；興也浡，奕世其昌。

成　源　棧

在南安治内。曾厥祥開燭米店，索予聯句，綴此以應之。

成名榮及金蓮炬;源水培來玉稻香。

義記棧 二副

在泉城南門,匯兑兼信局。爲表侄茂才陳淵淇作。

義聲四布無形寶;記事千緘絶妙珠。

其　二

義氣感重洋,能使贐琛歸故國;記言憑一紙,勝他鴻雁報家書。

瑞珍棧 爲表侄陳鑒疇作。

瑞日祥雲,昇平世界;珍山錯海,貨殖人家。

郵　政　局

陳君捷三任馬頭郵局。予憩於此,陳君索句甚殷,因綴此贈之。

名士留些鴻爪迹;郵書捷似馬當風。

合泉醬棧 爲親兄金精作。

合家領略酸鹹味;泉郡推爲鼎鼐才。

振源棧 在蘇洛,爲四兒瑶階題。

振起門閭須任重;源逢左右在資深。

南源酒棧兼客棧

南島此停舟,潮來時見羅千艦;源泉堪釀酒,客至何妨醉數樽。

協美棧 爲縣内陳貽炬題。

協乃力,協乃心,四海聯同胞氣誼;美且多,美且旨,一門萃萬物精華。

金和五穀棧　爲永春明經顔介庵題。

金穰玉粒千家寶；和氣同聲一室春。

勝源棧　在吴坡山，爲門人黄應麟上舍題。

勝友如雲，入座來説字談文，有趣有趣；源頭得水，盈科處先河後海，無涯無涯。

三　春　棧

棧在厦門，崇祀關帝，索句甚虔，書此應之。

三十年鐵馬金戈，自昔同扶漢鼎；《春秋》法衮褒鉞貶，至今猶懔神威。

禁烟局　四副

禁人先勸人，嚴禁不如嚴勸；烟癮在心癮，戒烟莫若戒心。

其　二

我皇上丹詔綦嚴，務除黑籍；爾庶民黷雲一撥，便見青天。

其　三

流毒五十年從兹革面；同胞四百兆及早回頭。

其　四

引入醉鄉無非烟草；撥開障地即是蓬萊。

贈金春堂兄聯

金春堂兄久羈東洋，年七十四矣，綴此以勸其歸里云。

金玉爾音，勿因空谷遐心，頓忘祖國；春風滿座，好就長崎反旆，振采武榮。

福 昌 棧 聯

然谷、財谷二堂侄，其先考起家神户。兹仍僑故地，開福昌棧。綴此以勉其繼志云。

福胤紹先人,重創東洋事業;昌明懷祖國,勉爲南邑芝英。

【校記】

①“桂林”爲荔枝品種之一。

松村聯集卷九

慶　賀

詩山學堂慶祝皇上萬壽聯

丙午，光緒皇上萬壽之辰，諸紳請撰壽聯，限以“詩山學堂”冠首尾，予信口呼云：

詩咏百朋，聖天子錫金興學；山呼萬歲，都人士獻壽躋堂。

壽譚邑侯彦先洎其德配五十　譚名子俊，貴州人，進士。

生佛度南安，黔首咸歌無量壽；名門出西筑，齊眉同慶有餘春。

壽内翰傅雪湖前輩七十

天屈和羹才，留此身主講皋比，好爲梓鄉培後進；時爲豐州山長。公多延壽術，待來日重開鹿宴，再持柏酒祝先生。再六年即重宴。

壽宗叔戴搏南孝廉八十并酬願

爲學者師，現壽者相；乃宗之老，受天之慶。

壽李學博玉峰六十

固言將有掄元日；伯玉才躋入化年。

壽吴孝廉德周老丈八十

四字應前徵，白首赤心存古道；一身躋大耄，板輿玉杖錫今時。

壽侯圖垂令尊七十 圖垂，劉林鄉武舉人。

君爲門監後，想今年庭駐公車；郎有伏波才，看異日勛成汗馬。

壽孝廉鄭雪汀令尊七十

入通德門庭，嘉乃翁壽從德券；登武榮講席，羨家君學足榮親。

壽桂生吴校長五十

龍榜北闈登，甫度艾齡，便從鳳閣稱前輩；臯比南邑擁，待周花甲，再祝兕觥盡後生。

壽楊開象七旬晉一 時南洋才返。

旌回萬里，齡肇八旬，鶴髮綿綿無量壽；孫克成名，子多繞膝，鱣堂世世有傳人。

壽陳封翁貽采九十

陳實有兒堪應舉；其子翰謀名噪上庠。伏生今日始傳經。

壽曾厥祥令尊慈八十俱慶

堂上慶齊眉，花甲叠增，花燭重宴；指六十年夫婦也。眼前欣繞膝，玉杖初錫，玉樹頻森。

賀鄉老清秀酬神祝壽

神之格思，臨在上，質在旁，人喜苾芬通玉闕；公真健者，年彌高，德彌劭，天教矍鑠護珂鄉。

賀族侄淵谷春日酬神祝壽

道悟樨香,敬祝心香一瓣;春携柑酒,權爲壽酒千杯。

賀黄則珍六十

則珍以急公好義,有司旌其門。時值六旬,綴此贈之。

施恩重啓桑蓮瑞;延壽剛逢花甲周。

賀新居者升梁進主　梁神名曰兒郎神。

敬告兒郎神,十丈彩梁憑永護;進入高曾祖,一堂主祏倍增輝。

賀錦坂新居

舊宅换新居,增輝錦坂;地靈鍾人杰,重茁芝英。

賀宗人春日蓋屋開樽

名區闢畫堂,梁上知爲栖燕地;春日携柑酒,門前定有聽鶯人。

賀黄菊三會狀聯元　菊三鄉試,屈居第二。

君擅高才,雙試冠軍,兆應紫雲雙塔;天留少憾,三元缺點,儲爲捧日三台。

賀表侄潘蔭蓀登賢書

抱曠世才,果掇巍科繩祖武;爲忠臣後,勉成大器佐熙朝。

賀黄寶堂新點侍衛

軍直御龍,是王者衛;功成汗馬,爲國之藩。

賀宗侄叔嘉入泮

善讀父書,亦具解經手段;叔嘉父以經解見售,嘉亦如之。見售宗匠,好追奪席家風。

賀黄姓武泮 時菊三初選狀元。

駿骨在君身,今歲權爲秀才子;鷹揚推貴姓,來科又是狀元郎。

賀雷韻琴優貢

優于德,優于才,優于學,優選震天南,足爲詩山生色;貢於鄉,貢於國,貢於朝,貢書馳薊北,終成薄海傳人。

賀黄華禮恩貢并教諭

貢亦常耳,沐天子覃恩,覺高而可貴;官雖冷乎,作後生模範,實尊而彌光。

賀侯劍亭武魁

文武何分,總須舞劍吟詩,兼通韻事;春秋聯步,還望棟家幹國,大展翹材。

賀吴德周孝廉方正

老先生品學兼優,四字褒嘉無愧色;聖天子絲綸特賁,一科清貴有餘馨。

賀陳熾俊考取典獄

皋陶豈以士師顯;蕭相聊將刀筆傳。

賀安溪王榮堅妻李安人節孝石坊

其子隆昌歲貢,其孫敬承增生。其坊係是天生石壁,琢成坊聯。

帝將獎勵清風，特向閨門旌兩字；天爲安排片石，長留介節峻千秋。

贈永春林世祥儒士　二副

世祥，蓬壺儒林鄉人也。精術數，諳堪輿，風節矯矯，有堯夫、和嶠之概。書此贈之。

世有堯夫，一窩足樂；松如長孺，千丈莫攀。

其　二

世稱君子人如玉；松在高山老化龍。

賀年侄林景商比部新婚

弱冠負奇才，曾向螭廷抗疏；細君嫻韻事，好從鴛帳聯吟。

賀黄則慎入學并新婚　時延予爲塾師。

西席聯吟，下筆千言推吐鳳；南闈樹幟，着鞭萬里正聞鷄。

賀葉詔甫孝廉令郎才舍新婚

承累世書香，當以象賢自任；娶儒家淑媛，應知鷄旦相規。

賀門下士黄生新婚

抱曠世才，月窟探來毋忘進步；耦儒家女，鷄聲聞罷好勸讀書。

賀其昌陳舅娶拜上帝者之女

龍座居歆，庇爾兩儀協位；鳳鳴卜吉，應君五世丕昌。

賀士人新婚

有志探花，來年舉子；不櫛進士，今日侍郎。

賀本族新婚

宅住詩山,應解雎麟雅韻;訓遵禮記,毋忘婚冠家規。

冢子紹箕新婚聯句

《朱子家禮》云:“古者娶婦之家,三日不樂;非不祥也,思嗣親也。”而冢子尤肩父重任,冢婦尤要嫻家教,故以此勖之。

琴瑟貴調和,胡無三日樂音?爲解嗣親肩重任;乾坤經配定,欲握一家樞紐,須知教婦慎初時。

冢孫世潢畢業并新婚聯句

功名進取非難,難在成人有德;家室和平爲貴,貴乎教婦初來。

六郎瑶廷新婚聯句 二副

以家珍勖六郎,錦綉珠璣非所寶;用閨訓規初婦,芝蘭玉樹冀其香。

其　二

紫薇留蔭久;青障列門新。

壬午予登賢書俚句 五副

成名親不見,廢讀《蓼莪》,何貴此身衣錦?追贈典非虚,新沾雨露,待看後日焚黄。

其　二

平生薄德,遽奪天香,暗室中宜加省己;曩日讀書,思爲人表,登科後勿負初心。

其　三

新居傍四門,敢謂虎榜齊名,足紹詩山遺望;家風宗二禮,還冀鴻臚高唱,大揚譙國徽聲。

其　　四

登科本是尋常事;立志當爲磊落人。

其　　五

曾向鰲峰攻苦去;還從虎榜得名來。

丁亥小兒紹箕入泮訓語

蔡虚齋取功名語;范文正爲秀才時。

庚戌小侄孫世漢、世英咨獎廪、增生偶綴俚句

一門芹藻兄聯弟;三代簪纓祖見孫。

己亥酬願并焚黄聯句　二副

乾稱父,坤稱母,竭一點精誠稍酬幬載;祖貤封,考誥封,沐九重雨露未報涓埃。

其　　二

一瓣香,馨聞上界;五花誥,榮及大廷。

題大廷戲臺聯句

七子對大廷,中得狀元榜眼探花,霎時榮貴;一班歸翰苑,吟成詩賦文章歌曲,逐句風流。

松村聯集卷十

輓　誄

哭大行德宗皇帝大行慈禧皇太后於詩山學堂聯句

戊申冬，兩宫賓天，予哭於泉州明倫堂。復設壇於詩山校，綴此哭之。

痛二聖龍馭同升，疑是孝慈心未恝；悵一時蜃氛叠起，問誰中外局能支？

丁先考妣憂虞祭俚句　二副

予丁丑冬丁母艱，戊寅夏丁父艱。初喪即咯血。終虞，書此以攄其哀思云。

罪戾極天，不數月嚴慈俱逝；悲哀無地，到三虞血泪頻流。

其　二

丁先父艱，遵禮訓，既禫服，對詩山仍望白雲，書此以明其不忘親之意。

遵禮訓雖更禫服；對詩山仍望白雲。

輓協揆徐蔭軒師

協辦大學士徐蔭軒師，甲午、戊戌，希朱供職内閣，入謁師席，叠蒙訓示。每告我主敬功夫，可以肆應萬事。及拳匪作亂，各國聯軍入京，兩宫西狩，師闔家殉難。議和後，其子侍郎承煜又坐死，天下冤之。希朱感師誼，因作輓詞云。

觀過斯知仁，以殉終，以冤終，千秋事憑誰昭雪；傳心曾示敬，是官長，是師長，一書生空慕遺風。

輓侍郎寶竹坡師

宗室寶竹坡，予壬午座師也。前在諫院，京師稱爲鐵面御史，直聲震天下。

洊升侍郎，政績懋著。典試閩闈後，偶以微過謫官。自此縱情詩酒，每一高吟，音節洪暢，有長江巨河一瀉千里之勢，實足與李謫仙抗手。著《偶齋詩草》十二卷，畢，即仙仙歸去。希朱忝列門下，既賻其喪，因輓以聯云。

鐵面昔登朝，諫苑彈章，勁節直追包孝肅；仙身今上漢，《偶齋詩草》，雄詞欲匹李青蓮。

輓太史黄霽川師

霽川先生學粹節高，在朝不屈權貴，士論韙之。旋里後，手創崇正書院，闢邪教，崇正學，嘉惠士林者多。希朱素蒙賞識，每諄諄以聖賢之學相勖。及先生易簀後，朱思其大澤，想其襟度，謂先生不祀鄉賢，無以振作士大夫之氣。因綴俚句，以諗諸同志。

功名爲鼎甲中人，犖犖風裁，威不惕亦利不疚，設當時得操國柄，無難與林曾彭胡諸碩輔并峙千秋，胡彼蒼畀材既厚，付數偏奇，空教蓋世經綸，六十年末由建白；道學是紫陽嫡派，諄諄主講，邪能闢而正能崇，倘後來尚論鄉賢，自可繼蒙存淺達數先生更增一席，惟此日潛德雖深，幽光未顯，所望史臣傳贊，畢生事先載汗青。

輓上舍侯壽岳師

胸有千秋，行無一玷，程式具先民，幸曾從講席授經，親挹春風滿座；弟方北上，師竟西歸，人天終異路，恨莫與同門執拂，共歌薤露兩章。

輓軍機大臣法部尚書協辦大學士戴文誠宗兄

光緒庚戌春，宗兄戴少懷薨，詔賜太子少保，賜謚“文誠”，入賢良祠。希朱交文誠二十餘年矣，方望應徵鴻博，得共聚京師，以匡我不逮。何意鴻博停徵，兄亦遂薨。朱黯然傷之，爲文以祭之，復撰聯以輓之云。

二十年匡我覸我，誼等賢昆，方期蒙召入都，安道欣逢將伯助；卌餘稔法權樞權，力撐危局，詎意鞠躬盡瘁，武侯痛煞大星沉。

輓殿撰吴肅堂故友

予自癸未入都,得交肅翁,論事論文,每匡我不逮,今三十年矣。肅翁屬纊,正值滄桑變易,能完節而歸,可慟也,亦可幸也。因綴此以輓之云。

知交三十稔,憶青眼垂時,至今重過西州,謝傳故知增我慟;木天第一人,到黄冠歸後,依舊攄懷北闕,文山仗節比公心。

輓觀察黄佑堂世伯

山谷善娱親,高第高壽高官,皆從一心篤慶;梨洲完晚節,立言立功立德,更宜百世流馨。

輓誥封武顯將軍黄荇洲世伯

荇洲爲護軍使菊三之封翁。好行義舉,雅敬斯文,盛德及人者多。將捐館舍,福州有神預言:“某將爲西山將軍。”歐陽子謂:生爲英,死爲靈。信哉!因紀實以輓之。

是闤闠中第一等人,能聚財能散財,善保家善保國,問賊竄閩疆,繕卒捐需,赫赫義名誰與匹?享宇宙間無雙福分,爲富翁爲封翁,亦多男亦多壽,看輀歸泉路,闢迎户送,熊熊光氣尚如生。

輓陳雪楞太尊於興化郡署

雪楞,諱景墀,浙江人也。前爲泉州太守,德及詩山,予爲奉禄位於學堂,每歲重陽,侑觴以壽之。庚戌夏,訃至,益深震動,爰綴此以當誄章。

賢郡守輪扶大雅,治人最重樹人,方期虛鏡重懸,群材翹首瞻良翰;我詩山位祝長生,菊酒頻供壽酒,何意德星遽暗,多士同聲哭太邱。

輓欽賜學正林妙峰同年 壽九十餘

虎榜昔齊名,羨先生壽高梁灝,健比潞公,方期矍鑠是翁,同爲詩山扶大雅;

鸞驂今上漢，悵此會庭睡葛洪，經殘伏勝，竟使雍容學博，旋從紫府作修文。

輓寧德訓導侯申庭同研

三十年久契漆膠，方期卸篆南來，同爲梓鄉擔盛舉；七百里正宣韜鐸，詎意騎箕西去，空聞苜署發哀聲。

輓世襲雲騎尉補用守備潘仰亭表兄

是蘆溪第一流人物，爲忠臣後，上辨冤書，修譜修廟修橋梁，大義舉亦能建白；享樟園八十餘春秋，贊帷幄權，領林泉福，多壽多富多孫子，畢生事堪載汗青。

輓洪禹川大令之祖母黄太恭人　禹川任三水縣。

鳳誥錫重闈，方期蓬島花輿，東粤令歡迎幾度；鸞驂歸上界，料得瑶池桃宴，西王母增置一觴。

輓溪東林錫泉洎妻李氏年各八十同時仙逝　其子金瑞率諸孫自星嘉坡歸理葬事。

木公金母，流落人間八十春，厭住紅塵，一二時同登仙籍；賢子令孫，經營海外幾千里，歸携素拂，廿餘聲同哭靈輀。

輓國學生李昭業德配葉孺人

鹿車修職，熊膽和丸，婦儀母道無遺憾；玉樹環階，金蘭繞砌，子雋孫賢有令名。

輓前清誥封一品夫人黄母鄭太夫人　丙辰年

鄭太君，吾徒黄仲訓之母也。太君抱恙於鼓浪嶼，仲訓在安南，諸務纏身，不獲歸養，命弟仲讚迅歸侍疾，而太君已先一日歿，惟季弟仲評得親視含歛。訓每以此爲憾。予告以憾無可憾，惟立身行道，揚名顯親爲有裨耳。因綴句以輓之云：

堂北萎金萱，悔异地羈身，孟浪泛舟追范蠡；越南歸墨絰，抱終天遺恨，大風撼樹泣皋魚。

又代諸戚友輓黄母鄭太夫人

嗣歐母遺徽，太夫人曾親畫荻；悼林宗失恃，諸戚友敬奠生芻。

輓門下黄仲訓嫡配雍和莊夫人 甲寅年

仙媛出蒙莊，謫居雲帳卅餘年，蘧夢忽驚春蝶醒；佳人傷奉倩，幸有椒房兩三寵，萱闈代侍老烏慈。

哭吾友歲貢陳銘三 名宗垚。

銘三死於土匪之手，苦楚萬狀。予聞之汨涔涔下，作此哀之。

生本剛腸，仲舉因激昂賈禍；死難瞑目，良宵豈頃刻忘仇。

輓族娣節儉侯母太安人

清例封安人侯母，吾族娣也。子孫衆多，翹秀满前，多出予門下。兹享大年終，綴此誄之。

範出叔鸞家，竹笥練裳徵節儉；祥鍾金卯裔，蘭階藜閣見蕃昌。

輓同庚友增貢生傅稼亭

傅自得四海知名，有子兩三，能顯親更堪不朽；邵堯夫一巡觀化，行年六七，同庚友何以爲情？

輓國學生從弟鹿齋 二副

鹿齋自蘇鹿歸，即卒。其妻、子海外揚航歸理葬事，亦一幸也。因以此輓之。

鹿埠回旌，一面竟成千古；鸞驂上漢，萬金難到九京。

其　二

死得有名，千里妻兒歸執紼；生來何幸，四夷琛贐早盈囊。

哭光禄寺署正銜胞四弟雅齋　二副

雅齋喪長子，因此染病而逝。予爲墓志以哀之，復綴聯句以輓之云。

雁序無端悲折翼；鳳池有客泪沾襟。

其　二

能畫亦能詩，此去泉臺誰鑒賞？喪身先喪子，從今家務費支撑。

哭先室侯宜人　二副

三十年助我成家，方望齊眉日永；五六子伊卿如地，那堪陟屺心傷！

其　二

鳳誥畀卿身，方謂辛苦半生，稍酬翟茀；鸞闈沉故影，可憐追隨六子，遽泣護闈。

哭長兒紹箕　五副

一官未捧毛生檄；四字空徵平仲車。

其　二

用了卌餘載工夫，文稿詩箋，此去九泉誰賞識？舍却六七旬老父，孤吟獨唱，將來全集孰裝潢。

其　三

追隨數十年，助我興學，助我著書，無慚肖子；焦勞三五載，痛爾耗神，痛爾咯血，遽哭終天。

其　四

青藜共校書，可惜劉歆先死；白髮猶擔道，勿如卜子喪明。

其　五

家庭有柱今傾隊；學校何人共主持？

輓侯長書姻表弟

五十八歲沐雨櫛風，卜式治生妙能紓國恤；四十餘年解紛排難，仲連雖死尚有亢宗兒。

哭門下士許志純 二副

許行不憚煩，竟趨死路；成括未聞道，果足殺軀。

其　二

死者長已矣，師友雖傷不及妻孥悲慟；來者猶可追，前車既覆休教後軫復遒。

輓世誼陳賡遠

賡遠，忠厚人也。露財殞身。前夕，鴉鳴滿室，爲之兆也。綴此哀之。

金谷善儲財，轉痛焚身由象齒；玉棺將閉影，慘聞動地起鴉聲。

哀誥封宜人雷氏

雷氏爲吾友黄學博華禮德配，中學畢業則俊賢母。失耦、失恃，可哀也。綴此輓之。

數十載椎髻相從，梁鴻案前，那堪眉缺？六七旬萱花遽萎，皋魚樹杪，頓泣風搖。

輓例封孺人李母葉太孺人

七十年荻訓機聲，本是儒家遺懿範；二三子青衿紫綬，那堪墨絰泣慈帷。

輓誥封資政大夫候選道健甫馬先生

健甫先生，桐城世閥也。平生偉績，爲世所欽，竟以事褫職。伯子振儀以進士歷任知縣；季子振憲以翰林洊升大僚；而仲子振理爲南安縣長，尤著循良。時先生卒，三子皆自北京奔喪，亦榮哀時也。因輓以聯句云：

一龍飛向空中去，揚譽未萬里，樹骨足千秋；二鳳歸從薊上來，養翮只三年，翀霄高一世。

松村文集佚文存目

序	城山雷氏族譜序
	歲貢參軍陳銘三洎德配五旬雙壽序
	侯母戴宜人壽序
	始祖廟祀田序
記	賜仁堂記　爲陳其昌作。
	颺元堂記　爲黄會文作。
	紹志堂記　爲雷韻琴作。
祭文	春分祭貤贈通奉大夫先祖樂天公文
	秋分祭誥贈通奉大夫先祖廣坡公文
	立春祭支祖篤公公文
告文	修譜告祖文
	重修南安縣志開局告文
禀	修南安縣志禀文
書	上許巡按静仁書　二篇
	答同年林畏廬書
贊	先考妣像贊并叙　附録　黄厚甫先生作。
賦	韓蘄王湖上騎驢賦
四書義	暮春者春服至咏而歸義
列傳	清誥贈奉直大夫雷樸齋贈公列傳

另有《松村語類》八本,《試帖》、《制藝》十本。

附　　録

目　録

序

壽内史敬齋宗兄六秩序[1]

戴鴻慈

大丈夫讀聖賢書，方將立德、立功、立言，以蘄爲壽世人物，豈獨爲壽身謀哉！然自古不虚生之聖賢，必由葆生始者，何也？人生之精力有限，非深自保重，則精日耗，力日疲，氣體間已非壽相，安能樹德建功，著書纂言，以垂不朽於世？程伊川有節嗜欲、定心氣之語[2]，朱考亭有愛惜精神之訓，真西山有衛生之歌。古先哲功德文章，炳炳宇宙間，其注意葆生也如此，蓋欲以壽身爲壽世之資也。然兼之者實難得其人。若吾宗兄敬齋，其所謂兼而有者歟！

兄自壬辰獲睹於都門，慈挹其容貌之秀偉，聽其議論之剴切，試後誦其闈文，尤饒有大家風骨，早以遠到之器推之。乃入直綸閣後，留心國務，凡易服色、停科舉、興學堂、祀廟廷諸大政，皆萬里惠書，溶溶數千言，勉慈爲我朝定大計。其愛國之誠，識時之明，溢於言表。使得由薇省而洊升臺諫卿貳，何難德被生民，功施社稷，勒之金石，播之聲詩，以耀後世而垂無窮哉！惜乎三薦春官，竟以額滿見遺；兩直薇省，因新進紛更，棖觸於懷，引身遠去。致使蓋世經綸，末由表見於天下。慈爲兄太息久之。今閲兄《自著年譜》，乃怍然於兄之有足壽世者在也。

德莫先於敦孝弟。兄事親，晨昏不離側，婉容愉色，均出至誠。親疾則百計求[3]痊，親怒則跪以俟霽，喪祭又盡哀盡敬，既禫不入比御，實爲人所難能。處兄弟，友愛備至，雖遭家不造，而至情感動，克底於和。析爨時讓以財産，毫無間言，尤爲内外所艷稱，是洵足砥柱倫常矣。至於持身以敬，慎言動，嚴影衾，得考亭《敬齋箴》遺意。其待人也恕而不刻，其對上也敬而不諛，其御下也寬而有法。此亦德行之表表者也。豈必德被生民，始足謂立德！

功莫大於興學校。兄於詩山書院，建學舍、購書田、勒碑繪圖、延師講學，諄諄以正學勖後生。改爲學堂，則遵明詔，籌學費，督率士[4]徒，視同子弟。計焦勞二十餘年，均爲詩山百世樹人計。其掌教豐州、崇德、崇文三書院，認真課講，一時士風歡動，造就人才甚多，是洵足仔肩名教矣。至於建宗廟、修祖塋、請封誥、定祀典，以崇其先人；除糧弊、節税款、設鄉約、築橋陂，以惠其鄉人；捐資文廟、籌膏豐州、建祠節孝、議修縣乘，以襄夫義舉，此尤功業之彰彰者也。豈必功施社稷，始足謂立功！

言莫重於翼聖經。兄著《四書闡義》，發前賢未竟之旨，辯異端雜説之非，張式如明府推爲紫陽功臣，是洵足柱礎斯文矣。至於著《松村文集》以追韓歐筆法，著《松村語類》以紀程朱心傳，纂《詩山郭山廟志》以崇正學，辯佛教，撰《詩草》樂歌，以襲風雅、寫性情，此亦文之足載道者也。豈必勒金石、播聲詩，始足謂立言！

於戲，兄誠壽世人物歟，詎獨壽身乎哉！然吾謂天欲生翼世扶教之人，必永其年齡，俾得從容乎著述；人欲爲頂天立地之身，必深其存遏，乃得專意於修爲。程伊川年七十二，不減壯盛；朱考亭年七十餘，自謂不會懶；真西山年近耳順，體氣倍康。諸先生[5]葆生有法，每至晚年而修爲益精，著述益富。兄自弱冠以來，規矩聖賢，撰《遠色銘》、《續敬齋箴》，其功於存養者深。今壽躋六十而矍鑠勝常，是天永以翼世扶教之年也。倘從此年彌高，德彌劭，功彌宏，言彌粹，則吉人天相，安知其身不與彭喬比壽乎？安知其名不與天地齊壽乎？

歲己酉九月，爲兄攬揆之辰，其哲嗣恩元紹箕、國學紹裘、藍翎盡先把總紹祖等，莊書兄所著《年譜》及諸友所撰序贊，丐予文以壽之。予思廿年知己，萬里乞言，不得以無文辭，亦不得以諛詞貢。又以菲材，忝司法權、樞權，動遭[6]時忌。雖屢請假歸，而聖主優容，究難遂乞休之志。視兄之養翮名山，如鳳凰翔於千仞之上，弋繳無所加其身，其相去爲何如耶？况乎一門蕃熾，八子八孫環繞膝前；列門墻者濟濟祁祁，以數百計。入則叙天倫之樂事，出則聯翹秀以歡吟。正合頤養天年之道，其壽算曷有極乎？其所以壽世者，何難逆睹乎！慈健羡者屢矣。爰據實爲文，以侑一觴。

賜進士出身、誥授光禄大夫、賞戴花翎、賜紫禁城騎馬軍機大臣、法部尚書、協辦大學士、前翰林院侍讀學士宗世弟戴鴻慈頓首拜撰。

賜進士出身[7]、誥授通奉大夫、賞戴花翎、補授延建邵道兵備處協辦、前翰林院侍讀教習、庶吉士愚兄彭述拜手書。

行　述

中書先考敬齋府君行述

府君諱希朱，原名鳳儀，號敬齋，詩山戴氏。高大父仁齋公，旌題族正，舉鄉賓，恩錫登仕郎。曾大父樸素公，未仕。故大父勤齋公，貢生。光緒乙未歲，府君以内閣中書加五級請贈，復捐贈誥命增至三軸，自高大父以下皆贈爲奉政大夫，妣皆贈爲宜人。

府君體氣素强，性質聰穎。少承先大父庭訓，志卓行純。弱冠，即篤守程朱之學，每晨莊誦朱子《敬齋箴》，檢束身心，然後讀書。法劉蕺山人譜，言動必自記其過；於朱子《小學》、《近思録》、《性理精義》，尤能研究指歸，確有心得。故其發爲制藝，根柢淵深。兼工古文詞賦，嫻吟咏，寫性情，車塵馬足所至，輒留題焉。

年二十五，補弟子員。光緒八年，舉於鄉。逾年入都，主司寶竹坡侍郎、朱元叔編修，贈撰贈詩，極其矜寵。己丑、庚寅、壬辰，三上春官，均薦而不售。府君以文章憎命，遂漠視制科，留心著作。欲以韓、柳、歐、蘇之文，載周、邵、程、朱之理，撰理學源流，考朱陸異同，論朱子配議、朱子全書各書。後著《古文劄記》、《歷史義例》、《地球辨》各一本，太史黄霽川山長閲之，許爲任道之器。宣統元年，王季樵侍郎以博學鴻詞科薦，府君方準備入都，不意張相薨，新學熾，鴻博停徵，都人士代爲惋惜，而府君出山之念益淡。庚戌歲，府君六旬晉一，戴文誠先生爲製壽文，有“立德、立功、立言”之奬；彭向青先生遥寄祝語，有“聲名貫耳公卿重，著作等身歲月長”之撰，皆紀實也。

府君事親甚誠。初,從學於陳懷堂先生之門,歸見先大父體羸。悚然曰:“學問可由吾補,親年不爲我留。”用是膝下追隨,不離跬步,問安視膳,無間晨昏,侍疾藥必自煎,親怒跪以待霽,凡唾壺、溺器,茶飯、珍饈,亦必躬自洗滌整治,不假手於臧獲,恐以不潔蒙先大父。嘗病温,府君齋戒禱天,願以身代,翌日果瘳,咸謂孝思所感動。未幾而大母見背,大父繼没,半載之中,經理兩次喪葬,府君哀毁骨立,染成咯血之症,積至三年,奄奄一息。幸府君善自珍攝,謂不虧體乃不辱親,戒嗜欲,節飲食;既禫,猶不入比御,起居必謹避風霜,症始獲痊,體亦漸復。追思先人未竟之志,與諸昆季建築大厦,顔曰“承志堂”。時生齒日繁,并議析爨,府君相推相讓,毫無間言。又念古人事死如生之義,遇大父母忌辰,雖遠出數里外,必乘間遄歸;先一日齋戒沐浴,至日,早晨則焚香奉茶,拂拭几案,午則陳牲列鼎,三獻禮行。復推其意於宗族間,建福山、小宗二祖廟,并訂期先祖四廟祀典,春秋薦食,盡敬盡誠。大禹所謂“菲飲食而致孝”,孔子所謂“祭如在,必齋如者”此也。

府君既能繼往,又能開來。伯兄紹賓幼而警敏,府君即課以根柢之學。丁亥年在樂道軒設教,伯兄偕館徒入泮者多人,師望隆而師名遠震,或束脩以從,或奉書以請。辛卯主講安溪崇文書院,乙未主講崇德書院,甲辰掌教豐州書院。府君殫心評閲,士類翕然向風。而其所注重者,尤在詩山書院。以詩山爲四門破荒之區,紫陽過化之地也。先是書院祀典未定,夾室未成,書田未購。府君爰於癸巳年募建二十餘間,中祀朱子、歐陽公;并購書田七千餘金,履畝繪圖,纂入《詩山書院志》,以垂久遠。又請馮文卿邑侯、官師開課,文運於焉一新。甲午,府君選入内閣,爲徐蔭軒協揆所賞識。戊戌,再入直中書兼派頤和園領事。假歸,見伯兄紹箕以優等食廩餼,詩山諸生亦補廩五人,入泮九人,深喜書院育材之盛。時戴文誠先生爲督學使者,行部到泉,特贈一匾曰“功在菁莪”。府君主持文教之心愈奮,提拔多士如恐不及,有關風化事則毅然爲之,倘屬分外財則莞爾却之。乙巳改書院爲學堂,府君作《學堂訓語十二條》,陳雪楞太守評爲課士圭臬。丙午、丁未,因學堂廣建學舍,多延教習,府君焦心籌費,勞苦弗辭。己西,畢業屆期,咨請額,邑主考核十三士轉詳提學使,均獎勵有差。濟濟青衿,詩山實爲南邑倡,要皆由府君培植來也。

匪直此也,庚子、辛丑旱魃爲灾,譚邑侯與府經廳來請府君偕禱雨於通濟龍王之仙井,又前後累次自禱於廣澤尊王座前,無不立沛甘霖,其應如響。至若募修文廟,不憚遠行;葺節孝祠,俱有成效;以及捐築本處之龍潭陂,糜金萬餘,灌田萬頃,公私交濟,道載口碑。然精力亦少耗矣。

溯自丙申營建松村精舍一區,樓敞窗明,藏書盈軸,蒔花植果,林樹蕭森。每當春秋餘暇,常鼓琴嘯咏於其中,皆足爲垂老娱閑之計。復就福鼎山擇地而造生壙,萃群峰間氣,奠萬古佳城,一切附棺附身之物,悉爲預備,使子孫無臨時倉猝之憂。迨辛亥歲,則命伯兄代理校長事務,而自總纂《族譜》,以戴記爲宗,以眉山爲法,釐定八門,吴肅堂殿撰序之,稱爲“善本”。癸丑冬,《族譜》印成,府君睦族之心始慰。不料越年伯兄遘疾,卒,府君雖深悼痛,而策勵更殷,嘗謂:宣尼、晦翁古聖賢,不因喪子而輟其訂墜抱遺之志,仍欲罄其所學,以開示來兹。而尤耿耿焉以邑志未修爲憾。適值馬叔文先生宰吾邑,聘爲總纂,設局於舊學署,府君單車往來,備嘗辛苦。於是首標義例,合諸同志搜輯無遺。是夏,許巡按使巡至南安,與府君講道論文,不勝欽佩,特爲作新志序,事載《閩海巡記》。丁巳秋,邑志成,五十卷,送省鑒定。通志局陳石遺先生檢閲,亦以“確當”兩字批回,付諸印刷。奈之何印刷未就,而府君遽赴道山也。

府君素甚謹疾,近因道途荆棘,頃刻風雲,本年夏間出游永春、鷺江,遍覽各處名勝,藉遣悶懷。初秋歸來,杖履依然無恙。忽於八月十三早,召諸子孫向前曰:“吾腹疾甚,勢似難堪,汝曹其謹伺之。”俄而泄瀉大作,舉家驚惶,急請名醫調治。至晡時,瀉稍止,而神氣尚清越。十七日即恭迎郭聖王到家,府君猶能肅具衣冠,力疾登堂禱告,乃真元虧損,瀉復頻頻,遂致連日昏迷,藥石罔效。竟於廿一日辰刻棄不孝等而長逝矣。嗚呼,痛哉!

府君昆季四人,長世父謹齋公,太學生;次世父義齋公,太學生;次即府君;次季父雅齋公,誥授儒林郎。府君元配吾母侯宜人先卒,庶母林氏孺人亦先卒,繼母謝宜人。不孝兄弟十一人：長伯兄紹箕，恩貢生，直隸州州判，選舉孝廉方正；次紹裘，太學生；次紹藩；次紹祖；次紹京，殤；次紹廷；次紹德；次紹聖，高等小學校肄業；次紹胄；次紹譜；次紹志，俱幼讀。孫十一人：世潢，詩山高等小學校最優等畢業，咨獎廩生；天錫，早逝；天偉、天榮、天祐、天眷、天挺、天寵、天植、天瑞、天贊。曾孫二人：喬松、喬年，俱幼讀。

泣思府君生平，以孝悌忠恕爲根本，以主敬窮理爲功用，以興起斯文、澤潤生民爲己任，力持謹慎。除要事外，未嘗一日不觀書，未嘗三日不著書。其已經刊行者，如《郭山廟志》、《詩山書院志》、《松村詩草》、《續草》等書；又著有《四書闡義》七本，《松村文集》二十本，《松村語類》八本，多闡發孔、孟、程、朱之正理；另有《試帖》、《制藝》十本，《聯集》五本，亦足爲帖括應酬之用。至於辯駁異端，衛道尤嚴。而其待人，則内而親屬，外而鄉鄰，却能實心體諒；下至愚賤，亦愛護彌周，從無疾言遽色。入民國後，角巾朱履，獨守古風，不與俗伍。所以遠近數百里，識與不識，咸稱爲海内人望，又重之曰"吾道干城"。而府君竊自比於陶靖節、謝叠山一流云爾。不孝等行能無狀，不克負荷先業，大懼先人志事及身而隕。謹銜哀縷述於當代鉅人長者之前，倘蒙錫以銘誄之文，俾先型昭垂奕祀，感且不朽。孤哀子紹裘、紹藩、紹祖、紹廷、紹德、紹聖、紹胄、紹譜、紹志泣血謹述。

通家世愚弟葉福銘薰沐題諱。

傳

戴希朱傳

戴希朱，原名鳳儀，號敬齋，南安詩山大庭人（今屬碼頭鎮）。清道光三十年（一八五〇）出生。

希朱出身書香門第，讀書勤奮，博學强記，學識淵博。光緒八年（一八八二）舉於鄉試。越年入都，與主司寶竹坡侍郎、朱元叔編修過從甚密。光緒十五年至十八年三次應試，均薦而不用，遂漠視科舉，留心著作。光緒二十年選入內閣，光緒二十四年入直中書兼派頤和園領事，誥受奉政大夫。

希朱在鄉時，致力於啓蒙教育，先在樂道軒設館教習。光緒十七年主講於安溪崇文書院，光緒二十一年主講於崇德里書院。光緒三十年爲豐州書院掌教，并設館於家鄉松村精舍。特別重視詩山書院建設，派其兒子戴紹箕到南洋募建教室二十餘間，購置書田計費七千餘元。自撰《詩山書院志》十卷以記其事。泉州知府陳雪楞評他育才爲“課士圭臬”，督學戴文成行部到泉，特贈一匾曰“功在菁莪”。希朱爲教育辛勞，積久成疾，尚扶病杖藜躬臨泮宫，由是名望日隆。民國初，縣知事馬振理聘其爲修志局總纂，民國六年（一九一七）秋，《南安縣志》五十卷纂成，送省鑒定，省通志局陳石遺批以“確當”。這部志書不僅吸收有舊志的内容，并增收自清康熙後至民國初期的資料，爲現存南安舊地方志最完整最詳備的一部。

辛亥革命後，希朱猶自角巾朱履，獨守古風，自比陶謝，不與俗伍，他後來取名“希朱”寄意於朱子。

希朱一生潛心研究，勤於筆耕，著作頗多。除《南安縣志》外，已刊行的有：《四書闡義》、《松村詩草》、《松村語類》、《松村文集》、《郭山廟志》、《詩山書院志》、《理學源流考》、《朱子配義》、《弘子全書》、《朱陸異同論》、《地球辨》。稽其年譜，尚有《古文劄記》、《歷史義例》未曾付梓。希朱於民國七年逝世，終年六十九歲。

一九九三年新編《南安縣志·人物傳》

石　碑

詩山柱石碑

碑石正面碑文：

詩山柱石。

背面碑文：

敬齋宗兄大人：

曩建詩山書院，購田千頃，纂志十部，皆爲萬世樹人計。今改建學堂，舊者葺之，新者增之，儀器圖書，燦然大備。興建以來，凡有關於扶綱植紀，事雖繁重艱鉅，亦擔任弗辭。真可謂“詩山柱石”矣。適予來守是邦，欣睹斯盛，因榜於堂，以嘉其樹立云。

潮陽戴培基

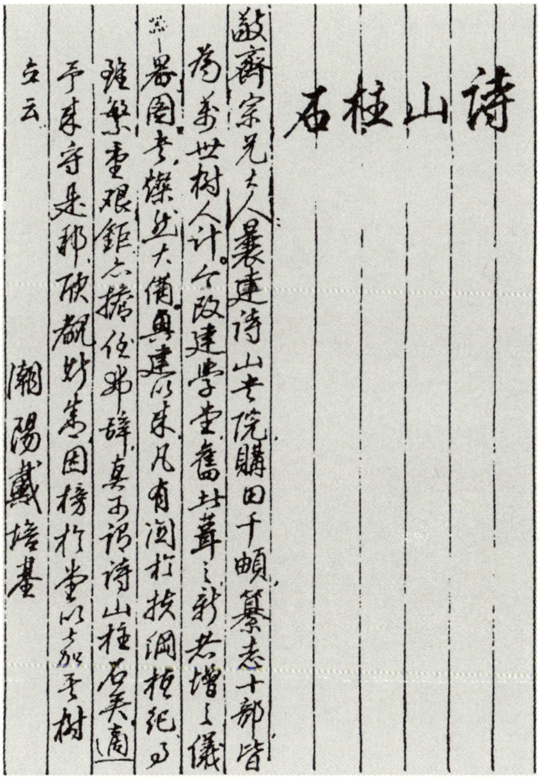

詩山柱石

敬齋宗兄大人 曩建詩山書院購田千頃纂志十部皆爲萬世樹人計今改建學堂舊者葺之新者增之儀器圖書燦然大備興建以來凡有關於扶綱植紀事雖繁重艱鉅亦擔任弗辭真可謂詩山柱石矣適予來守是邦欣覩斯盛因榜於堂以嘉其樹立云

潮陽戴培基

贈　聯

贈年兄孝廉戴敬齋　翰林院編修朱善祥元叔　浙江

知人都從家庭起；窮理直探天地先。

贈宗兄内史戴敬齋　太子少保、協辦大學士、法部尚書戴鴻慈少懷　南海

學跂程朱，志懷韓范；德施桑梓，功在菁莪。

壽賢友内史戴敬齋　任延建邵道、前丙戌傳臚彭述向青

聲名貫耳公卿重；著作等身歲月長。

【校記】

① 本文以《詩山戴氏族譜・藝文》爲準。

②“語”，原手稿作“箴”。

③“求”，原手稿作“祈”。

④“士”，原手稿作“生”。

⑤“諸先生”，原手稿作“古先哲”。

⑥“動遭”，原手稿作“不無”。

⑦“出身”，原手稿作“及第”。

校點後記

《松村詩文集》，泉州南安戴鳳儀撰。戴鳳儀因避清宣統皇帝溥儀諱而改爲戴希朱，號敬齋。清道光三十年（一八五〇年）生。光緒八年（一八八二年）鄉試中舉，因固執正學，不趨時尚，三上春官薦而不售。光緒二十年入内閣爲中書，見朝廷喪權辱國，國事日非，壯志難酬，遂歸隱林下，著述論學，倡辦書院，以興學育才爲己任。民國七年（一九一八年）去世，終年六十九歲。

戴鳳儀平生著作等身，手自編訂的有《南安縣志》、《郭山廟志》、《詩山書院志》、《松山詩草》、《詩山戴氏族譜》、《戴敬齋年譜》、《松村文集》、《松村語類》、《四書闡義》、《試帖制藝》、《聯集》、《古文劄記》、《歷史義例》、《地球辨》十餘種。其中前五種曾經剞劂行世，後九種稿藏於家。

《松村詩文集》乃戴鳳儀之孫戴天璣於二十世紀末至二十一世紀初據家藏《松村文集》、《四書闡義》、《戴敬齋年譜》、《聯集》、《地球辨》諸手稿及《松村詩草》刻印本整理而成。因手稿殘缺，尚有十九篇文稿（序四篇、記三篇、祭文三篇、告文二篇、稟一篇、書二篇、贊一篇、賦一篇、四書義一篇、列傳一篇）散佚未收。《松村詩文集》分爲"自著年譜（即《戴敬齋年譜》）"、"四書闡義"、"松村文集"、"松村詩草"、"松村聯集"、"附録"六部分。

《自著年譜》分兩卷，卷一記自清道光三十年（一八五〇年）戴鳳儀出生，下至光緒二十五年（一八九九年）五十歲；卷二記自光緒二十六年至民國六年（一九一七年）六十八歲，即逝世前一年。原譜宣統三年辛亥三月至民國三年（即壬子、癸丑、甲寅三年）闕，譜文由戴天璣從松村詩文採録補綴。

《四書闡義》原來單獨成書，六卷，今改以《大學》、《中庸》、《論語》、《孟子》各一卷。

《松村文集》則以文章體裁序、記、辨、説、凡例、表、疏、策、考、賦、祝文、祭文、告文、呈、啓、書、贊、箴、銘、列傳、墓誌銘、誄辭次序排列。

《松村詩草》依民國三年(一九一四年)甲寅本分爲七卷,按編年排列。

《松村聯集》分祠廟、學校、宗廟、岩寺、官廨、居宅、書齋、商界、慶賀、誄辭等十卷。

《附録》中收録了戴鴻慈所撰戴鳳儀壽序一篇、葉福銘所撰戴鳳儀行述一篇、一九九三年新編《南安縣志·戴希朱傳》一篇、詩山柱石碑文一篇、贈聯三副。

凡手稿文字與已出版行世的《南安縣志》、《詩山書院志》、《詩山戴氏族譜》有異者,以校記形式加以説明。

手稿訛脱處,均視前後文斟酌訂補,凡訛誤衍漏而予改正者,增字用[ ]表示,正字用( )表示。因蠹汙缺脱或字跡難辨者用□表示。

手稿中明顯錯字、異體字、通假字及避諱改字者,徑自改回,不另出校。

編　者

二〇一一年四月十日

圖書在版編目(CIP)數據

松村詩文集 / (清) 戴鳳儀著; 戴天璣點校. —北京: 商務印書館, 2018
(泉州文庫)
ISBN 978-7-100-15935-7

Ⅰ. ①松… Ⅱ. ①戴… ②戴… Ⅲ. ①中國文學—古典文學—作品綜合集—清代 Ⅳ. ①I214.92

中國版本圖書館 CIP 數據核字(2018)第 046422 號

責任編輯　閻海文
特約審讀　李夢生

松村詩文集
(清) 戴鳳儀　著

商　務　印　書　館　出　版
(北京王府井大街36號　郵政編碼100710)
商　務　印　書　館　發　行
山東鴻君傑文化發展有限公司印刷
ISBN 978-7-100-15935-7

2018 年 5 月第 1 版　　開本 705×960　1/16
2018 年 5 月第 1 次印刷　　印張 40　插頁 2
定價: 176.00 元(全二册)